LANCELOT DU LAC

Dans Le Livre de Poche
« Lettres gothiques »

LA CHANSON DE LA CROISADE ALBIGEOISE.
TRISTAN ET ISEUT (Les poèmes français - La saga norroise).
JOURNAL D'UN BOURGEOIS DE PARIS.
LAIS DE MARIE DE FRANCE.
LA CHANSON DE ROLAND.
LE LIVRE DE L'ÉCHELLE DE MAHOMET.
LANCELOT DU LAC.

Chrétien de Troyes :
LE CONTE DU GRAAL.
LE CHEVALIER DE LA CHARRETTE.
EREC ET ENIDE.

François Villon :
POÉSIES COMPLÈTES.

Charles d'Orléans :
RONDEAUX ET BALLADES.

Guillaume de Lorris et Jean de Meun :
LE ROMAN DE LA ROSE.
FABLIAUX ÉROTIQUES
LA CHANSON DE GIRART DE ROUSSILLON

LETTRES GOTHIQUES

Collection dirigée par Michel Zink

LANCELOT DU LAC

Roman français du XIIIe siècle

Tome II
Texte présenté, traduit et annoté par Marie-Luce Chênerie,
d'après l'édition d'Elspeth Kennedy.

Ouvrage publié avec le concours du Centre National des Lettres

Le Livre de Poche

Marie-Luce Chênerie, professeur honoraire à l'Université de Toulouse-Le Mirail, est l'auteur d'une thèse sur *Le Chevalier errant dans les romans arthuriens en vers des XIIe et XIIIe siècles* (Genève, Droz, 1986).

© Librairie Générale Française, 1993

INTRODUCTION

Voici la suite et la fin des deux tiers du *Lancelot* déjà traduits par F. Mosès, à partir du manuscrit BN 768, édité par E. Kennedy. Pour éviter tout malentendu sur le découpage de ce texte et de sa traduction, l'absence d'épisodes fameux, ses prolongements (voir *Le Monde* du 12 juin 1991), peut-être n'est-il pas inutile de revenir d'abord brièvement sur les problèmes de composition et d'unité que posent non seulement ce qu'on appelle le cycle du Graal, mais le noyau de ce cycle, notre roman de *Lancelot du Lac*. Selon J. Frappier, un architecte (sinon un auteur unique, comme le pensait F. Lot et le pense A. Micha) aurait conçu, entre 1225 et 1230, le *Lancelot* et ses deux prolongements la *Queste del Saint Graal* et la *Mort Artu*, ensemble qui forme le cycle du Graal et qu'on appelle couramment le *Lancelot-Graal*; après coup, pour établir une sorte de préhistoire, furent composés le *Merlin* et l'*Estoire del saint Graal*.

Pour le *Lancelot* propre, les travaux admirables d'A. Micha ont dégagé de l'enchevêtrement d'une centaine de manuscrits deux groupes principaux : la version la plus répandue avec des relations longues ou courtes (celle qu'il appelle la Vulgate), et une version particulière, dans laquelle s'insère une version très écourtée. En effet tous les manuscrits donnent un texte identique ou presque pour les deux premiers tiers du roman, jusqu'au premier voyage de Lancelot en Sorelois, c'est-à-dire le contenu du tome I, traduit par F. Mosès. Mais onze manuscrits donnent une relation particulière de ce séjour en Sorelois et de ses suites ; et parmi ces onze, au moins quatre manuscrits (et deux ou trois autres partiellement) donnent à leur tour une relation différente et passablement écourtée, de l'épisode de la fausse Guenièvre et de la mort de Galehaut ; le manuscrit BN 768, qui est traduit intégralement dans cette édition, fait partie de ce sous-groupe. Il est d'usage de reprendre à Paulin Paris le partage du *Lancelot* de la Vulgate en trois grandes sections et leurs dénominations : le *Galehaut*, la *Charrette ou Méléagant et ses suites*, l'*Agravain* : donc notre texte expose et conclut ce qui se passe dans le *Galehaut*, il ne donne ni la *Charrette*, ni l'*Agravain*.

Après avoir fait paraître en 1980 une remarquable édition en deux volumes du manuscrit BN 768, E. Kennedy a développé en 1986 dans son livre *Lancelot and the Graal* une thèse, qui n'avait été qu'une hypothèse chez F. Lot : ce manuscrit BN 768 contiendrait un récit complet et indépendant du cycle du Graal ; sa version serait antérieure à toutes les autres ; son unité serait essentiellement fondée sur deux thèmes : la recherche de l'identité et l'amour inspirateur de prouesse. De son côté, A. Micha, de 1978 à 1983, a donné en neuf volumes l'édition de toutes les versions, longues et courtes ou écourtées. Par ailleurs, dans ses études sur un texte et ses mouvances, qu'il connaît mieux que personne, A. Micha a discuté la thèse d'E. Kennedy : les deux thèmes donnés comme centralisateurs ne suffisent pas à rendre compte de l'ampleur et de la complexité de cette tranche qu'on retrouve dans la Vulgate et il reste des traces de la perspective du Graal dans cette version apparemment non-cyclique ; d'autre part il aboutit à la conclusion que si l'auteur de notre manuscrit a une technique éprouvée, qu'on retrouve dans la Vulgate, si son talent est indéniable, la fin même du manuscrit, les épisodes de la fausse Guenièvre et de la mort de Galehaut posent à nouveau la question de l'auteur ; leur version particulière présente un traitement rapide, presque « bâclé », et une conclusion squelettique, qui contrastent avec l'art et la profondeur de ces mêmes épisodes dans la Vulgate.

F. Mosès, dans l'introduction du premier volume de cette traduction, suggère une hypothèse qui pourrait concilier les précédentes, d'autant plus qu'elle remonte au point de divergence de la Vulgate et des versions particulières. S'il a choisi d'arrêter sa traduction « à la conclusion du pacte d'amour qui unit pour toute la vie à la reine Guenièvre un jeune homme de vingt ans » (tome I, p. 29), c'est-à-dire au premier voyage de Lancelot en Sorelois, là où nous commençons, c'est parce que ces deux premiers tiers de notre manuscrit constitueraient à eux seuls un roman achevé, celui d'un premier auteur inconnu, qui, au début du XIIIe siècle, a donné du personnage de Lancelot une image définitive, toujours reprise dans les réécritures dont témoigne le développement des manuscrits. Comme dans tant d'autres romans d'alors, on y voit « un petit chevalier inconnu s'élever par sa seule valeur aux plus hautes destinées » (tome I, p. 32) ; l'épisode initial, d'où cet auteur invite à tirer le titre général de « Conte des grandes douleurs », commanderait l'enseignement politique et de droit féodal qu'illustrerait l'ensemble du roman, construit tout entier à partir d'une faute et de ses conséquences, la faute féodale par excellence, le manquement du devoir d'aide et de protection du seigneur à son vassal, d'Arthur au roi Ban, le père de Lancelot (tome I, p. 30).

On pourrait objecter à F. Mosès que ce type de « roman biographique », auquel il rattache ce « premier » *Lancelot*, est surtout le propre des romans en vers ; que justement la prose, avec ses prétentions à l'exhaustivité et à la vérité, insère le héros et développe son histoire dans toute une société et dans un temps sinon eschatologique, du moins qui se veut de longue durée ; que si ce « premier » *Lancelot* s'arrête au baiser de la reine, il peut paraître inachevé, sur le plan de l'amour courtois et sur le plan de l'excellence chevaleresque dans la société arthurienne.

Or c'est dans le dernier tiers du manuscrit BN 768, dans l'épisode de la guerre contre les Saxons (donc avant celui de la fausse Guenièvre et de la mort de Galehaut), et par conséquent dans le groupe des versions particulières que Lancelot arrive à la pleine réalisation de son seul destin humain, en admettant que les prolongements du Graal n'aient pas été envisagés ici, pour Lancelot au moins. Cette promotion est annoncée et partiellement consacrée par des faits magiques (il est vrai au début de ce troisième tiers), qui peuvent ainsi souligner l'unité d'une conception romanesque et l'achèvement héroïque, sur le plan terrien. En effet, même chez Chrétien de Troyes, l'amour de Lancelot pour Guenièvre est total, spirituel et charnel, comme l'exige la pure doctrine de l'amour courtois; et ici, nous le verrons mieux avec le texte, l'adultère n'introduit pas clairement la notion de faute, alors que celle-ci l'empêche d'être l'élu du Graal et que plus largement le péché de la chair porte en germe la fin du monde arthurien dans le *Lancelot* de la Vulgate et le cycle du *Lancelot-Graal*. Une demoiselle, envoyée par la Dame du Lac, apporte à la cour et remet à la reine un écu fendu, en annonçant trois choses, dont la succession chronologique n'est pas explicitée (f. 125d) : quand l'amour sera *anterine*, l'écu se soudera; mais cela n'arrivera pas *devant que li miaudres chevaliers qui soit hors de la cort lo roi Artu soit devenuz de sa maisniee*. Lancelot doit donc connaître l'amour charnel, il doit être le meilleur chevalier hors de la cour d'Arthur, et enfin être admis dans la société de l'élite courtoise et chevaleresque, les compagnons qu'Arthur maintient auprès de lui, dans sa *maisnie*, sa *maison*, son *ostel*. Les faits se réalisent en trois temps : la double blessure d'Agravain est guérie magiquement en dehors du monde arthurien, par le sang de Gauvain d'abord, qui est ainsi désigné comme *li miaudres sanz un*, puis par celui de Lancelot, *li autres qui miaus est* (f. 129c); la reine se donne à Lancelot pendant la guerre contre les Saxons (f. 166c); à la fin de cette guerre, en raison de ses exploits et de ses services anciens et récents, le roi Arthur le retient dans sa *maisniee* et comme *compainz de la Table Ronde* (f. 173b, etc.). Aussitôt Galehaut, parce qu'il ne peut envisager de vivre sans Lancelot, demande et obtient ce même statut.

Assurément l'effort de composition jusqu'au second voyage de Lancelot en Sorelois (f. 173c) paraît plus grand encore que dans tout ce qui précède, alors que les raccordements et la nécessité des deux derniers épisodes, celui de la fausse Guenièvre et celui de la mort de Galehaut laissent à désirer. Ainsi, de l'éloignement au retour de Lancelot avec Galehaut, un ensemble se dessine, commandé par l'absence ou l'affirmation définitive de la principale figure héroïque (f. 111d-f. 173c). Mais pendant cette absence, les héros secondaires peuvent passer au premier plan, ne serait-ce que pour confirmer l'excellence de Lancelot; la durée sera remplie par une narration construite sur le schéma arthurien de la quête, avec départ, errance et retrouvailles ou retour; mais les complications et les amplifications ne manquent pas, sur la base de la multiplication des quêteurs. On distingue donc du f. 111d au f. 164b :

– Lancelot, emmené et caché en Sorelois par son ami Galehaut, est quêté par Gauvain (et quelques autres, très épisodiquement), qui passe ainsi au premier plan (sous la forme d'une reprise de quête inachevée), avec un serment de quête fait en présence d'Arthur, sur une initiative du roi et pourtant malgré lui (f. 112c-114c ; chapitre LIII).

– Sur cette quête principale se greffe une quête secondaire : le quêteur Gauvain est quêté par Hector, à partir d'un engagement d'Hector à la reine Guenièvre, à la cour d'Arthur encore, mais cette greffe se révèle comme un effet bénéfique de l'exemple de Gauvain sur un jeune jusqu'ici immobilisé, et ceci grâce à un entrelacement provisoire de l'aventure et des cheminements, avec l'affaire de la dame de Roestoc (f. 114c-127c ; chapitres LIV, LV, LVI, LVII, LVIII).

– Les deux quêtes sont alors menées parallèlement jusqu'à deux rencontres de style chevaleresque, qui font aboutir les deux quêtes en ordre inverse de leur mise en œuvre et avec amplification : Hector arrive en Sorelois après Gauvain ; il l'affronte dans un double incognito, mais le combat est interrompu par l'effet de leur vaillance et de leurs liens antérieurs, concrétisés par la reconnaissance d'une épée ; après, Hector et Gauvain affrontent dans un combat à quatre Lancelot et un substitut de Galehaut, jusqu'à la reconnaissance qui lève un incognito partiel (f. 127c-164b ; chapitres LIX à LXVIII).

La conclusion de la quête donne lieu elle-même à une amplification largement orchestrée dans une entreprise collective, la guerre contre les Saxons (annoncée par entrelacement : f. 160b ; chapitre LXIV) – le roman arthurien, assure souvent ainsi à la fin le relief social et pseudo-historique du héros chevaleresque – (f. 164b-173c ; chapitres LXVIII-LXIX). Gauvain et Hector rendent compte du succès de leur quête respective non pas dans le faste d'une cour pacifique, mais au cœur d'un moment dramatique : Gauvain présente celui qu'il quêtait en le nommant, et par conséquent il révèle le succès de sa quête, alors même que Lancelot a toute la grandeur d'un libérateur : investissant à lui seul la place ennemie, Lancelot délivre Gauvain, son ancien « quêteur » et le second du roi, mais aussi le roi lui-même, doublement prisonnier de l'envahisseur et de l'enchanteresse (f. 172a) ; en écho bien pâle, Hector se déclare quitte de sa promesse à la reine, à laquelle Gauvain chante les louanges du débutant, chevalier de la reine précisément (f. 173a).

Dans cette partie, la solidité, la clarté mais aussi la complexité de la trame, la chronologie ont été assurés par les multiples ressources de l'immobilité temporaire, des engagements divers, des messagers, des informateurs, des incognitos ou des reconnaissances partielles, des annonces, des rappels et des récits rétrospectifs (A. Micha a montré la richesse de ce procédé tout spécialement dans cette tranche du roman), des rencontres manquées, provisoires, sans lendemain, définitives, et bien sûr des entrelacements. Une fois sanctionnée la réussite terrienne de Lancelot dans l'amour courtois et l'excellence chevaleresque, par les annonces et les réalisations magiques que nous avons dites, une fois sa relative dépendance établie par son intégration dans la compagnie de la Table Ronde, c'est là que l'auteur de cette tranche de notre manuscrit a paru vouloir marquer la fin de son propos : les aventures de Gauvain sont mises en écrit à la cour d'Arthur, parce que c'est le commencement de « la quête », puis celles d'Hector, parce qu'elles sont une « branche » du « conte même » (de Gauvain), et ces deux ensembles (avec les quelques éléments de quêteurs adventices), sont entrés comme des « branches » dans le « conte » de Lancelot ; quant à ce « conte de Lancelot », il fut « lui-même une branche du Graal, de telle sorte qu'il lui fut ajouté » (f. 173c). Nous renvoyons aux réflexions approfondies d'E. Kennedy et d'A. Micha pour l'apport de ce passage au problème de l'existence d'un Lancelot primitif non cyclique. Constatons seulement que ce passage a bien l'air de former une conclusion à un roman de chevalerie terrienne.

C'est donc à ce stade que s'articule la version particulière de notre groupe de quatre à six ou sept manuscrits ; avec l'épisode de la fausse Guenièvre et celui de la mort de Galehaut. Au lieu d'être une relance dans le destin manqué de Lancelot pour une chevalerie *celestielle*, accomplie par son fils Galaad, le chevalier vierge, cette version écourtée serait ici un remaniement précoce, selon A. Micha, destiné à abréger et à conclure rapidement et pauvrement une histoire aux prolongements cycliques relatés dans d'autres manuscrits.

Il est vrai que le second voyage en Sorelois, qui entraîne une nouvelle absence de Lancelot est peu vraisemblable, puisque Galehaut l'emmène alors qu'il est compagnon de la Table Ronde ; que ce développement est simplement accolé dans notre texte, juste après la conclusion sur les branches, les contes et le « Graal » (f. 173c), alors que dans la Vulgate les événements de ce voyage sont savamment entrelacés à l'épisode de la fausse Guenièvre, ici l'entrelacement est tardif et sommaire (f. 177b) ; on ne le trouve pas pour introduire l'adoubement de Lionel (f. 185b), qui paraît bien encore une greffe tardive par simple juxtaposition, même si ce personnage, cousin de Lancelot, doit être considéré comme son double partiel, même s'il a joué un rôle dans notre tranche du manuscrit et s'il y a eu annonce de l'événement (f. 112b et c). D'autre part, si la chronologie jusqu'au deuxième voyage en Sorelois révèle le même talent minutieux que dans tout le début de la Vulgate, l'épisode de la fausse Guenièvre, malgré la multiplicité des événements, « se déroule en un temps record... trois semaines », bien peu vraisemblable, selon A. Micha, qui a relevé d'autres invraisemblances internes que nous signalerons dans les notes. Enfin est-il besoin de revenir sur le style de maigre scénario qui relate la mort de Galehaut, même si la dernière page arrachée de notre manuscrit ne permet d'affirmer que cette fin était traitée aussi sèchement que dans le texte emprunté à un autre manuscrit de la même famille (At, f. 189a) ?

Quoi qu'il en soit de l'histoire des textes, une fois posées les différences et les contradictions, il faut se résoudre à ne pas aller au-delà de mystères peut-être insolubles ; il faut lire le texte intégral donné par le bon et ancien manuscrit qui est le nôtre, en admettant que jusqu'à l'épisode de la fausse Guenièvre il fait un tout soigneusement composé, qu'il n'est pas certain que l'esprit et le style en soient aussi différents que le pense F. Mosès ; peut-être enfin faut-il apprécier ces derniers épisodes de la fausse Guenièvre et de la mort de Galehaut pour leur valeur conclusive, mais aussi en eux-mêmes, comme pouvaient les lire en somme les lecteurs de ce manuscrit de la fin du XIIIe siècle.

On a reproché à ce dernier tiers du roman « non-cyclique » de s'abandonner à la complexité plus banale du roman d'aventures, au moins pour assurer le développement des quêtes, sans qu'on distingue toujours une évolution ou un grandissement héroïques. Mais d'abord ce temps de quête rend vraisemblable la durée de la séparation qu'exige l'amour courtois : c'est par le travail sur le schéma de la quête, nous l'avons vu, que l'auteur ménage cette durée ; ensuite, tandis que les protagonistes passent à l'arrière-plan, la place est libre pour suggérer un parallèle implicite de Lancelot entre un autre jeune inconnu, Hector, et un chevalier accompli, Gauvain, qui jusqu'alors était tenu pour le meilleur. On peut trouver encore que la technique du roman d'aventures se manifeste dans la guerre d'Arthur contre les Saxons avec l'intrigue amoureuse qui livre Arthur à l'enchanteresse ennemie, avec le suspense de la folie de Lancelot ; enfin dans l'histoire complexe et pourtant elliptique de la fausse Guenièvre, avec ses breuvages magiques, ses substitutions, ses guets-apens ; que les deux chapitres de la fin (LXIX et LXX) avec leurs va-et-vient entre les différents registres et les juxtapositions pures et simples relèvent de la compilation. Pourtant on ne saurait nier que sur le plan héroïque, ces deux derniers épisodes donnent sa plus grande envergure au protagoniste, avec un élargissement idéologique, pseudo-historique et surtout politique : Lancelot, après avoir délivré le roi et sauvé le royaume de la barbarie maléfique qui rappelle le passé (avec la domination de l'enchanteresse Camile), sauve la vraie reine et donc les valeurs de civilisation qu'elle représente, celles d'une royauté courtoise ; Arthur lui-même ne rappelle-t-il pas curieusement l'excellence de la vraie Guenièvre, alors qu'il la trahit ? Lancelot, sur le plan terrien, empêche donc la dégradation royale dans la passion et l'erreur ; il rétablit l'équilibre d'un roi souverain et d'une reine courtoise, mais en dépendance des compagnons de la Table Ronde, c'est-à-dire de l'excellence chevaleresque.

Il est vrai encore que le lecteur moderne peut trouver excessive la matière belliqueuse qui remplit notamment la période des quêtes ; jusqu'à la guerre contre les Saxons on ne compte pas moins d'une trentaine de combats pour une dizaine d'aventures ou d'épisodes ; ensuite trois journées principales rythment de leurs affrontements collectifs cette guerre contre l'envahisseur ; enfin l'intrigue de la fausse Guenièvre est soustendue par l'arrivée progressive des partisans de la reine jusqu'à l'épreuve judiciaire inouïe contre trois adversaires, que Lancelot remporte pour garder à Guenièvre son titre de reine : ce duel judiciaire est l'aventure la plus longue de ce dernier épisode. Assurément les combats varient dans leurs formes, leurs déroulements, leurs aboutissements ; mais l'auteur travaille toujours sur deux schémas de base, que le lecteur connaît et dont les variations donnent le sens : le combat chevaleresque avec son code de règles non écrites et d'autre part le tournoi ; le tournoi qui n'apparaît jamais dans ce volume, mais dont le déroulement moralisé, l'idéal de compagnonnage, de loyauté et de gloire paraît bien influencer la relation de la guerre elle-même. De la joute simple aux diverses phases du combat chevaleresque, de la bataille convenue au duel judiciaire, de la guerre de siège avec ses sorties audacieuses, ses tactiques d'escarmouches, ses solutions provisoires ou définitives, aux déploiements des camps qui ménagent des surprises et des renversements dans la guerre contre les Saxons, de l'intervention des archers à la défense des châteaux à pont-levis, herse, marais, remparts et souterrains, on trouvera ici un remarquable condensé des lieux, des causes, de l'art de la guerre au XIIIe siècle. L'amplitude de ce thème vise à coup sûr à exalter la prouesse, c'est-à-dire la vaillance et le courage du chevalier ; mais on remarquera la place faite à la mesure, à la sagesse, sinon à l'humilité en regard de la folie héroïque qui mène au moins à la prison. Une plaisante mise en scène illustre la maîtrise de Gauvain devant les sarcasmes du nain : méconnu grâce à l'incognito, il se voit par trois fois privé d'un combat au profit du débutant qu'est Hector, mais celui-ci est frustré à son tour de sa progressive promotion au profit de Gauvain quand il s'agit de l'épreuve décisive contre Ségurade. Plus tard Hector prend la vedette dans le secours apporté au seigneur de l'Étroite Marche ; mais là où des chevaliers chevronnés comme Yvain ou Sagremor se sont laissé prendre, ce sont des restrictions subtiles apportées par des engagements, des tractations avec la prudence d'un seigneur éprouvé, qui ménagent à la hardiesse d'Hector la réussite définitive. Une donnée mythique oblige Gauvain à une tactique d'endurance qui finit par épuiser l'adversaire ; plus humainement, Hector prend conscience de ses limites, et lui aussi a la sagesse de *recovrer*, de concentrer et de ménager ses forces pour l'emporter dans la durée. Ce personnage de second plan appelle plutôt des adversaires de moindre noblesse que les partenaires de Gauvain et de Lancelot ; c'est l'occasion pour l'auteur de montrer la place et la tentation de la ruse dans ce monde chevaleresque, par exemple avec la topographie des châteaux des Marés, de l'Étroite Marche, de Norgales, avec le rôle des écuyers ou des sénéchaux jaloux et traîtres, des demoiselles séduisantes ; avec les restrictions ou discussions malhonnêtes de Marganor, qui pourtant reste loyal sur une « prise de guerre ». L'auteur a soin de garder même dans ce contexte la valeur contagieuse de la prouesse, qui fait naître l'estime, la générosité, d'où en définitive son effet bénéfique ; on retiendra la fière parole de Guinas, qui plutôt que de se rendre préfère la mort et défie Hector quand il menace de lui trancher la tête : « Coupez ! » ; les trois fois où ce même Hector sauve son adversaire Marganor d'une disparition infamante dans le marais. La valeur dramatique de ces combats s'appuie souvent sur l'adaptation des lieux de la réalité, sur les mises en œuvre de coutumes pseudo-historiques, sur des parallèles ou des complications qui ressortissent à l'arrière-plan féerique du roman arthurien : ainsi les combats successifs de Gauvain, à l'intérieur du château d'Agravain contre des ennemis toujours plus redoutables, alors que des demoiselles l'entraînent plus loin et lui enlèvent par trois fois son épée. Ou bien le rythme des interventions est donné par le thème implicite de la rivalité du roi et du héros dans la guerre contre les Saxons : dans la première journée, les forces conjointes du roi, de Gauvain et des quêteurs revenus dans l'incognito, de Lancelot enfin, aboutissent à l'extermination de l'ennemi au Gué du Sang, non sans que les caprices dominateurs de la reine aient ménagé des péripéties qui ont en fait assuré le relief de Lancelot ; la seconde journée, l'emprisonnement du roi et des protagonistes laisse la place au magnifique traitement épique de la folie héroïque du roi Yder, ne formant plus qu'une masse sanglante avec son cheval, autour de laquelle se rallient les forces arthuriennes en difficulté ; dans la troisième journée, c'est à Lancelot arborant le pennon de la reine qu'est réservée l'évocation épique, tandis que Lionel, au nom de la reine encore, l'arrête au bord de la folie héroïque, avant qu'un dernier combat singulier lui ouvre le château ennemi et lui assure les rôles de libérateur et de justicier.

Cette dernière partie a donc amplement l'aspect d'un « manuel de chevalerie » qui s'affirme dans les romans arthuriens en prose. Mais son caractère multiple, sinon parfois disparate, entraîne aussi une grande diversité dans le traitement du thème de l'amour, consubstantiellement lié à celui de la prouesse et de la courtoisie. Une des preuves avancées pour la thèse du Lancelot non-cyclique est qu'il n'y a pas de condamnation explicite de l'adultère, en dehors d'une angoisse très courte de la reine concernant l'expiation de quelque *pechié* qu'elle n'explicite pas (f. 180c). Au contraire, l'union charnelle des amants n'a lieu qu'après l'infidélité d'Arthur avec l'enchanteresse Canile, et dans l'épisode de la fausse Guenièvre, ce roi trahit une seconde fois son épouse et devient dans la version spéciale de notre manuscrit, selon le mot de F. Lot, « un fantoche sinistre », tandis que les rôles de Guenièvre et de Lancelot sont magnifiés. Surtout c'est à la Dame du Lac que nous devons cette admirable analyse des contradictions d'un amour d'élection entre le héros et la reine : « Les péchés du monde ne peuvent être accomplis sans folie, mais il a bien raison de se livrer à sa folie celui qui y trouve raison et honneur. Et si vous pouvez trouver de la folie dans votre passion, cette folie est honorable entre toutes, car vous aimez la seigneurie et la fleur de tous les humains... et sachez que la plus grande force qui soit m'entraîne, c'est la force d'amour... » (f. 169c et d). Le personnage de Guenièvre, de la dame courtoise à qui Lancelot obéit jusque dans ses plus extraordinaires exigences, de la souveraine retorse qui s'arrange pour libérer Hector de sa servilité envers la nièce du nain, de l'amoureuse qui prend Lancelot fou dans son lit ou qui l'encourage publiquement par un baiser, un enlacement et une prière au moment du combat contre la fausse Guenièvre (f. 183b) manque-t-il vraiment de cette analyse psychologique qui ferait défaut, selon certains, dans cette dernière partie du manuscrit ? Les seules données d'un comportement ont parfois l'avantage de lui garder l'ambiguïté, la richesse et la portée de ses multiples significations latentes. Et même l'esprit mondain, la perspective non cyclique de notre manuscrit n'apparaissent-ils pas encore dans cette ultime subtilité courtoise qui marque la réaction de la dame de Malehaut devant le départ de Galehaut, un homme si « riche », si puissant qu'elle ne pourra en faire sa volonté : du moins la reine Guenièvre reste-t-elle le prototype de la dame courtoise et souveraine : *sage*, elle a mis son cœur là où ce qui lui plaît ne peut trouver de contradiction, c'est-à-dire, derrière le vague des mots, qu'elle a aimé un peu moins haut qu'elle dans l'échelle sociale mais aussi dans la seule excellence digne d'elle (f. 185a).

Pourtant l'auteur adopte aussi une manière et un ton libres ou licencieux, qui contrastent avec la poésie ou le mysticisme de l'amour courtois, si intensément vécu par Lancelot dans les deux premiers tiers du roman. La « partie carrée », selon le mot encore de F. Lot, entre la reine, Lancelot, la dame de Malehaut et Galehaut déconcerte quelque peu le lecteur moderne. Et quand il s'agit des amours des autres chevaliers errants, une subtile dérision peut bien servir au fond un projet civilisateur. Avec la place donnée au développement de la quête des héros secondaires pendant le séjour de Lancelot en Sorelois, le roman offre une nouvelle gamme sur les variations de l'amour, qui n'implique pas forcément une main ni un esprit étrangers. Girflet et Sagremor cèdent à leur instinct, mais du moins les demoiselles sont-elles consentantes et le second s'attache bien longtemps à son amie ; Hector respecte la fille de son hôte qui le voudrait pour mari, mais elle lui a donné une leçon de fidélité, que bizarrement on voit reportée sur une première et orgueilleuse demoiselle, tandis que lui revient à lui-même le rôle hypercourtois de faire reconnaître la suprématie féminine, quand il s'agit de la beauté d'Hélène sans Pareille, confrontée à l'orgueil masculin de la prouesse chez Persidés. Gauvain se venge avec élégance, mais quelque flagornerie aussi de l'oubli de la dame de Roestoc ; il sait se réserver pour la fille du roi de Norgales qui lui a voué sa virginité, mais l'éternel séducteur n'a pas des amours faciles, et le danger traité avec des nuances héroï-comiques l'oblige autant à la conquête qu'au détachement, nécessité par son personnage d'éternel célibataire.

C'est dans cette dernière partie du roman qu'on voit se développer l'extraordinaire amitié virile entre Lancelot et Galehaut, qui mène ce dernier, après la paix et la générosité avec Arthur, à l'oubli de sa propre souffrance et de sa jalousie devant l'amour de son compagnon pour la reine, puis au détachement des grandeurs humaines et pourtant, de façon schématique dans notre manuscrit, à la mort. Enfin, dernière variante des attachements humains, on trouvera ici insérée la *pitié de norreture* (f. 169b), la tendresse pour l'enfant recueilli et élevé, substitut chez la Dame du Lac de l'amour maternel pour Lancelot ; sa sincérité est rendue plausible par la mention d'un mystérieux ami, fugitive résurgence du motif de l'amour d'un mortel pour une fée.

Il y a certes un contraste de tons entre les temps de quête et les drames qui se nouent et se résolvent à la fin de ce *Lancelot* ; mais on ne saurait dire que l'humour et l'ironie sont généralement absents de cette dernière partie. Le style moqueur ou narquois du compagnonnage viril qui taquine, renchérit dans la concurrence des paris, raille dans les outrecuidances, les échecs ou les succès provisoires, se retrouve comme souvent avec le sénéchal Keu, et cela jusqu'à l'issue du combat dramatique contre les trois champions de la fausse Guenièvre, quand Lancelot lui lance : « Monseigneur Keu, je ne pense pas que vous voudriez être le quatrième, même au prix du royaume de Logres ! » Si le ton d'humour ne traduit pas encore comme dans le *Tristan en prose* une réflexion critique sur la chevalerie, du moins rend-il la grandeur plus familière ; l'ironie contribue au mépris des timorés et des lâches. Le burlesque et l'héroï-comique ont place dans les aventures de Sagremor et de Gauvain. Mais souvent des sources misogynes sous des mises en scène courtoises inspirent le traitement de bien des aventures féminines, jusqu'à produire des figures symboliques et caricaturales, comme celle du chevalier pleurant et riant devant son écu noir goutté d'argent, avec le honteux traitement que le nain lui inflige, puis la lente revanche qui tourne ce nain ou un autre en dérision. Les déboires ou les succès féminins de ce *bachelier* lui ménagent cependant l'occasion de dire son admiration naïve et enflammée de la beauté féminine devant Hélène sans Pareille : alors la courtoisie y gagne une saveur piquante. Le ton reste grave dans le thème principal de l'amour de Lancelot pour la reine ; pourtant il arrive qu'une note plaisante le pimente, quand la dame de Malehaut le taquine sur son passé avec elle et sur sa passion timide et secrète au moment même où triomphe sa réussite amoureuse (f. 166c).

Il est sûr qu'on peut trouver trop complexes, trop longuement exposées, répétitives, les intrigues qui sous-tendent les aventures, les coutumes, les conflits de la partie consacrée aux quêtes (notamment celle d'Hector), trop romanesque la conduite du récit de la guerre contre les Saxons ou celui de la fausse Guenièvre. Mais l'argument en est tiré de la plus profonde réalité, c'est-à-dire du système féodal et de celui de la parenté, de l'organisation judiciaire, des mœurs et des idées politiques du temps ; et de cette fin peuvent se dégager, comme des deux premiers tiers du roman un enseignement et une morale séculiers dont le chevalier errant ou le protagoniste sont les représentants. On assiste d'ailleurs à une répercussion en chaîne des données qui ont ouvert le roman, puisqu'aussi bien les mêmes rapports de loyauté régissent tous les échelons de la société aristocratique. Le roi Arthur, trop occupé par ses propres guerres et ses soucis (f. 138b) ne porte pas assistance à son vassal le duc de Canbenic ; la guerre s'installe et se prolonge aux frontières, au château de Loverzerp (f. 146b), pour la possession et l'aménagement de châteaux forteresses, au château donné à Agravain ; elle se délègue et entretient l'instabilité et la ruine avec la guerre du seigneur de l'Étroite Marche contre Marganor, le sénéchal du Roi des Cent Chevaliers ; elle favorise la jalousie et la délation entre les vieux serviteurs de la féodalité, sénéchaux et vavasseurs dans ce qui se règle par la justice sanglante et sans appel d'un combat judiciaire, malgré encore les efforts de la ruse (f. 150a). Hector comme Gauvain trouvent à défendre la femme de l'emprise de la parenté dans des conflits qui ont des sources matrimoniales, dans les répercussions de l'esprit de vengeance, avec les secours apportés à

Synados ou au seigneur de l'Étroite Marche; mais on devine aussi les ruses et les excès des faibles pour résister, ce qui engendre d'autres désordres. Les conflits autour d'Arthur prennent une envergure politique : l'alliance fondée sur des liens matrimoniaux que l'affaire de la fausse Guenièvre met en cause, donne l'occasion aux hauts barons du pays de Camélide et à ses meilleurs chevaliers d'affirmer une agressivité naturelle, latente, contre la suprématie qu'affirment sans doute les changements apportés par les *preudomes* d'Arthur, et sans doute le renouvellement du symbolisme de la Table Ronde. La narration de cet épisode et son dénouement s'appuient en partie sur le formalisme du système judiciaire, faussé par le fait que le roi se trouve juge et partie, accusateur et coupable lui aussi d'adultère, qu'il ne choisit pour participer au jugement que des barons de Camélide, alors que seule la prouesse de Lancelot établit la légitimité de la véritable reine.

On pourrait multiplier et approfondir ce réalisme social et politique qui contredit l'image d'une chevalerie idéalisée, le rappel incessant des valeurs aristocratiques de loyauté et de générosité, les contrastes qui font d'Arthur le meilleur des rois, mais aussi un lâche, un être vil et cruel, qui pourtant au cœur du mal rappelle l'excellence de Guenièvre, ou qui cache sa pitié et son émotion devant l'exécution de la fausse Guenièvre ; ce dernier personnage, dans son traitement laconique, a d'abord lui aussi la beauté du diable, puis les traits pathétiques d'une victime, presque d'une martyre du mal.

Parallèlement, ce qui fait le pittoresque, le charme, le mystère de ce réalisme socio-politique ou humain, c'est son alliance avec un résidu d'éléments merveilleux ou une adaptation des données d'un merveilleux universel avec des décors, des sites, une géographie, des mœurs où le précis à l'imprécis se joint, où l'actualité s'allie à la fantaisie fonctionnelle et poétique. Par là cette dernière partie reste encore dans le prolongement de la manière mise en place au début de la Vulgate. L'auteur ici, il est vrai, semble se plaire plus qu'ailleurs à l'usage d'un merveilleux fonctionnel : écu fendu et apotropaïque, onguent et sang guérisseurs, potion d'amour, porte barrée magiquement, écroulements successifs et sans cause, songe et interprétation du futur, etc. Mais il est d'abord très proche de figurations simplement symboliques : un nain vil, ridicule ou tout de même pitoyable ; le pennon de la reine, le heaume royal, dévolus à Lancelot dans le combat contre les Saxons, etc. Le plus curieux est assurément le traitement de l'espace. A. Micha a étudié dans le détail cette Angleterre romanesque, en tentant de la rattacher à des supports qui révèlent finalement une connaissance assez vague, mais qui joue avec bonheur de la réalité contemporaine, des caractères du merveilleux et enfin de la fantaisie pour aboutir à une atmosphère très particulière, celle qui place le roman arthurien à la frontière la plus envoûtante du réel et de l'imaginaire ; les toponymes, les distances, les lieux stéréotypés, les itinéraires jalonnés d'indications vraisemblables ou de formules commodes abrégeant toutes sortes de parcours, du type « tant chevaucha qu'il arriva... », tout ce matériel littéraire, lié à l'errance ou à l'exaltation chevaleresques, compose le plaisir du lecteur allant du connu au renouvellement, du réel familier au vague commode d'un autre-monde, du vraisemblable à l'extraordinaire ou à l'insolite d'un dépaysement fascinant ou divertissant. Si la poésie du lac, de la forêt, sont moins grandes dans ce volume que dans les débuts de l'histoire de Lancelot, il faudrait toute une étude pour analyser la richesse fonctionnelle, symbolique ou fantastique du château, de ses diverses catégories et de ses composantes, d'autant plus qu'il s'agit encore souvent d'un travail de variations sur une tradition littéraire particulièrement riche, et que connaît bien l'auteur.

En conclusion, ce dernier tiers du manuscrit BN 768 s'éloigne très nettement de l'esprit religieux du Lancelot-Graal. L'optique en est essentiellement laïque, la morale aristocratique et héroïque. Il est sûr que les aventures d'Hector et de Gauvain sont traitées avec un goût de la complexité qui les rend trop longues ; mais l'analyse du récit révèle une technique très élaborée ; lues isolément, l'aventure d'Hélène sans Pareille donne déjà l'impression d'une nouvelle, celle de la fille du roi de Norgales a des allures de conte fantastique allié à un burlesque courtois. Il est probable que l'histoire de la fausse Guenièvre, malgré une sauvagerie qui lui donne parfois un caractère primitif, et la mort de Galehaut, réduite à un scénario laconique, sont des abrègements postérieurs de la Vulgate.

Mais c'est au moins l'avantage des textes courts que de susciter le désir de retrouver dans de plus vastes ensembles les personnages, les motifs, les stéréotypes narratifs ; par conséquent le choix d'éditer et de traduire cette version abrégée du *Lancelot* se justifie non seulement par l'excellence du manuscrit qui la relate, mais aussi bien par le souci de donner au lecteur moderne le meilleur avant-goût de prolongements à venir, qu'il peut être désireux de suivre dans la Vulgate, et qu'à coup sûr il goûtera alors plus intensément.

REMARQUES SUR LA TRADUCTION

Les principes exposés par F. Mosès dans le tome I ont été les nôtres, à commencer par celui de la fidélité et de la priorité donnée à l'exactitude sur toute autre considération de style ou de modernité. Les excellents index des éditions d'E. Kennedy et d'A. Micha nous ont apporté une aide précieuse.

Nous avons gardé le vocabulaire technique, en l'expliquant dans les notes ; une liste alphabétique de ce vocabulaire, à la fin du livre, renvoie aux folios où sont donnés les définitions, pour permettre de retrouver celles-ci facilement.

Pour les mots à connotations physiques, sociales ou morales, disparus ou ayant changé de sens, nous avons parfois tenté de les traduire en fonction de leur contexte. Si, par exemple nous avons gardé *bachelier*, qui désigne dans notre texte un jeune chevalier, non établi et sans attaches familiales, nous avons traduit l'adjectif *legier* qui l'accompagne souvent, tantôt par « mobile », « instable », tantôt par « irréfléchi » et même « imprudent ». Plutôt que de garder *valet,* nous avons préféré le traduire tantôt par « jeune homme », c'est-à-dire son sens le plus général, surtout quand le contexte demandait que la noblesse ou l'incognito du personnage passent avant la mention de sa fonction d'écuyer – ainsi de Lionel ; tantôt par « écuyer », surtout quand ce mot d'*escuier* venait lui-même comme synonyme dans le passage, étant bien entendu que l'état d'écuyer (étymologiquement celui qui non seulement « porte l'écu », mais « sert » un chevalier ou un seigneur dans ce qui caractérise la noblesse) pouvait se prolonger au-delà de la jeunesse, dans le cas de la pauvre et de la petite noblesse. Malgré la belle analyse de *preudome*, donnée par F. Mosès, nous avons risqué de traduire ce mot de civilisation ; il signifie étymologiquement « celui qui est utile, qui a la valeur requise par son état, sa fonction, sa personne ou son destin », au moins dans le roman ; adjectif ou substantif, ce sera un « saint homme » pour un ermite, un « sage », un « homme éclairé », un « juste » pour un roi, un « fidèle » et surtout un « brave » pour un chevalier ; dans certains cas, en effet, nous avons pensé qu'il fallait affirmer les notions prioritaires de bravoure et de loyauté, attachées à l'idéologie chevaleresque et féodale : notamment dans l'épisode de la fausse Guenièvre, le mot sert à distinguer, comme adjectif ou substantif, nous semble-t-il, les compagnons de la Table Ronde, nouveaux ou anciens, implicitement confirmés par Arthur et fidèles à la vraie reine, par opposition aux chevaliers et aux barons de Camélide, partisans de la fausse Guenièvre

En ce qui concerne le style, nous avons à peine allégé les annonces ou les incises des dialogues ; nous pensons qu'elles témoignent d'un souci de clarté, aidant à la lecture orale d'un seul interprète, ou de plus en plus à la lecture visuelle ; cependant nous avons souvent essayé d'atténuer la monotonie des « *dit il* », « *fait il* » par des synonymes qui exprimaient le ton du locuteur, à dégager du contexte, encore. Mis à part des changements dans un espace très réduit, nous avons presque toujours gardé le passage très libre du passé au présent de narration et vice versa, ainsi que la concordance des temps au passé qui accompagne un présent de narration : l'écrivain du XIIIe siècle faisait passer sans doute la vie ou l'expressivité avant l'harmonie recherchée par les modernes. Nous avons essayé de rendre les nuances des particules de liaison qui enchaînent presque automatiquement les phrases : *et, si, lors, atant* ; mais quand le mouvement de la phrase ou du développement permettait de les supprimer, nous avons préféré l'allègement ; les coordonnées explicatives introduites par *car* ont été maintes fois remplacées par la ponctuation des deux points : le sens est le même et la phrase est là aussi allégée. Nous avons gardé un trait fréquent de ce roman, qui consiste à passer dans la même phrase du style narratif au style direct ou indirect : le naturel et la souplesse de la langue y gagnent en effet. Nous avons essayé de garder les nuances ou la complémentarité des doublets, si fréquents dans l'ancienne langue ; cependant nous avons opté aussi pour un seul mot, en lui donnant néanmoins la valeur superlative que peut impliquer parfois le doublet. Enfin nous avons, quand le sens le demandait, rétabli l'ordre de propositions présentées en « hustéron protéron », car les modernes ne sont plus sensibles à cette figure de style venue des langues anciennes.

De façon générale nous avons essayé de rendre l'animation ou la passion des dialogues, marquées par les nombreuses exclamations et formules d'adjuration ou serments d'affirmation ; la densité suggestive des formules et des reparties à valeur didactique ; la précision des descriptions, surtout quand cette précision était fonctionnelle ; la qualité pittoresque ou épique de certains passages : les rencontres des demoiselles dans la forêt du soir, la merveilleuse conduite du roi Yder contre l'armée saxonne, etc.

Ces quelques considérations ne prétendent pas remplacer une étude d'ensemble sur la langue et le style de cette dernière partie (ce qui pourrait peut-être aider à prendre parti dans la question des antériorités et du nombre des auteurs) ; elles aboutissent au contraire à constater l'harmonie relative de cette fin, dont certains passages se rapprochent de la qualité poétique ou dramatique qu'on peut trouver dans les deux premiers tiers du roman ; mais même la sobriété elliptique de l'épisode de la fausse Guenièvre ne nuit pas au caractère sauvage et archaïque de l'épisode ; le brio, l'aisance, l'allure piquante ou narquoise des aventures féminines d'Hector ou de Gauvain sont traduits par des phrases courtes, denses, des reprises et des jeux de mots ; l'amitié passionnée de Galehaut, la reconnaissance des grandeurs de l'amour humain par la Dame du Lac, sa tendresse pour Lancelot, s'expriment en formules ou en comparaisons dont l'émotion ne peut être sentie que par un report à l'ancien français, que permet justement la présentation bilingue de cette collection.

LE ROMAN DE LANCELOT DU LAC

Mais atant se taist do roi et de sa compaignie, que plus n'en parole, ainz retorne a Galehot et a son compaignon, mais gaires n'an parole ici androit.

(*f. 111d*) Ce dit li contes que antre Galehot et son conpaignon errerent par lor jornees, que il vint en la terre dom il estoit sires. Ce fu la terre de Sorolois qui siet antre Gales et les Estranges Illes.. Icele terre n'estoit mies Galehot d'ancesserie, ainz l'avoit gaaigniee par force sor lo roi Gloier, un neveu au roi [de] Northunberlande. Et cil avoit esté ocis en la guerre, si estoit remesse une soe fille petite, mout bele, don la mere avoit esté morte au naistre. Celi faisoit Galehoz garder mout anoreement tant que ele fu granz, si la devoit doner a fame a un sien neveu qui ores estoit mout petiz, si li avoit tote la terre de Sorelois otroiee a l'ore que il seroit chevaliers. Et cele estoit la plus delitable terre qui fust sor les illes de mer de Bretaigne, et la plus aaisiee de boenes rivieres et de bones forez et de planteureuses terres. Et si n'estoit mies granmant loingtiegne de la terre lo roi Artu, si i plaisoit mout Galehot a sejorner, car trop amoit lo deduit des chiens et des oisiax. Et plus i estoit alez, por ce que li reiaumes de Logres estoit plus pres d'iqui que des Estranges Illes, qui estoit s'autre terre.

Li reiaumes de Sorelois par devers la terre lo roi Artu estoit

CHAPITRE LII

Galehaut et Lancelot en Sorelois. Lionel écuyer de Lancelot

À présent l'on ne parle plus du roi et de son entourage, mais l'on revient à Galehaut et à son compagnon, pour n'en dire toutefois ici que quelques mots.

(f. 111d) Selon le conte, ils arrivèrent en plusieurs étapes dans la contrée dont Galehaut était le seigneur. C'était le Sorelois, situé entre le pays de Galles et les Étranges Iles ; Galehaut n'avait pas hérité ce fief de ses ancêtres, mais il l'avait conquis par la force sur le roi Gloier, un neveu du roi de Northumberland ; Gloier avait été tué au cours de la guerre, et il avait laissé un enfant, une petite fille très belle, dont la naissance avait causé la mort de sa mère. Galehaut la faisait garder avec beaucoup d'égards, pour qu'elle épouse, quand elle aurait grandi, un de ses neveux, encore très jeune, à qui il avait attribué tout le Sorelois, à partir du jour où il serait chevalier. Dans toutes les îles de la Grande-Bretagne, c'était le pays le plus agréable, le mieux pourvu en bonnes rivières, en riches forêts, en terres plantureuses ; il n'était pas très éloigné du territoire d'Arthur. Galehaut se plaisait beaucoup y faire des séjours, car il était grand amateur de chasse à courre et au vol ; et plus encore, il y était allé parce que le royaume de Logres[1] en était plus proche que des Étranges Iles, son autre fief.

Le royaume de Sorelois, du côté du territoire d'Arthur, avait

---

1. Le royaume de Logres est le royaume du roi Arthur, qui correspond à l'Angleterre méridionale actuelle. Le roi tient des cours et séjourne dans ses différentes villes : Logres, Carlion, Camahalot, Londres. Les chevaliers de la Table Ronde, compagnons du roi, en partent et y reviennent périodiquement.

toz clos d'une sole aigue qui mout estoit roide et granz et parfonde, si estoit apelee Assurne. Et d'autre part estoit tote avironee de la mer. Et aprés i avoit chastiaus et citez et forz et delitables et de murs et de bois et de montaignes, et d'autres aives avoit assez en la terre, do li plus an cheoit an Assurne, et cele cheoit an mer, si que de la terre lo roi Artu ne pooit nus antrer an Sorelois qui par Assurne ne passast avant. Ne ce n'estoit mie aive douce, car li premiers chiés s'isoit de mer, *(f. 112a)* et a l'autre chief cheoit an mer. Ansi estoit la terre de Sorlois close par devers lo reiaume de Logre. Si n'i avoit au chevalier errant que deus passages, ne plus n'en i ot tant com les aventures durerent el reiaume de Logres et es illes d'anviron, qui durerent, ce dit la letre mil et sis cenz semaines et nonnante. Cil dui passage estoient assez felon et orgoillos, car chascuns [estoit] d'une chauciee estroite et haute qui n'avoit mies plus de trois toises [de lé], et si avoit plus de lonc de set mile et un, [et] desoz aive an avoit, an tex leus i avoit, plus de soisante dis. Itex estoient les chauciees anbedeus. Et au chief de chascune devers So[ro]lois avoit une tor haute et fort. Et an chascune avoit un chevalier, lo meillor que l'an pooit trover, et dis serjanz a hache et a espees et a

pour frontière sur toute sa longueur une même rivière rapide, large et profonde, qu'on appelait l'Assurne ; de l'autre côté, c'était partout la mer. À l'intérieur, il y avait des châteaux et des cités, fortifiés et plaisants, avec des remparts, des bois et des collines ; il y avait encore bien d'autres rivières dans ce pays, la plupart affluents de l'Assurne ; celle-ci se jetait dans la mer, si bien qu'en venant du royaume d'Arthur, on ne pouvait absolument pas entrer en Sorelois sans la franchir ; son eau n'était pas douce, car à l'embouchure, la mer se mêlait aux eaux d'un bras *(f. 112a)* et un autre bras s'y déversait. Telle était la frontière entre le Sorelois[1] et le royaume de Logres. Le chevalier errant[2] n'y trouvait que deux passages, et il n'y en eut pas davantage tant que durèrent les aventures au royaume de Logres et dans les îles environnantes, c'est-à-dire, selon ce qui est écrit, mille six cent quatre-vingt-dix semaines. Ces deux passages étaient difficiles et redoutables, car chacun était constitué par une chaussée étroite et surélevée, qui n'avait pas plus de trois toises[3] de large sur plus de sept mille de long, et par endroits, l'eau avait plus de soixante-dix toises de profondeur ; voilà ce qu'étaient ces deux chaussées. À l'extrémité de chacune, du côté du Sorelois, s'élevait une haute tour fortifiée ; chacune était gardée par un chevalier, le meilleur possible, et par dix sergents[4] ; ils avaient des haches, des épées et des

---

1. La proximité du Sorelois avec le royaume de Logres, le caractère insulaire que lui donne notamment l'Assurne aux eaux salées, son agrément, ses voies d'accès restreintes et difficiles, tous ces traits préparent la fonction romanesque de ce pays dans le roman ; ils combinent aussi des souvenirs mythiques et une géographie réelle. Les Iles Étrangères ou Lointaines Iles correspondent peut-être aux Hébrides ; l'Assurne peut-être à la Savern.

2. On trouve tantôt cette dénomination de *chevalier errant* (f. 115c, f. 117c, f. 153c, etc.) tantôt *chevalier estrange* (f. 134b, f. 138b, etc.) ; dans la réalité on appelait ainsi les chevaliers qui couraient les tournois ; dans l'univers arthurien, c'est un type littéraire, essentiellement créé par Chrétien de Troyes, qui en donne la définition la plus large, « celui qui cherche l'aventure » (*Yvain*, v. 258). Voir M.-L. Chênerie, *Le Chevalier errant dans les romans arthuriens en vers des XIIe et XIIIe siècles*, Genève, Droz, 1986.

3. La toise mesurait 1,949 m.

4. Le *sergent* est un homme d'armes non noble, le plus souvent à pied dans le roman, mais certains sont à cheval ; il a ses armes propres (voir notamment f. 118c).

glaives. Cil estoient ansis a chascune tor por pris et por los conquerre et por hautes soudees que il an atandoient. Et se chevaliers estranges venoit a la chauciee por passer outre, combatre lo covenoit au chevalier et as dis serjanz. Et s'il pooit passer outre a force, si estoit mis ses nons an un escrit laianz, si pooit tozjorz mais passer sanz combatre. Et se il estoit conquis, il remanoit an la merci au chevalier et as dis serjanz qui gardoient la chauciee. Et ceste garde lor covenoit faire un an antier. Et se dit li contes que, au tans [que] Merlins profecia les aventures qui devoient avenir, fist faire ces deus chauciees li rois Lohoz, li peres au roi Glohier, qui a cel tans estoit sires de Sorolois, por ce que il dotoit la destrucion de sa terre. Et neporqant, ançois que les avantures commançassent a avenir, avoit sor cele aigue assez autres passages de fust et de nes passanz. Mais si tost com eles commancerent, [furent] tuit abatu, qe onques puis chevaliers estranges ne passa se par ces deus chauciees non.

An cele terre qui si est forz et close s'an ala Galehoz sejorner antre lui et son compaignon et les autres genz *(f. 112b)* de son ostel; mais ce fu plus priveement que il ne soloit, car a son pooir se covroit, que nus hom son covine n'aparceüst; ne nus ne savoit lo non de son compaignon que solement li dui roi qui avoient esté si ploige.

Ensi sejornerent grant piece an Sorelois, si orent assez deduit de rivierres et de bois. Mais nus deduiz ne plaisoit a Lancelot, que il ne pooit veoir cele cui il estoit toz, n'a autre chose ne pansoit. Et Galehoz, qui mout estoit angoissos de sa messaise, lo conforte mout

lances ; les chevaliers s'étaient postés aux deux tours pour gagner de la valeur et de la gloire, et aussi pour les importants profits qu'ils en attendaient. Chaque fois qu'un chevalier de l'extérieur venait pour passer la chaussée, il lui fallait combattre contre le chevalier et les dix sergents ; si sa force lui donnait le passage, son nom était inscrit sur place, et désormais, il pouvait passer sans combat ; mais vaincu, il se trouvait à la merci du chevalier et des dix autres gardiens de la chaussée, qui devaient assurer cette garde pendant toute une année. Selon le conte, au temps où Merlin[1] prédisait les aventures à venir, c'était le roi Lohot, le père du roi Gloier, en ce temps-là seigneur du Sorelois, qui avait fait construire ces deux chaussées, parce qu'il redoutait la ruine de sa terre. Cependant, avant le début des aventures, il y avait pour franchir cette rivière, beaucoup d'autres moyens de passage, des ponts de bois, des embarcations ; mais aussitôt que les aventures commencèrent, tout fut détruit, et plus aucun chevalier de l'extérieur ne put passer ailleurs que par ces deux chaussées.

Sur cette terre ainsi défendue et fermée, Galehaut s'en alla résider avec son compagnon[2] et le reste (f. 112b) de sa maison ; mais ce fut de façon plus discrète que d'habitude, car il faisait tout son possible pour que personne ne découvrît sa situation[3], et personne ne savait le nom de son compagnon, excepté les deux rois qui avaient été ses garants[4]. Ils firent un long séjour en Sorelois, en se distrayant à la chasse, dans les forêts ou au bord des rivières ; mais aucun divertissement ne plaisait à Lancelot, car il n'avait pas la possibilité de voir celle à qui il appartenait tout entier, et il ne pensait qu'à elle. Galehaut, fort tourmenté par son malaise, ne cessait de le réconforter, lui

---

1. Merlin est l'enchanteur lié aux destinées du monde arthurien. L'expression *des le tans Merlin*, dans *Erec*, v. 6693 sert à indiquer un passé lointain (E. Kennedy).

2. Lancelot ; voir t. I, p. 910.

3. *covine* : le mot a une connotation surtout sociale ; il signifie le statut, la condition, la situation d'un personnage dans la société, son rang (voir f. 119d) ; ailleurs il peut s'agir de l'état d'âme, des sentiments (f. 173d). Galehot veut résider secrètement dans le Sorelois, dont il est en fait le seigneur ; mais peut-être les deux sens sont-ils impliqués ici.

4. Le Roi des Cent Chevaliers et le Roi Premier Conquis, voir t. I, p. 836-838.

et disoit que il ne s'esmai[a]st mie, car par tens orroient aucunes novelles des assanblees.

Dedanz lo mois qu'il i furent venu anvoia la Damoisele do Lac a Lancelot un vallet et li manda que il lo retenist tant qu'il voudroit estre chevaliers. Et Lanceloz lo retint volentiers et mout an fist grant joie et mout lo tint chier por sa damoisele qui li mandoit que autresi chier lo tenist comme son cors. Et il si faisoit, car autretant n'amoit nul vallet ne ne creoit, et mout an fist [Galehoz] grant joie por lo vallet qui mout estoit proz et biaus et coisins germains Lancelot, et filz au roi Bohort de Gaunes, qui oncles Lancelot avoit esté et freres au roi Ban. Et qant Lanceloz sot qui il estoit, si l'ama assez plus, car l'amitié de son charnel ami li fist granz parties de ses maus oblier, si an fu assez granz la joie que li uns cosins fist de l'autre.

Li vallez avoit non Lyoniaus por une grant mervoille qui avint a son naistre, car si tost qu'il issi del cors Evayne sa mere, si trova la mere une tache vermoille enmi son piz qui estoit an forme d'un lion, et li anfes l'avoit anbracié a deus braz parmi lo col autresi comme por estrangler. Ceste chose fu esgardee a merveille. Et por ce fu apelez li anfes Lyoniaus, qui puis fist assez de hautes proeces si con li contes de sa vie lo tesmoigne; *(f. 112c)* et mout dura la tache anmi son piz, [jusqu'a un jor que il ocist le lion

disant de ne pas s'inquiéter, qu'on viendrait bientôt annoncer des assemblées[1].

Au cours du mois qui suivit leur arrivée, la Demoiselle du Lac envoya un jeune homme à Lancelot, en lui demandant de le prendre à son service jusqu'au moment où il manifesterait le désir d'être chevalier. Lancelot accepta de bon cœur ; il lui fit fête et lui montra beaucoup d'affection, pour l'amour de sa demoiselle qui lui recommandait de le chérir comme lui-même ; en effet, à aucun autre jeune homme il n'accordait autant de confiance et d'amitié. Et Galehaut lui fit aussi très bon accueil, car le jeune homme était beau et valeureux : cousin germain de Lancelot, c'était le fils du roi Boort de Gaunes, frère du roi Ban et oncle de Lancelot. Quand celui-ci sut qui il était, son affection grandit encore : la présence affectueuse de son parent lui faisait oublier une grande partie de ses souffrances ; ainsi les deux cousins furent-ils très heureux de se retrouver.

Le jeune homme s'appelait Lionel, à cause d'un prodige qui avait eu lieu à sa naissance : à peine sa mère, Évaine, l'avait-elle mis au monde, qu'elle découvrit sur sa poitrine une tache vermeille, en forme de lion, et l'enfant, de ses deux bras, l'avait serrée au cou comme pour l'étrangler. On considéra cela comme un prodige, et l'enfant en reçut le nom de Lionel ; par la suite, il accomplit nombre de grands exploits, comme en témoigne le conte de sa vie ; *(f. 112c)* la tache au milieu de sa poitrine resta longtemps, jusqu'au jour où il tua le lion

---

1. Galehaut, Lancelot, la reine et la dame de Malehaut, au moment de la séparation se sont donné rendez-vous « à la première assemblée qui serait au royaume de Logres », voir t. I, p. 911. Le mot *asanblee* a dans ce roman plusieurs significations. C'est d'abord un « rassemblement de chevaliers » (f. 147c) ; le plus souvent, selon l'excellente analyse de F. Mosès (t. I, p. 14), « ce sont des batailles rangées en terrain découvert..., des rencontres fixées longtemps d'avance et d'un commun accord, qui attirent l'élite des chevaliers de plusieurs pays, où l'on s'affronte uniquement dans des combats de cavalerie, avec ces armes nobles que sont la lance et l'épée... » ; il peut alors désigner soit un tournoi proprement dit (par exemple f. 114c : *asenblee qui sera ou reiaume de Logres*), soit de la conduite de la guerre envisagée par les héros arthuriens, par exemple la bataille contre les envahisseurs de l'Écosse, devant la Roche des Saxons (f. 164d). La différence n'intervient pas « dans ce royaume imaginaire où la réalité est agrandie par le rêve » (F. Mosès) et le mot est finalement beaucoup plus employé, dans cette version au moins, que *tornoi* ou *tornoiement*.

coroné de Libe en la cort lo roi Artu, qui estoit amenez au roi, por ce que en sa cort n'avoit onqes mes tel lion esté veüz. Et de celui lion porta messire Yvains la pel en son escu, car Lioneaus li dona quant il l'ot mort, einsi comme l'estoire de ses fez le devise. Ne onques puis la tache ne li parut enmi le piz.] Mout fist Lanceloz grant joie de son coisin. Mais or se taist atant li contes de Galehot, que plus n'an parole ci androit, ainz s'an retorne au roi Artu qui est repairiez en sa terre.

Ce dit li contes que mout se paine li rois Artus de sa gent annorer, si tient les granz festes et les riches corz, et done assez plus que il ne siaut, si va par totes les bones viles sejornant et fait les anseignemenz de son maistre. Si moinent mout bone vie entre la reine et la dame de Malohaut, s'eles veïssent sovant les deus por cui fine amors les tenoit si cortes que assez i pansoi[en]t plus que a tot lo remenant. Et se li dui resont a malaaise en lointien païs, de rien ne se doivent plaindre, car eles ne sont pas an repos, ne a rien ne se delitent que a parler de lor amors qant aise les met ansanble et a panser qant l'une n'et avoc l'autre.

Aprés ce que li rois fu repairiez, ne demora gaires que messires Gauvains fu gariz auques, si que il chevaucha et aloit em bois et an autres deduiz,

couronné de Libye à la cour du roi Arthur, où on l'avait apporté au roi, car on n'en avait jamais vu de pareil en ce lieu. Monseigneur Yvain mit sur son écu la peau du lion, car Lionel, après l'avoir tué, la lui avait donnée, comme le rapporte l'histoire de ses exploits ; et depuis, la tache sur sa poitrine disparut pour toujours[1]. Lancelot fit très grande fête à son cousin. Mais à présent le conte de Galehaut s'arrête, il n'en est plus question ici, et l'on revient au roi Arthur, qui avait rejoint son royaume.

CHAPITRE LIII

Reprise de la quête de Lancelot par Gauvain et quelques compagnons

Selon le conte, le roi Arthur se met fort en peine d'honorer ses sujets ; il célèbre les grandes fêtes avec de riches cours, il fait bien plus de largesses que d'habitude, il multiplie les séjours dans toutes ses bonnes villes, suivant les enseignements de son maître[2]. La reine et la dame de Malehaut, qui lui tient compagnie, mènent une vie fort agréable, si du moins elles avaient pu voir souvent les deux êtres dont l'amour courtois les pressait tant qu'elles pensaient beaucoup plus à cet amour qu'à tout le reste. Si de leur côté les deux amis ne sont pas heureux en terre lointaine, ils ne doivent pas se plaindre le moins du monde, car elles ne prennent pas de relâche, ne se plaisant à rien d'autre qu'à parler de leurs amours quand l'occasion les réunit, ou à y penser quand elles ne sont pas ensemble.

Après le retour du roi, Gauvain fut bientôt tout à fait guéri et il reprit ses chevauchées, la chasse et d'autres divertissements ;

---

1. Voir infra f. 185a-185d. Procédé narratif qui consiste à greffer un récit pour expliquer un nom ou un surnom, voir encore infra f. 155a.
2. Merlin.

et mout li fu sa force revenue et sa biautez. Et neporqant, onques puis ne fu an autresi grant vigor ne an santé com il avoit devant esté, et si fist il puis maint biau cop d'espee et de lance. Mout fu granz la joie an la cort lo roi Artu qant l'en lo vit gari et respassé. Quant li rois ot esté a Logre et a Chamahalot et a Carlion et a maintes autres boenes viles, si li retrait li cuers vers Carduel, car ce estoit la vile ou il plus volentiers sejornoit, car trop estoit bien seanz et aaisiez. Mais ençois que il i venist, fist savoir que il i eroit et qu'il i tanroit cort de plait, et comanda que tuit si grant afaire venissient la de par tot. Aprés ce vint li rois a mout grant compaignie et i demora quinze jorz antiers, et chascun [jor] *(f. 112d)* tint cort efforciee et riche, hui bien et demain miauz. Et ne fu onques puis jorz que il ne donast tant que toz li mondes se merveilloit o totes ces richeces estoient prises que il donoit ; et chascun jor anforçoit sa corz et de dons et de viandes. Ainz que li quinze jor fussient aconpli, furent auques si grant afaire trait a chief, car il avoit tex genz an sa compaignie qui volentiers traoient les droiz avant et botoient arrieres les torz. Si tost comme la parole estoit oïe, covenoit que li droiz fust porseüz.

Au chief de quinze jorz fu uns mardis, et dit li contes que antre la reine et la dame de Malohaut devoient lo jor porchacier, et movoir parole de une assanblee por parler a lor amis. Mais uns destorbiers lor corrut sus, car ce dit li contes que qant li rois se seoit au mangier, et il ot ja lo tierz mes aü, si chaï en un penser si grant que il an oblia et la feste et lo mengier et toz ces qui [i] estoient et soi meïsmes, si commança a sospirer mout durement et a plorer des iauz de la teste, et fu apoiez sor un coutelet. Et en iceste maniere demora mout longuement,

il avait retrouvé une grande partie de sa beauté et de sa force ; toutefois il ne récupéra jamais sa vigueur et sa santé antérieures, ce qui néanmoins ne l'empêcha pas de donner encore maints beaux coups d'épée et de lance. À la cour d'Arthur, la joie fut grande quand on le vit guéri et rétabli. Le roi, après avoir été à Logres, à Camahalot, à Carlion, et dans bien d'autres bonnes villes, se sentit alors attiré par Carduel, la ville où il avait le plus de plaisir à séjourner, car elle était bien située et opulente. Mais auparavant, il fit annoncer son arrivée et dire qu'il tiendrait cour de justice : toutes les grandes affaires qui le concernaient devaient donc y être présentées. Cela fait, il arriva avec une suite très importante et resta quinze jours pleins, tenant *(f. 112d)* quotidiennement une riche et grande cour, celle du lendemain dépassant toujours la précédente. Il ne se passait pas un jour sans qu'il fasse des largesses et tout le monde se demandait avec étonnement où il prenait toutes les richesses qu'il donnait ; tous les jours sa cour se remplissait de dons à distribuer et de nourriture. Les quinze jours n'étaient pas révolus que les grandes affaires qui le concernaient furent parfaitement menées à terme, car il avait dans son entourage des personnes qui ne se faisaient pas prier pour promouvoir le droit et rejeter le tort ; dès que la cause était entendue, il fallait que le droit triomphe[1].

Au bout de ces quinze jours, un mardi, selon le conte, la reine et la dame de Malehaut devaient proposer un tournoi et en fixer la date pour pouvoir parler à ceux qu'elles aimaient. Mais un contretemps les surprit : selon le conte, alors que le roi était à table et que le troisième service[2] avait déjà eu lieu, il lui arriva de tomber dans des pensées si profondes qu'il en oublia la fête, le festin, tous ses invités et lui-même ; appuyé sur un petit couteau, il se mit à pousser de profonds soupirs et à laisser couler des pleurs[3]. Comme cela durait exagérément,

---

1. Ces lignes exaltent deux qualités royales par excellence, la largesse et la justice.
2. Le *mes* est un service de table, généralement composé de plusieurs plats.
3. Le motif de la prostration royale annonce souvent le début d'une « aventure », dans le roman arthurien ; bien des détails de ce passage, à commencer par celui du couteau, se retrouvent dans la *Première Continuation de Perceval*, éd. W. Roach, t. III, A, v. 3362-3699.

tant qe messires Kex li seneschax s'an prist garde, sel mostra a monseignor Gauvain et a monseignor Yvain et a Lucan lo boteillier et a Sagremort lo Desreé et a Guiflet, lo fil Dué. Cil sis servoient tuit par lo palais, et qant il virent lo roi si pansif, si furent tuit esbahi. Et messires Gauvains dist que il an panseroit bien. Lors si apele un vallet et si li dist :

« Va tost a cele damoisele qui devant monseignor sert de la cope, si li di que ele vaigne a moi parler, et tu tien la cope tant que ele voist arriere. »

A cel tans estoit venue a cort une damoisele qui avoit non Lore de Carduel, por ce que a Carduel avoit esté norrie, si estoit nee del roi de Norwague (*f. 113a*) et de la seror lo roi Artu, si avoit esté ses peres maistres boteilliers, de la terre de Lagre ; et cele prist lo mestier si tost com ele vint a cort. Et cele estoit une des plus beles dame do mont. Li escuiers vint a la pucele et li dist la parole monseignor Gauvain, et ele li baille la cope, si s'en vient a monseignor Gauvain. Et il li dist :

« Bele coisine, alez a monseignor lo roi et si li dites que nos li mandons par la foi que il nos doit, qui nostre sires est et nos si home, que il nos die por coi il a si longuement pensé, et que il lo nos mant autresi com il velt savoir les noz panser[s]. »

Et la damoisele vient devant lo roi, si s'agenoille, et ne set commant ele l'ost araisnier. Et il se fu apoiez sor lo coutelet si que tote la lemelle an fu ploiee. Si n'avoit laianz chevalier qui de son pensé ne fust toz esbahiz ; li plusor an avoient laissié lo mengier. Lors prist la damoisele la nape, si traist a li, et li coutiax eschape, et la mains lo roi fiert sor la table. Et il laist son pensé, si regarde antor lui. Et la damoisele li dist :

« Sire, ça m'anvoie messires Gauvains, et cil

monseigneur Keu s'en inquiéta et le fit remarquer à monseigneur Gauvain, à monseigneur Yvain, à Lucan le Bouteiller, à Sagremor le Démesuré et à Girflet, le fils de Don. Tous les six assuraient le service dans la salle et quand ils virent le roi ainsi absorbé, ils en furent bien étonnés. Monseigneur Gauvain déclara qu'il allait s'en occuper; il appelle un jeune homme et lui dit :

« Va vite trouver cette demoiselle, chargée de donner à boire à monseigneur et dis-lui qu'elle vienne me parler; toi, tu tiendras la coupe jusqu'à son retour. »

En ce temps-là une demoiselle était venue à la cour, qui s'appelait Laure de Carduel, parce qu'elle avait été élevée à Carduel; elle était en effet fille du roi de Norvège *(f. 113a)* et de la sœur du roi Arthur; son père avait été maître bouteiller de la terre de Logres et elle en avait pris la fonction dès son arrivée à la cour. C'était une des plus belles princesses du monde. L'écuyer vint la trouver et lui dit le message de monseigneur Gauvain; elle lui remit la coupe et rejoignit monseigneur Gauvain, qui lui dit :

« Belle cousine[1], allez auprès de monseigneur le roi, et dites-lui que nous lui demandons, par la foi qu'il nous doit, lui qui est notre seigneur et nous qui sommes ses hommes, qu'il nous dise pourquoi il s'est laissé absorber si longtemps, et qu'il doit nous le faire savoir de la même manière qu'il exige de connaître nos pensées. »

La demoiselle arriva devant le roi, s'agenouilla, mais elle ne savait où trouver l'audace de lui adresser la parole. Il était appuyé si fort sur le petit couteau que la lame en était toute recourbée. Tous les chevaliers de la salle restaient interdits devant cette prostration et la plupart avaient cessé de manger. Alors la demoiselle saisit la nappe, la tire vers elle; le couteau glisse et la main du roi heurte la table; il sort de ses pensées, regarde autour de lui, et la demoiselle lui dit :

« Sire, monseigneur Gauvain m'envoie à vous, ainsi que les

---

1. Laure de Carduel est donc d'après ce passage la cousine germaine de Gauvain, fils d'une autre sœur d'Arthur; mais l'appellation « belle cousine », restera propre aux personnages de sang royal jusqu'à la fin du Moyen Âge.

cinc chevalier qui avoc lui sont, si vos mandent : car par la foi que vos lor devez que vos lor mandez a coi vos avez si longuement pensé, car il lo volent savoir, autresi com vos volez savoir la lor pensee. »

Et li rois la regarde mout effreement :

« Or alez et si lor dites qu'i[l] m'an laisent ester atant, car se il savoient a coi j'ai pensé, il nel demanderoient ja. »

La damoisele vient as chevaliers, si lor dist la parole lo roi ; si an sont mout esbahi. Et messires Gauvains dit que ansi ne remanra il mie :

« Et bele coisine, alez arrieres et dites a monsignor lo roi que ancor lo requerons nos, sor la foi que il nos doit, que il nos mant a coi il a si durement pensé. »

Et cele vint au roi, si li dit. Et li rois fist mout laide chiere, plus que il n'avoit fait devant, et dit que « puis que il ne me volent laissier ester, ge lor manderai. Alez, fait il, et si dites que ge pans a lor grant honte. »

Et la pucele lor va dire. Et qant il l'oent, si an sont si esbahi qu'il ne *(f. 113b)* dient mot d'une grant piece. Et lor dit messires Yvains :

« Ansi nel devons nos pas sofrir, mais alons devant lui, si orrons comment il a si pensé a nostre grant honte. »

Et il se tien[en]t tuit au consoil et vienent devant lo roi. [Et li dit mes]sire [Gauvains :]

« Sire, vos nos avez mandé que vos avez pansé a noz granz hontes. Et nos vos proions et requerons com a nostre seignor lige, sor la foi que vos nos devez, que vos nos dites commant ce est a nostre grant honte. »

« Certes, fait li rois, [se vos m'en creez,] vos lairoiz ester atant, car la chose est si granz que vos nel porriez amander. »

Et cil li respondent que ansi nel lairont il mies a lor pooir,

cinq chevaliers qui sont avec lui, pour vous adresser une demande : par la foi que vous leur devez, faites-leur savoir à quoi vous avez si longtemps pensé ; ils veulent le savoir, tout comme vous voulez connaître ce qu'ils pensent. »

Mais le roi la regarde, plein d'effroi :

« Allez donc leur dire qu'ils me laissent tranquille sur ce sujet, car s'ils savaient à quoi j'ai pensé, ils ne me le demanderaient jamais. »

La demoiselle rejoint les chevaliers et leur transmet les propos du roi ; ils en sont très étonnés. Monseigneur Gauvain déclare qu'on n'en restera pas là :

« Eh bien, belle cousine, retournez dire à monseigneur le roi que nous lui demandons encore une fois, sur la foi qu'il nous doit, de nous dire à quoi il a pensé si profondément. »

Elle retourne donc dire cela au roi. Celui-ci fit beaucoup plus triste mine que la première fois et répondit :

« Puisqu'ils ne veulent pas me laisser tranquille, je vais le leur faire savoir. Allez et dites-leur que je pense à leur grande honte. »

La jeune fille transmet la réponse ; en l'entendant, ils sont tellement stupéfaits que *(f. 113b)* pendant un long moment ils restent silencieux. Enfin monseigneur Yvain prend la parole :

« Nous ne devons pas accepter cela ; allons le trouver et nous pourrons savoir comment il a pu penser à notre grande honte. »

Tous se rangent à cet avis et se rapprochent du roi.

« Sire, lui dit monseigneur Gauvain, vous nous avez fait savoir que vous avez pensé à la grande honte qui est sur nous. Nous vous prions et nous vous demandons, comme à notre seigneur lige[1], sur la foi que vous nous devez, que vous nous disiez comment il s'agit de notre grande honte. »

— En vérité, fait le roi, si vous m'en croyez, vous devriez en rester là, car l'affaire est si grave que vous ne sauriez la rattraper. »

Les autres lui répondent que dans la mesure du possible ils

---

1. Le seigneur *lige* est celui qui, parmi plusieurs seigneurs, doit être servi en priorité et sans réserve. La notion de ligesse est passée ensuite au vassal, à l'hommage et au fief. En France, la monarchie a tenté d'imposer à ses vassaux la fidélité au roi, lequel, de ce fait, est automatiquement le seigneur lige de chacun.

et totevoie li requierent que il lor die.

« Et gel vos dirai, fait li rois, puis que vos no volez laisier ester. Il est voirs que ge pansoie a voz granz hontes. Don ne vos manbre il que vos fustes qarante des meillors chevaliers de ma maison, tuit eslit par sairemanz por aler querre lo chevalier as armes vermoilles qui l'asanblee vainqui de moi et de Galehot et l'autre aprés, si com ge cuit ? Vos jurastes tuit qarante que vos n'an vandroiez sanz lo chevalier o sanz veraies enseignes de lui, si vos an venistes tuit qarante que onques lo chevalier ne m'amenastes, ne anseignes veraies n'an aportastes ; ne ancor n'an sai ge nule certaine chose. Si vos an apel toz failliz et recreanz et parjurs. Et ce est la honte a coi ge pansoie. »

« Certes, fait messires Gauvains, vos avez droit et voir dites vos. Si n'est pas droiz que vos les soffrez an vostre compaignie, puis que nos somes honi. Mais androit moi ne vos ferai je plus honte. »

Lors se trait a une fenestre et tant sa main a un mostier que il voit et dit si haut que l'oent par tote la sale :

« Ansi m'aïst Dex et li saint, ge n'anterrai mais an la maison monseignor lo roi a mon pooir devant que ge lo chevalier aie trové, se trovez puet estre. Et vos, seignor chevalier qui çaianz iestes, ge vos di bien a toz sor voz anors, [qui a parjurez se tanra,] si me sive, car ge *(f. 113c)* m'an vois. »

Lors s'an part messires Gauvains et s'an va a son ostel, et tuit li cinc qui avec lui estoient venu s'an vont a lor ostex. Et la parole s'espant par laianz, si que par tote la sale sot an por coi messires Gauvains s'en ala. Si l'oïrent une partie des chevaliers qui an la qeste avoient esté et saillirent bien sus jusque a quatorze. Plus n'an avoit laianz, car li autre estoient an lor païs et an lor afaires. Cil quatorze se corrurent armer aprés les autres sis qui

n'en resteront pas là, et sur-le-champ ils renouvellent leur question.

« Eh bien, je vais vous le dire, cède le roi, puisque vous ne voulez pas laisser les choses où elles en sont. Il est vrai que je pensais à la grande honte qui est sur vous : ne vous souvenez-vous pas d'avoir été quarante, parmi les meilleurs chevaliers de ma maison, tous choisis sur le serment de quêter le chevalier aux armes vermeilles, celui qui l'emporta dans la guerre entre Galehaut et moi-même, et dans celle qui suivit, à ce que je crois bien ? Vous avez juré, tous les quarante, de ne pas revenir sans le chevalier ou sans indices fiables à son sujet ; or vous êtes revenus tous les quarante sans le chevalier ni indices fiables[1] ; je ne sais toujours rien de certain sur lui. Il faut donc que je vous traite de parjures, de lâches et d'incapables : voilà la grande honte à laquelle je pensais.

— Certes, approuve monseigneur Gauvain, vous avez raison et vous dites vrai. Eh bien, puisque nous sommes déshonorés, il est juste de ne plus les admettre, eux, dans votre compagnie ; mais pour ce qui est de moi, je ne vous ferai plus honte. »

Il gagne alors une fenêtre, tend la main dans la direction d'une église qu'il aperçoit, et déclare à voix si haute que tous l'entendent à travers la salle :

« Avec la grâce de Dieu et de ses saints, je ne mettrai plus les pieds dans la demeure de mon seigneur le roi, si je le puis, avant d'avoir retrouvé le chevalier, s'il peut être retrouvé. Quant à vous, seigneurs chevaliers qui êtes là, je vous déclare bien à tous, sur votre honneur : qui estime n'avoir pas tenu son serment, qu'il me suive, car je *(f. 113c)* m'en vais ! »

Sur ce, il quitte la salle et gagne ses appartements ; chacun des cinq chevaliers qui étaient venus avec lui font de même. La nouvelle se répand, si bien que dans tout le palais on sut pourquoi monseigneur Gauvain s'en était allé. Une partie des chevaliers qui s'étaient engagés dans la quête l'apprirent, et il y en eut bien quatorze à se lever : c'était tout ce qui restait à la cour, car les autres étaient retournés à leurs affaires et dans leur pays. Ces quatorze coururent s'armer, après les six autres qui étaient

---

1. Voir tome I, p. 780-783.

ja s'armoient. Et li rois fu remés mout esbahiz et s'aparçoit bien que il avoit folement parlé; si s'an repantit mout se il poïst, mais il set bien que par soi nes retanra il pas. Si a tel duel que par un po que il n'anrage. Si saut fors de la table, si vint a la reine grant aleüre. Si li conte et li dit que ele i mete paine an lui retenir. Et ele dit que ele lo retanra bien.

Lors se drece la reine et s'en vient a l'ostel monseignor Gauvain, si voit que il estoit ja toz armez fors que de ses mains et de sa teste. Et qant il la voit, si li cort ancontre a liee chiere comme cil qui nule foiz n'an est esbahiz. Et la reine li dit.

« Biax niés, vos en alez en cele queste ? »

« Dame, fait il, voire. »

« Or vos pri ge, fait ele, par la foi que vos avez a monseignor lo roi et a moi, que vos me donez un don que ge vos demanderai. »

« Dame, fait messires Gauvains, il me sovient bien d'un dun que vos me demandastes lo jor que messires li rois creanta a la damoisele chaitive a garantir un an et un jor, si me demandastes que ge remansisse de l'ost, et ge remex comme fox, si vi tel ore que ge vousise miauz estre morz et honiz. Mais bien sachiez que il n'est riens por cui ge remansise orandroit, car, par la foi que ge doi vos, se ge lo vos avoie creanté, se vos an faudroie ge toz. »

Et qant la reine l'ot, si set bien que proiere n'i avroit mestier. Mais totevoie li dit :

« Biaus *(f. 113d)* niés, dist ele, ou irez vos ? Vos alez querre, si ne savez cui. Et si laissiez vostre oncle lo roi si dolant et si esbahi que onques mais si dolanz ne fu. Ne tuit li chevalier qui furent an ceste queste n'i sont mie. Mais faites lo bien. Remanez tant que

déjà en train de le faire. Et le roi restait, tout interdit, bien conscient d'avoir follement parlé; s'il avait pu, il serait revenu sur ses paroles, mais, il savait bien qu'à lui seul, il ne pourrait les retenir. Il en devient presque fou de douleur, bondit hors de table, se précipite vers la reine, lui raconte ce qui se passe et lui demande de se mettre en peine pour retenir monseigneur Gauvain ; elle lui répond qu'elle y arrivera bien. Elle se lève, gagne les appartements de son neveu et constate qu'il est déjà tout armé, excepté les mains et la tête. À sa vue, il court à sa rencontre, l'air aimable, comme quelqu'un qui ne perd jamais contenance devant la reine.

« Cher neveu, lui dit-elle, vous vous en allez en cette quête ?
— Oui, dame, assurément.
— Eh bien, je vous en prie, par la foi que vous devez à mon époux le roi et à moi-même, accordez-moi le don[1] que je vais vous demander.
— Madame, je n'ai pas oublié le don que vous m'avez demandé le jour où mon seigneur le roi avait promis à la malheureuse demoiselle de la protéger durant un an et un jour : c'était de rester parmi ses chevaliers, et moi je suis resté comme un insensé que j'étais : j'ai vu alors le moment où j'aurais préféré être mort et déshonoré[2]. À présent donc, sachez bien que rien ne m'arrêterait, car, par la foi que je vous dois, même si je vous l'avais promis, je ne tiendrais absolument pas parole ! »

À ces mots, la reine comprend que toute prière serait inutile ; cependant, elle reprend :

« Cher (*f. 113d*) neveu, où irez-vous ? Vous partez en quête et vous ne savez pas de qui ; vous laissez votre oncle, le roi, plus affligé et plus désemparé qu'il ne l'a jamais été ; en outre, tous les chevaliers qui avaient pris part à cette quête n'y figurent pas à présent. Agissez plutôt comme il faut : restez jusqu'à

---

1. La demande d'« un don en blanc qui lie le donateur » ou « don contraignant » est un motif fréquent dans la littérature arthurienne, utilisé pour sa valeur dramatique ou ses implications courtoises. Voir Ph. Ménard, in *An Arthurian Tapestry, essay in memory of Lewis Thorpe*, Glasgow, 1981, p. 7-46. Voir encore, f. 120c, etc.
2. Allusion à une aventure qui n'est relatée dans aucun des textes qui nous sont parvenus.

vostre compaignon i soient tuit, si metrez lo roi a aise. »

« Dame, fait il, des chevaliers qui an la queste furent a il çaianz une partie, et chascuns doit estre por lui esleiauter, car messires li rois nos a toz tenuz por traïtres et por recreanz. Et qui voudra, il i vandra. Mais par la foi que ge vos doi, morir puis ge an la queste, que ge n'anterrai ja mais an maison monseignor lo roi devant que j'aie trové lo chevalier, et que ge an porterai tex anseignes que j'an devrai bien estre creüz. Et si ne sai ge qui il est ne an quel leu je le troverai. »

« Tant, fait la reine, faites por moi que vos venez devant lo roi ançois que vos aiez laciez vostre hiaume, si parlera a vos. »

Et il li otroie. Et la reine apelle une soe pucele et si li dit que ele aille dire au roi que ele ne puet metre fin an monseignor Gauvain retenir, que il li face crier merci a tote la cort. Et ele li vait dire. Et li rois apele ses chevaliers, si lor conte son grant anui et que chascuns soit toz priez de monseignor Gauvain retenir par prieres et par losenges. Et cil vienent après lui fors de la sale et voient monseignor Gauvain armé fors de la teste et des mains. Et li rois li vient ancontre, si li prie de tot son pooir que remaigne tant viaus que tuit li autre soient laianz qui an la queste avoient esté, car il s'an failoit bien la moitié. Mais messires Gauvains ne l'am puet de rien escouter. Et li rois regarde les chevaliers qui dariés lui venoient, et il se laissent maintenant cheoir tuit a terre *(f. 114a)* devant lui ; qant il voit ce, si est si dolanz que par un po que il n'anrage ; et autresi se furent mises les dames totes et les damoiseles, qui tuit et totes li crient merci et li proient que il remaigne. Et il dit que por noiant lo font, que nule riens ne lo tanroit que solemant li deseretemenz et la honte son seignor lo roi :

« Por ces deus choses remanroie gié, mais ge n'i voi l'une ne l'autre. »

Atant demande son hiaume, et l'an li baille et an li lace. Et illuec furent apareillié si conpaignon qui devoient movoir avoc lui. Et qant li rois voit que il s'an va si a certes, si a paor que il ne l'ait perdu a tozjorz mais, si li crie merci si durement

ce que vos compagnons soient tous là, et ainsi vous contenterez le roi.

– Madame, il y a ici une partie des chevaliers qui étaient de la quête : chacun d'eux doit personnellement prouver sa loyauté, car monseigneur le roi nous a tous tenus pour des traîtres et des lâches. Qui donc désire venir, qu'il vienne ! Mais, par la foi que je vous dois, dussé-je mourir dans cette quête, moi, je ne remettrai plus les pieds dans la demeure de mon seigneur le roi avant d'avoir trouvé le chevalier et de pouvoir en rapporter des preuves telles qu'on devra bien me croire. Pourtant, je ne sais qui il est ni où je le trouverai.

– Au moins, reprend la reine, accordez-moi de venir devant le roi avant d'avoir lacé votre heaume : il pourra vous parler. »

Il y consent. La reine appelle une de ses suivantes et la charge d'aller dire au roi qu'elle ne peut arriver à retenir monseigneur Gauvain, qu'il le fasse implorer par toute la cour. Celle-ci y va. Le roi rassemble alors ses chevaliers, leur raconte la raison de son désespoir et leur dit qu'ils sont tous priés nommément de retenir monseigneur Gauvain par des flatteries et des supplications. Ils quittent donc la salle avec lui, et trouvent monseigneur Gauvain tout armé, excepté la tête et les mains. Le roi va à sa rencontre et le supplie de toutes les manières de rester au moins jusqu'à ce que tous les autres quêteurs soient là, car il en manquait bien la moitié. Mais monseigneur Gauvain ne veut rien entendre. Le roi lance alors un regard aux chevaliers qui le suivaient, et tous se laissent aussitôt tomber à terre, *(f. 114a)* aux pieds de Gauvain ; devant ce spectacle, celui-ci est si troublé qu'il croit perdre la raison ; de leur côté les dames et les demoiselles en font autant : ainsi tous et toutes lui crient grâce et le supplient de rester. Mais il leur répond que c'est inutile, que rien ne le retiendrait, sinon la perte du royaume et la honte de son seigneur, le roi.

« Voilà les deux seules raisons qui me feraient rester, mais je ne vois ici ni l'une ni l'autre ! »

Il demande alors son heaume ; on le lui donne et on le lui lace ; à ce moment les compagnons qui devaient partir en quête avec lui se font armer aussi. Le roi, le voyant si résolu, craint de l'avoir perdu pour toujours ; il lui demande grâce de toutes

com il plus puet et se velt a ses piez laissier cheoir. Et messires Gauvains lo prant antre ses braz et li crie :

« Por Deu merci, ne me retenez mies contre m'annor. Et se vos volez, ge remanrai. Mais, par les sainz de cele eglise, » si tant sa main vers une chapelle lo roi, « ge m'ocirrai demain, tantost com ge an porrai avoir aise. Et se vos m'an laisiez aler, ge revanrai si tost com ge porrai veraies anseignes aporter. »

« Sire, sire, fait la reine, laissiez lo aler, puis que ses cuers i est. An maintes autres questes a il esté dom il est [re]venuz, Deu merci ; si fera il de ceste, se Deu plaist. »

« Dame, fait il, c'est voirs, mais li cuers me diaut si, qui me dit que ja mais ne lo verrai. »

Et lors se fiert an une chambre, si se lait cheoir en un lit, si fait tel duel que riens ne lo puet conforter. Et la reine est ancor avoc monseignor Gauvain. Et qant ele voit qu'il s'an va a certes, si l'apelle a une part et dit :

« Biaus niés, vos an alez et si ne savez ou. »

« Dame, fait il, vos dites voir. »

« Or vos dirai comment vos troveroiz lo chevalier, mais vos me creanteroiz que vos n'an acointeroiz home ne fame ne or ne autrefoiz. » Et il li creante. « Vos an iroiz, fait ele, la ou vos cuideroiz trover Galehot. Et sachiez (*f. 114b*) que vos troveroiz an sa compaignie lo chevalier, se an nul leu lo devez trover. Et sachiez que ce est Lanceloz do Lac. »

Et qant il l'ot, si en a si grant joie que tart li est qu'il soit montez, et dit que Lancelot conoist il bien.

Atant s'an part de la reine et pant son escu, a son col et prant sa lance de son escuier, si s'an torne lui vintoismes de chevaliers com vos orroiz. Il i fu messires Yvains li Granz et messires

ses forces, il veut se laisser tomber à ses pieds ; mais monseigneur Gauvain le prend dans ses bras et s'écrie :

« Par la grâce de Dieu, ne me retenez pas contre mon honneur. Si vous le voulez, je resterai ! Mais, par les reliques[1] de cette église », et il tend la main vers une chapelle du roi, « je me tuerai demain, dès que j'en aurai la possibilité. Au contraire, si vous me laissez partir, je reviendrai dès que je serai en mesure de rapporter des indices fiables.

– Sire, sire, dit la reine, laissez-le aller puisque son cœur y est. Il a déjà fait bien d'autres quêtes, dont il est revenu, Dieu merci ; il en sera de même cette fois-ci encore, s'il plaît à Dieu.

– Madame, répond le roi, c'est vrai, mais mon cœur est en peine, il me dit que je ne le reverrai plus. »

Il se réfugie dans une chambre, se laisse tomber sur un lit et s'abandonne à un chagrin inconsolable. Mais la reine reste encore auprès de monseigneur Gauvain ; voyant qu'il est vraiment décidé à partir, elle le prend à part et lui dit :

« Cher neveu, vous vous en allez, et sans savoir où !

– C'est vrai, madame.

– Eh bien, je vais vous dire comment vous pourrez trouver le chevalier, mais vous me promettrez que vous ne confierez cela à personne, ni homme ni femme, ni aujourd'hui ni un autre jour. »

Il le lui promet ; elle reprend alors :

« Vous irez là où vous penserez trouver Galehaut. Sachez (*f. 114b*) que c'est en sa compagnie que vous trouverez le chevalier, si du moins vous devez le trouver quelque part. Sachez aussi que c'est Lancelot du Lac. »

À ce nom, il ressent une si grande joie qu'il lui tarde d'être à cheval, et il dit qu'il connaît bien Lancelot du Lac. Il quitte donc la reine, suspend son écu à son cou, saisit la lance que portait son écuyer et se met en route avec vingt autres chevaliers, que voici : il y avait monseigneur Yvain le Grand, monseigneur

---

1. Les *sains*, plus rarement les *cors sains*, sont les reliques des saints, sur lesquelles on prononce les serments les plus sacrés (notamment avant le combat judiciaire, avec la formule « *Ensi m'aïst Dex et li sainz* », *La Charrette*, v. 4967) ; cependant Ph. de Beaumanoir parle aussi dans ce cas de serment sur *les saintes evangiles*, *Les Coutumes de Beauvaisis*, § 1839.

Brandeliz et Kex li seneschauz et Sagremors li Desreez [et Lucanz li boteilliers] et Gasoains d'Estrangot et Girflez, li filz Dué, et Gladoains de Caermurzin et Galegantins li Galois et Caradués Briebraz et Caradigais et Yvains del Lionnel et Dux Taulax et Canuz de Caee et li Ros Chevaliers de Genez et Adains li Biaus et Galez li Chauz, et li Vallez de Norz, et li rois Yders. De toz les quarante qui an la queste avoient esté n'avoit a cele ore plus an la cort ne an l'ostel o roi, car li autre estoient tuit an lor terres, et an lor granz afaires de tex i avoit. Et la reine commande a Deu monseignor Gauvain avant et aprés les autres. Si sont li chevalier qui remainent tuit anious et tuit angoissos. Et messires Gauvains se porpense d'une chose dom il fu mout prisiez com cil qui toz les biens savoit, et dist a la reine et as chevaliers qui remainent :

« Dame, dame, et vos seignor chevalier qui remanez, ge voil que vos sachiez que nos [qui] alons a ceste afaire acoillons an nostre queste ces qui i furent a l'autre foiz, avoc nos, que il n'i pueent or estre. Et se il avient que nos achevons de ceste chose, nos volons que il an aient eschevé, et se nos faillons, por ce ne remaigne que chascuns d'aus s'annor ne quiere. Et vos, seignor, l'otroiez qui estes compagnon de ceste queste. »

Et cil l'otroient.

Et lors si s'an partent et laissent lo roi et sa compaignie si dolant que il ne puent plus. Et qant il ont esloignié Carduel tant qu'il n'an voient mais point, si vienent a une pierre *(f. 114c)* qui a non li Perrons Merlin, la ou Merlins ocist les deus anchanteors. Lors parla messires Gauvains et dist :

« Seignor, nos en alons an une des greignors bessoignes que nos faisiens onques mais, et il nos an covient an tel maniere penser que nos ne soions plus hontos que nos avons esté. Si m'est avis que il seroit biens que nos alisiens chascuns par lui, si

Brandelis, le sénéchal Keu, Sagremor le Démesuré, Lucan le Bouteiller, Gasoain d'Estrangot, Girflet le fils de Don, Gladoain de Caermurzin, Galegantin le Gallois, Caradoc aux Courts Bras, Caradigas, Yvain de Lionnel, le duc Taulas, Canus de Caée, le Chevalier Roux de Gênes, Adain le Beau, Gales le Chauve, le Vallet de Nort et le roi Yder. Sur les quarante qui avaient participé à la quête, il n'y en avait pas davantage en ce moment à la cour ni dans la demeure du roi, car tous les autres avaient regagné leurs terres, où parfois d'importantes affaires les attendaient. La reine recommande à Dieu d'abord monseigneur Gauvain, puis les autres. Les chevaliers qui restaient étaient tous remplis de peine et d'inquiétude. Monseigneur Gauvain s'avise alors d'une initiative qui lui valut beaucoup de considération, à lui dont l'éducation était parfaite ; il dit à la reine et aux chevaliers qui restaient :

« Madame, madame, et vous seigneurs chevaliers qui restez, je veux que vous sachiez que nous qui partons pour cette quête, nous y associons ceux qui furent avec nous la première fois, puisqu'à présent il leur est impossible d'être là. S'il arrive que nous réussissions, nous voulons qu'eux aussi soient associés au succès ; mais si nous échouons, aucun d'entre eux ne doit renoncer à ce qui engage son honneur. Et vous, seigneurs, qui êtes là, compagnons de cette quête, donnez votre accord. »

Ainsi fut fait. Sur ce, ils prennent leur départ, laissant le roi et ceux qui l'entourent on ne peut plus désolés. À quelque distance de Carduel, quand ils ne voient plus rien de la ville, ils arrivent à une roche *(f. 114c)* appelée le Perron Merlin, là où Merlin avait tué les deux enchanteurs[1]. Monseigneur Gauvain leur déclare alors :

« Seigneurs, nous partons pour une des plus grandes entreprises que nous ayons jamais menées, et il nous faut aviser à la manière de ne pas récolter plus de honte que la première fois. Je pense donc qu'il serait bon d'aller chacun séparément ; ainsi

---

1. Merlin est associé à des roches ou des tertres extraordinaires dans le *Brut* de Wace et quelques romans en vers. Dans le *Tristan en prose*, un combat décisif entre Tristan et Lancelot a lieu au Perron Merlin, E. Löseth, *Le Roman en prose de Tristan...*, *analyse critique d'après les manuscrits de Paris*, 1891, p. 147.

acheverons plus tost de la queste que se nos estiens tuit ansenble. »

Et il l'otroient tuit. [Lors entrent tuit es voies que il trovent forchanz,] ansi com messires Gauvains lo dit et commande, que il tienent a seignor. Et il lor dit, si com il s'an partent, que an toz les leus dom il orront novelles d'un chevalier errant, qu'il se traient cele part.

« Car ansi, fait il, porrons [trover] li uns l'autre. Et gardez que a la premiere asenblee qui sera ou reiaume de Logre que vos veigniez tuit, et la savra li uns comment li autres avra esploitié. Et quex ques armes que chascuns am port, ou nueves ou viez, au plus que vos porroiz vos covrez, que la maisnie monseignor lo roi ne vos conoissent. Et por ce que nos [ne] nos desconoissiens li uns de l'autre, si gardez que chascuns ait pandu son escu a son col, ce dedanz defors. Ensi nos antreconoistrons. »

Ensi s'en partent jusque a quinze d'aus, et cinc an chevalchent ancor ensemble, messires Gauvains et messires Yvains et Kex li seneschaux et Sagremorz li Desreez et Girflez li fiz Dué. Icil chevauchent ensemble mout longuement, car mout s'antramoient, et totevoies se departent en la fin.

Si se taist d'aus toz li contes et [parole de] monseignor Gauvain por ce que il aquesta de ceste queste. Et neporqant chascuns de ces vint chevaliers a son conte tot antier, qui sont branches de monseignor Gauvain, car ce est li chiés et a cestui les covient an la fin toz ahurter, por ce que il issent de cestui.

nous viendrions à bout de la quête plus vite que si nous restions tous ensemble. »

Tous y consentent et ils prennent les chemins qui se présentent aux embranchements, selon les suggestions de monseigneur Gauvain, qu'ils tiennent pour leur maître. Il leur dit encore au moment de la séparation que partout où ils entendront parler d'un chevalier errant, qu'ils s'efforcent de le rejoindre.

« C'est ainsi que nous pourrons nous retrouver, conclut-il. Enfin, à la première assemblée qui aura lieu dans le royaume de Logres, ayez soin de venir, et là nous saurons les uns et les autres ce que chacun aura accompli; quelles que soient les armes que vous aurez alors, vieilles ou neuves, cachez-vous le mieux possible, afin que l'entourage du roi ne vous reconnaisse pas; mais pour que nous ne puissions pas ne pas nous reconnaître, ayez soin de porter chacun votre écu suspendu au cou, le dedans tourné vers l'extérieur : ainsi nous pourrons nous reconnaître entre nous. »

Quinze d'entre eux s'éloignent d'abord, et cinq continuent ensemble, monseigneur Gauvain, monseigneur Yvain, le sénéchal Keu, Sagremor le Démesuré et Girflet, le fils de Don ; ils prolongent longtemps leur chevauchée commune, car ils se portaient une grande affection ; cependant, ils finissent par se séparer.

Le conte laisse tous les autres et ne parle plus que de monseigneur Gauvain, pour dire comment il acheva cette quête ; néanmoins chacun de ces vingt chevaliers a son conte tout entier ; ce sont les branches de celui de monseigneur Gauvain, qui en est la source, et à la fin ils doivent tous le retrouver, puisqu'ils sortent de ce conte[1].

---

1. Passage intéressant pour les procédés de composition. Voir encore infra f. 173c, f. 185a, At, f. 189b.

Ce dit li contes que or s'an va messires Gauvains seus et pensis, si chevauche deus jorz *(f. 114d)* antiers que il ne trova avanture dom a parler face. Et tant a alé que li langaiges li change si et anforce que a poines puet les genz antandre. Et dit li contes que au tierz jor fu mout main levez et chevauche tote la matinee tant que il vint a ore de prime. Et ce fu an esté, o mois de juin, et si faisoit mout bele matinee, si estoient li aubre vert et foillié et li pré covert d'erbe et de flors, et li chanp de plusors oisiaus retantissent de plusors chanz. Et dit [li contes] que messires Gauvains vint esperonant fors d'une forest et antra en une mout grant lande mout large et mout bele, si duroit bien demie lie gallesche de toz sanz. Et qant il fu antrez an la lande, si chevaucha tote la droite voie breiee contramont. Et qant il se regarde, si voit anz o chief de la lande quatre chevaliers toz armez, les escuz as cols, les hiaumes sor les testes, toz apareilliez de lor cors deffandre et d'autrui asaillir. Il virent lui ausi bien, sel conmança li uns a mostrer a l'autre. Et ne demora gaires que li uns s'an part des trois et vient ancontre monseignor Gauvain, les granz galoz, la lance ploiee. Et qant il aproiche, si met la lance soz l'aissele, et l'escu devant lo piz, et va si tost com li chevax lo pot porter, toz apareilliez de ferir. Et messires Gauvains s'aparoille de desfandre. Et qant li chevaliers en est toz acesmez de ferir, si sache il son frain si durement que par un po que il et li chevaus ne vole tot en un mont. Et messires Gauvains resache le suen. Si s'antreconoissent, et voit messires Gauvains que ce est Sagremors li Desreez. Et Sagremors en a mout grant honte de ce que il en a fait, si dist :

« Ha ! sire, merci. Certes, sire, ge ne vos conoissoie pas. »

CHAPITRE LIV

Rencontre de Gauvain et d'Hector à la Fontaine du Pin

Donc, selon le conte, monseigneur Gauvain s'en va seul et absorbé dans ses pensées ; il chevauche ainsi deux jours *(f. 114d)* entiers, sans trouver d'aventure qui vaille d'être mentionnée. Il avance tant que la langue change et se complique au point qu'il peut à peine comprendre les gens. Le conte dit que le troisième jour, il se leva de fort bon matin et chevaucha sans interruption jusqu'à l'heure de prime. On était à la belle saison, au mois de juin ; la matinée était fort agréable, les arbres feuillus et verts, les prairies couvertes d'herbe et de fleurs, les campagnes pleines du chant varié d'une foule d'oiseaux. Toujours selon le conte, monseigneur Gauvain sortit à belle allure d'une forêt et entra dans une grande lande, vaste et avenante, qui couvrait bien une demie lieue galloise, sur toutes ses dimensions ; il prit droit devant lui un chemin battu. Son attention se fixe alors sur l'extrémité de la lande, où il aperçoit quatre chevaliers en armes, les écus au cou, les heaumes sur la tête, tout prêts à se défendre ou à attaquer. Ils l'aperçoivent eux aussi et se le montrent les uns aux autres. Quelques instants après, l'un d'eux se détache des trois autres et, la lance levée, s'élance vers monseigneur Gauvain au grand galop. Quand il est proche, il met sa lance sous le bras, son écu devant la poitrine et, de toute la vitesse de son cheval, il fonce, prêt à frapper ; monseigneur Gauvain se met en position de défense. Mais alors que le chevalier est sur le point de frapper, voici qu'il tire si brusquement sur le frein de son cheval que pour un peu il aurait versé à terre avec sa monture ; monseigneur Gauvain tire lui aussi sur son frein : ils se sont reconnus mutuellement ; monseigneur Gauvain voit que c'est Sagremor le Démesuré, et celui-ci, tout confus de s'être conduit ainsi avec lui, s'écrie :

« Ah, seigneur, pitié ! En vérité, seigneur, je ne vous reconnaissais pas.

« Ge sai bien, » fait messires Gauvains.

Lors s'antracolent et font mout grant joie. Et li troi qui aprés vienent si se mervellent d'ou cele amors est ja venue, si s'en rient *(f. 115a)* et gabent li uns as autres. Et messires Gauvains demande qui sont cist chevalier la.

« Sire, fait il, c'est messires Yvains et messires Kex et Guiflez. »

« Et comment, fait il, vos iestes vos entretrové ? »

« Sire, fait il, la desus a un carefor de ces voies, si nos i amena orandroit avanture toz quatre ansanble. Et il seront ja mout lié qant il vos verront. »

Atant vienent li troi les granz galoz, car mout lor estoit tart qu'il saüssient don si granz acointemenz estoit venuz de ces deus chevaliers. Que que il disoient ce, si esgardent, si conurent monseignor Gauvain, si li vinrent tuit, les braz tanduz, con a celui que il tenoient a seignor. Si font mout grant joie li uns de l'autre, si gabent assez antr'aus et rient des talanz que il avoient, qant il lo virent o chief de la lande, et de ce que il orent ore, car il n'i avoit celui nel vousist avoir abatu a cele ore. Et dit Kex li seneschauz que onques mais joste si apareilliee ne vit remanoir sanz chaoir ou sanz faillir.

Ensi parolent tuit longuement et gabent. Et dit messires Yvains :

« Des que Dex nos a mis ensemble, nos ne nos departirons mais hui que tant que nos avrons trovee aucune avanture. »

Et messires Gauvains l'otroie.

Atant s'an tornent tuit ensemble. Et qant il vinrent o chief de la lande, si puient un tertre et chevauchent tuit lo tertre contramont tant que il chois[is]ent desoz un grant val, clos de bois et de tertres de trois parties. La valee estoit belle et granz et tote plaine d'erbe et de flors antremeslé, ne tant com ele duroit, n'i avoit aubre que un sol, et ce estoit uns des plus biax pins do monde. Cil pins

– Je le sais bien », lui répond monseigneur Gauvain.

Alors ils se prennent par le cou et se font grande joie. Les trois autres, arrivant après, s'étonnent de cette amitié si vite survenue ; ils en rient *(f. 115a)* et plaisantent entre eux. Monseigneur Gauvain demande à Sagremor qui sont donc ces chevaliers.

« Seigneur, ce sont monseigneur Yvain, avec monseigneur Keu et Girflet.

– Et comment vous êtes-vous retrouvés ?

– Seigneur, il y a là-haut un carrefour des chemins : récemment l'aventure nous y a menés tous les quatre en même temps. Ils vont être ravis quand ils vous verront. »

Sur ce, les trois autres chevaliers arrivent au grand galop, car il leur tardait fort de savoir la raison des grandes démonstrations d'amitié que ceux-là se faisaient ; tout en en parlant, ils regardaient et ils reconnurent monseigneur Gauvain ; ils le rejoignent alors avec précipitation, les bras tendus, lui qu'ils considéraient comme leur maître. Tous, ils se font grande joie, ils plaisantent abondamment, riant de leurs intentions premières quand ils l'avaient vu au bout de la lande, car maintenant pas un n'aurait voulu l'avoir abattu. Le sénéchal Keu déclare que jamais il n'a vu joute si proche s'annuler, et cela sans qu'il y ait eu chute ou ratage[1]. Et les plaisanteries et les bavardages continuent ainsi jusqu'à ce que monseigneur Yvain dise :

« Puisque Dieu nous a réunis, nous ne nous séparerons pas aujourd'hui avant d'avoir trouvé une aventure. »

Monseigneur Gauvain y consent. Ils reprennent donc ensemble leur chemin et, arrivés au bout de la lande, ils escaladent un plateau, sur lequel ils continuent ; ils finissent par apercevoir au-dessous d'eux une grande vallée, entourée de bois et de collines sur trois côtés ; cette vallée était grande et belle, parsemée de fleurs, mais sur toute son étendue, un seul arbre se dressait, un des plus beaux pins du monde. Ce pin se

---

1. À la joute, les deux adversaires qui cherchent à se renverser par le choc de la lance, peuvent aussi manquer de se toucher, ce que semble indiquer le mot « faillir », que nous avons traduit par « ratage » ; en fait cela n'arrive presque jamais dans le roman. Le sénéchal Keu est depuis Chrétien de Troyes un spécialiste de la « culbute ».

estoit droitement anz anmi la valee, et desoz cel pin sordoit u*(f. 115b)*ne fontaine granz et belle, si l'apeloient cil de la terre la Fontaine do Pin. De cele fontaine isoit uns ruisiax don tote cele valee estoit plus bele et plus plaisanz. Cele part chevauchent li cinc conpaignon. Et qant il orent avalé do tertre o val, si esgarde messires Gauvains, que premiers aloit entre lui et monseignor Yvain, son conpaignon et son cosin, si esgardent, si voient venir un escuier sor un roncin, si tost com li roncins lo puet porter, une grant liace de lances a son col. Si s'an part de la forest et si s'en antre o val la droite voie, si vient au pin et descent do roncin mout tost et mout isnellement. Et puis [delie les lances, si les arenge tot environ le pin, les fers desus. Puis] oste de son col un escu qu'il i avoit pandu, si estoit li escuz noirs, d'argent gotez menuement. Et li vallez lo prant par la guige, sel pant a une branche do pin. Et qant il a ce fait, si s'an torne ferant a esperons, si se fiert an la forest la o il la voit plus pres. Et qant messires Gauvains voit ce, si sache a lui son frain et se met arrieres el bois, si se covri del tertre et si conpaignon autresi et dit qu'il ne se movra tant qu'il voie ce que voudra estre. Et qant il ont iqui un po esté, si voient venir un chevalier tot armé, lo hiaume en la teste, sor un destrier grant et fort et tost alant, si vint tot droit au pin grant aleüre, si commance a regarder les lances. Et puis descent de son cheval et vient sor la fontaine, si deslace son hiaume et met les genoz a terre, si boit de la fontaine grant trait. Et qant il a beü, si se drece, si prant son hiaume an sa main. Et qant il lo volt metre an sa teste, si avint chose qu'il hurta au pié de l'escu qui au pin estoit panduz. Et li chevaliers regarde en haut, si voit l'escu pandre. Et lors commance un duel si grant com il plus puet *(f. 115c)* et plore et crie et fiert un poin an l'autre et maudit l'ore que il onques fu nez. Et qant il a grant piece tel duel fait, si se recomance a conforter et se blasme de ce qu'il a tant dolosé, et recomance a faire autresi grant joie com li diaus avoit esté, o plus grant.

trouvait juste au milieu de la vallée, et dessous jaillissait *(f. 115b)* une fontaine abondante et claire, d'où son nom, dans la région, de Fontaine du Pin. De cette source partait un cours d'eau qui fertilisait et agrémentait toute la vallée. Les cinq compagnons prennent cette direction. Une fois au bas du plateau, monseigneur Gauvain, qui chevauchait en tête avec monseigneur Yvain, son cousin et son compagnon, regarde et les autres en font autant; ils voient venir à toute allure un écuyer sur un roncin, avec un gros faisceau de lances sur l'épaule. Après avoir laissé la forêt, celui-ci traverse tout droit la vallée, atteint le pin et met pied à terre précipitamment; il détache alors les lances, les dispose autour du pin, le fer en l'air; ensuite il débarrasse son cou d'un écu noir, semé de petites gouttes d'argent, qui y était suspendu; il prend l'écu par la guige[1] et l'accroche à une branche du pin; enfin, piquant des éperons, il s'en retourne au plus court vers la forêt, pour y disparaître. Devant ce manège, monseigneur Gauvain tire sur le frein de sa monture, revient au bois pour n'être pas vu du haut du plateau; ses compagnons en font autant, tandis qu'il déclare ne pas vouloir bouger jusqu'à ce qu'il voie ce qui pourra arriver. Quelques instants passent et ils aperçoivent un chevalier complètement armé, le heaume sur la tête, monté sur un grand destrier, vigoureux et rapide, qu'il mène à grande allure droit au pin, où il commence par regarder les lances. Ensuite il descend de cheval, s'approche de la fontaine, délace son heaume, s'agenouille et boit de l'eau à grands traits. Après avoir bu, il se redresse, saisit son heaume, mais comme il s'apprêtait à le mettre, il heurte par hasard le bas de l'écu suspendu au pin. Levant les yeux, il aperçoit l'écu et se met à manifester sans retenue une grande douleur : *(f. 115c)* il pleure, crie, frappe ses poings l'un contre l'autre, maudit l'heure de sa naissance. Après un long moment de désespoir, il retrouve son calme, se blâme de s'être livré à pareille affliction et s'abandonne à une joie aussi forte ou même plus forte encore que sa

---

1. Par la *guige*, l'écu est suspendu quand il ne sert pas, soit au cou du chevalier, soit à un arbre, comme ici; par les *enarmes*, les courroies intérieures où on passe le bras gauche, l'écu est tenu en position de combat.

Et qant il a une piece fait joie, si recomance lo duel autresi grant com il avoit fait devant. Ne redemora gaires que il recomança a faire joie derechief. Et an ceste maniere fist bien set foiz o huit, une foiz lo duel et l'autre la joie. Et qant li cinc chevalier lo voient, si se merveillierent mout que ce pooit estre. Et Kex li seneschax a dit :

« An non Deu, s'i[l] n'a ci un fol chevalier, dons n'an a il nul el monde, que une ore plore et autre rit. »

« Certes, fait messires Gauvains, c'est une des plus granz mervoilles que ge veïsse mais pieç'a, et mout volentiers savroie por coi il plore et por coi il rit. »

Et Kex dit que il l'ira demander. Et se il ne li velt dire, il se conbatra a lui.

« Or alez, fait messires Gauvains, si li dites que nos somes cinc chevalier errant, si li dites que nos li mandons par debonaireté por coi il fait si grant duel et si grant joie. »

Et Kex dit que si fera il. « Et se il nel me dit, fait il, il lo comparra. »

Lors s'an torne, et Sagremors li cort au frain et dit :

« Ostez, messires Kex. Vos n'i eroiz mies, car vos savez bien que li desroi de la cort lo roi Artu sont mien, et por ce ai ge non Desreez, si est droiz que ge aie cestui. »

Et li autre dient que il est droiz. Et Kex remaint, qui mais n'an puet, si s'an va Sagremors au chevalier, qui ancor se demaine desoz lo pin ansi com il avoit commancié. Et qant il vient devant lui, si li dit :

« Sire chevaliers, ça m'ont anvoié quatre chevalier qui laïsus sont an cele lande, si vos mandent que vos me dites qui vos iestes et por coi vos faites duel et joie. »

Et li chevaliers lo regarde an travers et mout li anuie. Et dit a Sargremor :

« Biaus sire, de mon penser que ont il a faire, *(f. 115d)* ne qui ge soie ? Certes, ge no diroie ne vos ne els.

douleur récente; et après ce moment de joie, il reprend avec autant de force ses démonstrations de douleur, suivies encore de manifestations de joie. Il eut bien ce comportement sept ou huit fois, alternant douleur et joie. Devant ce spectacle, les cinq chevaliers, fort étonnés, se demandèrent ce que cela pouvait signifier. Le sénéchal Keu déclara :

« Par Dieu, s'il n'y a pas ici un chevalier qui est fou, c'est qu'il n'y en a pas un au monde ! Tantôt il pleure, tantôt il rit !

– Certes, fait monseigneur Gauvain, c'est une des plus grandes excentricités que j'aie vues depuis longtemps et j'aimerais bien savoir pourquoi il pleure et pourquoi il rit. »

Keu dit qu'il ira le lui demander et qu'il se battra avec lui s'il ne veut rien lui dire.

« Allez donc lui dire que nous sommes cinq chevaliers errants, reprend monseigneur Gauvain, et qu'en toute sympathie nous lui demandons pourquoi il montre pareille douleur et pareille joie. »

Keu y consent, mais il ajoute :

« S'il ne veut rien me dire, il le paiera cher ! »

Il s'en allait quand Sagremor courut saisir son frein et lui dit :

« Arrêtez, monseigneur Keu ! Ce n'est pas vous qui irez, car vous savez bien qu'à la cour du roi Arthur les excès sont pour moi et qu'ils me valent le surnom de Démesuré ; par conséquent il est juste que cette affaire me revienne ! »

Les autres l'approuvent et Keu reste, n'en pouvant mais, tandis que Sagremor se dirige vers le chevalier, qui continue toujours le même manège sous le pin. Arrivé devant lui, Sagremor lui dit :

« Seigneur chevalier, les quatre chevaliers qui sont à l'autre bout de cette lande vous demandent de me dire qui vous êtes et pourquoi vous montrez de la douleur et de la joie. »

Le chevalier lui lance un regard de travers, plein d'irritation, puis il lui répond :

« Cher seigneur, de ce que je pense et de mon nom, *(f. 115d)* qu'ont-ils à faire ? En vérité je ne dirai rien, ni à vous, ni à eux.

Mais laissiez moi ester, que de vostre compaignie ne de la lor n'ai mestier an cest point. »

« An non Deu, fait Sagremors, ansi nel lairai ge mies. »

« Commant dont ? » fait li chevaliers.

« An non Deu, fait il, a vos me covanra mesler, se vos nel me dites debonairement. »

« Certes, fait li chevaliers, ce seroit outraiges se ge mon pensé disoie a force, ne onques mais n'oï que por tel querele fust bataille antre deus chevaliers. Mais encor ne voi ge chevalier por cui gel die. »

« An non Deu, fait Sagremors, donc vos covient il combatre. »

« A vos ? fait li chevaliers. Ja de ce ne vos mesleroiz, se Deu plaist et vos. Et neporqant, ançois me conbatrai gié que gel vos deïsse. »

Quant ce oï Sagremors, si s'esloigne anmi les prez et dit que il se gart, que il lo ferra des or mais. Et li chevaliers fait sanblant que mout petit l'an chaille. Mais son hiaume lace, et oste un escu blanc de son col a un cartier noir, sel pant au pin dejoste l'autre. Puis a pris l'autre, sel pant a son col parmi la guige, si durement plaignant et plorant que il est avis que il doie de son san issir. Puis a pris un glaive, tot lo plus gros que il voit antor lo pin, si trestorne a Sagremor que il voit venir, tot apareillié de joster. Si s'antrefierent de si grant aleüre com li cheval les porent plus tost porter. Sagremors fiert avant, si peçoie son glaive. Et li chevaliers fiert lui si durement que il lo porte a terre sanz demorer. Puis a pris lo cheval, si lo moine jusque desoz lo pin. Lors li abat lo frain et fiert parmi la crope do frain meïsmes et lo chace an voie. Et il s'am fuit grant aleüre et fiert an la forest. Et li chevaliers giete lo frain desoz lo pin et recomance son duel et sa joie si com il siaut. Lors est Sagremors sailliz am piez. Et qant il voit que li chevaliers s'an est ansi partiz, si est *(f. 116a)* dolanz et hontous de sa mescheance.

Mais Kel lo seneschal n'em poise mie, ainz dit a monseignor Gauvain :

Laissez-moi tranquille : en ce moment, je n'ai besoin ni de votre compagnie, ni de la leur.

— Par Dieu, s'écrie Sagremor, je n'en resterai pas là !

— Et comment donc ? fait le chevalier.

— Par Dieu, je serai obligé de me battre contre vous si vous ne me renseignez pas amicalement !

— Certes, il serait outrageant que je sois contraint de vous dire de force ce que je pense ; jamais je n'ai entendu dire que ce genre de querelle ait justifié un combat entre deux chevaliers. Mais je ne vois pas encore le chevalier à qui je doive le dire.

— Par Dieu, reprend Sagremor, il vous faut donc vous battre !

— Contre vous ? N'allez pas vous mêler de cela, s'il vous plaît et s'il plaît à Dieu. Néanmoins, je me battrai plutôt que de vous le dire. »

Sur ces mots, Sagremor prend du recul dans la prairie et le met en garde, car il va le frapper. Le chevalier paraît s'en soucier bien peu ; pourtant, il lace son heaume, enlève de son cou un écu blanc écartelé de noir et le suspend au pin, à côté de l'autre. Ensuite il prend cet autre écu, le pend à son cou par la guige, mais en se plaignant et en pleurant si fort qu'il paraît devoir en perdre la raison. Enfin il saisit une lance, la plus grosse de celles qui entourent le pin, et il fait face à Sagremor qu'il voit venir, tout prêt à jouter. La rencontre a lieu, de toute la vitesse des chevaux. Sagremor frappe le premier et brise sa lance ; quant au chevalier, il frappe à son tour si violemment son adversaire qu'il le précipite à terre, puis attrape le cheval, le mène jusqu'au pin, abat son frein et lui en frappe la croupe pour le chasser au loin ; la bête s'enfuit à toute allure et s'enfonce dans la forêt ; puis le chevalier jette le frein au pied du pin et recommence de la même façon son manège de douleur et de joie. Sagremor se remet sur ses pieds, et voyant que le chevalier s'en est ainsi sorti, *(f. 116a)* il éprouve douleur et honte de sa propre malchance.

Mais le sénéchal Keu, loin de s'en affecter, déclare à monseigneur Gauvain :

« Sire, por noiant se hastoit oreinz Sagremors si, que ancores i poïst il ores venir a tot tans. »

Lors fiert lo cheval des esperons vers lo chevalier par delez Sagremort, si li dit que il s'an retort, que bien l'a fait. Et cil si fait toz hontous, si trove les trois conpaignons dolanz de lui et correciez. Et dit messires Gauvains que mout se doit prodom garder d'estotie comancier, car il ne set a quel fin il am puet venir.

Atant vient Kex au chevalier, si li dit autresi comme Sagremors avoit dit. Et qant il vit que rien ne l'an diroit, si li redit que il se gardast de lui, que il lo ferroit. Et cil josta a lui autresi com il avoit fait Sagremort, et autresi chaça lo cheval en voie et mist lo frain desoz lo pin. Atant li vient Guiflez et li dit autresi com li dui avoient fait, et an la fin lo rabatié li chevaliers com il avoit fait les autres deus.

Lors fu messires Gauvains mout dolanz et dit que mout est prodom li chevaliers, que trois des conpaignons de la maison lo roi Artu a abatuz.

« Sire, fait messires Yvains, la chose fu comanciee folement, ne nos ne la poons mies atant laissier an nostre annor. Et ge i irai, car miauz voil ge que li chevaliers m'abate que ge n'i aille. »

Lors s'an part et vient au chevalier, que ja ravoit son duel commancié sor la fontaine, si josterent an la fin antr'aus deus, et l'abatié li chevaliers autresi com il avoit fait les autres. Lors est messires Gauvains si correciez que plus ne puet, car trop aimme monseignor Yvain. Si en a tel duel que les lermes li chient contraval la face desoz lo hiaume, et dit que mout se puet vanter li chevaliers que quatre des plus prodomes do monde a abatuz.

« Or n'i a mais a abatre que moi, et se Deu plaist, devant moi n'avront il ja ne honte ne mal que ge n'i parte. »

Atant s'an ist de la o il estoient ambu(*f. 116b*)chié, si s'an va tot lo pas, son glaive enpoignié par lo mileu. Et esgarde

« Seigneur, c'est pour rien que Sagremor s'est ainsi hâté : il lui était toujours bien temps d'arriver[1] ! »

Et à son tour, il pique des éperons dans la direction du chevalier, dépasse Sagremor en l'invitant à retourner, car il a bien joué sa partie ; Sagremor revient, tout honteux, et trouve les trois compagnons peinés et irrités de sa défaite. Monseigneur Gauvain déclare qu'un brave doit bien se garder de lancer une folle provocation, car il ne sait pas quelle fin l'attend. Keu de son côté rejoint le chevalier, lui adresse les mêmes paroles que Sagremor et voyant que l'autre ne répondrait rien, il le met en garde à son tour, lui disant qu'il allait le frapper. Mais celui-ci réussit sa joute comme avec Sagremor, chasse encore le cheval au loin et jette le frein au pied du pin. À son tour Girflet s'élance, le défie comme les deux précédents, mais le chevalier réussit à l'abattre, comme les deux autres.

Monseigneur Gauvain, tout peiné, reconnaît la grande vaillance de ce chevalier, capable d'abattre trois des compagnons de la maison du roi Arthur ;

« Seigneur, intervient Yvain, les commencements de cette affaire relèvent de la folie, mais, pour notre honneur, nous ne pouvons pas en rester là. J'irai donc, car je préfère être abattu par le chevalier plutôt que de ne pas y aller. »

Il s'éloigne et rejoint le chevalier, qui avait déjà recommencé son deuil près de la fontaine ; finalement, ils joutèrent et le chevalier l'abattit comme les autres. Monseigneur Gauvain ne pouvait pas être plus furieux, car il chérissait grandement monseigneur Yvain ; sa contrariété était telle que les larmes, sous le heaume, glissaient sur sa figure et il se disait que ce chevalier pouvait bien se vanter d'avoir abattu quatre des plus braves du monde.

« Eh bien voici qu'il n'y a plus que moi à abattre, et, s'il plaît à Dieu, devant moi, ils n'auront plus de mal ni de honte que je ne partage ! »

Il sort donc de l'endroit où ils s'étaient retranchés (*f. 116b*) et s'avance au pas, en tenant sa lance par le milieu. Son regard

---

1. Keu, railleur et jaloux comme dans la tradition littéraire, veut dire que pour être renversé et perdre son cheval, il était toujours temps d'arriver !

o chief do val et voit venir un nain gros et boçu an un grandisme cheval, a selle a or, et tint sor son col un gros bleteron de chasne, freschement copé. Li nains vint esperonant tot lo val droitement au chevalier qui son duel demenoit sor la fontaine. Et Guiflez, qui lo voit, cort panre monseignor Gauvain par lo frain et dist :

« Sire, por Deu, or atandez tant que vos verroiz que li nains fera. »

Et il s'aresta por esgarder, et voit que li nains s'an vient au chevalier qui antant a son duel faire. Si s'areste delez lui, si se hauce sor les estriés et hauce a deus poinz lo bleteron et fiert lo chevalier parmi les espaules de son pooir. Et li chevaliers se regarde tantost, et li nains rehauce lo bleteron et fiert lo chevalier, au regarder qu'il fist, sor lo nasel do hiaume si que tot lo li anbarra et que li nes s'an sant et li visages, et fiert et refiert sor lo hiaume et ou col et es espaules tant com lui plot, c'onques li chevaliers ne se muet, ainz tient la teste ambrunchiee par les cos qu'il a aüz anmi lo vis. Et qant li nains l'a batu do bleteron tant que toz est las, si lo prant par lo frain, si l'an moine tote la voie que il estoit venuz, sanz contredit que li chevaliers i mete. Et qant ce voit messires Gauvains et si compaignon, si en sont trop esbahi.

« Par foi, fait messires Gauvains, c'est une des plus granz mervoilles que ge onques mais veïsse, c'onques mais si prodom com cist est par si vil fauture ne fu si laidangiez, ne onques contredit n'i mist. Mais tant creant ge Deu que ja mais ne finerai d'errer tant que ge sache qui li chevaliers est et por coi

se fixe sur l'extrémité de la vallée, où il voit venir un nain gros et bossu, montant un immense cheval, sur une selle dorée et portant sur l'épaule une grosse branche de chêne, fraîchement coupée ; du fond de la vallée, ce nain se dirige à toute vitesse sur le chevalier qui continuait son deuil près de la fontaine. En le voyant, Girflet court arrêter monseigneur Gauvain par le frein et il lui dit :

« Seigneur, par Dieu, attendez donc de voir ce que fera le nain ! »

Gauvain s'immobilise pour observer, et voit que le nain arrive auprès du chevalier tout occupé à sa douleur. Il s'arrête près de lui, se dresse sur ses étriers, lève à deux mains la branche et de toutes ses forces il frappe le chevalier entre les épaules. Celui-ci se retourne aussitôt et le nain relève la branche pour en frapper le chevalier qui le regarde ; le coup tombe sur le nasal du heaume, dont la barre[1] est toute disloquée, touche le nez et le visage ; il frappe et refrappe sur le heaume, le cou, les épaules, à sa guise, sans que le chevalier cherche à s'écarter, mais les coups qu'il reçoit en plein visage lui font tenir la tête baissée. Quand le nain est épuisé de l'avoir ainsi battu avec la branche, il le prend par le frein de sa monture, et le remmène le long du chemin qu'il avait suivi pour venir, sans que le chevalier s'y oppose le moins du monde. Devant ce spectacle, monseigneur Gauvain et ses compagnons sont remplis de stupeur.

« Par ma foi, fait monseigneur Gauvain, c'est un des plus grands prodiges que j'aie jamais vus ; jamais un pareil brave n'a été ainsi maltraité par un tel avorton, et cela sans aucune opposition de sa part. Mais devant Dieu je jure de ne pas m'arrêter[2] jusqu'à ce que je sache qui est le chevalier, pourquoi

---

1. Le *heaume* qui protège la tête du chevalier, et que celui-ci ne met qu'au moment de combattre, comporte le *nasal*, qui garantit le nez (tirer un chevalier par le *nasal* est particulièrement infamant, voir infra f. 123b) ; la *barre* est l'armature intérieure : un heaume *anbarré* est disloqué, défoncé ; le heaume est attaché au haubert par des *lacs*, des lacets, qui sont noués au dernier moment. Le vainqueur qui veut couper la tête du vaincu doit d'abord trancher ces lacets pour faire sauter le heaume.
2. Nouveau serment de quête provisoire, qui interrompt momentanément celle de Lancelot que Gauvain a juré de reprendre avec les dix-neuf autres chevaliers (f. 114a), et qui provoque une nouvelle séparation.

il a tant ploré et joie faite et por coi li nains lo batié et mena sanz contredit metre. Et se ge lo poïsse honoreement asaillir, il ne s'an alast mies qu'il ne m'abatist ou ge lui. Mais il est prisons, et qui prison asaut, bien a totes lois perdues. »

« Ha ! sire, fait Kex, car faites tant que vos *(f. 116c)* preignoiz un de noz chevax, car autrement remanrons nos ci a pié, et nos vos sivrons si tost com nos porrons estre tuit monté. »

Et il li baille un des frains desoz lo pin. Et il chace tant par la forest que il prant lo monseignor Yvain, si li am moine et si li baille. Et maintenant les comande a Deu et lor dit que plus tost que il porront, lo si[v]ent. Et il dient que si feront il. Ansi remanent tuit quatre, mais or se taist atant li contes d'aus et parole de monseignor Gauvain.

Or dit li contes que messires Gauvains s'en va et seust les esclox au chevalier et au nain. Si ot tote jor alé sanz avanture trover. La nuit jut an la forest, et au matin bien main se lieve et revint as esclox des chevax. Si chevauche tote la matinee juque androit tierce, et lors ist de la forest et vient an une grant riviere et voit enmi la praarie tandu un paveillon mout bel et mout riche. Cele part chevauche messires Gauvains tant qu'il vint a l'uis del

il s'est abandonné ainsi aux pleurs et à la joie, et pourquoi il s'est ainsi laissé battre et emmener par le nain. Si je pouvais le provoquer honorablement, il ne s'en irait pas sans que l'un de nous deux abatte l'autre ; mais il est prisonnier, et qui provoque un prisonnier, celui-là a perdu tout principe chevaleresque[1].

– Ah ! seigneur, s'écrie Keu, essayez donc de *(f. 116c)* rattraper l'un de nos chevaux, sinon nous resterons ici à pied ; dès que nous pourrons nous remettre tous en selle, nous vous suivrons. »

Il lui tend alors un des freins jetés sous le pin et monseigneur Gauvain, à force de chercher dans la forêt, finit par mettre la main sur la monture de monseigneur Yvain et la lui ramène. Sans perdre un instant, il les confie à Dieu et leur demande de le suivre le plus tôt possible ; ils disent qu'ils le feront et restent ainsi tous les quatre ; mais le conte à présent se tait sur eux et parle de monseigneur Gauvain.

CHAPITRE LV

Gauvain, Hector et la dame de Roestoc

Selon le conte, monseigneur Gauvain s'éloigna alors en suivant les traces du chevalier et du nain ; il avança tout le jour sans trouver d'aventure ; la nuit, il coucha dans la forêt et s'étant levé de très bon matin, il se fia encore aux empreintes des chevaux. Sa chevauchée dura la matinée jusque vers tierce[2] ; il déboucha alors de la forêt, au bord d'une grande rivière, dans une prairie où était dressé un superbe pavillon. Monseigneur Gauvain dirigea son cheval jusqu'à l'entrée de ce

---

1. Voir infra f. 133c.
2. Le Moyen Âge utilisait la notation romaine de trois heures en trois heures, et les heures canoniales qui rythmaient les prières officielles de l'Église : *matines* ou

paveillon, si met anz sa teste, tot a cheval, et voit el mileu do paveillon une coche aornee de mout grant richece. An cele couche gisoit une damoisele de mout grant biauté, ses chevox parmi ses espaules, qui mout estoient bel, et darrieres li estoit une pucele qui la pignoit a un pigne d'ivoire d'or ovré, et par devant en avoit une qui li tenoit un mireor et un chapel.

Quant messires Gauvains voit la damoisele, si li dit que bon jor li doint Dex. Et ele li respont :

« Dex vos beneïe, sire chevaliers, se vos n'iestes des mauvais chevaliers et des recreanz qui virent lo bon chevalier batre et laidangier, que onques ne li aiderent. »

Lors se fiert messires Gauvains dedanz lo paveillon tot a cheval et dit :

(f. 116d) « Ha ! damoisele, qui que ge soie, por Deu vos pri que [vos me diez qui] li chevaliers est et por coi il faisoit et duel et joie. »

« Fi ! fait ele, taisiez, que ge sai bien que vos iestes des mauvais, des failliz. »

« Damoisele, fait il, por la pitié Deu, dites moi, par covant que ge soie vostre chevaliers a mon vivant. »

« Tant, fait ele, vos dirai ge que male honte vos doint Dex, ançois que vos remuoiz voz piez de ci. »

Si tost com ele ot ce dit, si sant messires Gauvains son cheval [qui se degiete] soz lui et se detort, si que une de ses regnes ront. Et il regarde derriers lui, si voit lo nain qui avoit batu lo chevalier, si tenoit a deus poinz un espié tot sanglant dom il avoit feru lo cheval parmi les costez. Et il saut jus, si correciez que a po que il ne desve, si aert lo nain parmi les tamples et lo lieve en haut por ferir a l'estache do paveillon. Et li nains comance a crier et dit :

pavillon, y passa la tête sans descendre et vit au centre une couche somptueusement garnie. Une demoiselle splendide y était étendue, ses magnifiques cheveux épars sur les épaules, et derrière elle une jeune fille la coiffait avec un peigne d'ivoire ciselé, tandis qu'une autre, par-devant, lui tendait un miroir et une couronne.

À la vue de cette demoiselle, monseigneur Gauvain lui souhaite une bonne journée, au nom du ciel, et elle lui répond :

« Que Dieu vous bénisse, seigneur chevalier, à condition que vous ne soyez pas du nombre des chevaliers indignes et lâches qui virent battre et maltraiter le vaillant chevalier sans l'aider du tout. »

Alors monseigneur Gauvain se précipite à l'intérieur du pavillon, à cheval comme il était, et s'écrie *(f. 116d)* :

« Ah ! demoiselle, qui que je sois, je vous prie de me dire pour l'amour de Dieu le nom du chevalier et la raison de sa douleur et de sa joie.

— Fi ! répond-elle, taisez-vous : je vois bien que vous êtes de ces lâches sans honneur.

— Demoiselle, au nom de la miséricorde divine, répondez-moi, et je m'engage à être votre chevalier toute ma vie.

— Je vous répondrai seulement que Dieu permette votre misérable honte, avant même que vous ayez fait un pas hors de ce lieu ! »

À peine avait-elle dit ces mots que monseigneur Gauvain sent son cheval se déporter et se démener si brutalement sous lui qu'une des rênes se rompt. Il jette un regard derrière lui et voit le nain qui avait battu le chevalier, tenant à deux mains une épée pleine de sang, avec laquelle il avait frappé les flancs du cheval. Il saute à terre, enrageant de colère, agrippe le nain par les cheveux au-dessus des tempes et le soulève pour le cogner contre le poteau du pavillon. Le nain se met à hurler :

---

minuit, *laudes* (3 h.), *prime* (6 h.), *tierce* (9 h.), *sexte* ou *midi*, *none* (15 h.), *vespres* (18 h.), *complies* (21 h.). Pour plus de précision, on se servait dans la journée des adjectifs *bas* et *haut*, avec des sens inverses (suivant le cours du soleil), selon que ces mots s'appliquaient aux heures de la matinée ou à celles de l'après-midi : *haute prime*, plus tard que *prime* ; *basse none* : plus tard que *none*.

« Ha ! or m'est avenu ce que ma mere me juja. »

« Et que fu ce ? » fait messires Gauvains.

« Certes, fait il, ele me dit que mauvaise merde me tueroit, et ge sai que li pires crestiens qui vive me tient a ses deus mains. »

« Certes, fait messires Gauvains, morz iestes vos, se vos ne me dites orandroit qui li chevalier est qui ploroit et rioit sor la fontaine, et por coi il faisoit duel et joie, et por coi vos lo batiez et l'an menastes sanz deffanse que il i meïst. »

« Gel te dirai, par covant que tu te combatras a lui [ou a un meillor chevalier de lui], et si avras ancor droit de la querrele. »

Et messires Gauvains panse un petit et se pense que ci[l] a mout grant avantaige qui a son droit se conbat. Mais puis que il est venuz a cest offre, il se combatra ançois que il ne sache ce que il a tant chacié et dessirré, et creante au nain ce que il li a demandé.

« Or te dirai, fait li nains, ce que tu demandes et si te mosterrai lo chevalier com un des plus biax et des meillors que onques veïsses de tes iauz. »

Lors commande a la pucele qui tenoit lo mireor et lo chapel qe (f. 117a) l'aille querre. Et ele lieve lo pan do paveillon, si antre an une cave soz terre. Et maintenant vient fors li chevaliers, qui mout est biaus et genz et blondes et ancores est toz camoisiez des mailles do hauberc, et a sa cote a armer vestue et est par sanblant mout hontous et mout esbahiz.

Lors parole li nains a monseignor Gauvain et dit :

« Voiz tu cest chevalier ? C'est cil a cui tu te conbatras ou a un meillor se ge voil. Et sachiez que c'est uns des miaudres do monde et a non Hetors. Et cele pucele que tu voiz la peignier, si est ma niece,

« Ah ! voici que m'est advenu ce que ma mère m'a prédit[1] !
— Prédit quoi ? fait monseigneur Gauvain.
— En vérité, répond l'autre, elle m'a dit qu'une méchante merde me tuerait, et moi je sais que le plus mauvais des chrétiens du monde me tient de ses deux mains !
— En vérité, lui rétorque monseigneur Gauvain, vous êtes mort si vous ne me dites à l'instant le nom du chevalier qui pleurait et riait près de la fontaine, pourquoi il montrait cette douleur et cette joie, pourquoi vous le battiez et pourquoi enfin vous l'avez emmené sans qu'il oppose de résistance.
— Je te le dirai à condition que tu te battes contre lui ou contre un meilleur chevalier que lui, et tu auras encore le droit de ton côté. »

Monseigneur Gauvain réfléchit un instant et pense que cela représente un grand avantage de se battre avec le droit pour soi. Mais puisqu'il en est arrivé là, il se battra plutôt que de ne pas savoir ce qu'il a tant désiré et cherché ; il promet donc au nain ce que celui-ci lui a demandé.

« Eh bien, dit l'autre, je vais te dire ce que tu me demandes et te faire voir le chevalier, qui se trouve être un des plus beaux et des meilleurs que tu aies jamais vu de tes yeux. »

Il donne l'ordre à la jeune fille qui tenait le miroir et la couronne (f. 117a) d'aller le chercher ; elle soulève un pan du pavillon et pénètre dans une cavité aménagée sous le sol. Le chevalier en sort bientôt, dans toute sa beauté, sa blondeur, sa distinction, mais marqué encore des contusions occasionnées par les mailles de son haubert ; il porte sa cotte à armer[2] et a l'air tout honteux et désemparé. Le nain s'adresse à monseigneur Gauvain :

« Vois-tu ce chevalier ? C'est contre lui que tu dois te battre ou contre un meilleur, si je le veux. Apprends qu'il est un des meilleurs au monde et qu'il s'appelle Hector. Quant à cette jeune fille que tu vois, qui se fait peigner, c'est ma nièce, la

---
1. Nous adoptons l'interprétation proposée par E. Kennedy, de *juger* : prédire, bien que ce sens ne soit pas donné par les dictionnaires.
2. La *cote a armer* est la tunique de soie sans manche, analogue à la cote proprement dite, que le chevalier porte par-dessus son haubert pour un défilé, une parade, avant la bataille, voir f. 120d.

fille d'un mien frère assez haut home et gentil, et s'est[oit] ainz nez de moi. Il avint que mes sires acoucha de la mort, que il avoit esté navrez an la guerre que la dame de cest païs a vers un des meillors chevaliers qui orandroit vive. Quant mes sires santi que il se moroit, qui mout estoit biax chevaliers et prouz, si m'anvoia querre, car il n'avoit plus de freres. Et qant ge vin devant lui, si me bailla cele damoisele la qui sa file estoit, ne n'avoit plus de toz anfanz. Et ce estoit la riens vivanz que il plus amoit, si me pria que si chier com ge l'avoie aü, que ge la gardasse autresi com ge feroie mon anfant, et me saisi de tote la terre que il tenoit, qui mout estoit bele et riche. Mes freres ala maintenant de vie a mort. Et ma niece amoit cest chevalier sor tote riens et aimme ancores, et il li sor totes fames. Et qant gel soi, si deffandi a ma niece, si chier com ele avoit m'amor et la son pere et s'annor, que plus ne feïst de ceste anmor se par moi non. Et se ele ne lo faisoit, ele ne seroit ja mais tenanz de chose que ses peres aüst tenue, et a tozjorz avoit perdu moi et m'aide. Et autresi lo deffendi au chevalier et lor dis que se il ansi lo faisoient, ge feroie avoir joie l'un de l'autre a lor vivant, et il ansi lo me creanterent anbedui.

« Cele dame, de cui guerre ge t'ai dit que mes freres fu morz, estoit mal d'un sien voisin qui estoit (f. 117b) li miaudres chevaliers do monde et li plus hardiz et li plus dotez, et a non Segurades. Et ceste haïne mut par ce que il l'avoit fait requerre de panre a fame et ele ne vost, car trop iere haute fame anvers lui et plus juene assez. Et qant cil vit que ele lo refusa, si an ot duel et honte et la comança a guerroier ; ne mie par force de terre ne par paranté que il aüst, mais

fille d'un de mes frères, qui était de noble naissance, d'assez haut rang et mon aîné. Il se trouva qu'il s'alita pour mourir, car il avait été blessé dans la guerre que la dame de ce pays mène contre un des meilleurs chevaliers de notre temps ; sentant la vie l'abandonner alors qu'il était un chevalier plein de vaillance et de prestance, il m'envoya chercher, car il n'avait plus d'autres frères que moi. Une fois que je fus devant lui, il me confia cette demoiselle, sa seule enfant. C'était la créature qu'il aimait le plus au monde : il me pria au nom de l'affection que j'avais eue pour lui de veiller sur elle comme sur mon propre enfant et il me revêtit de toute la terre qui dépendait de lui[1], un fief fort beau et riche. Il mourut aussitôt après. Ma nièce aimait ce chevalier plus que tout, elle l'aime encore et lui l'aime entre toutes les femmes ; quand je le sus, j'enjoignis à ma nièce, au nom de l'affection qu'elle portait à son père et à moi-même, au nom de son honneur aussi, de ne s'en remettre qu'à moi pour faire avancer ses amours ; sinon, elle n'entrerait jamais en possession de quoi que ce soit des fiefs de son père et elle m'aurait perdu pour toujours, moi et mon aide ; je prescrivis la même chose au chevalier ; mais j'ajoutai que s'ils agissaient ainsi, je leur ferais trouver le bonheur l'un par l'autre pour la vie, et tous deux me donnèrent leur parole là-dessus.

C'est en faisant la guerre pour cette dame que mon frère trouva la mort, comme je te l'ai dit : elle était mal avec l'un de ses voisins, *(f. 117b)*, qu'on appelait Ségurade, le plus fort chevalier du monde, le plus audacieux et le plus redouté. Leur haine était née de ce que Ségurade l'avait fait demander en mariage et qu'elle l'avait refusé, parce qu'elle était de beaucoup plus haute noblesse que lui et beaucoup plus jeune. Cette réponse le blessa et l'humilia et il se mit à lui faire la guerre. Ce n'était pas pour sa puissance en terres ou en parenté, mais

---

1. *Tenir* une terre, un fief, c'est y avoir les droits, les pouvoirs et les obligations du seigneur. En *saisir* un autre, c'est le mettre en légitime possession, en *saisine*. L'*investiture* est la cérémonie ou l'acte de remise d'un fief à un vassal par un seigneur, après la foi et l'hommage fait pour ce fief. Le nain est donc le détenteur provisoire de la seigneurie de son frère aîné, avec charge de trouver pour sa nièce, orpheline, un mari capable de défendre la terre dont elle sera *tenanz* (voir 6 l. *infra*) après son mariage.

par ce que il est bons chevaliers et larges, si lo sivoient tuit li legier bacheler et laisoient ma dame por lui, neïs cil de sa terre, et mout vousisent que ele lo preïst. Et ele est orfenine de pere et de mere, et grant partie de ses charnex amis ont esté mort et navré, que de la soe guerre que de la guerre lo roi Artu cui fame ele est. Et mainte foiz li fu loé que ele lo preïst, mais ele nel pot onqes amer, ne onqes ne fu si liee, se ele an oï parler, que ele ne fust dolante.

«Li chevaliers guerroia ma dame longuement, tant que par ses homes qui li sont failli li a destruit grant partie de sa terre et ocist mout de sa gent. Ne nus fors de forterece n'osoit issir, tant que la menue gent crierent a ma dame a une voiz que, se ele ne lo prenoit, il s'an fuiroient o se randroient a lui an sa merci. Et ele dist que ele s'an conseilleroit, come cele qui tant avoit duel que plus n'an pooit avoir. Quant ele ot asenblé tot son consoil, si dist que ele ne lo panroit por tot lo monde. Et uns siens oncles li dist, qui mout estoit de grant aage, que il la conseilleroit selonc ce que ele disoit outre ce que nuns ne la conseilleroit, se ele s'an voloit a lui tenir. Et ele li creanta que si feroit ele. "Niece, dist il, puis que li mariages ne vos plaist, il ne sera mies. Mais totesvoies manderoiz au chevalier que vos iestes conseilliee et que volantiers lo panroiz, par si que il vos donra respit juqe a un an. Et por de que vos ne soiez blasmé de lui panre, qu'il n'est ne si hauz ne si puissanz com furent vostre ancessor, *(f. 117c)* si voudrez qu'il face tant por vostre amor qu'il se conbatra a toz les chevaliers qui dedanz lo terme vos osseront desraisnier ancontre lui. Et se il estoit outrez par chevalier, vos voudriez que il et sa

parce qu'il était un chevalier brave et généreux, que tous les bacheliers instables[1] quittaient ma dame pour lui, même ceux de sa terre, et ils auraient bien voulu qu'elle le prît pour mari. Elle était orpheline de père et de mère, et un grand nombre de ses parents étaient blessés ou morts, du fait de la guerre qu'elle menait autant que de celle du roi Arthur, dont elle était vassale. Bien des fois il lui fut conseillé de céder, mais elle ne pouvait pas aimer le moins du monde ce prétendant et elle n'était jamais si joyeuse que le fait d'en entendre parler ne l'affligeât.

« Le chevalier mena contre ma dame une longue guerre, au point qu'avec les hommes qui l'avaient lâchée, il ruina une grande partie de sa terre et tua beaucoup de ses gens. Personne n'osait sortir hors des fortifications, tant et si bien que les gens du peuple, d'une seule voix, crièrent à ma dame que si elle ne le prenait pas pour mari, ils fuiraient tous se rendre à sa merci. Au comble du désespoir, elle répondit qu'elle allait prendre conseil. Mais quand elle eut réuni tous ses conseillers, elle déclara que rien au monde ne la ferait céder. Un oncle, chargé d'ans, lui dit que, si elle s'en remettait à lui, il lui donnerait un avis que jamais personne n'oserait lui proposer ; elle accepta et jura de le suivre.

« "Ma nièce, fit-il, puisque ce mariage ne vous plaît pas, il ne se fera pas. Cependant, vous ferez dire au chevalier que vous avez pris conseil et que vous l'épouserez de bon gré, à condition qu'il vous donne un délai d'un an. Et afin que cette union ne vous soit pas reprochée, puisque sa noblesse et sa puissance ne sont pas aussi grandes que celles de vos ancêtres, *(f. 117c)* dites que vous voulez que l'amour qu'il vous porte l'oblige à se battre contre tous les chevaliers qui, dans cet intervalle de temps, oseront soutenir votre cause contre lui. Si un chevalier en était vainqueur, dites que vous voudriez que sa

---

1. Le *bachelier* est le jeune homme noble, chevalier ; il peut être marié, mais le terme désigne l'homme qui n'a pas fait souche ; dans le roman, il est souvent question de *legiers bacheliers* : ce sont des jeunes, non encore fieffés et par conséquent mobiles, disponibles pour les tournois ou les guerres qui devraient leur apporter la fortune. N'étant pas liés par l'hommage, ils peuvent servir le seigneur qui les paie le plus. Souvent *legier* implique une idée d'insouciance, d'instabilité, d'imprudence.

terre fust a vostre merci. Et par avanture, il sera dedanz lo terme morz ou otrez d'armes, o vos serez morte d'autre part. Ansi serez delivres li uns de l'autre. Et se il outre toz les chevaliers jusque som terme, pis ne feroiz vos que de l'espouser ou de randre none an une abaïe."

« A cest consoil se tint la dame cui hom ge sui. Si furent ansi li covenant creanté et d'une part et d'autre. Et dist li chevaliers, se il l'avoit espousee, si feroit il ce por s'amor, se ele l'an requeroit. Ansi fu la pais establie de ma dame et de Segurades. Et neporqant, tuit si chevalier et si serjant gardent toz les pasages d'anviron la terre ma dame, que chevaliers esranz n'i antre. Qant ces covenances furent faites, ge vi ma niece et ce chevalier si angoisos li uns de l'autre qu'il n'osoient parler ensenble por moi, ne des boiches ne des mesages. Si vin a aus et lor dis que il soffrissent ambedui jusque au chief de l'an et lors saüsient de voir que ge feroie avoir joie l'un de l'autre. Si lor fu cil termes trop lointains, et ma niece demanda a Hestor se il se conbatra a Segurades, se ele voloit. Et il dit que il voloit avoir doné un des iauz de sa teste que il fust ja o champ encontre lui. Et ele li fist fiancier que il ne se conbatroit sanz son congié. Et neporqant, mout a demoré li termes et plus li greva de jor en jor, et sovant prioit ma niece que ele soffrist que il se conbatiest por sa joie avoir, tant que ele lo dota perdre. Si li fist faire un escu noir goté d'argent et li commanda, si chier com il avoit son cors, que la ou il seroit de li mesfaiz, gardast que ja mais autre escu ne portast tant que il fust a li racordez. Li noirs senefie duel et les gotes d'argent senefient lermes, car por duel plore l'an. *(f. 117d)* Qant cist chevaliers sot que il avroit s'amie a l'ore que Segurades seroit outrez, si li fu avis que tant

terre et lui-même soient à votre discrétion. Donc, d'ici le délai fixé, peut-être sera-t-il vaincu ou mort, ou bien c'est vous qui serez morte : vous serez ainsi délivrés l'un de l'autre. Toutefois, s'il remporte la victoire sur tous les chevaliers jusqu'au terme fixé, vous ne sauriez faire pis que de l'épouser ou d'entrer comme religieuse, dans une abbaye."

« La dame, dont je suis vassal[1], se rangea à ce conseil, et de part et d'autre on s'engagea par serment. Le chevalier déclara même qu'une fois qu'il l'aurait épousée, si elle le lui demandait, il continuerait pour mériter son amour. Ainsi fut conclue la paix entre ma dame et Ségurade. Néanmoins, à tous ses chevaliers et à ses sergents, Ségurade fit garder les passages tout autour du territoire de ma dame, afin d'empêcher les chevaliers errants d'y entrer. Après ces accords, je vis ma nièce et ce chevalier si inquiets l'un pour l'autre qu'ils n'osaient communiquer, ni directement ni par des messages, à cause de moi. Je vins les trouver et leur dis de patienter tous deux jusqu'au terme de l'année : ils pouvaient bien savoir que je leur ferais avoir alors joie l'un de l'autre. Mais ce délai leur fut trop long et ma nièce demanda à Hector si, pour obéir à sa volonté, il se battrait contre Ségurade. Il lui répondit qu'il aurait voulu avoir donné un de ses propres yeux pour pouvoir se mesurer aux armes contre lui ; mais elle lui fit jurer de ne pas se battre sans son autorisation. Cependant, ce délai lui pesait chaque jour davantage et le temps lui tardait fort ; il suppliait souvent ma nièce de consentir à ce qu'il se batte pour avoir sa joie, tant et si bien qu'elle eut peur de le perdre. Elle lui fit faire alors un écu noir semé de gouttes d'argent et lui donna l'ordre, au prix de sa personne, de ne jamais porter d'autre écu quand il aurait commis une faute contre elle, et cela jusqu'à ce qu'elle se réconcilie avec lui. Le noir représente la douleur et les gouttes d'argent les larmes, car c'est la douleur qui fait pleurer. *(f. 117d)* Quand ce chevalier comprit qu'il aurait son amie au moment où Ségurade serait vaincu, il estima qu'il pouvait si

---

1. Le nain, après son frère aîné, est devenu l'*homme*, le *vassal* de la dame de Roestoc, dont il parle comme de *sa* dame ; son sort est donc aussi en jeu dans cette affaire.

se fioit an amor que, se il pooit venir an leu ou il fust, il l'outreroit bien d'armes. Et tant com il estoit an cest pensé, si avint une nuit que il sonja un songe que il estoit au pin de la fontaine, la ou ge lo pris ier, si i estoit venuz por une granz assanblee qui estre i devoit. Si i cuidoit trover Segurades, si estoit mout liez et mout joianz. Et qant il venoit desoz lo pin, si esgardoit en haut, si veoit une nue, plaine de menues estoilles, sanz clarté, si lo conreoit si cele nue que il ne veoit se petit non. Et neporqant il vaincoit l'asenblee tote. De cest songe fu mout liez, si lo dist a ma niece. Et ele respondi que ce n'estoit se folie non, et bien saüst il que ancor n'estoit mie li chevaliers nez par cui Segurades seroit conquis. Et cil an ot mout grant duel, cui force d'amor donoit cuer et hardement, et dist a son cuer meïsmes que ce proveroit il par tens. L'andemain se leva bien matin, et ge fui ja alez au mostier. Et il prist ses armes, ses fist porter hors d'un mien chastel o nos estiens, si que ge n'an seüse rien. Mais ma niece lo sot, si vint a moi au mostier et me dist que ansin s'en aloit Hetors a la Fontaine do Pin. Et ge ne voloie mies perdre la messe, car ge ne la perdi onques do moi soveigne, si fis un de mes garçons monter sor un de mes meillors chevaus et li fis porter les lances que tu veïs et l'escu noir, por ce que ge savoie bien que qant il verroit les lances, qu'il s'aresteroit ; et qant il verroit l'escu, lors n'iroit il ja mais avant. Et li vallez vint a la fontaine ançois que Hetorz, car il s'armoit avant ; si apoia les lances au pin et si i pendi l'escu. Et qant Hetors i fu venuz et il vit l'escu, si sot bien que il avoit mal esploitié. Et ce fu la noire nue que il avoit songiee, *(f. 118a)* car tantost fu si esbahiz que il ne sot o il estoit, si aparçoit bien que il avoit lo corroz s'amie et lo mien ; et lors commança son duel a faire si grant com tu veïs. Et qant il ot longuement ploré, si se pansa qe mout estoit mauvais qui tel duel faisoit, car ce avroit il amandé si tost com il avroit trové Securades, que il ne dotoit nient que il no conqueïst bien par ses armes, et lors avroit il sa joie qui promise li estoit. Ansi li sanbloit il ja que il aüst conquis Securades, tant lo faisoit lié la joie qu'il atandoit. Et por ce faisoit la joie, tant

bien compter sur l'amour qu'à condition d'arriver jusqu'à lui, il saurait le vaincre par les armes. Comme il en était à réfléchir là-dessus, il lui arriva une nuit de rêver qu'il se trouvait auprès du pin de la fontaine (là où je l'ai pris hier) et qu'il était venu pour une grande assemblée qui devait se donner là ; s'imaginant qu'il y trouverait Ségurade, il était rempli d'allégresse. Une fois arrivé sous le pin, il regardait tout en haut et voyait un nuage opaque, tout parsemé de petites étoiles, et ce nuage faisait qu'il ne voyait presque plus rien ; néanmoins, il remportait le prix de toute l'assemblée. Ce rêve le remplit de joie et il le raconta à ma nièce. Elle lui dit que ce n'était que folie, qu'il devait bien savoir que le chevalier par qui Ségurade serait vaincu n'était pas encore né. L'autre en fut bien peiné, car la force de l'amour lui donnait courage et audace ; il se dit en lui-même qu'il le prouverait bientôt. Le lendemain il se leva de bonne heure, alors que j'étais déjà à l'église ; il prit ses armes, se les fit porter à l'extérieur du château qui m'appartenait, de façon que je n'en susse rien. Mais ma nièce l'apprit ; elle vint me rejoindre à l'église et me dit qu'Hector s'en allait de cette manière à la Fontaine du Pin.

« Moi qui ne voulais pas manquer la messe – ce qui, autant que je me souvienne, ne m'est jamais arrivé – je fis monter un de mes serviteurs sur l'un de mes meilleurs chevaux, avec les lances et l'écu noir que tu as aperçus, car je savais bien qu'à la vue des lances, il s'arrêterait, et qu'à celle de l'écu, il n'irait jamais plus loin. Le garçon arriva à la fontaine avant Hector, celui-ci ayant commencé par s'armer ; il appuya les lances contre le pin et y suspendit l'écu. À son arrivée, Hector aperçut l'écu et comprit qu'il avait mal agi. Telle était la signification du nuage noir de son rêve *(f. 118a)*, car il fut pris aussitôt d'un tel désarroi qu'il ne sut plus où il était, tout en comprenant bien qu'il nous avait irrités, son amie et moi ; il commença donc à manifester sa douleur, avec la violence que tu as vue. Au bout d'un long moment, il estima que c'était bien lâche de pleurer ainsi, car il aurait tout réparé quand il aurait trouvé Ségurade : il ne doutait pas le moins du monde que ses armes l'emporteraient et qu'alors, il aurait la joie promise. Et il lui semblait déjà qu'il avait la victoire sur Ségurade, tant cette joie qu'il attendait le transportait ; alors il manifestait sa joie, jusqu'à ce

qu'il li manbroit de s'amie qui estoit mal de lui et que l'escu noir li covenoit porter, si an avoit tel angoise que il recommançoit son duel. Et aprés repansoit que s'anmie estoit tant leiaus, et ge avoc, qu'il ne seroit ja fausez de sa promesse. Por ce refaisait joie.

« Ensi refaisoit duel et joie, ansi con tu veïs. Et ge, qui mout aüse grant duel se ge perdise tel chevalier, montai aprés, si tost com j'oi messe oïe. Si lo trovai an tel maniere comme tu veïs et lo batié comme celui don ge pooie faire ma volenté, car ge sai bien que il me dote sor toz homes. Et l'an amenai, que onques desfanse ne m'i mist. Or as oï commant li chevaliers a non et por coi il rist et plora, et por coi gel batié et amena sanz contredit et por coi il porta l'escu. Et tu m'as en covant que tu te conbatras ou a lui ou a meillor de lui, mais ge dot mout que tu ne t'an fuies, car ge sai bien que tu ies li pires hom do monde. »

Et messires Gauvains ne dit mot, mais mout est dolanz de son cheval qui ocis est. Atant vient uns vallez fors de la cave et dit que toz est li mangiers apareilliez, si fait li nains monseignor Gauvain desarmer. Puis asient au mengier. Et qant il ont une piece mengié, si esgarde li nains tot aval les prez et voit venir une pucele mout tost sor un palefroi qui toz est tressuez. Et dit a sa *(f. 118b)* niece et a Hestor que par tans orront novelles. Maintenant descent la pucele. Assez fu qui la recoilli, et ele salue lo nain et sa niece de par sa dame, et si li baille unes letres. [Li nains brise la cire et lut les lestres, qui bien les sot lire.] Et qant il les ot leües, si commança a rire de felonie, et maudit corage de fame et qui nul an croit.

« Por coi dites vos ce, sire ? » fait sa niece.

« Vos n'oez mies, fait il, que ma dame m'a mandé :

que lui revienne le souvenir de son amie, de ses griefs, et de l'obligation de porter l'écu noir ; alors sa souffrance était telle qu'il recommençait son deuil. Mais après, de nouveau, il songeait que son amie était si loyale, et moi aussi, qu'on ne manquerait jamais à ce qui lui avait été promis ; aussi recommençait-il sa joie.

« Tour à tour il menait donc sa douleur et sa joie, comme tu l'as vu. Mais moi j'aurais été bien fâché de perdre un pareil chevalier, et dès la fin de la messe, j'ai enfourché mon cheval pour le rejoindre. Je l'ai trouvé dans l'état où tu l'as vu et je l'ai battu comme quelqu'un dont je pouvais faire ce que je voulais, car il est certain qu'il me redoute entre tous. Ensuite je l'ai emmené sans qu'il m'oppose aucune résistance. Tu as donc entendu le nom du chevalier, pourquoi il a ri et pleuré, pourquoi je l'ai battu et emmené facilement, enfin pourquoi il portait cet écu. De ton côté, tu m'as promis de te battre contre lui ou contre un plus fort, mais j'ai très peur que tu ne prennes la fuite, car je sais bien que tu es le plus lâche du monde. »

Monseigneur Gauvain ne dit mot, malgré la douleur que lui causait la mort de son cheval. Sur ce, un jeune homme sort de la cavité pour annoncer que le repas est tout prêt. Le nain fait donc désarmer monseigneur Gauvain et ils prennent place à table. Au bout d'un moment, le nain jette les yeux au bout de la prairie et voit une jeune fille venir à grande allure sur un palefroi tout en sueur ; il déclare à *(f. 118b)* sa nièce et à Hector qu'ils vont bientôt apprendre du nouveau. On s'empresse d'accueillir la jeune fille à sa descente de cheval ; elle salue le nain et sa nièce au nom de sa dame et tend une lettre ; le nain brise le sceau et lit, car il en était bien capable ; à la fin de sa lecture, il se met à rire perfidement et à maudire cœur de femme et qui s'y fie[1].

« Pourquoi dites-vous cela, seigneur ? lui demande sa nièce.
— Vous ne pouvez imaginer ce que ma dame me fait dire :

---

1. Phrase de style proverbial ; son ambiguïté vient en partie de ce qu'elle traduit la misogynie médiévale, ici attribuée au nain, personnage anticourtois ; celui-ci maudit sa dame de lui avoir demandé un service, une *aide*, qu'il juge impossible : lui amener Gauvain comme défenseur. Le motif de Gauvain absent de la cour est fréquent.

que ses termes aproche et que je aille a la cort lo roi Artu ferant des esperons, si li amoign monseignor Gauvain por combatre a Securades. Si cuide bien que ausi legierement soit fait com ele lo comande. Se ge movoie orandroit, ne seroie ge mies s'a poines non a la cort au terme. Ne ce n'est mie legiere chose de monseignor Gauvain trover, car an cinc anz n'est il mies s'a poines non an la maison lo roi son oncle deus foiz o trois, ainz va cerchant totes les dures avantures comme li plus prodom do monde. Mais ge li manrai an eschange por monseignor Gauvain lo peior chevalier qui onqes portast escu. Ce est cist chevaliers qui ci est. »

Et messires Gauvains ne dit mot, ne de rien ne li chaut que li nains dit, mais Hetor an poise mout.

Atant fait li nains aporter les armes Hector et les monseignor Gauvain, et comande sa niece que ele i voist et les puceles ausi. Et dit a monseignor Gauvain :

« Sire mauvais chevaliers, mout voudriez ores que vos remansisiez por cheval don vos n'avez point, mais nel feroiz, car ge vos baillerai meillor del vostre. »

Ensi li fait amener un cheval, et il i monte, et Hectors et sa damoisele et li escuier et les puceles, si porte li uns l'escu Hector et li autres une liace de lances roides et forz. Si s'an partent tuit do paveillon, que nus n'i remaint par sanblant. Ansi chevauchent grant piece. Et la damoiselle apele Hector, si dit :

« Hector, vos me fienceroiz leiaument comme chevaliers que vos ne vos combatroiz se par moi non. Et se vos lo faites, bien sachiez que a m'amor avez vos failli a tozjorz mais. »

Et il li fiance.

Lors vint Hector a monseignor Gauvain, si li prie et requiert que ja ne li chaille de chose que *(f. 118c)* li nains li die. Et il respont que il ne l'an chaut. Lors apele li nains la pucele qui les letres avoit aportees, si li demande ou est sa dame. Et ele li dit que ele est a un sien chastel qui a non Roestoc. « Dons gerrons nos, fait il a sa niece, as Plains. » Ce estoit une forz maisons sa niece. Si chevauchent tote jor sanz avanture trover do li contes

que le délai touche à sa fin et que j'aille à bride abattue à la cour du roi Arthur pour en ramener monseigneur Gauvain, qui devra combattre contre Ségurade. Elle s'imagine que ses ordres sont aussi faciles à exécuter qu'à dire. Même si je me mettais en route maintenant, j'arriverais à la cour à peine à l'échéance du délai. Et ce n'est pas facile de trouver monseigneur Gauvain, car en cinq ans on le voit à peine deux ou trois fois dans la demeure du roi Arthur : il ne cesse de rechercher toutes les aventures difficiles, comme le plus brave du monde. Mais au lieu de monseigneur Gauvain, je lui amènerai le pire chevalier qui ait jamais porté écu, c'est-à-dire le chevalier que voici ! »

Monseigneur Gauvain ne dit mot et se moque de ce que le nain peut dire, mais Hector en est très affecté. Là-dessus le nain fait apporter les armes d'Hector et celles de monseigneur Gauvain, puis il donne l'ordre à sa nièce de venir avec eux et d'emmener ses jeunes filles ; après quoi il s'adresse à monseigneur Gauvain :

« Seigneur lâche chevalier, vous voudriez bien rester ici, parce que vous n'avez pas de cheval, mais vous n'y réussirez pas : je vais vous en donner un meilleur que celui que vous aviez. »

Il lui fait donc amener un cheval qu'il enfourche, tandis qu'Hector, sa demoiselle, les jeunes filles et les écuyers en font autant ; l'un de ces écuyers porte l'écu d'Hector, l'autre un paquet de lances raides et solides. Tous quittent le pavillon, où apparemment il ne reste plus personne. Ils chevauchent ainsi longuement, quand la demoiselle interpelle Hector :

« Hector, vous me donnerez votre parole loyale de chevalier que vous ne vous battrez pas sans mon avis. Si vous passez outre, sachez que vous avez perdu mon amour pour toujours. »

Il le lui promet ; puis il se rapproche de monseigneur Gauvain et le prie instamment de ne pas attacher d'importance à ce que le nain pourra lui dire *(f. 118c)* ; l'autre lui répond qu'il s'en moque effectivement. Le nain rejoint la jeune fille qui avait apporté la lettre et lui demande où se trouve sa dame ; elle indique un de ses châteaux, nommé Roestoc. « Eh bien, nous coucherons aux Plaines », dit-il à sa nièce ; c'était une maison fortifiée, qui appartenait à la nièce. Ils passent le reste de la journée à chevaucher, sans trouver d'aventure que le conte

parole tant que il vienent a lor gistes. L'andemain sont mout main levé, et qant il ont messe oïe, si se metent a la voie et chevalchent tant que il est pres de tierce. Et lors aprochent des marches sa dame antre li et Securades, si vienent a un trespas d'une haie. Et li nains esgarde, si voit deus chevaliers et trois serjanz, si estoient li chevalier armé de totes armes, mais que tant que il avoient chapiax an leu de hiaumes. Et li serjant avoient haches et espees et hauberjons. Lors apele li nains Hector et li dist :

« Hector, cist sont de la gent Segurades. Or si vos deffandez, car il en est bien mestiers, car par cestui chevalier ne serons nos ja deffandu, car il ne valt pas une chamberie[re]. »

« Or ne vos esmaiez, fait Hector, mais chevauchiez seüremant. » Puis dit a monseignor Gauvain : « Sire, ne vos corriciez mies de ses paroles, mais soffrez, que vos avez assez affaire. »

Lors demande a sa damoisele congié, et ele li otroie. Et il demande son escu, et an li done. Et il lo pant a son col et prant un glaive de son escuier, si se met el chief de la haie devers les chevaliers qui vienent ferant a esperon, si peçoient andui lor glaives sor son escu. Et il an fiert un si durement que il lo porte tot anvers a terre et lui et lo cheval. Et ses glaives peçoie, et il met la main a l'espee, si cort as autres sus si vitement qui tuit s'en esbaïsent et li guerpisent place. Et n'i a un sol qui ost contredit metre, ainz s'an fuient li quatre parmi les chans au travers. Et il les anchauce une grant piece tant que il se flatisent an la forest. Et il s'en *(f. 118d)* torne, et cil qui chaoiz fu, si tost com il pot relever, si se traist ou bois a garison. Lors dit li nains que mout prodom a esté Hector, si li dit, qant il est revenuz :

« Hector, ne vos disoie ge bien, se vos ne fussiez, nos fussiens ja mal venu, que cist chaitis chevaliers n'i meïst ja desfanse ? »

Et messires Gauvains se taist, et Hector en est mout dolanz et mout hontous, si lo prise mout de ce qu'il se taist si debonairement.

Ensi chevauchent longuement tant que il vienent a une chauciee aprochant qui est antre un plaisiez et

puisse relater et finissent par arriver au lieu d'étape. Le lendemain, ils sont levés de très bon matin, entendent la messe et reprennent la route jusqu'à près de tierce. Ils sont proches alors de la frontière qui sépare la dame et Ségurade et ils arrivent à une haie qu'il fallait franchir. Le nain observe et voit deux chevaliers et trois sergents ; les chevaliers avaient toutes leurs armes, si ce n'est qu'ils portaient des chapeaux à la place de heaumes ; les sergents avaient des haches, des épées, des haubergeons. Le nain s'adresse alors à Hector :

« Hector, ce sont des gens de Ségurade : défendez-vous, nous en avons bien besoin ; ce n'est pas ce chevalier qui nous protégera jamais, il ne vaut pas une chambrière !

– Ne vous inquiétez pas, continuez tranquillement », fait Hector ; mais il dit ensuite à monseigneur Gauvain :

« Seigneur, ne vous irritez pas de ses paroles, soyez patient, car vous avez beaucoup à faire. »

Il demande l'autorisation à sa demoiselle et elle la lui accorde ; puis il réclame son écu et on le lui tend. Il le suspend à son cou, saisit une lance donnée par son écuyer et se place à l'extrémité de la haie, face aux chevaliers qui arrivent à fond de train et brisent tous deux leur lance sur son écu. Lui, il en frappe un si violemment qu'il le renverse de tout son long sur le sol, avec son cheval. Comme sa lance est brisée, il met la main à l'épée, court attaquer les autres avec une telle fougue que, stupéfaits, ils lui abandonnent la place ; pas un seul n'ose s'interposer, au contraire tous quatre prennent la fuite à travers champs. Il les poursuit longtemps, jusqu'à ce qu'ils se jettent dans la forêt. Alors il s'en retourne (*f. 118d*), tandis que celui qui était tombé se relève le plus vite possible et se réfugie à son tour dans la forêt. Le nain déclare qu'Hector a été plein de vaillance, et une fois celui-ci revenu, il lui dit :

« Hector, n'avais-je pas raison de vous dire que sans vous nous aurions été bien mal en point ? Ce misérable chevalier n'aurait jamais rien empêché ! »

Monseigneur Gauvain se tait, mais Hector est bien peiné et tout honteux pour lui, et il l'estime fort de ce qu'il se tait si généreusement. Continuant leur chevauchée, ils finissent par approcher d'une chaussée construite sur un marécage, à partir

uns marois, si voit li nains o chief de la chauciee trois chevaliers et cinc serjanz, si estoient li chevalier autresi armé comme li autre. Et il dist a Hector :

« Hector, se vos ne nos deffandez, or somes nos tuit pris, car cist sont de la gent Segurades, ne nostre chevaliers n'i ferra ja cop. »

« Sire, dist il au nain, chevauchiez et n'aiez garde. »

Puis revint a monseignor Gauvain et li dit qu'il ne li chaille des paroles au nain, et il s'an rit. Lors redemande Hector son escu et prant un glaive de l'escuier qui les autres porte, et prant congié de s'amie. Puis se met toz premiers es destroiz de la chauciee et fiert lo cheval des esperons. Si va parmi aus toz ferir un chevalier tant qu'il lo porte a terre. Et li autres lo prant au frain, et li autres a traite l'espee, si l'an done granz cox amont el hiaume, et autresi font li serjant. Et il met tantost la main a l'espee [et fiert] celui qui tient son frain sor la main, si que il lo mehaigne. Puis avise lo tierz chevalier et fiert anmi lo vis, que il lo tranche tot jusque as oroilles, et il chiet a terre. Et lors se desconfisent li autre par cest cop, si s'an tornent fuiant, et il les chace une piece. Puis revient a son chemin, si oste son escu et son hiaume, car mout est chauz. Et messires Gauvains l'esgarde, sel prise mout an son cuer tant com il puet plus juene home prisier.

Ensi chevauchent tant qu'il fu none base. Et lors aprochent d'un poncel qui est sor une petite riviere par ou il les co(f. 119a)vient aler. Et qant il sont pres, si voient el chief do pont un chevalier armé, lo hiaume en la teste, l'escu au col, lo glaive an sa main, et avec lui serjanz jusque a trente, armez de hauberjons et de glaives et d'espees comme vilain. Et li nains dist :

« Hector, or est il mestiers que vos nos delivroiz, ou nos somes tuit pris, car de cestui n'avons nos

d'une demeure clôturée[1]. Le nain aperçoit au bout de la chaussée trois chevaliers et cinq sergents, les chevaliers étant armés comme les précédents, et il s'adresse encore à Hector :

« Hector, si vous ne prenez pas notre défense, nous sommes tous prisonniers, car ce sont des gens de Segurade, et notre chevalier ne leur donnera pas un seul coup !

– Seigneur, continuez de chevaucher et n'ayez crainte », lui répond Hector, qui se rapproche ensuite de monseigneur Gauvain pour lui dire de ne pas se soucier des paroles du nain ; et celui-ci en rit. Sur ce, Hector réclame à nouveau son écu, saisit une lance parmi celles que porte son écuyer et demande l'autorisation de son amie. Puis il devance tout le monde pour le passage de la chaussée et éperonne son cheval ; il se jette au milieu du groupe et frappe si fort qu'il envoie un chevalier à terre ; mais un autre le saisit par le frein de son cheval, le troisième tire son épée et lui assène de grands coups sur le heaume, imité par les sergents. Lui, il tire aussitôt son épée et blesse à la main celui qui le tient par le frein ; après il s'en prend au troisième chevalier, le frappe en plein visage et le pourfend jusqu'aux oreilles avant qu'il tombe. Ce coup disperse le reste de la bande, qui s'enfuit ; il les pourchasse un moment, puis revient au chemin et enlève son écu et son heaume, car il a très chaud. Monseigneur Gauvain le regarde et en lui-même, il l'apprécie fort, de toute la considération qu'il peut avoir pour un jeune homme.

Ils reprennent leur chevauchée jusqu'à none passée et arrivent près d'une passerelle enjambant une petite rivière qu'ils ont à *(f. 119a)* traverser. Ils voient alors à l'autre bout un chevalier en armes, le heaume sur la tête, l'écu au cou, la lance en main, et avec lui jusqu'à trente sergents, avec des haubergeons, des bâtons et des épées, comme ceux des vilains :

« Hector, dit à nouveau le nain, il faut que vous assuriez notre délivrance ou c'en est fait de nous tous, car nous n'aurons

---

[1]. Le *plaisseïz* est soit la haie d'arbustes aux branches repliées et enlacées, qui sert de clôture, soit la demeure circonscrite par cette haie : dans ce cas, l'habitation est modeste.

ja aide, que ce est li plus recreanz hom qui vive. »

Et Hector respont que il n'ont garde. Lors dit a monseignor Gauvain que il ne li chaille de chose qu'il die : « Que se vos estiez messires Gauvains, s'avriez vos assez a faire. Mais ge vos pri que vos m'aidiez se vos veez que mestier an aie. » Et messires Gauvains dit que si feroit il mout volentiers.

Lors prant Hector son hiaume et si lo lace, et met son escu a son col, et reprant un glaive tot lo plus fort. Et qant il est pres do poncel, si hurte si tost comme chevax li pot aler. Et li serjant qui devant sont apoierent les chiés des glaives a terre, si l'a[n] fierent tant sor son escu que tot lo cuevrent. Et il parmi aus toz fiert lo cheval[ier] si durement qu'il lo porte an l'aigue desoz lo pont. Mais li vilain l'ont si chargié de lor glaives que il portent que il l'abatent an un mont et lui et lo cheval a terre. Et il resaut sus mout vistement, si lait lo cheval tot estraier et met la main a l'espee, si lor cort sus si durement que il n'i sevent metre conroi fors del fuir. Et il les anchauce mout durement, si an blece maint et mahaigne. Et li chevaliers qui abatuz estoit avoit son cheval recovré et fu montez, si s'an fuioit, mout durement navrez el braz et an la memelle. Et Hector repaire, qant il les a chaciez, et trove monseignor Gauvain, qui li tient son cheval, si li dit : « Granz merciz. »

« Comment, sire chevaliers ? Que maudite soit l'ore que vos fustes nez, fait li nains. Gahaignent ansi li chevalier de vostre païs qui tienent les chevax as chevaliers qui font les proeces et les chevaleries ? »

Et Hector li prie que ne l'an chaille.

(f. 119b) Atant chevauchent tot lo vespre tant que il vienent a un chastel a la dame que il aloient secorre. Si i herbergerent la nuit, et l'andemain resont matin levé por messe oïr, et puis se remetent a la voie et chevauchent jusque a ore de tierce. Lors trovent une fontaine mout bele, si tornent illuec por disner. Et qant il ont disné, si dist li nains a la pucele

jamais d'aide de cet individu : c'est l'homme le plus lâche du monde. »

Hector lui répond qu'ils n'ont pas à s'inquiéter, puis il exhorte Gauvain à ne pas se soucier de ce que l'autre peut bien dire : « Car même si vous étiez monseigneur Gauvain, vous auriez assez à faire. Mais je vous prie de me donner votre aide, si vous voyez que j'en aie besoin. » Monseigneur Gauvain lui répond qu'il le fera bien volontiers.

Hector met son heaume, le lace, suspend son écu autour du cou et reprend une lance, la plus solide. Il se rapproche de la passerelle et lance son cheval de toute la force de ses éperons. Les sergents, placés en avant, prennent appui sur le sol pour balancer sur lui leurs bâtons qui convergent sur son écu ; mais il les dépasse et va frapper le chevalier si violemment qu'il le projette dans l'eau, sous le pont. Alors les vilains l'accablent si fort avec leurs bâtons qu'ils le font tomber à terre d'un bloc, lui et son cheval ; il se relève prestement, laisse son cheval aller au hasard, met la main à l'épée et fonce sur eux avec tant de fureur qu'ils n'ont d'autre ressource que de fuir. Il les poursuit rudement, et arrive à en mutiler et à en blesser un bon nombre, tandis que le chevalier désarçonné, après avoir récupéré et enfourché son cheval, s'enfuit, grièvement blessé au bras et à la poitrine. Après les avoir pourchassés, Hector revient et tombe sur monseigneur Gauvain, qui lui tient son cheval, et il lui dit « Grand merci ! »

« Comment ? seigneur chevalier, fait le nain, maudite soit l'heure de votre naissance ! Est-ce ainsi que gagnent les chevaliers de votre pays, en tenant les chevaux de ceux qui font des prouesses et des exploits ? »

Hector prie encore celui-ci de ne pas faire attention. *(f. 119b)* Ils reprennent leur chevauchée jusqu'à vêpres passées et arrivent à l'un des châteaux de la dame qu'ils allaient secourir. Ils s'y logent pour la nuit ; le lendemain, ils se lèvent pour entendre la messe, reprennent leur route et chevauchent jusqu'à tierce, où ils trouvent une très agréable fontaine auprès de laquelle ils vont déjeuner[1]. Cela fait, le nain demande à la jeune

---

1. Au Moyen Âge, on fait trois repas : le petit déjeuner (*desjeuner*) ; le déjeuner

qui les letres aporta que ele s'an aille avant et die a sa dame que il vienent an tel maniere et si li amoine an leu de monseignor Gauvain lo peior chevalier qui onques fust. Aprés li a dit a consoil :

« Dites ma dame que ge li mant que ele veigne contre nos et prit a ma niece que ele laist a Hector combatre por li, car vos avez bien veü quex chevaliers il est. »

Atant s'an part la damoisele et [chevauche] tant que ele vient a Roestoc, si trove lo seneschal devant la sale, si li demande de sa dame.

« Certes, ele ne manja onques puis que vos an alastes. Mais quex novelles de Grohadain lo nain ? »

« Sire, fait ele, il vient ci et sa niece et Hectors et uns chevaliers que li nains tient au plus mauvais chevalier dou siegle. »

Atant l'an moigne li seneschauz a sa dame. Et qant ele la voit, si ne puet mot dire de paor de mauvaise[s] novelles oïr.

« Dame, fait ele, Grohadains li nains vos salue, et sa niece, vostre coisine, et Hectors qui ci vient, et si vos amoigne un chevalier an leu de monseignor Gauvain, mais ge ne sai quex il est, mais vos lo verroiz bien. »

« Ha ! Lasse ! fait ele, com suis morte ! »

« Dame, fait ele, or vos mande priveement que vos alez ancontre els et que vos priez a vostre coisine q'e[le] laist Hector combatre por vos, car c'est uns des miaudres chevaliers do monde. »

Et li seneschauz li loe. Lors fait la dame anseler son palefroi, si est montee, et li seneschauz et chevalier autre et serjant a grant planté, si sont issu de Roestoc ancontre cels qui vienent. Si les ancontrent loign del chastel bien deus liues anglesches. *(f. 119c)* Si ancontrent avant les escuiers et puis monseignor Gauvain, si trespassent tot, tant que

fille qui avait apporté la lettre de prendre les devants et de dire à sa dame qu'ils arrivaient et qu'au lieu de monseigneur Gauvain, il lui amenait le plus mauvais des chevaliers qui ait jamais existé. Puis il ajoute, à la dérobée :

« Dites à ma dame que je lui demande de venir à notre rencontre et qu'elle prie ma nièce de laisser Hector combattre pour elle, car vous avez bien vu quel chevalier c'est. »

La demoiselle s'éloigne, chevauche jusqu'à Roestoc où elle trouve le sénéchal[1] devant la salle du palais ; elle l'interroge sur sa dame.

« En vérité, elle n'a pas mangé depuis votre départ. Mais quelles nouvelles de Grohadain le nain ?
— Seigneur, il arrive avec sa nièce, Hector et un chevalier qu'il tient pour le plus lâche du monde. »

Le sénéchal la conduit à sa dame, mais à sa vue, celle-ci reste muette, craignant d'entendre de mauvaises nouvelles.

« Dame, dit la demoiselle, Grohadain le nain vous salue, ainsi que sa nièce, votre parente, et Hector qui les accompagne ; il vous amène un chevalier à la place de monseigneur Gauvain, mais je ne sais ce qu'il vaut : vous le verrez bien.
— Ah ! malheureuse, s'écrie-t-elle, c'en est fait de moi !
— Dame, il vous demande, de vous à lui, d'aller à leur rencontre et de prier votre parente de laisser Hector combattre pour vous, car c'est un des meilleurs chevaliers du monde. »

Son sénéchal lui conseille d'accepter. Elle fait donc seller son palefroi et y monte ; le sénéchal, d'autres chevaliers et quantité de sergents l'imitent ; ils sortent ainsi de Roestoc, à la rencontre des arrivants, qu'ils trouvent seulement à deux bonnes lieues anglaises du château *(f. 119c)*. Ils dépassent les écuyers, monseigneur Gauvain et toute l'avant-garde, pour

---

(disner) ; le dîner *(souper)*. Conventionnellement, en temps de quête, le chevalier errant ne fait qu'un repas, le *souper*, pendant l'arrêt autorisé à la tombée de la nuit, après *vespres* (voir par exemple infra f. 122c) ; ici Gauvain est soumis au rythme de la vie normale, de par ceux qui l'accompagnent.

1. Le sénéchal, d'abord officier du ravitaillement, devint sous les Capétiens un personnage très puissant, doublant le roi dans ses fonctions administratives, juridiques et guerrières. La charge, supprimée à la cour en 1191, subsiste dans les fiefs importants. Le roman arthurien a plus de mauvais que de bons sénéchaux ; ici le sénéchal de la dame de Roestoc garde bien la trace de ses fonctions dans la réalité.

il vienent au nain et a sa niece, si s'antrefont mout grant joie. Et, li nains li dist :

« Dame, vos me mandastes que ge vos alasse querre monseignor Gauvain, mais ce n'estoit mie chose preste, car il n'est mie sovant a cort, et si estoit li termes trop pres. Mais ge vos amoign un chevalier tel com ge lo puis avoir, celui qui chevauche avec ces escuiers. »

Lors dit la dame a sa coisine :

« Bele coisine, ge vos merci mout de ce que vos iestes ci venue, et j'ai an vos mout grant fiance que, se toz li mondes me failloit, si me devriez vos aidier. »

« Certes, bele dame, fait ele, ge vos an aiderai de ce qe ge porrai. Mais por coi lo dites vos ? »

« Por ce, fait ele, que ge vos pri, por Deu, que vos faites combatre Hector por moi. »

« Dame, fait ele, de ce ne vos fiez vos ja an moi, que, si m'aïst Dex et ses verais cors, ge voudroie miauz avoir Deu renoié que gel feïsse combatre a Segurades, par covant que toz armez fust et Segurades desarmez. »

A cest mot sache la dame son frain et fiert un poign an l'autre de duel et dit :

« Ha ! lasse ! com suis morte qant la riens ou ge plus me fioie m'est faillie. »

Et li seneschauz la prant, si li dit :

« Dame, fait il, cil chevaliers la est venuz por vostre besoigne, et ge vos loeroie que vos alisiez a lui, sel merceisiez de ce qu'il s'est mis del tot an tot an vostre servise. Lors si orroiz qu'il vos dira. »

Lors s'en vient la dame a monseignor Gauvain, si s'acoste lez lui et dit :

« Sire, bien soiez vos venuz. »

Et il respont que Dex li doint bone avanture.

« Sire, ge vos merci de ce mout, que vos iestes venuz por ma bataille faire. »

arriver au nain et à sa nièce avec qui ils échangent de chaleureuses congratulations.

« Dame, dit le nain, vous m'avez fait savoir d'aller vous chercher monseigneur Gauvain, mais ce n'était pas facile à faire, car il n'est pas souvent à la cour et le délai était trop court. Mais je vous amène un chevalier, celui que j'ai sous la main ; il est là qui chevauche au milieu des écuyers. »

La dame s'adresse alors à sa cousine :

« Chère cousine, je vous remercie vivement d'être venue ; j'ai en vous grande confiance et je crois que si tout le monde me faisait défaut, vous du moins, vous devriez m'aider.

— En effet, chère dame, tout ce que je pourrai pour vous, je le ferai. Mais pourquoi dire cela ?

— Parce que je vous supplie, au nom de Dieu, de laisser Hector combattre pour moi.

— Dame, pour cela, ne comptez pas sur moi, j'en prends à témoin Dieu en personne : je préférerais avoir renié ce Dieu, plutôt que d'envoyer Hector combattre contre Ségurade, dût-il être armé complètement et Ségurade désarmé[1] ! »

À ces paroles, la dame tire sur son frein, frappe ses poings l'un contre l'autre en signe de douleur et s'écrie :

« Hélas ! malheureuse, comme me voilà perdue, quand la créature à qui je me fiais le plus me fait défaut ! »

Le sénéchal la prend à part et lui dit :

« Dame, ce chevalier-là est venu pour votre affaire ; je vous conseillerais d'aller le trouver et de le remercier de ce qu'il se met totalement à votre service. Vous verrez bien ce qu'il vous dira. »

La dame se dirige alors vers monseigneur Gauvain, se range auprès de lui et lui dit :

« Seigneur, soyez le bienvenu. »

Il lui répond en souhaitant que Dieu la bénisse.

« Seigneur, je vous remercie fort d'être venu pour assurer ma bataille.

---

1. Le chevalier qui n'a pas les armes défensives que sont le heaume et/ou le haubert est dit *désarmé* ; le combat loyal avec un chevalier *armé* de toutes ses armes, ne peut avoir lieu que s'il a fait l'objet d'un accord, ou au moins d'une mise en garde, d'un défi.

Dame, fait il, or sachiez que ce et autre chose feroie ge por vos. »

« Certes, sire, fait ele, vos mostrez bien que vos feroiez por moi, qant vos iestes venuz combatre au meillor chevalier do monde. Mais, por Deu, que vos an est avis ? »

« Quoi, dame ? fait il. Certes, dame, *(f. 119d)* ge ne sai quoi. »

« Ne savez ? Lasse ! »

Si sache son frain et commance son duel [si grant] que plus ne puet. Et li seneschauz i est venuz poignant et li demande que ele a. Et ele respont que ele a assez duel et angoisse.

« Dame, fait il, que dit donc li chevaliers ? »

« Quoi ? fait ele. Il dit qu'il ne set combatre. »

Et il li anquiert coment ce fu, et ele li conte commant ele li avoit dit que l'an estoit avis, et que il avoit dit que il ne savoit quoi.

« Commant, dame ? fait li seneschauz, volez vos qu'il vos die que il lo vaintra ? Il a dit que sages chevaliers et que vaillanz. Mais vos n'iestes mie sage qui por noiant vos ociez, que Nostre Sires est toz puissanz de vos aidier, ne il ne vos obliera ja. »

Ensi la chastie et conforte li seneschauz, si chevauchent tant que il vienent a Roestoc, si descendent au pié de la sale, si se desarment [entre] Hector et monseignor Gauvain. Aprés revienent an la sale, qui fu jonchiee de fres jons, si trovent la dame, couchiee en une couche, si morte et si esbahie que mot ne dit. Et li seneschauz siet a ses piez et se poine mout de li conforter. D'autre part rest li nains et sa niece, si s'asient antre Hector et monseignor Gauvain. Et qant plus l'esgarde Hectors, et plus lo prise, que onques mais chevalier ne vit de si bel contenemant ne de si seür ; mais de son covine ne li osse anquerre, que a vilenie ne lo tenist.

Ensi demorent illuec grant piece, tant que li mengiers est atornez, si metent les tables et asient la dame et sa compaignie ; [mais ele n'i assiet mie por mengier, mais por ses genz faire compaignie.] La ou ele seoit au mangier, vint laianz uns escuiers granz et noirs et hiriciez sor un grant roncin, et vint tot a cheval jusque devant la table.

– Dame, sachez que, pour vous, je ferais cela et autre chose encore.

– En vérité, seigneur, vous montrez déjà bien ce que vous feriez pour moi en venant affronter le meilleur chevalier du monde. Mais, au nom de Dieu, qu'en pensez-vous ?

– Ce que j'en pense, dame ? En vérité, dame *(f. 119d)*, je ne sais pas ce qu'il en sera.

– Vraiment ? Malheureuse que je suis ! »

Elle tire encore sur son frein et se livre à son désespoir sans plus aucune retenue. Son sénéchal éperonne pour la rejoindre et lui demande ce qu'elle a. Elle lui répond qu'elle est pleine de douleur et d'angoisse.

« Dame, qu'a donc dit le chevalier ?

– Ce qu'il a dit ? Qu'il ne savait pas combattre. »

L'autre la presse de préciser et elle lui raconte comment elle lui avait demandé quel était son avis, et qu'il avait dit qu'il ne savait ce qu'il en serait.

« Comment, dame, s'exclame le sénéchal, voulez-vous qu'il vous dise qu'il sera vainqueur ? Il a parlé comme un sage et avec pertinence. C'est vous qui n'êtes pas sage de vouloir vous tuer pour rien, car Notre Seigneur a toute puissance pour vous venir en aide et il ne vous oubliera absolument pas. »

Le sénéchal continue de la reprendre et de la réconforter de la sorte pendant qu'ils chevauchent pour rejoindre Roestoc ; ils descendent devant l'escalier de la salle et monseigneur Gauvain ainsi qu'Hector vont enlever leurs armes ; puis ils gagnent la salle, jonchée de verdure fraîche, et y trouvent la dame étendue sur une couche, si désespérée et anéantie qu'elle ne dit mot. Le sénéchal, à ses pieds, s'efforçait de la réconforter, et de l'autre côté il y avait le nain et sa nièce ; Hector et monseigneur Gauvain s'asseoient donc aussi. Plus Hector le regarde, plus il l'admire, car il n'a jamais vu de chevalier qui ait aussi belle et aussi sûre prestance ; mais il n'ose l'interroger sur son statut, de peur de paraître indélicat.

Ils restent longtemps ainsi, jusqu'à ce que le repas soit prêt ; les tables sont dressées et la dame prend place, avec ceux qui étaient là ; elle ne s'asseyait pas pour manger, mais pour tenir compagnie à ses gens. Sur ce, un écuyer entra, grand, noir, hirsute, perché sur un grand roncin, et s'avança jusqu'à la table

Et qant la dame lo voit, si est tel conreé de paor que ele nel puet neïs esgarder. Et li escuiers parole et dit :

« *(f. 120a)* Dame, ci m'anvoie mes sires, et si vos mande que il a oï dire que vos avez un chevalier qui desraisnier vos est venuz, si vos mande mes sires que il est toz apareilliez de sa bataille faire orandroit. Et si velt bien que vos sachiez, et cist chevalier qui ci sont, que d'ui an tierz jorz sera ses termes. »

Lors prant li seneschauz la parole sor lui por sa dame :

« Biau frere, ce poez dire a vostre seignor que nostre chevaliers est las et traveilliez de granz jornees et de dures bessoignes, si a mestier de reposer. Mais a son droit terme lo porra trover an la place, ne n'ait mie paor, que li chevaliers ne s'em fuira mie ; ne ja por ce mar se hastera, que, se Deu plaist, tot a tans i porra il venir. »

De ce que li seneschauz ot dit fu messires Gauvains mout liez et merveillous gré l'an sot. Et si an amast il autant la bataille a maintenant comme au tierz jor, mais li darriens moz lo mist a aise. Et li escuiers a dit au seneschal :

« Comant ? fait il, sire seneschauz, si est vostre chevaliers las et traveilliez ? Ja n'est mie mes sires las de vaintre un de voz chevaliers ou de deus ou de trois. »

« Biau frere, fait li seneschauz, ce poez dire vostre seignor que ansi li mande ma dame que ele sejorne son chevalier tot a aise, et anvoie querre toz ces que ele porra avoir por veoir la bataille, que bataille de si grant chose ne doit mie estre celee. Et par avanture, tex la dessirre qui ancor i porra venir tot a tens. »

Atant s'an torne li escuiers, menaçant lo seneschal et lo chevalier, et cil manjue[nt] totesvoies. Et qant il ont mangié, si se lieve messires Gauvains et vient au chief de

sans mettre pied à terre. À sa vue, la dame est saisie d'une telle peur qu'elle ne peut même pas le regarder. L'écuyer prend la parole et déclare :

« *(f. 120a)* Dame, mon seigneur m'envoie ici vous faire savoir ceci : il a entendu dire que vous avez un chevalier qui est venu pour défendre votre cause[1] ; il vous fait dire que lui-même est fin prêt pour la bataille. Il veut donc que vous le sachiez, ainsi que ces chevaliers qui vous entourent, le rendez-vous qu'il vous fixe est dans trois jours. »

Le sénéchal prend sur lui de répondre pour sa dame :

« Cher frère, vous pouvez dire à votre maître que notre chevalier se ressent de la fatigue et de l'épuisement causés par de longues étapes et de dures obligations, qu'il a donc besoin de se reposer. Mais à la date fixée, il le trouvera sur le terrain : qu'il ne craigne rien, le chevalier ne s'enfuira pas ; qu'il n'aille pas se hâter non plus : s'il plaît à Dieu, il arrivera bien à temps ! »

Ces paroles remplirent de joie monseigneur Gauvain, et il éprouva une grande gratitude pour le sénéchal. Pourtant il aurait tout autant aimé se battre immédiatement que dans trois jours, mais les derniers mots l'avaient mis à son aise. Quant à l'écuyer, il répondit au sénéchal :

« Comment ? seigneur sénéchal, votre chevalier est fatigué et épuisé ? Mon maître, lui, n'est jamais fatigué de remporter la victoire sur un de vos chevaliers ou deux ou trois.

— Cher frère, fait le sénéchal, vous pouvez dire ceci à votre maître : ma dame lui fait savoir qu'elle assure le meilleur repos à son chevalier et qu'elle envoie chercher tous les gens qu'elle pourra avoir, afin qu'ils assistent à la bataille ; c'est qu'en effet une bataille pour une si grande cause ne doit pas être cachée. Peut-être quelqu'un la désire-t-il, qui pourra y arriver parfaitement à temps. »

L'écuyer s'en retourne après avoir menacé le sénéchal et le chevalier ; mais cela ne les empêche pas de manger. Quand ils sont rassasiés, monseigneur Gauvain se lève, gagne le bout de

---

1. *Deraisnier*, c'est soutenir une cause en justice, soit par la parole, le serment judiciaire, ou les armes dans le combat judiciaire ; voir p. 105, n. 1.

la sale, si voit bien soisante glaives et un an prant tot lo plus gros et lo plus fort que il i cuide, si torche et lo fer et la hante de chief an chief, veiant toz cels qui laianz sont, et puis lo reoigne deus granz piez. Atant vient a ses armes, si cerche par tot que riens n'i faille, ne corroie ne guiges ne [en]armes ne chose qui mestier ait a son harnois. Si *(f. 120b)* l'an prise mout Hectors et tuit li autre, et mout plaist et siet au seneschal ce que il fait.

Ensi passent celui jor et l'andemain. Et quant plus l'esgardent tuit, et plus lor siet. Ne onques rien de son covine ne li anquierent, car il dotent que il ne li anuit. Et qant vint au tierz jor, si fu messires Gauvains main levez, et fu alez au mostier. Et qant la dame lo sot, si vint aprés, si lo trova devant lo crucefi a genoz, et lo vit de mout tres bel contenement, si li plaist assez plus que onques mais ne fist. Et li seneschauz li dit :

« Dame, dame, nos ne savons qui cist chevaliers est, mais mout sanble bien prodome. Et ge vos loeroie que vos li donesiez de voz drueries, et, par avanture, cuers li croistroit, car dames ont aidié a faire mainz prodomes. »

Et ele s'i acorde bien. Lors apele une soe pucele, si li commande a aporter un sien escrin, si an traist une corroie a manbres d'or mout bien ovrees et un fermail d'or arabe don les pierres estoient safir et esmeraudes. Puis vient a monseignor Gauvain, si li dit que Dex li donast hui bon jor.

« Dame, fait il, Dex vos face liee. Et que que soit des autres jorz, hui sai ge bien que vos lo voudriez, que biens m'avenist. »

« Certes, et or et autre foiz lo voudroie ge bien, fait ele, car vos avez por moi anpris a faire plus que ge ne porroie deservir, si vos aport de mes drueries et vos pri que vos les portez por remanbrance de moi. Ce sachiez que ge suis

la salle ; il voit une bonne soixantaine de lances, en empoigne une, celle qu'il pense être la plus grosse et la plus solide, essuie le fer et le bois sur toute la longueur, enfin il la raccourcit de deux grands pieds, cela devant tout le monde. Ensuite, il va à ses armes, veille à ce que rien ne manque, ni lanière, ni courroie pour le cou ou pour les bras, ni rien de ce qu'il faut pour son équipement. *(f. 120b)* Hector et tous les autres l'admirent fort ; ses gestes plaisent et conviennent grandement aussi au sénéchal. Le jour passe, puis le lendemain. Plus ils regardent Gauvain, plus il le trouvent à leur convenance ; mais ils ne lui demandent rien de son son statut, par crainte de lui être désagréable.

Le troisième jour, monseigneur Gauvain s'était levé de bon matin et était allé à l'église. La dame l'apprit, y alla à son tour et le trouva agenouillé devant le crucifix ; cette belle conduite lui plut par-dessus tout.

« Dame, dame, lui dit le sénéchal, nous ne savons pas qui est ce chevalier, mais il semble que sa valeur soit grande. Je vous conseillerais de lui donner quelque témoignage d'affection[1] : peut-être en tirerait-il plus d'ardeur, car les dames ont contribué à faire bien des braves. »

Elle acquiesce volontiers, appelle une de ses jeunes filles, lui fait apporter un écrin et en retire une ceinture de cuir, garnie de lamelles d'or aux fines ciselures, et un fermail en or d'Arabie, incrusté d'un saphir et d'émeraudes. Puis elle s'approche de monseigneur Gauvain et au nom de Dieu lui souhaite une bonne journée.

« Dame, lui répond-il, que Dieu vous rende heureuse. Quoi qu'il en soit des autres jours, je sais bien qu'aujourd'hui vous voudriez que la chance me sourie !

— Certes, je le voudrais cette fois et d'autres, car vous avez entrepris de faire pour moi beaucoup plus que je pourrais le mériter ; alors je vous apporte des témoignages d'amitié et je vous prie de les porter en souvenir de moi. Sachez que je suis

---

[1]. *Drueries*, ce sont le plus souvent les objets symboliques qu'échangent les amoureux ; parfois les témoignages concrets d'affection ou d'amitié.

tote vostre. Or si vos combatez por vostre amie durement. »

Lors li baille la corroie et lo fermail. Et il la çaint et met lo fermail a son col. Et la dame li chiet an piez, si li prie mout de li. Et il cort, si l'an relieve et li dit que tote seüre soit, que ele n'a garde. Et qant li nains l'ot, si commança a rire et dit :

« An non Deu, se cist chevaliers n'est ivres ou fox naïs, donc ne conu ge onques ne fol ne yvre. »

Atant est la messe comanciee, si la vont *(f. 120c)* oïr. Aprés la messe revienent a cort, si ancontrent deus chevaliers de grant aage sor deus palefroiz, si dient a la dame :

« Dame, mes sires vos atant la fors, des hui matin, et toz li pueples Deu qui est deça et dela. »

Et li seneschauz qui mout est sages lor dit que il i eront orandroit. Lors s'en partent li dui, et Hectors et li seneschauz vont armer monseignor Gauvain. Et qant il est armez fors do chief et des mains, si vest une chape a pluie par desus. Et l'an li amoine un parlefroi, et il i monte. Et vallet sont apareillié qui li portent son escu et son glaive et moinent son cheval. Lors est montée la dame avoc lui, et chevalier et serjant et dames et damoiseles, si isent fors de la vile. Et messires Gauvains chevauche delez la dame ; et li seneschauz ne se puet saoler de lui esgarder, car trop se contient seürement. Si s'acoste lez sa dame et dit :

« Dame, ge ne creroie mie que cist chevaliers ne fust mout prodom, et nos avons fait tuit mout grant mauvaitié que nos n'avons saü son non. »

Ceste parole antandié messires Gauvains, si chevauche un po avant et fist sanblant que rien n'en oïst.

toute à vous : battez-vous donc vigoureusement pour votre amie. »

Et elle lui donne la courroie et le fermail ; il ceint l'une et met l'autre à son encolure. À ce moment la dame tombe à ses pieds et lui adresse d'instantes prières ; il se précipite pour la relever, lui dit d'avoir pleine confiance, qu'elle n'a pas à s'inquiéter. À ces paroles, le nain éclate de rire et lance :

« Par Dieu, si ce chevalier n'est pas ivre ou vraiment fou, je n'ai jamais su ce qu'était un fou ou un homme pris de boisson ! »

Comme la messe commençait, ils allèrent l'entendre (*f. 120c*) ; puis, tandis qu'ils revenaient à la cour, ils rencontrèrent deux chevaliers d'âge vénérable, montés sur deux palefrois, qui dirent à la dame :

« Dame, notre maître vous attend là dehors, depuis les premières heures de ce jour, ainsi que tous les chrétiens[1] des deux camps. »

Le sénéchal, en homme bien avisé, leur répond qu'ils y seront bientôt. Les émissaires s'éloignent, tandis qu'Hector et le sénéchal vont armer monseigneur Gauvain. Quand il n'a plus que la tête et les mains nues, il se couvre d'une cape à pluie ; on lui amène un palefroi, qu'il enfourche ; des écuyers sont désignés pour lui porter son écu, sa lance et conduire son destrier[2]. La dame monte pour l'accompagner ainsi que des chevaliers, des sergents à pied, des dames, des demoiselles et tous sortent de la ville. Monseigneur Gauvain chevauche à côté de la dame ; le sénéchal ne peut se rassasier de le contempler, car son attitude est pleine d'assurance ; il va se placer de l'autre côté de la dame et lui dit :

« Dame, je ne saurais croire que ce chevalier n'est pas de grande vaillance, et nous avons bien mal agi en ne cherchant pas à connaître son nom. »

Monseigneur Gauvain entendit ces propos, mais il fit prendre un peu d'avance à son cheval, sans avoir l'air de rien.

---

1. *Li pueples Deu* : la foule était convoquée pour les ordalies, les combats judiciaires ; cette mise en scène montre que le jugement de Dieu doit confirmer à la femme la libre disposition de sa personne quand il s'agit du mariage.

2. Gauvain fait le trajet sur un *palefroi* ; le *destrier* servira pour le combat.

Et la dame dit que ele li demandera ainz qu'il ait lo hiaume an la teste. Atant chevauchent jusque en la place, si voient merveilles gent et d'une part et d'autre por la bataille veoir. Lors s'areste la dame et li suen. Et messires Gauvains vient a li, si li dit :

« Dame, ge suis ci apareilliez por vostre bessoigne faire a l'aide de Deu, si vos pri et requier por toz mes servises que vos me donez un don que ge vos demanderai sanz costemant. »

Et ele li creante.

« Dame, fait il, vos m'avez doné que mes nons ne me sera demandez a vostre pooir devant set jorz. »

Et ele li otroie.

« Et sachiez, fait ele, que ce fust la premiere chose que ge vos demandasse. »

Quant ce ot li seneschauz, si est mout dolanz, et la dame meïsmes s'an tient trop a deceüe. Atant voit venir trois homes a cheval, si orent li dui vestues chapes a aive. Et li tierz chevauche ou (f. 120d) mileu, si fu armez de chauces et de hauberc, sa vantaille abatue et ses manicles, si ot une cote a armer vestue, bandee d'or et d'azur, autant de l'un comme de l'autre. Li chevaliers fu granz et corsuz et bien tailliez, si ot les piez voutiz et les jambes longues et droites, si fu bien forniz de rains et par les flans et grailles et menuz. Si ot lo piz espaus et haut, et les braz gros et lons et forniz par lo tor des os, et les poinz bien carrez. Si ot les espaules anples et lees, et lo col bien avenant au cors, et la teste grose et noire et antremeslee de chienes, et lo vis froncié et plains de plaies, et si est anchais. Li chevaliers chevauche la ou il voit la dame. Et chascuns dit : « C'est Segurades. » Si s'an vient antor la dame, qui ainz ainz, qui plus plus, por oïr que il dira. Et il parole si haut que grant partie l'antandent, et dit :

« Dame, fait il, ge voil que vos sachiez, et tuit cil qui sont ci, que est la fins et li termes de noz covenances, et si tost com ge avrai vaincu vostre chevalier, me doivent estre mes covenances tenues. »

Et la dame est si esbahie que ele ne puet parler, tant li anuie. Lors se traist avant messires Gauvains et dit au chevalier :

« Biaus sire, nos volons qe ces covenances

La dame déclara qu'elle le lui demanderait avant qu'il coiffe son heaume. Ils continuent ainsi jusqu'à la place, où ils aperçoivent de tous côtés une foule énorme, venue pour voir le combat. La dame s'arrête, avec ses gens, mais monseigneur Gauvain vient à elle pour lui dire :

« Dame, me voici prêt pour résoudre votre affaire avec l'aide de Dieu ; en échange de tous mes services, je vous prie instamment de m'accorder gratuitement le don que je vais vous demander. »

Elle le lui promet et il lui dit :

« Dame, vous m'avez donné que vous ne ferez rien pour me demander mon nom avant sept jours. »

Elle y consent, mais elle ajoute :

« Sachez que c'était la première chose que je vous aurais demandée ! »

Ces propos contrarient fort le sénéchal et la dame elle-même s'estime bien jouée. Elle voit alors s'avancer trois hommes à cheval, et deux d'entre eux avaient une cape à pluie ; *(f. 120d)* au milieu, le troisième, armé de son haubert et de ses chausses, avait rabattu sa ventaille et ses manicles, et portait sur le tout une cotte d'armes garnie de bandes régulières d'or et d'azur ; il était grand, large et bien découpé : il avait les pieds cambrés, de longues jambes droites, les reins solides, mais les hanches tout à fait minces ; il portait haut son torse volumineux ; les muscles, autour de l'os, donnaient de l'épaisseur à ses longs bras ; il avait les poings carrés, les épaules largement développées, le cou bien proportionné au corps, la chevelure grisonnante sur une tête solide, le visage plein de cicatrices et de balafres. Le chevalier se dirige vers la dame, et chacun de s'écrier : « C'est Ségurade ! » Alors on s'attroupe avec précipitation autour de la dame pour entendre ce qu'il va dire ; mais il parle si fort que presque tous l'entendent :

« Dame, déclare-t-il, je veux que vous sachiez, comme tous ceux qui sont ici, que le délai dont nous étions convenus est expiré ; aussitôt donc que j'aurai vaincu votre chevalier, il faudra tenir ce qui m'a été promis. »

Le désarroi et l'angoisse empêchent la dame de répondre ; alors monseigneur Gauvain se détache pour dire au chevalier :

« Cher seigneur, nous désirons que les conventions pour les-

soient recordees devant ma dame et devant ces qui a li sont. »

Et Segurades respont :

« Certes, ge n'an suis mies ajornez de plait, ne ge nel vos dirai ores. »

« Par foi, fait messires Gauvains, donc li feriez vos tort se vos recorder nel volez, sel savroient cil qui or ne sevent mie. »

« M'aïst Dex, sire, fait il, vos nel savroiz ja. A vos que tient ? »

« Quoi ? fait messires Gauvains. Ge di que bien avez terre, trovee, se vos cuidiez avoir a force une des plus beles puceles do monde et des plus hautes fames. »

« Certes, fait il, se vos l'aviez sor sainz juré et tuit cil de vostre païs, si avrai ge mes covenances. »

« En non Deu, sire, fait messires Gauvains, an mon païs a de tex qui bien vos i porroient nuire. »

« Et ge les an met toz an mon nuissement, nes Gauvain, lo fil lo roi Lot, se il i estoit ores. »

(f. 121a) Et qant messires Gauvains ot que il lo met an ses hastines, si li eschaufe li vis, et li cuers li angroise. Si se drece sor les estriés et dit a Segurades, que mout l'ont oï, que ces covenances n'atandra il ja por pooir que il ait, que assez iert qui les deffandra. Quant Segurades l'ot, si s'an torne sanz plus dire, et li dui qui avoc lui vindrent, si menacent mout lo chevalier qui a parlé ; mais a petit l'an est. Et lors prant la dame de monseignor Gauvain congié et li crie merci de sa terre et de sa vie, tot am plorant. Et il la prant antre ses braz et dit que ele n'ait paor, que ele ne perdra hui rien par home que ele aüst hui veü. Lors s'an torne la dame loig a une part avoc les autres dames. Et li nains dit :

« An non Deu, onques ne fu nus liez contre sa mort se cist chevaliers non. »

quelles nous allons nous battre soient rappelées devant ma dame et devant ceux qui dépendent d'elle.

– En vérité, répond Ségurade, je ne suis pas convoqué devant une cour de justice, et je ne vous les dirai pas le moins du monde.

– Par ma foi, reprend Gauvain, si vous refusez de faire ce rappel, on peut dire que vous lui causeriez du tort, alors que cela permettrait à ceux qui ne savent rien encore d'être informés.

– J'en prends Dieu à témoin, vous n'entendrez rien. En quoi cela vous regarde-t-il ?

– En quoi ? Je dis bien que vous avez trouvé un fief, si vous avez la présomption de conquérir par la force une des plus belles jeunes filles du monde, qui est aussi une des plus nobles dames.

– Certes, reprend l'autre, auriez-vous juré le contraire sur les reliques, vous et tous les gens de votre pays, j'aurai ce qu'on m'a promis !

– Par Dieu, s'écrie Gauvain, il y en a dans mon pays, qui pourraient bien vous nuire !

– Eh bien, je les compte tous comme mes ennemis, et même Gauvain, le fils du roi Lot, s'il pouvait se trouver ici, maintenant », conclut Ségurade.

(f. 121a) Devant ce défi qui le touche personnellement, monseigneur Gauvain sent le sang lui monter au visage et la colère lui gonfler le cœur. Il se dresse droit sur ses étriers et déclare à Ségurade – nombreux sont ceux qui l'ont entendu – qu'il n'arrivera pas à ses fins, autant qu'il dépendra de lui, et qu'ils seront nombreux à l'en empêcher. À ces paroles, Ségurade s'en va sans en demander davantage, suivi de ses deux acolytes qui lancent force menaces au chevalier qui a parlé ; mais cela le touche peu. La dame prend congé de monseigneur Gauvain, et toute en pleurs, elle l'implore pour sa terre et sa vie ; lui l'entoure de ses bras et lui dit de ne pas avoir peur, que personne parmi ceux qu'elle a pu voir ce jour-là ne lui fera rien perdre ce même jour. Là-dessus, elle va se mettre loin à l'écart, avec les autres dames, tandis que le nain s'exclame :

« Par Dieu, jamais personne n'a été aussi heureux de mourir que ce chevalier ! »

Atant met messires Gauvains sa vantaille et ses manicles, et Hector li lace son hiaume, et li seneschauz li baille son cheval, et il est montez. Et Hector li porte son escu, et li seneschauz son glaive tant que il vienent as bones o la bataille devoit estre. Et quant il ont un po esté, si voi[en]t venir Segurades, lo hiaume lacié, l'escu pris par les anarmes, comme cil qui bien lo sot faire, et vint les granz galoz la lande, qui mout estoit bele et granz, comme cil qui ja n'i cuidoit estre a tans. Et quant il aproche, si baille Hectors monseignor Gauvain son escu, et li seneschauz son glaive. Et Hectors li dit :

« Sire, nos nos an irons, car nos n'i poons plus demorer. Veez ci Segurades, mais por Deu soveigne vos d'anor et qui vos iestes. »

Et il lor respont :

« Alez, alez. N'aiez garde. »

Lors les acole andeus et puis les comande a Deu. Et cil se mervoillent mout andui qui cist hom puet estre qui si seürement se contient. [Lors] s'aproche Segurades, et messires Gauvains se joint et met l'escu devant lo piz et met lo glaive soz l'aselle et fiert cheval des esperons. Et autresi fait Segurades, si s'antrevien[en]t si tost comme cheval lor puent aler et s'antrefierent es escuz si durement que tuit li glaive volent *(f. 121b)* an pieces. Et qant il sont peçoié, si s'antrehurtent si durement des cors et des visages et des armes que tuit li oil lor estancelent et toz li plus forz se desconroie, si s'antreportent anmi lo champ tuit estordi. Et il jurent tant a terre que de chascune partie cuidoient qu'il fussient mort, si lo vousist bien la dame por estre delivre de son annemi. Premierement sailli sus messires Gauvains et met la main a l'espee et cort sus a Segurades, la ou il lo cuide trover. Mais il gist ancor a la terre estordiz et bleciez de la dure ancontre que il a aüe et do fais des armes et do chaoir a la terre, car il estoit uns des greignors chevaliers do monde et des plus corsuz. Et qant il ot pooir de relever, si sailli sus, si mist la main a l'espee, si se covre de son escu, car bien lo sot faire, et cort sus a monseignor Gauvain, la ou il lo voit, et messires Gauvains a lui. Si se decopent les escuz as espees, et desor et desoz, et desmaillent les blans hauberz et lor fausent li hauberc et anbarrent li hiaume sovant

Monseigneur Gauvain place sa ventaille et ses manicles ; Hector lui lace son heaume, le sénéchal lui amène son cheval et le voilà monté. Hector lui porte son écu, le sénéchal sa lance, le temps d'arriver à l'endroit délimité pour la bataille. Au bout de quelques instants, ils voient venir Ségurade, le heaume lacé, le bras passé dans les courroies de l'écu, sûr de lui ; il traverse au grand galop la vaste lande dégagée, comme s'il croyait ne jamais devoir arriver à temps. À son approche, Hector tend à monseigneur Gauvain son écu, et le sénéchal sa lance.

« Seigneur, lui dit Hector, nous allons nous en aller : nous ne pouvons rester davantage. Voici Ségurade, mais au nom de Dieu, souvenez vous de l'honneur et de qui vous êtes.

– Allez, allez, leur répond-il. Ne craignez pas. »

Il leur donne l'accolade à tous deux, puis les recommande à Dieu ; pleins d'admiration, ils se demandent qui peut être cet homme qui a tant d'assurance. Ségurade se rapproche ; monseigneur Gauvain se met en position de combat, l'écu devant la poitrine et la lance sous l'aisselle, puis il éperonne son cheval. Ségurade fait de même, et de toute la vitesse de leurs chevaux ils se rejoignent et frappent respectivement si fort sur les écus que les deux lances volent en morceaux (*f. 121b*). Privés de ces lances, ils vont se heurter si violemment de leurs armes, de leurs corps, de leurs visages, qu'ils en voient trente-six chandelles, que même le plus fort perd l'équilibre et qu'ils se renversent mutuellement sur le champ de bataille, tout étourdis. Ils restent si longtemps étendus que de part et d'autre on les croyait morts ; la dame l'aurait bien voulu, parce qu'ainsi elle aurait été débarrassée de son ennemi. Mais monseigneur Gauvain se relève le premier, empoigne son épée et fonce sur Ségurade, s'imaginant le trouver en face de lui ; or celui-ci gisait encore à terre, couvert de blessures, assommé autant par le violent échange qu'il venait d'avoir que par le poids de ses armes et sa chute à terre ; c'était en effet un des chevaliers les plus grands et les plus corpulents du monde. Mais dès qu'il est en état de se relever, il bondit, empoigne son épée, se couvre de son écu, comme il savait le faire, regarde où est monseigneur Gauvain, fonce sur lui et celui-ci fait de même. Ils taillent alors leurs écus en morceaux, par le haut, par le bas ; ils disloquent les mailles des blancs hauberts qui cèdent ; à coups

et menu, la ou les espees fierent ; si se font de plusors leus lo sanc voler aprés les cox des espees. Si est la meslee d'aus deus si dure et si felonesse que tuit cil qui la voient s'en esbaïssent.

Mout est felonesse la bataille, et mout sont andui de grant cuer et de granz pooirs ; et se tienent andui si parigal que nus n'en set a droit jugier li quex an a lo plus mauvais, tant que vint grant piece aprés ore de tierce. Lors est a chascun sa force mout descreüe, si lor lassent li braz et les espaules, si lor acorcent lor alaines, ne n'i a si fort qui n'aüst mestier de reposer. Et lor armes sont anpiriees que parmi les hauberz lor perent les charz maumises et plaiees, la ou l[es] espees ont hurtees. Et li hiaume sont si atorné que mout [petit] puent mais valoir, que an mainz leus sont maumis li pot et li cercle, et li nasel decopé et detranchié, que les espees i sont maintes foiz descendues jusque anz les cerveilieres. Si est mervoilles comment eles durent tant *(f. 121c)* as fais des granz cols qu'il s'antrepaient. Ne des escuz ne lor est tant remés don il poïssent covrir lor visages, qui trop sont nu et descovert, car il les ont fanduz et detailliez, et par desus et par desoz, a l'escremie des espees, si que mout petit an i a mais antor les bocles. Si reüsent sovant et recourent li un sor l'autre si com il rapranent lor alaines et lor forces, si n'i a si hardi qui totes paors n'ait de perdre l'annor et la vie.

En ceste maniere se continrent, li uns bien, li autres mal, tant que ore de midi aproche. Et lors commance Segurades a panre terre sor monseignor Gauvain, si est mout ampiriez, au sanblant des genz, de si grant bonté com il a tozjorz aüe, si que tuit cil de sa partie an ont et paor et pessance, car il ne fait mais se soffrir non por cest mestier. Mais tex estoit sa costume que tozjorz ampiroit sa force a orc de midi, et si tost

rapides et répétés de leurs épées ils faussent la barre de leurs heaumes et font gicler le sang de maintes blessures. Devant la violence et l'acharnement de cette mêlée, tous les spectateurs restent bouche bée.

Terrible, la bataille se continue ; tous deux sont pleins d'ardeur et d'énergie ; tous deux se tiennent si bien à égalité que personne ne peut décider exactement qui a le dessous, et l'on arrive ainsi à dépasser largement l'heure de tierce. Alors la force de chacun se trouve bien diminuée : ils ont les bras et les épaules rompus, l'haleine coupée ; à tout autre qui aurait eu leur force, il aurait fallu se reposer. Leur armement est en si piètre état que leur chair meurtrie, sanglante, apparaît à travers les trous que les épées ont faits dans les hauberts. Les heaumes ont été mis en un tel état qu'ils ne peuvent plus valoir grand-chose : le fond et le cercle sont tout cabossés, le nasal taillé et raccourci ; les épées ont maintes fois glissé jusque dans les cervelières[1], mais celles-ci résistent prodigieusement *(f. 121c)* au poids énorme des coups qu'ils se rendent. Il ne leur est même pas resté assez d'écu pour pouvoir couvrir leur visage, qui s'offre alors dangereusement nu et découvert : dans la bataille à l'épée, ils ont en effet si bien fendu et entaillé ces écus qu'il n'en reste qu'un lambeau autour de la boucle. Pourtant, maintes fois, après avoir reculé pour reprendre haleine et forces, ils repartent précipitamment l'un contre l'autre ; malgré leur vaillance, chacun a l'angoisse de perdre sa vie et son honneur.

Ils continuent ainsi, alternativement avec des hauts et des bas, jusqu'à l'approche de midi. Ségurade commence alors à gagner du terrain sur monseigneur Gauvain ; de l'avis des spectateurs, il a bien perdu de la grande valeur qu'il a toujours montrée ; ses partisans ont peine et peur pour lui, car dans cette nécessité il ne fait plus qu'encaisser les coups. Mais sa nature[2] était telle que sa force diminuait toujours à midi ; et puis, sitôt

---

[1]. La *cerveliere* est la calotte de fer qui empêche les cheveux de s'accrocher dans les mailles de la *coiffe*, le capuchon de mailles porté sous le heaume. Voir infra f. 133d et la note.

[2]. *Costume*, il s'agit d'un trait mythique attribué traditionnellement à Gauvain dans les romans arthuriens et dont l'adaptation varie selon les textes : sa force est en

comme midis tornoit, si revenait a doble et cuers et seürtez et force. Et lors i parut bien que si tost com midis torna, lo virent tuit cil qui l'esgardoient autresi frec et autresi viste com il avoit esté a l'ancommancement de la meslee. Si an furent a aise cil qui l'esgardoient et celes qui duel an avoient aü. Si recort sus a Segurades si que tuit s'an esbaïssent, car il lo veoit tel conreé que il [lo] cuidoit bien mener jusque a la mort ou jusque a outrance. Mais or lo retrove plus fort et plus frec et plus seürs que il n'avoit fait qant il estoit sains et antiers de cors et d'armes. Si ne li sanble pas que il se conbate a home charnel mais a fantosme, car ou monde n'avoit si puissant chevalier que il ne cuidast avoir conquis o mort an tant de terme. Si ne voit mies commant il puise des ore mais avoir duree. Et neporqant, tot met an abandon et cors et cuer, et durement se deffant selonc ce que sa force puet soffrir, qui mout est afebloiee. Se[l] tient mout an grant vertu li granz renons de bonoi que il (*f. 121d*) avoit tozjorz aü, et la paors que il avoit de perdre la rien que plus avoit dessirree – c'est la dame de Roestoc, et li granz cuers dom il n'avoit onqes esté povres. Ces choses lo tinrent mout longuement an sa vertu, tant que a force li failli et cors et manbres. Si li greva trop li sans, dom il avoit perdu grant masse, et li chauz do soloil, qui mout fu aspres, si commança a ganchir as cox monseignor Gauvain et a guerpir place contre son gré. Et messires Gauvains lo hastoit mout durement, si que il n'avoit pooir d'aleine panre ne de terre recovrer. Et ja estoit ore de none bien aprochiee. Et lors li cort messires Gauvains sores, si li paie grant cop de l'espee parmi lo hiaume. Si lo charge si de cox qu'i[l] ne se puet mais tenir sus ses piez, ainz chancele toz, si qu'il s'apoie a terre de l'une des paumes. Et qant il se volt relever, si li cort sus messires Gauvains et lo fiert el relever do cors et de l'escu et des manbres, si

l'heure passée, son courage, son assurance, sa force, revenaient, redoublés. Dès que midi passa en effet, tous ceux qui l'observaient le virent aussi frais et aussi rapide qu'au début de la mêlée : d'où le soulagement de ceux qui avaient les yeux fixés sur lui et de celles qui se désolaient. À la stupéfaction générale, le voici qui bondit sur Ségurade, lequel croyait bien l'avoir alors réduit à choisir la mort ou la reddition ; mais il trouve monseigneur Gauvain plus fort, plus frais, plus assuré que lorsqu'il était indemne et ses armes intactes ; il lui semble qu'il a affaire non pas à un être humain, mais à un revenant ; car dans le temps dont ils avaient disposé, il n'y avait pas un chevalier au monde, si puissant fût-il, qu'il n'aurait cru devoir réduire à la défaite ou à la mort, et il ne voit pas comment tenir davantage. Néanmoins il donne toutes ses forces, toute son énergie, il se défend désespérément de toute sa résistance, qui se trouve bien diminuée. Ce qui le maintient dans cette lutte héroïque, c'est le grand renom de valeur qui *(f. 121d)* avait toujours été le sien et la peur qu'il avait de perdre la personne qu'il avait le plus désirée – la dame de Roestoc, et c'est enfin le beau courage dont il n'avait jamais manqué ; de là cette extraordinaire énergie, jusqu'au moment où forcément, son corps et ses membres ne purent plus répondre ; alors épuisé par la grande quantité de sang qu'il avait perdue, par la chaleur d'un soleil torride, il commença à esquiver les coups de monseigneur Gauvain et à abandonner la place malgré lui ; mais monseigneur Gauvain le pressait si fort qu'il lui était impossible de reprendre son souffle ou de regagner du terrain. On était bien près de none quand monseigneur Gauvain bondit sur lui et le paie d'un grand coup d'épée en plein milieu du heaume ; il lui assène encore tant de coups, qu'incapable de tenir plus longtemps sur ses pieds, Ségurade chancelle de toute sa hauteur, mais en se retenant d'une main à terre ; tandis qu'il essaie de se relever, monseigneur Gauvain se précipite et le frappe sur le corps, sur l'écu, sur les membres, si bien que cette

---

relation avec le cours du soleil ; la *Mort Artu* christianisera ce trait héroïque en le reliant à l'heure de son baptême (§ 153-154). Voir M.-L. Chênerie, *Le Chevalier errant...*, p. 606-607.

qu'il lo fait a terre cochier de tot lo cors. Et il se lait cheoir sor lui, si li ront sanz demorance les laz do hiaume et lo li sache de la teste et fiert o vis et ou front grant cop do poinau de l'espee, si que maintes des mailles li sont a force antrees an la teste. Et il a les iauz si plains de sanc que il ne voit gote, si voit bien que deffanse n'i a mestier, si crie a monseignor Gauvain merci. Et messires Gauvains li dit que il n'i a de merci rien se il ne se claimme conquis outreement, « Car ge nel puis, fait il, [autrement] laissier honoreement. »

« Ha ! gentils chevaliers, fait Segurades, ja iestes vos li plus prodom qui vive. Et qui avra donc merci se li plus prodome do monde ne l'a ? Ne soffrez que ge die mot qui me honise, mais faites por Deu et por pitié que vos priez ma dame de moi. Si m'avriez fait mout grant menaie. »

Et il dit que mout volantiers. Lors fu la dame anvoiee querre. Et ele i vient si liee que plus ne puet, et la ou ele voit monseignor Gauvain, si se lait cheoir desoz ses james, si li baisse les mailles de la chauce mout doucement et les espcrons des piez, et dit :

« Ha ! sire, l'ore soit beneoite que vos fustes nez qui ma grant joie m'avez randue. »

Et messires Gauvains *(f. 122a)* la fait avant venir et dit :

« Dame, cist chevaliers vos crie merci. Et vos veez bien comment il est. »

« Sire, fait ele, vos an ferez vostre plaisir, que ja par moi rien n'en ferai. »

« Dame, fait il, nel ferai, car la querelle n'est mies moie ; mais ge suis vostre chevaliers, si vos pri de lui. Et bien sachiez que ce est uns des plus prodomes que ge onques mais veïsse, si vos an pri que vos ne lo soffrez a honir devant vos. »

« Sire, fait ele, vos an devez estre sires, car vos l'avez desraisnié. Ne ja, se Deu plaist, ne m'en entremetrai sor vos, mais, que que vos an voudroiz faire, j'an tanrai. »

« Dame, fait il, se il se met en vostre merci, ge vos lo bien que vos l'an prenez sanz plus dire. »

fois il lui fait toucher terre de tout son long. Il se laisse alors tomber sur lui, casse sans tarder les lacets du heaume qu'il lui arrache de la tête, et du pommeau de son épée, il lui assène de grands coups sur le visage, sur le front, lui incrustant maintes mailles dans la tête. Et lui, aveuglé par le sang qui inonde ses yeux, comprenant bien que la résistance est inutile, il crie grâce à monseigneur Gauvain. Celui-ci lui répond qu'il n'en est absolument pas question s'il ne se déclare pas complètement vaincu, « car je n'ai pas d'autre possibilité de laisser le combat avec honneur ».

– Hélas! noble chevalier, fait Ségurade, vous voici le plus valeureux du monde. Qui accordera donc grâce, si le plus valeureux ne le fait pas? Ne permettez pas que je dise un mot qui me déshonore, mais au nom de Dieu et par pitié, veuillez prier ma dame pour moi : je devrais alors beaucoup à votre intervention. »

Monseigneur Gauvain déclare alors accepter de très bon cœur et on envoie chercher la dame. Elle arrive, exultant de joie, et aussitôt elle se laisse tomber à ses pieds pour baiser avec ferveur les mailles de ses chausses et ses éperons, en s'écriant :

« Ah! seigneur, bénie soit l'heure de votre naissance, à vous qui m'avez rendu ma grande joie. »

Monseigneur Gauvain *(f. 122a)* la fait avancer et lui dit :

« Dame, ce chevalier vous crie grâce. Vous voyez bien dans quel état il est.

– Seigneur, répond-elle, vous déciderez de lui comme il vous plaira, car pour moi je n'en ferai rien.

– Dame, reprend-il, je ne déciderai pas étant donné que cette affaire n'est pas la mienne; mais je suis votre chevalier, et je vous implore pour lui; sachez que c'est un des plus vaillants que j'aie jamais vus : ne permettez pas qu'il soit déshonoré devant vous, je vous en prie.

– Seigneur, vous devez être le maître, vous l'avez démontré. S'il plaît à Dieu, jamais je n'empiéterai sur vos prérogatives, mais quelle que soit votre volonté, je m'y tiendrai.

– Dame, s'il implore votre grâce, je vous conseille fortement de la lui accorder, sans en demander davantage. »

Et ele dit que si fera ele volentiers. Et Segurades s'i met del tot. Et messires Gauvains li dit :

« Dame, ne dites mies que ge n'aie fait de la bataille tant com ge doi, car se il n'est a vostre gré, ge suis prez que plus an face. »

« Certes, sire, fait ele, plus mout an avez vos fait que ge ne porroie deservir, et ge m'an taign a bien paiee. »

Atant s'an lieve messires Gauvains, et Hectors et li seneschauz prannent Segurades, si l'an moinent au chastel isnellement. Et la dame vait aprés corrant qui si est liee que de nul anui que ele ait aü ne li sovient. Et la grant partie do pueple cort aprés por veoir que l'an fera de Segurades, si an remaint mout petit an la place avec monseignor Gauvain. Iloc estoit uns vallez do païs mout biax et mout preuz qui lo cheval monseignor Gauvain tenoit, si lo li amoine et li aide a monter. Et qant messires Gauvains voit que la dame et li autre s'an vont faisant joie, si sot bien que oblié l'ont, si s'an torne droit a la forest qui estoit a mains de deus archiees de la place. Et li vallez dit :

« Sire, ça sont li autre. »

Et messires Gauvains li dit :

« Anmis, atandez me ci, que j'ai afaire an cest bois, ne ge ne revandrai se par ci non. »

(f. 122b) Lors s'an part. Et li vallez l'atant qui cuide que aille el bois por autre bessoigne qu'il n'i vait. Et quant il voit que il ne revient, si fiert aprés des esperons toz les esclos que il trueve, tant que il a bien alé demie liue galesche. Et lors esgarde ou fonz d'un val et voit monseignor Gauvain qui se combat a un chevalier armé, si l'a tant batu do hiaume au chevalier meïsmes que il estoit toz coverz de sanc et crie merci comme cil qui mais n'en puet. Et messires Gauvains li fait fiancier qu'il se metra de par lui an la prison a la dame de Roestoc et li contera comment il a esté conquis. Et il li fiance. Et puis a pris son hiaume et met s'espee an son fuerre, si s'an torne grant aleüre. Et quant li vallez lo voit venir, se se fiert el bois que il nel voie. Et li chevaliers conquis s'en passe outre et tient la droite voie a Roestoc.

Elle déclare alors qu'elle le fera volontiers. Ségurade se rend à elle sans restriction et monseigneur Gauvain ajoute :

« Dame, ne dites pas que pour ce qui est de la bataille je n'ai pas fait tout ce que je devais, car si elle ne vous convient pas, je suis prêt à en faire davantage.

– Certes, seigneur, répond-elle, vous en avez beaucoup plus fait que je ne pourrais le mériter et je m'estime bien dédommagée. »

Monseigneur Gauvain s'écarte tandis qu'Hector et le sénéchal se saisissent de Ségurade et l'emmènent rapidement au château ; la dame les suit précipitamment, avec une telle joie qu'elle ne se souvient plus de tous ses tourments ; presque toute la foule court derrière pour voir ce que l'on va faire de Ségurade, et sur la place, il ne reste que très peu de gens avec monseigneur Gauvain. Il y avait là un très beau jeune homme du pays, très compétent, qui tenait le cheval de monseigneur Gauvain : il le lui amène et l'aide à l'enfourcher. Monseigneur Gauvain, voyant la dame et les autres s'en aller dans la joie, comprend bien qu'ils l'ont oublié et il tourne droit vers la forêt, située à peine à deux portées d'arc ; mais le jeune homme lui dit :

« Seigneur, les autres sont là-bas ! »

Et monseigneur Gauvain de lui répondre :

« Ami, attendez-moi ici, car j'ai affaire dans ce bois et je ne reviendrai que par ici. »

(f. 122b) Il s'en va donc et le jeune homme l'attend, croyant qu'il gagne le bois pour une raison tout autre que la véritable ; mais voyant qu'il ne revient pas, il éperonne derrière les traces de la monture, cela jusqu'à une bonne demie lieue galloise ; il regarde alors en bas d'un vallon et aperçoit monseigneur Gauvain qui était en train de se battre contre un chevalier en armes ; avec le heaume de l'autre, il avait donné tant de coups que le chevalier était tout en sang et, à bout de forces, criait grâce. Monseigneur Gauvain lui fait jurer qu'il ira, en son nom, se livrer à la dame de Roestoc et qu'il lui racontera comment il a été vaincu. L'autre jure, reprend son heaume, remet son épée au fourreau et s'éloigne à grande allure. Quand le jeune homme le voit venir, il se précipite dans le bois pour n'être pas vu ; le chevalier vaincu le dépasse et continue droit vers Roestoc.

Et la dame, qui s'an aloit aprés son prison, ot atainz ces qui l'an menoient. Et Hectors l'a regardee, si li dit :

« Dame, ou est vostre chevaliers ? »

Et ele se regarde, si n'an voit mie.

« Ha lasse ! fait ele, com suis honie qui si prodome ai oblié ! » Lors torne arriers grant aleüre, et serjanz et chevaliers assez avoques li. Et ele ancontre ces qui vienent aprés, si lor an demande novelles. Et il dient que il s'an est alez.

« Alez ! Lasse, chaitive ! »

Lors fiert un poign an l'autre et fait iqui si grant duel com ele puet greignor. Lors vient aprés Hectors et aprés cil qui Segurades amenoient. Si lor conte son grant anui et dit que ja mais n'avra joie devant que ele voie lo chevalier. Lors saut Hectors an un cheval, et serjant et chevalier avoques lui, por monseignor Gauvain aler querre. Et qant li chevaliers conquis antre an la cort, son hiaume an sa main, si bleciez com il estoit, si desçant et vient devant la dame, si s'agenoille et dit :

« Dame, ge suis vostre prisons de par lo chevalier qui conquist orainz mon oncle Segurades. »

Et qant Segurades l'ot, si ovre les iauz et voit que c'est Tanagues, ses niés. Lors li demande Hectors commant il l'avoit conquis.

« Certes, fait il, (f. 122c) voirs fu que qant ge vi qu'il ot conquis mon oncle, si me pansai que ge me metroie au devant an cele forest o il s'estoit mis, si lo conquerroie legierement, car mout estoit las et navrez. Si l'asailli et peceai mon glaive sor lui, trais m'espee, si li corui sus. Et il ne deigna onques la soe traire, ainz m'aracha mon hiaume de ma teste, si me conrea tel com vos veez et me fist fiancier que ge de par lui an la prison ma dame me metroie. »

Et qant la dame l'ot, si se saigne et dit :

« Ha ! lasse ! Com suis morte, qui par ma grant mesaventure ai perdu celui qui joie et annor m'avoit randue. »

Et Thanagues respont que il ne seroit mie legierement trovez, car

De son côté, la dame, qui suivait son prisonnier, avait rejoint ceux qui l'emmenaient. Hector l'ayant vue arriver, lui dit :

« Dame, où est votre chevalier ? »

Elle se retourne et n'en voit pas trace :

« Hélas ! malheureuse ! s'écrie-t-elle. Quel déshonneur d'avoir oublié un tel brave ! »

Et de retourner sur ses pas à toute allure, avec bon nombre de ses sergents et de ses chevaliers ; elle rejoint ceux qui étaient en arrière, les interroge sur monseigneur Gauvain et ils répondent qu'il est parti.

« Parti ! misérable que je suis ! »

Elle frappe ses poings l'un contre l'autre et montre le plus grand désespoir. Là-dessus Hector la rejoint, suivi de ceux qui ramenaient Ségurade ; elle leur dit sa grande peine et ajoute qu'elle n'aura jamais plus de joie avant de revoir le chevalier. Hector saute sur un cheval, imité par des sergents et des chevaliers, pour se mettre en quête de monseigneur Gauvain. Mais alors le chevalier vaincu entre dans la cour du château, le heaume à la main, blessé comme il l'était ; il met pied à terre et vient s'agenouiller devant la dame pour lui dire :

« Dame, je suis votre prisonnier, au nom du chevalier qui vainquit naguère mon oncle Ségurade. »

À ces mots Ségurade ouvre les yeux et voit que c'est Tanague, son neveu. Mais Hector lui demande comment cela était arrivé.

« En toute vérité, fait-il *(f. 122c)*, quand je vis qu'il avait vaincu mon oncle, je me dis que je m'avancerais dans cette forêt où il s'était engagé et que je le vaincrais facilement, car il était épuisé et blessé. Après l'avoir attaqué et avoir brisé ma lance sur lui, je tirai mon épée et lui courus sus. Mais il ne daigna pas le moins du monde tirer la sienne, m'arracha le heaume de la tête, me mit dans l'état que vous voyez et me fit jurer que j'irais me livrer prisonnier à ma dame de sa part. »

À ces mots, la dame se signe et dit :

« Hélas ! malheureuse ! Je suis à la mort ! Quelle triste sort pour moi d'avoir perdu celui qui m'avait rendu la joie et l'honneur ! »

Tanague ajoute qu'on ne pourra le retrouver facilement, car

mout s'an va grant aleüre. Et totesvoies point Hectors aprés et avoc lui plus de quarante.

Et li vallez qui monseignor Gauvain avoit seü chevauche tant que il l'ataint, si li dit :

« Sire, sire, bone nuit vos doint Dex, car hui an cest jor avez vos aü assez poine et plus honor. »

Et messires Gauvains li rant son salu, si li demande qui il est.

« Sire, ge suis li vallez qui orainz vos randié vostre cheval, si suis nez de cest païs d'un mien chastel qui est ça avant, que l'an apele Taningues, Si vos pri, por Deu et por vos aaisier, que vos herbergiez a moi annuit mais et tant, s'il vos plaist, que voz plaies soient garies. Et il m'est avis que do retorner arriers, la don vos venez, n'avez vos talant. Et ge vos herbergerai ou plus aaisié leu et o plus celé que onques veïssiez, et vos avroiez de repos mout grant mestier. »

« Amis, fait messires Gauvains, gran merciz, mais il n'est mies ancores tans de herbergier a home qui tant a afaire comme ge ai. Ne ge n'ai mies plaies sejornanz, et mes chevaus est, Deu merci, et forz et fres, si porrai chevauchier ancor anuit mout longuement. »

« Sire, fait li vallez, li leus ou ge vos herbergeroie n'et mie pres de ci, ainz (f. 122d) sachiez que il iert ainz noire nuit que nos i soiom. Et ge vos i manrai si a droiture comme [se] la lingne i ere tandue, sanz tenir voie. Ne ja por home qui vos sive ne seroiz trovez ne an voie ne an ostel. Et ge vos pri, sire, que vos i veigniez, car mout i avrai grant honor se uns si prodom se herberge a moi. »

Et messires Gauvains li otroie, se il vienent la de tel ore que il soit tans de herbergier. Et li vallez l'an moine parmi lo bois au travers d'unes gastines, comme cil qui la forest savoit miauz que nuns. Si chevauchent tant que il vienent grant piece de nuit a une soe maison fort qui estoit a deus liues de

il a repris son chemin à grande allure. Néanmoins Hector éperonne pour le rattraper, et plus de quarante hommes avec lui.

De son côté, le jeune homme qui avait suivi monseigneur Gauvain, n'avait cessé de chevaucher jusqu'à ce qu'il l'ait rejoint, et il lui dit :

« Seigneur, seigneur, que Dieu vous accorde une bonne nuit, car aujourd'hui vous avez eu bien du mal et plus encore d'honneur ! »

Monseigneur Gauvain lui rend son salut et lui demande qui il est.

« Seigneur, je suis le jeune homme qui vous a naguère redonné votre cheval ; je suis né dans ce pays, dans un château qui m'appartient, là-devant, que l'on appelle Taningues. Je vous prie, pour l'amour de Dieu et pour votre bien-être, de loger chez moi cette nuit et, si cela vous agrée, jusqu'à ce que vos plaies soient guéries. Il me semble en effet que vous n'avez pas envie de retourner là d'où vous venez ; tandis que moi, je vous installerai dans l'endroit le plus confortable et le plus secret que vous ayez jamais connu, parce que vous devriez avoir grand besoin de repos

– Ami, fait monseigneur Gauvain, grand merci, mais ce n'est pas encore l'heure de l'arrêt pour un homme qui a autant à faire que moi ; je n'ai pas de blessures qui m'obligent à séjourner, et mon cheval, Dieu merci, est fort et frais, si bien que je pourrai continuer encore longtemps ce soir.

– Seigneur, l'endroit où je veux vous offrir l'hospitalité n'est pas près d'ici ; au contraire *(f. 122d)*, sachez qu'il fera nuit noire avant que nous l'ayons atteint ; et je vous y mènerai directement, en droite ligne, sans suivre les chemins ; aucun homme à votre poursuite ne saurait vous retrouver, ni en route, ni à demeure. Enfin je vous prie, seigneur, de venir, car j'aurai grand honneur que quelqu'un d'aussi preux que vous loge chez moi. »

Monseigneur Gauvain finit par y consentir, si du moins ils doivent arriver là à l'heure où il est temps de faire étape. Le jeune homme l'emmène au travers du bois, par une série de clairières, comme celui qui se connaissait mieux que personne en forêt. À force de chevaucher, ils arrivent à la nuit bien tombée à sa maison forte, qui se trouvait à deux lieues de

Thaningues sor la riviere de Saverne, si estoit une des miauz seanz maisons do monde et si forz que nule maisons puet plus estre de bois et d'aive. Et qant il aprochent, si li dit li vallez :

« Sire, ma maisons est ci pres qui mout est aaisiee et loign de gent. Et il est mais anuit tans de herbergier. Et sachiez que il n'est hom ne fame crestiene, tant com vos i voldroiz celer, qui ja vos [i] sache. »

Et il respont que il lo cuide a tant sage et a tant cortois que il i remandra mes anuit. Et li vallez l'an mercie, qui trop en a grant joie.

Et Hectors et si compaignon chevauchent a esperon tant que il aprochent de la nuit et qe il ont toz les esclox perduz, si s'an retornent sanz anseignes aporter et trovent la dame si corrociee com ele doit. Et qant ele ot que nules novelles n'an aportent, si dit que ja mais joie n'avra qui cestui duel li face oblier tant que ele sache qui li chevaliers est. Et dit :

« Ha ! lasse ! com suis angigniee, qui lo plus prodome do monde avoie, ne onques honor ne li fis ne compaignie. Biau sire Dex, qui puet il estre ? Comme volantiers lo savroie ! »

Mout se demante la dame do chevalier. Et li seneschauz li dit :

« Certes, dame, bien poez veoir que il estoit prodom, que onques de chose que il oïst ne s'esbaïst. Si li dist Grohadains li nains tant de vilenie que onques tant n'en fu dite a chevalier, si comme cil lo m'ont dit qui an sa compaignie vinrent. Et *(f. 123a)* puis que il fu hui matin levez, li oï ge dire assez annui. »

« Ho ! fait la dame, por ce l'ai ge perdu. Mais si m'aïst li verais cors Deu, ge l'an panrai assez cruel jostisse. »

Maintenant commande que li nains soit pris, si lo baille au seneschal sor qanque il a. Et l'andemain fist Segurades son homage, et tuit cil qui de lui tenoient. Aprés dist la dame que ele ne porroit pas estre liee se ele ne savoit

Taningues, au bord de la Saverne ; son emplacement était un des meilleurs possibles, avec la défense la plus sûre qu'offraient la forêt et l'eau. Quand ils en approchent, le jeune homme lui dit :

« Seigneur, voici que nous sommes près de ma maison ; il y a tout ce qu'il faut et elle se trouve loin des gens. Il fait nuit et il est temps de se loger. Sachez enfin qu'il n'est pas de chrétien, homme ou femme, qui puisse savoir que vous y êtes, aussi longtemps que vous voudrez vous y cacher. »

Il lui répond qu'il le trouve si avisé et si courtois qu'il passera la nuit dans sa demeure ; le jeune homme l'en remercie, plein d'une grande joie.

De leur côté Hector et ses compagnons éperonnent leurs chevaux jusqu'à la tombée de la nuit ; ils ont complètement perdu la trace du chevalier et reviennent sans rapporter d'indices ; ils trouvent la dame affligée à juste titre. En apprenant qu'ils ne rapportent aucune nouvelle, elle dit qu'elle n'aura jamais de joie qui pourra lui faire oublier sa douleur, jusqu'à ce qu'elle sache qui est le chevalier. Et elle ajoute :

« Hélas ! malheureuse, comme me voilà bernée : j'avais avec moi l'homme le plus preux du monde et je ne lui ai pas rendu le moindre honneur, je ne lui ai pas tenu compagnie ! Dieu, cher Seigneur, qui peut-il bien être ? Comme j'aimerais le savoir ! »

Tandis qu'elle continue de se lamenter, le sénéchal lui dit :

« Certes, dame, à ce qu'il ne s'est ému de rien de ce qu'il a pu entendre, vous pouvez bien apprécier sa valeur. En effet Grohadain le nain lui a dit plus d'infamies que jamais il n'en fut dit à chevalier, d'après ce que m'ont rapporté ceux qui l'accompagnaient ; et *(f. 123a)* depuis son lever, ce matin, je lui ai moi-même entendu dire bien des choses désagréables.

— Oh ! s'écrie la dame, c'est pour cela que je l'ai perdu ! Mais j'en atteste Dieu lui-même, je vais le châtier très durement. »

Aussitôt elle donne l'ordre que le nain soit arrêté et elle le livre au sénéchal, en prenant comme garantie tout ce que celui-ci possède. Le lendemain Ségurade et tous ceux qui tenaient terre de lui firent hommage à la dame. Après quoi, la dame déclara qu'elle ne pourrait être heureuse si elle ne savait

la verité de ce chevalier. Et dit que ele s'et porpensee et velt aler a la cort lo roi Artu por oïr de lui anseigne, car la repairent tuit li bon chevalier.

« Si i vanroiz vos, fait ele, Segurades, et vostre mires, car nos irons a petites jornees, et vos, fait ele, Hectors, et mes seneschauz et ma cosine et Grohadain li nains. Et si sache que por la honte qu'il dist au chevalier an panrai ge vanjance, qe a totes les genz que ge anconterrai et a l'antree de totes les viles ou ge vanrai, si li ferai alier un chevoitre o col et a la coe de mon palefroi, si lo trainerai aprés moi, ne ja por lui n'apetiserai m'aleüre. Et se ge n'an oi novelles a la cort lo roi Artu, ge lo querrai par totes terres tant que ge lo troverai. Et par tot vandra li nains si com j'ai dit. »

Ensi parole la dame de son oirre. Et li nains a mout grant paor. Mais as autres n'en poise gaires, ainz tarde a tex i a que ele move, car mout lor tarde novelles a oïr dou prodome qu'il dessirrent. Et Segurades lo dessirre plus a veoir que tuit li autre. Et ele muet a l'endemain sanz plus atandre a grant compaignie de gent, et anquiert noveles do chevalier par toz les leus ou ele vient. Mais or se taist ci li contes de li et de sa compaignie, que plus n'an parole ci androit, ainz retorne a monseignor Gauvain.

Or dit li contes que messires Gauvains et li vallez qui l'an moine sont a l'ostel venu. Et li vallez lo desarme et si lo aaise de totes les choses que il covient a chevalier las et navré. Li vallez avoit une seror mout belle qui pucele estoit, si

ce qu'il en était vraiment de ce chevalier. Elle ajouta qu'elle avait réfléchi et qu'elle voulait aller à la cour du roi Arthur pour avoir des renseignements sur lui, car tous les vaillants chevaliers revenaient en ce lieu.

« Vous viendrez, dit-elle à Ségurade, avec votre médecin et nous irons par petites étapes ; vous aussi, Hector, mon sénéchal, ma cousine et Grohadain le nain. Que celui-ci sache que je me vengerai de la manière suivante des paroles honteuses qu'il a dites au chevalier : devant tous ceux que je rencontrerai, à l'entrée de toutes les villes où j'arriverai, je le ferai attacher à la queue de mon palefroi avec un chevêtre lié à son cou et je le traînerai ainsi derrière moi, sans ralentir mon allure. Si je n'entends pas de nouvelles à la cour du roi Arthur, je continuerai de le chercher à travers le monde jusqu'à ce que je le trouve ; et le nain suivra partout, comme je l'ai dit. »

Tels sont les propos de la dame sur le voyage qu'elle va entreprendre. Le nain est fort effrayé ; mais les autres n'en sont guère affectés : au contraire à certains il tarde qu'elle se mette en route – car ils espèrent bien avoir des nouvelles du preux qu'ils aspirent à revoir – et plus encore à Ségurade qu'aux autres. Elle se met en route le lendemain, sans chercher plus grande compagnie, et partout où elle arrive elle demande des nouvelles du chevalier. Mais maintenant le conte se tait sur elle et sur sa compagnie ; sans en parler davantage ici, il revient à monseigneur Gauvain.

CHAPITRE LVI

Gauvain arme Hélain chevalier

Selon le conte, donc, monseigneur Gauvain et le jeune homme qui l'escorte sont arrivés à demeure. Le jeune homme le désarme et lui prodigue tout ce qu'il faut à un chevalier fatigué et blessé. Il avait une sœur très belle, une jeune fille, qui savoit autretant de plai*(f. 123b)*es garir comme celes de tot lo monde. Si regarde les plaies monseignor Gauvain mout doucement et dit que il n'avoit plaie que mout legiere a garir ne fust. Si les atorne si bien et si bel que mout li asoage.

Quant vint aprés soper, li ostes araisone monseignor Gauvain et dit :

« Sire, ge suis mout liez de ce que Dex vos a doné çaianz herbergier, car vos iestes li plus prodom de toz les autres. Et ge vos prieroie por Deu que vos me conseilliez d'un mien afaire, car ge suis granz vallez et riches, si me blasme mes lignages de ce que ge ne suis chevaliers. Et ma dame meïsmes de Roestoc m'an blasme, cui hom ge suis. Et il m'avint plus a de doze anz que ge me gisoie an mon lit, si vint devant moi li plus biax chevaliers do monde, si m'estoit avis que il me tenist par lo nes. Et ge disoie : "Ha ! sire chevaliers, com avez or fait grant vaselage qui vos prenez a un anfant !" Et il me prenoit, si me disoit : "Or ne vos chaut, que certes gel vos amanderai mout hautement, car ge vos ferai chevalier." Et ge disoie : "Qui iestes vos, sire, qui me feroiz chevalier ?" "Ge suis, faisait il, Gauvains, li niés lo roi Artu." "Ha ! sire, faisoie gié, bien soiez vos venuz." Atant m'esveillai, sel dis a ma mere, qui lors vivait. Et ele an fu mout liee, si me fist creanter que ge ne seroie chevaliers s'i[l] nel me faisoit estre. Et j'ai bien puis esté cinc foiz a la cort lo roi ; onques nel trovai. Et n'a pas tier jor que ge an revin, si me dist an que il queroit un merveillos chevalier, soi vintoismes de compaignons. Ne ge ne puis avoir respit de ma dame que ge ne soie chevaliers, si vos voudroie proier por Deu que vos chevalier me feïssiez, car a plus prodome ne m'en porroie ge pas complaindre. »

savait mieux guérir les plaies (*f. 123b*) que personne au monde. Elle les examine avec beaucoup de délicatesse et dit qu'il n'y en a pas une qui ne soit facile à guérir ; elle les soigne si bien et si délicatement qu'il en est fort soulagé.

Une fois le souper achevé, l'hôte prit la parole et dit à monseigneur Gauvain :

« Seigneur, je suis très heureux que, par la grâce de Dieu, vous soyez descendu chez moi, car vous êtes le plus vaillant de tous les chevaliers. Laissez-moi, au nom de Dieu, vous prier de me donner conseil sur un sujet qui me concerne ; en effet j'ai déjà un certain âge et de la fortune, aussi mon lignage me blâme-t-il de ne pas être chevalier ; et je suis même blâmé par ma dame de Roestoc, dont je suis vassal. Il y a plus de douze ans, tandis que j'étais couché dans mon lit, le plus beau chevalier du monde m'apparut et je crus qu'il me tenait par le nez. Alors je m'écriais : "Hélas, seigneur chevalier ! Quel grand exploit de vous en prendre à un adolescent[1] !" Mais il continuait et me disait : "Ne vous formalisez donc pas : je vous dédommagerai princièrement en vous faisant chevalier." Et moi de reprendre : "Seigneur, qui êtes-vous, vous qui me ferez chevalier ? – Je suis Gauvain, le neveu du roi Arthur[2]. – Ah, seigneur, soyez le bienvenu !" À ce moment-là je m'éveillai et je racontai mon rêve à ma mère, qui vivait encore. Elle s'en réjouit fort et me fit jurer de n'être chevalier que par lui. Depuis, je suis bien allé cinq fois à la cour du roi, sans pouvoir jamais le trouver. Il y a deux jours à peine, j'en revenais, quand on me dit qu'il était en quête d'un chevalier extraordinaire, avec dix-neuf compagnons. Comme ma dame ne m'accorde plus de délai, je voudrais vous prier, pour l'amour de Dieu, de me faire chevalier, car il n'y a pas plus valeureux à qui je pourrais faire appel. »

---

1. Nous traduisons *enfant* par adolescent ; en effet, au XIIIe siècle, selon Philippe de Novarre, l'enfance va de la naissance à 20 ans, la jeunesse de 20 à 40 ans, la maturité de 40 à 60 ans et la vieillesse de 60 à 80 ans. Voir tome I, p. 279, note 3.
2. Selon un stéréotype romanesque établi par Chrétien de Troyes, Gauvain dit toujours son nom quand on le lui demande : sa réputation n'est plus à faire, mais sa courtoisie fait qu'il ne veut ni se mettre en valeur ni refuser d'entrer en relation avec autrui, son courage fait qu'il ne se dérobe pas à ce qui l'attend.

Et messires Gauvains respont que si fera il mout volentiers.

« Mais, fait il, vos iestes riches hom, si cuit que vos ne seroiz mie chevaliers a si grant haste. Ge ne demorroie çaianz por nul plait tant que ge i fusse seüz, car j'ai trop grant afaire anpris, si me covient haster. »

« Sire, fait cil, si m'aïst Dex, ge n'i demant *(f. 123c)* autre compaignie de vos, et nos avons ceianz qanque mestiers nos est, la chapelle et lou chapelain, et armes ai ge totes fresches. Si me sera plus granz conforz ce que vos m'avroiz fait chevalier que se ge l'estoie par un autre outre mon cuer, car de vostre main ne porroit nus panre colee qui prodom ne fust. »

« Or soit dont, fait messires Gauvains, au non de Deu, lo matinet, que aillors m'an covandra aler. »

Atant commande lo vallet aler veillier. Et cil si fist tote nuit, car mout avoit grant joie de l'annor que Dex li avoit anvoiee si prestement. La nuit fu messires Gauvains herbergiez com il li plot, car tant fu la vaillanz damoisele devant lui qu'il s'andormi. Et qant vint au matin, si fu si asoagiez de ses plaies et de ses bleceüres que nules n'an cuida avoir se il ne les veïst. Si se leva si matin com il vit lo jor. Et la damoisele fu tote apareilliee, qui de trop riche oignement li refreschi. Aprés alerent oïr messe, si çaint messires Gauvains au vallet l'espee et chauce lo destre esperon si com il estoit costume. Mais ançois li demanda son non, et il li dist qu'il avoit non Helains des Taningues.

Quant il li ot donee l'ordre de chevalier si com

Monseigneur Gauvain répond qu'il accepte bien volontiers.

« Mais, ajoute-t-il, vous êtes puissant, et je crois que vous ne pourrez pas être chevalier aussi hâtivement. Or, moi, aucun argument ne saurait me faire rester si longtemps que je risquerais d'être découvert, car je me suis lancé dans une très grande entreprise et il me faut me dépêcher.

— Seigneur, fait l'autre, j'en atteste Dieu, je ne demande pas (*f. 123c*) d'autre compagnie que la vôtre, et nous avons ici tout ce qu'il nous faut : la chapelle, le chapelain et des armes toutes neuves ! J'aurai plus de satisfaction à être chevalier de votre main que de celle d'un autre contre mon gré, car personne ne saurait recevoir la colée de votre main sans devoir être un brave.

— Eh bien, soit, conclut monseigneur Gauvain, au nom de Dieu, ce sera au petit matin, puisqu'il me faut m'en aller ailleurs. »

Il invita alors le jeune homme à commencer sa veillée ; celui-ci y passa toute la nuit, plein de la joie causée par cet honneur que Dieu lui avait envoyé si rapidement. Quant à monseigneur Gauvain, ce soir-là, il reçut l'hospitalité qui lui plaisait : la bonne demoiselle resta près de lui jusqu'à ce qu'il se fût endormi. Et le matin, il se trouva tellement soulagé de ses plaies et de ses blessures qu'il aurait bien cru ne pas en avoir, s'il ne les avait vues ; il se leva donc dès le point du jour. La demoiselle était toute prête et avec une précieuse pommade elle le revigora. Ensuite ils se rendirent à la messe, et monseigneur Gauvain ceignit l'épée au jeune homme, et lui chaussa l'éperon droit, selon la coutume[1]. Mais au préalable, il lui demanda son nom et l'autre lui dit qu'il s'appelait Hélain des Taningues.

Une fois qu'il lui eut conféré l'ordre de chevalerie comme

---

1. *Faire chevalier* est l'expression que le roman emploie pour l'adoubement de ses héros. Il s'agit d'une cérémonie qui introduit dans une chevalerie idéalisée, dont les origines sont religieuses, sociales et littéraires. Ici relevons seulement que les éléments religieux (chapelle, chapelain, veillée, messe) figurent laconiquement avec trois rites laïques, présentés comme anciens (*si com il estoit costume*) : la colée (coup du plat de la main sur la nuque), l'épée ceinte et la fixation de l'éperon droit par le plus noble des parrains, après le roi, Gauvain. Sur l'adoubement, voir la bibliographie donnée dans notre ouvrage, *Le Chevalier errant*, p. 39-40.

droiture lo requiert, et il orent oï lo servise, si demande messires Gauvains ses armes. Et li noviaus chevaliers li requiert que il remaigne tant que il soit un po trespassez, mais il ne li volt otroier. Mais il li prie tant que il lo retient a grant force jusque aprés mangier. Et qant il ont mengié, si n'i a plus mestier proiere que il ne demant ses armes por aler. Et li noviaus chevaliers vient a lui et si li dit :

« Sire, sire, vos an iroiz, et si me dites vostre plaisir que ge dirai a ma dame, quant l'an savra que vos m'avroiz fait chevalier, et as autres qui me demanderont. Se vostre plaisirs estoit, ge voudroie bien savoir vostre non, si an seroit mes cuers plus a aise. »

« Tot seürement, fait il, dites a toz ces qui lo vos demanderont que Gauvains, li niés lo roi Artu, vos a fait *(f. 123d)* chevalier. »

Et quant Helains l'antant, si a tel joie qe greignor ne puet avoir ; et dit que toz ses desiers li a Dex donez a une foiz, ne or ne a il mies paor que il prodom ne soit quant il est chevaliers de la main au plus prodome do monde. Puis li a dit :

« Sire, ge sai bien que ge ne vos retanroie mies longuement, ce poise moi ; mais, por Dé, lo premier don que ge vos requier aprés ma chevalerie me donez : que vos me laissiez les armes que vos avez aportees de Roestoc et vos en portez les moies, qui mout sont bones et belles. Si me tesmoigneront les voz que chevalier m'avez fait. Ne vos [ne] me porriez [rien] doner que ge amasse tant. »

Messires Gauvains l'otroie. Lors furent aportees les armes Heloin. Si estoit li haubers li uns des meillors que messires Gauvains aüst onques aü ; et li escuz estoit toz blans comme nois, si com a cel tans estoit costume que chevaliers noviaus portoit escu d'un sol taint lo premier an que il estoit ; et li hiaumes estoit et bon et biaus. Si fu messires Gauvains

l'exigeait la bonne procédure et qu'ils eurent entendu la messe, monseigneur Gauvain demande ses armes. Le chevalier nouveau le presse de rester, le temps qu'il aille un peu mieux, mais il lui refuse cette faveur. Pourtant, à force de prières, l'autre réussit à grand peine à le retenir jusqu'à ce qu'il ait mangé. Cela fait, aucune prière ne peut l'empêcher de demander ses armes pour partir. Alors le nouveau chevalier s'avance et lui dit :

« Seigneur, seigneur, vous allez partir : dites-moi donc ce que vous désirez que je dise à ma dame et aux autres chevaliers qui me demanderont votre nom, quand on saura que vous m'avez fait chevalier. Si c'était votre bon plaisir, je voudrais bien savoir votre nom, et mon cœur s'en trouverait mieux.

– En toute assurance, dites à tous ceux qui le vous demanderont que Gauvain, le neveu du roi Arthur, vous a fait (*f. 123d*) chevalier. »

À ces mots, Hélain éprouve la plus grande joie du monde ; il dit que Dieu lui a donné d'un coup tout ce qu'il désirait et qu'il n'a plus peur de ne pas être un brave, puisqu'il tient sa chevalerie du plus brave du monde, et il ajoute :

« Seigneur, je sais bien que je ne pourrais vous retenir longtemps, et j'en suis contrarié ; mais, par Dieu, accordez-moi le premier don[1] que je vous demande après ma chevalerie : laissez-moi les armes que vous avez apportées de Roestoc et prenez les miennes, qui sont fort bonnes et belles. Ainsi vos armes attesteront que vous m'avez fait chevalier ; vous ne sauriez rien me donner que je chérisse autant. »

Monseigneur Gauvain y consent et l'on apporte les armes d'Hélain ; le haubert était l'un des meilleurs que monseigneur Gauvain ait jamais eus ; l'écu était tout entier blanc comme la neige, selon la coutume de ce temps-là, où les chevaliers nouveaux portaient la première année un écu d'une seule couleur[2] ; le heaume était bel et bon. Ainsi monseigneur Gauvain fut-il

---

1. Le « don » du premier coup est un honneur que demande le chevalier nouveau, dès la *Chanson de Roland*, v. 866, 3200 ; ici la demande a aussi les connotations mêlées de « l'étrenne », c'est-à-dire l'heureux présage qui s'attache aux choses neuves ou utilisées pour la première fois.

2. Coutume littéraire, souvent mise en œuvre dans le roman arthurien.

mout bien armez des armes, et mout li sistrent. Et il ot sa corroie ostee et son fermail que la dame de Roestoc li avoit donee, [si apela la danmoisele qui de ces plaies l'ot aligié, si les li done,] et dit :

« Tenez, ma damoiselle, ce que ma dame de Roestoc me dona par bone druerie ; et ge par bone druerie les vos doign. »

Et cele les prant et mout l'an mercie. Lors a demandé son cheval, si monte et les commande toz a Deu. Et dist a la pucele que bien saiche ele que il est ses chevaliers et sera tote sa vie. Et ele an a mout grant joie. Lors fu apareilliez uns chevaus, si monte Helains por monseignor Gauvain convoier. Et qant il l'ot grant piece convoié, si passa messires Gauvains Saverne por aler parmi la terre de Norgales, si com Helains li dit que sa droite voie si estoit a aler an la terre Galehot. Et lors se parti de lui Helains, si s'antrecomandent a Deu. Si s'an repaire Helains a son ostel et mande ses amis et ses voisins por faire joie de s'annor, si lor conte comment Dex li a totes ses joies anvoiees, et que c'est messires Gauvains. An tel joie et an tel feste demorerent deus jorz *(f. 124a)* ansanble. Au tierz jor s'an va Helains a Roestoc, mais il n'i trueve mies de la dame, ainz li dient que ele s'an va a la cort lo roi Artu et est meüe deus jorz a. Et qant il l'ot, si s'an retorne a Thaningues, son chastel. Mais or se taist un po li contes a parler de lui et retorne a la dame de Roestoc.

bien armé, et les armes lui allaient parfaitement. Il avait enlevé la ceinture et le fermail que la dame de Roestoc lui avait donnés ; appelant la demoiselle qui l'avait soulagé de ses plaies, il lui dit :

« Tenez, ma demoiselle, ce que la dame de Roestoc me donna en témoignage de bonne amitié, à mon tour je vous le donne de même. »

Elle accepte et l'en remercie vivement. Il demande alors son cheval, l'enfourche et recommande toute l'assistance à Dieu ; à la jeune fille, il dit encore qu'il est à coup sûr son chevalier et qu'il le sera toute sa vie, ce qui la comble d'aise. Un autre cheval avait été préparé, qu'Hélain enfourche pour accompagner monseigneur Gauvain. Au bout d'un long trajet fait de conserve, monseigneur Gauvain passa la Saverne pour aller en terre de Norgales, car Hélain lui avait dit que telle était la voie directe pour gagner par la terre de Galehaut[1]. Ils se recommandent mutuellement à Dieu, Hélain le quitte et revient chez lui ; il convoque amis et voisins pour fêter son honneur et leur raconte comment Dieu avait exaucé tous ses désirs, en envoyant monseigneur Gauvain lui-même. Leur fête, leurs réjouissances, durent deux jours (*f. 124a*), après quoi Hélain partit pour Roestoc, mais il n'y trouva pas la dame de Roestoc : tous lui dirent qu'elle était partie, il y avait deux jours, pour la cour du roi Arthur. À cette nouvelle, il retourna à son château de Taningues. À présent le conte cesse un moment de parler de lui et retourne à la dame de Roestoc.

---

1. Voir f. 114b : la reine a dit à Gauvain qu'il trouverait Lancelot, l'objet de sa quête, dans la compagnie de Galehaut ; or il a été dit plus haut que Galehaut était en Sorelois.

Or s'an va la dame a la cort antre li et sa compaignie, si chevauche tant que ele trove lo roi a Campercoranti. Si la reçoit li rois et la reine a mout grant joie et mout se poinent de li anorer, car mout estoit haute fame. La nuit aprés sosper furent antre lo roi et la reine asis et la dame an une couche, si li demanderent qel bessoigne ele avoit aüe qui si loign estoit a cort venue. Et ele lor an dit la ver[i]té.

« Sire, fait ele, cil chevaliers que vos veez la me guerroia. » Si li mostre Segurades et li devise ses covenances. « L'autrier fait ele, sire, si m'amena Grohadains li nains un chevalier, cil nains que vos veez la, cui il dist totes les hontes que l'an porroit a home dire. Et cil chevaliers se combatié a Segurades por moi tant que il l'outra. Et par ce oi mes covenances. Quant ge lo vi conquis, si oi tel joie que tot an obliai lo chevalier qui conquis l'avoit. Et il s'an ala, si que ge ne nus de mes genz ne sot ou il ala, si sai bien que ce fu par la honte que li nains li dist. Si an estoie ça venue por oïr aucunes anseignes, car çaianz repairent tuit li prodome. »

Lors li demande la reine, l'estre et la contenance do chevalier et son sanblant. Et qant ele li a devisé, si dit que ele ne set qui ce puet estre se ce n'est messires Gauvains, car il est de çaianz partiz mout grant piece a et quiert un des plus prodomes do monde, soi vintoime de chevaliers.

« Dex, dame, fait ele, se ce est messires

CHAPITRE LVII

À la cour d'Arthur. Quête de Gauvain par Hector. Arrivée de l'écu fendu

La dame, entourée de ses gens, chevauche en direction de la cour et finit par trouver le roi à Quimpercorantin[1] ; la reine et lui la reçoivent avec effusion et se mettent en peine de l'honorer, car elle était de grande noblesse. Le soir, après le souper, elle était assise entre le roi et la reine, sur un lit, quand ils lui demandèrent quelle affaire l'amenait de si loin à la cour. Elle leur dit la vérité.

« Sire, ce chevalier-là me faisait la guerre », explique-t-elle, en montrant Ségurade et en exposant ce dont ils étaient convenus. « L'autre jour, sire, Grohadain le nain, celui que vous voyez là, m'amena un chevalier à qui il avait dit toutes les hontes possibles. Or ce chevalier combattit pour moi contre Ségurade, et le vainquit, ce qui me valut de gagner l'enjeu de la guerre. Devant sa défaite, j'éprouvai une telle joie que j'oubliai complètement le chevalier qui avait eu la victoire. Et lui s'en alla, si bien que ni mes gens ni moi, nous ne pûmes savoir où il était allé ; mais je suis sûre que c'était à la suite des paroles humiliantes du nain. J'étais donc venue pour avoir quelques nouvelles, puisque tous les braves reviennent ici. »

La reine lui pose alors des questions sur la manière d'être, le comportement, l'apparence extérieure du chevalier ; quand il lui a été décrit, elle dit qu'à son avis ce ne peut être que monseigneur Gauvain, car voilà longtemps qu'il les a quittés et qu'avec dix-neuf autres chevaliers il s'est mis en quête d'un des hommes les plus vaillants du monde.

« Mon Dieu ! dame, s'écrie l'autre, si c'est monseigneur

---

1. La géographie de l'auteur est parfois fantaisiste : ici, ce qui correspond au Quimpercorantin breton, est situé en Angleterre ; mais la même fantaisie se trouve parfois aussi chez Chrétien de Troyes, qui a situé par exemple Brocéliande en Angleterre.

Gauvains, donc suis ge honie, que onques honor ne li fis. Et ge voudroie ausi volentiers estre morte. »

Ne li rois ne la reine ne l'an set plus asener, si an laissent la parole atant. Si s'an revint la dame et sa compaignie a son ostel por reposer, car mout iert lasse. Et *(f. 124b)* Grohadains li nains prie au seneschal a cui il est an garde que il li face compaignie tant que il ait parlé a la reine. Et il si fait, que mout estoit prodom et sages. Atant vienent andui devant la reine, si li crie li nains merci et li dit :

« Ha ! dame, secorrez moi, car an vos est toz li secors et li consauz. »

Et la reine dit : « De coi ? »

« Dame, fait il, ge suis li nains qui menai a ma dame de Roestoc lo chevalier qui sa bataille li vainquié. Si cuidai sanz faille que ce fust li uns des plus mauvais chevaliers do monde, si lo ranponai por lo sanblant qu'il faisait de mauvaitié. Or si dit ma dame que ele l'a perdu por moi, si dit que ele meesmes l'ira tant querre par totes terres, et si dit que ele me manra avocques li et a toz cels que ele trovera me fera esgarder, que j'avrai un chevoistre ei col lié et an la gole et a la coe de son palefroi, et autresi an totes les viles ou ele anterra. Et ansi m'a ele amené puis que ele mut de son païs. Et ge an seroie morz. Et ge vos an requier, dame, por Deu que vos i metez consoil, car totevoies suis ge jantils hom, comment que ge soie chaitis de cors. »

Et la reine dit que si fera ele.

« Et n'aiez garde, fait ele, que se ge puis, vos seroiz delivres ainz que vostre dame s'an aille de cest païs. »

« Dame, fait il, grant merciz de Deu. »

Atant s'an retorne a l'ostel antre lui et lo seneschal. Et l'andemain revient la dame veoir lo roi et la reine, si parolent ensenble longuement. Et la reine li demande un don, et ele li otroie.

« Vos m'avez doné, fait la reine, que vos pardonroiz au nain vostre maltalant. »

« Dame, fait ele, ge ne hé mies lo nain por soi, mais il a une pucelle qui est sa niece et ma cosine. Si la priai a mout grant bessoign que ele laissast combatre por moi cest chevalier que vos veez la, qui ses amis est. Et ele

Gauvain, quelle honte pour moi de ne pas lui avoir rendu le moindre honneur ! J'aimerais autant être morte ! »

Ni le roi ni la reine ne pouvant lui donner d'autres renseignements, on n'en parla plus et la dame regagna son logement avec sa compagnie pour prendre du repos, car elle était épuisée. Quant à *(f. 124b)* Grohadain le nain, il prie le sénéchal qui l'a en garde de l'accompagner pour aller parler à la reine ; celui-ci accepte, en homme fort obligeant et avisé. Tous deux arrivent devant la reine et le nain implore la pitié de la souveraine :

« Hélas ! dame, secourez-moi : tout secours et toute aide se trouvent en vous.

— De quoi s'agit-il ? lui demande-t-elle.

— Dame, je suis le nain qui a conduit à ma dame de Roestoc le chevalier qui lui a donné la victoire dans sa bataille. Pourtant j'avais bien cru qu'il était un des chevaliers les plus lâches du monde et je m'étais moqué de son apparence indigne ; maintenant ma dame me dit que puisqu'elle l'a perdu par ma faute, elle se mettra personnellement en quête de lui à travers le monde, en m'emmenant pour me donner en spectacle, attaché à la queue de son palefroi, avec un chevêtre passé sur ma tête et mon cou, dans toutes les villes où elle entrera. Voilà comment elle m'a traité depuis qu'elle a quitté son pays : j'en mourrais ! Pour l'amour de Dieu, je vous implore, dame, de penser à une solution, car je suis de naissance noble, malgré mon corps chétif. »

La reine lui répond qu'elle va s'en occuper et ajoute :

« Soyez tranquille : si je le puis, vous serez libre avant que votre dame quitte ce pays.

— Dame, au nom de Dieu, je vous remercie grandement ! »

Il retourne avec le sénéchal à son logement et le lendemain, la dame revient voir le roi et la reine. Après un long entretien, la reine demande à la dame de lui accorder un don et celle-ci y consent ; alors la reine déclare :

« Vous m'avez fait le don que vous ne tiendrez plus compte au nain de votre rancune.

— Dame, répond-elle, ce n'est pas tant au nain que j'en veux, mais parce qu'il a une jeune fille qui est sa nièce et ma parente. J'ai instamment prié celle-ci de laisser combattre en mon nom ce chevalier que vous voyez là et qui est son ami ; mais elle m'a

dist que ele renieroit ançois Deu. Et ge la cuidoie tant esmaier que ele anvoiast son ami an la queste de cest chevalier por son oncle delivrer, car ge la correceroie volantiers de la (*f. 124c*) rien que ele plus ainme. »

« An non Deu, fait la reine, se ele de ce faut a son oncle, don n'est il nus qui haïr ne la deüst. »

Lors apele la reine lo nain, si li dit :

« Nains, j'ai porchaciee vostre delivrance, se vostre niece velt tant faire por vos que ele anvoit son ami querre lo chevalier qui vainqui la bataille, ne autre pais n'i puis trover. »

« Certes, dame, fait li nains, ge ne cuit ja que ele lo face, mais totesvoies l'essaierai. »

Lors vient li nains a sa niece et li dit :

« Bele niece, ge suis morz se vos ne me secorrez, se vos ne me prestez Hetors por aler querre lo chevalier qui Segurades conquist. Et se ce non ma dame me trainera aprés li si com ele a a costume. »

Et ele dit que ja Dex ne li aïst se ja Hectors i va por son gré ne por son lox. Et qant li nains l'antant, si a tel paor que par un po qu'il ne se pasme, et vient a la reine et dit que nul consoil n'i puet trover.

« Dame, fait cele de Roestoc, gel savoie bien. C'est la plus desleiaus criature qui onques fust. »

« Or ne vos chaut, fait la reine, que ge li ferai sa felenie comparer. »

Lors li dit a consoil :

« Vos ne vos movroiz demain. Et anquenuit si dites a vostre maisniee que ge vos ai mout proiee de remanoir, [mes vos ne remandriez por nule rien. Et demain, quant vos seroiz ci, si proierai a la damoisele que ele vos prit de remanoir,] et ge la decevrai si belement com vos orroiz. »

répondu qu'elle renierait plutôt Dieu. Je pensais l'affoler au point que, pour délivrer son oncle, elle enverrait son ami en quête de ce chevalier ; je voudrais en effet briser sa résistance grâce à l'*(f. 124c)* être qui lui est le plus cher.

– Au nom de Dieu, s'exclame la reine, si elle manque à son oncle dans cette affaire, alors il n'est personne qui ne doive la détester. »

Et elle fait venir le nain pour lui dire :

« Nain, j'ai obtenu votre délivrance à condition que votre nièce accepte pour vous d'envoyer son ami quêter le chevalier qui fut vainqueur de la bataille ; je n'ai pu trouver d'autre moyen de faire la paix.

– En vérité, dame, fait le nain, je ne crois pas que ma nièce y consente, et pourtant, je vais essayer. »

Il va donc trouver la jeune fille et lui dit :

« Ma chère nièce, je suis mort, si vous ne me portez secours en me prêtant Hector pour aller en quête du chevalier qui a vaincu Ségurade. Si vous n'y consentez pas, ma dame me traînera derrière elle comme elle en a pris l'habitude. »

Et elle de s'écrier que Dieu l'abandonne, si jamais Hector y va avec son agrément et son consentement. À ces mots, le nain éprouve une telle frayeur qu'il manque s'évanouir ; il revient à la reine et lui dit qu'il n'a pu trouver aucun secours auprès de sa nièce.

« Dame ! s'écrie celle de Roestoc, je le savais bien. C'est la créature la plus déloyale qui ait jamais existé !

– Ne vous inquiétez pas, reprend la reine, je vais lui faire payer sa félonie[1]. »

Puis elle lui dit à la dérobée :

« Vous ne vous en irez pas demain. Ce soir, dites à vos gens que je vous ai priée instamment de rester, mais que vous ne sauriez y consentir à aucun prix. Et demain, quand vous serez ici, je prierai la demoiselle de vous prier elle-même de rester, et je l'abuserai avec les belles paroles que vous entendrez. »

---

1. En refusant de sauver l'honneur de son oncle le nain, qui de plus est le vassal de la dame de Roestoc, la demoiselle qui veut retenir Hector auprès d'elle, pèche gravement contre la solidarité familiale, la loyauté vis à vis du clan ; d'où la sévérité des mots *desleiaus, felenie*.

Lors s'an revient la dame a son ostel, et dit la nuit a sa maisniee si com la reine li avoit dit. «Mais ge n'i remanrai mies,» fait ele. L'andemain revint a cort, et la reine la prie de remanoir, oiant tote sa gent, mais ele dit qe ce ne puet estre.

Atant se lievent totes et vont lo roi veoir. Et li rois lor saut a l'ancontre, si prant la dame de Roestoc par la main. Et la reine prant l'amie Hectors, si li dit :

«Se vos ne m'aidiez vostre dame a anginier, ge ne vos amerai ja mais.»

«Dame, fait ele, comant ?»

«Ele m'a requis, fait la reine, que ge ne la pri pas por lo nain. Mais si ferai. Et ele cuidera que ge la pri de remanoir, et ele m'a dit que ele ne remanra pas se vos ne remenez. Et se ge vos demant un don, si lo m'otroiez. Et elle l'otroiera (*f. 124d*) aprés, qui cuidera que ge parol de remanoir. Mais ge ferai tant que li nains sera delivres, ce sachiez.»

«Ha ! dame, fait la pucele, com avez bien dit.»

Atant se vont aseoir, et la reine dist a la dame que li doint un don. Et ele dist :

«Dame, ne me demandez mie outraige, que veez vos ci une damoisele qui a mout a faire an son païs.»

«Ne vos esmaiez, fait la reine, que vos ne savez que ge vos voil demander.»

Et la dame dit que ele l'otroiera se la damoisele l'otroie avant. Et la reine li fait otroier a la damoisele, et puis an prant la foi de l'une et de l'autre.

«Savez, fait elle a la dame, que vos m'avez otroié que li nains est delivres vers vos de mautalant et de haïne et de qanque vos li demandez por lo chevalier qui Segurades conquist. Et vos, fait ele a la damoisele, m'avez creanté que vos proieroiz Hectors qe il aille querre lo chevalier tant que il lo truisse. Et tant feroiz qu'il i era.»

Quant ele l'ot, si est tant esbahie que ele ne puet parler d'une grant piece. Et tuit cil qui l'oent an sont lié,

La dame revient donc en son logement et le soir elle tient à ses gens les propos indiqués par la reine. « Mais je ne resterai pas », ajoute-t-elle.

Le lendemain, donc, elle revient à la cour ; devant tous ses gens, la reine la prie de rester, et elle dit que c'est impossible. Tous se lèvent alors et vont trouver le roi, qui se précipite à leur rencontre et prend la dame de Roestoc par la main ; la reine, elle, prend l'amie d'Hector et lui dit :

« Si vous ne m'aidez pas à tromper votre dame, vous n'aurez jamais mon amitié.

— Comment cela, dame ?

— Elle m'a demandé de ne rien lui demander pour le nain. Mais je le ferai tout de même ; elle croira que je lui demande de rester ; or elle m'a dit qu'elle ne resterait pas, si vous-même ne le faites pas. Si je vous demande un don, accordez-le moi ; elle en fera autant *(f. 124d)* après vous, imaginant que je veux parler de rester à la cour. Mais je m'arrangerai pour que le nain soit libéré, sachez-le.

— Ah ! dame, s'écrie la jeune fille, comme vous avez bien parlé ! »

Elles vont s'asseoir et la reine demande à la dame de lui accorder un don. Celle-ci lui répond :

« Dame, ne me demandez rien d'excessif, car voici une demoiselle qui a des affaires importantes à régler dans son pays.

— N'ayez crainte, fait la reine, vous ne savez pas ce que je veux vous demander. »

Alors la dame déclare qu'elle accordera le don, si la demoiselle le fait d'abord. La reine l'obtient de la demoiselle, puis elle exige la parole de l'une et de l'autre ;

« Apprenez, fait-elle à la dame, que vous m'avez accordé que le nain est quitte pour la rancune et la haine que vous avez contre lui, quitte de tout ce dont vous lui faites grief à propos du chevalier qui a vaincu Ségurade. Et vous, dit-elle à la demoiselle, vous m'avez promis que vous prierez Hector d'aller quêter le chevalier jusqu'à ce qu'il le trouve. Vous devrez arriver à le convaincre. »

À ces mots, la demoiselle est si décontenancée que pendant longtemps elle ne peut répondre, mais tous les autres se réjouis-

mais cele de Roestoc en est liee sor toz. Et qant la damoisele pot parler, si dit :

« Ha ! dame reine, certes il n'a pas an vos tant de bien com l'an tesmoigne, et mout avez or po gaaignié a une pucele decevoir. Et neporqant deceüe ne m'avez vos mie, que au jor ne m'aïst ja Dex que ge li prierai que il i aille. Ne par les sainz de cele chapelle laianz, se il nus an i a, ja par moi priez n'en sera, ançois me lairoie trestote desmembrer. »

« Certes, fait la reine, gel croi bien. Donc ne seriez vos mie niece au nain se vos n'esteiez plus felonesse d'autre fame. Et bien sachiez qe ou pooir monseignor lo roi ne a ceste dame qui ci est n'avroiz vos ja mais terre devant que cist covenanz soit aquitez. »

« Dame, fait ele, ge n'am puis mais. Donc ne serai ge ja mais tenanz, que ce sera a faire au jor do juïse. »

« Gardez, fait la reine, que vos n'an faites ja rien se par force non, que totevoies lo feroiz vos, mais que bien vos anuit et griet. »

« Certes, fait ele, or i parra. »

Atant se lieve. *(f. 125a)* Et la reine dit a la dame de Roestoc que, si chier com ele [a] son cors, que elle n'ait baillie de rien qui soit an son pooir sor lo sairement et sor la fiance qe ele doit lo roi Artu cui fame ele est. Et la dame li otroie an sanblant de correciee, mais liee en est. Et aprés lo redit la reine au nain,

sent, et la dame de Roestoc la première ; enfin la demoiselle arrive à dire :

« Hélas ! madame la reine, en vérité vous n'avez pas autant de vertu qu'on le prétend, et vous avez bien peu gagné à abuser une jeune fille. Mais, malgré tout, vous ne m'avez pas eue, car je souhaite que Dieu ne m'assiste plus jamais, si demain je le prie d'y aller ; que les reliques des saints dans cette chapelle-là, s'il y en a, m'abandonnent aussi, si je le prie jamais d'y aller ; non, je me laisserais plutôt écarteler[1] !

– Certes, reprend la reine, je le crois bien : vous ne seriez pas la nièce du nain, si vous n'étiez pas plus déloyale que n'importe quelle autre femme. Eh bien, sachez qu'en vertu du pouvoir du roi, mon époux et de celui de cette dame ici présente, vous n'aurez jamais de fief avant que l'engagement que vous avez pris soit tenu.

– Dame, répond-elle, tant pis ! Je n'aurai donc rien à moi, et ce sera à régler au jour du Jugement dernier.

– Prenez garde, dit encore la reine, d'y être acculée de force, car n'importe comment vous le ferez, si dur et pénible que cela vous soit.

– On verra bien », réplique-t-elle en se levant.

(f. 125a) La reine enjoint alors à la dame de Roestoc de ne lui accorder absolument rien de ce qu'elle détient, sur le serment de fidélité qu'elle a fait au roi Arthur[2], dont elle est vassale ; celle-ci donne son accord, comme à contrecœur, alors qu'elle s'en réjouit. Ensuite, la reine dit la même chose au nain,

---

1. La colère et le désespoir de la possessive demoiselle se marquent dans sa réaction et ses paroles : elle prononce un serment solennel, avec la formule *si m'aïst Dex* (qui apparaît notamment dans les serments judiciaires), elle voudrait que ce serment soit dit sur des reliques (d'où la précision sur la chapelle, qu'elle ne connaît pas), elle laisse entendre qu'elle préfèrerait aller jusqu'à une ordalie, où même Dieu pourrait lui donner tort, et où elle serait soumise au châtiment des traîtres. Quant à la menace de perdre son fief, elle s'en remet au *jor do juïse*, c'est-à-dire au Jugement dernier, où Dieu décidera des torts et des mérites de chacun.

2. Le vassal ou l'*home* (ou la *fame*), lors de la cérémonie fait plusieurs actes : l'hommage (avec la mise de ses mains dans celles du seigneur), la déclaration de volonté (*volo*) ; puis il prononce un serment de fidélité (*foi et serment*) sur reliques ou livres saints et enfin assez généralement pour l'homme, il reçoit le baiser du seigneur (d'où l'expression : homme de bouche et de mains). Voir F. L. Ganshof, *Qu'est-ce que la féodalité ?* Paris, Tallandier, 1982, p. 113-130.

qui de tot est saisiz, et s'an prant lo sairement. Et dit que, se il s'an parjuroit, bien sache il que ele lo conreeroit tel que il ne li remanroit roie de terre.

Atant s'an ist la damoiselle de la chambre mout correciee et mout plorant durement, et ancontre Hector an son venir, si li demande que ele a. Et elle no velt dire, fors tant que a soi meïsmes dist an alant :

« Ha ! lasse ! Com m'a deceüe cele qui tot deçoit ! »

Ne plus n'an puet traire Hestors por nule proiere que il li face, si la seust an iceste guise jusque a l'ostel. Et ele s'est couchiee a[n] un lit et fait tel duel que nus n'an puet parole traire. Quant Hectors voit que ele ne li dira l'achoison de son duel, si vient au nain, si li demande ce qe est. Et li nains vient, si li conte la verité et lo sairement que ele a fait.

« Ha ! » fait Hectors. Por Deu, fait il, venez a li et si li priez que ele soffre que g'i aille, car tot sanz commandemant i eroie gié, ançois que ele perdiest sa terre, se ge n'an cuidoie avoir sa haïgne. Et ge vos pri, et por vostre preu et por lo suen, que vos li priez, ansi com ge ferai, que ele soffre que g'i aille por sa proiere, por ce que la reine lo velt. Et ele m'an priera, puis que gel voudrai, si com ge cuit. »

Et li nains dit que il est prez que il l'an chient andui as piez : « Mais ge la sai a si felonesse que a poines lo fera, puis que ele s'i est ahurtee. »

« Ce essaierons nos, » ce dit Hectors.

Atant vienent andui a l'ostel a la damoiselle, si s'agenoillent andui devant lo lit ou ele gisoit mout dolante, et li prient por Deu que ele voille que Hectors voist an ceste queste.

« Fi ! fait ele au nain, avez me vos por ce faite decevoir a la reine ? Certes, ja preu n'i avroiz, que au jor ne m'aïst Dex que ja Hectors an avra de moi ne proiere ne commandement. *(f. 125b)* Et se il i aloit sanz mon congié,

qui est mis en possession de tout le fief, et elle reçoit son serment ; enfin elle déclare que s'il se parjurait, il devait tenir pour sûr qu'elle le traiterait de façon qu'il ne lui reste plus un sillon de terre.

Tandis que la demoiselle quittait la chambre, suffoquée par des pleurs de rage, elle rencontra Hector qui arrivait ; il lui demanda ce qu'elle avait, mais elle ne voulut pas le lui dire ; elle continuait seulement à se plaindre ainsi en s'en allant :

« Hélas ! malheureuse que je suis, comme elle s'est jouée de moi celle qui se joue de tout le monde ! »

Toutes les prières d'Hector n'arrivent pas à lui en tirer davantage, et il la suit dans cet état jusqu'à sa demeure. Là elle se laisse tomber sur un lit et mène une telle douleur que personne ne peut lui tirer un mot. Hector comprend qu'elle ne lui dira pas la raison de ses larmes ; il va trouver le nain pour lui demander ce qu'il en est. Le nain lui raconte la vérité et le serment par lequel elle s'est engagée.

« Hélas ! s'écrie Hector. Au nom de Dieu, allez près d'elle et priez-la d'accepter que je m'y rende, car j'irais même sans son consentement plutôt qu'elle perde sa terre, si du moins elle ne devait pas m'en haïr pour autant. Je vous en prie, pour votre bien et pour le sien, priez-la, comme je le ferai aussi, d'accepter que j'y aille dès qu'elle m'en priera, parce que la reine le veut. Alors elle m'en priera, puisque telle sera ma volonté, j'en suis sûr. »

Le nain déclare qu'il est prêt à tomber à ses pieds en même temps que lui :

« Mais je la sais si dure qu'elle aura peine à se rendre, après s'être obstinée.

— Nous allons essayer », dit Hector.

Tous deux gagnent la demeure de la demoiselle, s'agenouillent devant le lit où elle était étendue, tout éplorée, et la prient pour l'amour de Dieu de consentir à ce qu'Hector aille en cette quête.

« Fi ! dit-elle au nain, c'est pour cela que vous m'avez fait abuser par la reine ? En vérité, vous n'y gagnerez rien, car, j'en prends Dieu à témoin, Hector n'aura jamais de moi prière ni commandement. *(f. 125b)* Et s'il se passait de mon autorisation,

bien sache il que ja mais ne me verroit vive. Et se il me reveoit, ne me verroit il ja mais soe. »

Et qant il l'oent, si an sont andui mout a malaise. Si s'an part li nains, si s'an vient ariés a sa dame devant la reine. Et lors conte lo duel que sa niece fait, et dit que ja a nul jor Hectors n'en avra son commandement ne sa proiere. « Et se il i va sanz son congié, ja mais ne la reverra vive. »

Et qant la reine l'ot, si l'an prant mout grant pitié an son cuer et que bien set que grant angoise a la damoisele au suen. Si l'anvoie querre par la dame de Malohaut et par deus chevaliers, et prie a la dame de Malohaut que mout durement li met an consoil que ele an laist Hetors aler an la qeste, car il n'i demorra mie.

« Certes, dame, fait li nains, il i alast mout volontiers se ele ne li aüst deffandu, mais il l'aime et dote sor tote rien. »

Lors va la dame de Malohaut parler a la damoisele, si l'amaine a la reine mout angoisose, et mout li amoneste et loe que ele face aler Hectors an la queste do chevalier qui conquist Segurades, car il ne demorra mies granment. Et ele ne li otroie, ne contredit, mais totevoies escote.

Ensi vienent jusque a la cort. Et qant la reine la voit, si la volt mout anorer, por ce que ele set bien grant partie de la messaise que ele a. Si la prant antre ses braz et dit :

« Damoiselle, or ne vos esmaiez mies, mais confortez vos, car, se Deu plaist, vos avroiz par tens miauz que li cuers ne vos dit. »

Atant est la pucele asise, si li reprie la reine que ele die a Hectors por la delivrance de son oncle que il aille an ceste queste. Mais ele ne l'i puet metre. A ces paroles antra laianz uns chevaliers armez de totes armes, une damoisele avoc lui mout belle, si portoit un escu a son col, ce desoz desores, car li chevaliers no pooit porter, que il avoit lo braz brisié antre la main et lo code. Si l'avoit lié d'estelles au miauz que il pot, et parmi les estelles avoit tel dolor des os, qui hurtoient ansenble, que par un po que il ne se pasmoit.

qu'il sache bien qu'il ne me reverrait jamais vivante. Et même s'il devait me revoir, il ne me verrait jamais sienne. »

Ces paroles les mettent tous deux dans un grand embarras. Le nain repart trouver sa dame, devant la reine. Il leur raconte la fureur de sa nièce : elle déclare qu'Hector n'aura jamais d'elle prière ou commandement pour la quête ; que s'il s'en va sans son autorisation, il ne la reverra pas vivante.

À ces nouvelles, le cœur de la reine est saisi d'une grande pitié, car elle voit bien que celui de la demoiselle est torturé. Elle la fait chercher par la dame de Malehaut et deux chevaliers, en priant celle-ci de tout faire pour la convaincre de laisser Hector partir en quête, car il n'y restera pas longtemps.

« En vérité, dame, ajoute le nain, il aurait bien voulu y aller, mais elle le lui a défendu : il l'aime et la craint plus que personne. »

La dame de Malehaut va donc parler à la demoiselle ; elle réussit à la ramener à la reine, en faisant tous ses efforts pour la convaincre de laisser Hector aller en quête du chevalier qui vainquit Ségurade, car il ne saurait s'y attarder beaucoup. L'autre ne cède ni ne refuse, toutefois elle écoute et elles arrivent ainsi à la cour ; à sa vue, la reine tient à lui faire honneur, parce qu'elle comprend bien une grande partie de son chagrin ; elle la prend dans ses bras et lui dit :

« Demoiselle, ne vous affolez pas, remettez-vous, car s'il plaît à Dieu, vous aurez bientôt mieux que ce que vous pressentez[1]. »

On fait asseoir la jeune fille et la reine la prie à nouveau, si elle veut délivrer le nain, de dire à Hector d'entreprendre cette quête ; mais elle ne peut l'y décider. Là-dessus un chevalier entra, équipé de toutes ses armes, ayant à son côté une fort belle demoiselle, qui portait suspendu à son cou un écu à l'envers : le chevalier ne pouvait le porter, car il avait une fracture du bras, entre la main et le coude ; il y avait mis des attelles, de son mieux, mais ses os qui se touchaient à l'intérieur lui faisaient si mal qu'il était près de s'évanouir. Au

---

1. Voir la joie de la jeune fille quand la prouesse d'Hector sera célébrée à la cour d'Arthur, f. 173a.

Li chevaliers descent anmi la cort, si fu assez qui li aida et *(f. 125c)* [la] damoisele. Et [qant] il furent descendu, si demanda li chevaliers o la reine estoit. Et il fu assez qui li anseigna, car chascuns corroit antor aus por veoir lo chevalier blecié et por veoir la damoisele a l'escu. Qant il fu devant la reine, si la salue tot premierement «de par un chevalier qui mout vos aimme plus que vos n'amez lui. Et si vos mande que vos li feïstes ja un servise demi que vos li poïsiez avoir fait antier. Et por ce si velt que vos sachiez que il ne vos an doit que demi guerredom, et il lo vos randra o premier leu o il vanra do guerredoner. »

Lors commança la reine a panser, si demanda au chevalier qui cil estoit qui ce li mandoit. Et il respont qu'il ne set qui.

«Mais isi, fait il, me commanda que ge vos deïse, et que vos lo conoisiez bien. »

Et qant la reine voit qu'il est si bleciez, si li demanda qui lo bleça si.

«Certes, dame, fait il, li chevaliers que ge vos dis m'abati si durement que ge chaï, si que ge me brisai lo braz ansi com vos veez. »

Aprés parla la pucele qui l'escu portoit et dit a la reine :

«Dame, saluz vos mande la plus sage pucele qui orendroit vive et la plus belle que ge saiche au mien escient. Et si vos mande que vos gardez cest escu por amor de li et d'autrui que vos plus amez. Et si vos mande que ele est la pucele o monde qui plus set de voz pensez et plus s'i acorde, que ele aimme ce que vos amez. Et bien sachiez, se vos cest escu gardez, il vos getera de la greignor dolor o vos fussiez onques et metra an la greignor joie que vos onques aüssiez. »

milieu de la cour, quand le chevalier mit pied à terre, un bon nombre de gens se joignirent à sa demoiselle *(f. 125c)* pour l'aider. Alors le chevalier demanda où était la reine et bon nombre encore le renseignèrent, car tout le monde accourait pour voir le chevalier blessé et la demoiselle à l'écu. Quand il fut devant la reine, il s'empressa de la saluer le premier « au nom d'un chevalier qui vous aime beaucoup plus que vous-même ne l'aimez. Il vous fait dire que vous lui avez rendu un demi-service, que vous auriez pu lui rendre tout entier. Aussi désire-t-il que vous sachiez qu'il ne vous doit qu'une demi-contrepartie, et qu'il s'en acquittera dès la première occasion[1]. »

La reine réfléchit puis demanda au chevalier qui était celui qui lui envoyait ce message ; l'autre répond qu'il l'ignore.

« Mais, ajoute-t-il, il m'a chargé de vous transmettre ce que je vous ai dit et aussi que vous le connaissiez bien. »

Devant la gravité de sa blessure, la reine lui demande encore qui l'a mis en cet état :

« En vérité, dame, c'est le chevalier dont je vous parle : il m'a renversé si violemment que dans ma chute, je me suis brisé le bras, comme vous pouvez le voir. »

La jeune fille qui portait l'écu prit la parole à son tour pour dire à la reine :

« Dame, la plus savante demoiselle parmi les vivants et la plus belle qu'en vérité je connaisse, vous salue et vous demande de garder cet écu pour l'amour d'elle et pour celui d'un autre que vous aimez entre tous. Elle vous fait savoir qu'elle est la demoiselle qui connaît vos pensées et s'y accorde le mieux du monde, car elle aime ce que vous aimez. Sachez encore que si vous gardez cet écu, il vous délivrera de la plus grande peine que vous éprouverez jamais et vous apportera le plus grand bonheur que vous puissiez connaître[2].

---

1. Ces paroles assez sibyllines servent encore la composition ; si la reine avait dit au roi où était Lancelot, il n'y aurait pas eu de quête (f. 114b) ; pour l'avenir, il s'agit sans doute du rôle secondaire que jouera Gauvain dans l'épisode de la guerre contre les Saxons, où c'est Lancelot qui délivrera le roi.
2. Annonce de la guérison de la folie de Lancelot (f. 168d) et de l'union charnelle (f. 166b).

« Si m'aïst Dex, fait la reine, li escuz fait bien a garder, et bone avanture ait la pucele qui lo m'anvoie. Et vos qui li aportastes soiez la bienvenue. Mais, por Deu, qui est la pucele ? Dites lo moi, car mout volentiers la conoistroie. »

 « Dame, fait ele, ge la vos nomerai si com ge puis. Ele est apelee la Pucele del Lac. »

Et qant la reine l'ot, si set bien maintenant qui la pucele est. Si saut ancontre la pucele qui l'escu avoit aporté et li fait si grant joie com ele plus puet. Lors li oste ele meïsmes l'escu do col, si lo regarde mout et amont et aval et voit que il est toz fanduz des lo pié jusque an la panne amont ; ne *(f. 125d)* ne tienent les deus pieces a nule rien que eles ne cheent fors au braz de la bocle qui mout est et riche et bele ; et sont les deus moitiez si loim l'une de l'autre que l'am puet antredeus fichier sa main sanz tochier as deus moitiez. En l'une des parties de l'escu avoit un chevalier si richement armé com cil lo sot miauz faire qui lo fist, fors la teste. Et an l'autre moitié estoit portraite une si belle dame com an la pot plus belle portraire, si estoit par an haut si pres a pres que li uns tenoit les braz au col a l'autre et s'antrebaissasent, se ne fust la fandeüre de l'escu. Mais par desoz estoient si loign a loign com plus pueent. Et la reine dist a la pucele :

 « Certes, damoisele, cist escuz est mout cortois, se il ne fust si fanduz. Et dites moi par la rien que vos plus amez que ce senefie que il est si fanduz, car il pert estre toz fres, et do chevalier et de la dame qui i sont portrait me redites la verité. »

Et la pucele li dit :

 « Dame, cil est uns chevaliers, li miaudres qui orandroit soit, [qui pria une dame d'amors, la plus vaillant qui orandroit soit] au mien cuidier. Tant fist li chevaliers, que par amor, que par ovre, li dona sa dame s'amor, mais plus n'i a ancor aü que de baisier et d'acoler, si comme vos veez an cest escu. Et qant il avanra que l'amors sera anterine, si sachiez que cist escuz que voz veez si desjoint se rajoindra et tanront ansenble ces deus parties.

– Par Dieu, fait la reine, l'écu mérite bien d'être gardé ! Que bénie soit la demoiselle qui me l'envoie et vous, qui me l'avez apporté en son nom, soyez la bienvenue. Mais, mon Dieu, qui est la demoiselle ? Dites-le moi, je voudrais tant le savoir.

– Dame, je vais vous dire le nom que je connais : on l'appelle la Demoiselle du Lac[1]. »

À ce nom, la reine comprend aussitôt de qui il s'agit ; elle se précipite au-devant de la jeune fille et lui fait la plus grande fête ; puis elle lui enlève elle-même l'écu, l'examine du haut en bas et voit qu'il est fendu sur toute sa hauteur, depuis la base jusqu'à la fourrure du bord supérieur ; *(f. 125d)* rien d'autre ne retient les deux moitiés que la barre d'une boucle précieuse et de toute beauté[2] ; ces deux moitiés sont si éloignées l'une de l'autre que l'on peut passer la main dans l'intervalle sans les toucher. Sur l'une, figurait un chevalier, armé sauf de la tête, du mieux que l'artiste avait pu le représenter ; sur l'autre, était peinte une dame aussi belle qu'on avait pu la rendre ; en haut les personnages se trouvaient si près qu'ils se tenaient par le cou et qu'ils auraient pu s'embrasser sans la fente de l'écu ; mais par en-bas, ils étaient éloignés au maximum. La reine reprit :

« En vérité, cet écu est fort distingué, s'il n'y avait cette fente. Dites-moi donc, au nom de celle que vous aimez le plus, ce que la fente veut dire, car l'écu paraît tout neuf ; et sur le chevalier et la dame qui sont peints, dites-moi aussi la vérité.

– Dame, répond la jeune fille, lui, c'est le meilleur chevalier de notre temps, qui a prié d'amour une dame, la plus grande aussi de notre temps, à ce que je pense. Son amour et ses exploits firent tant que la dame finit par lui accorder son cœur, mais sans aller plus loin que le baiser et l'étreinte, comme vous le voyez sur cet écu. Quant leur amour sera consommé, la fente qui est sous vos yeux se fermera et les deux parties se retrou-

---

1. Sur la fée du lac, voir le tome I, p. 213, n. 1 ; elle est appelée Ninienne, Demoiselle, Dame ou Pucelle du Lac ; c'est ce dernier terme qui garde le plus ses connotations féeriques, tandis que « dame » la donne comme maîtresse d'une terre.
2. La *panne* de l'écu est la partie supérieure bordée de fourrure ; la *bocle* est la partie centrale, renflée et creuse de l'écu (bouclier), consolidée par une ou deux barres intérieures, ici le *braz*, qui maintient les deux moitiés de l'écu.

Et sachiez que vos seroiz lors delivree do greignor duel qui onques vos avenist et seroiz an la greignor joie que vos aüssiez onques. Mais ce n'avandra devant que li miaudres chevaliers qui soit hors de la cort lo roi Artu soit devenuz de sa maisnice. Et se ge disoie qu'il fust li miaudres et dedanz et dehors, ge n'an mentiroie mies, tant an ai oï retraire, car plus a fait d'armes an po de tens que nus. »

De ces novelles fu mout liee la reine et retint la damoiselle a mout grant feste, et bien pansa en son cuer qui li chevaliers pooit estre. Aprés reparla li chevaliers et prist congié a la reine, car mout avoit ancorres a errer. Et ele li dit que il remanroit tant que il fust gariz de son braz, car de chevauchier n'avoit il mestier. Et il dist que a faire li covenoit, que li chevaliers qui (*f. 126a*) conquis l'avoit li fist fiancier, si com il estoit leiaus crestiens et chevaliers, que si tost com il avroit esté a la reine, qu'il iroit a la dame de Roestoc « et ge ne sai, dame, o ce est, ne onques n'i fui. »

Quant la dame de Roestoc l'antant, si saut avant et li demande do chevalier novelles, et dit que ce est ele a cui il l'anvoie.

« Dame, fait li chevaliers, sauve vostre grace, ge no cuit mie. Mais se madame la reine lo tesmoigne, je l'an creroie bien. »

Et la reine est mout tart que ele oie novelles do chevalier, si li tesmoigne que ce est la dame de Roestoc.

« Dame, fait il, vos est il bien droiz que ge vos an croie, et beneoiz soit Dex qui si pres la m'a amenee. »

Lors li dit :

« Dame, li chevaliers qui vostre bataille vos fist contre Segurades vos mande que, se il venoit an point de vostre bessoigne, il vos oblieroit ansi com vos feïstes lui ; ne il ne voudroit que vos ne autres l'an blamast, car vos l'avez deservi. Et vostre seneschal verroie ge mout volentiers, et lui et Hectors. »

veront. Sachez qu'alors vous serez libérée de la plus grande douleur et que vous éprouverez votre plus grande joie. Mais cela n'arrivera pas avant que le meilleur chevalier qui soit hors de la cour du roi Arthur fasse partie de sa maison. Et si je disais qu'il pourrait être le meilleur parmi les familiers du roi, mais aussi les étrangers, je ne mentirais pas, tant j'en ai entendu sur lui : en peu de temps, il a accompli plus de faits d'armes que n'importe qui. »

Tout heureuse de ces nouvelles, la reine retint la demoiselle en lui faisant fête, tandis que dans son cœur elle devinait bien l'identité du chevalier. Le blessé reprit la parole pour demander congé à la reine, car il lui fallait encore beaucoup cheminer. Elle voulait qu'il restât jusqu'à la guérison de son bras, car il ne lui était pas salutaire de chevaucher ; mais il lui répondit qu'il en avait l'obligation, car le chevalier qui (*f. 126a*) l'avait vaincu lui avait fait donner sa parole de chrétien et de chevalier, sitôt qu'il aurait vu la reine, de se rendre chez la dame de Roestoc « et, dame, je n'y suis jamais allé, j'ignore même où elle habite. »

À ces mots, la dame de Roestoc se précipite, questionne le chevalier et lui dit que c'est à elle qu'on l'envoie.

« Dame, fait-il, sauf votre respect, je ne vous crois pas. Mais si madame la reine le garantit, elle, je la croirais bien. »

Il tarde fort à la reine d'entendre des nouvelles du chevalier ; aussi assure-t-elle que c'est la dame de Roestoc.

« Dame, déclare-t-il, il est bien normal que je vous croie ; béni soit Dieu qui l'a conduite si près de moi ! »

Puis il ajoute :

« Dame, le chevalier qui s'est battu pour vous contre Ségurade vous fait savoir que s'il achevait ce qui vous concerne, il vous oublierait, comme vous-même l'avez oublié ; mais il ne voudrait pas que vous le blâmiez, vous ou un autre, car vous l'avez mérité[1]. J'aimerais beaucoup voir aussi votre sénéchal, ainsi qu'Hector. »

---

1. Comme l'ont remarqué E. Kennedy et A. Micha, ces paroles combinent des faits passés avec un récit qui viendra après ; de même que l'arrivée à la cour du blessé et de la demoiselle messagère précède leur rencontre et leur envoi à la cour.

Et il saillent avant andui et demande[nt] do chevalier nouvelles. Et il lor an dit tex com il les an volent oïr, et dit au seneschal :

« Sire, li chevaliers qui se combatié por cele dame la a Segurades vos salue comme celui cui il tient a seignor et a ami, et m'anvoie en vostre prison, et set bien que vos ne porriez faire ne mal ne vilenie. »

Et li seneschauz lo reçoit a mout grant joie et dit que por amor de lui sera il mout bienvenuz.

« Sire, fait li chevaliers, et il vos mercie mout de ce que vos li portastes son glaive qant il ala an la bataille. »

Aprés se fait li chevaliers desceindre une espee que il avoit ceinte avoc la soe, si la tant a Hector et dit que li chevaliers li anvoie, por ce que il la cuide mout bien avoir emploiee.

« Et sachiez, fait il, qu'il la vos anvoie por tel com il set qu'il a vos convient et comme cil qui esprovee l'a, car autremant ne la vos anvoiast il mie. Et si me commanda que ge vos deïsse que a prodome vavasor doit an anvoier prison et a preudebacheler errant doit l'an armes envoier. »

Mout font antre lo seneschal et Hestor grant joie, li uns de son prison, li autres de s'espee, et ne sevent qui cil est qui lor anvoie.

« Commant ? fait la reine au chevalier, a la dame de Rohestoc que anvoie il donques ? »

« Par foi, dame, fait li chevaliers, il me (*f. 126b*) dit qu'il li avoit anvoié deus chevaliers, Segurades et son neveu, ansi com ele li dona deus dons, une çainture et un fermail. Et por ce que il ne volt mies que ele fust deceüe de lui, si li mande par moi que il ne tient mais ses druieries, ançois les a donees a une des plus vaillanz pucelles qu'il veïst onques, car il nes avoit prises se por remanbrance de li non,

Tous deux s'avancent avec empressement et demandent des nouvelles du chevalier. L'autre répond à toutes leurs questions, puis s'adresse au sénéchal :

« Seigneur, le chevalier qui s'est battu pour cette dame contre Ségurade vous salue comme celui qu'il tient pour seigneur et pour ami ; il m'envoie me constituer votre prisonnier, avec la conviction que vous ne sauriez me faire ni honte ni mal. »

Le sénéchal se réjouit fort du prisonnier et déclare que par amitié pour le chevalier, il sera tout à fait le bienvenu.

« Seigneur, dit encore le blessé, il vous remercie vivement de lui avoir porté sa lance quand il est allé à la bataille. »

Ensuite, le chevalier blessé fait détacher une épée qu'il avait ceinte avec la sienne, et il la tend à Hector, de la part de son vainqueur, car celui-ci pense qu'il l'a lui-même bien employée.

« Apprenez qu'il l'envoie en homme qui l'a éprouvée, à vous à qui il sait qu'elle doit convenir ; sinon, il ne l'aurait pas fait. Il m'a chargé aussi de vous dire qu'à un respectable vavasseur[1] on doit envoyer un prisonnier et qu'à un vaillant bachelier errant, on doit envoyer des armes. »

Hector et le sénéchal sont tout heureux, l'un de son épée, l'autre de son prisonnier, mais ils ne savent pas le nom de celui qui les leur envoie.

« Mais encore, fait la reine au chevalier blessé, qu'envoie-t-il donc à la dame de Roestoc ?

— Par ma foi, répond le chevalier, il m'a *(f. 126b)* dit qu'il lui avait envoyé deux chevaliers, Ségurade et son neveu, de même qu'elle lui avait donné deux dons, une ceinture et un fermail. Et comme il ne veut pas la tromper, il lui fait savoir par moi qu'il n'a plus ses témoignages d'amitié, mais qu'il les a donnés à une des plus méritantes jeunes filles qu'il ait jamais vues ; en effet il ne les avait pris que pour se souvenir d'elle,

---

1. Le *vavasseur* est un arrière-vassal, un homme de petite noblesse (voir infra épisode de Manessel, vavasseur du duc de Canbenic, f. 150a), mais le mot indique presque toujours aussi un homme âgé et respectable, fidèle, à la demeure hospitalière ; le *bachelier errant* est au contraire, jeune, sans famille, il vit de ses déplacements ou comme, Hector, de l'aventure. Encore un passage qui sera reconstitué par un procédé de « flash back » (f. 130d et 131d).

et il li est avis que il ne se meffait de rien se il l'oblie, car ele l'oblia avant. »

Et qant la dame l'antant, si se pasme, car ce estoit la riens an ces monde que ele avoit plus amee que lo chevalier, si savoit bien qe ores l'avoit ele a tozjorz perdu. Maintenant cort la reine et l'autre dame et damoiselles assez, si la traient an une chambre que totes les genz ne la veïssent. Et qant ele fu revenue de pasmoisons, si l'araisne la reine priveement, et li demande, comme cele qui toz les biens savoit, que ele ne li mantist mies se ele amoit lo chevalier.

« Dame, fait ele, ge ne vos celeroie pas. Mais onqes tant com gel vi, rien nel prisai. Et puis que gel perdi, si m'est o cuer nee une anmor si grant que dire nel vos savroie, et chascun jor croist et anforce. Et sachiez que ja mais an tote ma vie ne serai liee jusque gel voie. Et ge vos pri por Deu, comme ma dame, que vos metez force an ce que Hectors l'aille querre, se vos me volez ma vie sauver. »

Et lors li est chaüe an piez tote plorant. La reine l'an relieve et vient ariés tote pansive hors de la chanbre. Si apele la niece au nain et dit que il covient que ele face aler Hector an cele queste et que ele l'an prit. Et ele dit que ja Dex ne li aïst au jor que ele l'am proiera, ne commandera. Et ele dist, por son sairement sauver que ele avoit fait, que ja ne l'an face proiere ne comandemant, mais que « tant solemant soffrez que il i aille et otroiez ». O se ce non, bien sache ele que ele en perdra sa terre outreement et ele meïsmes sera misse an tel leu que ele n'avra pooir de son cors. Et qant ele voit que faire l'estuet, si dit que, se Deu plaist, par sa proiere ne par son commandemant n'ira il ja an peril de mort. Mais s'il i velt (f. 126c) aler, ele l'otroie bien sanz malevoillance. Et Hectors en est mout liez et dit que il i era mout volentiers.

« Si m'aïst Dex, fait ele, Hector, dou tot ne serai ge mie an son lien. Et puis que vos avez la queste acreantee, j'an suis quite, ne suis dom, dame ? » fait ele a la reine.

mais il lui semble qu'il ne commet aucune faute s'il l'oublie, car elle l'a oublié la première. »

En entendant cela, la dame de Roestoc se pâme, car le chevalier était la créature qu'elle avait le plus aimé au monde, et elle savait bien que désormais elle l'avait irrémédiablement perdu. La reine, les autres dames et bon nombre de demoiselles se précipitent et la traînent dans une chambre où elle ne serait plus en spectacle. Quand elle eut repris ses sens, la reine, en personne avisée, lui demande à la dérobée de lui dire sans mentir si elle aimait le chevalier.

« Dame, lui répond-elle, je ne saurais vous le cacher. Mais tant que je l'ai vu, je n'ai pas fait cas de lui ; et depuis que je l'ai perdu, au fond du cœur, il m'est né pour lui un amour tel que je ne pourrais vous le dire, un amour qui tous les jours grandit et se renforce. Jamais, croyez-le, je n'aurai plus de joie jusqu'à ce que je le revoie. Pour l'amour de Dieu, vous qui êtes ma dame, je vous supplie d'user de votre autorité pour qu'Hector se mette en quête de lui, si vous voulez me sauver la vie. »

Et là-dessus, elle tombe aux pieds de la reine, tout en larmes. Celle-ci la relève, puis sort de la chambre, en réfléchissant. Elle fait venir la nièce du nain et lui redit qu'elle doit faire entreprendre cette quête à Hector, qu'il faut l'en prier. Mais l'autre répond qu'elle prie plutôt Dieu de l'abandonner le jour où elle lui adressera cet ordre ou cette prière. La reine pour ne pas qu'elle se parjure, lui dit qu'elle n'aura pas à lui en adresser l'ordre ou la prière, mais « acceptez seulement qu'il y aille et accordez-le lui. » Sinon, qu'elle sache bien qu'elle perdra sa terre absolument et qu'on la mettra dans un endroit où elle n'aura elle-même aucune liberté. Quand la jeune fille voit qu'il n'y a plus d'échappatoire, elle s'écrie qu'il n'ira jamais, s'il plaît à Dieu, risquer la mort sur sa prière ou son ordre ; mais que s'il veut *(f. 126c)* s'en aller, elle y consent, sans mauvaise intention. Ces paroles comblent Hector de joie et il dit qu'il est très désireux de partir en quête.

« J'en atteste Dieu, fait-elle à Hector, je ne serai plus liée du tout à l'affaire : puisque vous avez promis la quête, moi je ne suis pas concernée ; n'est-ce pas, dame ? » demande-t-elle à la reine.

« Certes, oïl, fait la reine, quant il l'avra juree. »

« M'aïst Dex, fait ele, por jurer ne remanra il mies. Et bien sache que il n'i era mie seus, que ge m'an irai avec lui. »

De ce se rient totes les dames et l'an tienent por fole et l'an chastient. Mais chastiz n'i a mestier que totevoie n'an voille aler avec lui. Et la reine la trait a consoil entre li et la dame de Malohaut, et dient que do tot seroit honie s'une mescheance avenoit Hector. Ne ja mais n'avroit joie, « car se il avenoit or, fait la reine, que uns autres chevaliers conquist Hector, si vos panroit et feroit de vos sa volenté. Miauz vos vanroit il avoir vostre ami, o sain o mehaignié, car maint preu chevalier ont esté mené jusque a outrance qui ancor sont prodome et anoré. »

Et cele respont que après la mort son ami ne quiert ele plus vivre. Et neporqant tant li dient que ele se tient a la remenance, mout dolante et mout correciee. Et ja sont Hector ses armes aportees, si l'arment tot fors que de ses mains et de la teste. Lors fait la reine aporter les sainz, si va li afaires devant lo roi. Et la reine li conte tot de chief an chief et an quel maniere Hectors an va an la queste et commant et por qoi. Aprés, par lo comandement lo roi s'agenoille Hectors devant les sainz, si jure ce que li rois li devise, si con a cel tans estoit costume : que il querroit lo chevalier a son pooir tant comme queste devoit durer – c'estoit un an – et que il ne vanroit sanz lui o sanz veraies enseignes por coi an savroit de voir que il l'avroit trové ; et que de chose qui li avenist an sa queste ne mantiroit a son pooir, ne por sa honte covrir, ne por s'anor avancier. Itel sairement juroient tuit cil qui an la queste aloient au tens que les mervoillouses avantures avenoient el reiaume et es fiez de Logres, si com vos avez oï autrefoiz an cest conte.

(f. 126d) Quant Hectors ot juré, si arma son chief et ses mains et laça son hiaume. Et la pucelle qui s'amie est fait tel duel que riens ne la puet conforter. Si l'a la dame de Malohaut enserree an une chambre que li communs des genz ne veïst

– Oui, en vérité, quand il l'aura jurée.
– Par Dieu, il ne s'en tirera pas avec un serment. Qu'il sache bien qu'il ne s'en ira pas seul, car je m'en irai avec lui. »

Toutes les dames se moquent d'elle, la tiennent pour folle et tentent de la dissuader ; mais rien n'y fait, elle persiste à vouloir s'en aller avec lui. La reine et la dame de Malehaut la prennent à l'écart et lui disent qu'elle perdrait tout son honneur si un malheur arrivait à Hector ; qu'elle n'aurait plus jamais de joie, car « si un autre chevalier remportait la victoire sur Hector, il vous prendrait et ferait de vous sa volonté. Il vaudrait mieux pour vous avoir votre ami intact ou blessé, car bon nombre de vaillants chevaliers ont été amenés à se rendre, qui sont encore braves et honorés. »

Mais elle répond que si son ami meurt, elle ne tient plus à la vie. Cependant, après force objurgations, elle se décide à rester, toute contrariée et affligée. Déjà on apporte à Hector ses armes et il les revêt, ne laissant que sa tête et ses mains nues. La reine fait apporter les reliques et l'affaire va devant le roi. La reine lui expose en détails la manière dont Hector part en quête, le comment et le pourquoi. Puis, à l'invitation du roi, Hector s'agenouille devant les reliques et jure ce que le roi lui dicte, comme c'était la coutume en ce temps : il quêterait le chevalier de son mieux tout le temps que la quête devrait durer (c'est-à-dire un an) et il ne reviendrait pas sans lui ou sans preuves qui attesteraient véritablement qu'il l'aurait trouvé ; autant qu'il lui serait possible, il ne mentirait pas, il ne cacherait pas sa honte ou ne grandirait pas son honneur, quoi qu'il lui soit arrivé durant sa quête. Tel était le serment que prononçaient tous ceux qui allaient en quête, au temps des merveilleuses aventures du royaume et des fiefs de Logres, comme vous l'avez déjà entendu dire ailleurs dans ce conte[1].

(f. 126d) Une fois qu'il eut juré, Hector arma sa tête et ses mains puis laça son heaume. Sa jeune amie montre une telle douleur que rien ne peut la réconforter et la dame de Malehaut doit l'enfermer dans une chambre pour qu'elle ne se donne pas

---

1. Le passage est en effet récapitulatif des conventions du motif littéraire de la quête entreprise par le chevalier errant arthurien.

lo duel que ele faisoit. Lors prant Hectors congié do roi, si s'an vient par la reine et la commande a Deu, toz armez de hiaume, que la reine ne les autres ne veïssent les lermes qui des iauz li cheoient. Si s'agenoille devant li et li crie, por Deu, merci de sa damoiselle. Et la reine lo voit angoisos, si li dit, por lui esleecier, que il ne s'esmait mies, que, se il lo fait bien an ceste queste, ele li promet la compaignie des pers de la maison lo roi. « Antretant, fait ele, vos retaign ge de ma maisniee. » Itex estoit la costume de la maison lo roi Artu que nus chevaliers, tant fust proz, ne fust asanblez as conpaignons de sa maison devant que par les compaignons meïsmes o par lo roi fust sa proece queneüe. Et sovant avenoit que, qant uns chevaliers estoit tesmoigniez de proece par estranges genz et a la reine estoit bele la compaignie, que ele lo retenoit de sa maisniee tant que il fust esprovez de haute proece. En tel maniere fu retenuz messires Sagremors li Desreez qant il vint a cort.

Mout fu Hectors liez de la retenance la reine. Et ele meesmes lo mena au chevalier qui avoit lo braz brisié por savoir an qel leu il avoit trové lo chevalier. Et il dit que il l'avoit trové outre la riviere de Saverne es landes de Brequeham, ce est la forez qui est antre la duchie de Cambenic et lo reiaume de Norgales. Et qant Hectors l'ot, si set assez ou ce est, car mainte foiz en avoit oï parler, mais il n'i fu onques.

Atant s'an part de la cort au mardi, antre none et vespres, et va au plus droit que il set an la terre de Norgales. Ci se taist ores un petitet de lui et de ses ovres et retorne a parler de la reine et de sa compaignie.

en spectacle à tout le monde. Hector prend alors congé du roi, puis s'approche de la reine, la recommande à Dieu, en gardant son heaume pour que ni elle ni les autres ne voient ses larmes qu'il ne pouvait retenir. Il s'agenouille devant elle et implore sa pitié pour sa demoiselle, au nom de Dieu. En le voyant si anxieux, pour le ramener à la joie, la reine lui dit de ne pas s'inquiéter, qu'elle lui promet, s'il se conduit bien dans cette quête, qu'il sera compagnon des pairs[1] dans la maison du roi.

« En attendant, conclut-elle, je vous prends dans la mienne. »

Effectivement en ce temps, la coutume dans la maison du roi était qu'aucun chevalier, si vaillant fût-il, ne pouvait faire partie des compagnons de sa maison avant que sa prouesse ne fût reconnue par les compagnons mêmes ou par le roi. Mais il arrivait souvent que, si des étrangers attestaient la prouesse d'un chevalier et si sa compagnie plaisait à la reine, celle-ci le prenait dans sa maison jusqu'à ce qu'il ait fait ses preuves dans la grande prouesse. C'est de cette façon que Sagremor le Démesuré fut retenu quand il arriva à la cour.

Hector se réjouit grandement de cette promotion auprès de la reine. Elle le mena elle-même auprès du chevalier qui avait le bras cassé pour savoir où il avait trouvé le chevalier. L'autre dit qu'il l'avait trouvé au-delà du fleuve de la Saverne, dans les landes de Broqueham, précisément dans la forêt située entre le duché de Canbenic et le royaume de Norgales. Devant ces indications, Hector situe bien l'endroit, car sans y être jamais allé, il en avait souvent entendu parler. Il quitte la cour le mardi, entre none et les vêpres et se dirige le plus directement possible vers la terre de Norgales. Maintenant le conte se tait quelque peu sur lui et sur ce qu'il fait, pour revenir à la reine et à sa compagnie.

---

1. Dans la réalité, les pairs du roi sont les principaux princes territoriaux ; dans le roman, la compagnie des *pers* de la maison du roi recoupe sans doute l'égalité idéalisée de la chevalerie et ses rapports avec le roi dans l'institution de la Table Ronde.

Ce dit li contes, qant Hectors se fu partiz de cort, si vint ariés la reine au chevalier blecié et lo fist desarmer a mout grant poine; et trop li grieve, *(f. 127a)* car il se pasma deus foiz ançois que ses haubers li fust traiz del dos hors. Et ele lo fist aaisier a son pooir. Et l'escu que la pucele avoit aporté fist pandre an sa chambre, si que ele lo veoit totjorz, car mout se delitoit an lui veoir. Ne onques puis n'ala nul leu que il ne fust aportez devant li et panduz an sa chanbre totjorz jusque a cele ore que il fu rejoinz par avanture que cist contes devisera ça avant.

Et lors s'an parti la pucele qui aporté l'avoit, que plus ne la pot la reine retenir. Anprés ala la reine veoir l'amie Hector por conforter. Et cele li dit, si tost com ele la vit, que si liee poïst ele estre de la rien que ele plus ainme et tenoit chiere, ainz que ele morist de mort, comme ele est de celui que ele plus amoit que rien qui vive. Si an fu mout effree la reine. Et puis fu tel ore que ele no vousist avoir fait por nule rien, car ne demora mies granment que ele an fu autretant correciee o plus.

L'andemain que Hectors s'an fu alez androit tierce, fu apareilliee la dame de Roestoc por aler an son païs, si estoit venue panre congié au roi et a la reine. Et li seneschauz avoit laisié la reine ou lo chevalier blecié par sa priere tant que il fust gariz, par si que il iroit a lui qant il seroit gariz. Si avoit li rois et la reine mis [grant paine] an la dame retenir une piece ancores; mais ne pot estre, que trop avoit grant duel, si li anuioient a veoir li plus des genz. Ensi prist congié do roi et de la reine. Mais tant prierent la niece au nain antre la reine et la dame de

CHAPITRE LVIII

À la cour d'Arthur. Nouvelles de Gauvain

Selon le conte, après le départ d'Hector, le reine revint auprès du chevalier blessé et le fit désarmer bien difficilement : il souffrait affreusement *(f. 127a)* et avant que son haubert ne fût enlevé, il se pâma par deux fois ; mais elle le fit installer le mieux possible. Quant à l'écu que la jeune file avait appporté, elle ordonna qu'on le suspendît dans sa propre chambre de façon à le voir constamment, car elle y trouvait un grand bonheur. Elle n'alla plus nulle part sans faire porter l'écu devant elle pour qu'il soit suspendu dans sa chambre, jusqu'à l'heure où il se trouva que ses deux parties se rejoignirent, comme ce conte l'exposera plus loin.

Alors la jeune fille qui l'avait apporté s'en alla, sans que la reine ait pu la retenir davantage. Celle-ci rendit visite à l'amie d'Hector pour la réconforter ; mais dès qu'elle l'aperçut, cette jeune fille lui souhaita d'avoir, par la créature qu'elle aimait et chérissait entre toutes, autant de bonheur avant de mourir, qu'elle-même en éprouvait par celui qu'elle aimait le plus au monde. La reine en fut remplie d'effroi ; en effet il arriva un moment où elle n'aurait voulu à aucun prix ces événements, car peu de temps après elle fut aussi désespérée ou davantage[1].

Le lendemain du départ d'Hector, vers tierce, la dame de Roestoc se trouvait prête pour revenir dans son pays et elle était venue prendre congé du roi et de la reine. Le sénéchal avait consenti à laisser le chevalier blessé auprès de la reine, sur la prière de celle-ci, à condition qu'il le rejoindrait dès qu'il serait guéri. Le roi et la reine s'étaient bien efforcés de retenir la dame encore un peu ; mais en vain, car elle était fort affligée et les grandes réunions lui étaient insupportables ; elle prit donc congé du roi et de la reine. Mais la reine et la dame de

---

1. Allusion à la capture de Lancelot par les Saxons, puis à sa folie, voir infra f. 167a et 168a.

Malohaut que ele remest avoc eles por oïr novelles d'Estor, car tote jor venoient novelles et avantures a la cort, si i troverroit plus solaz et compaignie que aillors.

Au congié que la dame prenoit a la reine, si antra laianz uns vallez, un escu a son col qui n'estoit mies antiers, car il i avoit grant pertuis de lance[s] groses et desoz la bocle et desore, et si estoit de cols d'espee decopez et detranchiez *(f. 127b)* et amont et aval, et brisiez et eschantelez, tant com il an i avoit bien mains de la tierce part que il n'i avoit a l'ore qu'i[l] fu fres et noviaus : mais neporqant do taint i paroit tant que bien lo pooit en ancor conoistre, si estoit d'or li chans, a lieon de sinople. Li vallez demande novelles de la dame de Roestoc, tant que avoc la reine li fu anseigniee. Et il vint tot droit as chanbres, si descendié. Et qant li nains et li seneschauz lo virent antrer, si distrent :

« Esgardez, dame. Par foi, veez ci l'escu a vostre chevalier que Hectors va querre. »

Qant ele l'ot, si li fuit toz li sans et ele s'asiet, que plus ne se pot sostenir. Qant li vallez aproche, si n'i a nul de la maisniee qui bien nel conoisse, [si li corent encontre et li font grant joie. Et il demande la quele est la roine. Et l'en li mostre. Li vallez vient devant li, si oste l'escu de son col et s'agenoille. Et la roine dit :

« En non Deu, cest escu cuidasse ge bien conoistre] s'il ne fust si anpiriez. »

« Dame, fait li vallez, ge vos aport novelles de monseignor Gauvain mout boenes, que il [est] sains et haitiez. »

Et la reine ne li lait plus dire, ainz prant l'escu, si lo baise et anbrace et en fait autretel joie com ele feïst do

Malehaut insistèrent fortement auprès de la nièce du nain pour qu'elle restât avec elles afin d'avoir des nouvelles d'Hector, car tous les jours, des nouvelles et des aventures arrivaient à la cour, de sorte qu'elle pourrait trouver là plus de divertissement et de compagnie qu'ailleurs.

Tandis que la dame prenait congé de la reine, un jeune homme entra, portant suspendu à son cou un écu qui n'était pas intact : au-dessus et au-dessous de la boucle, il y avait de grands trous faits par de grosses lances (*f. 127b*), en haut et en bas des coups d'épée l'avaient tailladé, rétréci, brisé et morcelé, au point qu'il en était réduit à moins du tiers de la surface qu'il couvrait, neuf ; néanmoins il restait suffisamment de peinture pour qu'on puisse le reconnaître : il portait un lion de sinople sur un champ d'or[1]. Le jeune homme s'enquit de la dame de Roestoc, et on lui indiqua qu'elle était avec la reine. Il se rendit droit à ses appartements et mit pied à terre. En le voyant entrer, le nain et le sénéchal s'écrièrent :

« Regardez, dame ! Sur notre foi, voici l'écu de votre chevalier, celui de qui Hector se met en quête ! »

À ces mots, tout son sang se glace et elle s'assied, incapable de se tenir debout. Tous ceux de la maison reconnaissent le jeune homme quand il approche ; tous courent à sa rencontre et lui font grande fête. Lui, demande qui est la reine. On la lui montre. Le jeune homme s'avance, enlève l'écu de son cou et s'agenouille. La reine lui dit alors :

« Par Dieu, je croirais bien reconnaître cet écu s'il n'était pas en si mauvais état !

— Dame, fait le jeune homme, je vous apporte de très bonnes nouvelles de monseigneur Gauvain, car il est en parfaite santé. »

La reine sans le laisser parler davantage prend l'écu, l'étreint, l'embrasse et lui fait fête comme elle l'aurait fait avec

---

1. Au XIIIe siècle, le sinople correspond au rouge. Ce sont les armes de Gauvain, mais celles-ci changent dans le cours du roman ; elles sont d'ailleurs portées par Hélain à ce moment-là. L'effet ambivalent produit par des armes endommagées qui arrivent à la cour est souvent utilisé dans les romans arthuriens pour sa valeur dramatique.

prodome qui lo portoit. Et li vallez dist a la dame de Roestoc :

« Dame, mes sires vos salue, Helains de Thaningues, et si vos mande que tant l'avez semos d'estre chevaliers que ores l'est par la main monseignor Gauvain. Et ce fu cil qui vostre bataille fist contre Segurades. »

Et qant ele ot que ce fu messires Gauvains, si n'est nule granz dolors que ele ne sante. Puis dist, si li aïst, que ele n'avra ja mais joie. Puis demande au vallet comment ce fu. Et il lor conte la verité.

« Et vez ci, fait il, son escu, et totes ses armes sont mon seignor remeses et il an porta les mon seignor. »

Tant est la chose alee que li rois lo sot. Puis acort il meesmes por les novelles oïr a grant compaignie de chevaliers, si sachiez que li vallez est tant onorez com il plus puet. Et li rois li demande de son neveu, et il li mande que il est sains et haitiez des plaies que Segurades li fist.

« Car ma damoisele lo gari, fait il, qui trop an set. Et vos, fait il, dame de Roestoc, [verroiz] a iceles ansei*(f. 127c)*gnes les drueries que vos li donastes, [car] il les a donees a ma damoiselle et devint ses chevaliers por ses plaies que ele li gari. »

La dolor que la dame a en son cuer ne vos porroie mies dire, si prant congié trop angoissosement, et li vallez d'autre part. Et mout volentiers i feïst li rois et la reine tenir l'escu monseignor Gauvain. Mais li vallez dit que ses sires li avoit fait jurer qu'il lo raporteroit a son pooir, et se ce non, bien gardast que ja mais ne retornast vers lui, qu'il lo destruiroit. Por ce l'an laisa li rois porter, si s'an ala li vallez avoc la dame. Mais ele li fist l'escu tolir par force et dit que Helains meïsmes lo comparroit ; qant il li avoit celé monseignor Gauvain, il nel deüst mies faire, car il estoit ses hom liges. Et por l'escu et por autre[s] choses

le brave à qui il appartenait. Le jeune homme dit à la dame de Roestoc :

« Dame, mon seigneur, Hélain de Taningues, vous salue et vous fait savoir que vous l'avez si bien exhorté à être chevalier que voici qu'il l'est devenu par la main de monseigneur Gauvain. C'était celui qui se battit pour vous contre Ségurade. »

En apprenant que c'était monseigneur Gauvain, elle fut au supplice ; elle prit le ciel à témoin qu'elle n'aurait plus jamais de joie, puis demanda au jeune homme comment cela était arrivé. Il leur raconta alors ce qui s'était réellement passé.

« Et voici son écu, ajouta-t-il ; toutes ses autres armes ont été laissées à mon seigneur et il a emporté les siennes en échange. »

La chose finit par arriver jusqu'au roi ; il accourt en personne, avec un grand nombre de chevaliers, pour entendre les nouvelles et, sachez-le, il honore le chevalier autant qu'il le peut ; il s'informe aussi de son neveu, et l'autre lui fait savoir qu'il est tout à fait remis des blessures que lui a infligées Ségurade :

« Car ma demoiselle l'a guéri, avec tout son savoir. Quant à vous, dit-il encore, dame de Roestoc, je vous apporte comme preuve ce qu'il a fait *(f. 127c)* de vos témoignages d'affection : il les a donnés à ma demoiselle et il est devenu son chevalier, par gratitude pour la guérison de ses blessures[1] »

Je ne pourrais vous décrire la douleur qui étreignait le cœur de la dame ; bouleversée, elle prit congé et le jeune homme demanda aussi à s'en aller. Le roi et la reine auraient bien voulu garder l'écu de monseigneur Gauvain, mais le jeune homme déclara que son seigneur lui avait fait jurer de faire son possible pour le rapporter, sinon il devait bien prendre garde à ne jamais revenir, sous peine d'être exécuté. Devant cela, le roi le laissa emporter l'écu et le jeune homme s'en alla avec la dame. Mais celle-ci le lui fit enlever de force et déclara qu'Hélain aurait à payer de sa personne : il n'aurait pas dû lui cacher l'identité de monseigneur Gauvain, car il était son homme lige. À cause de l'écu et pour d'autres raisons, de

---

1. Voir f. 120b et 123d.

murent tel contanz dom il furent puis maint mau fait. Mais ci ne parole plus li contes d'aus, ainz retorne a monseignor Gauvain dou grant piece est taüz.

Ci androit dit li contes que qant messires Gauvains fu partiz de Helin cui il ot fait chevalier, si erra tote jor sanz avanture trover dom a parler face. La nuit lo porta avanture a une maison de moines qui seoit sor une petite riviere an l'oroille d'une[s] petites broces, si estoit la maisons apelee li Bienfaiz. Cele maisons avoit esté hermitages mout anciens, si l'avoit li dus Esaüz de Qanbenic tant escreüe et amandee que or i avoit covanz de randuz an abit reguler. Mais ce n'estoient mie moine noir, car a cel tans n'estoit mies ancor espandue la religions noire an la Grant Bretaigne, ançois estoient apelé a cel tans Astinant tuit cil qui vivoient an rigle de religion.

En cele maison herberja messires Gauvains cele nuit et leva mout matin, tant que avanture lo porta an unes mout granz landes et mout beles. Et il esgarde *(f. 127d)* sor destre, si vit une mout riche vile et mout belle, si estoit apelee Qanbenic. Et devant lui a droiture vit la forest don li contes a parlé ça arrieres, qui avoit non Brequehan. Icele forez si avoit bien de lonc quarante liues englesches. Et la ou ele estoit mains lee,

grands conflits s'élevèrent, qui entraînèrent bien des conséquences fâcheuses. Mais le conte cesse ici de parler d'eux ; il retourne à monseigneur Gauvain, sur lequel il s'est tu depuis longtemps.

CHAPITRE LIX

Aventures de Gauvain. La maladie d'Agravain

Le conte rapporte ici que quand monseigneur Gauvain eut quitté Hélain, qu'il avait fait chevalier, il chemina toute la journée sans trouver d'aventure qui mérite d'être rapportée. Le soir, le hasard le conduisit à une résidence de moines, qui se trouvait au bord d'un petit cours d'eau, à la limite d'un petit bois ; on l'appelait le Bienfait. Cette demeure avait été d'abord un très vieil ermitage ; puis le duc Esaü de Canbenic l'avait tant comblé de dons et agrandi que c'était alors un couvent de religieux réguliers ; mais il ne s'agissait pas de moines noirs, car en ce temps-là la religion noire[1] n'était pas encore répandue en Grande Bretagne, et l'on appelait Abstinents tous ceux qui vivaient sous une règle religieuse.

Monseigneur Gauvain y passa la nuit, se leva de grand matin et le hasard le fit arriver sur des terres prospères et très étendues. Il regarda (*f. 127d*) sur la droite et vit une ville fort riche et belle, appelée Canbenic. Plus loin, sur la droite encore, il aperçut la forêt dont le conte a parlé plus haut, celle qu'on nommait Brequeham. Dans sa longueur, cette forêt s'étendait bien sur quarante lieues anglaises ; dans sa plus petite largeur,

---

1. Les moines noirs sont des Bénédictins de Cluny ; les moines blancs des Cisterciens. L'auteur veut dire que ces religieux ne pouvaient exister à l'époque où se place son roman ; « de là peut-être la prédominance des ermites (...) et l'invention des Abstinents », F. Lot, *Étude sur le Lancelot en prose*, Paris, Champion, 1954, p. 154. Voir tome I, p. 163, n. 2.

si an avoit bien plus de trante, si duroit quatre liues de Canbenic jusque a l'antree do reiaume de Norgales. Et an mileu de cele forest corroit une riviere mout petite et mout parfonde, et ce estoit cele sor qoi li Biensfaiz seoit. Si departoit cele aive deus seignories qui an cele forest estoient, c'estoit la seignorie au roi de Norgales et au duc de Canbenic. Si estoit la forez au roi de Norgales tote soe par devers sa terre jusque a l'aive, et par devers Canbenic restait tote au duc jusque a cele aive meïsmes.

La ou messires Gauvains estoit an la lande et il chevauchoit son chemin pansis, si oï un po desor destre une voiz de fame qui chantoit mout cler et mout haut.

Messires Gauvains torne cele part et voit en un val desoz lui une damoisele de mout grant biauté et portoit a son col pandue une espee don li fuerres estoit assez riches et biaus. Il la salue, et ele respont, tot an alant ; « Et Dex vos beneïe, sire chevaliers, se vos l'avez deservi. »

« Ge ? fait il, damoisele, et ge comant ? »

« Par foi, fait ele, que la pucele ne doit mie saluer chevalier se il n'a pucele conseilliee, se il en est venuz en leu ou an aise que ele an ait mestier aü. »

« Damoisele, fait il, por ce ne perdrai ge mies vostre salut, car ge lo cuit avoir deservi. »

« Por ce vos doint Dex, fait ele, bone avanture. »

Atant se taist la pucele et por ce ne laissa son esrer. Et messires Gauvains la met en paroles au plus que il puet et la volt faire arester et dit :

« Avoi ! damoiselle, atamdez moi, car ge voil a vos parler. »

« Nel ferai *(f. 128a)* sire chevaliers, fait ele, car ce seroit ja mout granz outrages se ge m'arestoie o vos. »

« Et por coi ? » fait il.

« Certes, fait ele, por ce que ge vois au meillor chevalier qui soit, aprés un que ge conois. Et se ge m'arestoie

elle en couvrait au moins trente ; et de Canbenic jusqu'à l'entrée du royaume de Norgales, il y en avait bien quatre. Au cœur de la forêt coulait un cours d'eau très étroit mais très profond, celui au bord duquel se trouvait le Bienfait. Cette eau départageait deux seigneuries, dans la forêt, celle de Norgales et celle du duc de Canbenic : le roi de Norgales possédait d'un côté toute la forêt jusqu'à la rivière, et le duc de Canbenic avait l'autre côté, jusqu'à la rivière aussi.

Tandis que monseigneur Gauvain, pensif, suivait son chemin dans la lande, il entendit un peu sur la droite une voix de femme qui chantait d'une haute voix claire. Il tourne dans cette direction et découvre plus bas, dans un vallon, une demoiselle d'une grande beauté, avec une épée dans un fourreau très précieux, pendu à son cou. Il la salue, et elle lui répond tandis qu'elle continuait d'avancer :

« Que Dieu vous bénisse, seigneur chevalier, si du moins vous l'avez mérité.

— Moi ? fait-il, demoiselle, moi ? comment cela ?

— Par ma foi, parce que la jeune fille ne doit pas saluer le chevalier avant qu'il ait aidé une jeune fille, s'il a eu l'occasion ou la possibilité d'en rencontrer une qui ait eu besoin de lui.

— Demoiselle, reprend-il, alors je ne serai pas privé de votre salut, car je pense l'avoir mérité[1].

— Eh bien, dans ce cas, que Dieu vous donne bonne aventure ! »

La jeune fille n'en dit pas plus et n'en poursuit pas moins son chemin. Monseigneur Gauvain voulant qu'elle s'arrête, lui dit de façon pressante :

« Ah ! demoiselle, attendez-moi, je désire vous parler.

— Non pas, *(f. 128a)* seigneur chevalier, réplique-t-elle : il serait bien excessif que je m'arrête pour vous.

— Et comment cela ? lui demande-t-il.

— Parce qu'en vérité je me rends auprès du meilleur chevalier qui existe, après un seul que je connais. Si je m'arrêtais

---

1. Gauvain est depuis Chrétien de Troyes le chevalier qui se consacre au service des demoiselles.

o vos, tant me destorberoie de querre lo prodome por vos, qui ne sai que vos valez. »

« Damoisele, fait il, par la foi que vos devez a la rien que vos plus amez, qui sont cil dui bon chevalier ? Dites lo moi. »

Et la damoisele lo tarde a dire.

« Dites lo moi, se Dex vos doint a bon chief venir de ce que vos querez. »

« Trop durement, fait ele, m'an avez conjuree, et gel vos deviserai se vos osez. »

« Se ge os ? fait il. Petit oseroie dons, se ge n'osoie oïr ce don ge suis dessirranz. »

« An non Deu, fait ele, par tans sera seü. Sivez moi. »

« Volentiers, » fait il.

Et ele s'an ala avant, et il aprés. Si s'an issent hors do grant chemin, si se metent en un estroit santier, si s'an antrent an une basse forest espesse et vont tote cele forest tant que il voient une grant tor, et ancoste une grant maison par terre. Si estoient et la torz et la maisons close d'un baille haut et espés. Et il demande a la pucele qant ele li dira qui li dui chevalier sont.

« Vos lo savroiz, fait ele, an cele maison la. »

« Et cele espee, fait il, cui portez vos ? »

« Ge la port, fait ele, au chevalier que ge quier. »

Atant aprochent de la tor. Et qant il vienent a la porte, la pucele va avant et il aprés. Et qant il est dedanz la porte, si voit un chevalier armé anmi la cort qui l'escrie et dit que mar i enterra. Si lait corre a lui, et il refait autel, si s'entrefierent anmi les escuz. Et la lance au chevalier peçoie, et messires Gauvains fiert lui, si qu'il lo porte a terre. Et qant messires Gauvains s'an torne por sivre la pucele qui s'an va vers la sale, li chevaliers fu relevez et vient grant aleüre, l'espee an la main. Si se haste si de son cop giter qu'il ne pot pas avenir a monseignor

maintenant, je me détournerais d'autant de chercher ce brave, et cela à cause de vous, dont je ne sais ce que vous valez.

— Demoiselle, insiste-t-il, par la fidélité que vous devez à la créature que vous aimez le plus, qui sont ces deux vaillants chevaliers ? Dites-le moi. »

La demoiselle, tardant à lui répondre, il reprend :

« Dites-le moi, et que Dieu vous accorde de trouver heureusement ce que vous cherchez.

— Vous m'avez conjurée trop solennellement[1], fait-elle. Eh bien, je vous l'expliquerai, si vous avez l'intrépidité nécessaire.

— De l'intrépidité ? J'en aurais peu, si je n'osais entendre ce que je suis avide de savoir.

— Par le nom de Dieu, on le verra bientôt. Suivez-moi.

— Volontiers. »

Elle prend les devants et lui la suit ; ils quittent le grand chemin, s'engagent dans un étroit sentier pour pénétrer dans une forêt basse et épaisse, qu'ils traversent jusqu'à ce qu'ils voient une grande tour, accolée à une vaste demeure, construite de plain-pied. La tour et la maison étaient enfermées dans un large baile[2] surélevé. Il demande alors à la jeune fille quand elle lui dira qui sont les deux chevaliers, et elle lui répond :

« Vous le saurez dans cette maison là.

— Et cette épée, demande-t-il encore, à qui la portez-vous ?

— Je la porte au chevalier que je cherche. »

Ils se rapprochent de la tour et, pour passer la porte, la jeune fille va devant et lui derrière. Quand il est engagé, il aperçoit au milieu de la cour un chevalier en armes, qui lui crie qu'il entre pour son malheur ; aussitôt celui-ci fonce et lui-même en fait autant : ils vont se frapper en plein milieu de leurs écus ; la lance du chevalier se brise, et il est désarçonné par le coup de monseigneur Gauvain. Celui-ci fait faire demi-tour à sa monture pour suivre la demoiselle qui s'en va vers la salle, mais le chevalier, déjà relevé, le poursuit, l'épée à la main ; il est si pressé de jeter son coup qu'il n'arrive pas à monseigneur

---

1. Sur la fréquence et l'importance de l'adjuration, voir le tome I, p. 153.
2. Le *baile* est un espace entre deux lignes de fortification qui entourent un château fort.

Gauvain, ainz descendié li cox sor lo col del cheval, si li tranche tot, et de l'arçon de la selle un petit par devers senestre atot lo pié de l'escu. Li chevaus chiet, et messires Gauvains remest a terre toz droiz sus les *(f. 128b)* deus piez. Puis met la main a l'espee et cort sus au chevalier et dit a la pucele qui s'an vait :

« Ha ! damoiselle, dites moi an quel leu ge vos sivrai, car ci ne remanrai ge mies. »

« An la plus bele chanbre et an la plus riche me porroiz trover, fait ele, se vos m'osez sivre. »

Et il s'adrece vers lo chevalier, si lo fiert de l'espee parmi lo comble do hiaume grant cop pessant, comme cil qui vertu ot grant et dolanz fu de son cheval qu'il vit ocis, si charge si lo chevalier de son cop qu'il fiert a terre d'une des paumes. Et qant il cuide relever, et messires Gauvains lo fiert del pon de l'espee tel cop an la tample qu'il le porte a terre tot estandu. Lors li arache lo hiaume de la teste et la li menace a coper, mar lo fist si dolant. Qant il li volst coper la teste, si ot une pucele qui s'escrie. Et il esgarde a une fenestre an haut, si voit une damoisele de mout grant biauté qui li dit :

« Sire chevaliers, jo conduis. »

« Damoisele, fait il, donc n'a il garde, si m'a il mout forfait. » Atant laisse lo chevalier, si s'an va la o il a veüe la pucele aler. Et qant il fu anmi la sale, si voit un chevalier greignor que li autres n'avoit esté, armez de totes armes ; et fu a pié, si tint lo glaive aloignié et vint si tost com il pot, et feri monseignor Gauvain sor son escu, si que do fer et do fust passe outre ; mais li cox s'arestut sor lo hauberc. Et messires Gauvains fiert de l'espee et colpe lo glaive et vient vers lo chevalier. Et cil ot osté la gu[i]che do col, si se cuevre au miauz que il puet. Et messires Gauvains fiert antre lo cors et l'escu sor lo braz senestre, si que il lo mehaigne et par po que il ne li a copé. Et cil laisse l'escu cheoir, si n'atant mies l'autre cop, ainz s'an torne fuiant en une autre chanbre, son braz pandeillant qui estoit copez jusque o milieu. Et messires Gauvains no siust an avant, ançois s'an va atot lo tronçon an son escu outre en une autre chambre o il ot parler, ce li est avis, *(f. 128c)*

Gauvain, mais il atteint le cou de son cheval, qu'il pourfend ainsi qu'un morceau de l'arçon sur la gauche et tout le bas de l'écu. Le cheval tombe, et monseigneur Gauvain se retrouve à terre, planté droit sur ses *(f. 128b)* deux jambes. Alors il met la main à l'épée, fonce sur le chevalier, tout en criant à la demoiselle qui s'en va :

« Ah ! demoiselle, dites-moi où je pourrai vous suivre, car je ne resterai pas ici.

— Vous me trouverez dans la chambre la plus belle et la plus somptueuse, fait-elle, si vous osez me suivre. »

Il va droit sur le chevalier, lui assène sur le sommet du heaume un grand coup lourd, où il met toute sa force et la douleur d'avoir vu tuer son cheval ; la violence du choc fait tomber le chevalier à terre sur une main ; il croit pouvoir se relever, mais monseigneur Gauvain lui donne avec le pont de l'épée un tel coup sur la tempe qu'il le fait tomber cette fois de tout son long. Alors il lui arrache son heaume et menace de lui couper la tête : malheur à lui qui l'a mis dans ce désespoir ! Au moment où il voulait lui couper la tête, il entend crier une jeune fille ; il lève les yeux vers une fenêtre et voit une très belle demoiselle, qui lui dit :

« Seigneur chevalier, je le prends sous ma protection !

— Demoiselle, répond-il, il n'a donc rien à craindre ; et pourtant il m'a fait grand tort. »

Laissant le chevalier, il s'en va du côté où il avait vu aller la jeune fille. Parvenu au milieu de la salle, il tombe sur un chevalier plus grand que le précédent, armé de toutes ses armes ; il était à pied, mais la lance brandie, il arrivait de tout son élan et frappa monseigneur Gauvain sur son écu : la lance passa au travers du fer et du bois, mais le coup s'arrêta sur le haubert. Monseigneur Gauvain, lui, d'un coup d'épée, tranche la lance et fonce sur le chevalier ; celui-ci détache son écu de son cou pour s'en couvrir le mieux possible. Monseigneur Gauvain le frappe entre le corps et l'écu sur son bras gauche, qu'il manque de lui couper et laisse dans un triste état. L'autre, lâchant l'écu, n'attend pas un second coup : il s'enfuit dans une autre chambre, le bras pendant, entamé jusqu'à moitié. Monseigneur Gauvain n'insiste pas ; avec le tronçon de la lance dans son écu, il gagne une seconde chambre où il croit *(f. 128c)* entendre la damoisele a l'espee. [Et si tost com il antre anz, si l'asaillent dui chevalier. Et il se regarde, si voit la damoisele a l'espec] et une autre damoiselle de trop grant biauté qui li crie :

« Ha ! chevaliers, gaaigniez moi. »

« Certes, fait il, damoisele, mout volentiers. »

Et lor laisse corre as deus qui l'asaillent et li randent mout grant meslee. Et il fiert lo premier amont sus o hiaume, car mout a grant honte de ce qu'il se delaie tant. Si l'a si chargié de cop que la cervell[ier]e est rote, et li cox descent sor la coife, si que maintes mailles l'an sont entrees an la teste. Si est si estordiz et si vains que il va chancelant jusque a un mur. Et messires Gauvains va droit a la damoisele qui siet an une chaiere, qui est de mout grant biauté. Et li autres chevaliers l'aloit totevoies ferant par derrieres. Et messires Gauvains ne se retorne ne tant ne qant, car la damoisele li plaist a esgarder. Et cil totevoies fiert tant que il lo blece. Et messires Gauvains lo regarde, si fiert de l'espee arrieres main el nasel, si que tot li cope lo nasel et do nes bien la moitié, si l'abat a terre tot estordi. Et dit a celi de la chierre :

« Damoisele, commant vos gahaignerai gié ? »

« Comant ? fait ele. Si m'aïst Dex, vos m'avez auques gahaigniee si com ge cuit. »

« N'i metez ja, fait il, cuidier, car se ge n'an ai preu fait, g'en ferai encorres la ou vos voudroiz ; car a ces deus qui ci sont n'an feroie ge plus, car il n'ont mais mestier de m'espee. Damoiselle, fait il a celi de l'espee, vos m'aüstes an covant que ge savroie an ceste chambre lo non del bon chevalier [que vos] qerez et de l'autre qui est miaudres de lui. »

« Par mon chief, fait ele, vos n'iestes mies an la plus bele chanbre de çaianz, et la lo vos doi ge dire. »

« Damoiselle, fait il, donc alez avant, et ge aprés. Ja n'iroiz an leu o ge ne vos sive por savoir les nons as deus plus preudomes do monde. Mais ge voudroie mout savoir se j'ai gahaigniee ma damoisele qui ci est. »

« Certes, fait cele a l'espee, nenil. Mais qant vos

parler la demoiselle à l'épée. Dès qu'il entre, deux chevaliers l'attaquent. Il regarde intensément et voit la demoiselle à l'épée ainsi qu'une autre jeune fille très belle, qui lui crie :

« Ah ! chevalier, gagnez-moi !

— Certes, demoiselle, bien volontiers », fait-il.

Il fonce alors sur les deux chevaliers qui viennent l'attaquer et qui lui livrent un rude combat à l'épée ; honteux de tant tarder, il frappe le premier venu sur le sommet du heaume. Le coup est si violent que la cervelière se brise, coupe la coiffe et enfonce bon nombre de mailles dans la tête. Tout étourdi et sans forces, le chevalier recule en chancelant jusqu'à un mur. Monseigneur Gauvain se dirige alors droit vers la demoiselle, assise sur un siège magnifique tandis que le second adversaire continuait de le frapper par-derrière ; mais monseigneur Gauvain ne se retourne pas le moins du monde, car il prend plaisir à contempler la jeune fille. L'autre continue de frapper et finit par le blesser ; monseigneur Gauvain jette les yeux sur lui, passe son épée par-derrière et l'atteint au nasal qu'il tranche avec une bonne moitié du nez, le jetant ainsi à terre, assommé. Alors il demande à la jeune fille du siège :

« Demoiselle, comment pourrai-je vous gagner ?

— Comment ? fait-elle. Que Dieu m'aide, vous m'avez déjà bien gagnée, à ce que je crois !

— Inutile d'ajouter « à ce que je crois », car si je n'en ai pas fait assez, j'en ferai encore quand vous voudrez ; mais avec ces deux qui sont là, je ne saurais en faire plus, vu qu'ils n'ont plus besoin de mon épée. Demoiselle, dit-il ensuite à celle à l'épée, vous m'avez promis que je saurais dans cette chambre le nom du vaillant chevalier que vous cherchez et celui de l'autre, qui est encore plus vaillant.

— Sur ma tête, répond celle-ci, vous n'êtes pas encore dans la plus belle chambre de ces lieux : c'est là seulement que je dois vous le dire.

— Demoiselle, avancez donc et je vous suis : il n'y a pas de lieu où je ne vous suive pour savoir les noms des deux plus braves du monde. Mais j'aimerais fort savoir si j'ai gagné ma demoiselle que voici.

— Non, en vérité, fait la jeune fille à l'épée. Mais vous

avroiz esté an la riche *(f. 128d)* chambre, si l'avroiz gahaigniee. »

Lors s'an torne avant la damoisele et il aprés, et antrent an une grant salle bele et freschement jonchiee. En mileu de celle salle a droiture avoit un lit covert d'un mout riche covertor de totes parz. Si avoit agait anviron jusque a dis chevaliers toz armez sanz de lor chiés. Et si tost com il virent monseignor Gauvain, si lacerent tuit lor hiaumes et pristrent lor escuz et lor espees, si saillent tuit sus, car il se seoient. Et messires Gauvains s'aparoille de deffandre et seust la pucele qui s'an va droit au lit. Si s'asiet ele devant, a la terre. Et tuit li chevalier corrent monseignor Gauvain au devant, si li escrient :

« Estez, sire chevaliers. Vos n'i eroiz mies devant que vos savroiz comment. »

« Coment, fait il, doi ge aler ? »

Et li plus granz d'aus toz li dit que se il se velt combatre [a] aus toz au revenir, il i era et porra veoir ce que il a desoz lo covertor. Et se ce non, il n'i portera les piez. »

« Damoisele, fait messires Gauvains, o savrai ge ce que ge quier ? »

« Vos lo savroiz, fait ele, qant vos serez partiz de ci a annor. »

« Comant a annor ? » fait il.

« Nus chevaliers, fait ele, erranz qui soit venuz ne s'an puet a henor partir, s'il ne voit avant ce qui est desoz ce covertor. »

« Par foi, fait il, dons lo verrai gié. »

Lors se traient li chevalier ariés. Et messires Gauvains va jusque au lit et lieve lo covertor, si voit desoz un des plus biax chevaliers do monde et li miauz tailliez de manbres. Mais il avoit eü tant de mal que il ne parloit mais, ne ne pot gesir se anvers non, car il avoit lo braz senestre si plain de anfleüre et de pertuis, et la destre jamme autresi, que il ne pooit ne tant ne qant remuer. Et si oloit si durement que a poines pooit an durer an la chanbre qant li covertors estoit reversez.

« Ha ! Dex, fait messires Gauvains, com mar

l'aurez gagnée quand vous aurez été dans la chambre somptueuse *(f. 128d).* »

La demoiselle repart en avant et il la suit ; ils entrent dans une grande et belle salle, jonchée de verdure fraîche. Au beau milieu se trouvait un lit tout recouvert d'une magnifique pièce de tissu ; dix chevaliers au moins montaient la garde autour, tout armés, sauf de la tête. Dès qu'ils aperçoivent monseigneur Gauvain, tous bondissent, car ils étaient assis, lacent leurs heaumes, saisissent leurs écus et leurs épées. Monseigneur Gauvain se met sur la défensive, mais il suit toujours la jeune fille qui se dirige droit vers le lit ; arrivée là, elle s'assied devant, à même la terre. Alors tous les chevaliers courent au-devant de monseigneur Gauvain, en lui criant :

« Arrêtez, seigneur chevalier ! Vous n'irez pas là avant de savoir comment faire.

— Quelles sont vos conditions ? »

Le plus grand lui dit que, s'il accepte de les affronter tous au retour, il pourra aller voir ce qu'il y a sous la couverture ; sinon, il n'avancera pas.

« Demoiselle, fait monseigneur Gauvain, quand saurai-je ce que je cherche ?

— Vous le saurez, lui répond-elle, quand vous aurez quitté ce lieu avec honneur.

— Comment, avec honneur ?

— Pas un chevalier errant arrivé jusqu'ici ne peut s'en aller avec honneur s'il ne voit auparavant ce qu'il y a sous la couverture.

— Par ma foi, s'écrie-t-il, je verrai donc cela. »

Les chevaliers reculent et monseigneur Gauvain arrive jusqu'au lit, lève la couverture et voit un des plus beaux chevaliers du monde, aux membres parfaitement proportionnés. Mais il était si mal en point qu'il ne parlait plus et ne pouvait être couché que sur le dos : son bras gauche était si enflé et crevassé, tout comme sa jambe droite, qu'il ne pouvait plus du tout bouger. Il s'échappait de lui une odeur si épouvantable qu'on pouvait à peine rester dans la chambre quand la couverture était relevée.

« Hélas ! mon Dieu, fait monseigneur Gauvain, quel malheur

i fu si biaus chevaliers com cist est, que onques nul miauz
taillié ne vi de totes choses. »

« Voirement, fait la damoisele, [diriez vos] que mar fu, se
vos *(f. 129a)* saviez la grant proece que il avoit. »

Lors lo recovre la damoisele do covertor. Et li granz chevaliers qui avoit deffandu a monseignor Gauvain qu'i[l] n'alast
avant, [li dist] que conbatre lo covenoit a toz dis.

« Ha! nel feriez, fait la pucele a l'espee. Mais prenez an lo
paage que li autre paient. »

« Quel paage, fait il, damoisele? »

« Plain son hiaume, fait ele, de vostre sanc. »

« Maudehait, fait il, san chevalier o sanz damoisele qui lo
demanda, que chevaliers ne doit mies paage. Ge me combatrai,
par Deu, ançois a tex quatre tanz de chevaliers. »

Atant laissent corre tuit li chevalier. Et il se desfant mout
durement. Et li chevaliers do lit, qui dormoit, s'esvoille, si voit
devant lui la dame a l'espee, et dit :

« Hee! damoisele, ja vos avoie ge tant proiee que vos alissiez
la o ge vos avoie dit. Et vos iestes retornee. »

« Voires, fait ele, que ge trovai la dehors un chevalier qui
est mout prodom, si l'amenai çaianz si com il me fu anseignié.
Et veez lo, la ou il se combat. »

Et cil se fait lever la teste tant com il lo pot soffrir, si voit
que messires Gauvains rant as chevaliers mout grant meslee.
Et il lo requierent mout, si an a il ja un mort et deus mehaigniez.
Et qant il voit que il nos sofre mies aaiesieement, si se crient
mout par derrieres. Lors s'an torne reculant vers un huis d'une
chambre qui iert fermez. Si se panse que, se il puet venir a
l'uis et adosser, par devant ne dotera il ne tant ne qant, se il
estoient plus que il ne sont. Et qant il a

pour un si beau chevalier ! Je n'ai jamais vu de créature aussi bien faite !

— À coup sûr, dit la demoiselle, vous pourriez plaindre son malheur, si vous *(f. 129a)* saviez comme était grande sa prouesse. »

Ce disant, elle replace la couverture sur lui. Le grand chevalier, celui qui avait interdit à monseigneur Gauvain d'aller plus avant, l'avertit alors qu'il lui faut se battre contre tous les dix.

« Hélas ! vous ne sauriez faire cela, intervient la demoiselle à l'épée. Acceptez plutôt le péage que donnent les autres.

— Quel péage, demoiselle ?

— Plein son heaume de votre sang.

— Maudit soit qui a exigé du sang de chevalier ou du sang de demoiselle, s'écrie-t-il, car un chevalier ne doit pas de péage[1]. Par Dieu, j'aimerais mieux me battre contre quatre fois plus de chevaliers ! »

Là-dessus tous les chevaliers se précipitent, mais il se défend avec acharnement. Le chevalier du lit, qui dormait, s'éveille, et voyant devant lui la demoiselle à l'épée, il lui dit :

« Ah ! demoiselle, je vous avais tant suppliée d'aller où je vous avais dit ! Et vous voici revenue !

— Oui, lui répond-elle, car j'ai trouvé non loin d'ici un chevalier plein de vaillance, et je vous l'ai amené, selon les directives que j'ai reçues. Regardez-le, il est en train de se battre ! »

L'autre se fait soulever la tête autant qu'il le peut et voit que monseigneur Gauvain multiplie les coups contre les chevaliers : ceux-ci l'attaquent de façon si serrée que l'un d'eux est déjà mort et deux autres sont blessés. Quand il voit qu'il ne leur résiste pas facilement, il craint fort pour ses arrières ; aussi se dirige-t-il en reculant vers la porte d'une chambre, qui est fermée. Il pense que s'il peut y parvenir et s'y adosser, il ne craindra plus du tout ceux qui lui font face, dussent-ils être encore plus nombreux. En effet, quand il est parvenu à

---

1. Transposition romanesque d'un trait de réalité ; la noblesse, donc les chevaliers, et les clercs sont exempts de péage. Voir Ph. de Beaumanoir, *Les Coutumes de Beauvaisis,* Paris, Picard, 1970, § 452.

l'uis adossé qui clox estoit, si se deffant si durement que cil qui estoit ou lit, qui mout petit pooit parler, commança a rire. Et la damoisele a l'espee li demande por qoi il rit. Et il li respont :

« Don ne veez vos merveilles de ces filz a putain failliz qui ne puent ce seu[l] chevalier comquerre ? Haï ! Dex, tant mar i fui ! »

Lors se relait o lit cheoir ariés, si commence a plorer.

Qant messires Gauvains cuide estre aseür par derrieres, si ovre une damoisele l'uis, cele qu'il avoit veü an la chaiere. Et qant li chevalier la voient, si saillent tuit arieres. Et ele sai(*f. 129b*)sist monseignor Gauvain par lo poign destre, si li vot tolir l'espee de la main. Et il dit :

« Ha ! damoisele, laissiez m'espee, car vos veez que ge suis ci en avanture de mort. »

« Laissiez, fait ele, l'espee, car ge la voil avoir. »

Lors fait sanblant as chevaliers. Et il rasaillent monseignor Gauvain, se[l] fierent sor lo hiaume et sor les espaules, et se gardent de la damoisele ferir qui monseignor Gauvain tient par lo poign ne laisier ne lo volt por rien que il die, ne il ne la volt blecier. Et il sent que cil lo blecent, si lait il l'espee a la damoisele et s'escorse de tote sa vertu ; si fiert l'un d'aus et des braz et do cors, que il lo porte a terre et l'espee il vole de la main ; et il la prant, si cort sus a toz les autres. Si lor sanble estre plus forz et plus viguereus qu'il n'avoit esté au commencement. Et neporqant il l'avoient assez blecié et maumis. Et la damoisele revient, si lo prant par lo braz por tolir l'espee. Et il dit :

« Ha ! damoisele, certes, ge n'ai pas fait an vos boene gaahaigne si come ge cuidoie avoir fait. »

Et totevoies li lait il l'espee et s'adrece as chevaliers et prant les anarmes a la destre main. Si en fiert lo plus grant et lo plus fort anmi lo vis, celui qui la plus bele espee tenoit, si lo reporte a terre. Et cil

s'adosser à cette porte fermée, il se défend avec tant d'ardeur qu'il celui qui était alité et qui pouvait bien peu parler, se met à rire. La demoiselle à l'épée lui demande la raison de ce rire et il lui répond :

« Vous ne voyez donc pas le prodige de ces ignobles lâches qui ne peuvent venir à bout d'un seul chevalier ? Hélas ! mon Dieu, comme je suis malheureux ! »

Et se laissant retomber sur le lit, il se met à pleurer[1].

Mais alors que monseigneur Gauvain croit s'être assuré par-derrière, voici qu'une demoiselle, celle qu'il avait vue sur le siège, ouvre la porte. À sa vue, les chevaliers font un bond en arrière. Elle va saisir (*f. 129b*) monseigneur Gauvain par le poing droit et veut lui enlever son épée, mais il s'écrie :

« Ah ! demoiselle, laissez-moi mon épée, car vous voyez que je suis ici en danger de mort.

— Laissez l'épée, lui dit-elle : je la veux. »

Sur un signe d'elle, les chevaliers reprennent l'attaque : ils frappent sur le heaume et sur les épaules de monseigneur Gauvain en se gardant de frapper la demoiselle qui le tient par le poing et qui refuse de le laisser, quoi qu'il lui dise ; lui, il ne veut pas lui faire de mal, et quand il sent que les autres vont l'atteindre, il laisse son épée à la demoiselle et se rue de toutes ses forces ; de ses bras, du poids de son corps, il s'acharne tant sur l'un d'eux qu'il le renverse à terre et lui fait voler l'épée de la main, saisit l'arme et se précipite sur les autres, tous réunis : il leur paraît plus fort et plus vigoureux encore qu'au début. Mais la demoiselle s'approche de nouveau et le prend par le bras pour lui enlever encore son épée.

« Ah ! demoiselle, s'écrie-t-il, avec vous je n'ai pas gagné grand-chose, comme je le croyais d'abord. »

Toutefois il lui laisse l'épée, fonce sur les chevaliers, prend les courroies intérieures de son écu dans la main droite, et frappant en pleine figure le plus grand et le plus fort, celui qui tenait la plus belle épée, il le jette à terre à son tour. L'autre

---

1. Le chevalier rit de bonheur devant la prouesse de Gauvain et de mépris pour ses adversaires ; mais il pleure à l'idée qu'elle ne suffira pas à le guérir si Gauvain ne veut donner son sang.

se pasme, car il li a tot escachié lo nasel et anbatu dedanz lo vis. Et il li arache l'espee de la main et dit a la damoisele :

« Ha ! damoiselle, por Deu, ceste me laissiez, et ge vos donrai totes les lor se vos volez. »

Et ele commance a rire.

« Estez, fait ele, vos iestes pris. »

Lors lo reprant par lo poign et dit as chevaliers que se traient ansus.

« Ha ! por Deu, [fait il], laisiez les moi. Ja veez vos bien qu'i[l] ne s'an puent aidier que li quatre. »

Et ele l'an moine totevoie en la chambre dom ele estoit venue, si li dit que reanbre lo covient. Et il dit :

« De qel reançon ? »

« De celi, fait ele, que li chevalier vos demanderent. »

« Do sanc ? » fait il.

« Voire, » fait ele.

« Ja ne m'aïst Dex, fait il, se ge ne voloie miauz morir, car il (f. 129c) ne seroit ja mais jorz qu'il ne me fust reprochié. »

« Don n'istroiz vos, fait ele, ja mais de ma prison. »

« Par foi, fait il, ge ne sai que ge ferai, mais par cele reançon n'an istrai ge ja mais. »

« Si m'aïst Dex, fait ele, por ce ne vos i tanrai ge ja en prison, car vos iestes trop prodom. Mais ge vos an clain quite de ceste prison, et si vos dirai por coi il vos demandent lo sanc. Cil chevaliers est si malades com vos avez veü, si ne garra ja mais devant que li miaudres chevaliers sanz un li avroit ointe [la janbe] de son sanc, [et] li autres qui miaudres est li ait oint lo braz. Et lors sera toz sains et toz haitiez. Et ce vos seroit mout granz annors, se il an garisoit de vostre sanc, car vos i avriez et anor et aumosne : anor en ce que vos seriez li miaudres chevaliers do monde, et aumone de ce que il seroit gariz par vos, si ne seroit ja mais jorz que il ne vos deüst guerredon de sa vie. »

« Ce, fait messires Gauvains, voudroie ge ja qu'il fust fait et que ce fust voirs. Mais certes ge sai bien que ge ne suis mies li miaudres chevaliers do monde. Meillor i a. Et puis que a l'essai m'en avez mis,

s'évanouit, car il lui a tout cassé et enfoncé le nasal dans le visage. Monseigneur Gauvain lui arrache alors son épée et dit à la demoiselle :

« Ah ! demoiselle, pour l'amour de Dieu, laissez-moi celle-là et je vous donnerai toutes celles qu'ils ont si vous voulez. »

Elle se met à rire et lui dit :

« Arrêtez, vous êtes pris. »

À nouveau elle le saisit par le poing et dit aux chevaliers de s'écarter.

« Ah ! mon Dieu, fait-il, laissez-les moi. Maintenant vous voyez bien qu'ils ne sont plus que quatre à se défendre. »

Mais elle l'emmène dans la chambre d'où elle était sortie et lui dit qu'il lui faut payer sa rançon.

« Quelle rançon ? demande-t-il.

— Celle que les chevaliers vous ont demandée.

— Mon sang ?

— Oui.

— J'en prends Dieu à témoin, je préfèrerais mourir, car il (*f. 129c*) n'y aurait pas de jour où on ne me le reprocherait !

— Eh bien, vous serez toujours mon prisonnier.

— Par ma foi, je ne sais ce que je vais pouvoir faire, mais jamais je ne me libérerai avec une telle rançon.

— Eh bien au nom de Dieu, reprend la demoiselle, je ne vous garderai pas prisonnier pour autant, car vous êtes fort brave : je vous déclare quitte de cette prison et vais vous dire pourquoi ils vous demandent ce sang. Ce chevalier est si malade, comme vous l'avez vu, qu'il ne guérira jamais avant que le meilleur chevalier, après un autre, lui ait frotté la jambe de son sang, et que cet autre, qui est le meilleur, lui ait frotté le bras. Alors il sera complètement guéri et rétabli. Ce serait pour vous un grand bénéfice s'il guérissait par votre sang, car vous en tireriez honneur et mérite : honneur, du fait que vous seriez le meilleur chevalier du monde ; mérite, de ce qu'il serait guéri grâce à vous, de sorte qu'il n'y aurait pas de jour où il ne vous serait redevable de sa vie.

— Je voudrais que cela fût déjà fait et que cela fût vrai, répond monseigneur Gauvain. Mais en vérité, je sais bien que je ne suis pas le meilleur chevalier du monde : il y en a un qui est meilleur. Cependant puisque vous m'avez mis à l'épreuve,

gel voil bien, car ja la santé au chevalier ne sera delaié par moi. »

Lors se drece la dame, et vallet vienent et damoiselles, si li ostent son hiaume et li deslacent de ses chauces l'une, et ce fu la destre, si com la damoiselle lor enseigna. Et la damoiselle li baille l'espee, et il la fiert en la cuisse, que li sans an vole a grant planté tant que la dame dist assez est.

Lors vint laianz la pucele a l'espee, et [il] li demande son covant. Et ele dit que il lo savra par tens, mais que li chevaliers soit oinz de son sanc. Aprés vient illuec uns vallez et jones enfes, si estoit mout biaus. Et qant il oï parler monseignor Gauvain, si li fu avis qu'il l'aüst autre foiz veü. Mais il nel conut mies, car il n'avoit an la chanbre que une sole fenestre overte, si estoit mout annuble. Lors li cort li val(*f. 129d*)lez deffermer totes les autres. Et messires Gauvains esgarde, si voit que ce est la plus bele chanbre et la plus riche o il fust onqes, et que la pucele qui amené l'i avoit estoit de trop plus grant biauté que il ne cuidoit.

Lors fait la dame desarmer monseignor Gauvain de totes ses armes por ses plaies regarder, car il estoit mout bleciez. Et qant li vallez vit ses plaies, si s'an torne faisant tel duel que ja mais hom tel duel ne fera, tant qu'il vient devant lo chevalier qui gisoit o lit, cui an oignoit sa janbe do sanc. Et il se dormoit qant li vallez vint la, si li font signe qu'il s'an aille, car li chevaliers repose. Et il s'an va an une chambre, si se lait cheoir en un lit et plore et crie et fiert ses deus poinz ensemble et depiece tote sa robe. La damoisele de la chaiere regarde les plaies monseignor Gauvain mout doucement. Et a chief de piece s'esvoille li chevaliers et giete un mout grant sospir. Et qant il ot lo vallet qui crie an la chanbre, si s'esfroie et mervoille, si qu'il volt hors saillir do lit, et sant que sa janme est tote garie et dit :

j'accepte : jamais la possibilité qu'a le chevalier de recouvrer la santé ne sera retardée par ma faute. »

La dame se lève et s'approche avec les jeunes gens et les demoiselles ; selon ses instructions, ils lui enlèvent son heaume et lui délacent l'une de ses chausses[1], la droite. La demoiselle lui remet l'épée et il s'en frappe la cuisse : le sang jaillit abondamment jusqu'à ce que la dame dise qu'il y en a assez. La jeune fille à l'épée s'avance alors et il lui demande ce qu'elle lui a promis. Mais elle lui répond qu'il le saura bientôt, pourvu que le chevalier soit frotté avec son sang. Après cela, un tout jeune homme survint, fort beau. Et quand il entendit parler monseigneur Gauvain, il lui sembla qu'il l'avait déjà vu. Mais il ne put le reconnaître, car avec une seule fenêtre ouverte, la chambre était fort sombre ; il *(f. 129d)* courut donc ouvrir toutes les autres. Monseigneur Gauvain regarde et voit que c'est la pièce la plus belle et la plus somptueuse où il s'était jamais trouvé, et que la jeune fille qui l'y avait amené était beaucoup plus belle encore qu'il ne l'imaginait.

Sur ce, la dame fit enlever à monseigneur Gauvain toutes ses armes pour que ses plaies fussent examinées, car il avait de multiples blessures. À leur vue, l'adolescent se détourna pour s'abandonner à une douleur tout à fait extraordinaire et il rejoignit le chevalier étendu sur le lit, à qui on frottait la jambe avec le sang. Quand il arriva, l'autre dormait ; aussi lui fit-on signe de s'en aller, car le chevalier se reposait. Il gagna une chambre, se laissa tomber sur un lit et continua de pleurer, de crier, frappant ses deux poings l'un contre l'autre et déchirant tous ses vêtements[2]. La demoiselle du siège examinait très délicatement les plaies de monseigneur Gauvain. Au bout d'un moment, le chevalier finit par ouvrir les yeux et jette un profond soupir. Quand il entend les cris de l'adolescent dans la chambre voisine, il s'étonne, s'inquiète ; il veut sauter du lit, sent que sa jambe est tout à fait guérie et s'écrie :

---

1. Les *chausses* dont il est question ici font partie de l'armure du chevalier ; elles sont de mailles d'acier et se lacent sur les jambes qu'elle protègent.
2. La *robe* est l'ensemble des pièces qui composent un vêtement d'homme ou de femme, en principe la *cote* ou *bliaut* (tunique à manches), parfois le *surcot* (tunique sans manches) et le *mantel*.

« Ha ! Dex, toz suis gariz de la jambe. »

Si se lieve et va an la chambre ou li vallez plore, son braz mis encontre son piz, si trove que li valez arache ses chevox et deront sa robe. Et qant il voit son seignor devant lui, si ne se muet. Ne por ce ne laisse son duel.

« Que est ce ? fait li chevaliers ; fiz a putain, bastarz, de coi faites vos duel ? Donc ne veez vos que ge suis gariz ? »

« Certes, sire, fait il, moi ne chaut, que por cestui preu voi greignor domage. »

« Et qel ? » fait li chevaliers.

« Jantils hom, fait il, çaianz ont ocis monseignor Gauvain, vostre frere et lo mien. »

« Gauvain ! » fait il.

Et qant il oï ce, si a tel duel que il se pasme. Et ses genz li corrent antor, sel redrecent. Et la damoisele de la chaiere fu venue corrant a lui, por ce que ele avoit oï dire que il iere gariz. Mais qant ele lo vit pasmé, si fu trop a malaise, car ele n'amoit tant nule rien, sel porprant antre ses braz. Et qant il revient de pasmoisons, si demande qui a son frere mort. Et ele demande : « Quel frere ? » *(f. 130a)* Et il dit : « Gauvain. »

« Commant ? fait ele, est il çaianz ? »

« Oïl, fait il, ce dit Modrez. »

« Ha ! lasse, fait ele, jo sopeçoie bien. Voirement est ce li plus prodom do monde, et par lui iestes vos gariz. » Si li conte commant. « Mais il n'a, fait ele, nules plaies mortels, ainz garra bien. »

« Menez moi tost la o il est. » Lors lo volent sostenir si com il avoient a costume. « Laissiez moi, fait il, car ge suis toz gariz. »

Lors s'an vait aprés aus an la chambre, la o messires Gauvains estoit. Et qant il lo voit, si se lieve ancontre et voit que c'est li chevaliers do lit. Mais il ne conoist mies que ce soit Agrevains, car il ert maigres et anpaliz. Si li tant au col lou braz haitié et dit :

« Ah ! mon Dieu ! je suis tout à fait guéri de ma jambe ! »

Il se lève donc, et en tenant son bras appuyé sur la poitrine, il gagne la chambre où il trouve l'adolescent en pleurs, s'arrachant les cheveux et mettant ses vêtements en pièces. Mais même en voyant son seigneur devant lui, le jeune homme ne bouge pas et ne met pas fin à son désespoir.

« Eh quoi ? s'écrie le chevalier, fils de putain, bâtard, pourquoi cette douleur ? Ne voyez-vous pas que je suis guéri ?

– En vérité, seigneur, répond-il, peu m'importe, car pour ce profit, je vois un dommage bien plus grand.

– Lequel ?

– Des hommes bien nés ont tué ici monseigneur Gauvain, votre frère et le mien.

– Gauvain ! » s'écrie l'autre.

Devant cette révélation, il s'évanouit de douleur. Ses gens se précipitent autour de lui et le redressent. La demoiselle du siège avait accouru elle aussi, car on lui avait dit qu'il était guéri ; mais en le voyant évanoui, elle fut bien inquiète et le prit dans ses bras, car elle n'aimait personne autant que lui. Quand il eut repris connaissance, il demanda qui avait tué son frère. Et elle demanda à son tour :

« Quel frère ? *(f. 130a)*

– Gauvain, répondit-il.

– Comment ? fit-elle, il est là ?

– Oui, Mordred le dit.

– Hélas ! malheureuse, je m'en doutais ! Il est bien le plus brave du monde, et c'est grâce à lui que vous êtes guéri. »

Et elle lui explique comment cela s'est fait, en ajoutant :

« Mais aucune de ses plaies n'est mortelle, et il va bien guérir.

– Menez-moi vite auprès de lui. »

Ils veulent le soutenir, comme ils en avaient l'habitude, mais il leur dit :

« Laissez-moi : je suis tout à fait guéri. »

Et il les suit dans la chambre où se trouvait monseigneur Gauvain. À sa vue, celui-ci se lève pour aller à sa rencontre et il se rend compte que c'est le chevalier du lit, sans toutefois reconnaître Agravain, qui avait maigri et pâli. Alors, de son bras sain, Agravain l'enlace et lui dit :

« Ha ! biau douz frere, vos soiez li bienvenuz çaianz, que de ma janbe m'avez gari. »

Lors lo conut messires Gauvains a la parole, sel baisse et acole. Et font tel joie et tel duel li uns de l'autre que il se pasment ansenble, mais messires Gauvains s'ocit, car assez ot et duel et joie.

« Biau frere, fait messires Gauvains, o avez vos prise ceste anfermeté ? »

« Gel vos dirai, fait Angrevains : il avint chose, qant nos fumes parti de la deriene asemblee o la pais fu faite de monseignor lo roi Artu et de Galehot, et ge vos oi laissié a Carduel malade, si m'esmui vers ces païs por veoir ceste damoisele ci. » Et ce dist il de cele de la chaiere. « Car ge l'ain, fait il, plus que nule rien. Si com ge fui antrez an la voie, si ancontrai un mesage qui me venoit querre a mout grant bessoing, que ma damoisele me mandoit que si chier com ge avoie s'amor, que ge la venisse rescorre, car ses peres Tradelinanz, li rois de Norgales, l'avoit donee a un chevalier que ele ne voloit mies avoir. Et ge vin, si fis tant que ge l'oi devers moi.

« Aprés ce ne demora gaires que g'estoie ci delez an une forest et avoie chacié tote jor, *(f. 130b)* tant que vint anvers midi que ge mori mout de chaut. Et ge avoie pris deus granz chevriaus, si les en anveoie avant par mon frere Modret et par un de mes escuiers. Et ge fui an ma chemise cochiez soz l'ombre d'un sicamor, sor l'erbe vert qui ere sor une fontaine. Et aoulz estoit ja antrez o nos somes encor, si faisoit mout grant chaut. Ne avoc moi n'avoit de totes noz genz que un sol escuier, qui tenoit noz chevaus et s'estoit pres d'iluec couchiez an un boison. Je m'andormi por lo chaut et por la laseté. Et la ou ge dormoie, si vindrent deus damoiseles sor deus palefroiz et tenoit chascune an sa main une boite, si com li vallez me conta qui les vit. Et il cuida que ce fust ma damoisele et une de ses puceles. Eles vindrent jusque a moi, si descendirent. Et l'une me mist desoz lo chief un oreillié qui me tint endormi, si m'oint

« Ah ! mon frère bien-aimé, soyez ici le bienvenu, car vous avez guéri ma jambe. »

À ces mots monseigneur Gauvain le reconnaît enfin : il se jette à son cou et l'embrasse ; ils éprouvent tant de joie et de douleur l'un pour l'autre qu'ils manquent de s'évanouir ensemble ; mais monseigneur Gauvain est bien près d'en mourir[1], tant son émotion est intense.

« Cher frère, s'écrie-t-il, où avez-vous pris ce mal ?
— Je vais vous le dire, fait Agravain : il se trouva qu'après la dernière bataille où la paix fut conclue entre monseigneur le roi Arthur et Galehaut, quand je vous eus laissé à Carduel, malade, je me mis en route vers cette région, pour voir cette demoiselle. » Et en disant cela, il désignait celle du siège. « Car je l'aime, continue-t-il, plus que personne. Sur mon chemin, je rencontrai un messager qui venait me chercher de toute urgence ; ma demoiselle me demandait, au nom de l'amour que je lui portais, de venir la secourir : son père, Tradelinant, le roi de Norgales, l'avait donnée à un chevalier dont elle ne voulait pas. J'arrivai et fis si bien que je l'eus à moi. Peu de temps après, je me trouvais non loin d'ici, dans une forêt où j'avais chassé toute la matinée (*f. 130b*), si bien que, vers midi, je mourais de chaleur. J'avais pris deux grands chevreuils et je les avais envoyés en avant avec mon frère Mordred et un écuyer. En chemise, je m'allongeai à l'ombre d'un sycomore, sur l'herbe verte qui entourait une fontaine. C'était le début du mois d'août, comme aujourd'hui, et il faisait vraiment très chaud. Je n'avais gardé avec moi qu'un seul écuyer, qui tenait nos chevaux et qui s'était couché non loin de là, dans un buisson. Sous l'effet de la chaleur et de la fatigue, je m'endormis. Pendant mon sommeil, arrivèrent deux demoiselles, montées sur deux palefrois, chacune avec une boîte dans la main, comme me le raconta l'écuyer qui les vit. Il crut que c'était ma demoiselle et l'une de ses suivantes. Elles s'approchèrent de moi et mirent pied à terre. L'une d'elle plaça sous ma tête un oreiller qui me tint endormi ; ainsi elle put me frotter

---

1. *S'ocire* doit être traduit avec une nuance inchoative ; c'est une hyperbole sur les réactions affectives, pour montrer l'amour fraternel de Gauvain.

l'une [la] jambe de ne sai quoi, et l'autre lo senestre braz. Qant eles s'an alerent par delez lo boison o mes vallez estoit, [si distrent :]

«"Hé! or nos an somes nos trop criement venchiees qant nos ne li avons mis terme de sa garison." "M'aïst Dex, dist l'autre, et ge li metrai terme au braz au jor que il sera oinz do sanc au meillor chevalier qui orandroit soit." "Et ge li met, fait l'autre, [a la jambe] au jor qu'il l'avra lavee do sanc au meillor chevalier aprés celui. Et sachiez que mout a ores a atandre, que petit de gent a or o siegle qui saüsient les deus meillors chevaliers eslire." Atant se ferirent o bois, que plus n'an oï mes escuiers, si sot lors bien que eles estoient estranges. Si vint a moi mout esbahiz, si me cuida esveilier. Mais ge ne m'esveillase ja, tozjorz fust li oreillié desoz ma teste. Et cil ne s'en prenoit garde, si me bota tant que la teste me chaï de sor l'oreillié et ge m'esveillai, si me santi de la janbe et do braz autres[int comme] ge faisoie hui matin, ne ne soffrise por [tot] lo monde a monter sor mon cheval, si co[vint] *(f. 130c)* que mes escuiers venist ça et me porchaça une litiere sor coi ge m'an vin. Et qant je m'an venoie, l'oreillier desoz ma teste por reposer, si vint uns chevaliers toz armez, si s'acosta soz la litiere et m'aracha l'oreillier de soz ma teste si durement que mout me bleça.

«Ensi malades m'an vin. Or si vos ai conté tot mon malage.»

«Sire, sire, fait la damoisele, ne vos disoie ge bien que vos anvoisiez querre monseignor Gauvain, vostre frere, car ce est li plus prodom do monde? Et vos deïstes que assez i avoit de plus preuz. Si n'est remés s'an vos non que vos n'aiez perdue la janbe, car vos cuidiez que ce fust mençonge que li vallez vos dist.»

Et Engrevains se taist, qu'il ne dist mot, ainz a mout grant honte de son frere cui il avoit mesprisié.

«Et ceste maisons, fait messires Gauvains, cui est?»

la jambe de je ne sais quoi, et l'autre le bras gauche. En s'en allant, tandis qu'elles passaient près du buisson où se trouvait mon écuyer, elles disaient :

"Ah ! nous nous sommes trop cruellement vengées en ne fixant pas de date pour sa guérison.
— Eh bien, par Dieu ! dit l'une, je fixe la guérison de son bras au jour où il sera frotté avec le sang du meilleur chevalier qui existe actuellement !
— Et moi, dit l'autre, je fixe celle de sa jambe au jour où on la lui lavera avec le sang du meilleur chevalier après celui que vous venez de dire. Et à coup sûr, il lui faudra attendre longtemps, car il y a actuellement peu de gens au monde qui sauraient désigner les deux meilleurs chevaliers."

« Elles disparurent ensuite dans le bois, sans que mon écuyer en entende davantage, et il comprit bien que c'était des étrangères. Tout interdit, il vint me retrouver et croyait me réveiller ; mais l'oreiller serait-il toujours resté sous ma tête, je ne me serais jamais réveillé. Lui ne s'en avisait pas et me secouait si bien que ma tête finit par glisser de l'oreiller et que je m'éveillai. Je sentis alors que le bras et la jambe me faisaient mal, comme ce matin encore, et pour rien au monde, je n'aurais supporté de remonter à cheval ; *(f. 130c)* mon écuyer dut retourner ici chercher un brancard, sur lequel je pus revenir. Pendant le trajet, alors que j'avais l'oreiller sous la tête pour me soulager, un chevalier tout armé survint, qui se plaça à côté du brancard et qui arracha l'oreiller de dessous ma tête avec une telle violence que j'en fus tout contusionné. C'est ainsi que je revins malade. Maintenant je vous ai raconté toute l'histoire de mon mal.

— Seigneur, seigneur, intervient la demoiselle, n'avais-je pas raison de vous dire d'envoyer chercher monseigneur Gauvain, votre frère, car c'est le plus brave du monde ? Mais vous disiez qu'il y en avait beaucoup d'autres plus vaillants. Et il n'a tenu qu'à vous de perdre la jambe, car vous pensiez que les propos de votre écuyer étaient des inventions. »

Agravain reste muet, sans dire un seul mot, tout à la honte d'avoir sous-estimé son frère.

« Et cette demeure, reprend monseigneur Gauvain, à qui est-elle ?

« Ele est, fait il, moie, si la me dona li dus de Canbenic, qui la conquist l'autre jor sor lo roi de Norvales, qui l'avoit a force fermee an ceste terre. »

Et lors commança la damoiselle a sozrire. Et messires Gauvains li demande et conjure « la rien que vos plus anmez an cest siegle » que ele li die por coi ele rist.

« Ge? fait ele. Por les folies do siegle, que j'ai une moie seror plus jone de moi qui a voé que ele ne donra ja son pucelage se a vos non. Et mes peres n'a plus de toz anfanz que nos deus, si la garde si por paor de vos que riens ne la puet veoir. »

« M'aï[t] Dex, fait messires Gauvains, il la garde de mout loing, et j'ai mout autre chose a faire. Et neporqant, se je venoie an leu, ge la verroie s'il pooit estre. Damoiselle, fait il a la damoisele a l'espee, dites moi qui sont li dui prodome que vos m'aüstes an covant a nomer an ceste chanbre. »

« Sire, fait ele, il i pert bien que vos an iestes li uns. »

« Et li autres, dist messires Gauvains, qui est? »

Et ele dit que ce est cil qui vainqui [l']asanblee do roi Artu et de Galehot.

« Mais *(f. 130d)* ge no sai veraiement nomer. Et l'espee que ge portoie vos anveoit mes sires an chief, car ge aloie a vos a la cort qant ge vos ancontrai, si vos amenai ça, et por ce que li cuers me disoit que ge feroie que sage. »

Lors li baille la damoisele l'espee, et il la prant, si la trait, si li est mout bele. Et Angrevains li dit :

« Sire, se l'espee est tex com les letres tesmoignent, ele est bone a bacheler qui n'est mies esprovez. Mais ele ne seroit mies si boene a un prodome, car ce dient les letres que ele ne fera ja mais

– À moi, répond-il : le duc de Canbenic me l'a donnée, après l'avoir gagnée sur le roi de Norgales, qui l'avait lui-même puissamment fortifiée dans ce pays[1]. »

La demoiselle esquisse alors un sourire et monseigneur Gauvain la conjure au nom de la personne qu'elle aime le plus au monde de lui dire la raison de ce sourire.

« Pourquoi ? fait-elle. À cause des folies humaines : j'ai une sœur cadette, qui a juré de n'abandonner sa virginité qu'à vous. Mon père n'a plus d'autres enfants que nous deux, et la peur que vous lui inspirez est telle qu'il la fait garder de façon que personne ne puisse la voir[2].

– J'en prends Dieu à témoin, s'écrie Gauvain, il la garde à bonne distance et j'ai bien autre chose à faire. Cependant, si j'arrivais sur place, je saurais la voir, si c'était possible. Demoiselle, demande-t-il encore à celle de l'épée, dites-moi qui sont les deux braves que vous avez promis de me nommer dans cette chambre.

– Seigneur, il est évident que vous êtes l'un d'eux.

– Et l'autre, insiste monseigneur Gauvain, qui est-il ? »

Elle lui dit qu'il s'agissait de celui qui avait été le vainqueur dans l'assemblée du roi Arthur et de Galehaut.

« Mais (*f. 130d*) en vérité, je ne sais pas son nom. L'épée que je portais, mon seigneur vous l'envoyait tout spécialement[3] : c'est pourquoi j'allais vous chercher à la cour quand je vous ai rencontré ; et je vous ai amené ici, car j'avais l'intuition de faire ce qu'il fallait. »

Sur ce la demoiselle lui tend l'épée ; il la prend, la tire du fourreau et la trouve fort belle.

« Seigneur, intervient Agravain, si ce que disent les inscriptions est juste, cette épée convient à un bachelier qui n'a pas fait ses preuves. Mais elle ne serait pas aussi bonne pour un chevalier confirmé, car, selon les inscriptions, elle ne fera alors

---

[1]. Voir plus loin le récit de l'ermite, f. 146d.

[2]. Annonce de l'épisode qui ne viendra que plus loin, après entrelacements, f. 155b-157c.

[3]. *En chief* n'est pas clair. E. Kennedy propose « spécialement pour vous », A. Micha « au début, en premier lieu », mais ce sens ne serait sûr que s'il y avait *el chief*.

s'anpirier non, et cil sor cui ele sera amendera totevoies. Et qant ele me fu envoiee et ge soi que ele avoit tel costume, si me pansai que nus ne l'anploieroit miauz de vos, si la vos anveoié. »

« Certes, fait messires Gauvains, et ge la cuit mout bien amploier an un jone bacheler preu et hardi et de cui j'ameroie mout l'amandement. »

« Sire, fait l'amie Angrevain, an bon leu la metez, car ele vint de si bon leu comme de ma seror qui vostre frere l'anvoia, por ce qu'il l'amanteüst a vos. »

« Certes, fait il, si ferai ge. Et do chevalier qui vainqui lo tornoiement vos di ge por voir et sanz nule faille que ce est li miaudres que ge onques veïsse. Et ge suis meüz por lui querre plus a d'un mois, moi vintoime de chevaliers. » Si les nome Angrevain.

« Ha ! sire, fait Angrevains, o cuidiez vos que il soit ? »

« Ge sai bien ou, fait il, mais ge ne lo puis dire se ge ne me parjur. Et se gel puis trover, ge l'amanrai ça. Et sachiez que c'est Lancelloz do Lac, li fiz au roi Ban de Benoyc.

Granz fu la joie que li uns freres fist de l'autre, et huserent lo jor an paroles tant que il fu nuiz, et lors s'alerent couchier. Et au matin se leva messires Gauvains mout matin. Et qant il fu armez, si ala panre congié. Et lors li fist Angrevains amener un mout bon destrier por lo suen qui avoit esté ocis. Et li demanda messires Gauvains au partir por coi il estoit si *(f. 131a)* gardez et don cil chevalier estoient tuit. Et il dist que il estoient s'anmie, car qant ses peres la vost marier, si li devisa sa terre et fist as chevaliers que il li avoit devisé an sa terre faire omage. Et il s'an estoient a li venu por lor sairement aquiter.

« Si avoient anpensé, fait il, qu'il avroit une espie en ce grant chemin laïsus por amener ça les chevaliers, tant que

que se détériorer, tandis que celui qui la portera s'améliorera[1]. Quand elle me fut envoyée et que j'appris son destin, je m'avisai que personne ne l'utiliserait mieux que vous et je vous l'envoyai. »

– En vérité, fait monseigneur Gauvain, je crois fort bien l'utiliser en la donnant à un jeune homme vaillant et audacieux, dont j'aimerais beaucoup les progrès.

– Seigneur, dit l'amie d'Agravain, attribuez-la bien, car venant de ma sœur qui l'a envoyée à votre frère pour qu'il vous renseigne, elle est venue de haut lieu.

– En vérité, j'y veillerai, répond monseigneur Gauvain. Quant au chevalier qui remporta le prix de l'affrontement, je vous déclare en toute certitude que c'est le meilleur que j'aie jamais vu. Je suis parti pour me mettre en quête de lui, il y a plus d'un mois, avec dix-neuf chevaliers. » Et il les nomme à Agravain.

« Ah ! seigneur, fait celui-ci, où croyez-vous qu'il soit ?

– Je le sais fort bien, mais je ne puis le dire sans me parjurer[2]. Si je puis le trouver, je l'amènerai ici. Sachez que c'est Lancelot du Lac, le fils du roi Ban de Bénoïc. »

Grande fut la joie que se témoignèrent les deux frères ; il passèrent le reste de la journée en conversation, jusqu'à la nuit, où ils allèrent se coucher. Le lendemain, monseigneur Gauvain se leva de très bon matin. Quand il fut armé, il alla prendre congé. Agravain lui fit apporter un très bon destrier, pour remplacer le sien qui avait été tué. Au moment de partir, monseigneur Gauvain lui demanda pourquoi il était ainsi (f. 131a) gardé et d'où étaient tous ces chevaliers. Il répondit qu'ils étaient à son amie, car, quand son père avait voulu la marier, il avait partagé sa terre et il lui avait fait rendre hommage par les chevaliers de la terre qu'il lui avait attribuée. Aussi l'avaient-ils rejointe pour tenir leur serment.

« Ils avaient imaginé, continue-t-il, de placer un espion sur le grand chemin là-bas, pour amener ici les chevaliers, jusqu'à ce

---
1. C'est pour cela que Gauvain l'a envoyée à Hector, voir supra f. 126a.
2. Voir supra f. 114a.

aucuns prodom i venist par cui ge fusse gariz. Et il vos est si avenu que vos iestes li premiers qui onques i fust. »

« Et celes, fait messires Gauvains, qui lo mal vos donerent, savez vos, ne ne sopeciez qui eles furent ? »

« Certes, fait il, naie, fors tant que ge me conbatié a un chevalier, si l'afolai d'un des braz. Et une damoiselle sorvint, ce quit, qui estoit s'anmie, si me dist que se ge vivoie un an, que ge ne l'an galeroie ja. L'autre vos dirai qui ge cuit qui ce fu. G'erroie oan querant aventure an la Forest de Lande Belle, si trovai une damoisele de mout grant biauté. Et aprés li venoit uns chevaliers. Et ge la prain par lo frain, si l'an vos mener si tost com ge vi que ele avoit conduit. Et li chevaliers la me vost rescorre, si nos combatimes ansanble, et l'otrai an la fin. Et lors pris la damoisele, si l'an menai grant piece, tant que ge vign en unes espesses broces. Si descendié et dis que ge li feroie, si la mis jus de son palefroi. Et ele se vost desfandre, et ge m'asis lez li, si ostai mon hiaume et li descovri la destre janbe a force jusque vers la cuise amont. Et ele faisoit trop grant duel et se desfandoit com ele pooit. Et qant ge li vos faire, si vi que ele avoit tele la jambe jusque au gros de la cuise que onques si roignose ne fu veüe au mien cuidier. Et ge li dis que an maleür feïst elle dongier, que se g'estoie contraiz, ne tocheroie ge a li ne que a une messelle. Et si m'an tornai atant et dis que honiz fust li chevaliers qui lo li feroit. Et ele me dist que se ge vivoie un an, que ge vouroie avoir doné qanque ge porroie avoir que la moie jambe ne fust plus laide que la soe ne plus roignose ne plus orde. Ne ge *(f. 131b)* ne cuit avoir prise par autrui l'anfermeté que par as deus. »

Et messires Gauvains dit que ce puet bien estre, et que mout laide chose est de prodome d'estre orgoillos et mesafaitié, car tuit li mal en vienent. Et Angrevains estoit

qu'un brave y vienne qui pourrait me guérir. Et le sort a fait que vous êtes le premier qui soit jamais passé là.

– Et celles qui vous ont donné le mal, fait monseigneur Gauvain, savez-vous qui elles sont ou en avez-vous une idée ?

– En vérité non, répond-il ; je sais seulement que je me suis battu contre un chevalier, que je l'ai blessé à un bras et qu'alors une demoiselle est arrivée, qui, je crois, était son amie ; elle me déclara que si je vivais une année je n'aurais pas à en rire du tout. L'autre demoiselle, voici qui c'était à mon avis. Comme je cheminais cette année encore, cherchant aventure dans la Forêt de la Belle Lande, je tombai sur une demoiselle d'une grande beauté, suivie d'un chevalier. Je la saisis par le frein et je voulus l'emmener dès que je vis qu'elle était escortée[1]. Le chevalier voulut me la reprendre : nous nous battîmes donc et finalement j'eus le dessus. Je pris la demoiselle et je l'emmenai loin, jusqu'à ce que j'aie trouvé un épais buisson. Je mis pied à terre, je lui déclarai que j'allais la prendre et je la fis descendre de son palefroi. Elle voulut se défendre, mais je m'installai près d'elle, enlevai mon heaume et tentai de lui découvrir de force la jambe droite, jusqu'en haut de la cuisse. Elle montrait une grande douleur et se défendait de toutes ses forces. Mais quand je voulus la prendre, je vis qu'elle avait la jambe pleine d'ulcères, jusqu'au gras de la cuisse, comme jamais je crois je n'en avais vu. Je lui déclarai qu'elle aille au diable avec sa résistance, car même lépreux, je ne toucherais pas plus à elle qu'à une lépreuse, et je me détournai, en vouant à la honte le chevalier qui la posséderait. Alors elle me dit que si je vivais un an, je voudrais avoir donné tout ce que je pourrais avoir, pour que ma propre jambe ne fût pas plus laide que la sienne, ni plus ulcéreuse, ni plus repoussante. Je ne *(f. 131b)* crois pas que mon mal a d'autre origine que ces deux femmes. »

Monseigneur Gauvain dit que c'était probable, et que pour un brave, il est bien fâcheux de se montrer orgueilleux et grossier, car toutes sortes de maux en découlent. Agravain se trou-

---

1. Selon une coutume du pays de Logres, relatée par Chrétien de Troyes dans la *Charrette*, v. 1299-1316, le chevalier doit respecter une jeune fille qu'il rencontre seule, mais il peut faire d'elle ce qu'il veut quand il la conquiert sur un autre chevalier qui l'escorte.

uns des chevaliers de son tans qui plus fu orgoillos et mains pitos.

Qant li chevaus fu amenez, messires Gauvains prist congié, si monta et pandi l'espee a l'arçon de la selle que la damoiselle li devoit porter, si s'an torne atant. Et la damoiselle qui laianz l'avoit amené monta, si lo co[n]voia jusque la dom ele l'avoit amené. Et puis l'a comandé a Deu, et il li.

Or s'an va messires Gauvains et chevauche tote la matinee jusque a tierce. Lors est antrez an la forest de Brecanhan ou plus parfont et erre tot lo grant chemin tant que il vient an une mout grant lande et mout large et voit devant lui o milleu de la lande deus estaches novellement fichiees et cheviles d'amont jusque aval menuement a guise de hantier, et sont totes chargiees de groses lances. Et d'autre part pant uns escuz toz vermauz. Et qant il aproche, si voit desoz l'une des estaches un chevalier armé de totes armes fors do hiaume. Et qant il se regarde, si voit desoz un aubre corner un cor. Et maintenant saut sus li chevaliers et lace son hiaume et met a son col l'escu vermoil et est montez sor un grant cheval et porte ses armes mout covenanment et lait corre a monseignor Gauvain si tost com chevaus pot aler. Et messires Gauvains refait autretel, si s'entrefierent de si grant aleüre com chevaus lor porent corre sor les escuz, si que totes les lances volent an pieces. Et messires Gauvains met la main a l'espee, si vost corre sus au chevalier. Et li chevaliers li dist :

« Ha ! sire chevaliers, as espees recoverrons nos assez a tot tens ; ne il ne fu onques si biaus comancemenz de chevalerie comme joste. Et par la rien que vos plus amez, que nos jostons de ces lances que vos veez *(f. 131c)* la tant que li uns de nos chiee o que eles soient totes brisiees. »

Et messires Gauvains dit que il ne l'a a faire se bon ne li est, car aillors a a aler.

« Par la foi que vos devez Deu, faites lo. »

vait être, parmi les chevaliers de son temps, un des plus orgueilleux et des moins capables de compassion[1].

Quand son cheval lui fut amené, monseigneur Gauvain l'enfourcha, après avoir pris congé ; il suspendit à l'arçon de la selle l'épée que la demoiselle devait lui apporter et se mit en route ; la demoiselle qui l'avait amené dans ces lieux, monta elle aussi et l'accompagna jusqu'à leur point de rencontre ; là elle le recommanda à Dieu et il fit la même chose pour elle.

Monseigneur Gauvain s'en va donc et chevauche toute la matinée jusqu'à tierce. Il pénètre alors au plus profond de la forêt de Brequeham, et, à force de suivre le grand chemin, il débouche sur une lande immense, avec, au milieu, deux poteaux, récemment plantés et chevillés soigneusement du haut en bas, comme un porte-lances, et qui retiennent une masse de grosses lances. De l'autre côté, est suspendu un écu tout vermeil. En approchant, il distingue devant l'un des poteaux un chevalier tout armé, sauf de son heaume, et quand il se retourne, il voit qu'on fait retentir un cor sous un arbre. Aussitôt le chevalier se dresse, lace son heaume, suspend à son cou l'écu vermeil, enfourche un grand cheval, dispose ses armes avec beaucoup de savoir-faire et se précipite sur monseigneur Gauvain à bride abattue ; celui-ci fait de même, si bien qu'ils heurtent leurs écus avec toute la violence que leur donnait l'élan de leurs montures et que leurs lances volent en morceaux. Alors monseigneur Gauvain met la main à l'épée et veut se précipiter sur son adversaire, mais l'autre lui dit :

« Ah ! seigneur chevalier, nous aurons bien assez le temps de recourir à nos épées ; jamais on n'a vu de plus beaux faits de chevalerie que l'épreuve préliminaire de la joute : au nom de la personne que vous aimez le plus, joutons avec les lances que vous voyez (*f. 131c*) là, jusqu'à ce que l'un de nous tombe ou jusqu'à ce qu'elles soient toutes brisées. »

Monseigneur Gauvain lui répond qu'il n'en a rien à faire, si tel n'est pas son bon plaisir, car il doit aller ailleurs :

« Pour l'amour de Dieu, faites ce que je vous demande ! »

---

1. Agravain a pour surnom « l'Orgueilleux aux dures mains » dans le *Perceval* de Chrétien de Troyes, v. 8139.

Et il l'otroie.

Lors vienent andui a l'estache et pranent andui lance tel com il volt, si s'antrevienent et peçoient lor lances sanz cheoir. Si voit bien messires Gauvains que mout joste apertement li chevaliers. Lors repranent lances et les repeçoient sanz cheoir, et a chascun cop vise li chevaliers a ferir monseignor Gauvain soz la gole, et tant que il vienent a la quinte joste. Si s'esloigne messires Gauvains an la lande tant com an ruiast une menue pierre. Et lors fiert des esperons. Et li chevaus va si tost que il bruit toz, si s'antrefierent des granz cors des chevaus et de lor grant force si durement que les lances peçoient et esclatent jusque as poinz. Et si qu'il s'en passent outre, si lo fiert si durement messires Gauvains do cors et de l'escu et do hiaume et si durement se hurte a lui de tot lo cors qu'i[l] li est avis que li oil li soient de la teste volé. Si l'arache des arçons et lo porte par desus la crope de son cheval a terre, si que les regnes anmedeus li remagnent o poign senestre. Et au parcheoir qu'il fait, si se peçoie lo braz dedanz l'escu, si se pasme. Lors descent messires Gauvains, si met la main a l'espee, si li cort sus. Mais cil ne met nul conroi an lui relever, ainz gist pasmez mout longuement, tant que il revient de pamoison. Si se plaint mout durement, si se lieve an son estant. Et messires Gauvains revient sor lui et dit que, se il ne se garde, il lo ferra. Et cil dit que bien lo puet faire, car de desfandre n'a il pooir.

« Ensi, fait messires Gauvains, n'an iroiz vos mies, que ge vos ocirrai se vos ne vos tenez por outrez. »

Et cil s'i tient, qui miauz ne puet.

« Or fianciez, fait messires Gauvains, prison a tenir la ou ge voldrai. »

Et il li fiance.

Et messires Gauvains li dit, par sa foi, que il aille a la cort lo roi Artu premierement, sanz nul leu sejorner. « Et saluez la reine de par un chevalier cui ele fist ja un servise demi, si li poïst bien

Alors monseigneur Gauvain y consent. Tous deux viennent au porte-lances, en choisissent une, foncent l'un sur l'autre et mettent en pièces ces nouvelles lances, sans tomber de cheval. Monseigneur Gauvain se rend compte que le chevalier joute avec beaucoup d'adresse. Ils reprennent d'autres lances, les brisent encore sans tomber ; à chaque coup, le chevalier vise monseigneur Gauvain de façon à le frapper sous le visage, et cela tant et si bien qu'ils arrivent à la cinquième joute. Cette fois monseigneur Gauvain prend son l'élan au travers de la lande sur la longueur du jet d'une petite pierre, puis il éperonne son cheval, qui s'ébranle dans un galop tonitruant : de toute la vitesse de leurs chevaux et de toutes leurs forces, ils viennent se frapper avec tant de violence que les lances se cassent et volent en éclats, au ras des poings. Mais en dépassant son adversaire, monseigneur Gauvain le heurte si brutalement de sa propre masse et de son écu que l'autre croit qu'on lui arrache les yeux du crâne et qu'il est projeté à terre, après avoir volé par-dessus l'arçon et la croupe de sa monture, tant et si bien que les deux rênes lui sont restées dans la main gauche ; dans sa chute, il se casse le bras à l'intérieur de l'écu et s'évanouit. Monseigneur Gauvain met alors pied à terre, empoigne son épée et se précipite sur lui. Mais l'autre ne se soucie aucunement de se relever : il gît, évanoui, et ne revient à lui qu'au bout d'un long moment ; tout en laissant échapper de grandes plaintes, il se remet debout. Monseigneur Gauvain revient sur lui et déclare que même s'il ne se met pas en garde, il le frappera ; l'autre répond qu'il peut bien faire ce qu'il veut, vu qu'il n'est pas en mesure de se défendre.

« Vous ne vous en irez pas pour autant, lui fait monseigneur Gauvain, car je vous tuerai si vous ne vous tenez pas pour vaincu. »

Le chevalier s'exécute, faute de mieux.

« Maintenant, vous allez promettre de vous rendre prisonnier là où je voudrai. »

Le chevalier promet. Monseigneur Gauvain lui ordonne, sur la foi du serment, d'aller d'abord à la cour du roi Arthur, sans s'attarder nulle part :

« Là, vous saluerez la reine de la part d'un chevalier à qui elle rendit un demi-service, alors qu'elle aurait bien *(f. 131d)*

(f. 131d) avoir fait tot antier se ele vousist. Et si li dites, fait il, se ge venoie an leu, ge li guerredoneroie demi guerredon. Et gardez, fait il au chevalier, sor vostre fiance que vos mon non n'anquerez, car ge ne voil que vos an sachiez plus. Mais qant vos avroiz fait mon message, si alez au seneschal de Roestoc tenir prison, et dites a la dame de Roestoc que, se ge l'oblioie au bessoign ensi com elle fist moi, ele ne autres ne m'an devroit rien demander. Et dites li que ge suis cil qui fist la bataille a Segurades. »

Et lors prant l'espee qui a l'arçon de la selle pandoit, si la çaint au chevalier et dit que il la doint Hector de par lui et li die que il mercie mout lo seneschal et lui de ce qu'il furent si escuier an la bataille. Ce fu li chevaliers qui [a la roine] parla a Qanpercoranti et a la dame de Roestoc ansemble lo jor que Estors mut an la queste de monseignor Gauvain, si li ancharga tot ansi com li contes devisa, la o il parla a la reine. Aprés li fist messires Gauvains meesmes a l'espee estelles au braz lier, car ce estoit uns des chevaliers o monde qui plus an savoit, car il s'an estoit mainte foiz antremis, que por soi, que por autrui. Si le lia et apareilla mout debonairement. Et qant il l'ot atorné, si li demanda por qoi il avoit iqui ces estaches mises et ces lances aportees.

Et il dit :

« Sire, ge ain une haute dame de cest païs, si l'avoie mainte foiz d'amor requise tant com ge fui vallez. Et ele dist que ja en sa vie escuier n'ameroit, car ele estoit dame, si seroit trop ampiriee. Et ge me fis maintenant faire chevalier, si n'a pas ancor un an. Et lors si la priai. Et ele me dist que ancor ne savoit ele mies que ge fusse chevaliers, mais qant ele en avroit oï parler de moi as chevaliers [que ge fusse prisiez chevaliers,] lors seroit bien droiz que ele m'amast. Et ge me penai mout de bien faire tant que ge li plaüse. Et fis tant que

pu le lui rendre tout entier si elle l'avait voulu. Dites-lui donc que, si l'occasion se présentait, je lui rendrais la moitié d'une contre-partie. Quant à vous, continue-t-il, sur votre serment, gardez-vous de vous enquérir de mon nom, car je ne désire pas que vous en sachiez plus. Mais quand vous aurez transmis mon message, allez vous livrer prisonnier au sénéchal de Roestoc, et dites à la dame de Roestoc que si je l'oubliais à l'occasion, comme elle m'a oublié, ni elle ni d'autres ne devraient m'en demander des comptes. Dites-lui encore que je suis celui qui se battit contre Ségurade. »

Sur ce, il saisit l'épée supendue à son arçon, l'attacha à la ceinture du chevalier et lui dit de la donner de sa part à Hector et de le remercier vivement, ainsi que le sénéchal, d'avoir été ses écuyers dans la bataille. C'était donc le chevalier qui parla à la reine à Quimpercorantin, ainsi qu'à la dame de Roestoc, le jour où Hector partit en quête de monseigneur Gauvain ; voilà ce qu'il avait été chargé de dire, comme le conte l'a exposé, au moment où il avait parlé à la reine. Après ces paroles, monseigneur Gauvain en personne attacha l'épée du chevalier à son bras, en guise d'attelle, car il s'y connaissait entre tous les chevaliers du monde pour l'avoir fait souvent sur lui-même et sur d'autres[1] ; il monta cet appareillage avec beaucoup de délicatesse et quand ce fut fait, il demanda au chevalier pourquoi il avait planté ces poteaux et apporté ces lances. L'autre lui répondit :

« Seigneur, j'aime une grande dame de ce pays, et je l'avais maintes fois priée d'amour avant mon adoubement. Mais elle m'avait répliqué qu'elle n'aimerait jamais de sa vie un écuyer, car, étant une dame, elle s'en trouverait passablement abaissée. Je me fis donc aussitôt armer chevalier, il n'y a pas encore un an, et je la priai de nouveau. Elle me dit qu'elle ne savait pas encore si j'avais la qualité d'un chevalier, mais que, quand elle aurait entendu dire aux autres chevaliers que j'étais digne d'éloges, elle m'aimerait alors à juste titre. Je me mis fort en peine de bien faire pour lui plaire, tant et si bien qu'elle me

---

1. Dans le *Perceval* de Chrétien encore, Gauvain sait *plus que nus hom de garir plaie* (v. 6911).

mout fu plus debonaire que ele n'avoit esté anvers moi et mout
me fist bele chiere. Et lors la requis de s'amor. Et ele me dit
que ele me donoit s'amor par covant que ge garderoie un mois
la Lande des Set Voies, *(f. 132a)* ce est ceste lande, et que ge
me conbatroie a toz les chevaliers qui i passeroient. Et qant ge
l'avroie gardee un mois sanz outrer, si seroit moie a mon plaisir.
Por ce avoie ces estaches ci levees et aportees ces lances, car
l'an me tenoit au meillor josteor de cest païs. Or avez oï lo
porcoi. »

« Comment ? fait se messires Gauvains, est ce don la Lande
des Set Voies ? »

« Oïl, sire, sanz faille. Veez ci l'antree de totes les mervoilles
de ceste forest o chief de ceste lande. »

« Et savroiez me vos, fait messires Gauvains, metre en la
voie a aler an la terre de Norgales ? »

« Oïl, sire, mout bien. »

Lors li aide messires Gauvains a monter, si lo moigne au
carrefor des Set Voies. Et qant il vinrent au carrefor, si ancontrerent la damoisele qui vient a la cort lo roi Artu atot l'escu
fandu. Si li demande messires Gauvains ou ele aloit. Et ele dit
que a la reine Guenievre.

« A li, damoisele ? fait li chevaliers bleciez. Ausis i vois ge,
si vos feroie compaignie se vos voliez. Et ge avroie grant mestier de conpaignie et de solaz. »

Et ele li dit que ce li plaist mout. Lors demande messires
Gauvains a la pucele que cil escuz senefie et por coi ele lo
porte. Et ele dit que il ne li puet chaloir de chose de qoi il n'a
a faire. « Car se vos avoiez a faire et a sivre l'aventure de l'escu,
vos ne la sosferriez por tote Bretaigne. »

montra plus de douceur et d'aménité qu'elle ne l'avait jamais fait; alors je la priai d'amour à nouveau. Mais elle me dit qu'elle me l'accordait à condition que je garde un mois la Lande des Sept Voies, *(f. 132a)* celle où nous sommes, et que je livre un combat à tous les chevaliers qui y passeraient; quand je l'aurais gardée un mois sans être vaincu, alors elle serait à moi, selon mon bon plaisir. J'avais donc dressé ces poteaux et apporté ces lances, car l'on me tenait pour le meilleur jouteur du pays. Maintenant vous connaissez mes raisons.

– Comment, s'écrie monseigneur Gauvain, c'est donc la Lande des Sept Voies?

– Oui, seigneur, assurément. L'entrée de toutes les merveilleuses aventures de la forêt est là, au bout de cette lande.

– Pourriez-vous, dit encore monseigneur Gauvain, me mettre sur la voie pour aller dans le pays de Norgales?

– Oui, seigneur, parfaitement.»

Alors monseigneur Gauvain l'aide à se remettre en selle et l'autre le guide vers le carrefour des Sept Voies. En arrivant, ils rencontrent la demoiselle qui allait à la cour du roi Arthur, avec l'écu fendu. Monseigneur Gauvain lui demande où elle allait ainsi, et elle répond qu'elle se rendait auprès de la reine Guenièvre.

«La reine, demoiselle? fait le chevalier blessé. Je vais la trouver, moi aussi, et si vous le vouliez bien, je vous tiendrais compagnie. Quant à moi, j'aurais grand besoin d'être acccompagné et distrait.»

Elle répond que cela lui agrée fort. Monseigneur Gauvain demande alors à la jeune fille ce que l'écu signifie et pourquoi elle le porte. Mais elle lui répond qu'il n'a pas à se soucier de ce qui ne le concerne pas.

«Car si c'était le cas, si vous aviez à suivre l'aventure de l'écu, même pour toute la Grande Bretagne, vous ne l'admettriez[1] pas.

---

1. *Soffrir* a le sens d'accepter une situation, permettre, patienter. Il s'agit sans doute de l'union charnelle que consacrera la soudure de l'écu, et par conséquent de la situation adultère de la reine, que Gauvain, son neveu ne saurait accepter pour le roi; mais le sous-entendu est peut-être plus ambigu.

« Damoisele, fait il, bien puet estre, mais totevoies lo savroie ge volentiers se vos lo me voliez dire. »

« Vos no savroiz de semaine, fait ele, se vos ne venez a la cort lo roi Artu. »

« La, fait il, ne retornerai ge mies legierement. A soffrir m'an covient. »

Atant se met a la voie que li chevaliers li avoit mostree. Et li chevaliers retient sa voie o la damoiselle a l'escu. Mais or ne parole ci androit plus li contes de monseignor Gauvain ne d'els, ançois retorne a Hector qui est antrez an la qeste por monseignor Gauvain.

Ce dit li contes que Hectors chevauche sanz aventure trover don a parler face, tant que il vint outre la riviere de Saverne. Et chevauche tote la droite voie vers la Lande do Carrefor, car il i avoit esté escuiers a une mout grant *(f. 132b)* assemblee. Mais ançois que il la venist, li avint que il chevauchoit pansis parmi la forest. Si estoit ja antor tierce, si faisait mout bele matinee. Et il totevoies pansoit, comme cil qui n'estoit mies sanz amor, tant que il vint sus une damoiselle qui estoit descendue de sor son palefroi desoz un chasne. Si se demantoit mout durement, et tenoit sor son giron un chevalier mout durement navré d'une espee parmi les deus cuises d'estoc, et an la teste un cop, et an la senestre espaule ; et avoc aus estoit uns escuiers qui tenoit un tronçon de lance. Si faisoit la damoiselle duel mout grant, et li escuiers, car il cremoient que li chevaliers ne morist. Hectors chevauche totevoies pansis,

– Demoiselle, fait-il, c'est bien possible, et pourtant, j'aimerais être informé, si vous vouliez bien le faire.

– Vous ne le saurez pas de sitôt, si vous ne venez pas à la cour du roi Arthur, lui répond-elle.

– Je ne retournerai pas là facilement ; tant pis pour moi ! »

Et il prend la direction que le chevalier lui avait indiquée, tandis que celui-ci s'en va avec la demoiselle à l'écu. Mais à présent, le conte ne parle plus de monseigneur Gauvain ni de ces deux personnages ; il revient à Hector, qui a commencé la quête de monseigneur Gauvain.

CHAPITRE LX

Aventures d'Hector jusqu'à son emprisonnement chez le père de Ladomas

Selon le conte, Hector chevauche sans trouver d'aventure qui mérite d'être mentionnée. Il franchit le fleuve de la Saverne et continue tout droit vers la Lande du Carrefour, car il y avait été en qualité d'écuyer, lors d'une grande *(f. 132b)* assemblée. Mais avant d'arriver à cette lande, il se trouva qu'il chevauchait pensif à travers la forêt. Il était près de tierce et la matinée était très belle. Chemin faisant donc, il pensait, car il n'était pas sans aimer, tant et si bien qu'il tomba sur une demoiselle qui était descendue de son palefroi pour se mettre à l'abri d'un chêne ; elle se lamentait très fort et tenait sur son giron un chevalier grièvement blessé[1] : une épée lui avait transpercé les deux cuisses, il avait une blessure à la tête et une autre encore à l'épaule gauche. Avec eux, il y avait un écuyer qui tenait un tronçon de lance. La demoiselle était au désespoir et l'écuyer aussi, car ils craignaient que le chevalier ne mourût. Pensif,

---

1. On saura plus tard que ce chevalier est Ladomas.

et cil furent anmi lo chemin, si ala si chevaus si pres d'aus que par un po qu'il ne monte desor lo chevalier navré.

« Hé! sire chevaliers, fait la damoiselle, vos n'iestes mies si cortois com vos deüssiez estre, que par un po que vos n'avez escachié un chevalier qui est espooir ausi gentils hom com vos iestes, o plus. »

Mais Hectors ne l'antant mies. Et li escuiers dit : « il dort, que ja Dex ne li aïst », et jure que, se ses sires ne fust malades, il lo meïst ja jus do cheval. Lors hauce lou tronçon de la lance, si an fiert si lo cheval Hector anmi lo vis que il lo fait voler an pieces. Et puis lo prant au frain, sel sache arieres, que par un po qu'il n'est a terre chaüz. Et lors a Hestors laisié son pensé, si voit l'escuier, qui bien sanble felon et dit, oiant lui meesmes, que il li poise qant il n'a lo col brisié.

« Et por coi, biaus frere ? » fait Hectors.

« Por quoi ? » si commance a jurer trop durement li escuiers derechief : « Li vif deiable vos avoient andormi, que par un po que vos n'avez ci escachié un chevalier qui est morz, autant se vaut, et celle damoisele qui lo tient. Et deables vos font aler comme chevalier, que vos ne faites se dormir non. »

Qant il l'antant, si s'en tient mout a vilain et vient a la damoiselle, si li prie mout que li pardoint : « que bien sachiez que je pen(f. 132c)soie a la rien o mont que ge plus ain, et mout m'est tart que je la revoie. Si vos pri qe vos lo me pardonez par covant que ge soie vostre chevaliers o premier leu ou ge vanrai o vos en avroiz mestier. »

Et cele, qui ot ce que ele queroit, dit que par ce covant li pardone ele bien, sauf son greante a tenir. Et il li creante a tenir comme chevaliers. Lors li demande la damoisele o il va. Et il dit que il voudroit estre en la lande do Carrefor de la Forest de Brecanhan.

« Mais ge n'i sai mies, fait il, la voie, que ge n'i fui onques que une foiz, si a grant tans que ce fu. Et il i a mout aniouse voie a tenir. »

« Haï ! fait la damoisele, com ge vos i savroie bien

Hector continuait de chevaucher et, comme les autres se trouvaient sur sa route, son cheval les frôla de si près qu'il faillit passer sur le chevalier blessé.

« Hélas ! seigneur chevalier, s'écrie la demoiselle, vous n'êtes pas aussi courtois que vous devriez l'être : vous avez manqué d'écraser un chevalier, qui est peut-être aussi noble ou plus que vous-même ! »

Mais Hector restant sourd, l'écuyer dit à son tour : « Il dort, Dieu en soit témoin ! » et jure que n'était le triste état de son seigneur, celui-ci aurait vite fait de le mettre par terre. Il lève alors son tronçon de lance, frappe en plein sur le museau de la bête et le tronçon vole en éclats ; puis il saisit le frein, tire en arrière, et manque de faire tomber le cheval. Alors seulement Hector quitte ses pensées et voit l'écuyer qui le trouvait bien cruel et qui, devant lui, regrettait qu'il ne se soit pas rompu la nuque.

« Et pourquoi cela, cher frère ? lui demande Hector.

— Pourquoi ? » et l'autre se remet à jurer avec violence : « les vrais diables vous avaient endormi ! Vous avez failli écraser un chevalier qui est mort ou presque et cette demoiselle qui le soutient. Ce sont les diables qui vous font aller comme un chevalier, alors que vous n'arrêtez pas de dormir ! »

À ces mots, Hector comprend qu'il a agi de bien laide façon ; il s'approche de la demoiselle et la supplie de lui pardonner : « car soyez sûre que je pensais *(f. 132c)* à la personne que j'aime le plus au monde, et il me tarde fort de la revoir. Mais je vous prie de me pardonner, sur la promesse que je serai votre chevalier à la première occasion où il se trouvera que vous ayez besoin de moi. »

Celle-ci, ayant ce qu'elle cherchait, lui dit qu'avec cette promesse, elle lui pardonne à condition qu'il tienne son engagement. Sur sa foi de chevalier, il s'engage à le tenir. La demoiselle lui demande alors où il va ; il répond qu'il voudrait être dans la Lande du Carrefour de la Forêt de Brequeham.

« Mais je ne sais comment y arriver, continue-t-il, car je n'y ai jamais été qu'une fois, il y a fort longtemps, et le chemin est bien pénible.

— Ah ! fait la demoiselle, comme je saurais bien vous y

mener, se vos m'i osiez conduire, car ge i avroie mout a faire. »

« Oseroie ? fait il ; sociel n'a leu o ge ne vos osasse mener an tel maniere que vos n'i avroiz nul mal sanz moi. Et an tel maniere vos conduira se vos volez. »

« Granz merciz, fait la damoisele, donques i erai gié. »

Lors fait venir l'escuier an son leu, si li met lo chevalier sor lui et lui consoille an l'oroille, mais il ne set quoi. Et Hectors li aide a monter an son palefroi et se monte il meesmes. Si s'an vont andui ansanble et chevauchent tote jor jusque a none. Et lors vienent sor la riviere qui depart la Forest de Brecanhan, si com li contes a ça ariés devisé. Et lors se merveilla Hectors de ce qu'il iere ja si avant, et il cuidoit estre encor mout loign de l'aive. Ne ne cui[doi]t mies aler cele part. Si li est avis que la damoiselle l'a destorné de son droit chemin. Et si avoit ele sanz faille. Et il li dit, et ele li nie mout durement. Et ele li dit que ele li manra mout bien, ne s'esmait ja.

« Damoiselle, fait il, ge ne sai que vos pensez. Mais ne me gitez ja hors de mon grant chemin por avanture eschiver, car ge ne vos en savroie nul gré. »

« No fais ge, fait ele, n'aiez garde. »

Atant s'en antrent, an une praerie mout *(f. 132d)* belle. Et Hectors li demande do chevalier que ele tenoit, qui l'avoit isi navré. Et ele li conte.

« Sire, fait ele, il a ci pres un chevalier mout felon et mout cruel. Et cuide estre dus des merveillos chevaliers do monde, tant est outrecuidiez. Et li chevaliers que ge tenoie est ses coisins et mes amis, car ce est la riens o monde que ge plus ain. Un jor avint chose que cist chevaliers que ge vos di, qui si est fel, estoit alez o bois toz armez, car il n'i osoit autrement aler, car il estoit de la guerre

mener, si vous osiez m'escorter jusque-là : j'y aurais bien à faire.

– L'oser ? Il n'y a pas un endroit sous la voûte du ciel où je n'oserais vous escorter de façon que vous n'ayez aucun mal par ma faute. C'est bien ainsi que je vous escorterai, si vous le désirez.

– Grand merci, j'irai donc là-bas », conclut la demoiselle.

Elle fait venir l'écuyer à sa place, pose sur lui le chevalier en murmurant quelque chose à l'oreille de celui-ci, mais Hector ne distingue pas ce qu'elle lui dit[1]. Il l'aide à monter sur son palefroi et lui-même se remet à cheval. Ainsi ils s'en vont ensemble, chevauchent jusqu'à none, et arrivent à la rivière qui délimite la Forêt de Brequeham, comme le conte l'a dit plus haut. Hector s'étonne d'avoir tant avancé, alors qu'il croyait être encore bien loin de la rivière. Il ne pensait pas non plus aller de ce côté et s'avise que la demoiselle ne lui avait pas fait prendre le chemin direct, ce qui était bien le cas. Il le lui dit, mais elle le nie vigoureusement, ajoutant qu'elle le conduirait très sûrement, qu'il ne devait aucunement s'inquiéter.

« Demoiselle, lui répond-il, je ne sais ce que vous avez dans la tête. Mais ne m'écartez sous aucun prétexte de la bonne direction pour me soustraire à l'aventure, car je ne vous en saurais aucun gré.

– Bien sûr que non, fait-elle, n'ayez crainte. »

Ils débouchent dans une prairie fort (*f. 132d*) agréable ; Hector lui demande alors qui avait blessé de la sorte le chevalier qu'elle soutenait, et elle raconte :

« Seigneur, il y a près d'ici un chevalier très dur et cruel ; il s'imagine être le prince des plus merveilleux chevaliers du monde, tant il a d'outrecuidance. Le chevalier que je soutenais est son cousin et mon ami, la personne que j'aime le plus au monde. Un jour, ce chevalier dont je vous parle, qui est si dur, était allé chasser, armé de pied en cap ; en effet il n'osait se déplacer autrement, car il se trouvait impliqué dans la guerre

---

1. On peut hésiter sur l'attribution des pronoms *lui* et *il* : 1) la demoiselle murmure quelque chose à l'oreille du blessé, mais l'écuyer ne sait quoi ; 2) à l'oreille du blessé, mais Hector ne sait quoi ; 3) à l'oreille de l'écuyer, mais Hector ne sait quoi. Nous choisissons la seconde interprétation.

au roi de Norvales et au duc de Cambenic. Et mes amis vint an un paveillon ou l'amie celui estoit, qui se dormoit an une chambre. Et il se coucha delez li si comme cil qui nus maus n'i antandoit. Ne demora gaires que ses amis vint et dit que an li avoit conté antrevoies que mes amis gisoit a s'amie. Et il n'i pansa onques nul jor. Et qant il lo trova avoc s'amie, si lo navra, si com vos veïstes, sanz deffiance que il li feïst. »

« Certes, fait Hectors, mauvaisement lo navra. »

Ansi vienent chevauchant tant que antr'ax deus choisisent un paveillon mout bel. Et qant il aprochent do paveillon, si voient devant lo paveillon un chevalier qui fait lacier ses chauces de fer. Et dedanz lo paveillon crie une damoiselle a mout haut cri, si que bien loin la pooit an oïr. Si dist la damoisele a Hector :

« Sire, veez ci lou chevalier, dist ele, et ge sai bien que il me voudra ja faire anui, et ge m'an retornerai ançois, se vostre conduiz ne me puet garantir. »

« Avez vos, fait Hectors, garde se de lui non ? »

« Sire, dist la demoisele, naie, car ge sai bien que nus de sa compaignie ne me het. »

« Or n'aiez, fait il, point de paor, car de son cors vos cuit ge bien garantir, a l'aide de Deu. »

« Sire, fait ele, granz merciz. »

« Or alez avant, fait il, car ge voudroie bien achoison trover por qoi ge me poïse panre a lui. Mais qui puet ce estre qui si durement crie ? »

« Sire, ge cuit que ce soit s'amie, l'une des plus vaillanz damoiseles dou monde et des plus avenanz. Mais ge me mer*(f. 133a)*voil por qoi ele crie si. »

Lors vient jusque devant lo chevalier qui armer se faisoit. Et Hectors li demande sanz saluer por qoi la damoiselle plore.

« Que an avez vos a faire ? »

« Jo saüse volantiers. »

« Vos n'an savroiz, dist il, rien. »

entre le roi de Norgales et le duc de Canbenic. Mon ami entra dans une tente où dormait à part l'amie du chevalier. Il s'allongea non loin d'elle, sans penser à mal. Mais son ami ne tarda pas à arriver, prétendant qu'on venait de lui raconter que mon ami couchait avec son amie, alors que celui-ci n'y avait pas pensé le moins du monde. Aussi, quand il le trouva avec son amie, il le blessa de la manière que vous avez vue, sans l'avoir défié[1].

– Certes, fait Hector, il l'a blessé comme un lâche ! »

En continuant, ils aperçoivent tous les deux une fort belle tente ; ils approchent et voient devant un chevalier qui fait lacer ses chausses de fer, tandis qu'à l'intérieur, une demoiselle lance des hurlements à être entendue de fort loin. La compagne d'Hector lui dit :

« Seigneur, voici le chevalier : je sais bien qu'il va vouloir m'être désagréable, mais j'aurai tourné bride avant, si le fait que vous m'escortiez ne peut me protéger.

– N'avez-vous à vous garder que de lui ? fait Hector.

– Oui, seigneur, répond la demoiselle, car je sais bien que personne ne me déteste dans sa compagnie.

– Eh bien, n'ayez aucune crainte : je pense bien vous protéger de sa personne, avec l'aide de Dieu.

– Seigneur, je vous remercie grandement.

– Avancez donc : je voudrais bien trouver l'occasion de m'en prendre à lui. Mais qui peut donc crier si fort ?

– Seigneur, je crois que c'est son amie, une des plus méritantes demoiselles du monde et des plus aimables. Mais je m'étonne (*f. 133a*) de ce qu'elle crie ainsi. »

Ils s'avancent jusqu'au chevalier qui se faisait armer, et Hector, sans le saluer, lui demande pourquoi pleure la demoiselle.

« Qu'en avez-vous à faire ?

– J'aimerais le savoir.

– Vous n'en saurez rien, réplique-t-il.

---

1. Le chevalier est armé, bien qu'il n'ait été qu'à la chasse. Mais tout combat chevaleresque doit être précédé d'un défi. Plus tard, Guinas prétendra sans le prouver qu'il a lancé le défi (f. 133c).

« Ha ! chevaliers, dist Hectors, dites lo moi par debonaireté. »

« M'aït, or l'aveiz trovee ! Certes, vos no savroiz hui por pooir que vos aiez hui entre vos et vostre putain que vos avez amenee. »

« Avoi ! sire chevaliers, fait Hectors, vos me dites honte et si ne vos faites mies annor, car puis que chevaliers mesdit a chevalier estrange qui sor lui s'anbat, il ampire plus soi que lo chevalier estrange. Et plus me poise de ceste damoisele cui vos dites honte.

« An non Deu, que ge me di voir. »

« Certes, fait la damoisele, ainz mantez. »

Et qant li chevaliers l'oï, si roigi et ot honte. Et sailli sor un faudestuel sor qoi il s'estoit et sailli a la damoiselle. Mais Hectors se fiert entredeus et dit que la damoiselle est an son conduit.

« Et trop petit me priseriez, se vos devant moi l'abatiez, qui suis toz armez, et vos n'avez encor armé que voz jambes solement. Plus belement vos porriez vanchier com vos fussiez toz armez. »

« Fi ! fait il, por vos m'armeroie gié ? Certes, se ge n'avoie que mon escu a mon col, si la giteroie gié an une longaigne et pandroie laïsus a un de ces chaisnes par les treces. »

« Ancor, fait Hectors, n'a ele de vos garde ; avez don damoiselle ? »

« Certes, nenil. Ge no pris, ne ne ain, ainz voudroie que hontes li avenist, car il l'a bien deservi et vers Deu et vers tot lo monde, car c'est li plus traïstres chevaliers et li plus desleiaus que vos veïssiez onques. »

Et qant li chevaliers l'ot, si an ot grant honte, si li lance tres parmi Hector por panre par les treces.

« Avoi ! fait la damoisele a Hector, ge cuit que vos me seroiz, ancui mauvais garanz. »

Et Hectors hurte lo cheval des esperons et fiert lo chevalier do piz do cheval, si que il lo porte tot estandu a terre et li va par desus lo cors. Et dit que se il n'aüst honte, bien sache il de voir que il lo conreast

– Ah ! chevalier, s'écrie Hector, dites-le moi gracieusement !

– Que Dieu m'assiste, vous tombez bien ! En vérité, vous ne le saurez pas d'aujourd'hui, quels que soient vos moyens et ceux de votre putain, je veux parler de celle que vous amenez.

– Hélas, seigneur chevalier, lui répond Hector, vous me faites honte ! Et sans vous faire honneur, car quand un chevalier injurie un chevalier qui l'a rencontré à l'improviste, il se fait plus de tort à lui-même qu'au chevalier étranger. Mais je suis plus affecté encore pour cette demoiselle que vous injuriez.

– Par Dieu, je dis bien la vérité !

– Certes non, s'écrie la demoiselle, vous mentez. »

À ces mots, le chevalier rougit de honte ; il bondit de son fauteuil et se précipite sur la demoiselle. Mais Hector s'interpose et lui dit qu'il l'escorte :

« Vous tiendriez bien peu compte de moi, si vous l'agressiez devant moi, qui ai toutes mes armes, alors que vous n'avez vous-même armé que vos jambes. Plus belle pourrait être votre vengeance, si vous étiez complètement armé.

– Fi ! Il faudrait que je m'arme pour vous ? En vérité, même si je n'avais que mon écu au cou, je la jetterais dans une fosse d'aisances et je la pendrais par les tresses là-haut à l'un de ces chênes.

– Elle ne vous craint pas encore, réplique Hector, n'est-ce pas, demoiselle ?

– Certes, non ! Je ne fais pas cas de lui et je ne le porte pas dans mon cœur ! Je voudrais au contraire qu'il trouve la honte devant Dieu et devant tout le monde, car il l'a bien méritée : c'est le chevalier le plus traître et le plus déloyal que vous ayez jamais pu voir. »

Fort humilié par ces paroles, le chevalier passe devant Hector, se jette sur elle et cherche à la saisir par les tresses.

« Hélas ! crie-t-elle à Hector, je crois que vous allez être pour moi un mauvais garde du corps ! »

Mais Hector éperonne son cheval et le fait heurter si violemment du poitrail le chevalier qu'il jette celui-ci à terre et lui passe par-dessus le corps. Il lui dit encore que, n'était la honte qu'il éprouverait d'une telle conduite, il l'arrangerait en vérité

ja tel que ja mais *(f. 133b)* a damoiselle ne meïst main que de ceste ne li sovenist, que por son ami, que por li, don il l'a trop correciee. Quant li chevaliers se relieve, si a honte ; et dit que mar lo se pansa Hectors, que ja mais ne gerra an lit tant com il ait o cors la vie, et la pucele pandra il.

« Or vos alez dom armer, fait Hectors. Et se la pucele vos a rien mesfait, si an venez panre vanjance, qe panre l'an poez se vers moi la poez conquerre. »

« M'aïst Dex, ge ne me deigneroie mies armer por toi. »

Lors commande a un suen escuier qe li doint son hiaume et il [li baille, quer plus le dotoit qu'il ne fesoit la mort. Et quant il] l'a lacié, si saut sor un cheval et met un suen escu a son col et çaint une espee. Puis a pris un glaive et s'esloigne anmi lo chanp. Et si fait Hectors qui mout dessirre la joste. Si s'antrevienent si tost com li cheval lor puent corre, et s'antrefierent sor les escuz. Si peçoie li chevaliers sa lance. Et Hectors lo fiert si durement que il fait tote sa lance arçoner sor les barres de la bocle, mais ele ne peçoie mies, ainz lo porte a terre. Et si fu ce devers de l'arestuel, car il n'i vost lo fer torner, por ce que desarmez estoit, si i cremist avoir honte, se il l'oceïst, ne bleçast. Et qant il vost relever, Hectors l'avise, si lo fiert an la teste do plat de l'espee, si que il lo rabat tot estandu, et fiert sus an la penne de l'escu, si que il li fant bien demi pié et par po ne li a tranchié lo braz senestre. Et cil oste lo braz des anarmes, sel lait tot anbroié an l'espee et trait la soe espee, si an fiert Hector a deus poinz. Et Hectors ne pot la soe avoir, si saut a terre. Et qant cil lo voit, si saut dedanz lo paveillon. Et Hectors

de telle façon qu'il ne porterait jamais *(f. 133b)* la main sur une demoiselle sans se souvenir de celle-ci, qu'il a par trop offensée, tant en ce qui concernait son ami qu'elle-même. Aussi, quand le chevalier peut se relever, plein de honte, il déclare que ces réflexions porteront malheur à Hector : lui-même il ne couchera plus dans un lit tant qu'Hector sera vivant, et il pendra la jeune fille.

« Eh bien, allez donc vous armer, lui rétorque Hector. Et si la jeune fille vous a fait quelque tort, venez vous venger d'elle : vous pourrez la pendre si vous pouvez la gagner sur moi.

– J'en atteste Dieu, je n'irais pas m'abaisser à m'armer pour me mesurer à toi ! »

Il enjoint à l'un de ses écuyers de lui donner son heaume et l'autre s'exécute, car il le redoutait plus que la mort. Une fois le heaume lacé, le chevalier saute sur un cheval, suspend un écu à son cou et ceint une épée ; puis il saisit une lance et prend du champ. Hector, avide de jouter, en fait autant. De toute la vitesse de leurs chevaux, ils s'élancent l'un contre l'autre et frappent sur leurs écus respectifs : la lance du chevalier se brise, tandis que le coup d'Hector est si violent qu'il fait courber sa propre lance sur les barres de la boucle adverse, mais sans la casser, et il jette à terre son adversaire ; cela avec l'arestuel[1], car il n'avait pas voulu diriger le fer de lance contre l'autre, vu que celui-ci n'avait pas de haubert et que lui-même craignait d'encourir la honte, s'il le tuait ou le blessait ainsi. Celui-ci veut alors se relever ; Hector s'en avise et du plat de son épée, il le frappe sur la tête de sorte qu'il le fait tomber à nouveau de tout son long ; puis il assène des coups sur la bordure fourrée de l'écu, si fort qu'il fend cet écu sur un bon demi-pied, manquant de peu de lui trancher le bras gauche. L'autre dégage son bras des courroies intérieures, il laisse son écu où l'épée est prise, tire la sienne et frappe Hector en la tenant empoignée des deux mains. Comme il n'arrive pas à récupérer son épée, Hector saute à bas de son cheval ; voyant cela, l'autre se précipite dans la tente. Hector réussit enfin à

---

1. L'*arestuel* est l'extrémité de la lance, opposée au fer ; il comportait une entaille ou une poignée qui permettait de la tenir « en arrêt ».

arache s'espee de l'escu et saut après et dit, morz est. Et cil oste lo hiaume et l'espee avec, se gete laïs. Et Hectors dit que riens ne li vaut, que il l'ocirra se il ne se tient por outrez. Et cil qui est desarmez dit (qu'il a paor de mort) :

« Ge l'otroi com hom desarmez, si i aies tel onor com tu i devras avoir. Mais se tu voloies otroier que ge m'armasse et que tu m'atandieses et combatiesses contre moi, *(f. 133c)* lors diroie gié que tu seroies chevaliers. Et lors i avroies tu anor de ce que tu m'avroies conquis. »

« Et ge lo ferai, fait Hectors, mais tu me diras avant por qoi celle damoiselle plore. »

« Et ge lo te dirai, fait il : por ce que ge n'anterrai ja mais en leu o elle soit des cest jor an avant, car ge l'ai esprovee de mauvaistié. »

« Ho ! fait Hectors, est ce por ce que tu as navré lo chevalier sanz deffier, qui tes coisins est germains et anmis a cele pucele la ? »

« Ce est elle, sanz faille. Mais sanz desfiance no navrai ge mies, car la ou il me forfist, fu il deffiez. Et est il encorres vis ? »

« Oïl, » ce dit Hectors.

« Certes, ce poise moi, car il est mes traïstres. »

Lors demande li chevaliers ses armes, et l'an les li aporte. Et Hectors vient a la pucele, qui mout est dolante de ce que il lo lait armer.

« Certes, fait ele, se il venist autresi au desus de vos comme vos iestes au desus de lui, il vos oceïst, ja merci n'en aüst. »

« Or n'aiez garde, que a l'aide de Deu an serai ge ancor annuit en autresi [boen] point comme j'ai hui esté et an greignor annor, car ge no poïse ne ocirre ne conquerre se a ma honte non ; [car il estoit desarmez,] et chevaliers armez qui chevalier desarmé ocist a totes lois perdues et est honiz an totes corz, se il nel fait sor soi desfandant. »

Issi com Hectors et la pucele parloient, si vint fors li chevaliers toz armez,

arracher son épée de l'écu et bondit après lui en lui disant qu'il est mort. Alors l'autre enlève son heaume et le jette sur place, avec son épée. Mais Hector l'avertit que cela ne sert à rien, qu'il le tuera s'il ne s'avoue pas vaincu. L'autre a peur de mourir, parce qu'il est désarmé et il dit :

« J'y consens puisque je suis désarmé : tu peux avoir l'honneur qui en découlera ! Mais si tu voulais consentir à m'attendre pour que je m'équipe complètement et à te battre ainsi contre moi, *(f. 133c)* alors je dirais que tu serais chevaleresque, alors tu aurais sur moi l'honneur d'une vraie victoire.

— Eh bien, je suis d'accord, lui répond Hector, mais auparavant tu vas me dire pourquoi cette demoiselle pleure.

— Oui, je vais te le dire : parce que, où qu'elle soit, dorénavant je n'entrerai plus jamais là : j'ai eu la preuve de sa vilenie.

— Oh ! s'écrie Hector, est-ce pour cela que tu as blessé le chevalier sans le défier, celui qui est ton cousin germain et l'ami de cette jeune fille ?

— Oui, elle est son amie, assurément. Mais, lui, je ne l'ai pas blessé sans le défier, car au moment où il m'a fait tort, il a été défié. Est-il encore vivant ?

— Oui, répond Hector.

— Certes, j'en suis fâché, car il m'a trahi. »

Sur ce, le chevalier demande ses armes, et on les lui apporte, tandis qu'Hector rejoint la jeune fille, désolée de ce qu'il le laisse s'armer.

« En vérité, s'il avait la victoire sur vous, comme vous l'avez sur lui en ce moment, il vous tuerait, sans vous accorder la moindre grâce.

— N'ayez crainte, avec l'aide de Dieu, je me retrouverai ce soir en aussi bonne posture que tout à l'heure, et avec plus d'honneur, car je ne pouvais le tuer ni le vaincre sans encourir la honte : il était sans armes, et un chevalier en armes qui tue un chevalier désarmé a perdu tous ses principes chevaleresques[1] et il est déshonoré dans toutes les cours, si du moins il n'a pas agi à son corps défendant. »

Le retour du chevalier, tout en armes cette fois, interrompit

---

1. Voir supra, f. 116b, la même expression, plus brève ; ici on peut hésiter sur le

et ses chevaus li fu amenez. Et il fu de mout orgoillouse contenance, si menaça Hector et la dame. Et Hectors vint avant et dit que se il voloit amander la honte que il avoit fait au chevalier et a la pucelle autresi que il avoit illueques amenee, il se sofferroit ancor de la bataille. Et il dit que se il s'an voloit soffrir, ne s'an sofferoit il mies, que ja mais an sa vie ne sera liez devant que il sera vengiez de lui. Or si gart bien qui a garder s'i avra, puis que il est armez.

Lors monte sor son cheval et a pris un glaive gros et roide, si resont ansenble venu a joste entre lui et Hectors, si lo porta Hectors a terre ausi legierement com il avoit fait avant. Et lors descent Hectors, qu'il li estoit hontous de celui requerre a cheval qui *(f. 133d)* estoit a pié. Si sont andui venu, as escremies des espees et se conbatent mout durement. Et la damoiselle qui Hector avoit amené s'an torne o bois, la ou ele plus espés lo voit, por ce que ele s'an poïst foïr se il mescheoit a Hector, et se il conquiert lo chevalier, ele sera tost arieres retornee. Et antre Hector et lo chevalier se conbatent mout durement grant piece, tant que a la fin lo moine Hectors jusque a outrance, que plus ne se pot tenir. Et Hectors li arache lo hiaume de la teste et mout li menace a coper. Et la damoiselle vient lors, qui o bois estoit ferue, qanque ses palefroiz puet anbler. Et crie a Hector que il li traint la teste. Et cil li crie merci d'autre part. Et Hectors dit que il n'an avra ja merci autre que la damoisele voldra, cui chevaliers il est.

« Ha ! don seroi ge morz, que ele me het por son ami. Et ge cuit bien et croi que ge ai tort vers lui et que il n'ot corpes an ce do ge lo mescreoie por m'amie. Et ge cuit, por ce m'est il meschaü, si suis prez que ge m'an conteigne a vostre volenté do tot. Et vos cri merci, ne ge ne vos forfis onques por qoi vos n'an doiez merci avoir. Tenez m'espee. »

Et cele li dit que il n'an praigne point. Et totevoies dist Hectors

leurs propos. On lui présenta son cheval ; il avait une attitude pleine d'orgueil, menaçant Hector et la dame. Celui-ci s'avança et déclara que si l'autre consentait à réparer la honte qu'il avait infligée au chevalier et à la jeune fille que lui-même avait amenée sur ces lieux, il renoncerait à reprendre la bataille. L'autre lui répliqua que, voudrait-il y renoncer, il ne le ferait pas, car il n'aurait plus de joie en sa vie avant de s'être vengé de lui. « Puisqu'à présent il est armé, qu'il se garde celui qui se sent concerné ! »

Il enfourche son cheval, saisit une lance épaisse et raide, et les voilà revenus à la joute. Hector le jette à terre aussi facilement que la première fois ; puis il met pied à terre, car il avait honte de continuer à cheval contre un adversaire qui (*f. 133d*) était à pied. Ils en viennent donc tous deux au combat à l'épée et s'affrontent violemment. La demoiselle qu'Hector avait amenée gagne le bois, à l'endroit qu'elle trouve le plus touffu, pour pouvoir s'enfuir au cas où il arriverait malheur à Hector ; mais s'il gagne, elle aura tôt fait de revenir. Hector et le chevalier mènent longtemps une bataille forcenée, tant et si bien qu'à la fin, Hector contraint son adversaire, qui n'en pouvait plus, à se rendre ; il lui arrache le heaume et multiplie les menaces de lui couper la tête. La demoiselle qui s'était réfugiée dans le bois revient alors de toute la vitesse de son palefroi et crie à Hector de lui trancher la tête, tandis que l'autre de son côté crie grâce. Hector déclare qu'il n'aura pas d'autre grâce que celle que la demoiselle voudra, la demoiselle dont il est le chevalier.

« Hélas ! alors je vais mourir, car elle me déteste à cause de son ami. Mais je crois bien que j'ai tort en ce qui le concerne et qu'il n'est pas coupable de ce dont je le soupçonnais avec mon amie. Je crois que mon malheur vient de là et je suis prêt à m'en remettre absolument à votre volonté. J'implore votre grâce : je ne vous ai jamais fait un tort qui doive vous empêcher de me l'accorder. Voici mon épée. »

La demoiselle lui dit de ne pas accepter ; cependant Hector

---

sens de *ses lois*, à cause de la seconde partie de la phrase : 1) ses principes chevaleresques 2) ses droits de chevalier. Comme plus haut, nous choisissons la première interprétation. Dans *La Charrette*, v. 336, le chevalier qui monte dans le véhicule d'infamie a perdu *totes lois* ou *totes enors*, selon les manuscrits.

que il n'an fera se ce non que la damoiselle voudra. Et qant cil l'ot, si ot mout grant peor de mort et chiet Hector as piez. Et la damoiselle del paveillon, quant ele vit an tel peril son ami, si ne set que faire, car ele l'amoit sor toz homes. Et se ele a fait grant duel, or enforce. Et li chevaliers est totevoies devant Hector a genoz. Et Hectors demande a la damoiselle que il an fera. Et ele dit :

« Sire, vos en feroiz ce que vos plaira. Mais si com vos m'avez an covant, venchiez la honte mon ami. »

Et lors dist Hectors que il li copera la teste.

« An non Deu, fait cil, copez. »

Si abat la ventaille de sa teste. Et la damoiselle do paveillon saut fors, si se lait cheoir as piez Hector et li crie merci, que il ne l'ocie. Et Hectors lor dit que il aillent andui crier merci a la damoiselle. Et il si font andui. Et qant cele [les voit,] si commance a plorer por la damoisele que ele anmoit mout, si dist a Hector :

« Sire, fait ele, faites an vostre volonté, *(f. 134a)* et ge l'otroi, car mout l'avez fait bien. »

Lors dist Hectors au chevalier que il fiant prison a tenir la ou il voudra [et a faire ce que il li comandera.] Et il l'otroie, si li fiance comme chevaliers. Et Hectors li dit que par sa foi s'an ira au chevalier cui il a navré et fera outreement ce que il voudra, et s'amie pardonra son maltalant. [Et il dit que si fait il tout,] ne il n'aimme nule rien tant comme li.

Atant est montez Hectors, que il a ancor assez a faire ; si dit au chevalier que remont ausi, car il volt que il lo convoit tant que il voie un mostier o une chapelle et que il li jurera a tenir ses covenanz. Et il

déclare qu'il ne fera que ce que la jeune fille décidera ; devant ces paroles, l'autre a grand peur de la mort et tombe aux pieds d'Hector. De son côté la demoiselle de la tente voit le danger où est son ami et elle ne sait que faire, car elle l'aimait par-dessus tous ; si jusqu'alors elle a crié sa douleur, elle la redouble à présent que le chevalier est agenouillé devant Hector ; lui, il demande à la demoiselle quoi faire du chevalier et elle lui répond :

« Seigneur, vous en ferez ce que vous voudrez. Mais comme nous en sommes convenus, vengez la honte de mon ami. »

Hector dit qu'il lui coupera donc la tête.

« Au nom de Dieu, fait le chevalier, coupez. »

Hector rabat la ventaille et découvre la tête[1]. Mais la demoiselle de la tente se précipite dehors, se laisse tomber aux pieds d'Hector et le supplie de ne pas le tuer. Hector leur dit d'aller tous deux demander grâce à la demoiselle ; quand l'autre les voit approcher, elle se met à pleurer, à cause de la demoiselle qu'elle aimait beaucoup, et elle finit par dire à Hector :

« Seigneur, faites de lui ce que vous voudrez *(f. 134a)*, j'y consens, car vous vous êtes fort bien conduit. »

Hector exige alors du chevalier qu'il lui jure de se rendre prisonnier là où lui le voudra et de faire ce qu'il lui ordonnera. L'autre y consent, et le jure, sur sa foi de chevalier. Hector lui dit que, sur cette foi, il a juré d'aller auprès du chevalier qu'il a blessé et de faire absolument tout ce que celui-ci voudra ; de pardonner aussi à son amie et de ne plus être en colère contre elle. L'autre répond qu'il pardonne tout et qu'il n'aime personne autant qu'elle.

Là-dessus, Hector remonte à cheval, car il a encore beaucoup à faire, et il dit au chevalier de monter lui aussi, car il veut qu'il l'accompagne jusqu'à ce qu'ils trouvent une église ou une chapelle où il devra jurer de tenir ce qui a été convenu. L'autre

---

1. La *ventaille* est la partie de la *coiffe* (ou capuchon de mailles, indépendant ou non du haubert) qui se relève devant la face, recouvre le menton et protège le bas du visage, en laissant le nez libre pour respirer. Mais le mot s'emploie souvent et notamment dans cette dernière phase du combat pour l'ensemble de la coiffe, puisque le texte dit que la tête est découverte ; plus loin il sera dit qu'Hector « baisse la ventaille jusqu'aux épaules », f. 140c.

monte, si va tant avoc Hector, il et la pucele au chevalier navré et dui escuier, que il vienent par devant un hermitage. Et dist Hectors a la pucele que il avoit amenee que ele lo maint tot droit en la Lande do Carrefor.

« Par foi, fait li chevaliers, vos n'ietes mies droit venuz. »

« Ne vos chaut, dist la damoiselle, ge vos i manrai mout bien. »

Lors fait Hectors descendre lo chevalier a l'uis de la chapelle a l'ermite et li fait jurer sor sainz que il ne faura ne ne ganchira de tels covanz que il li avoit, ainz fera tot outreement son plaisir sanz angin. Et issi l'a juré. Lors l'ont mis en la droit[e] voie de la Lande do Carrefor. Et il lor dit que il s'an retornent tuit.

« Sire, dit li chevaliers, ainz m'an irai avoques vos jusque la, que an cest païs a trop gent, si porriez trover tel gent qui por voz armes ou por vostre cheval vos mehaigneriont ou feroient grant anui. »

« Vos n'i vendrez ja. Mais alez vos an, si vos acoisiez, et ge recheminerai la o Deu plaira. »

« Sire, fait uns des escuiers a son seignor, car li dites que il soffre que jo convoi jusque au carrefor, et il gerra annuit en la maison mon pere. »

« Ha ! fait il, com as ores bien dit ! »

Et il li dit Hector, et il l'otroie par les voies dom il i a mout, si crient desvoier. Lors li demande son non. Et il li dit que il a non Hectors.

« Et vos comant, sire ? » fait il.

« J'ai non Guinas de Blashestam. »

Atant s'antrecomandent a Deu, si s'en vont entre lo chevalier et la damoiselle et l'autre es(f. 134b)cuier. Et Hectors et li autres escuiers chevauchent, si li porte son escu et son glaive et son hiaume, que mout est penez. Si se refroide et refreschist a l'air et au serain. Et il traoit durement a la nuit. Lors vienent a un grant val. Et qant il l'ont passé, si puient lo tertre. Et lors voient chevaliers devant aus,

enfourche son cheval, et avec Hector, la jeune fille au chevalier blessé et deux écuyers, ils finissent par arriver devant un ermitage. Hector demande alors à la jeune fille qu'il avait amenée de le conduire tout droit à la Lande du Carrefour.

« Par ma foi, s'écrie le chevalier, vous n'y êtes pas venu directement !

— Soyez tranquille, dit la demoiselle à Hector, je saurai très bien vous y conduire. »

Hector arrête le chevalier et son cheval à la porte de la chapelle de l'ermitage et lui fait jurer sur des reliques qu'il ne manquera pas à ce qu'il lui a promis, qu'il ne s'en détournera pas, et qu'au contraire il exécutera absolument et sans ruser tout ce qu'il lui a plu d'exiger. Quand l'autre a ainsi juré, Hector est mis dans la bonne direction vers la Lande du Carrefour et il les renvoie tous. Mais le chevalier reprend :

« Seigneur, j'irai plutôt avec vous jusque là-bas, car il y a bien du monde dans ce pays, et vous pourriez trouver des gens qui, pour avoir vos armes ou votre cheval, vous blesseraient ou vous feraient un fort mauvais parti.

— Non, pas de cela. Mais allez-vous en tranquillement, et moi, de mon côté, je cheminerai au plaisir de Dieu.

— Seigneur, fait un des écuyers à son maître, dites-lui donc de permettre que je l'accompagne jusqu'au carrefour, et cette nuit, il pourra dormir dans la maison de mon père.

— Ah, s'exclame-t-il, comme tu viens de bien parler ! »

Il transmet la proposition à Hector, qui l'accepte, parce que les chemins sont nombreux et qu'il craint de se perdre. Alors le chevalier lui demande son nom, et il lui répond qu'il s'appelle Hector.

« Et vous, quel est le vôtre, seigneur ? enchaîne-t-il.

— Je m'appelle Guinas de Blanquestan. »

Sur ce, ils se recommandent réciproquement à Dieu, et le chevalier, la demoiselle, ainsi que l'un *(f. 134b)* des écuyers s'en vont d'un côté, tandis qu'Hector continue de chevaucher avec l'autre écuyer, qui lui porte son écu, sa lance et son heaume, vu qu'il est bien fatigué. Il peut ainsi se rafraîchir à l'air froid du soir, alors que la nuit arrive très vite. Ils débouchent sur une vaste dénivellation, la franchissent et tandis qu'ils remontaient la pente, ils aperçoivent devant eux des

toz armez, et serjanz atornez comme de guerre. Si estoient bien que un que autre cent qarante. Et il demande son hiaume et sa lance et son escu, si lo met a son col. Et li vallez les conut, si dit :

« Il sont de noz genz. Ne vos n'avez, fait il, garde d'aus. »

Totevoie ne se delaie mies Hectors de ses armes. Et li vallez cort vers aus, si les salue et il lui, car il i avoit assez de tex qui lo conoissoient. Si li demandent :

« Est ce tes sires ? »

« Nenil, fait il, ainz est uns chevaliers estranges, mout preuz et mout hardiz. »

Lors regarde li vallez, si voit bien que ce est li sires de la Falerne. C'est uns chastiaus qui est an la marche lo roi de Norgales et lo duc de Cambenic, si estoit sa forterece an la terre au duc et de son fié, et tote s'autre terre si estoit au roi de Norvales. Et il estoit hom liges au duc de Canbenic, et por ce estoit il ses cors devers lo duc et une partie de ses chevaliers devers lo roi de Norvales. Lors li anquierent dom il est.

« Certes, fait il, ge ne sai don, mais il a non Hectors. »

Illuec avoit un juene bacheler mout preu et mout dessirrant de joster, si estoit niés au duc. Si apelle un escuier, et dit que il aille au chevalier et li die que joster lo covient a un d'aus. Et cil va, si li dit. Et Hectors dit que ançois jostera il que il li coveigne faire noauz. Et li escuiers vint ariés, si çaigne lo chevalier. Et il vient, si laisse corre, si tost com li chevaus pot aler. Et Hectors fait autel qant il lo voit venir, si l'avise desoz la gole, si lo fiert mout bien, si lo porte a terre. Et cil se pasme, que par un po qu'il n'a la gorge rote. Et uns autres chevaliers, qui compainz a celui estoit, fiert des esperons por joster a lui, si s'antrefierent. Mais ausi lechierement l'abatié Hectors comme il fist l'autre.

(f. 134c)Lors muet uns autres, freres au seignor de la Falerne, por joster a lui. Et qant li sires lo vit, si jure son sairement que il n'i portera les piez, ne il ne autres hui mais, car bien s'est aquitez li chevaliers.

chevaliers armés complètement et des sergents équipés pour la guerre ; il y en avait bien en gros cent quarante. Hector demande aussitôt son heaume, sa lance et son écu, qu'il suspend à son cou ; mais l'écuyer les reconnaît et s'écrie :

« Ce sont des gens à nous : vous n'avez pas à vous garder d'eux ! »

Cependant Hector ne se défait pas de ses armes, tandis que l'écuyer les rejoint en courant ; il les salue : ceux-ci lui répondent, car bon nombre d'entre eux le connaissaient, et ils lui demandent :

« Est-ce ton maître ?
— Non, répond-il, c'est un chevalier étranger, plein de vaillance et de bravoure. »

Regardant mieux, l'écuyer reconnaît le seigneur de la Falerne, un château situé sur la frontière qui séparait le roi de Norgales et le duc de Canbenic ; la forteresse se trouvait dans le territoire du duc, relevant ainsi de lui, tandis que tout le reste dépendait du roi de Norgales. Le seigneur était homme lige du duc de Canbenic ; il relevait donc lui-même du duc tandis qu'une partie de ses chevaliers étaient sujets du roi de Norgales. On demande à l'écuyer d'où est ce chevalier.

« En vérité, je n'en sais rien, répond-il, mais il s'appelle Hector. »

Il y avait là un jeune bachelier plein de hardiesse et avide de jouter, le neveu du duc. Appelant un écuyer, il l'envoie dire au chevalier qu'il lui faut jouter contre l'un d'eux. L'autre y va, et Hector répond qu'il joutera plutôt que de se conduire en couard ; l'écuyer revient et fait signe qu'Hector accepte. Le chevalier se détache et prend son élan à bride abattue ; Hector en fait autant, et visant le bas du visage, il frappe si fort qu'il le renverse à terre ; peu s'en faut que l'autre n'ait la gorge rompue et il s'évanouit. Un second chevalier, compagnon du premier, éperonne pour jouter à son tour contre Hector et ils s'entrechoquent. Mais Hector l'abat aussi méchamment que le précédent *(f. 134c)*. Un troisième adversaire se détache, le frère du seigneur de la Falerne, pour jouter contre Hector. Voyant cela, le seigneur jure sur la foi d'un serment que ce dernier n'ira pas, ni lui ni un autre désormais, car le chevalier a fait ce qu'il devait pour être quitte.

« Et ce est, fait il, granz joie, car il veoient bien que li chevaliers s'est combatuz, et bien pert a ses armes. Et se il lor an est mesavenu, c'est a bon droit et ge an suis liez. »

Lors vient il meïsmes contre lo chevalier sanz glaive et sanz hiaume, so salue, et il lui. Et dit :

« Sire, fait il, vos n'avez hui mais garde. »

« Sire, fait il, ce sai ge bien. »

« Ge voil, fait li sires, que vos sachiez car il m'est bel, si voirement m'aïst Dex, que il vos an est anors avenue, que il sont fol et anfant. »

Atant sont venu li autre au neveu lo duc, si l'ont trove pasmé. Et qant il fu venuz de pasmoisons, si pot il a poines parler, car mout estoit bleciez an la gorge. Si l'a[n] lievent et montent hontos. Et antre lo seignor de Falerne et Hestor chevauchent durement, si li demanda dom il iere. Et cil li dit qu'il est do reiaume de Logres et des chevaliers la reine Guenievre.

« Et ou alez vos ? » fait il.

« Certes, fait il, ge quier un chevalier que onques ne conui, si voudroie estre an la Lande do Carrefor. »

« Ainz vos an venroiz, fait li sires, mais hui avoc nos an une forterece ci pres, [si est a monseignor le duc de Canbenic, car vos ne troveriez mie ci pres] bon ostel a vos aaisier. Et vos an avez mestier, car il m'est avis que vos vos iestes combatuz. »

« Sire, ge ne me suis mies combatuz jusque a sejorner, ainz me covanra a aler mout annuit, tant que ge oie novelles de ce que ge quier. »

Et li sires li demande an qel terre il voudra aler aprés ce que il avra esté an la lande. Et il dit que il ne set ou, fors la o il porra oïr novelles do chevalier.

« Par foi, fait il, en ceste terre an a un aü novellement, et ge cuit que la an oroiz vos novelles, se vos i alez. »

« Sire, fait il, ge sai bien que an la lande fu il. » Si lo conte commant il lo sot.

Aprés lo

« Et c'est, ajoute-t-il, une grande joie, car vous pouvez voir à ses armes que le chevalier n'est pas un novice. Si la joute a mal tourné pour eux, c'est toute justice et je m'en réjouis. »

Alors, sans lance ni heaume, il vient trouver lui-même le chevalier, lui adresse un salut auquel l'autre répond, puis il lui dit :

« Seigneur, vous n'avez plus maintenant à être sur vos gardes.

— Seigneur, répond Hector, je le vois bien.

— Je veux que vous sachiez (et par Dieu, je m'en félicite) que l'honneur est pour vous : ils agissent inconsidérément, comme des enfants. »

Le reste de la troupe se dirige vers le neveu du duc et le trouve évanoui. Quand celui-ci reprend connaissance, il peut à peine parler, tant il est grièvement blessé à la gorge. On le relève et on le hisse, honteux, sur sa monture. Hector chevauche avec assurance à côté du seigneur de Falerne, qui lui demande d'où il est ; il répond qu'il appartient au royaume de Logres et qu'il est des chevaliers de la reine Guenièvre.

« Et où allez-vous ? s'enquiert encore le seigneur.

— En vérité, je suis à la recherche d'un chevalier que je ne connais pas du tout, et je voudrais être à la Lande du Carrefour.

— Avant d'y être, vous viendrez avec nous dans un château fort, tout proche, qui vous offrira une étape bien propre à vous refaire ; elle appartient à mon seigneur, le duc de Canbenic, et vous n'en trouveriez pas d'autre dans les environs ; vous en avez besoin, car il me semble que vous vous êtes bien battu.

— Seigneur, je ne l'ai pas fait au point d'avoir besoin de repos ; je dois au contraire continuer encore longtemps ce soir, jusqu'à ce que j'aie des nouvelles de ce que je cherche. »

Le seigneur lui demande où il voudra aller, après être arrivé à la lande. Il répond qu'il ne sait, si ce n'est là où il pourra avoir des nouvelles du chevalier.

« Par ma foi, fait le seigneur, il y en a eu un récemment dans ce pays, et je pense que là vous en aurez des nouvelles, si vous y allez.

— Seigneur, reprend Hector, je suis sûr qu'il était dans la Lande. »

Et il lui raconte comment il le savait ; puis (*f. 134d*) il le

commande a Deu, si *(f. 134d)* s'an va a destre antre lui et lo vallet. Et li sires de la Falerne s'an va antre lui et ses genz ; et dient a lor seignor que cil vallez lor a conté que cil chevaliers a son seignor outré d'armes, si se mervoillent qui il est. Et lor poise mout qant il n'ont plus anquis de son covine.

Ensin s'an vont antre Hestor et son vallet tant que il est grant piece nuit. Et lors aprochent de la maison son pere. Et Hestors li demande s'il a ci pres nules viles ne nus repaire o il puissent herbergier. Et li vallez li dit que la maisons son pere est mout pres, o il seront mout bien herbergié et mout a aise. Et Hestors an est mout liez. Lors oirrent tant que il vienent a une bretesche qui estoit pres de la maison [son] pere. Si hurte li vallez et apelle un suen frere plus jone de lui, si l'antant li vallez mout tost et dit :

« Sire, ge oi mon frere. Deu merci, a quel ore vient il ! »

Lors saut a l'autre porte, si l'uevre. Et qant il voit lo chevalier, si li cort a l'estrier, si l'aide a descendre. Et ses freres vient a son pere, si li dit :

« Sire, il vient ci uns chevaliers, li miaudres que vos veïssiez pieç'a. »

« Biau filz, est ce vostre sires ? »

« En non Deu, nenil, ainz est un miaudres de lui. Or si an pansez si com vos savez que il en est mestiers. »

Atant se lieve li sires, si commande a alumer mout grant planté de chandoilles, et vient au chevalier, si li fait mout grant joie. Puis lo moinent an une chanbre, si lo desarment. Et li sires vait par la maison, si fait apareillier et atorner totes les choses que il cuide

recommande à Dieu et continue sa route à droite, avec son écuyer, tandis que le seigneur de la Falerne s'en va avec ses hommes ; on lui dit que, selon l'écuyer, ce chevalier avait vaincu aux armes son seigneur[1] ; l'on se demande avec étonnement qui il peut bien être et l'on s'en veut beaucoup de ne pas lui avoir posé plus de questions sur son statut.

Hector et son écuyer continuent donc leur chevauchée jusqu'à ce qu'il fasse nuit noire. Ils approchent alors de la maison du père de l'écuyer. Comme Hector lui demande s'il y a près de là quelque ville[2] ou quelque demeure où ils puissent loger, celui-ci indique la maison de son père, toute proche, où ils seront bien logés, avec tout ce qu'il leur faudra. Hector s'en réjouit fort. Leur chemin finit par les mener à une bretèche[3], près de la demeure paternelle. L'écuyer frappe le heurtoir et appelle un de ses frères, plus jeune, qui a vite fait de l'entendre et qui s'exclame :

« Seigneur, j'entends mon frère ! Par la miséricorde divine, quelle heure pour arriver ! »

Il bondit à la porte en guichet et l'ouvre. À peine a-t-il aperçu le chevalier qu'il court lui tenir l'étrier et l'aide à descendre. L'écuyer s'avance jusqu'à son père et lui dit :

« Seigneur, un chevalier arrive chez nous, le meilleur que vous ayez vu depuis longtemps.

– Cher fils, est-ce votre seigneur ?

– Par Dieu, non, il vaut mieux encore. Avisez donc à ce que vous lui savez nécessaire. »

Le père se lève, donne l'ordre d'allumer force chandelles et se dirige vers le chevalier à qui il fait fête ; après, on l'emmène dans une chambre pour le désarmer. Cependant à travers la maison, le seigneur fait préparer et disposer tout ce qu'il croit

---

1. Voir supra f. 134a.
2. *Vile* est un terme général, qui s'applique à toute agglomération importante, envisagée seulement comme réalité géographique. Le mot peut désigner aussi un ensemble fortifié, qui comprend un bourg et une *tor* ou donjon et dans ce cas *vile* a pour équivalent *chastel* ; ou bien seulement le bourg, sans le donjon fortifié (voir infra f. 134d) ; enfin le mot peut désigner une agglomération non fortifiée ou une ville nouvelle.
3. La *breteche* est une tour en bois, donc celle d'une demeure ancienne ou modeste.

que il li eüt mestier. Et qant il est desarmez, si lo moignent en une couche mout belle et mout bien atornee comme chiés vavasor.

Q'en vos deviseroie gié totes les choses ? Mout fu bien herbergiez, et furent ses plaies et ses bleceüres bien esgardees, et firent laianz que que il cuiderent que a lui plaüst. Et qant il fu tens de couchier, si lo couchierent bien et bel. Et lors conta li vallez a son pere com*(f. 135a)*mant il avoit conquis son seignor par deus foiz. « Et bien sachiez que je quit que ce soit li miaudres do monde, que, se il ne fust si hardiz, il n'aüst mies quis si longuement la Lande do Carrefor o maintes mervoilles avienent. »

L'andemain se leva matin Hestors. Et li vallez fu apareilliez, si li aida a armer. Aprés prist congié do pere au vallet et de sa mere, qui mout est bele dame. Si s'an alerent issi com li vallez savoit la voie, qui maintes foiz l'avoit alee, et errent tant que il vienent en la lande a ore de tierce.

« Sire, fait li vallez, vez ci la lande. »

« Biau frere, fait Hestors, or vos en alez, car assez m'avez fait compaignie. Et me saluez vostre pere, se vos par iqui en alez, et vostre mere que ge mout pris, et Guinas, vostre seignor. »

« Sire, fait li vallez, por Deu, se ge venoie an leu ou ge aüse mestier de vos, ne me mesqueneüsiez vos mies. »

« No feroie ge, fait Hestors, ce sachiez. »

« Sire, a Deu. Et s'il vos plaisoit plus que ge alasse o vos, il me seroit mout bel. »

« Jo sai bien, fait cil, mais alez a Deu, que ge n'ai plus que faire de compaignie fors la Deu. »

Lors s'an retorne li vallez. Et Hestors erre tot contraval la lande, et voit ancor les deus estaches an estant, et mout se mervoille de coi elles servent. Et qant il vient au carrefor, si voit un clerc qui aportoit pain et vin. Et Hestors li demande a cui il est. Et il dist que il est a un hermite qui est en ce bois ci alués

devoir lui être nécessaire. Une fois qu'il est désarmé, on le ramène s'asseoir sur un lit fort plaisant et très confortable, comme on peut en trouver chez un vavasseur. À quoi bon vous détailler le tout ? Ses plaies et ses blessures furent soigneusement examinées, on fit tout ce qui devait lui plaire, pensait-on ; l'hospitalité fut parfaite. Le moment venu, on veilla à ce qu'il fût couché au mieux. Le jeune homme raconta alors à son père comment (f. 135a) son hôte l'avait emporté par deux fois sur leur seigneur.

« Et sachez-le bien, je suis convaincu qu'il est le meilleur chevalier du monde, car, sans la vaillance qui est la sienne, il n'aurait pas si longtemps cherché la Lande du Carrefour, où s'accomplissent nombre de prodiges. »

Le lendemain, Hector se leva de bon matin ; son écuyer qui était prêt, l'aida à s'armer ; puis il prit congé du père du jeune homme et de sa mère, une fort belle dame. Ils s'en allèrent et l'écuyer servit de guide, ayant fait le chemin maintes fois, tant et si bien qu'ils arrivèrent dans la lande à l'heure de tierce.

« Seigneur, dit l'écuyer, voici la lande.
— Cher frère, lui répond Hector, allez-vous en maintenant : vous m'avez bien tenu compagnie. Saluez de ma part votre père, si vous revenez chez vous, ainsi que votre mère, que je tiens en grande considération, et Guinas, votre seigneur.
— Seigneur, reprend l'écuyer, au nom de Dieu, s'il m'arrivait d'avoir besoin de vous, puissiez-vous me reconnaître !
— Je ne saurais y manquer, lui déclare Hector, soyez-en sûr.
— Seigneur, je vous recommande à Dieu, et s'il vous plaisait que je continue encore avec vous, j'en serais très heureux.
— Je le sais bien, mais allez et que Dieu vous protège. Je n'ai plus besoin d'autre compagnie que de celle de Dieu. »

L'écuyer s'en retourne donc ; Hector continue en longeant la partie basse de la lande, découvre à son tour les deux pieux plantés et se demande avec étonnement à quoi ils servent. Arrivé au carrefour, il rencontre un homme d'église[1] qui portait du pain et du vin. Hector lui demande qui il sert ; l'autre lui répond qu'il relève d'un ermite qui habite là, dans la forêt voi-

---

1. *Clerc* est un terme très général, il indique un homme du clergé ; ici c'est un

an un hermitage que l'an apele Carrefor. Et il li demande por coi ces estaches sont an cele lande. Et il dist que uns chevaliers les i avoit faites fichier por metre lances. Et il li conte comment uns autres chevaliers l'avoit conquis l'autre jor, tant que Hestors antandié bien que ce fu li chevaliers qui avoit esté a la cort lo roi Artu, qui lo braz avoit brisié. Se li demande se il savoit nules novelles [del chevalier qui conquis l'avoit.] Et il dit nenil, fors tant que par devant l'ermitage s'en ala.

« Et ou va cele voie qui va par devant l'ermitage ? »

(f. 135b) « Sire, fait il, a Norgales. »

Lors se met Hectors a la voie et chevauche bien quatre granz liues, tant que il vient an un grant val. Et puis aprés a monté un grant tertre. Et qant il ot monté lo tertre, si voit grant plain et large, et voit devant lui un chastel mout bel et mout fort. Si n'i est pas loig deus liues anglesches. Et lors vient au chemin qui vait a ce chastel, si lo voit de chevaus novelement alé. Et qant il volt passer, si voit trois chevaliers qui an moinent une damoisele sor un palefroi. Et ele fiert un poign en l'autre, si sanble bien que ele ait grant duel a son cuer. Et Hestors broiche son cheval, si tost com il puet aler, cele part. Et li chevalier croisent lor aleüre, si chevauchent plus tost. Et la damoisele esgarde, la ou ele faisoit son duel, si vit venir lo chevalier, mais ele ne set qui il est, et crient que il nes puisse m[i]es ataindre. Si se lait cheoir

sine, un ermitage, appelé le Carrefour. Hector l'interroge sur la raison de ces pieux, dans la lande ; l'autre lui dit qu'un chevalier les avait fait planter pour y placer des lances ; et il lui raconte comment un autre chevalier l'avait vaincu précédemment, si bien qu'Hector comprend qu'il s'agit du chevalier qui était venu à la cour du roi Arthur, avec le bras cassé. Il lui demande alors s'il savait quelque chose du chevalier qui avait vaincu ce dernier, mais l'autre répond qu'il savait seulement qu'il avait pris le chemin devant l'ermitage.

« Et où va ce chemin devant l'ermitage ?

(f. 135b) – Seigneur, à Norgales. »

Hector s'engage alors dans cette voie et chevauche quatre bonnes lieues avant d'arriver à un grand vallon. Il gravit ensuite la pente d'une importante colline et en haut, sur une vaste esplanade, il découvre un beau château, solidement fortifié, à moins de deux lieues anglaises[1]. Il arrive au chemin qui y mène et voit de fraîches empreintes de chevaux. Il s'apprête à continuer, quand il aperçoit trois chevaliers qui emmènent une demoiselle[1], montée sur un palefroi ; elle se frappe les poings l'un contre l'autre, comme en proie à une grande douleur. Hector éperonne son cheval pour les rejoindre le plus vite possible. Mais les chevaliers accélèrent eux aussi. La demoiselle, tout en se désolant, regarde autour d'elle, si bien qu'elle voit venir le chevalier ; mais elle ne sait pas qui il est et elle craint qu'il ne puisse les rejoindre. Aussi se laisse-t-elle tomber

---

homme modeste, qui fait le lien entre le monde extérieur et celui qu'il sert, un ermite sans doute de condition élevée ; plus loin (f. 146a), Gauvain rencontre un homme en robe blanche, qui lui dit qu'il n'est ni prêtre, ni ermite, mais clerc, tandis que son maître l'ermite chante l'office des vêpres. Au contraire, les clercs de la cour du roi Arthur, qui interpréteront le songe de Galehaut sont de grands personnages du clergé, des savants.

1. Sur les lieues anglaises ou galloises, voir le tome I, p. 415, n. 1.
2. L'auteur appelle cette femme *demoiselle* ; sans doute parce qu'elle est seule, mais peut-être aussi parce qu'il s'agit de la femme du chevalier Synados, comme il est d'usage pour les femmes de petite noblesse, ou comme ici, qui ont épousé un simple chevalier ; celui-ci parle d'elle tantôt comme de sa dame, tantôt comme d'une demoiselle, voir infra f. 136a et 136b ; elle-même accueillera Hector en se disant la *dame*, f. 136d.

do palefroi et fuit tot contraval lo chanp tot droit au chevalier qui vient, et vait criant : « Sire Dex, que ferai ? » Et li troi qui la menoient la si[v]ent, si l'ataignent et la volent monter. Et ele se couche a terre et crie merci au chevalier qui aprés vient. Et li troi dient et conoissent que il n'est mies de lor gent : « Mais que nos chaut, que nos somes troi et il est seus ? » [La ou li dui tiennent la damoisele por monter devant l'un des deus,] et li tierz vient devant lo chevalier et li demande qui il est. Et il li dit que il se gart, et cil qui la damoisele tienent. Et il i vient poignant et fiert celui qui la damoiselle avoit montee devant lui, desoz la destre aissielle, si li brise lo braz et fause lo hauberc, qui clers estoit, si que il li met el cors lo fer dou glaive et do fust une partie. Et puis lo giete mort. Et sache lo glaive del cors et fiert des esperons encontre l'autre qui poignant li vient, so fiert de tote sa force, qu'il lo porte a terre. Et li chevaus sus lo cors li chiet [sor] une pierre en travers, si li peçoie la jambe senestre. Et li glaives li peçoie, et il a mise la main a l'espee, si cort sus a celui qui la damoiselle an porte, et dit *(f. 135c)* que mar la bailla. Et cil se regarde, si voit que si compaignon sont mort, si mist jus la dame ; et ot trop grant paor, si torne an fuie si tost com li chevaus pot aler. Et Hestors ne l'anchauce gaires, si revient a la damoiselle et la monte sus lo palefroi dom ele s'estoit laissié cheoir. Et ele li crie, por Deu merci, que il ne la laisast tant que ele soit a sauveté. Et il dit que no fera il. Et qant il s'an vont vers lo chastel, et uns escuiers armez comme serjanz lor vient au devant, navrez el cors mout durement. Et la damoisele lo conoist, si l'apele. Et il fait trop grant duel, si vient a li, si li dit :

« Ha ! dame, nos somes mort qant nos n'avons nostre gent, que trop demorent. »

Et ele dit :

« Ou est mes sires ? »

« Il est ça desoz o il se combat, li jantis chevaliers, li prouz, a vint chevaliers. Et s'il aüst aide, il les

de son palefroi et s'échappe-t-elle tout droit à la rencontre du chevalier, en criant :

« Seigneur Dieu, que faire ? »

Les trois qui l'emmenaient se jettent à sa poursuite, la rejoignent et tentent de la remettre à cheval. Mais elle se couche par terre et implore la pitié du chevalier qui arrive derrière elle. Les trois se disent qu'ils ne le reconnaissent pas pour un des leurs :

« Mais que nous importe ? Nous sommes trois et lui seul ! »

Tandis que deux d'entre eux tiennent la demoiselle pour la faire monter par-devant, sur l'un de leurs chevaux, le troisième rejoint le chevalier et lui demande qui il est. Celui-ci lui répond qu'il doit se mettre en garde, ainsi que ceux qui tiennent la demoiselle. À toute vitesse il les rejoint et frappe celui qui avait fait monter la demoiselle devant lui ; le coup le touche sous l'aisselle droite, lui brise le bras et fausse le haubert, qui n'avait pas de mailles serrées : le fer de la lance et une partie du bois le transpercent et il tombe mort. Hector retire sa lance du corps, éperonne encore et fonce sur l'autre qui arrive aussi au galop ; il frappe de toute sa force et le renverse à terre, tandis que le cheval, butant sur une pierre, retombe sur lui et lui casse la jambe gauche. Hector a sa lance brisée, mais il empoigne son épée et poursuit celui qui emporte la demoiselle, en lui criant (*f. 135c*) qu'il l'a prise pour son malheur. L'autre se retourne, voit que ses deux compagnons sont morts : épouvanté, il dépose la demoiselle et prend la fuite de toute la vitesse de son cheval. Hector ne le talonne pas longtemps, il préfère revenir à la demoiselle qu'il fait remonter sur le palefroi dont elle s'était laissée tomber. Elle le supplie, par la miséricorde divine, de ne pas l'abandonner jusqu'à ce qu'elle soit en sécurité. Il la rassure et tandis qu'ils se dirigent vers le château, ils rencontrent un écuyer, équipé comme un sergent, qui vient à leur rencontre, grièvement blessé. La demoiselle le reconnaît et l'interpelle. Plein de douleur, il la rejoint pour lui dire :

« Hélas ! dame, nous sommes perdus : les nôtres ne sont pas arrivés, ils tardent trop. »

Elle s'écrie :

« Où est mon époux ?

— Il est là en bas, à se défendre contre vingt chevaliers, avec la noble vaillance qui est la sienne. S'il avait de l'aide, il les

meïst ja toz a la voie. Mais il n'est que soi tierz, et il sont plus de dis set. »

« Ha! sire, fait la damoiselle a Hestors, laissiez moi et si li aidiez, que plus avroiz vos fait por moi, que que ge deveigne, que vos n'avroiez se vos m'aviez cent foiz rescose, et il fust pris et morz; car se il eschape sains, ge ne puis estre se garie non an qel que leu que ge soie, et s'il est morz o pris, ge suis alee. »

« Damoiselle, ce dit Hestors, ge n'ai garde se de vos non. Mais tu la garde, biau frere, et conduis an maison. Et se nus destorbiers vos vient, si vien por moi. Mais avant me mostre lou chevalier. »

Et qant cil l'ot, si se mervoille qui cil puet estre qui si hardiement parole, si lo moine bien une archiee loign, tant que il li mostre an une grant valee une grant meslee de chevaliers. Et il dit :

« Sire, c'est cil qui porte cel escu d'or a ce chief vermoil. »

Et Hestors fiert cheval des esperons; et ot pris de l'escuier un glaive qu'il an portoit, si se fiert an la meslee, si entalantez et volenteïs com il pooit plus estre, et avise lo plus riche, qui si ert arestez sor un des chevaliers a celui cui il aidoit, si lo tenoit par lo nasel do hiaume. Et Hestors lo fiert sor l'arçon de la selle darriés, si com il iert anbronchiez. Et li glaives fu forz et roides, et li fers bien tranchanz ; *(f. 135d)* et li haubers fause et li fers li cole jusque an la boele. Et il s'an va outre par desus l'arçon devant, et il chiet morz a terre par devant lo chevalier que il tenoit ores par lo nasel. Et cil, qui a pié fu, saut sor lo cheval. Et cil qui estoient de la partie au chevalier qui chaï furent si esbahi, comme cil qui lor seignor avoient perdu, si lieve antr'aus li diaus trop granz. Et Hestors s'eslance anmi lo chanp et revient arieres, lo glaive an la main, si porte chevaus et chevaliers a terre. Et les fait si fremir et departir que nus ne l'ose a cop atandre, ainz se desconfissent tuit por lor seignor qui morz est. Et li chevaliers meïsmes cui Hestors servoit s'an mervoille plus que nus, car il ne conoissoit mies ses armes. Si lo refait mout bien, que por lo bienfaire au chevalier, que por ce que li afaires estoit suens ;

aurait déjà tous fait fuir : mais il n'a que deux chevaliers avec lui, et les autres sont plus de dix-sept.

— Ah ! seigneur, laissez-moi, dit la demoiselle à Hector, et allez l'aider : vous aurez alors plus fait pour moi, quoi que je devienne, que vous n'auriez fait si vous m'aviez cent fois secourue et s'il était, lui, fait prisonnier ou tué ; en effet, s'il s'en tire sain et sauf, je serai protégée partout où je serai ; mais s'il est tué ou fait prisonnier, c'en est fait de moi.

— Demoiselle, lui répond Hector, je ne m'inquiète que pour vous. Néanmoins, garde-la, toi, cher frère, et conduis-la à l'abri ; si quelque ennui vous arrive, viens me chercher. Mais auparavant, montre-moi le chevalier. »

L'autre, tout en se demandant avec émerveillement qui peut bien parler avec tant de bravoure, emmène Hector à plus d'une portée d'arc et là, il lui montre dans un large vallon une violente bataille de chevaliers et lui dit :

« Seigneur, c'est celui qui porte cet écu d'or au chef vermeil. »

Hector pique aussitôt des éperons, et avec une lance qu'il avait prise à l'écuyer chargé de la porter, il se jette dans la mêlée, de toute la force de son désir et de son ardeur. Parmi les adversaires, il avise le plus puissant, arrêté et tenant par le nasal du heaume l'un des chevaliers qui tentait de porter secours à son seigneur ; il le frappe sur l'arçon arrière, alors que l'autre était penché en avant : de sa lance forte et rigide, de son fer bien acéré (*f. 135d*), Hector démaille le haubert et la lame pénètre jusqu'aux entrailles du chevalier qui plonge par-dessus l'arçon de devant et tombe mort devant celui qu'il tenait par le nasal à l'instant même ; celui-ci qui était à pied, bondit sur le cheval, tandis que les compagnons du chevalier abattu, déconcertés comme on peut l'être par la mort d'un chef, se laissaient aller au désespoir. Hector cependant reprend du champ, puis revient sur eux, et, la lance brandie, il renverse chevaliers et chevaux. Il les épouvante, les disperse et plus un seul n'osant l'attendre après la mort de leur chef, ils s'abandonnent tous à la déroute. Le chevalier auquel Hector était venu porter secours était plein d'étonnement, car il ne reconnaissait pas ses armoiries ; à son tour, il fait merveille, tant pour suivre le bel exemple du chevalier que parce que l'affaire le concernait ;

et androit soi estoit il mout bons chevaliers et mout seürs et mout jones. Et si troi compaignon se refforçoient mout de bien faire et ont plus cuer que il n'orent mes hui, car il voient bien que il ne puent vers aus durer, car an po d'ore les en a Hestors trois [tels] conreez qui mais n'ont mies grant pooir d'aus nuire ne grever, estre lo seignor qui ocis estoit sanz recovrier. Et li autres chevaliers en avoit un navré et deus morz, et chascuns des compaignons a lo suen abatu, si que or ne sont mais que huit, et or estoient dis set. Si ont duel trop grant et paor merveillose, ne n'i ossent plus arester, si s'en tornent a garison, fuiant la o il pueent. Et cil les anchaucent qui mout sont dolant de ce qu'il nes ataignent. Et ce n'estoit mies merveilles, car li chevaus Estors avoit tote jor erré, et cil au chevalier que il secorroit et a ses compaignons avoient correü assez. Et cil a lor anemi estoient plus frec, car il estoient tantost monté com il l'avoient veü venir après aus. Et qant il voient que ataindre nes porroient, si s'an tornerent vers lo chastel que Hestors avoit veü; si ancontrent les chevaliers qui secorre les venoient, mais il nes sevent ou querre. Si les conurent mout de loign; *(f. 136a)* et dist li chevaliers qu'il ne lor savoit gré de sa vie, que tote jor l'avoient laisié sol.

« Et se ne fust, fait il, cist chevaliers que ge ne conois mies, vos ne me veïssiez ja mais. »

Et cil li conte[nt] que bien estoient vint chevalier que il avoient trové de lor anemis tant que il estoient pres a tanqan. Si se melerent a aus, si que mainte foiz an ont aü et lo peior et lo meillor, tant que uns chevaliers vint poignant qui d'aus estoit, si lor dist que la damoisele que il amenoient [avoient] perdue et que tant i avoit aüz chevaliers que tuit estoient pris se il i demoroient. Et cil tornent maintenant les dos. « Et nos les anchauçames, font il, tant que

d'ailleurs par lui-même, il était un excellent chevalier, très jeune et très sûr. Ses trois compagnons[1] donnent aussi tout le meilleur d'eux-mêmes et ils ont plus d'ardeur que jamais en voyant que les autres ne peuvent plus leur résister : en quelques instants Hector en a mis trois dans un tel état qu'ils ne sont plus guère capables de leur nuire ou de les accabler, sans compter leur chef qui est bien mort. Quant à l'autre chevalier, il en avait blessé un et tué deux ; chacun de ses compagnons avait aussi abattu son adversaire, de sorte qu'ils ne sont plus que huit là où ils étaient dix-sept ; le désespoir et l'épouvante les saisissent, ils n'osent plus rester, font demi-tour pour trouver un refuge et s'enfuient tant bien que mal. Les autres s'élancent à leur poursuite, mais ils sont bien fâchés de ne pouvoir les rejoindre ; à cela rien d'étonnant : le cheval d'Hector avait cheminé toute la journée et ceux du chevalier qu'il secourait et de ses compagnons avaient fourni une longue course ; au contraire, ceux de leurs ennemis étaient plus frais, car ils ne les avaient enfourchés qu'au moment où ils l'avaient vu venir derrière eux. Constatant qu'ils ne pourraient les rattraper, ils reviennent vers le château qu'Hector avait aperçu, et rencontrent des chevaliers qui allaient à leur secours, mais sans savoir où les retrouver. Alors ils les reconnurent de loin (*f. 136a*), mais le chevalier leur déclara qu'il ne leur savait pas gré de sa vie, puisqu'ils l'avaient laissé seul toute la journée.

« Et sans ce chevalier que je ne connais pas, conclut-il, vous ne m'auriez plus jamais vu. »

Mais ils lui racontent qu'ils avaient rencontré une bonne vingtaine de chevaliers ennemis, ce qui correspondait à peu près à leur nombre. Ils avaient engagé la bataille, et tour à tour ils avaient eu le dessus ou le dessous, jusqu'à ce qu'un chevalier qui était des leurs soit arrivé au galop leur dire qu'ils avaient perdu la demoiselle qu'ils emmenaient, que d'autre part, le nombre des assaillants était si grand qu'ils étaient tous perdus s'ils tardaient. Aussitôt les autres avaient tourné bride.

« Et nous les avons poursuivis, concluent-ils, tant et si bien

---

[1]. L'erreur des manuscrits est générale : plus haut on lit que le chevalier se bat avec deux partisans (*soi tierz*) contre dix-sept adversaires.

nos en avons que morz que pris jusque a huit, et des noz i a trois morz. » Si li nome[nt]. Et cil commencent mout durement a plorer, et li sires plus que tuit li autre, car li uns des trois estoit ses coisins germains, jones anfes, et mout fust prodom se il vesquit. Se dient li chevalier que il ne fu morz se par sa tres grant proece non, que nus tant ne s'abandona. « Et nos, font il, aüsiens tot perdu se il ne fust, seus. »

« Or n'i a plus, dist li chevaliers, Dex an ait l'arme, que plus ont nostre anemi perdu que nos ne avons. Et ancor m'est il mout bel qant ge m'en suis eschapez vis, et ge an merci Deu avant, et ce seignor qui ci est aprés moi, » fait il de Hestor.

Atant ez vos l'escuier qui la dame en avoit amenee. Et qant li sires lo voit, si li demande dom il vient. Et il dit : « De ma dame. »

« Et ou est ele ? » fait il.

« Ele est au chastel, si m'a mout bien ma plaie bandee et apareilliee, et m'anveoit savoir comment vos lo faisiez. »

« Et comment fu ele rescouse ? » fait il.

« An non Deu, cist chevaliers qui ci est la rescout. »

Et qant il l'antant, si saut jus, si vost Hestor lo pié baissier, et dit que cent tanz li set de gré de la damoiselle que de lui.

Et Hestors resaut jus, qant il lo voit a terre, si ne li sofre mies ce que il volt faire. Lors lo commande Hestors a Deu, car mout a a errer, si ne li covient mies que il demort.

« Ha ! sire, fait li chevaliers, ge ne voudroie mies por un autel chastel comme cil la est que vos en alessiez issi, se vos an nule maniere voliez remanoir. Et vos ne (f. 136b) feriez mies bien se vos ansi vos an aloiez, ainz savroiz, se vos plaist, qui ge suis, et la damoiselle que vos avez rescouse, qui mout volentiers vos verra. Et se ge vos pooie de rien asener de vostre afaire ge lo feroie volentiers, et vos n'an vaudriez mies nohauz. »

Tant prient Hestor et il et si chevalier que il dit que il remanra hui mais ; et il an sont mout lié. Si li demande li sires

que nous en avons tué ou fait prisonniers jusqu'à huit et que parmi nous il y a trois morts. »

Ils les nomment et les autres se mettent à pleurer avec douleur, et leur seigneur plus que tous, car l'un des trois morts était son cousin germain, un tout jeune homme, dont la bravoure aurait été grande, s'il avait vécu; les chevaliers disent d'ailleurs que sa mort n'était due qu'à sa grande vaillance, car personne ne se donna autant à la bataille, et, ajoutent-ils, « nous aurions tout perdu, si lui seul n'avait pas été là.

— Maintenant il n'y a plus rien à faire, dit le chevalier. Que Dieu ait son âme! Et les pertes de nos ennemis sont plus grandes que les nôtres. Je me félicite aussi d'en avoir réchappé vivant et j'en remercie Dieu d'abord, puis ce seigneur qui se trouve auprès de moi », dit-il en parlant d'Hector.

Là-dessus arrive l'écuyer qui avait emmené la dame. À sa vue, le seigneur lui demande d'où il vient.

« D'auprès de ma dame, répond-il.
— Et où se trouve-t-elle?
— Au château, où elle a pu soigner et bander soigneusement ma plaie; elle m'envoie pour savoir comment vous allez.
— Et comment a-t-elle été secourue?
— Par Dieu, c'est grâce à ce chevalier-là. »

À ces mots, le seigneur saute à bas de sa monture et cherche à baiser le pied d'Hector, en disant qu'il lui est cent fois reconnaissant, autant pour la demoiselle que pour lui. Mais Hector le voyant à terre, saute à son tour à bas de son cheval et n'accepte pas ce que l'autre tente de faire. Là-dessus il le recommande à Dieu, car sa route est longue et il ne faut pas qu'il s'attarde.

« Ah! seigneur, s'écrie le chevalier, pour un château pareil à celui qui est là, je ne voudrais pas que vous vous en alliez, à condition toutefois que vous vouliez bien rester. Par ailleurs, ce ne (*f. 136b*) serait pas bien de votre part de vous en aller ainsi; vous saurez auparavant, si cela vous agrée, qui je suis et qui est la demoiselle que vous avez secourue; elle sera très heureuse de vous voir. Et si je pouvais contribuer quelque peu à la réussite de votre entreprise, je le ferais volontiers, mais vous n'en vaudriez pas moins. »

Cédant à ses prières et à celles de ses chevaliers, Hector finit par dire qu'il restera ce jour-là, ce qui les réjouit fort. Le sei-

o il aloit. Et il dit que il ne savoit gaires ou aler, mais il quiert un chevalier mout preu, mais il ne set qui il est, ne comant a non ; si li conte l'aventure. Et il li demande dom il est. Et il dit que il est do reiaume de Logres et des chevaliers a la reine Guenievre. Et il li demande son non, et il se nome a aus. Et qant li chevaliers l'esgarde plus, plus lo prise, et tuit li autre. Et lors li demande Hestors, de la damoiselle que il avoit rescouse, qui ele est, et il dit que ele estoit sa fame.

« Et por coi l'an menoient li chevalier ? »

« Sire, gel vos dirai. Tote ceste terre est orandroit tote plaine de guerre, ne onques mais autretant guerres ne vi an cest païs com orrandroit i a, car ge ne sai haut home ne puissant qui ne gerroit son voisin. Et ge meïsmes ai guerre a ces qui mi ami deüssient estre, ce sont li parant ma fame et si vos dirai comment.

« Il avint chose que qant li peres ma fame jut au lit de la mort, et il cuida bien que de garison n'i aüst rien, si apela sa fille et li fist jurer sor sainz et par la foi que ele li devoit que ele ne se marieroit par consoil de paranz que ele aüst, se ses hom liges n'estoit. Et qant ele se marieroit, ele panroit lo meillor bacheler que ele savroit d'armes, ne que ele porroit avoir, de que que povreté que il fust. Ensi lo jura la damoiselle. Et li peres refist jurer a toz ses homes qe il leiaument s'acorder[oi]ent au meillor sanz engien. Longuement demora la damoiselle a marier. Et ele m'ama, et ge li. Et ele oï dire par aventure plus de bien de moi que il n'en i avoit, si atorna son cuer a moi. Et ge me penai de bien faire por amor de li, tant que si parant la vostrent *(f. 136c)* marier et l'an voudrent efforcier. Et ele respondi tot an travers que ele ja mariee ne seroit par els. Et il an furent mout correcié, si l'an menacerent et li tornerent sa terre mout a mal et prenoient tote jor del suen. J'estoie sovant an sa compaignie, et ele m'avoit s'amor donee sanz autre pansee que je i aüse. Si avint un jor

gneur lui demande alors où il allait ; il lui répond qu'il ne le savait guère, qu'il était en quête d'un chevalier de grande prouesse, dont il ne savait cependant ni qui il était, ni son nom ; et il lui raconte l'aventure. Puis le seigneur lui demande d'où il est ; il répond qu'il est du royaume de Logres et des chevaliers de la reine Guenièvre. Enfin il lui demande son nom, et Hector se nomme. Plus le chevalier le regarde, plus il l'admire, et tous les autres aussi. À son tour, Hector l'interroge sur la demoiselle qu'il avait secourue, qui était-elle ? Il répond que c'était sa femme.

« Et pourquoi les chevaliers l'emmenaient-ils ?

— Seigneur, je vais vous le dire. Tout ce pays est actuellement en proie partout à la guerre, je n'y ai jamais vu autant de batailles qu'actuellement, car je ne connais pas un seigneur ou un puissant qui ne combatte son voisin. Moi-même, je suis en guerre contre ceux qui devraient être mes alliés, les parents de ma femme, et je vais vous dire comment. Il se trouva que le père de ma femme, sur son lit de mort, convaincu qu'il n'avait aucune chance de guérison, fit venir sa fille et lui fit jurer sur les livres saints et au nom de la fidélité qu'elle lui devait de ne pas se marier sur l'avis de quelque parent qu'elle pourrait avoir, à moins qu'il ne soit son homme lige. Et quand elle se marierait, elle devrait prendre le bachelier qu'elle saurait le meilleur aux armes ou qu'elle pourrait avoir, même très pauvre. La demoiselle jura. Le père fit ensuite jurer à tous ses hommes qu'ils se mettraient loyalement d'accord sur le meilleur, sans chercher à ruser. La demoiselle resta longtemps à marier. Puis elle m'aima et ce fut réciproque. Peut-être entendit-elle dire plus de bien de moi que je n'en méritais, mais elle laissa son cœur pencher vers moi. Tandis que je faisais mon possible pour mériter son amour, ses parents voulurent *(f. 136c)* la contraindre à se marier. Mais elle leur répondit catégoriquement qu'elle ne se laisserait jamais marier par leurs soins. Furieux, ils la menacèrent, puis mirent sa terre fort mal en point, s'emparant quotidiennement de ce qui lui appartenait. Je me trouvais souvent auprès d'elle, et elle m'avait donné son amour, sans que j'aie pensé à autre chose. Un jour il arriva

qu'il acoillirent la proie de cest chastel. Et li criz leva, si sailli au cri [et ge] et li chevalier qui laianz estoient, car li chastiax a encor cent quarante chevaliers de son fié, si plot Deu que nos rescosimes la proie par la proece de tex i ot. Et s'estoient mout plus icil ancontre nos que nos n'estions, si fu mout granz la joie par lo chastel. Et com nos fumes revenu, si m'an donerent plus de los que ge n'i avoie deservi, si distrent li prodome et qui miauz l'avoient fait que ge, que tot fust perdu se ge ne fusse. Si parlerent a ma dame do mariaige, si li loerent que ele me preïst. Et ele, cui mout an fu bel, respondi ausi com s'il l'an pesast et dist que ele ne cuideroit pas bien faire. Et lor demanda a toz sor lor sairement que il deïssent la verité de ce que il lor an sanbloit. Et il, la lor merci, distrent que il s'i acordoient tuit. Et ele me prist autresi comme se il l'an eüssient efforciee.

« Qant si ami l'oïrent, si la tindrent a honie et a deceüe, et li manderent que ja mais ne l'ameroient. Et moi deffierent il, mais, Deu merci, ge m'en suis auques secoreüz et garantiz d'aus par l'aide de ces par cui ge ai la dame et la terre, car m'ont mout de cuer aidié. Tant qu'il avint jehui qu'il avoient lor agait dehors cest chastel. Et ge me baignoie, por ce [qe] ge m'estoie bleciez l'autre jor a un cheval qui chaï sor moi. Et ma dame est acostumee que ele va chascun jor au mostier a la grant messe et i dit ses ores. Et il l'orent espiee et la pristrent si tost com ele issi do mostier. Si se pensoient bien que puis qu'il avoient li, que do remanant vendroient il bien a chief. Et si cuit que il lo faisoient plus, por ce qu'il savoient bien que ge ne me tandroie mies que ge n'alasse aprés, si me troveroient a meschief et lors m'ocirroient o panroient vif. *(f. 136d)* Et qant j'oï les novelles que il l'an portoient, si sailli hors do baig et fui ançois armez que nus de mes chevaliers fors

qu'ils vinrent faire leur butin dans ce château. Le cri[1] fut lancé et me fit me précipiter avec les chevaliers qui étaient là, car le château en a encore cent quarante, relevant de son fief. Grâce à Dieu, la prouesse de certains nous fit reprendre ce qui avait été pillé ; pourtant nos adversaires étaient beaucoup plus nombreux que nous.

« Alors la joie fut grande à travers le château ; à notre retour, on me loua plus que je ne l'avais mérité : les braves et ceux qui avaient fait mieux que moi déclarèrent que sans moi tout aurait été perdu. Ils parlèrent à ma dame de mariage et lui conseillèrent de me prendre pour époux. Mais alors que cela lui plaisait fort, elle répondit comme si cela lui pesait, qu'elle ne pouvait s'imaginer que cette conduite était la bonne. Sur la foi du serment, elle leur demanda à tous de dire vraiment leur avis. Ils déclarèrent (grâces leur soient rendues !) qu'ils étaient tous d'accord sur ce mariage, et elle me prit pour époux, comme si on l'y avait contrainte. Quand ses parents l'apprirent, ils estimèrent avoir été trompés et déshonorés : ils lui firent savoir que leurs liens d'attachement étaient rompus à jamais. Quant à moi, ils me déclarèrent la guerre, mais, Dieu merci, j'ai trouvé secours, aide et protection auprès de ceux à qui je devais la dame et la terre, et ils y ont mis tout leur cœur. Il arriva en effet qu'ils montaient le guet aujourd'hui à l'extérieur de ce château. Moi, je prenais un bain, parce j'avais été blessé l'autre jour par un cheval qui était tombé sur moi ; quant à ma dame, elle a l'habitude d'aller chaque jour à l'église, à la grand messe, dire ses heures. Ils la guettèrent et ils s'en emparèrent dès qu'elle sortit de l'église. Ils croyaient bien qu'en la tenant, ils viendraient facilement à bout des autres. Mais je pense qu'ils le faisaient davantage parce qu'ils savaient bien que je ne pourrais m'empêcher de les poursuivre : ils me trouveraient ainsi en difficulté et ils pourraient me tuer ou me prendre vivant (*f. 136d*). Quand on m'apprit qu'ils l'enlevaient, je bondis hors de mon bain et je fus armé avant tous mes chevaliers, excepté

---

1. Le *cri* : il s'agit de la clameur d'alerte lancée par un individu ou plusieurs dans les circonstances dramatiques.

que troi qui estoient avoc moi qant vos i so[r]venistes. Et tantost com ge poi asembler a els, et il vinrent antor moi por forclore. Et lors en anvoierent la damoiselle par trois d'aus. Et vos la rescoisistes comme li plus prodom que ge onques veïsse. Et beneoiz soit Dex qui vos i amena. Et vos soiez beneoiz sor toz chevaliers, que cil cui vos feristes premiers estoit li plus prodom et li plus puissanz de cest païs et par sa mort sera mout la guerre efforciee. Et si estoit il cosins ma damoiselle. Mais puis que ansins est avenu, n'i a que do bel contenir ; car por avanture qui aveigne ne se doit prodom esmaier ne aparecir, ne por belle cheance anorgoillir ne desdaigner. »

Lors li demande Hectors comment il avoit non. Et il li dit que il avoit non Synados, et ses chastiaus Windessores. Issi vienent parlant jusque au chastel, si voit Hestors que il siet trop bien de totes parz, si bien comme chastiaus puet miauz seoir fors tant que riviere i a petite. Mais de totes autres choses est il mout [bien] seanz et mout aaisiez et mout planteuros comme sanz vignoble, dom il n'a gaires en la Grant Bretaigne. Et li sires ot envoié avant por faire joie ou chastel et por la dame apareillier. Si set an ja par tote la vile comment uns chevaliers a secorreüe lor dame et lor seignor, si li vont tuit criant a l'ancontre : « Bienveignant li bons chevaliers qui a secorreü mon seignor et ma dame de lor anemis. » Si lo convoient li home jusque au palais au seignor. Et lors vint la dame hors, mout acesmee, et prant Hestor tot armé antre ses braz, si li dit :

« Sire, vez ci un tel chastel et un tel chevalier com mes sires est et une tel dame com ge suis, que vos poez tot tenir por vostre. Et il est bien droiz, que assez l'avez deservi. »

Et Hestors l'an mercie mout.

Atant s'an vont li chevalier desarmer. Et si i a dames et damoiselles a grant planté

les trois qui étaient avec moi quand vous nous avez rencontrés. Dès que je pus leur livrer bataille, ils manœuvrèrent pour m'encercler, après avoir envoyé trois d'entre eux en avant avec la demoiselle. Et vous lui avez porté secours, comme le plus brave que j'aie jamais vu. Béni donc soit Dieu qui vous a conduit là ; et béni soyez vous entre tous les chevaliers, car celui que vous avez abattu en premier était le plus fort et le plus puissant de ce pays et sa mort va renforcer grandement la guerre ; il était en effet le cousin de ma demoiselle. Puisqu'on en est arrivé là, il n'y a plus qu'à bien se comporter : aucun risque éventuel ne doit effrayer un brave ni justifier son inaction ; aucune bonne fortune ne doit le rendre orgueilleux ou méprisant. »

Hector lui demande alors son nom ; il lui dit qu'il s'appelle Synados et son château Windessore. Tout en parlant ils arrivent près du château et Hector voit que de tous côtés il est fort bien situé, autant qu'un château peut l'être, à cela près qu'il ne dispose que d'un petit cours d'eau ; mais pour tout le reste, son emplacement, son extension, ses ressources, il est comblé, à l'exception des vignobles, qu'on ne trouve guère en Grande Bretagne[1]. Le seigneur s'était fait précéder pour annoncer la bonne nouvelle et préparer la dame. On sait donc déjà dans le bourg tout entier comment un chevalier a secouru la dame et le seigneur et tous vont à leur rencontre en criant : « Bienvenu soit le vaillant chevalier qui a porté secours à mon seigneur et à ma dame contre leurs ennemis ! » Les hommes l'escortent jusqu'à la demeure seigneuriale[2]. la dame en sort, vêtue avec une grande élégance, et vient prendre Hector tout armé dans ses bras, en lui disant :

« Seigneur, ce château, ce chevalier qui est mon mari, et la châtelaine que je suis, vous pouvez considérer que tout vous appartient. Ce n'est que justice, car vous l'avez bien mérité. »

Hector la remercie vivement. Tandis que les chevaliers vont se désarmer, nombre de dames et de demoiselles s'empressent

---

1. Remarque inspirée par le temps de l'auteur...
2. Le *palais* désigne soit la salle d'apparat (et dans ce cas on trouve aussi *salle, grant salle*), soit l'habitation du seigneur en temps de paix ; elle est construite à côté de la *tor* ou donjon, lieu défensif.

a Synados et a Hestor desarmer. Et Synados a commandé que an ne s'antremete se de Hestor non, *(f. 137a)* ne la dame ne les puceles. Et eles font mout bien son commandement, que eles n'antandent que a lui obeïr et annorer, tant que il li est avis que trop an font. Et qant il sont desarmé, si est basse ore. Et li mangiers est hastez, si asient au mengier, et manjuent entre la dame do chastel [et] Hestor. Et conta la dame, oiant toz, comment Hestors l'avoit rescose et la grant paor que ele avoit de ce que il estoit seus.

Mout fu granz la joie o chastel la nuit d'Estor, et mout fu la nuit regardez de damoiseles et de chevaliers et de dames. Et Synados disoit c'onques n'avoit veü de son aage nul si bon chevalier. La nuit lo pria mout Synados et la dame de remanoir, mais proiere n'i ot mestier. Si laissierent atant la parole ester, si s'alerent couchier.

Au matin prist Hestors congié [a la dame] tot avant. Et puis monterent Synadoc et si chevalier, si lo convoierent et lo mistrent o chemin a aler en la terre de Norgales. Et lor les comanda a Deu, et il lui. Si li pria mout Synados que il li manbrast de lui se avanture lo menoit a la cort lo roi Artu [et il i estoit, car c'estoit la meson del monde dom il plus volentiers s'acointeroit s'il avoit aucune fin mise en sa guerre. Et puis fu il compainz de la maison lo roi Artu.] Et Hestors li dit que an toz les leus o il lo troveroit porroit il venir a lui comme a son ami leial. Et cil l'an mercie mout, si s'an part li uns de l'autre.

Et Hestors chevauche tant que il fust avespri. Et il esgarde, si vit devant lui un chastel mout fort et mout bien seant. Mais dehors les murs ne valoit un sol denier de toz herberjages fors solement murs de maisons arses, toz roges, et li mur do chastel tot autretel. Mais li chastiaus siet si an fort leu que il n'est riens que il dot fors afamer, car

auprès de lui et de Synados ; mais celui-ci invite la dame et les jeunes filles à ne s'occuper que d'Hector (f. *137a*) et elles qui ne cherchent qu'à lui obéir et à lui faire honneur, elles suivent si bien ses instructions qu'Hector trouve qu'elles en font trop. Une fois qu'ils sont désarmés, l'heure est bien avancée. On accélère les préparatifs du repas, puis l'on se met à table et la dame du château mange avec Hector[1]. Élevant la voix, celle-ci raconte à tous comment Hector l'avait secourue et la grande peur qu'elle avait éprouvée parce qu'il était seul.

Grande fut la fête ce soir-là au château en l'honneur Hector ; nombreux furent les regards que fixèrent sur lui les demoiselles, les chevaliers et les dames. Synados disait que, de sa vie, il n'avait jamais vu un si vaillant chevalier. Dans la soirée, lui et la dame le prièrent instamment de rester, mais rien n'y fit ; alors ils n'insistèrent pas et on alla se coucher. Le lendemain matin, Hector prit avant tout congé de la dame. Ensuite Synados et ses chevaliers enfourchèrent leurs chevaux et l'accompagnèrent pour le mettre sur le chemin qui devait le mener dans la terre de Norgales. Une fois arrivés, ils échangèrent leurs adieux, et Synados le pria vivement de se souvenir de lui si la chance le menait à la cour du roi Arthur, et si lui, Hector, en était, car c'était la maison dont il aimerait le plus faire partie, s'il avait mis fin de quelque manière à sa guerre. Depuis, il fut compagnon de la Table Ronde. Hector lui répondit que partout où il le trouverait, il pourrait venir le retrouver comme son ami fidèle. L'autre lui prodigue ses remerciements et sur ce, ils se séparent.

Hector chevauche jusqu'à la tombée du soir. Devant lui, il aperçoit un château fort, bien situé et bien défendu ; mais à l'extérieur des remparts, toutes les habitations ne valaient pas un seul denier, on ne voyait que des pans de maisons brûlées, toutes rougeoyantes, comme les remparts eux-mêmes. Toutefois le château lui-même se trouvait sur un emplacement si inaccessible qu'il ne redoutait que la famine ; en effet, d'un

---

1. Il faut comprendre que la dame et Hector mangent dans la même écuelle, signe d'amitié et de confiance, déjà signalé dans le *Perceval* de Chrétien de Troyes, mais entre le jeune héros et son hôte, qui le fera chevalier, v 1565.

il siet toz sor une grant roiche naïve d'une part, et d'autre part el coign d'une grant aive lee et parfonde et corant; et d'autre part l'aive si est li plaiseiz granz et espés et anciens, et li maraus (*f. 137b*) tels que nus antrer n'i ose. De ce[le] part ou Hestors venoit estoit la roiche haute et anniose. Et si voit Hestors que par illuec est ses chemins. Et qant il vint au pié de la roche, si descent et monte la roiche a pié et moine son cheval aprés lui. Si est mout chauz et mout las ançois que il venist o mileu de la roiche, tant que il ne puet en avant aler a pié. Si remonte en son cheval a quel que poine et chevauche tant que il vient a la porte do chastel, si antre anz et vient chevauchant totes les rues. Et si tost com les genz lo voient, si ferment lor huis. Et il s'an mervoille mout que ce puet estre, si va jusque a l'autre porte do pont. Et qant il vost issir hors, si la trova bien fermee, si hurte et apele mout durement. Mais nus ne li respont. Et il maudit et les genz et lo chastel comme les plus escomeniees genz que il onques veïst. Et dit que maus feus puisse ardoir la vile par dedanz comme ele est arse par defors, et que tant la haïst ores Dex comme il la het, ele seroit ancor anuit fondue. Lors vient a la porte, si apelle mout durement. Et nus ne li respont, si est trop esbahiz. An ce que il s'an retorne vers l'autre porte comme cil qui ne savoit que faire, si voit un vilain qui venoit de busche coper, si iere antrez an une fause posterne et avoit une coigniee a son col. Et si tost com il vit Hestor, si torne fuiant droit a une maison qui est pres de la porte a main senestre. Et Hestors hurte aprés lui, si aconsiut lo vilain ançois que il fust en la maison, car li huis estoit fermez. Et il l'aert parmi les tanples, et li dit que morz est se il ne li anseigne commant il porra issir de cest chastel. Et il

côté il s'élevait sur une grande roche naturelle, et de l'autre, il était protégé par la boucle d'une large et profonde rivière, au cours rapide ; au-delà de cette eau il y avait une clôture de haies longue, épaisse et bien enracinée, et avec un tel marécage (*f. 137b*) que personne n'osait s'y risquer. Du côté par où arrivait Hector, la roche s'élevait, haute et redoutable, et il voit que son chemin passe par là ; arrivé au pied de la hauteur, il descend de sa monture et commence à monter à pied, en tirant son cheval derrière lui ; mais tout en sueur et épuisé avant même de parvenir au milieu, il ne peut plus continuer ainsi et il remonte tant bien que mal sur la bête ; il finit par arriver à la porte du château[1], la passe et continue à cheval le long des rues. Or, dès que les gens le voient, ils ferment leurs portes ; lui, se demande ce qu'il peut bien y avoir et va jusqu'à la seconde porte ; quand il s'apprête à la passer, il la trouve bien fermée ; il frappe le heurtoir et appelle très fort ; mais personne ne lui répond. Alors il maudit le château et ses gens, les traite de détestables entre tous ; il souhaite qu'un feu aussi violent ravage le bourg que celui qui l'a dévasté hors les murs ; il ajoute que si Dieu le haïssait autant que lui en ce moment, il serait réduit en cendres le soir même. Il revient à la porte, appelle encore très fort, mais ne reçoit toujours pas de réponse et son étonnement ne connaît plus de bornes. Ne sachant que faire, il retourne à la première porte et aperçoit un vilain qui revenait de faire son bois et qui, la cognée pendue au cou, était entré par une poterne dérobée. À peine celui-ci a-t-il vu Hector qu'il rebrousse chemin et qu'il s'enfuit tout droit vers une maison qui se trouvait à gauche, près de la porte. Hector éperonne derrière lui et le rattrape avant qu'il ait pu entrer dans la maison, car la porte était fermée. Il l'agrippe par les cheveux et lui dit qu'il est mort s'il ne lui indique pas comment sortir de ce château. Mais l'autre

---

1. Il faut comprendre qu'Hector évolue entre la deuxième porte du pont principal, par lequel il est entré dans l'agglomération fortifiée (*chastel, vile, borc*) où sont les rues et les maisons des vilains, et la porte du pont qui mène à la *grant tor an ce palais*, résidence et forteresse du seigneur ; la *fause posterne* est une porte dérobée qui mène de la ville à l'extérieur des remparts. L'auteur veut donner un effet de souricière qui doit obliger Hector à se soumettre à une coutume du lieu.

dit que il n'an istra mais annuit, nes li rois Artus se il i estoit.

« Et por coi ne volent ces genz parler a moi ? »

« Por ce, fait il, que il dotent que voilliez herbergier. Et nus n'est si hardiz an cest chastel qui osast herbergier chevalier errant, ainz les covient trestoz herbergier en cele grant tor an ce palais. »

« Comment ? fait Hestors, si me covanra herbergier annuit en *(f. 137c)* ceste vile maugré moi ? »

« Certes, dist il, voires, que vos n'an porriez issir. »

« Ge cuit, fait Hestors, que si ferai par tens, ou ge i troverai autre deffense. »

Lors li arache la coigniee do col et vient a la porte. Et li vilains vient aprés, si li demande sa coigniee. Et cil dit que se il ne s'en va, il lo fandra ja tot de sa coigniee meaumes, car d'autres armes ne doit vilains morir. Et li vilains a paor, si s'en torne. Et Hestors descent de son cheval, si l'aresgne a un croc devant une maison pres de la voie. Puis vient au braz de la porte atote la coigniee, si commance a ferir granz cox a deus mains. Et dit que or an istra il, maugrez as felons sers qui lor huis li cloient ores. Lors est venuz uns vallez a lui, si li dit que il ne fait mies bien qui cope la porte, car de l'isir est il hui mais noianz. « Mais venez au seignor do chastel, car a lui vos covient anquenuit herbergier. »

Et Hestors, qui mout se crient de traïson, dit que il n'i portera les piez, ne ancor ne herbergera a piece. Et qant li vallez voit ce, si s'an vient par lo cheval et est saillz es arçons et dit que lo cheval en manra il au mains. Et com Hestors lo voit, si cort aprés, mais li chevaus s'en va si tost que il no puet ataindre. Si est si dolanz que il ne puet plus, et dit que ja por ce ne laira que il ne face a la vile tant de mal com il porra. Si s'an revient au braz de la porte, si ancommance a coper. Et lors escoute, si ot desor lui une mout grant noise, si se regarde et voit que l'an destache une grant porte coleïce qui dedanz estoit. Et il se tient a anginié, si se trait arieres et dit

lui répond qu'il ne pourra plus en sortir ce soir, serait-il le roi Arthur en personne.

« Mais pourquoi ces gens ne veulent-ils pas me parler ?
— Parce qu'ils ont peur que vous vouliez loger chez eux. En effet, personne, dans ce château, n'a la témérité de loger un chevalier errant : tous absolument doivent loger dans le donjon principal du palais.
— Comment, s'écrie Hector, il me faudra donc me loger malgré moi dans (*f. 137c*) ces lieux cette nuit ?
— Certes, fait l'autre, assurément, car vous ne pourriez pas en sortir.
— J'imagine que j'y arriverai bientôt, ou bien je trouverai un autre moyen de me défendre. »

Sur ce, il lui arrache du cou la cognée et retourne à la porte ; le vilain le suit et réclame sa cognée ; mais Hector lui répond que s'il ne s'en va pas, la cognée le pourfendra, car un vilain ne doit pas être mis à mort avec d'autres armes ; effrayé, l'autre détale. Hector met pied à terre, accroche les rênes de son cheval à un crochet planté sur le devant d'une maison, près du chemin. Puis il revient vers la barre de la porte et, avec la cognée qu'il tient à deux mains, il commence à frapper de grands coups en disant qu'il sortira de là, malgré ces traîtres de serfs qui pour le moment lui ferment leur porte. Sur ce un jeune homme arrive et lui dit qu'il a tort de vouloir faire une brèche dans la porte, qu'il n'est absolument pas question qu'il sorte aujourd'hui. « Mais, venez auprès du seigneur de ce château : c'est chez lui qu'il vous faut loger ce soir. »

Hector, redoutant fort d'être trahi, lui rétorque qu'il n'y mettra pas les pieds et qu'il n'ira pas se loger d'ici un bon moment encore. Devant son obstination, le jeune homme rejoint son cheval, bondit en selle et lui dit qu'au moins il emmènera le cheval. Aussitôt Hector court après, mais la bête s'en va si vite qu'il ne peut la rattraper. Il est au comble de la douleur et dit que cela ne l'empêchera pas de faire au bourg tout le mal qu'il pourra. Il revient donc à la barre de la porte et recommence à la pourfendre. Mais au-dessus de lui un grand vacarme lui fait dresser l'oreille ; il regarde et voit qu'on détache une grande porte coulissante qui se trouvait à l'intérieur. Il s'estime pris au piège, recule en arrière et voue toutes

que deiable aient part an tantes portes, car il n'avoit pas apris a veoir portes coleïces dedanz chastel se dehors non. Lors giete la coigniee an voie par mautalant, si s'an torne vers lo palais que li vilains li ot mostré. Et qant il a monté lo degré, si voit laianz assez chevaliers, toz canmoisiez de lor armes, et vit an mileu seoir un viel home qui mout sanbloit bien prodome et mout avoit esté biaus chevaliers. Hestors salue lo prodome et sa compaignie, mais il ne li rant mies son salut.

« Ha ! sire, sont tel li chevalier de vostre païs, fait li viauz, qui estiez de(f. 137d)venuz charpentiers por ma porte coper ? Que dahaz ait la terre o vos l'apreïstes ! Autresin sage com vos iestes avons nos fait sa folie comparer, si ferons nos a vos ainz que vos nos eschapoiz. »

« Sire, fait Hestors, ge suis uns chevaliers esranz. Et sachiez bien que ge ai mout grant bessoign, si voudroie que vos me feïssiez randre mon cheval que uns vallez en amena çaianz. »

« Si ferai ge, fait li sires, qant vos m'avroiz amandé ce qe vos m'avez depeciee ma porte sanz moi mostrer vostre bessoign. »

« Certes, il est voirs, fait Hestors, ge la copasse, se ge aüsse loisir, que il a en cest chastel la plus desleial gent que ge onques veïsse, car il n'ont cure de nul franc home conseillier. Ne ge ne poi onques mais autant vilaigne gent haïr. »

Et li sires commança a rire, si li demanda dom il est. Et il li dist que il estoit des chevaliers la reine.

« A la qel reine ? » dist li sires do chastel.

Et il dist : a la fame lo roi de Logres.

Lors se dreça li sires ancontre lui et li dit que bien soit il venuz. Sel prant tot armé antre ses braz et li dit : or li soit pardoné que que ait meffait, sauve l'anor et la droiture de cest chastel, « [Car vos devez

ces portes aux diables, car lui, il n'a pas été habitué à voir des portes coulissantes ailleurs que pour la défense extérieure d'un château[1]. Dans sa colère, il jette au loin la cognée et se dirige vers la demeure seigneuriale que le vilain lui avait montrée. Une fois en haut des escaliers, il découvre dans les lieux bon nombre de chevaliers, tout contusionnés par leurs armes, avec, au milieu d'eux, un vieil homme assis, d'apparence très vénérable et qui avait été fort beau chevalier. Hector salue le vieillard et sa compagnie, mais l'autre ne lui rend pas son salut et s'écrie :

« Ah ! seigneur, est-ce que les chevaliers de votre pays sont comme vous, qui *(f. 137d)* êtes devenu charpentier pour couper ma porte ? Maudite soit la terre où vous avez appris cela ! À d'autres aussi habiles que vous nous avons fait payer leur folie, et nous vous la ferons payer avant que vous nous échappiez.

– Seigneur, lui répond Hector, je suis un chevalier errant. Sachez que j'ai une affaire pressante : je voudrais que vous me fassiez rendre mon cheval ; un jeune homme, ici, l'a emmené.

– Je le ferai, dit le seigneur, quand vous m'aurez donné compensation pour avoir voulu mettre ma porte en morceaux, sans m'informer de ce qui vous pressait.

– Certes, il est bien vrai que je l'aurais découpée, si j'en avais eu le loisir, car il y a dans cette agglomération les gens les plus déloyaux que j'aie jamais vus : ils ne se soucient pas d'aider un homme libre, quel qu'il soit. Jamais, je n'ai pu autant haïr les gens du peuple. »

Le seigneur éclata de rire et lui demanda d'où il était. Il lui répondit qu'il faisait partie des chevaliers de la reine.

« De quelle reine ? » demanda le seigneur du château.

Et lui de répondre : de l'épouse du roi de Logres.

Alors le seigneur se lève pour l'accueillir et lui souhaiter la bienvenue. Il le prend tout armé dans ses bras et lui déclare qu'il veut que tout méfait lui soit pardonné, excepté ce qui se rapporte à l'honneur et au droit de ce château, « car vous devez

---

1. La *porte coleïce* est la herse qui d'ordinaire se trouve après la porte du premier pont, celui de l'agglomération. Hector veut dire qu'il n'a jamais vu de herse que là, et pas pour défendre l'accès à la résidence du seigneur.

bien en ceste vile avoir pooir de fere une force qui a moi apartiengne ; ne ge ne vos efforceroie mie, car ge sui hom liges lo roi Artu de cest chastel] et de qanque il li apant. » Lors commande li sires que il soit desarmez. Et il dit que il iroit ancor annuit aillors, se il avoit son cheval. Mais li sires li dit que il n'an avra or mie, car se li rois Artus i venoit, si lo covenroit il çaianz gesir une nuit se il ne voloit aler ancontre la droiture do chastel et ancontre les costumes.

« Et quex sont les costumes et les droitures ? » fait Hestors.

« Vos seroiz ançois desarmez, fait li sires, que jo die. Et seiez autresin aseür comme se vos estiez en la maison vostre dame la reine, et la moie. »

Lors saillent avant vallet, si lo desarment. Et com li sires lo vit desarmé, si lo prisa mout, car a merveilles estoit biaus et bien tailliez, et a mervoilles sanbloit preu et hardi chevalier. Sel trova li sires de mout belles paroles et de mout sages et de mout biaus respons. Et Hestors li dit et requiert qu'il li die la costume do chastel. Et il li dit que avant li die son non. Et il li dit que il est apelez Hestors.

« Hestors, fait li sires, il est voirs que cist chastiax est miens. Et il est si forz com vos poez avoir veü, et por la grant force que il a, en ont aü anvie maint *(f. 138a)* prodome, car il marchist a trois barons assez puissanz et felons. Li uns est li rois Benianz de Norgales, et li autres Malauguins, li Rois des Cent Chevaliers, uns rois mout fiers et mout puissanz et mout bons chevaliers et coisins Galehot, lo fil a la Jaiande. Et li tierz est li dus Esçaüz de Cambenic. Cist troi ont tozjorz cest chastel encovi et tozjorz m'ont

bien, dans ce bourg, avoir la possibilité d'accomplir un droit qui m'appartient ; et moi, je ne vous ferai pas violence, car je suis, pour ce château et tout ce qui en dépend, le vassal lige du roi Arthur ». Le seigneur donne l'ordre qu'il soit désarmé, tandis qu'Hector proteste que ce soir, il continuerait encore plus loin, s'il avait son cheval. Mais le seigneur lui dit qu'il n'aura aucune monture : même si le roi Arthur, venait là, il lui faudrait dormir sur place une nuit, s'il ne voulait pas aller contre le droit et les coutumes du château.

« Et quelles sont ces coutumes et ce droit ? demande Hector.

– Laissez-vous désarmer d'abord et je vous le dirai, fait le seigneur. Asseyez-vous tout aussi sûrement que si vous étiez dans la demeure de votre dame et la mienne, la reine. »

Là-dessus, des écuyers se précipitèrent et le désarmèrent. Une fois que ce fut fait et que le seigneur put le voir sans ses armes, il l'admira fort, car il était merveilleusement beau, bien proportionné et paraissait un chevalier plein de vaillance et de prouesse ; le seigneur le trouva encore de conversation très agréable, avec des réponses pleines de sagesse et d'élégance. Hector le pressa de l'informer sur la coutume du château[1]. L'autre voulut savoir auparavant son nom ; il lui dit qu'on l'appellait Hector.

« Hector, dit alors le seigneur, il est vrai que ce château m'appartient. C'est une puissante forteresse, comme vous avez pu le voir ; mais cette puissance lui a valu la jalousie de bien des *(f. 138a)* puissants, car il touche les terres de trois barons considérables et redoutables. L'un est le roi Béniant de Norgales ; l'autre Malaguin, le Roi des Cent Chevaliers, un roi plein de fierté, avec de grands moyens, qui est aussi un chevalier d'une qualité à toute épreuve et le cousin de Galehaut, le fils de la Géante. Le troisième est le duc Esaü de Canbenic. Ces trois hommes ont toujours convoité mon château et n'ont cessé

---

1. La *costume* est dans la réalité ce qui a force de loi, parce qu'elle est générale dans un lieu et établie par l'usage, sans documentation écrite. Le roman arthurien a multiplié les mises en œuvre de coutumes étranges ou dramatiques, établies en dehors de la juridiction d'Arthur et loin de la société courtoise ; l'action héroïque parvient à en résoudre heureusement les contradictions, qui sont l'écho de tensions sociales et historiques.

guerroié, mais, Deu merci, ancor n'en ont il mies. Et neporqant ai perdu tant que ores est montee une tançons et une guerre antre lo roi de Norgales et lo duc de Cambenic, si ne me guerroierent passé a trois anz. Ne ge n'ai orandroit guerre fors dou Roi des Cent Chevaliers, et non mies de lui, car il est grant pieç'a en la terre Galehot, son cosin. Mais uns suens seneschauz me fait mout mal, qui est mout preuz et mout guerroianz, si a non Marcanors. Si n'est nus jorz que il ne veigne ci devant et vient a la porte devers lo pont por peçoier lor lances et por hurter ; mais il ne troveront ja do mien hors vaillant une maaille. Ne il ne[l] font se por ce non que tant me cuident annuier que ge face vers aus aucun plait mauvais. Mais, se Deu plaist, ge no ferai ja mais, puis que tant ai demoré a faire.

« An tel angoise ai esté des que ge vig an terre, tant que ge suis mais viauz. Ne ge n'ai o monde si grant duel com ge ai de ce qu'i[l] n'iert aprés moi qui cest chastel mai[n]tiegne aprés moi si bien com ge l'ai maintenu, car ge n'ai de toz anfanz que une file mout belle et mout sage, qui poïst ja avoir trois anfanz par aage. Ne ge ne la voil marier jusque tant que ge truisse un chevalier de si grant richece o de si grant proece ou ele fust bien anploiee et qui aprés moi maintenist cest chastel a annor, car se ge la vousise avoir mariee o lingnage a mes anemis, ele fust mariee bien et hautement. Mais mes cuers ne les porroit amer, car trop m'ont tué de mon lignage et de mes charnés amis. Et a mon seignor lo roi Artu an ai envoié maintes foiz por ce que il i meïst consoil, mais il a tant a faire de ses granz anuiz que il a au cuer que il n'i puet con(f. 138b)soil metre. Et ge ne l'an blasme mies, car ge sai assez de ses granz paines et des tribouz ou il a esté. Et ge puis assez atandre, Deu merci, car cist chastiax ne crient siege, puis que nos aiens a mengier. Mais mout ai perdu de mes homes. Et por ce que ge n'avoie çaianz mais gaires chevaliers, si vindrent a moi li borjois de ceste vile, or a trois anz., et me distrent que trop demoroie a ma fille marier. Et ge lor dis que ge ne veoie lo leu. Et il

de me faire la guerre, mais Dieu merci, ils ne l'ont pas encore. Cependant, je leur ai laissé tant de butin que le roi de Norgales et le duc de Canbenic se sont disputés jusqu'à se déclarer la guerre et voici trois ans passés qu'ils ne me la font plus. À présent je n'ai plus à faire qu'au Roi des Cents Chevaliers, mais en réalité il ne s'agit pas de lui, car il y a longtemps qu'il se trouve dans le pays de son cousin Galehaut ; c'est un de ses sénéchaux, qui me cause bien du tort avec sa vaillance et son goût de la guerre ; il s'appelle Marganor. Il n'y a pas un jour où il ne s'avance jusqu'à l'entrée du pont pour frapper à la porte et proposer de briser des lances ; mais ils ne trouveront pas dehors le moindre des miens. S'ils continuent, c'est parce qu'ils s'imaginent m'exaspérer au point que je me résigne à quelque échange qui tourne mal pour moi. Mais s'il plaît à Dieu, cela ne m'arrivera jamais, puisque j'ai pu rester si longtemps sur ma réserve.

Voilà mes tourments depuis que je possède cette terre, et maintenant je suis vieux. Or rien ne me fait plus de peine au monde que de ne pas avoir après moi quelqu'un qui tienne mon château comme je l'ai fait : pour tout enfant, je n'ai qu'une fille, très belle, très sage et d'âge à avoir été déjà trois fois mère. Mais je ne veux pas la marier tant que je n'aurai pas trouvé un chevalier assez riche et assez preux pour lui être convenablement assorti, et qui, après moi, assurerait l'honneur de ce château ; si j'avais voulu la marier dans le lignage de mes ennemis, elle aurait trouvé un bon et noble parti ; mais je ne saurais avoir pour eux des sentiments d'amitié : ils ont tué trop d'alliés et de parents dans mon lignage. Maintes fois, j'ai envoyé solliciter l'aide de mon seigneur le roi Arthur : or il a lui-même tant de soucis personnels qu'il ne peut m'aider (*f. 138b*). Je ne lui en fais pas reproche, car je connais suffisamment les tourments et les épreuves qu'il a dû affronter. D'autre part je suis tout à fait en mesure d'attendre, Dieu merci, puisque ce château ne craint pas le siège, pourvu que nous ayons à manger. Mais j'ai perdu bon nombre de mes hommes. Et parce que je n'avais plus guère de chevaliers avec moi, les bourgeois de la ville sont venus me trouver il y a trois ans, pour me dire que je tardais trop à marier ma fille. Moi, je leur répondis que je ne voyais pas la possibilité de le faire. Ils me

distrent que se ge ne m'en maintenoie a lor consoil, il me guerpiroient la vile et iroient an autre[s] terres, car trop avoient sofferte ceste male aventure. Et ge dis que si feroie gié, mais que ce ne fust contre m'anor. Et il me distrent que il me donroient bon consoil et laial et sanz honte, mais que ge lor jurasse a tenir ce qu'els diroient. Et ge lor jurai. Et il me distrent que ja mais chevaliers n'antrast an cest chastel qui ne geüst une nuit an [ma] maison [et] qui ne d[em]orast l'andemain anjusque au midi an l'aide de la vile. Et lo jor qu'il s'an devroit aler, ainz qu'il aüst les armes, li covanroit jurer sor sainz que a tozjorz seroit nuisanz et annemis a toz ces qui guerroieroient lo Chastel de l'Estroite Voie – issi a non li chastiaus – se il n'estoit hom a celui qui lo guerrieroit. Ne ja hors do chastel n'isisient se par celui sairement non. »

« Certes, dist Hestors, ci a mauvaise costume, car li estrange ne deüssient mies comparer autrui guerre de autrui chastel qui rien n'i ont mesfait. »

« Par foi, sire, il lo firent issi, por ce que nos ne poons avoir secors do roi Artu qui mes sires liges est. Si distrent que il porroit tex venir çaianz por cui li rois secorroit lo chastel, por ce que il orroit les granz maus qui an avienent et qui an sont avenu, car ce est li chastiax de tote Bretaigne qui est tozjorz an greignor trespas. Et si distrent que par ce porroie marier ma fille an aucun preu bacheler cui ses chemins aporteroit çaianz. Ensi ne me morroie mies sanz oir. Et ancor n'a mies set jorz que li rois Artus i a perduz deus de ses chevaliers de sa maison. Ce poise moi et mout an suis dolanz por lui que onques tel costume i fu mise. Mais ge lor (f. 138c) jurai, si me covient tenir lo sairement. »

Qant Hestors ot des chevaliers lo roi que deus en i a pris, si li demande qui il sont et comment il furent pris.

« Ge lo vos dirai, fait il : li uns a non Yvains et li autres Sagremors, qui jurent çaianz et me distrent que il queroient lo meillor chevalier qui onques l'escu portast, et si ne savoient ou, ne il no conoissoient, et que messires Gauvains estoit compainz de ceste queste.

déclarèrent que si je ne me rangeais pas à leur avis, ils m'abandonneraient le bourg et qu'ils iraient ailleurs, car ils avaient trop longtemps supporté ce malheur. Je leur dis que j'acceptais, à condition que ce ne soit pas contre mon honneur. Ils m'assurèrent qu'ils me donneraient un bon avis, loyal et sans vilenie, pourvu que je jure d'observer ce qu'ils me proposeraient. Je jurai. Ils me dirent que tout chevalier qui entrerait dans ce château devrait passer une nuit dans ma demeure et rester jusqu'au lendemain midi, pour le bien de la ville ; au moment de son départ, avant d'avoir ses armes, il lui faudrait jurer sur les livres saints que désormais il ne cesserait de se considérer comme l'ennemi de tous ceux qui combattraient le Château de l'Étroite Voie (tel est le nom du château), et de leur faire du mal, à moins qu'il ne soit vassal de celui qu'il devrait affonter ; seul, ce serment lui permettrait de sortir du château.

– En vérité, fit Hector, voilà une mauvaise coutume, car les étrangers ne devraient pas payer pour la guerre d'un autre, pour le château d'un autre à qui ils n'ont rien fait de mal.

– Sur ma foi, seigneur, elle a été établie ainsi parce que nous ne pouvons obtenir d'être secourus par le roi Arthur, bien qu'il soit mon seigneur lige. Leur avis était qu'il pourrait venir ici quelqu'un qui déciderait le roi à secourir le château, s'il en apprenait les grands malheurs présents et passés ; en effet dans toute la Grande-Bretagne, il n'y a pas de passage plus fréquenté. De cette manière, selon eux, je pourrais marier ma fille à quelque brave bachelier que son chemin amènerait ici, et je ne mourrais pas sans héritier. Il n'y a pas encore une semaine, le roi Arthur a perdu dans mon affaire deux chevaliers de sa maison. Je le regrette et je suis bien fâché pour lui qu'on ait établi cette coutume ; mais j'ai juré (*f. 138c*), et il me faut tenir mon serment. »

Quand il l'entend dire que deux des chevaliers du roi ont été pris, Hector lui demande de qui il s'agit et comment cela s'est fait.

« Je vais vous le dire, répond-il : l'un s'appelle Yvain, l'autre Sagremor ; ils avaient couché ici et m'avaient dit qu'ils étaient en quête du meilleur chevalier qui jamais eût porté l'écu, mais ils ne savaient où ils allaient et ne le connaissaient pas ; qu'en outre monseigneur Gauvain était compagnon de cette quête. Le

Et qant ce vint l'andemain, qu'il orent juré a qel que poine, car Sagremors disoit q'il nel jureroit, ja por ce porroit çaianz am prison morir. Ne onques n'en vost rien faire por rien que messires Yvains li deïst, qui li looit mout a faire, por ce que ge et li chastiaus somes lo roi Artu. Mais il n'an vost rien faire, tant que il oï noz anemis qui estoient la fors a cele porte. Et messires Yvains les oï, si jura. Et Sagremors dist, puis que li guerroior estoient si pres, donc jureroit il. Et il jura, et ge li fis aporter ses armes, si s'arma. Et vindrent andui avoc mes chevaliers a la porte et me proierent mout que ge [les] lessasse fors issir comme cil qui volentiers font d'armes et prodome sont. Et ge ne vos, car ge les savoie a volenteïs d'asenbler, si cremoie que il perdissent, [car nos avions çaienz po de chevaliers,] et cil dehors estoient assez et mout chevaleros. Tant que ge lor dis, s'il me voloient fiancier que il ne passeroient un petit poncel qui est la aval el chief de cele chauciee de ça, ge les an laroie issir, et que chascuns d'aus deus ne josteroit a plus d'un chevalier ; et se plus en venoient sor aus, il se trairoient çaianz arrieres. Et il lo me fiancierent, et il an issirent hors sanz plus de gent et demanderent de la a aus deus chevaliers por joster. Et Marganors lor en anvoia deus, dont li uns estoit li miaudres josteres que ge onques veïsse et li plus adroiz. Si josterent aseürement tuit quatre. Et josta Yvains a l'un, si l'abati tot au premier cop. Et Sagremors josta de quatre lances au bon josteor, et que an la fin fu Saigremors portez a terre, et il et ses chevaus. Et ge les fis andeus semondre de lor fiances, si s'en revinrent, et dist messires Yvains que onques an sa vie n'avoit veü (*f. 138d*) si apert josteors fors solement lo chevalier que il avoient trové au nain batant sor une fontaine, qui avoit abatu devant monseignor Gauvain quatre des meillors chevaliers que l'an saüst ne deüst nomer. »

Et qant Hestors l'ot, si en est toz rogiz de honte. Et totevoies li demande comant il avoient esté pris.

« Il me tinrent si an grant, fait li sires, comme cil qui mout prodome sont, que se ge nes an laissoie issir, que Saigremors

lendemain, ils ne jurèrent pas facilement ; en effet Sagremor déclarait qu'il ne jurerait pas, dût-il mourir en prison ici, et rien de ce que lui disait Yvain n'arrivait à le faire changer d'avis ; en vain l'y incitait-il, arguant que le château et moi-même nous appartenions au roi Arthur. Rien n'y fit donc, jusqu'à ce qu'il eut entendu nos ennemis qui nous pressaient là-dehors, à cette porte. À ce bruit, monseigneur Yvain jura ; alors Sagremor déclara que puisque les assaillants se trouvaient si près, il jurerait aussi, et il le fit. Je lui fis ensuite apporter ses armes et il s'arma. Tous deux gagnèrent la porte avec mes chevaliers et, en amateurs d'exploits guerriers, en braves qu'ils étaient, ils insistèrent beaucoup pour que je les laisse sortir. Mais je ne le voulus pas, car je connaissais leur désir de se battre et je craignais leur défaite : nous avions ici peu de chevaliers et ceux de l'extérieur étaient nombreux et fort vaillants chevaliers. Je finis par leur dire que, s'ils voulaient me donner leur parole qu'ils n'iraient pas plus loin qu'une petite passerelle qui se trouve là-bas, au bout de cette chaussée, je les laisserais sortir ; à condition aussi que chacun d'eux ne jouterait pas contre plus d'un chevalier et que, s'il en venait davantage, ils se retireraient et reviendraient ici. Ils me le promirent, puis sortirent sans escorte et, de l'endroit convenu, ils lancèrent un défi pour une double joute. Marganor leur envoya deux chevaliers, dont l'un était le jouteur le plus fort et le plus adroit que j'aie jamais vu. Tous quatre joutèrent avec assurance : Yvain se chargea de l'un et l'abattit du premier coup ; Sagremor fit quatre lances contre le bon jouteur, mais il finit par être renversé à terre avec son cheval. Je leur fis rappeler alors leur serment et ils revinrent, Yvain disant qu'il n'avait jamais vu (*f. 138d*) de sa vie de jouteurs aussi forts, en dehors du chevalier qu'ils avaient trouvé auprès d'une fontaine, avec un nain qui le battait, et qui avait renversé en présence de monseigneur Gauvain quatre de ceux qui pourraient à bon droit être dits les meilleurs chevaliers. »

À ces mots, Hector devint cramoisi de confusion ; néanmoins il demanda comment ils avaient été faits prisonniers.

« Ils me dirent avec insistance, fit le seigneur, en braves qu'ils étaient, que si je ne les laissais pas sortir, Sagremor per-

istroit de son san, por ce que il estoit an reclus, si s'en voloit mesler a mes chevaliers et combatre veiant mes iauz. Et issi les an laissai issir et baillai a chascun un glaive grant. Si asanblerent a toz cels qui estoient sor lo poncel. Et abati Sagremors lo bon josteor au premerain cop, et son cheval sus lui. Et Yvains an ravoit un autre abatu. Si mistrent les mains as espees. Et vos di que il i firent assez d'armes se il se fusient mené par messure. Mais il s'abandonoient trop, car il se fioient an lor fiance[s] qui sont trop granz. Et neporqant, ja rien n'i perdisent se ne fust Sagremors, qui bien doit avoir non Desreez, car il ne metoit nule raison a son afaire. Ne onques an tote ma vie ne vi autant d'armes faire a un sol chevalier com il fist tres desus lo poncel, tant que ge meïsmes i oi domage, que ge i anvoia de mes chevaliers, et toz, an aide, et ge meïsmes an issi. Et com il nos virent aprés els, si laisserent corre a cels de la ; si commança la meslee des juque [sus] lo poncel, tant que an la fin i perdi gié trois de mes chevaliers, et il furent pris. Mais plus me poisse d'aus que des morz, car il n'i a nul recovrier, et cil estoient trop prodome, si an istront a poignes. »

Quant Hestors a oïes ces novelles, si commança a sospirer mout durement por les conpaignons lo roi. Et neporqant il nes conoissoit mies, mais il avoit maintes foiz oï parler de monseignor Yvain et de Sagremor ; mais il n'avoit onques esté lor acointes, *(f. 139a)* si metroit volentiers an aus consoil s'il pooit. En tels paroles se deduient tote jor, tant que li mengiers fu apareilliez. Si asistrent, et mout fist li sires d'Estor mout grant feste, car mout li sanbloit estre de grant valor et prodom. Et qant fu ore d'aler cochier, si se cochierent. Cele nuit ne dormi pas Hestor tote, ainz pansa a la delivrance monseignor Yvain et a la Sagremor, se uns seus chevaliers i peüst metre consoil. Mais trop i a grant meschief, que il est toz seus et si anemi sont mout [et] bon chevalier.

Au matin se leva si main com il pot lo jor veoir. Si fu ja levez li criz par la vile, et cil saillent as armes qui n'orent mies gaitié. Li sires s'arma. Et Hestors lo voit, si demande ses armes. Et li sires li dit que avant lo covient jurer. Et il dit que prez est, des que il n'an puet

drait la raison de devoir rester enfermé, et qu'il s'en prendrait à mes chevaliers, sous mes yeux ; je finis par céder et leur fis donner à chacun une grande lance. Ils rejoignirent tous ceux qui étaient près de la passerelle. Au premier coup, Sagremor renversa le bon jouteur et son cheval par-dessus lui ; Yvain en abattit un autre. Ils empoignèrent alors leurs épées. Je vous le dis, leurs exploits étaient suffisants s'ils avaient gardé la mesure. Mais ils prenaient trop de risques, en présumant trop de leurs grandes possibilités. Malgré tout, ils n'auraient pas perdu absolument pas sans Sagremor, qui n'apportait aucune modération à son comportement, lui qui mérite bien son surnom de Démesuré. Jamais dans toute mon existence, je n'ai vu un seul chevalier se battre comme il l'a fait jusque sur la passerelle ; je finis par le payer, car j'envoyai à leur secours quelques-uns de mes chevaliers, puis tous ceux que j'avais, et enfin moi-même je sortis. Dès qu'ils nous virent derrière eux, ils s'élancèrent contre nos adversaires : la mêlée commença tout près de la passerelle ; j'y perdis trois de mes chevaliers et eux furent faits prisonniers. Mais leur sort m'accable plus que celui des morts, car pour ceux-là, il n'y a plus rien à faire, tandis qu'eux étaient braves entre tous et ils s'en sortiront difficilement. »

À ces nouvelles, Hector soupira profondément pour les compagnons du roi ; pourtant il ne les connaissait pas ; il avait seulement entendu parler maintes fois de monseigneur Yvain et de Sagremor ; bien qu'il n'ait jamais été leur ami (*f. 139a*), il aviserait volontiers à leur sort, s'il le pouvait. Ils passèrent la journée à bavarder ainsi jusqu'au repas. À table, le seigneur fit grande fête à Hector, car il lui trouvait un air de grande valeur et de bravoure. Le moment venu ils allèrent se coucher, mais Hector ne passa pas toute la nuit à dormir : il réfléchit au moyen de libérer Yvain et Sagremor, en se demandant si un seul chevalier pourrait y arriver ; le grand malheur était qu'il se trouvait seul en face d'ennemis nombreux et bons chevaliers.

Le lendemain, il se leva dès le point du jour. Le cri avait déjà été levé dans le bourg et ceux qui n'avaient pas monté la garde se précipitèrent sur leurs armes. Le seigneur se fit armer. Voyant cela, Hector demande lui aussi ses armes ; mais le seigneur lui déclare qu'il lui faut auparavant prononcer le serment. Hector répond qu'il est prêt à le faire, puisqu'il ne peut autre estre. Et mout li est tart que il vaigne au poigneïz. Et li sires ot faite messe apareillier, si l'i maigne et la li fait oïr. Et lors si jura. Et ses armes furent apareilliees, si s'arma. Et vindrent tuit a la porte devers lo pont, si fu overte, et desoz o val, au chief do pont, avoit une barbacane fermee, si avoit dedanz serjanz qui la gardoient. Si venoient tote jor cil d'aval juque a cele barbacane, mais cil dedanz n'an osoient mais issir, car trop se dotoient. Et cil dehors commancerent a venir tot a desroi, comme jone bacheler et prodome qui quierent, li un lo gaaign, et li autres de joster. Et Marganors, li sires, qui mout estoit bons chevaliers et seürs, chevauchoit sovant derrieres, car il n'estoit mies avec les premerains. Quant Hestors les vit venir si a desroi, si dist au seignor :

« Sire, nos poons bien aler jusque a ce pont, car jusque [la] ne dotons nos rien, et plus i poons nos gaaignier que perdre. Et esgardez quex genz ce sont ci. Et se ge onques soi rien, tuit cist ne sont se povre home non et bacheler dessirranz de joster. Se vos me creiez, nos istrons ancontre aus la hors. Et si esgardez tot lo meschief qui avenir i puet. Et qanz chevaliers avez vos çaianz ? »

Et li sires li dit :

« Trente trois sanz plus. Et vos iestes, fait il, par desoures. »

« Sire, fait Hestors, nos somes donc plus que cil qui la vienent a desroi, *(f. 139b)* et se il estoient plus de nos lo tierz, si devrient il avoir tot perdu, par coi nos [ne] passisiens ce petit poncel dela, car la chauciee deça est si estroite que il ne vandront mies a lor bandons, et nos avons noz serjanz et noz chevaliers qui nos secorront. »

Et li sires dit qu'il dote mout la maisniee Marganor.

en être autrement. Il lui tarde fort d'en venir à l'affrontement. Le seigneur fait préparer la messe et l'y emmène ; après l'avoir entendue, il jura. Ses armes lui furent alors apprêtées et il s'arma. Tous gagnèrent la porte qui donnait sur le pont, et on l'ouvrit ; en bas, à l'autre extrémité de ce pont, il y avait une barbacane[1], avec des sergents qui en assuraient la garde. Toute la journée, les adversaires venaient jusqu'à cet ouvrage, mais ceux qui se trouvaient à l'intérieur n'osaient en sortir, car ils avaient trop peur. Les ennemis commencèrent donc à arriver en désordre, comme de jeunes bacheliers et des braves cherchant qui le gain[2], qui la joute. Leur seigneur Marganor, un excellent chevalier, sûr de lui, restait souvent derrière, au lieu de se placer avec les premiers. En les voyant venir avec cette fougue, Hector dit au seigneur :

« Seigneur, nous pouvons bien aller jusqu'à ce pont : jusque-là nous n'avons rien à craindre, et nous pouvons plus y gagner qu'y perdre. Regardez donc ces gens qui viennent : si j'ai quelque expérience, il n'y a que des chevaliers pauvres et des bacheliers avides de jouter. Croyez-moi, nous allons faire une sortie contre eux. Cependant réfléchissez bien au dommage qui peut nous arriver. Combien avez-vous de chevaliers ici ?

— Trente-trois seulement, lui répondit le seigneur, et vous en plus.

— Seigneur, reprend Hector, nous sommes donc plus nombreux que ceux qui se pressent là-bas *(f. 139b)* ; mais nous dépasseraient-ils du tiers, ils devraient tout perdre, pourvu que nous ne franchissions pas cette passerelle : la chaussée est si étroite jusqu'à nous qu'ils ne viendront pas facilement, et nous, nous avons nos sergents et nos chevaliers pour nous porter secours. »

Mais le seigneur objecte qu'il redoute fort l'entourage de Marganor.

---

1. La *barbacane* est l'élément avancé d'une fortification, ici c'est une tour construite à l'extrémité du pont, percée de meurtrières, par où tirent des archers.
2. Les bacheliers et les chevaliers de la réalité cherchent dans les tournois à faire du butin, à prendre des chevaux, et les seigneurs des rançons, bref à *gaaignier*. Les *prodomes*, les braves, comme certains héros arthuriens, cherchent la joute pour la gloire.

« Et veez lo la a cele grant anseignes. »

« Certes, fait Hestors, se il estoient li plus prodome do monde, si porroient bien cil de ça perdre, ainz qu'il aüssient secors. »

Tant li dit Hestors que li sires li otroie l'isir hors, par covant que Hestors li fiancera leiaument que il ne passera lo petit poncel dela sanz son congié.

« Non, sire, fait Hestors, se force ne m'i moigne. »

« Non, fait li sires, force qui soit ancontre vostre volenté; mais se vos par vostre volenté [i alez,] sachiez que vos seriez parjurs. »

Issi li fiance Hestors. Et lors vient jusque a la barbacane, si la fait ovrir. Et cil de la se commancent a desreer tres devant, car il cuidoient que nus n'osast issir hors.

« Sire, fait Hestors, se nos issons ancontre els, il s'an torneront ja, si les avrons perduz. Mais ge m'an istrai, et si tost com il passeront lo poncel, ge lor corrai sore. Et se il an chiet nus, si ne seiez mie lanz do retenir. »

« Gardez bien, fait li sires, que vos ne passez lo poncel, car bien sachiez que se mes sires li rois Artus i estoit et il meïsmes, ses cors, i aloit outre ma deffanse, ne lo secorroie ge mies, car ge l'ai juré. »

Atant passe lo poncel uns de ces de la et vient poignant a effroi. Et aprés i revient uns autres lo lonc a vint toisses, et aprés celui revient li tierz. Et Hestors s'estoit retraiz arieres dariés la barbacane et fist monter les siens qui a pié estoient. Et li premiers de la vint juque a la barbacane por ferir ou tas. Et si com il aproche, Hestors lait corre tres parmi la barre si tost com il puet aler, si l'avise mout bien tres desoz la gole, si lo porte a terre. Et de meïsmes celui poindre fiert l'autre aprés, si qu'il lo porte a terre, lo cheval sor lo cors. Et ses glaives brise. *(f. 139c)* Il met la main a l'espee et laisse corre au tierz, si l'ancontre tres desoz lo poncel, si peçoie sor Hestor son glaive. Et Hestors s'an vient par lui, si li done grant cop de l'espee sus lo hiaume, si qu'il li peçoie et fant,

« D'ailleurs voyez-le, là-bas, avec cette grande bannière.

– Oui, reconnaît Hector, seraient-ils les plus braves du monde, ceux d'ici pourraient bien être perdus avant qu'on ait le temps de les secourir. »

Cependant, à force d'insister auprès du seigneur, il obtient de faire une sortie, à condition qu'il donne loyalement sa parole de ne pas aller au-delà de la passerelle sans son autorisation.

« Oui, reprend Hector, sauf si je suis contraint de le faire.

– Oui, si vous y êtes forcé malgré vous ; mais si vous la dépassez volontairement, sachez que vous vous parjureriez. »

Hector s'engage donc sur cela, puis il gagne la barbacane et se la fait ouvrir. Les gens d'en face, croyant que personne n'oserait sortir, commençaient à se disperser juste devant eux.

« Seigneur, s'écrie Hector, si nous n'allons pas les trouver, ils vont faire demi-tour, et nous les aurons perdus. Moi, je vais me détacher et, dès qu'ils auront franchi la passerelle, je les attaquerai. Si l'un d'eux tombe, ne tardez pas à mettre la main sur lui.

– Prenez bien garde, vous, de ne pas franchir la passerelle, lui rappelle le seigneur ; car soyez sûr que si mon seigneur le roi Arthur était là et passait en personne malgré ma défense, je ne lui porterais pas secours, puisque je l'ai juré. »

Là-dessus, l'un des adversaires franchit la passerelle et éperonne bruyamment ; après lui, un autre s'élance à vingt toises, puis un troisième à son tour. Hector était revenu en arrière, dans la barbacane, et il fit enfourcher leurs chevaux à ceux des siens qui étaient à pied. Le premier des adversaires se dirige jusqu'à la barbacane pour frapper dans la masse. Mais tandis qu'il approche, Hector franchit la barre[1] à bride abattue, et le visant très précisément dans le cou, il le renverse à terre ; dans la foulée, il frappe le suivant et le renverse à son tour, avec son cheval par-dessus. Sa lance s'étant brisée *(f. 139c)*, il empoigne son épée et galope sur le troisième qu'il rencontre juste au pied de la passerelle et qui brise sa lance sur lui. Hector fonce et lui assène un grand coup d'épée sur le heaume qu'il met en mor-

---

1. Il s'agit sans doute de la barre qui interdit l'entrée de la barbacane et qui a été elevée pour lui.

et fust cheoiz, se il ne se tenist sor lo col de son cheval. Et li chevalier de la barbacane laissent corre as deus chevaliers qui estoient chaü, si les retienent a force. Et li uns d'aus hurte lo cheval ancontre celui qui a cheval estoit, sel fiert d'une lance, si que il va a terre. Et lor force faut, si les retienent toz trois. Et Hestors est retornez ariés por panre un glaive, qu'il vost laissier corre droit au poncel contre les autres qui venoient mout durement. Si l'aert li sires par lo frain et jure son sairement que il n'i portera ses piez.

« Nos avons ores, fait il, assez gaaignié au joster. Qant nos porrons, si gaagnerons en autre maniere. Mais li josters ne seroit ores preuz, car Marganors i est ja venuz. Et beneoite soit l'ore que vos venistes çaianz, et qui lance vos aprist a menoier. »

Lors resont descendu et resont anbrunchié an l'antree de la barbacane, et dient que ci les atandroient. Et Marganors a oïes les novelles des chevaliers qui sont pris, si an est mout dolanz. Et l'an li a conté que laianz a lo meillor chevalier qui onques fust, que toz trois les abati. Et Marganors dit que se il velt joster, que il l'avra ainz que il s'an parte, nes s'il estoient dis autresi boens com il est. Lors covre tote la chauciee de ces dehors. Et li sires do chastel commande as archiers de la barbacane que il traient, et il si font, car il ne traioient mies tant que il lor aüst commandé. Et qant li sires do chastel vit la grant force de cels de la, dom tote la chauciee iert ja coverte, si fait clore la barre de la barbacane que Hestors ne s'en issist, que trop lo sent volenteïf. Et cil de la ne laissent onques por les archiers que il ne veignent juque a la barbacane, car tuit li plus de lor chevaus estoient tuit covert de fer. Et com il sont venu juque a la barbacane, si lor lancent cil dedanz granz pex tranchanz et aguz et groses pierres. Mais il ne s'osent mies abandoner do tot, car mout ravoit archiers *(f. 139d)* dehors. Et qant cil dehors voient que il ne porroient plus ores faire, si se retraient ariés jusque dela lo poncel. Et Marganors les anvoie a desroi si com li troi estoient venu avant, or un, or deus, or trois. Et lors

ceaux : l'autre serait tombé s'il ne s'était retenu au cou de son cheval. Les chevaliers de la barbacane éperonnent vers les deux chevaliers qui étaient tombés et les contraignent à se rendre. L'un d'eux précipite son cheval contre celui qui était resté en selle, et d'un coup de lance il l'envoie à terre. Ainsi mis en infériorité, tous trois sont faits prisonniers. Hector était revenu en arrière pour reprendre une lance, car il voulait foncer vers la passerelle, à la rencontre de ceux qui arrivaient impétueusement. Mais le seigneur l'agrippe par le frein et lui jure, sur le serment qu'il a fait lui-même, qu'il n'y mettra pas les pieds.

« Voici que nous avons suffisamment gagné avec la joute. Quand nous le pourrons, nous continuerons d'une autre manière. Mais maintenant la joute ne nous vaudrait rien, car voici Marganor. Bénie soit l'heure de votre arrivée parmi nous et béni celui qui vous a appris à manier la lance ! »

Ils ont donc remis pied à terre et se sont tapis à l'entrée de la barbacane, en se disant qu'ils les attendraient là. De son côté, Marganor a appris la nouvelle que des chevaliers ont été faits prisonniers, et il en est fort contrarié. On lui a raconté que le meilleur chevalier qu'on ait jamais vu se trouvait en face, et qu'il les avait abattus tous les trois. Marganor déclare que si celui-ci veut la joute, il l'aura avant qu'il s'en aille, y aurait-il dix jouteurs aussi bons que lui. Il fait couvrir toute la chaussée par les siens. Alors le seigneur du château enjoint de tirer aux archers de la barbacane, qui obéissent : ils ne l'auraient pas fait tant qu'ils n'en auraient pas eu l'ordre. D'autre part, voyant la puissance des adversaires qui couvrent déjà toute la chaussée, le seigneur du château fait fermer la barre de la barbacane : il sent qu'Hector est par trop impatient et il craint qu'il ne sorte. Mais malgré les archers, les chevaliers de l'extérieur ne laissent pas d'avancer jusqu'à la barbacane, car la plupart de leurs chevaux sont tout couverts de fer. Quand ils arrivent au pied de la barbacane, les défenseurs leur lancent de grands pieux tranchants et pointus ainsi que de grosses pierres ; mais ils n'osent pas se découvrir complètement, car il y a aussi quantité d'archers *(f. 139d)* à l'extérieur. Là, quand on voit qu'on ne peut en faire davantage, on se retire jusqu'au-delà de la passerelle. Alors Marganor lance ses chevaliers au galop, dispersés comme les trois premiers, par un, deux ou trois. Le seigneur,

redesfant li sires que li archier ne traient or plus, si refait la porte ovrir. Et Hestors s'an revielt issir. Et li sires li otroie sor sa fiance que il li avoit faite do petit poncel, et il li otroie. Lors ist hors. Et uns chevaliers de la li laisse corre, et il a lui. Si lo fiert Hestors si durement que il li perce l'escu et lo hauberc et lo braz senestre, et lo point parmi outre lo braz an la mamelle, et li sans an vole. Et cil chiet et cil de la barbacane lo pranent. Et il garde, si voit un chevalier outre lo poncel qui estoit apareilliez de joster par sanblant et ne voloit lo poncel passer, que Marganor li avoit desfandu, qui a grant duel de ses chevaliers que il avoit perduz, que par un po que il n'anrage. Et cuide que li chevaliers past lo poncel, car se il estoit de la, il n'i ranterroit ja mais. Et con Hestors lo voit, si broiche cele part, que ancorres estoit ses glaives toz antiers. Et li chevaliers qui l'atandoit se trait ariés petit a petit vers lor gent, qui estoient un petit loign. Et li sires do chastel cria a Hestor qu'il li manbre de sa fiance. Et Hestors estoit ja sor lo poncel et crie au seignor qu'il li doint congié por aler anjusque au chevalier. Et li sires li dit que se il passe lo pont un sol pas, il avra sa foi mentie. Et com Hestors l'antant, si en est mout angoiseus et dit au chevalier que il veigne outre lo poncel, et il l'aseüre de toz ses homes fors de lui. Et il dit que il n'an fera neiant.

« Mais vos, fait il, venez de ça, et ge vos aseür de toz ces de ça fors, fors que de mon cors solement. »

Et Hestors li dit que volentiers i alast se il poïst sanz soi mesfaire.

après avoir interdit aux archers de tirer davantage, fait rouvrir la porte ; Hector voulait ressortir : le seigneur l'y autorise, sur sa promesse de s'en tenir à la passerelle ; il y consent et sort.

Un des chevaliers de l'extérieur s'élance ; Hector se précipite contre lui et le frappe avec tant de violence qu'il lui transperce l'écu, le haubert, le bras gauche et lui atteint la poitrine d'où le sang jaillit ; il tombe et ceux de la barbacane s'en emparent. Hector regarde au-delà de la passerelle et voit un chevalier qui avait l'air d'être prêt à la joute, mais qui ne passait pas, parce que Marganor le lui avait défendu : presque fou de rage d'avoir perdu des siens, il pensait en effet que le chevalier, une fois au-delà de la passerelle, ne pourrait plus revenir en arrière. À sa vue donc, Hector éperonne dans sa direction, car sa lance était encore intacte ; le chevalier qui l'attendait recule insensiblement vers les siens, postés à quelque distance. Là-dessus le seigneur du château crie à Hector de se souvenir de sa promesse ; mais celui-ci, déjà sur la passerelle, réclame au seigneur l'autorisation d'aller jusqu'au chevalier ; la réponse est que s'il avance d'un seul pas sur cette passerelle, il aura renié son serment ; Hector enregistre, et mis au supplice, il défie le chevalier de franchir la passerelle, en lui donnant asseurement[1] de tout son camp, excepté de lui ; mais l'autre répond qu'il n'en fera rien et ajoute :

« Venez donc plutôt, vous, venez d'où vous êtes et moi je vous donne asseurement de tous ceux qui sont de mon côté, excepté de moi-même. »

Hector lui dit qu'il voudrait bien y aller, s'il pouvait le faire sans mal se conduire.

---

1. L'*asseurement* est dans la réalité une promesse solennellement jurée, généralement imposée par la justice, par laquelle une partie s'engage envers l'autre à ne pas exercer contre elle de violences. Saint Louis l'utilisa surtout pour limiter les guerres privées. L'*asseurement* engage tout le lignage. Ici l'*asseurement* garde un caractère privé, comme le revendiquait la noblesse, puisque c'est Hector et le seigneur, puis Marganor, qui se le donnent. La déloyauté de Marganor vient de ce qu'il en exclut implicitement les chevaliers qu'il a chargés d'abattre la passerelle pour empêcher Hector de la repasser. Plus loin (f. 140c), il reproche à Hector de ne pas avoir respecté *droites trives* : la trêve est un accord bilatéral, et Hector proteste à juste titre que, lui, il n'avait jamais promis à Marganor que ses hommes n'auraient à se garder de lui, et de plus en abattant la passerelle ceux-ci se sont conduits déloyalement contre lui.

« M'aïst Dex, fait li autres chevaliers, ce n'est se co[a]rdisse non. »

Et Hestors an a grant honte et par un po qu'il n'i passe se a desleiauté ne li fust tenu.

« Mais atandez moi, sire chevaliers, et ge irai panre congié. »

Et il dit que si fera il, mais que « vos meïsmes lo me revenez dire. »

Lors retorne Hestors et prie au seignor do chastel que a ce seul chevalier lo laist joster. « Et ge vos di que, sor ma fiance, sanz plus faire m'an revenrai (*f. 140a*) çaianz, car il m'aseüre de toz homes fors lui. »

Et li sire li dit que il n'i era hui mais par son congié. Et Hestors li prie mout, mais li sires ne li viaut otroier.

« Sire, fait il, donc li vois ge dire, que ge li a creanté. »

« Certes, fait uns des chevaliers, i[l] passera ja outre, car il en est trop angoiseus. Mais se Marganors creante que il n'ait garde de toz les suens, [si le lessiez aler] par covant que, se il an vient au desores, il s'an revanra. »

Et li sires li otroie, si anvoie avoques lui un chevalier a Marganor parler, qui avoit porparlé un des greignors baraz do monde, car il avoit porparlé et commandé que si tost comme [li] dui chevalier josteroient, et si home verroient lor point, que il se meïssent au pont depecier, mais que il au chevalier n'adessassent. Et il anvoieroit quatre vinz chevaliers que ilueques estoient an un recoi por lui panre, com il ne porroit ariers passer, car li marés estoit tex que nus hom n'i antrast qui ja mais en issist. Por ce si voloit faire lo poncel depecier.

Lors vint li chevaliers avoc Hestor sor lo pont et demande Marganor. Et il vient et dit que se il aseüre toz ses homes fors de lui, il avra la bataille se il velt. Et Marganors creante que ja hom de toz cels qui ci sont n'i metra main. Et cil, qui garde ne s'en prent do barat, li otroie, si s'an revient li chevaliers a la barbacane. Et tuit montent en haut por veoir la joste. Lors s'antresloignent li dui chevalier et laissent corre les chevaus si tost com il plus puent, et s'antrefierent des glaives, qui mout furent fort, si durement que a la force des braz [et] des lances

« Par Dieu, s'écrie l'autre, ce n'est que couardise ! »

Hector en a grande honte : peu s'en faut qu'il ne passe, si cela n'avait pas dû le faire tenir pour un parjure.

« Eh bien, attendez-moi, seigneur chevalier, et j'irai en demander l'autorisation. »

L'autre accepte, mais à condition que « vous même reveniez me le dire ».

Hector retourne en arrière et implore le seigneur de le laisser jouter contre ce seul chevalier. « Et je vous donne ma parole que, sans en faire davantage, je reviendrai ici (*f. 140a*), car il me donne assurement de tous, sauf de lui. »

Mais le seigneur lui répète qu'il n'ira jamais là avec sa permission et Hector a beau le supplier, celui-ci ne veut pas céder.

« Eh bien, seigneur, fait-il, je retourne lui dire ce qu'il en est, puisque je le lui ai promis.

– Certes, intervient un chevalier, il passera de l'autre côté, car il en a trop envie. Mais si Marganor lui garantit qu'il n'aura pas à se garder de tous les siens, alors laissez-le aller à condition qu'il revienne, s'il a le dessus. »

Le seigneur consent à cela et il envoie avec lui un chevalier parler à Marganor. Celui-ci avait machiné une des plus grandes ruses du monde : il avait donné l'ordre, dès que les deux chevaliers jouteraient et que ses hommes verraient le moment propice, de détruire le pont, sans toutefois toucher au chevalier ; lui-même devait envoyer quatre-vingt chevaliers qui se trouvaient cachés par là, pour le faire prisonnier, puisqu'il ne pourrait repasser en arrière ; en effet, si l'on mettait le pied dans le marécage, on ne pouvait plus en sortir. C'était la raison qui le poussait à faire détruire la passerelle.

Le chevalier arrive avec Hector sur le pont et demande Marganor, lequel arrive ; le chevalier lui dit alors que s'il donne assurement de tous ses hommes, excepté de lui, il aura la bataille, s'il la veut. Marganor promet qu'aucun des hommes qui se trouvent là ne mettra la main sur lui, et Hector, qui ne se méfie pas du piège, donne son accord. Le chevalier regagne la barbacane, en haut de laquelle tous montent pour voir la joute. Alors les deux combattants s'éloignent pour prendre leur élan, puis à toute vitesse ils reviennent et de leurs fortes lances actionnées puissamment ils se heurtent avec tant de violence

se portent a terre, les chevaus sor les cors. Et cil dehors estoit li miaudre josteor do monde. A ce qu'il furent chaü, si corrurent trestuit li home Marganor lo poncel depecier, qui de fust estoit. Et Hestors releva plus tost que ses conpainz, car il estoit plus vistes et ses chevaus plus forz. Et com il fu relevez, si oï la noise do poncel depecier darriers lui, si saut el cheval et vient au poncel et fiert do tranchant de l'espee grant cop, si que il en ocit et mahaigne de ces qui a cop l'atandent. Et il s'an fuient tuit, car il ne l'osoient tochier por lo creant de lor seignor. *(f. 140b)* Si remaint toz li ponciaus toz estraiers. Et neporqant anpirié l'ont de ne sai qantes planches qui an estoient ostees. Et Marganors i vint poignant, toz sanz hiaume, et dit a Hestor qu'il li fait tort qui ses genz li ocit.

« Mais vos, fait Hestors, faites mal et desleiauté qui a voz genz me voliez faire retenir. »

« Ja n'a nus d'aus a vos mise main, ne tort ne vos ont il mies fait se il depeçoient lo pont, car il n'estoit mies vostres, ainz estoit a noz anemis. »

« Biaus sire, fait Hestors, laisiez moi ma bataille. Et de qanque vos me savroiz demander, ge suis prez de droit faire. »

« Mout volentiers, fait Marganors, se vos me creantez a faire droit de qanque ge vos savrai que demander. »

Et Hestors li otroie, par tel covant que nulles de ses genz ne li feront rien, ne a lui, ne au seignor do chastel. Et se il conquiert lo chevalier, il l'an manra ou chastel sanz contredit et sanz tançon. Et Marganors lo fiance comme cil qui cuide que ses chevaliers lo conquiere.

Lors revienent as jostes antre Hestors et lo chevalier, si lo porte Hestors a terre mout durement do cheval, qui trop iere bons et hardiz. Et Hestors l'avoit bien coneü a bon, si lo prant par les regnes et lo mist outre lo pont et lo feri parmi la crope de son glaive qui ancore iere antiers. Et il s'en fuit tote la chauciee,

qu'ils se renversent mutuellement à terre et que leurs chevaux tombent sur eux. L'adversaire était le meilleur jouteur du monde. Quand ils tombèrent, tous les hommes de Marganor coururent détruire la passerelle, qui était en bois. Hector se releva plus vite que son partenaire, car il était plus agile et son cheval plus vigoureux. Une fois debout, il entendit le bruit qu'on faisait derrière lui à détruire la passerelle : il bondit sur son cheval, arrive à la passerelle et frappe de si grands coups du tranchant de son épée qu'il tue et blesse quelques-uns de ceux qui tentent de s'opposer ; puis ils prennent tous la fuite, n'osant le toucher, à cause la garantie donnée par leur seigneur *(f. 140b)*. La passerelle, abandonnée, est encore en place, mais endommagée de je ne sais combien de planches qu'on avait enlevées. Marganor éperonne, sans même avoir mis son heaume, et rejoint Hector qu'il accuse de lui avoir fait tort en tuant ses hommes.

« Mais vous, lui répond Hector, vous agissez mal et déloyalement, puisque vous vouliez me faire prendre par vos hommes.

– Aucun d'eux n'a mis la main sur vous, et s'ils ont détruit le pont, ils ne vous ont pas fait de tort, puisque ce pont n'était pas à vous, mais à nos ennemis.

– Cher seigneur, fait Hector, laissez-moi ma bataille, et tout ce que vous pourrez me demander, je suis prêt à y faire droit.

– Bien volontiers, lui répond Marganor, à condition que vous vous engagiez à faire droit à tout ce que je pourrai vous demander. »

Hector y consent, à condition qu'aucun des hommes de Marganor ne lui fasse rien, ni à lui, ni au seigneur du château ; et que si lui-même gagne sa bataille sur le chevalier, il l'emmènera prisonnier au château, sans objection ni contestation. Marganor donne sa parole, s'imaginant que son chevalier l'emportera sur Hector

Alors tous deux reprennent la joute, mais Hector, avec une extrême violence, abat l'autre de son cheval, un animal pourtant vaillant et résistant ; comme il avait pu l'apprécier, Hector le saisit par les rênes, lui fait passer le pont et lui donne en travers de la croupe un coup de sa lance qui était encore intacte ; le cheval s'enfuit tout le long de la chaussée, et les

so pranent cil dedanz. Et li chevaliers estoit durement bleciez qui deus foiz estoit chaüz, si se relevoit au miauz que il pooit. Et Hestors s'an revient par lui, qui ot laissié cheoir lo glaive, si l'aert par lo hiaume a la destre main, si sache si durement a lui qu'il li ront toz les laz, [si li esrache si durement de la teste qu'il l'abat a terre tot adenz,] si que par po qu'il n'a totes les danz brisiees an la gole. Et tot lo nes a escorchié, si saigne mout tres durement. Et Hestors descendist mout volentiers por lui conquerre, mais il se dotait de traïson. Si ne descendié mies, ainz giete lo hiaume tant com il pot loign et met la main a l'espee [si vient au chevalier, qui se levoit,] et lo fiert do plat de l'espee par deus foiz, si qu'il l'abat a terre. Et il, saigne autresi durement comme s'il fust navrez a mort. Et Hestors torne lo dos vers lo poncel *(f. 140c)* et jure que, se il ne se rant por outrez, il li copera la teste. Et cil ne puet mot dire qui an pasmoisons est. Lors descent Hestors a terre tant qu'il li abat la vantaille et avale juque sus les espaules, et fait sanblant qu'il li voille la teste coper. Et Marganors i est venuz poignant toz sanz hiaume, que il n'i voloit mies venir armez que l'an n'i pansast traïson; et dit que assez en a fait. Mais Hestors no voloit atandre a pié, ainz saut o cheval, espee traite. Et Marganors li crie que il n'ocie mies lo chevalier. Et il dit que si fera, o il se randra por outrez. Et il dit que il li fera tenir.

Lors relieve li chevaliers de pasmoisons et saut sus, la ou Marganors parloit a Hestor, et met la main a l'espee trop viguereusement et covre la teste de son escu et s'aparoille d'asaillir et de deffandre.

« Commant? fait Hestors, sire chevaliers, si volez ancor conbatre ? »

Et il dist : voires, car ancor est il toz forz.

« A lui, fait Marganorz, ne vos conbatroiz vos plus, car vos iestes ses prisons, o se ce non, ge li feroie tort, que ge li creantai que ge vos feroie tenir prison. »

« Prison ! fait il, an non Deu, ses prisons ne serai ge ja, tant com ge me puisse deffandre. »

gens du château s'en emparent. Le chevalier, qui était tombé par deux fois, se trouvait gravement blessé, et tentait de se relever du mieux qu'il pouvait. Hector revient sur lui ; après avoir laissé tomber sa lance, de la main droite il l'agrippe par le heaume et tire si fort qu'il casse tous les lacets, puis il le lui arrache de la tête si brutalement qu'il le fait tomber face contre terre et lui casse presque toutes les dents ; le nez est tout écorché et son sang gicle abondamment. Hector aurait mis volontiers pied à terre pour le faire prisonnier, mais il craignait quelque trahison ; sans descendre, il jette le heaume le plus loin possible, met la main à l'épée et rejoint le chevalier au moment où il se relevait ; il le frappe du plat de l'épée à deux reprises et le fait retomber à terre ; l'autre saigne aussi fort que s'il était blessé à mort. Hector, le dos tourné à la passerelle, *(f. 140c)* jure que si, ne s'avouant pas vaincu, il refuse de se rendre, il lui coupera la tête. L'autre ne peut répondre, car il s'est évanoui. Alors Hector descend de sa monture, lui rabat la ventaille et la fait glisser jusque sur les épaules, faisant mine de vouloir lui couper la tête. Là-dessus Marganor arrive à toute vitesse, sans son heaume, car il ne voulait pas se présenter armé et que l'on croie à une trahison : il déclare qu'Hector en a assez fait ; mais celui-ci, ne voulant pas attendre à pied, saute en selle, l'épée à la main. Marganor lui crie de ne pas tuer le chevalier ; il lui réplique qu'il le fera ou bien l'autre devra s'avouer vaincu et se rendre. Marganor lui répond qu'il va le lui faire dire.

Cependant le chevalier revient à lui, se remet sur pieds tandis que Marganor parlait à Hector, empoigne vigoureusement son épée, se couvre la tête de son écu et s'apprête à attaquer et à se défendre.

« Comment, fait Hector, seigneur chevalier, vous voulez donc encore combattre ? »

L'autre répond « assurément », car il a encore toutes ses forces.

« Vous ne combattrez plus contre lui, l'interrompt Marganor, car vous êtes son prisonnier ; sinon je lui ferais tort : je lui ai promis en effet que je vous ferais vous reconnaître son prisonnier.

– Prisonnier ! fait l'autre, par Dieu, je ne le serai jamais aussi longtemps que je pourrai me défendre.

« Si seroiz, dist Marganorz, car ge l'ai plevi. »

« Puis que vos lo volez, fait li chevaliers, il ne m'est mies honte de vostre volanté otroier, car vos iestes mes sires liges. »

Lors vient avant, si tant a Hestor s'espee. Et il l'an moine devant lui o chastel. Et Marganors dist que il ne s'an vont devant que il li ait fait droit. Et il dit que no fera il, « Ainz suis, dist il, orandroit toz prez se vos me volez de rien acheisoner. »

Et cil li met sus que il li a navré ses homes an droites trives, car il li avoit creanté que il n'avoient de lui garde.

Et Hestors li dit que il no creanta onques et s'il li aüst creanté, ne l'an aüst il mies fait tort, car il se menoient desleiaument a lui. « Mais ge ne cuit mies, fait Hestors, que il lo feïssent par vos, que, se Dex m'aïst, ge vos taig a leial chevalier, por ce que vos avez fait tenir au chevalier la covenance que vos m'aüstes. »

(f. 140d) Et totesvoies dist Marganorz que il s'an veigne en sa prison comme anchaüz, o il se deffande que il ne l'ait mauvaissement fait. Et totesvoie l'apelle cil de foimantie et de desleiauté, et prez est dou mostrer contre son cors. Et Hestors li dit que il n'est corz o monde ou il ne s'an osast bien deffandre. Et li sires de l'Estroite Marche dist que, se il l'an croit, ja illueques ne s'an deffandra, car la force estoit Marganor. « Et n'aiez garde, fait il a Hestor, que nos avons bien veü que vos n'an avez faite nule desleiauté. Il n'est corz o monde o nos ne vos an portesiens tesmoign, et s'il vos an viaut apeler, si vos en apiaut an la maison lo roi Artu. »

« – Vous le serez, dit Marganor, parce que je m'y suis engagé.

– Puisque vous le voulez, cède le chevalier, je n'ai pas de honte à faire votre volonté : vous êtes en effet mon seigneur lige. »

Il s'avance donc et tend son épée à Hector, qui s'apprête à l'emmener avec lui au château. Mais Marganor lui dit de ne pas s'en aller avant de lui avoir rendu justice ; Hector acquiesce et ajoute : « Oui, je suis tout prêt à le faire, si vous avez quelque grief contre moi. »

L'autre l'accuse de lui avoir blessé ses hommes au cours d'une trêve régulière, puisqu'Hector lui avait promis qu'ils n'auraient pas à se garder de lui. Hector lui répond qu'il n'avait jamais promis cela, et que, l'eût-il fait, il ne serait pas en tort avec Marganor, car ses gens s'étaient comporté déloyalement avec lui-même.

« Mais, continue-t-il, je ne pense pas qu'ils l'ont fait à votre instigation, car, j'en atteste Dieu, je vous considère comme un loyal chevalier de ce que vous avez fait tenir au chevalier l'engagement que vous aviez pris avec moi. »

(f. 140d) Néanmoins Marganor lui répond qu'il doit venir se constituer son prisonnier en se reconnaissant coupable, sinon qu'il doit se défendre d'avoir mal agi ; et en même temps, il l'accuse de parjure et de déloyauté, il lui déclare qu'il est prêt à soutenir cela contre lui en combat singulier[1]. Hector lui répond qu'il n'y a pas au monde une cour où il n'oserait bien se défendre. Alors le seigneur de l'Étroite Marche lui dit de le croire, de ne pas livrer bataille dans les conditions présentes, car Marganor avait la force pour lui.

« Et n'ayez crainte, fait-il à Hector : nous avons bien vu que vous n'avez commis aucune déloyauté. Il n'est pas de cour au monde où nous ne l'attesterions, et s'il veut vous en accuser, qu'il le fasse dans la demeure du roi Arthur. »

---

1. *Mostrer contre son cors,* formule qui indique un duel judiciaire, que précise la mention de toutes les cours du monde : Hector envisage un combat judiciaire très légal, avec l'*apel*, c'est-à-dire la requête qui doit en être formulée d'abord par l'accusateur. Le seigneur de l'Étroite Marche qui serait prêt à témoigner en sa faveur, même devant une cour de justice tenue par Arthur, propose cependant une simple *bataille*, un duel probatoire pour le lendemain.

Et Marganors li dit, se il ne s'an deffant ci, il n'est corz el mont o il ne l'an alast apeler et de fauseté et de desleiauté, et lors si avra plus honte. Et Hestors dit que ja Damedex ne li aïst qant il ja an autre leu l'an ira apeler : il est prez que il s'en deffande ci.

« Se vos m'an creez, dist li sires de l'Estroite Marche, vos ne lo feroiz mies issi, car vos avez hui fait assez d'armes. Mais demain soit apareilliez de sa bataille, et vos ausi, puis que par bataille vos an volez escuser. »

« Non ferai, dist Hestors. Il n'an devisera ja rien que ge n'an face, ne ge n'ai rien fait d'armes qui me griet. »

« Certes, dit li sires, ge me criem mout de traïson, et il seroit mout granz domage se il vos avoient an prison. Et se vos acoint que se vos vos conbatez la fors, il vos porra si par ses genz o panre o vaintre se il velt. »

« Ostez, sire, fait Hestors. Il nel feroit mies. »

« Donc ne veïstes vos, fait li sires, qu'il fist depecier lo pont por vos retenir ? An la fin ai ge paor d'autre angin, car de nos ne porriez vos avoir secors, car il a trop grant gent. Mais ge vos anseignerai a conbatre an tel maniere que vos n'avroiz garde de lui. Et si est il uns des meillors chevaliers do monde et qui plus set d'armes. Mais se il fait tote sa gent desarmer et il vos afit que ja nus ne se movra por lui secorre ne por vos encombrer, et puis vos conbatez en ceste chauciee antre ce grant pont et ce poncel, et com il sera deça, *(f. 141a)* si soit li ponciaus toz depeciez que nus n'i poïst passer tant que li uns an soit outrez, issi porroit estre la bataille. Mais autrement ne lo vos loeroie ge mies se vos lo voliez por moi laissier. »

Et Hestors dit que ansi sera ele s'il l'ose faire. Lors vint arriers armez juque au poncel et devise a Marganors les covenances. Et il demande comment il seroit seürs do seignor de l'Estroite Marche et

Marganor dit alors que s'il ne se défend pas sur place, il n'y a pas de cour au monde où lui n'ira l'accuser de mensonge et de déloyauté, et ainsi sa honte sera plus grande. Hector rétorque que Dieu ne lui vienne jamais en aide, si l'autre doit se rendre ailleurs pour l'accuser : il est prêt à se défendre sur place.

« Si vous m'en croyez, reprend le seigneur de l'Étroite Marche, vous n'en ferez rien maintenant, car vous vous êtes assez dépensé aux armes aujourd'hui. Mais demain, soyez prêt pour le combat qu'il réclame, et vous aussi, puisque vous voulez vous donner raison par un combat.

— Non pas, dit Hector : il ne saura rien proposer que je n'accepte, et pour ce qui est des armes, je n'ai rien fait dont je me ressente.

— En vérité, reprend le seigneur, moi, je redoute fort la trahison, et ce serait une grande perte s'ils vous retenaient en prison. Je vous en avertis : si vous vous battez devant son camp, il pourra bien vous faire prendre ou vous réduire par ses gens, s'il le veut.

— Ah, non, seigneur, il ne le ferait pas !

— N'avez-vous donc pas vu qu'il a fait détruire le pont pour vous retenir ? En fin de compte, je redoute un autre piège, et nous ne pourrions vous porter secours, ils sont trop nombreux. Cependant je vais vous indiquer comment combattre sans avoir à vous garder de lui, bien qu'il soit un des plus forts chevaliers du monde et un des mieux entraînés. S'il fait désarmer tous les siens et s'il vous garantit que personne ne bougera pour le secourir ou vous mettre en fâcheuse posture, si vous vous affrontez sur cette chaussée, entre ce grand pont et la passerelle, et si, quand il l'aura franchie, *(f. 141a)* la passerelle est mise hors d'état jusqu'à ce que l'un de vous soit vaincu, alors le combat pourrait avoir lieu. Mais autrement je ne vous le conseillerais pas, si tant est que vous acceptiez d'y renoncer pour moi. »

Hector lui répond que le combat aura lieu ainsi, si du moins Marganor ose accepter. Il retourne, tout armé, jusqu'à la passerelle et expose à Marganor les conditions. Celui-ci demande comment il pourra être sûr du seigneur de l'Étroite Marche et de ses genz. Et Hestors dit qu'il li fera jurer et fiancier. Et Marganors l'otroie, cui il mout tarde de la bataille avoir.

Lors vienent antre lui et Hestors desor lo poncel. Et il dit a ses genz, si chier com il ont lor annors, que nus ne s'an move devant que Hestors soit conquis ou que il an maint lui dedanz lo chastel. Et ansi lo fait fiancier a son conestable, qui estoit ses hom liges, et a toz les autres, qui si home estoient. Puis lace son hiaume et vient a la bretesche, la ou li sires do chastel estoit. Et Hestors li fait fiancier au seignor et a ses genz que il n'a garde ne de lui ne de ses genz, se avant ne se muevent les soes genz. Et avoc lui fiancent tuit li chevalier par la proiere d'Estor. [Lors] ont lo poncel depecié. Et li marés estoit si granz antor et desoz que nule riens n'i antrast qui ja mais an isist.

Si tost com li ponciaus fu depeciez et que nule rien n'i peüst passer, si mut Marganors do poncel et Hestors de vers la bretesche, si s'an[t]revienent, les escuz as cox, si tost comme cheval lor porent corre. Et chascuns d'aus ot assez cuer et vertu grant. Et li uns fu chauz d'ire et de mautalant, et li autres angoisos et volenteïs d'anor conquerre. Si orent glaives forz et roides, a fers granz et tranchanz. Et Hestors fu montez sor lo cheval au chevalier que il avoit conquis dehors lo poncel, qui mout estoit de grant bonté. Si s'antrevienent de grant aleüre et s'antrefierent sus les escuz. Si peçoie Marganors son glaive sus Hestor. Et Hestors fiert lui, qui tot i met lo cuer et la vertu, que il lo ploie tot desus l'arçon

de ses gens. Hector lui dit qu'il lui fera donner sa parole et jurer. Marganor accepte, fort impatient d'avoir son combat.

Hector et lui s'avancent donc sur la passerelle. Il dit à ses gens qu'au prix de leurs fiefs, personne ne bouge jusqu'à ce qu'Hector soit vaincu, ou bien que celui-ci l'emmène lui-même vaincu dans le château ; il recueille l'engagement de son connétable[1], qui était son homme lige, puis de tous les autres, qui étaient ses hommes ; alors il lace son heaume et se dirige vers la bretèche, où se tenait le seigneur du château. Hector, de son côté, obtient la promesse du seigneur et de ses gens que Marganor n'a pas à se garder de lui, le seigneur, ni de ses gens, si du moins les partisans de Marganor ne sont pas intervenus auparavant. Avec le seigneur, tous les chevaliers accèdent à la prière d'Hector. On détruit la passerelle ; partout le marécage était si vaste et si profond que personne n'y aurait mis le pied sans être englouti.

Dès que la passerelle est coupée et que personne ne peut plus passer, Marganor prend du champ de son côté, Hector du côté de la bretèche, et l'écu au cou, ils reviennent l'un sur l'autre de toute la vitesse de leurs chevaux. Tous deux sont pleins de fougue et de puissance ; l'un est échauffé par la colère et le ressentiment, l'autre désire passionnément la gloire[2]. Ils ont des lances solides et raides, avec de grands fers coupants. Hector monte le cheval du chevalier qu'il a vaincu au-delà de la passerelle, une bête de grande valeur. Ils foncent l'un sur l'autre à toute allure et se frappent sur les écus : la lance de Marganor se casse sur Hector, qui lui-même frappe son adversaire avec tant d'ardeur et de puissance qu'il le renverse sur l'arçon de

---

1. Le *conestable* (primitivement chargé de l'écurie royale) hérite d'une partie des fonctions de son supérieur, le *seneschal*, lorsque cet office ne fut plus pourvu en 1191 ; il est notamment chef militaire en l'absence du roi ; ici, pendant la campagne contre le seigneur de l'Étroite Marche, le connétable remplacera en son absence Marganor, lui-même sénéchal du Roi des Cent Chevaliers ; l'auteur force les liens qui doivent garantir les conditions de la bataille entre Hector et Marganor, en faisant encore du *conestable* l'homme lige de Marganor, etc.

2. *Onor conquere*, c'est le but idéalisé des tournois, et parfois du départ en aventure pour les chevaliers errants. L'épée qu'Hector venait de recevoir de Gauvain devait s'*amander* avec lui, un *bachelier* (f. 130d), comme il le sera rappelé quelques lignes plus bas.

darrieres et l'ampoint, si que il fait voler an un mont et *(f. 141b)* Marganor et lo cheval. Et au parcheoir peçoie Hestors son glaive. Et Hestors ne se pot retenir, si durement venoit. Et cil gisoit au travers de la chauciee, qui gaires n'estoit lee, et Hestors s'an va par desus lui. Et ses chevaus se fiert en l'autre de toz les quatre piez, si vole outre, et il et Hestors desus. Mais gaires ne demorerent illuec, car de mout grant force et de mout grant bonté estoit li chevaus, si resaut sus atot son seignor. Lors met Hestors la main a l'espee et fait son poindre jusque a la bretesche. Et revient ariés, l'espee an la main. Et voit que Marganors fu relevez et que ses chevaus s'an fuit ja la chauciee et vient au poncel de si grant aleüre com il puet. D'autre part si chiet o marec des deus piez derriers, et de ces devant se tient a soiche terre ; si fust perduz se a force ne l'an traissisent les genz Marganor. Et com Hestors vit que il est a pié, si nel vost a cheval requerre, qu'il crient qu'il ne li oceïst son destrier ; si descent et lo baille a deus serjanz de la bretesche, et oste l'escu do col et vient mout viguereusement, et mout li siet. Si prient cil de la bretesche por lui, si plorent cil do chastel et de paor et de pitié. Et com Marganors lo voit issi venir, si fait autretel et dit a soi meïsmes que tel josteor ne vit il onques mais meillor. Mais il ne cuide mies que il a l'espee lo poisse conquerre, car il cuidoit estre uns des miaudres chevaliers do monde ; et sanz faille il estoit de mout grant proece.

Atant sont venu a la meslee, si giete sovant [et menu] li uns [a] l'autre et se cuevrent des escuz au miauz que il puent. Et Marganors savoit mout de l'escremie, car de loign l'avoit apris, si li aida mout. Si se covri et garanti tant com escuz li dura, si ne se lassa mies, ne ne hasta de gitier se il ne vit mout bien son col[p] enploié. Et Hestors totevoies les gita comme cil qui ne se santoit mies an sa vertu qu'i[l] poïst ja estre lassez ne conquis, tant que il li cope si l'escu *(f. 141c)* et detranche et achantelle que mout an i a petit remex, si estoit fanduz et amont et aval jusque an la bocle. Et la place estoit jonchiee des pieces qui an volent, car l'espee que il portoit estoit de trop grant bonté et chascun jor amandoit. Et les armes Hestor n'estoient onques gaires anpiriees, ne mais que

derrière, l'envoie voler à terre avec son cheval *(f. 141b)* et que dans cette chute, il casse sa lance. Son élan est si violent qu'il ne peut le maîtriser : l'autre gisait en travers de la chaussée, qui n'était guère large, et Hector lui passe par-dessus ; mais son cheval heurte ses quatre pattes dans l'autre bête et se renverse avec Hector toujours en selle ; tous deux ne restent pas longtemps à terre, car le cheval, plein de vigueur et de grande qualité, d'un saut, se redresse avec son maître sur le dos. Hector empoigne son épée et pique des éperons jusqu'à la bretèche, puis revient sur ses pas, l'épée à la main. Il voit que Marganor s'est relevé, que sa monture s'enfuit déjà le long de la chaussée et qu'elle arrive à toute allure à la passerelle ; elle retombe de l'autre côté, les pattes de derrière dans le marais, mais elle s'accroche à la terre ferme avec celles de devant ; elle aurait été perdue si les gens de Marganor ne l'avaient pas tirée avec force. Voyant que Marganor est mis à pied, Hector ne veut pas l'attaquer à cheval : il craint qu'il ne lui tue son destrier ; il descend donc, le confie à deux sergents de la bretèche, passe son écu à son bras et, très décidé, il s'avance ; il a ainsi beaucoup d'allure. Ceux de la bretèche prient pour lui et ceux du château pleurent de peur et de pitié. En le voyant venir ainsi, Marganor prend aussi son épée ; il se dit qu'il n'a jamais vu un meilleur jouteur, mais, s'imaginant lui-même être un des meilleurs chevaliers du monde, il ne pense pas que son adversaire puisse l'emporter à l'épée ; et assurément, très grande était sa prouesse.

Les voilà donc venus à la mêlée ; chacun assène à l'autre des coups rapides et répétés, ou bien se protège de son écu le mieux possible. Marganor était très fort à l'escrime, car il l'avait apprise fort tôt, et cela lui servit beaucoup : il se couvrit et se protégea tant que son écu résista ; il ne se lassa pas, mais ne se pressa pas non plus d'attaquer avant d'avoir bien mesuré son geste. Cependant Hector jetait ses coups comme quelqu'un qui ne se sentait pas d'humeur à être déjà épuisé ou vaincu, tant et si bien qu'il fendit l'écu de son adversaire *(f. 141c)*, le cassa, le mit en pièces et le réduisit à peu de choses, fendu qu'il était du haut en bas jusqu'à la boucle ; la place était jonchée d'éclats, car l'épée d'Hector avait grand pouvoir et elle s'améliorait chaque jour. Ses autres armes n'avaient guère souffert, sinon

sor la destre espaule avoit aü un cop qui mout l'avoit anpiriee ; si li estoit illuec fausez li haubers, et la charz tranchiee jusque a l'os, si seignoit mout durement. Si faisoit mout grant chaut, car il estoit sestambres, et li braz li afeblist mout, si ne feroit mies si granz cox ne si vigueros com il avoit fait devant. Et qant Marganors lo voit, si an fu mout liez, car ancor estoit auques fres, si li cort sus et mout lo haste. Et Hestors se covre mout bien, que ses escuz estoit ancor auques antiers, et si que a grant poines lo fiert Marganors se sor l'escu non.

Ensi se contient tant que midis fu passez. Et lors ot Hestors si s'aleine reprise, si recovre et ot mout grant honte de ce que tant s'iere soferz sanz gaires grant proece faire. Si recort sus a Marganor mout vigueresement, si lo fiert mout a bandon, si lo blece mout et ampire, tant que ja a mout grant paor. Si ne fait mais gaires Marganors que sosfrir, que mout a perdu de sanc. Et li sanble estre Hestors plus forz et plus vistes que il n'avoit esté au comancement, si l'an poise mout an son cuer et voudroit avoir fait de son chief greignor meschief que il n'a encores, par covant que il n'aüst onques la bataille amprise. Et mout anpiroit ja. Si li dit :

« Sires chevaliers, vos iestes mout bons chevaliers et mout vos pris. Et la bataille de nos deus est commanciee por noient, et granz domages seroit se li uns de nos i moroit. Et ge ne vos an fais nule honte se ge vos an quit. Ge la vos lais, car ge voil miauz avoir perdu de la moie gent que ge vos en aüsse mort an bataille. Et mout savroie volentiers vostre non. »

Et Hestors li respont que la bataille ne laira il pas atant, car il i avroit honte, « se vos ne vos *(f. 141d)* teniez por outrez. »

« Certes, dist Marganors, por outrez ne me tanrai ge ja, se Deu plaist. Et puis que vos avez refusee l'annor que ge vos faisoie, je m'an irai par la bataille. Et cui Dex an donra l'annor, si la praigne. »

Lors s'antrecorent sus, si dura la bataille mout longuement, tant que mout an a Hestor grant honte et grant duel de ce que la bataille a tant duré, que mout cuidoit avoir plus a faire an sa queste que il n'avoit fait. Si li est avis que mauvaissement lo parfera.

qu'il avait reçu un coup qui avait mis à mal son épaule droite, après avoir avoir faussé le haubert et pénétré dans la chair jusqu'à l'os, ce qui le faisait saigner abondamment. Il faisait aussi très chaud, car on était en septembre ; son bras l'affaiblissait beaucoup et il ne donnait plus de coups aussi grands ni aussi vigoureux qu'avant. Marganor s'en aperçut et s'en réjouit fort, car lui-même était encore assez frais ; il repart sur lui et le harcèle sans trêve ; mais Hector se protège fort bien de son écu encore à peu près entier, si bien que Marganor ne peut s'acharner que sur cet écu.

Hector se comporte ainsi jusqu'à midi passé. Ayant alors retrouvé son souffle, il se reprend et éprouve une grande honte d'avoir tant enduré sans guère faire d'exploits. À son tour il bondit impétueusement sur Marganor, il le frappe sans ménagement, le blesse grièvement et le met à mal au point que l'autre prend grand peur ; il ne fait plus guère qu'encaisser les coups, car il a perdu beaucoup de sang ; il lui semble qu'Hector est plus fort et plus rapide qu'au début ; du fond du cœur il le déplore et préférerait être encore plus mal en point en ce qui le concerne et n'avoir jamais entrepris ce combat ; la situation s'aggravant toujours, il lui dit :

« Seigneur chevalier, vous êtes un très vaillant chevalier et je vous apprécie fort. Notre combat a été engagé pour une bagatelle et ce serait grand dommage que l'un de nous y perde la vie. Je ne vous inflige absolument pas de honte si je vous en tiens quitte. Je vous en dispense, car j'aime mieux avoir perdu de mes gens plutôt que de vous avoir tué dans ce combat. Mais j'aimerais bien savoir votre nom. »

Hector lui répond qu'il n'arrêtera pas la bataille à ce stade, car ce serait pour lui une honte, « à moins que vous ne vous (*f. 141d*) teniez pour vaincu.

— En vérité, proteste Marganor, je ne me reconnaîtrai jamais vaincu, s'il plaît à Dieu. Et puisque vous refusez l'honneur que je vous faisais, j'irai jusqu'au bout du combat. Qu'il en prenne l'honneur, celui à qui Dieu le donnera ! »

Alors ils repartent l'un sur l'autre et le combat se prolonge si longtemps qu'Hector finit par avoir grande honte et grande douleur de ce que cela a tant duré, persuadé d'avoir encore bien à faire dans sa quête ; il lui semble qu'il l'accomplira mal.

Lors li cort sus mout vistement et fiert de l'espee granz cox la o il lo voit plus anpirié, si lo blece mout. Et cil se covre de tant d'escu com il a, et totevoies ganchist as cox et vait la o il trove place. Et Hestors lo moine la ou il velt, et bien voit li uns et li autres que mout an a lo poior Marganors. Et Hestors lo haste mout, si fiert grant cop sus lo hiaume et recovre et fiert de tote sa force, si que il li fant et met l'espee pres de demie. Si l'estone, si que il l'estuet venir a un genoil. Et il sache l'espee si durement que par un po que Marganors ne feri des paumes a terre, si que mout demore a redrecier. Et Hestors li cort au hiaume, si lo li cuide sachier a terre. Et li hiaumes li remaint an la main, et il hauce la main, si lo giete au plus que puet loign o marés. Et lors saut sus Marganors, si se covre au miauz que il puet. Et Hestors li dit que il se taigne por outrez, car or cuide il bien avoir lo meillor de lui conquerre, ja si ne se savra deffandre. Et cil dit que ja a outré ne se tanra il ja por lui. « Que ge suis plus forz que ge ne fui mais pieç'a, ne mes hiaumes ne me faisoit se nuire non, car trop avoie grant chaut. »

Lors li cort sus Hestors mout durement. Et la veüe est celui refreschie par l'air que il a veü, si se desfant mout durement tant com il s'a de coi covrir ; mais mout dote de la teste que il a descoverte et desarmee de hiaume, si lo covient an la fin ganchir. Et totesvoies lo moine Hestors la ou il velt. Et cil se retorne tant qu'il est a force menez jusque a la faute do poncel, *(f. 142a)* et a po qu'il ne chiet anz. Et com Hestors lo voit, si li escrie :

« Ha ! Marganor, tu charas ja ou marés. Trai toi ça. »

Lors saut arriers Hestors, et cil se regarde et vit que, se cil lo chaçast un po plus, morz fust. Lors se retorne Hestors devers lo poncel, si lo met antre lui et la bretesche, si li dit que il se taigne por outrez. Et cil dit que il voudroit miauz estre morz orandroit.

« En non Deu, fait Hestors, donc i morroiz vos toz. »

Alors il se précipite sur Marganor, lui assène de grands coups là où il le voit dans le plus mauvais état, il lui fait maintes blessures. L'autre se couvre de ce qui lui reste d'écu, il tente d'esquiver les coups et va là où il peut ; Hector le mène là où il veut. Les uns et les autres se rendent bien compte que Marganor est en fort mauvaise posture. Hector le presse davantage encore : il lui frappe un grand coup sur le heaume, recommence de toutes ses forces et cette fois fend le heaume en y faisant pénétrer près de la moitié de son épée. Assommé, Marganor doit mettre un genou en terre ; Hector retire alors son épée avec une telle violence que Marganor manque de tomber à plat sur les mains, et qu'il met bien longtemps à se redresser. Hector court le saisir par le heaume, il pense le faire tomber par terre en le lui arrachant ; mais ce heaume lui reste dans la main et il le lance à la volée le plus loin possible dans le marécage. Marganor se redresse d'un bond et fait tous ses efforts pour se protéger. Hector lui intime de se tenir pour vaincu, car à présent il croit bien tenir sa victoire définitive, l'autre ne pouvant plus se défendre. Mais celui-ci déclare que jamais quant à lui, il ne se reconnaîtra vaincu, « car je suis plus fort que tout à l'heure : mon heaume ne faisait que me gêner, il me tenait bien trop chaud ! »

Hector repart sur lui férocement. L'autre y voit plus clair avec l'air qui lui vient et il se défend avec acharnement aussi longtemps qu'il a de quoi se couvrir ; mais il a très peur pour sa tête qui est découverte, sans la protection du heaume, si bien qu'il lui faut finalement revenir à l'esquive. Hector le mène là où il veut et le contraint tellement de reculer qu'il le pousse jusqu'à l'anfractuosité de la passerelle *(f. 142a)* et que sa chute n'est pas loin. Voyant cela, Hector lui crie :

« Hé ! Marganor, tu vas tomber dans le marécage. Viens par ici ! »

Ce disant, il fait un bond en arrière, tandis que l'autre se retourne et voit que si Hector l'avait pressé un peu plus, il serait mort. Hector revient alors vers la passerelle, place son adversaire entre lui-même et la bretèche et lui enjoint de se tenir pour vaincu. Mais l'autre répond qu'il préférerait mourir tout de suite.

« Par Dieu, s'écrie Hector, vous mourrez donc bientôt ici. »

Lors li cort sus, si lo haste mout, tant que il ne set o il va. Et com Hestors se regarde, si voit que Marganorz est sus lo bort de la chauciee et par un po que il ne chiet anz. Et Hestors li escrie :

« Marganor, Marganor, tu seras ja morz. »

Et cil se regarde, si voit que par un po que il n'est chaüz o marec, si an prise mout Hestor de ce qu'il li a deus foiz garantie sa vie. Si se panse que mout est plus de boene maniere vers lui que il ne fust. Et Hestors li dit que il se taigne por outrez, que il voit bien comant il est. Et cil dit que ce n'avandra ja. Et lors se corroce Hestors et dit que il ne l'an priera mais hui. Lors li cort sus et lo fiert mout durement par la o il lo puet ataindre et mout lo blece, et si que a droite force lo remaine juque au bort de la chauciee. Et cil ne s'en prant garde, que il ne bee se a lui deffandre non. Et Hestors se haste si durement sor lui que il ne voit mies qui il soit si pres de cheoir. Lors li giete un cop parmi la teste, et cil saut arriers, qui de la teste crient mout, si chiet o marés tot droit juque a la çainture. Et com Hestors lo voit, si crie un cri et dit : « Sainte Marie. » Lors aert Marganor, sel sache par lo poing a lui. Et dit, ja se Deu plaist, ja si bons chevaliers com il est si vilment ne morra. Lors lo sache hors a mout grant poine. Et se il ne fust, toz fust Marganors effondrez ou marés. Et com il est hors, si li demande comment il li estait. Et cil dit que bien, « Deu merci et vos. Et ge voi et sai que vos iestes li plus vaillanz chevaliers do monde. Et se ge pooie autant sor vos com vos sor moi, ne me combatroie ge a vos hui mais, ainz me met en vostre merci. Et tenez m'espee. Ge la vos rant, et ferai qanque vos me demanderoiz ».

Et Hestors la reçoit. Et puis gietent a terre lor escuz, tant com il lor *(f. 142b)* an estoit remés, si se pranent main a main, si s'an vienent a la bretesche droit. Et cil de laianz saillent ancontre, qui mout sont lié de l'aventure, ses recoillent a grant joie et s'an vont ou chastel. Et toz [li] siegles acort, que por veoir Hestor, que por veoir celui cui il a conquis, car il cuidoient que il n'aüst o siegle meillor

Il repart contre lui, le presse tant que l'autre ne sait où il va. Hector jette un coup d'œil : voyant que Marganor se trouve sur le bord de la chaussée et qu'il est sur le point de tomber encore, il lui crie de nouveau :

« Marganor, Marganor, tu vas mourir ! »

L'autre se retourne et voit qu'il a manqué de tomber encore dans le marécage, aussi admire-t-il fort Hector de ce que, par deux fois, il a voulu lui assurer la vie. Il pense que son adversaire se comporte avec lui bien mieux que lui ne l'a fait. Cependant Hector lui répète qu'il doit se tenir pour vaincu, car il voit bien dans quel état il est. Mais l'autre répond toujours qu'il n'en sera rien. Hector, furieux, lui dit qu'il ne le lui demandera plus et se précipitant, il le frappe avec une extrême violence là où il peut l'atteindre et il lui fait maintes blessures. Ainsi il le ramène de vive force jusqu'au bord de la chaussée ; l'autre n'y prend pas garde, car il n'aspire qu'à se défendre. Hector fonce si obstinément sur lui qu'il ne voit pas que l'autre est tellement près de tomber. Il le vise en plein sur la tête : Marganor qui redoute fort ce genre de coup saute en arrière et tombe à pic dans le marécage, jusqu'à la ceinture ; Hector jette un cri : « Sainte Marie ! » et il agrippe Marganor, il l'empoigne, le tire à lui, en se disant que s'il plaît à Dieu, un si bon chevalier ne mourra pas d'une mort aussi infamante. À grand peine, il le tire sur la chaussée : sans lui, Marganor se serait vite enfoncé dans le marécage. Quand il est sorti, il lui demande comment il se sent ; l'autre lui répond :

« Bien, par la grâce de Dieu et la vôtre. Je vois et je sais que vous êtes le plus valeureux chevalier du monde : même si j'avais à présent sur vous autant de pouvoir que vous sur moi, je ne me battrais plus du tout ; mais je m'en remets à votre merci. Voici mon épée : je vous la rends et je ferai tout ce que vous me demanderez. »

Hector reçoit l'épée. Puis tous deux jettent à terre ce qui restait de leur écu (*f. 142b*) et, la main dans la main, se dirigent droit vers la bretèche. Les occupants s'élancent à leur rencontre, tout heureux de ce qui est arrivé et leur font un accueil plein de joie avant de reprendre avec eux le chemin du château. Là, toute la foule accourt, tant pour voir Hector que le vaincu, car on s'imaginait qu'il n'y avait pas de plus fort au monde que

chevalier de lui. Si est mout granz joie. Et la fille au seignor s'an vient a l'ancontre, mout belle et mout acesmee, si comme li peres li ot mandé. Si deslace ele meïsmes a Hestor son hiaume, si lo baisse, voiant toz ces qui veoir lou vostrent, et dit que bien soit il venuz comme li chevaliers o monde que ele plus aimme et que ele doit plus amer. Issi s'an vont jusque au palais, et la pucele moigne Hestor an sa chanbre, si lo fait desarmer desus une mout bele coutepointe. Et ele meïsmes lo desarme d'une part et ne vost soffrir que nus i tochast se pucelles non. Et com il est desarmez, l'aive est apareilliee, si leve ses mains et son vis et son col. Et lors fu si biaus que por noient covenist il a querre nul plus biau chevalier de lui. Si li aporte la pucele un cort mantel, si li met al col. Et qant ele plus l'esgarde, plus li plaist et dist a soi meïsmes que vers lui fu Dex mout debonaires, qui an lui mist totes les biautez do monde et tote la valor.

Lors lo vient veoir li sires do chastel, si li regarde il meïsmes ses plaies, que assez an avoit, et dit que miauz li esta que il ne cuidoit, que il n'a nules plaies perilleuses. Et qant il les a regardees et atornees, si s'an vont veoir Marganor, qui desarmez est et mout se diaut, car mout estoit durement navrez. Mais il n'avoit nules plaies mortels, si en est mout liez Hestors et li sires meïsmes. Et ja estoit pres de nuit, si manjuent un petit por vies sostenir.

Atant dist Hestors a Marganor que il covient que il anvoit querre les deus compaignons lo roi Artu, car il les velt veoir. *(f. 142c)* Et Marganors dit que il fera qanque il voudra a devise, si mande son conestable, qui ancor estoit dela lo pont, et ses genz, qui mout faisoient grant duel. Et li conestable an anvoie totes ses genz, et cil do chastel refirent lo poncel. Si passa li conestables outre, toz seus, et vint a son seignor. Si fait mout grant duel qant il lo voit. Et ses sires dit que il s'an aille et amaint toz les prisons isnellement. «Et seiez, dit il, tuit seür de moi, car ge suis toz haitiez.» Lors s'an va li conestables, si amoine Yvain et Sagremor et lor conte la mescheance de son seignor, que ansi l'a outré uns chevaliers, car onques si bons ne fu nez com il est. Et il cuident

ce chevalier : c'est l'allégresse. La fille du seigneur, fort belle et élégante, vient à leur rencontre comme son père le lui avait demandé. Elle délace elle-même le heaume d'Hector et lui donne un baiser, à la vue de tous les curieux, en lui disant qu'il est le bienvenu, lui, le chevalier qu'elle aime entre tous et à juste titre. Ils gagnent le palais et la jeune fille emmène Hector dans sa chambre où elle le fait se désarmer sur une splendide couverture matelassée ; elle lui enlève encore elle-même une partie de ses armes et ne veut permettre qu'à ses jeunes filles de le toucher. Une fois qu'il est désarmé, l'eau est préparée et il se lave les mains, le visage, le cou. Il était alors si beau qu'il aurait été vain de chercher mieux que lui. Elle lui apporte un manteau court et le lui met sur les épaules. Plus elle le regarde, plus il lui plaît et elle se dit que Dieu fut pour lui plein de générosité, qui le combla de toutes les beautés et toute la vaillance du monde.

Sur ce, le seigneur du château arrive pour le voir ; il examine lui-même ses plaies, qui étaient nombreuses, et dit qu'il le trouvait en meilleur état qu'il ne le pensait, car aucune de ces plaies n'était dangereuse, et il le fait soigner. Après, ils vont voir Marganor, qui était débarrassé de ses armes et souffrait beaucoup, car il était grièvement blessé ; mais il n'avait aucune plaie mortelle, ce dont Hector se réjouit fort et le seigneur aussi. Il faisait déjà presque nuit, et ils mangèrent un peu pour se sustenter.

À ce moment Hector dit à Marganor qu'il désirait voir les deux compagnons du roi Arthur et qu'il les envoie chercher *(f. 142c)*. Marganor lui répond qu'il fera tout ce qu'il voudra à son gré, et il fait appeler son connétable, lequel se trouvait encore au-delà de la passerelle avec ses hommes, plongés dans l'affliction. Le connétable les renvoie, et ceux du château réparent la passerelle : il peut ainsi passer de l'autre côté, seul, et arrive devant son seigneur. À sa vue, il manifeste une grande douleur ; mais son maître lui dit de retourner et de ramener rapidement tous les prisonniers. « Et rassurez-vous pleinement à mon sujet, ajoute-t-il, car je vais très bien. » Le connétable s'en va donc et ramène Yvain et Sagremor, en leur racontant le malheur de son seigneur : un chevalier, l'a vaincu, alors qu'il n'y avait jamais eu aussi valeureux que lui ; ils s'imaginent

tantost que ce soit messires Gauvains, si lor tarde mout que il soient la.

Ensi s'an vont, et avoc aus bien cent autres prisons, et vienent au chastel o an demaine grant joie d'aus. Si lor vienent tuit a l'ancontre, nes li sires meïsmes, et Hestors et tuit li autre. Et qant messires Yvains et Sagremor sont desarmé, si demandent a veoir celui qui les requiert. Et li sires lor amoine Hestor. Et il saillent ancontre lui, si se mervoillent mout qui il est, car il nel conoissoient mies, ne il els se d'oïr dire non. Et qant il s'est a aus nomez, si s'an mervoillent ancor plus, car il cuidoient que tuit li bon chevalier fussient a la cort lo roi Artu. Et qant il lor a nomee sa terre, si sevent bien que il est d'iluec antor o li bons chevaliers abatié as deus et Guiflet et Keu, si s'an comancent a rire andui. Et Hestors lor conjure par la foi que il doivent lo roi, se il a dire fait, que il li dient por coi il ont ris. Et il dient que il ont ris, por ce que uns chevaliers abatié a cele fontaine quatre des conpaignons lo roi Artus, et si lo bati uns nains tant qe a po que il nel tua. Et messires Gauvains aloit a lui joster. Et Hestors dit que miauz vaut que li nains lo batist que messires Gauvains aüst a lui josté, *(f. 142d)* que bien i poïst perdre li chevaliers. Et il dient andui que onques ne virent si biau josteor. Et Hestors se taist. Et il li anquierent mout ancores, por ce que il avoient oï dire au seignor que il estoit des chevaliers a la reine Guenievre, et li demandent qant il remest a la reine. Et lor conte que il n'a gaires, et lor conte comment il va an la queste do chevalier que il ne conoist mies. Et il li demandent quel escu il porte. Et il lor devise tant que il sevent bien que ce est messires Gauvains, si li dient. Et il dit que il ne vouroit por set de ses doiz que ce fust il, « por ce que po de compaignie li portai. »

aussitôt qu'il s'agit de monseigneur Gauvain, et il leur tarde fort d'être sur place.

Ils s'en vont donc – avec eux il y avait bien cent autres prisonniers – et leur arrivée au château suscite une grande joie. Tous viennent à leur rencontre, même le seigneur, avec Hector et tous les autres. Une fois qu'Yvain et Sagremor sont désarmés, ils veulent voir celui qui les a demandés ; le seigneur fait approcher Hector. Ils s'empressent à sa rencontre, avides de savoir qui il peut être, car ils ne le connaissaient pas, ni lui eux, si ce n'est de réputation. Quand il leur a dit son nom, ils s'étonnent encore plus, car ils croyaient que tous les vaillants chevaliers étaient à la cour du roi Arthur. Puis, quand il leur a donné le nom de sa terre, ils comprennent bien qu'il est de par là où le vaillant chevalier les a abattus tous les deux, ainsi que Girflet et Keu, ce qui les fait sourire. Mais Hector les conjure par la foi qu'ils doivent au roi de lui dire, si cela en vaut la peine, pourquoi ils ont souri. Ils répondent que c'est parce qu'un chevalier a abattu près d'une fontaine quatre des compagnons du roi Arthur et qu'il y a été battu lui-même presque à mort par un nain, alors que monseigneur Gauvain se disposait à jouter contre lui. Hector déclare que mieux valait que le nain lui ait donné du bâton plutôt que Gauvain ait jouté contre lui, *(f. 142d)* car ce chevalier aurait bien pu perdre la joute. Mais ils lui répondent tous deux qu'ils ne virent jamais si beau jouteur et Hector se tait. Ils lui posent encore beaucoup d'autres questions, parce qu'ils avaient entendu le seigneur dire qu'il était du nombre des chevaliers de la reine, et ils lui demandent quand il l'est devenu ; il leur raconte que c'est récent, et comment il est en quête d'un chevalier qu'il ne connaît pas. Les autres s'informent de l'écu que porte celui-ci ; il le leur décrit, tant et si bien qu'ils sont sûrs qu'il s'agit de monseigneur Gauvain et ils le lui disent. Alors il déclare qu'au prix de sept de ses doigts, il ne voudrait pas que ce soit lui, car « je lui ai peu rendu les bons offices du compagnonnage[1] ».

---

1. Hector fait allusion sans doute au temps où ils ont cheminé ensemble sous les sarcasmes du nain Grohadain.

La nuit atorna Hestors la pais de Marganor et do seignor de l'Estroite Marche. Si li jura Marguenors que il li feroit son chastel a tozjorz mais ester an pais do Roi des Cent Chevaliers ; et se il nel voloit faire, il et si home s'an vendroient au seignor do chastel et li bailleroient totes les fortereces, ne ja mais a nul jor n'i avroit gent qui i voillent mal faire, que il ne lor nuise a son pooir. Et de ce lor livre boens ostages aprés ce que il li a juré et tuit si ami. Mout est granz la joie ou chastel, et vienent tuit veoir Hestor, car de lui veoir ne se puent saoler.

La nuit, qant Hestors se seoit au mengier et tuit li autre, vint uns vallez devant lo seignor, si lo salue et li demande s'il a laianz un chevalier estrange.

Et il dit :

« Oï, biau frere. Q'en ves tu faire ? »

« Sire, fait il, an i a il nul qui ait non Hestors ? »

Et li sires li dit oïl. Et il li demande li quex est ce. Et il li mostre. Et il li dit :

« Sire, uns chevaliers vos salue, Synados de Vindesores, et si vos mande que vos li mandez comment il vos esta, car il avoit oï dire que vos estiez pris de la gent au seignor de cest chastel et au Roi des Cent Chevaliers. Si m'i avoie poignant, car il mandast por vos qanque il poïst mander, et il lo deüst bien faire, car vos li randistes et terre et honor. »

Et qant li *(f. 143a)* sires do chastel l'ot, si li demande o il l'avoit veü. Et li vallez li conte comment il l'avoit sa dame rescose devant lui et son seignor, si que Hestors en a grant honte de ce que il lor conte. Et lors lo prisent tuit plus qu'il n'avoient fait onques mais, tant que la novelle en vint a la fille au seignor, qui mout l'anmoit, et mout an est liee et mout voudroit, se il pooit estre, que ele l'aüst a mari. Tant que li sires vient a li, si li demande se ele lo voloit, se il l'i pooit atraire. Et ele dit que ce est li chevaliers o monde que ele plus volentiers panroit. Lors an parole li sires a Hestor. Et il respont :

« Certes, sire, vos me volez mout grant annor faire qui me volez doner vostre fille. Mais an cest point ne

Le soir, Hector arrangea la paix entre Marganor et le seigneur de l'Étroite Marche : Marganor jura qu'il ferait en sorte que son château soit toujours en paix avec le Roi des Cent Chevaliers ; que si celui-ci ne voulait pas accepter la paix, lui-même et ses vassaux se rallieraient au seigneur du château et lui remettraient toutes leurs forteresses ; jamais il n'y aurait de gens qui voudraient lui faire tort, sans que lui-même ne fasse tout son possible pour les mettre à mal. Pour le confirmer, il lui livre des otages de valeur, après avoir juré, lui et tous ses alliés. Grande est la joie au château ; tous viennent voir Hector et ne peuvent s'en rassasier.

Le soir, alors qu'Hector était à table avec tous les autres, survint un jeune homme qui se dirigea vers le seigneur, le salua et lui demanda s'il y avait là un chevalier étranger.

« Oui, cher frère, lui dit-il. Mais qu'as-tu à faire avec lui ?
— Seigneur, continue-t-il, y a-t-il quelqu'un qui s'appelle Hector ? »

Le seigneur répond que oui. L'autre demande lequel, et quand le seigneur le lui a montré, il s'adresse à Hector :

« Seigneur, un chevalier vous salue, Synados de Windesore ; il vous demande de lui faire savoir comment vous allez, car il avait entendu dire que vous étiez prisonnier des gens du seigneur de ce château et du Roi des Cent Chevaliers. Il m'a envoyé au plus vite, car pour vous il convoquerait tous ceux qu'il pourrait, et à juste titre, car vous lui avez rendu terre et honneur. »

À ces mots (*f. 143a*), le seigneur du château lui demande où il avait vu Hector ; le jeune homme lui raconte comment celui-ci avait secouru sa dame devant son seigneur et lui-même ; à ce récit, Hector éprouve une grande confusion et tous l'estiment plus que jamais. La nouvelle arrive jusqu'à la fille du seigneur, qui l'aimait déjà beaucoup : se réjouissant de ces dires, elle désirerait ardemment, si c'était possible, l'avoir pour mari. Justement, le seigneur vient la trouver et lui demande si elle le voulait pour époux, au cas où il pourrait le persuader. Elle répond que c'est le chevalier qu'elle épouserait le plus volontiers au monde. Il en parle donc à Hector, qui lui dit :

« En vérité, seigneur, vous voulez me faire un grand honneur en me donnant votre fille. Mais pour l'heure, je ne saurais

panroie ge fame ne nule annor an cest siegle ne tanroie, car j'ai mout a faire et mout me covanra espoir a cerchier ainz que ge aie trové ce que ge quier. Ne ge ne refus mie, car ge ne vi pieç'a dame ne damoiselle que ge si volentiers preïsse. Mais ge ne suis mies a moi, et vos veez assez comment il est. »

Et li sires ne l'an osse plus proier, si s'en revient a sa fille et li conte comment Hestors a respondu. Et elle dit que elle n'a or cure de mari, puis que ele a failli a cestui. Et ses peres dit que ce ne puet estre, car il a trop grant essoigne. Et ele dit que ele l'atandroit assez, s'il pooit estre, que ele l'ameroit miauz, por ce que il est prodom, que ele ne feroit un plus riche home mains preu et sage. Si l'en prise mout [ses peres.] Et li sires revient a Hestor et si l'essaie an totes les guises que il puet veoir se il l'i porroit metre, mais nenil.

Et qant il fu tans de couchier, si fait faire la damoisele un lit por Hestor couchier. Et por ce qu'il estoit lassez, jut an une chambre par lui, que nul lit autre n'i ot que a un tot seul chevalier loign de celui. Et qant totes les dames furent couchiees, la damoiselle vint au lit devant Hestor, si s'agenoilla devant lui. Et il ne la vit mies tant que ele ot esté grant piece a genouz, [car il pansoit. Et une autre damoisele tint plain poing de chandeilles loing.] Et qant Hestor la vit, si la prant antre ses braz et dit que bien fust ele venue. Et puis li dist.

« Bele damoiselle, *(f. 143b)*, quex bessoinz vos amena ça ? »
La damoiselle ot ses treces par ses espaules et fu

prendre femme et nul fief en ce monde ne me retiendrait, car j'ai beaucoup à faire, et il me faudra peut-être beaucoup chercher avant d'avoir trouvé ce que je quête. Cependant je ne refuse pas votre fille : il y a un moment que je n'ai pas vu de dame ou de demoiselle que j'aimerais autant épouser[1]; mais je ne m'appartiens pas et vous voyez bien ce que c'est. »

Le seigneur n'osant insister davantage, revient auprès de sa fille et lui rapporte la réponse d'Hector. Elle affirme alors qu'elle ne se soucie plus d'avoir un mari, puisqu'elle n'a pas réussi avec celui-là. Son père lui dit encore que ce mariage est impossible, qu'Hector s'en trouve bien empêché. Elle l'attendra longtemps, répond-elle, si du moins ce mariage peut se faire, car en raison de sa vaillance, elle le préférerait à un homme plus puissant, mais qui serait moins preux et moins sage. Son père apprécie fort ces paroles et revient auprès d'Hector ; il tente encore par tous les moyens de le rallier à ce projet, mais en vain.

Quand ce fut le moment d'aller se coucher, la demoiselle fit faire un lit pour Hector. Comme il était épuisé, il coucha seul dans une chambre, où il n'y avait pas d'autre lit que celui d'un chevalier, loin du sien. Une fois toutes les dames couchées, la demoiselle vint trouver Hector et s'agenouilla devant son lit. Elle resta ainsi longtemps, car il ne la voyait pas, absorbé qu'il était dans ses pensées. Plus loin, une autre demoiselle tenait à pleine main des chandelles. Hector finit par la voir ; il la prit entre ses bras en lui souhaitant la bienvenue, avant de lui demander :

« Belle demoiselle, *(f. 143b)* quelle nécessité vous a amenée jusqu'ici ? »

Elle avait les tresses défaites sur ses épaules, elle était sans

---

1. Dans cet épisode, Hector paraît avoir oublié complètement l'amie possessive qui voulait l'empêcher de quêter Gauvain et qu'il a laissée à la cour du roi Arthur, mais il en sera question plus loin, alors que celle-ci n'apparaîtra qu'accessoirement au f. 157d. Le corpus arthurien ne relate pas d'autres amours, ni de mariage pour Hector.

tote desliee et desçainte, si li dit tot am plorant :

« Ha ! sire, ne pansez nule vilenie, por ce que ge suis ci venue si priveement, car ge n'i pens se annor non. Mais ge me vaign plaindre de vos a vos meïsmes, car a autrui ne m'en sai clamer ; car nus ne m'en puet si bien faire droit comme vos meïsmes, se por ce non, espooir, que vos n'iestes mies sires de vos. »

Et il dit que vilenie n'i panse il nules : « Mais bien soiez vos venue, damoiselle. Et se ge vos ai rien mesfait, jel vos amanderai volentiers. Mais dites de coi. »

« Sire, ge me plaign de ce que ge vos fis proier a mon pere que vos me preïssiez a fame et vos ne vossistes escouter ne sa proiere ne la moie, ainz m'avez refusee. Si savroie volentiers por coi se vos lo me voliez dire. »

Et il dit :

« Si m'aïst Dex, ce n'est mie por ce que vos ne seiez assez belle et assez vaillanz a un des plus hauz chevaliers do monde, et assez haute fame et riche iestes vos. Mais li meschiés i est si granz, con ge ai dit a vostre pere et vos meïsmes lo dirai ge, que ge ne puis fame panre tant que ge aie ma queste achevee. Et se ge lo pooie ores bien faire et ge vos avoie esposee et ge moroie an ceste queste, donc ne seroit il granz domages ? »

« Sire, de la mort vos deffande Dex. Miauz fusse ge tozjorz sanz mari. Mais se vos plaisoit, ge vos atandroie, mais que vos me creantesiez que vos ne vos marieriez que vos ne mo deïssiez avant. »

Et Hestors dit, ne li poist mies, que, s'il i avoit tel covant, il crienbroit qu'il aüst tel essoigne que il li esteüst mantir a force.

« Certes, dist ele, lo mantir ne voudroie ge mies. Mais or faites une chose que ge vos dirai. Puis que

la moindre guimpe ni le moindre manteau[1], et elle lui dit en pleurant :

« Ah ! seigneur, ne voyez pas de mal à ce que je sois venue ici de façon si discrète : je n'ai que d'honnêtes pensées. Mais je viens me plaindre à vous de vous-même, car je ne sais à qui d'autre m'en réclamer : personne ne peut en effet me faire justice mieux que vous, à moins que peut-être vous ne vous apparteniez pas. »

Il lui répond qu'il ne pensait rien de mal de sa démarche :
« Mais soyez la bienvenue, demoiselle ; si j'ai commis quelque faute envers vous, je la réparerai volontiers ; dites-moi plutôt de quoi il s'agit.

— Seigneur, voilà ma plainte : je vous ai fait prier par mon père de me prendre pour femme, et vous n'avez voulu écouter ni sa prière ni la mienne ; au contraire, vous n'avez pas voulu de moi. Je voudrais donc savoir pourquoi, si vous vouliez bien me le dire.

— J'en atteste Dieu, ce n'est pas que vous ne soyez assez belle ni que vous ne valiez un des plus nobles chevaliers du monde : vous êtes en effet de haute et puissante noblesse. Mais le grand malheur, comme je l'ai dit à votre père et comme je vais vous le dire, c'est que je ne puis prendre femme avant d'avoir achevé ma quête. Si ayant maintenant la possibilité de vous épouser, je le faisais, et si je mourais dans cette quête, n'y aurait-il pas grand dommage ?

— Seigneur, que Dieu vous préserve de la mort ! Il vaudrait mieux que je n'aie jamais de mari. Cependant, si vous le vouliez bien, je vous attendrais, pourvu que vous me promettiez que vous ne vous marierez pas sans m'en avertir avant. »

Mais Hector lui dit que, sans vouloir la vexer, avec une telle promesse, il craignait d'avoir une difficulté qui l'obligeât à lui mentir.

« Assurément, protesta-t-elle, je ne voudrais pas de mensonge. Eh bien, faites plutôt ce que je vais vous dire : puisque

---

1. L'absence de *guimpe* (le voile qui couvre les cheveux et qui est symbole de dépendance), les tresses défaites, indiquent que la jeune fille agit librement ; l'absence de *mantel* indique le sentiment d'un moment dramatique. Ce passage garde le souvenir de la visite de Blanchefleur à Perceval chez Chrétien de Troyes.

ge ai a vos failli a tozjorz, creantez moi que ja mais ne panrez fame nul jor se cele non que vos plus ameroiz que totes les autres, ne por terre ne por heritage ne li fauseroiz. »

« Si m'aïst Dex, fait Hestors, cestui covant tanrai ge bien *(f. 143c)* Et tenez, que ge vos fianz comme leiaus chevaliers que ge ansi lo ferai. Ne au jor ne m'aïst Dex que ge fame panrai se celle non que ge amerai plus. »

Lors s'en va la pucelle mout liee et mout riant, et dit a la pucelle qui avoc li estoit que mout a [bien] faite sa bessoigne. Puis vint a son pere, si li dit que ce li a creanté et fiancié. « Et ge croi que ainz lo chief d'un an m'amera il plus que fame qu soit o monde, tant ferai gié. »

Et li peres dist que il ne fu onques si liez se ce pooit avenir

Issi remest juque au matin. Et lors vint la damoiselle au lever Hestor, et li dit que bon jor li doint hui Dex.

« Et vos, fait il, si face, ma douce amie. »

« Sire, fait la damoiselle, ge voil que vos an portez de mes drueries. Tenez cest annel, si l'an portez avoc vos. Et plus an porteroiz vos que ce ne monte, que vos avez tot mon cuer. »

Et il prant l'annel, si l'an mercie mout, si lo met an son doi Et il est mout aaisiez a porter, car il est petiz.

« Sire, fait ele, gel vos doin par tel covant que [vos nel donre mie, mais gardez le tant com vos poez. »

Et il lo prent par tel covant que] mal n'i pense.

Lors demande ses armes, et eles li sont aportees, car plus nel puet li sires retenir por proiere qu'il face. Et d'autre par s'arme messires Yvains et Sagremors. Et Hestors prant congi de la damoiselle. [Et cele,] qui est mout iriee et mout liee, [l commande a Deu, iriee de ce que il s'en vet et liee] de la joi que ele atant de la pierre de l'annel que Hestors an porte ; ca la pierre a tel force que, se fenme lo done a home, des lo jo qe ele li avra

je vous ai perdu pour toujours, promettez-moi que vous ne prendrez femme que le jour où vous en aimerez une plus que toutes les autres, et que vous ne lui fausserez pas compagnie pour une question de terre ou d'héritage.

– J'en atteste Dieu, cette promesse, je la tiendrai bien. *(f. 143c)* Tenez, je vous donne ma parole de loyal chevalier que j'agirai ainsi : le jour venu, que Dieu ne m'assiste pas si je ne prends pas pour femme celle que j'aimerai le plus. »

Sur ces paroles la jeune fille le quitte toute joyeuse et souriante ; elle dit à celle qui l'accompagnait qu'elle a bien mené son affaire ; puis elle va trouver son père et lui raconte ce que le chevalier lui a promis et juré. « Et je crois, continue-t-elle, que je ferai si bien qu'avant un an il m'aimera plus que toute autre femme au monde. »

Son père lui répond que si cela pouvait arriver, il n'aurait jamais eu de plus grand bonheur.

Les choses en restèrent là jusqu'au matin ; alors la demoiselle vint assister au lever d'Hector, et lui souhaita que Dieu lui donne une bonne journée.

« Qu'il vous en donne autant, ma douce amie !

– Seigneur, je veux que vous emportiez un témoignage de mon amour. Prenez cet anneau et portez-le sur vous : vous porterez plus que sa valeur, car vous avez avec lui tout mon cœur. »

Il prend l'anneau, la remercie vivement et le glisse à son doigt. Il se trouvait bien facile à porter, car il était petit.

« Seigneur, reprit-elle, je vous le donne, à condition que vous ne le donnerez pas, et que vous le garderez aussi longtemps que vous pourrez. »

Et il le prend à condition qu'elle ne pense pas de mal de son geste.

Sur ce, il demande ses armes et elles lui sont apportées, car toutes les prières du seigneur ne peuvent rien pour le retenir. De leur côté, monseigneur Yvain et Sagremor s'arment aussi. Hector prend congé de la demoiselle. À la fois peinée et joyeuse, elle le recommande à Dieu ; peinée de ce qu'il s'en va, et joyeuse de la joie qu'elle attend de la pierre sur l'anneau qu'Hector emporte ; car cette pierre a une vertu telle que, si une femme la donne à un homme, depuis le jour où elle la lui aura

doné, croistra et enforcera tozjorz l'amor tant come il lo portera, por ce que il li ait avant s'amor donee; et ses peres l'avoit porté maint jor, et il avoit trop la soe fame amee.

Aprés prant congié a Marganor et mout lo prise, et il lui. Et li sires do chastel est montez et une partie de ses chevaliers, ses convoient, et o lui li dui qui s'an vont. Et Yvains et Sagremors et Hestors demandent la droite voie a aler a Norgales. Et li sires la lor mostre. Et lors dit Hestors qu'il s'an retort. Et li sires s'an part atant, si lo (*f. 143d*) mercie mout comme cil qui mout l'amoit. Ansi lo conmande Hestors a Deu et li dui chevalier, et il aus. Et li sires s'an part et retorne a son ostel. Et cil chevauchent ansamble tant que il antrent an une haute forest et anciene, mais n'estoit mie granz. Et com il ont une grant piece alé, si antrent an un plain et esgardent devant aus, si voient un chevalier qui an menoit une pucelle a force par lo frain, et d'autre part, un autre chevalier qui se combatoit a deus autres, toz seus, et lor rant mout grant asaut. Et qant il s'est grant piece conbatuz, si s'an torne fuiant qanque li chevaus li puet corre. Et il refierent aprés des esperons. Et cant il voit que auques ne l'aproche que li uns, si se retorne. Et qant li autres aproche, si ne l'ose atandre, ainz torne au plus tost que il puet cele part ou Hestors et si compaignon vienent. Et il l'ont tant blecié que ce n'est mies mervoilles se il ne les osse atandre. Et an ce qu'il regardent ces deus choses, si dist Sagremors li Desreez :

« Ha ! Dex, por qoi n'est ores ci la tierce avanture, que chascuns aüst la soe. »

Et com il ot ce dit, si ot dariés aus les greignors criz do monde, et sanble bien que il i aüst plus de cent gent.

« An non Deu, fait Hestors, Sagremor, Deu vos a oï, que la tierce avanture n'est mies loign. Or praigne chascuns la soe, que nos n'avons que demorer. »

« An non Deu, fait Sagremors, ge secorrai cest chevalier, que grant mestier en a. »

donnée, l'amour grandira et augmentera sans cesse aussi longtemps qu'il la portera, pourvu qu'il lui ait auparavant donné son amour; son père l'avait portée longtemps, et il avait lui-même passionnément aimé sa femme.

Hector prend ensuite congé de Marganor qu'il tient en grande estime et Marganor fait de même. Le seigneur du château et une partie de ses chevaliers enfourchent leurs montures et l'escortent, ainsi que les deux compagnons qui s'en vont aussi. Yvain, Sagremor et Hector demandent le chemin direct pour aller à Norgales et le seigneur le leur indique. Sur ce Hector invite le seigneur à s'en retourner; celui-ci le remercie avec gratitude et le quitte *(f. 143d)*, après qu'Hector et les deux chevaliers l'ont recommandé à Dieu, et que lui-même en a fait autant pour eux à son tour. Il les quitte donc et tandis qu'il revient chez lui, les autres continuent leur chevauchée ensemble et arrivent dans une vieille forêt de grands arbres, mais peu étendue. Ils la traversent sur une longue étendue et entrent dans une plaine où, devant eux, ils aperçoivent un chevalier qui entraînait de force une demoiselle par le frein de sa monture, et d'un autre côté, un chevalier qui se défendait avec acharnement, seul contre deux autres. Après s'être battu longtemps, le chevalier fait demi-tour et fuit de toute la vitesse de son cheval; les autres éperonnent pour le poursuivre. Quand il voit qu'il n'y en a qu'un assez près de lui, il se retourne; mais à son approche, il n'ose l'attendre et s'en va au plus vite du côté par où Hector et ses compagnons arrivent : ses adversaires lui ont fait tant de blessures que ce n'est pas étonnant s'il n'ose les attendre. Devant ces deux aventures, Sagremor le Démesuré s'écrie :

« Ah, mon Dieu, que n'y a-t-il ici une troisième aventure, chacun aurait la sienne ! »

À peine avait-il dit cela, que les plus grands cris du monde se font entendre derrière eux, à croire qu'il y avait plus de cent personnes.

« Par Dieu, Sagremor, fait Hector, Dieu vous a entendu : la troisième aventure n'est pas loin. Que chacun prenne la sienne, il ne faut pas tarder.

– Par Dieu, fait Sagremor, je vais secourir ce chevalier, il en a grand besoin.

« Et ge, fait messires Yvains, celle pucelle se ge puis. »

« Donc irai ge, fait Hestors, querre lo duel que ge ai oï. »

Atant s'antrecommandent a Deu tuit. Si laisse corre Hestors la o il avoit oï les granz criz, et chevauche mout longuement do lonc de cele forest que il avoit auques trespassee de travers. Et totevoies ot lo cri devant lui, et li est avis que mout soit pres, tant que bien a chevauchié deus liues anglesches et que il est venuz a l'autre plain. Et lors vit mout grant planté de gent qui portoient une biere et crioient et ploroient mout durement. Et il oirre aprés tant que il ataint (*f. 144a*) un nain, qui estoit sor un maigre roncin, si ne pooit aler que lo pas. Et Hestors l'atant, si li demande que ces genz ont. Et li nains ne li dit mot, ainz fait mout laide chiere et mout dolante. Et Hestors li redemande por coi ces genz plorent. Et il ne li velt mot dire. Et il li demande ancor tierce foiz. Et cil ne li dit mot.

« Mout ies ores, fait Hestors, fel et anflez, qui ne me vels dire ce que ge te demant. Par un poi ge ne te doign un flat. »

« Si t'aïst Dex, fait li nains, fier moi, et ge te dirai por coi ces genz plorent, ne ge nel te dirai autrement. »

« Deiables te fierent, fait Hestors, que ge n'ai cure de toi ferir. Di lo moi, si feras que sages. »

« Male honte me doint Dex, fait li nains, qant ge lo te dirai por noiant. »

« Et ge te donrai ce que tu voudras, fait Hestors, si lo me di. »

« Jo te dirai, fait li nains, par covant que tu me ferras avant. »

« Ge n'ai cure, fait Hestors, de toi ferir. Ge voldroie miauz avoir faite une chevalerie, que de toi batre avroie ge honte, comment que ge te ferisse. »

« Ja ne m'aïst Dex, [fait] li nains, qant tu ja i avras honte ; mais por lo laissier, se tu viz jusque a tierz jor, i avras tant de la honte que onques chevaliers tant n'en ot. Et ge la te porchacerai a mon pooir. »

– Et moi, cette demoiselle, si je puis, fait monseigneur Yvain.

– J'irai donc m'informer sur les cris de douleur que j'ai entendus, dit Hector. »

Et tous se recommandent mutuellement à Dieu. Hector s'élance du côté où il avait entendu les clameurs, et il chevauche bien longtemps à travers cette forêt, alors qu'il en avait traversé une bonne partie, entendant toujours devant lui ces cris, qui lui paraissent très proches ; il a bien fait ainsi deux lieues anglaises quand il arrive sur la partie découverte, qui faisait suite à la forêt. Alors il voit quantité de gens qui portaient une bière, en criant et pleurant très fort. Il se dirige vers eux et rejoint d'abord *(f. 144a)* un nain, monté sur un roncin[1] si maigre qu'il ne pouvait avancer qu'au pas. Hector ralentit et lui demande ce qu'ont ces gens. Le nain ne lui répond mot et le regarde d'un air tout à fait revêche et douloureux. Hector répète sa demande ; l'autre ne veut rien dire ; une troisième fois il pose sa question, l'autre ne dit toujours mot.

« Te voici bien méchant et enflé d'orgueil à ne pas vouloir me dire ce que je te demande. Attention à la claque !

– Au nom de Dieu, fait le nain, frappe-moi et je te dirai pourquoi ces gens pleurent ; je ne te le dirai pas autrement.

– Va au diable, lui répond Hector, je n'ai cure de te frapper ; mais dis-le moi et tu agiras sagement.

– Que Dieu me donne méchante honte, s'entête le nain, si je te le dis pour rien.

– Eh bien je te donnerai ce que tu voudras, mais dis-le moi.

– Je le ferai, à condition que tu me frappes d'abord.

– Je n'ai cure de te frapper : j'aimerais mieux avoir fait une performance chevaleresque, car j'aurais honte de te battre, de quelque manière que je te frappe.

– Dieu ne me donne jamais son aide si tu dois trouver quelque honte à me frapper ; mais si tu refuses, avant trois jours, tu trouveras plus de honte que jamais un chevalier n'en eut. Et autant que je le pourrai, j'y veillerai.

---

1. Le *roncin* est un cheval commun, de trait, de labour ou monté généralement par les écuyers.

« Et por coi ? » fait Hestors.

« Por ce, fait li nains, que tu ies mauvais traïstres renoiez. »

Lors giete les mains, si aert Hestor au frain et li volt crachier anmi lo vis, et fiert son cheval d'un baston qu'il tient parmi la teste, si que il l'abat a genouz. Et lors fu Hestors mout dolanz, car il amoit mout lo cheval, et ce estoit cil qui avoit esté au chevalier a cui il avoit josté an l'Estroite Marche outre lo poncel, et il estoit mout bons. Lors dist au nain :

« Nains, ge te ferrai ja, se Dex m'aïst, se tu fierz hui mais mon cheval. »

Et li nains recovre, si fiert. Et Hestors hauce la jame tote armee, si fiert si lo nain do pié que il lo porte a terre et lui et lo roncin. Et con il fu a terre, si li dist :

« Va outre, que maleoite soit l'ore que ge onques te vi, car ge n'oi onques tant blasme com ge ai aüe par nains. »

Et li nains li dit que ancor en avra il plus par lui que il n'ot onques. « Et saches que tu ne puez vivre tierz jor, *(f. 144b)* por coi ge vive. »

Et lors descent Hestors et dit :

« Moi ne chaut de qanque tu puez faire, mais totevoies t'aiderai ge a monter. » Si lo monte il meïsmes.

« Si m'aïst Dex, fait li nains, se tu aimmes ta vie, il te venist miauz que tu m'aüsses mort, que par la moie perdras tu la toe. »

« Moi ne chaut, fait Hestors, de tes menaces. Mais di moi por coi ces genz plorent et crient. »

« Or lo te dirai ge, fait il : il portent en une bierre un chevalier mort qui mout estoit hauz hom et jantis hom et por cui maint mal seront ancor fait. »

« Et fu il morz par armes ? » fait Hestors.

« Oïl, » fait li nains.

– Pourquoi cela ?

– Parce que tu es un misérable traître parjure. »

Là-dessus le nain lève les mains, s'accroche au frein d'Hector, tente de lui cracher en plein visage et d'un bâton qu'il brandit, il donne un tel coup sur la tête de son cheval que celui-ci tombe sur les genoux. Hector est très contrarié : il aimait fort cet animal de grande qualité, qui avait appartenu au chevalier contre lequel il avait jouté au-delà de la passerelle de l'Étroite Marche.

« Nain, s'écrie-t-il, par Dieu, je vais te frapper si tu t'en prends encore à mon cheval ! »

Le nain reprend son élan et frappe à nouveau. Alors Hector lève sa jambe toute couverte de fer et envoie au nain un coup de pied qui le jette à terre avec son roncin ; à ce moment-là il lui dit :

« Décampe et maudite soit l'heure où je t'ai vu, car jamais je n'ai autant eu de blâme qu'avec les nains[1]. »

Mais le nain lui dit qu'il lui en fera avoir encore plus que jamais.

« Et sache que, moi vivant, tu ne vivras pas trois jours encore *(f. 144b)*. »

Hector met alors pied à terre et lui dit :

« Je me moque de tout ce que tu peux faire ; cependant je vais t'aider à te mettre en selle. » Et il le met lui-même sur le cheval.

« Par Dieu, fait le nain, si tu tiens à toi, il aurait mieux valu que tu me tues, car ma vie te fera perdre la tienne.

– Je me moque de tes menaces, lui répond Hector. Dis-moi plutôt pourquoi ces gens crient et pleurent.

– Eh bien, je vais te le dire : ils transportent la bière d'un mort, un chevalier de très haut rang et de grande noblesse, qui sera cause encore de bien des malheurs.

– A-t-il été tué dans un combat ? interroge Hector.

– Oui, répond le nain.

---

1. Frapper un faible est une honte pour le chevalier ; le nain y contraint Hector, et celui-ci fait alors allusion à ses déboires précédents avec l'oncle de sa première amie, le nain Grohadain.

« Et qui l'ocist, fait Hestors, et comment ? »

Et il li conte, tant que il antant et set que ce est li chevaliers qu'il ocist qant il rescout Synadoc de Vindesores, qui estoit cosins sa fame. Si pense mout durement que il fera, car il set bien que il avra la meslee se il s'an vient par lo cors. Et s'il s'an retorne, il li covanra a dire par son sairement qant il vanra a la cort lo roi Artu. [Si en crient estre honiz et qu'il em perde a estre compainz de la meson lo roi Artu.] Si dit a la parfin que ja Dex ne li aïst au jor que il s'an guanchira. Si se part atant do nain et s'an va avant par devant la biere et les salue. Et il ne dient mot. Et an ce que il passa outre, et les plaies au mort, qui ja puoient, s'escrievent a seignier. Et li nains commance a crier : « Prenez lo murtrier. Prenez lo murtrier. » Et antor la biere avoit chevaliers juque a vint, s'an i avoit de tex qui n'estoient mies armé et de tex qui estoient armé fors les chiés. Et li uns esgarde, si conut Hestor a ses armes, et dit : « An non Deu, cist ocist mon seignor. » Et il recomancent tuit a crier, si demandent lor armes cil qui armé n'estoient, et li armé demandent lor hiaumes et dient que morz est. Et il se lance loig anmi lo chanp et s'adrece au premier qui li vient et fiert, si qu'il lo porte a terre, si an abati trois ançois que ses glaives li brisast. Et com il est brisiez, si met la main a l'espee et se mesle a els mout durement. Et il sict sor un tel (*f. 144c*) cheval que il lo trove tel con il viaut trover meillor. Lors fu venuz li nains jusque a aus, si lor escrie que mar lor eschapera. Et il li corrent tuit sus, sel fierent amont et aval tant que mout l'ont navré. Et lors venoit tot lo chemin uns chevaliers erranz, et ancoste de lui si venoit une pucele.

– Qui l'a tué, reprend Hector, et comment cela s'est-il passé ? »

L'autre raconte, et ainsi Hector apprend de façon certaine qu'il s'agit du chevalier qu'il a tué quand il a secouru Synados de Windessore, et qui était un cousin de sa femme[1]. Il réfléchit intensément à ce qu'il va faire, car il sait bien qu'il devra se défendre contre plusieurs s'il avance jusqu'au mort ; et s'il fait demi-tour, il faudra qu'il le dise quand il sera revenu à la cour du roi Arthur, en vertu de son serment : il craint d'en être déshonoré et de perdre l'espoir d'être compagnon dans la maison du roi Arthur. Mais en fin de compte, il souhaite que Dieu l'abandonne le jour où il cherchera l'esquive. Il quitte donc le nain, s'en va devant la bière et salue les gens, qui ne lui répondent mot. Comme il allait passer, les plaies du mort, qui infestaient déjà, se rouvrent et se mettent à saigner[2].

« Saisissez le meurtrier, saisissez le meurtrier ! » s'écrie le nain.

Autour de la bière il y avait une vingtaine de chevaliers, les uns sans armes, les autres armés, mais sans leur heaume. L'un d'eux reconnaît Hector à ses armes et s'exclame à son tour :

« Par Dieu, cet homme a tué mon seigneur ! »

Et tous de se remettre à crier. Ceux qui n'avaient pas leurs armes les demandent, ceux qui étaient armés demandent leur heaume, en affirmant qu'Hector est mort. Mais celui-ci prend largement son élan, fonce sur le premier qui vient contre lui, frappe et l'envoie à terre, puis en renverse trois autres avant que sa lance ne se brise. Alors il empoigne son épée et les attaque durement. Il monte un *(f. 144c)* cheval qu'il découvre aussi bon qu'il peut le désirer. Le nain a fini par arriver jusqu'à eux et il leur crie qu'il leur arrivera malheur s'il leur échappe. Tous s'acharnent à revenir sur lui et à le frapper, tant et si bien qu'ils lui font force blessures. Mais voici qu'arrivait le long du chemin un chevalier errant, avec une jeune fille qui chevau-

---

1. Voir f. 135b et 136d.
2. La cruentation d'un cadavre en présence de son meurtrier est une croyance qui apparaît dans le roman arthurien avec l'*Yvain* de Chrétien de Troyes ; elle est attestée jusqu'au XVIIIe siècle, voir J. Delumeau, *La Peur en Occident* (XIVe-XVIIIe siècles), Paris, 2e éd., p. 104.

Et ce estoit li chevaliers que Hestors avoit vengié de la honte que Guinas de Blaqestan, li avoit faite, et la damoiselle que Hestors conduit au paveillom Guinas. Et tantost comme la damoiselle vit Hestor antre ses anemis, si dist a son ami qui a l'ancontre lor venoit :

« Ha ! sire, fait ele, ce est li chevaliers qui se combatié por vos a Guinas et se mist en aventure de mort por vengier vostre honte. Et il l'avront ja mort se vos ne li aidiez. »

« Comment ? Ce est il ? »

« Sire, fait ele, voires, sanz faille. »

« Certes, fait il, don n'a il garde. »

Lors vient avant et commande que tuit li chevalier se traient arieres. Et com il l'oent, si dient :

« Sire, font il, ce est cil qui vostre frere a mort. »

Et il se pasme tantost. Et li chevalier revienent a Hestor sus. Et la damoiselle se fiert antre aus et dit que ele les fera toz destruire, que ses amis l'a aseüré. Et lors revint ses amis de pasmoisons. Et ele dit que se il ne secort Hestor, il fera traïson. Et il lor commande, si chier com il ont lor cors, que il ne lo tochent plus. Ne il no font. Et il li dit :

« Sire chevaliers, comment avez vos non ? »

Et il li dit :

« J'ai non Hestor. »

« Hestor, fait il, vos oceïstes mon frere, et ge sai bien comment. Et d'autre part, vos avez tant fait por moi que ge ne puis estre fel ne desleiaus vers vos. Mais or vos an alez, car ci n'avez vos garde, mais an autre leu ne vos conduiroie ge mies. »

Et Hestors dit :

« Granz merciz, sire. »

Et Hestors s'an part. Et li nains dit, qui estoit plus maus que nus, que li chevalier sont mort se il ne volent faire ce que il lor anseignera. Et il li dient qu'il lo feront. Et il lor demande

chait à ses côtés ; c'était le chevalier qu'Hector avait vengé de la honte que lui avait infligée Guinas de Blanquestan, et c'était la demoiselle qu'il avait conduite à la tente de Guinas[1]. Dès que celle-ci vit Hector se débattre au milieu de ses ennemis, elle dit à son ami qui se dirigeait vers eux :

« Ah ! seigneur, c'est le chevalier qui s'est battu pour vous contre Guinas, et qui a risqué la mort pour venger votre honte. Ils vont le tuer si vous ne l'aidez pas !

— Comment ? C'est lui ?

— Oui, seigneur, sans aucun doute.

— Alors, en vérité, il n'a rien à craindre. »

En effet il s'approche et ordonne à tous les chevaliers de reculer.

« Mais seigneur, c'est celui qui a tué votre frère ! » s'écrient-ils.

À ces mots, il tombe évanoui ; les chevaliers reprennent leur assaut contre Hector ; mais la demoiselle se jette au milieu d'eux en disant qu'elle les fera tous mettre à mort, que son ami le lui a garanti. À ce moment celui-ci reprend conscience et elle lui dit que s'il ne porte pas secours à Hector, il commettra une trahison. Aussi leur enjoint-il, au prix de leur vie, de ne plus le toucher, et ils lui obéissent.

« Seigneur, demande-t-il alors au chevalier, quel est votre nom ?

— Hector.

— Hector, reprend l'autre, vous avez tué mon frère et je sais bien dans quelles circonstances ; mais d'un autre côté, vous m'avez tant obligé que je ne puis absolument pas être déloyal avec vous. Eh bien, allez-vous-en : ici vous n'avez rien à craindre, mais ailleurs, je ne vous prendrai pas sous ma protection.

— Grand merci, seigneur », lui dit Hector, qui reprend sa route.

Mais le nain, la plus méchante créature qui soit, dit aux chevaliers qu'ils sont morts s'ils ne veulent pas suivre ses instructions et ils lui promettent de l'écouter ; il leur demande

---

1. Voir f. 132b-134b.

un escuier, et il l'an baillent un. Et il l'anvoie a un trespas que il sot, et dit que li chevaliers va par la sanz faille, et illuec soit au devant, ce gart, et li demant o il voudroit aler. Et il li dira qe *(f. 144d)* an la terre de Norgales, que la va il. Et il li dira que il li manra mout bien. « Si lo menez jusque a la Fontainne a l'Ermite. » Et cil set bien ou ce est. « Et lors li dites que ce est la miaudre fontaine do siegle, et nus n'en puet boivre qui ne soit autresin fres et autresin sains comme s'il n'avoit onques aü mal ne dolor. Et il descendra. Si tost com il sera descenduz, et tu montes an son cheval et t'an va mout tost au Marés. Et il te sivra sanz faille, car il est mout preuz chevaliers. Et nos lo panrons, car Ladomas ne l'aseüre an nul leu o il aut mais. » Issi avoit non li chevaliers, et ses freres qui fu ocis avoit non Matraliez. « Mais porte, fait li nains, un pain o toi, si feras des sopes an la fontaine, que espooir li chevaliers ne manja hui, si mangeroit volentiers. »

Issi s'an part li escuiers, si com li nains li avoit dit, et ataint lo chevalier. Si li demande o il va. Et il dit que il voudroit estre en la terre de Norvales.

« Ha ! sire, vos n'alez mies bien, » fait li vallez.

« Et par ou i erai ge donc bien ? » fait Hestors qui de la traïson ne se gardoit.

« Ge vos i manrai mout bien, sire, » fait li traïtres.

Lors s'an vait avant et cil aprés. Issi ist hors de son chemin ferré et vont une viez voie herbue ne gaires antee. Et Hestors dit que il ne cuide mie que il aille bien, que ceste voie est trop viez.

« Sire, dist li escuiers, quele que ele soit, ele moine

alors un écuyer qu'ils lui donnent, et il envoie celui-ci se poster à un passage qu'il connaissait, en lui disant que le chevalier s'y dirigeait à coup sûr, qu'il devait prendre garde à y être avant lui et lui demander où il voulait aller ; sa réponse *(f. 144d)* serait la terre de Norgales, et il devrait lui dire qu'il saurait très bien l'y conduire.

« Menez-le alors jusqu'à la Fontaine de l'Ermite »

L'autre sait très bien où elle se trouve, et le nain continue :

« Dites-lui que c'est la meilleure fontaine du monde : personne ne boit de son eau sans être aussi frais et aussi bien portant que si jamais aucun mal ni aucune douleur ne l'avaient affecté. Il mettra pied à terre ; toi aussitôt, tu enfourches son cheval et tu t'en vas au plus vite au Marés. Il te suivra certainement, car il est plein de bravoure, et nous le ferons prisonnier car Ladomas ne le protège plus nulle part désormais (c'était le nom du chevalier, et son frère qui avait été tué, s'appelait Matralis[1]). Mais emporte un pain avec toi et tu feras des soupes[2] avec l'eau de la fontaine, car peut-être le chevalier n'a-t-il pas mangé aujourd'hui et mangerait-il volontiers. »

L'écuyer s'en va comme le nain le lui avait prescrit, rejoint le chevalier et lui demande où il va. Il répond qu'il voudrait être dans le pays de Norgales.

« Ah ! seigneur, vous n'êtes pas sur le bon chemin », dit l'écuyer.

— Par où faut-il donc aller ? » fait Hector, qui ne se méfiait pas de la trahison.

— Je vais vous y conduire sûrement », répond le traître.

Il prend donc les devants et l'autre le suit. Hector quitte ainsi le chemin ferré[3] qu'il suivait et ils en prennent un vieux, peu fréquenté, plein d'herbe. Hector lui dit qu'il ne pense pas qu'il ait raison, que cette voie est par trop délaissée.

« Seigneur, réplique l'écuyer, tout comme elle est, elle mène

---

1. Il s'agit du mort qui s'était mis à saigner devant Hector, son meurtrier.
2. Une *sope* est une tranche de pain trempée dans un liquide ; les chevaliers prennent parfois une *sope en vin* avant le tournoi.
3. Sur le *chemin ferré*, voir le tome I, p. 145, n. 1 et notre ouvrage, *Le Chevalier errant...*, p. 212, où nous avons montré qu'il désigne une voie plus ou moins large et fréquentée.

tot droit au grant chemin ferré. Mais vos l'avez mout loig laissiee. Et ge vos manrai, si qe vos i seroiz ja. »

Cil s'an va avant et Hestors aprés et chevauchent tant qu'il voient la Fontaine a l'Ermite. Cele fontaine avoit issi non, por ce que an une montaigne desus avoit un hermite qui d'autre aive ne bevoit. Et com il vienent a la fontaine, si li demande li escuiers :

« Sire, manjastes vos hui ? »

« Nenil voir, » ce dit Hestors.

« Sire, fait il, j'ai un pain et ge muir mout de fain. Et ja mar aüssiez vos que mengier, si devriez vos boivre, car c'est la plus saine fontaine et la plus merveilleuse qui soit an tote la Grant Bretaigne, que il n'est nus chevaliers (*f. 145a*) si malades ne si bleciez, se il an boit, que il ne reçoive santé por tot lo cors. Et por ce que vos ne manjates hui, si descendez, si mangerez deus sospes ou trois, que ge ne puis plus geüner. »

Tant dist li escuiers a Hestor que il descent. Et il li fait sospes an la fontaine. Et Hestors oste son hiaume et son escu por pandre a un chasne. Et li escuiers prant son destrier, si l'atache pres de la fontaine. Et Hestors muert de fain, si manjue mout volentiers. Et an ce que il manjue, li escuiers prant l'escu, si lo met a son col et prant lo hiaume et monte o bom cheval et s'an va atot. Et com Hestors lo voit, si set bien que il est traïz, et vient grant aleüre au roncin a l'escuier et saut sus et fiert aprés des esperons tant comme li roncins pot aler. Et cil s'an va tot lo troton tant que Hestors l'aproche. Et qant il est pres, si hurte des esperons, si l'esloigne grant piece.

Ensi s'an vont longuement tant que il vienent aprochant do chastel. Et ce est li chastiaus que li nains avoit dit a l'escuier que il [i] menast Hestor, si l'apeloit an les Marés por ce que il seoit an marés de totes parz. Li escuiers entre an la porte, et Hestors aprés, et il se fiert atot lo cheval an une maison et s'an va outre, que

directement au grand chemin ferré ; mais vous l'avez manqué[1] depuis longtemps, et moi je vais vous conduire de façon que vous y serez bientôt. »

Il continue donc, suivi par Hector, et à force de chevaucher ils finissent par apercevoir la Fontaine de l'Ermite. Elle s'appelait ainsi parce qu'elle était située au pied d'une colline où vivait un ermite qui ne buvait que de son eau. Une fois qu'ils y furent arrivés, l'écuyer lui demande :

« Seigneur, avez-vous mangé aujourd'hui ?

— Assurément non.

— Seigneur, j'ai un pain et je meurs de faim. Mais n'eussiez-vous rien à manger, il vous faudrait boire, car c'est la fontaine la plus salubre et la plus merveilleuse de toutes celles de la Grande-Bretagne : en effet, il n'y a pas de chevalier (f. 145a), si malade ou blessé soit-il, qui ne se trouve complètement guéri s'il en boit. Puisque vous n'avez pas mangé aujourd'hui, descendez de cheval et vous avalerez deux ou trois soupes, car moi, je ne puis jeûner plus longtemps. »

L'écuyer arrive à convaincre Hector, qui met pied à terre pendant que l'autre lui prépare des soupes près de la fontaine. Hector enlève son heaume et son écu, pour le suspendre à un chêne. L'écuyer s'occupe d'attacher son destrier tout près. Hector meurt de faim et il mange volontiers ; mais tandis qu'il mange, l'écuyer prend l'écu, le suspend à son cou, puis le heaume, enfourche le bon cheval et s'en va avec le tout. Hector comprend qu'il est trahi : il se précipite, enfourche le roncin de l'écuyer et à coups d'éperons il le fait aller le plus vite possible. L'écuyer file au trot, jusqu'à ce qu'Hector se rapproche, et quand celui-ci est près, il pique des éperons et le sème à bonne distance.

Ce manège dure longtemps, et ils finissent par arriver au château. Il s'agissait du château où le nain avait dit à l'écuyer de mener Hector : on l'appelait les Marés parce qu'il était situé en plein marécage. L'écuyer passe la porte, suivi d'Hector, puis il s'engouffre dans une maison avec le cheval et disparaît, si

---

1. L'édition d'A. Micha donne *laissié* ; le féminin *laissiee* de l'édition Kennedy pose un problème.

Hestors ne set qu'il est devenuz. Et Hestors descent, si va après l'escuier a pié an la maison. Mais il ne trueve nule rien vivant. Et il monte tot contramont uns degrez an une tor et voit illuec seoir un viel home d'aage et chenu et blanc, et vient devant lui, si lo salue. Et cil li rant ses saluz. Et cil li dit :

« Sire, faites moi randre mon cheval que uns vallez a amené çaianz, et mon escu et mon hiaume que il an a aporté autresin. »

Et li prodom li demande qui il est. Et il dit que il est uns chevaliers de la maison lo roi Artu. Et a ces paroles entra laianz li escuiers et avoc lui serjant et chevalier pres de cinc, toz armez. Et il dit au seignor :

« Sire, vez ci lo vallet qui mon cheval an a amené en lar(f. 145b)recin et mauvaisement comme desleiaus. »

« Ainz l'an ai amené, fait li escuiers, tot a droit, que l'an ne doit a murtrier porter nule foi ne nule leiauté, et tex iestes vos. » Puis dit au seignor : « Sire, ce est cil qui ocist Mataliz, vostre fil, an murtre et desleiaument. »

Et con Hestors l'ot, si ot grant duel et grant honte. Et met la main a l'espee et laise corre a l'escuier, sel fiert parmi la teste, si qu'il lo fant jusque a l'espaule. Et com il a ce fait, si saut arieres et voit o chief de la tor pandre un escu a un croc, si fiert de l'espee et cope la guige. Et li escuz chiet, et il lo prant, si se desfant durement vers aus qui l'asaillent. Et li sires, qui viauz hom estoit, en avoit mout grant pitié, car il estoit mout navrez nes ançois que il antrast laianz. Si saut sus de la chaiere ou il estoit, si vient a Hestor et commande que il se rande, et dit a ses genz que il se traient arrieres. Et il si font. Et Hestors li dit :

« Sire, commant me randrai gié ? »

« An ma merci, » fait li sires.

« An non Deu, fait Hestors, ce ne ferai ge mies, car ge ne sai quele vostre merci seroit. Mais ge me randrai par covant que il me laise a eslaiauter vers cels qui me voudront prover que ge vostre fil ocis an murtre ne an traïson. »

A ces paroles hurtent cil as portes qui lo cors aportoient,

bien qu'Hector ne sait ce qu'il est devenu. Celui-ci descend de sa monture et derrière l'écuyer, il entre à pied dans la maison ; mais il ne trouve absolument personne ; il gravit jusqu'en haut l'escalier d'une tour, trouve un vieil homme assis, aux cheveux blanchissants, s'approche et le salue. L'autre lui rend son salut et Hector lui dit :

« Seigneur, faites-moi rendre mon cheval qu'un écuyer a amené ici, avec mon écu et mon heaume qu'il a aussi emportés. »

Le vieillard lui demande qui il est.

« Un chevalier de la maison du roi Arthur », répond-il. Là-dessus, l'écuyer entre dans la pièce, accompagné de sergents et d'environ cinq chevaliers, tous armés.

« Seigneur, fait Hector, voici l'écuyer qui m'a dérobé mon cheval *(f. 145b)*, comme un malhonnête et un traître.

— Non, fait l'écuyer, je l'ai pris en toute justice, car envers un meurtrier, on n'a aucun devoir de fidélité ni de loyauté, et vous êtes un meurtrier. Seigneur, continue-t-il en s'adressant au maître des lieux, c'est lui qui a tué votre fils Matralis, volontairement et perfidement. »

Ces paroles remplissent Hector de colère et de honte ; il empoigne son épée, bondit sur l'écuyer et lui pourfend la tête jusqu'à l'épaule ; cela fait, il saute en arrière, aperçoit au bout de la tour un écu suspendu à un croc et d'un coup d'épée, il coupe la guige ; l'écu tombe et il s'en saisit pour se défendre avec acharnement contre ceux qui l'attaquent. Mais le seigneur, en raison de son âge, est pris d'une grande pitié : Hector avait maintes blessures, avant même d'entrer dans ces lieux. Il quitte précipitamment le siège où il se trouvait, s'approche d'Hector et lui intime de se rendre, tout en faisant retirer ses gens en arrière.

« Seigneur, comment faudra-t-il me rendre ? lui demande Hector.

— En ma merci, fait le seigneur.

— Par Dieu, je ne le ferai pas, car je ne sais pas quelle pourrait être votre merci. Je me rendrai à condition qu'il me soit permis de me justifier contre ceux qui voudront prouver que j'ai tué votre fils volontairement et traîtreusement. »

Tandis qu'il disait ces mots, ceux qui apportaient le corps

si vient avant Ladamas. Et com il fu montez an la tor et il vit Hestor, si fu mout a malaise, car il cuidoit qu'il nel poïst mie bien garantir a sa volenté.

« Haï ! fait il, Hestor, por coi venistes vos ci ? »

« Sire, ce me fist uns traïstres qui mon cheval m'anbla. »

Lors cort li sires a Ladomas, son fil, si a mout grant joie de ce que il lo trove vif.

« Ha ! sire, [fait] Ladomas, n'ociez pas ce chevalier, car ge fusse morz pieç'a s'il ne fust. »

Et la damoisele commance a plorer. Et li sires dit que il se rande, et il ne volt.

« Randez vos, Hestor, a *(f. 145c)* mon seignor, » fait Ladamas.

Et Hestor dit que il ne li loeroit rien que il ne feïst, si rant au seignor s'espee. Et il la prant. Et lors s'an vont tuit li chevalier et li serjant. Et an couche Ladomas an une couche. Et an fait Hestor desarmer, si lo fait Ladomas enserrer an une chambre, que ses genz ne lo voient ne il ne ses peres, car il i porroit avoir aucun fol vers cui no porroit mies garantir. Sel metent an la chanbre par sa fiance que il ne se movra sanz lo congié au seignor.

Atant est descendue la biere an la cort, si recommance li diaus trop granz. Et fu aportez li cors anmi la sale, si furent mandé li clerc et li prevoire por faire son servise si com an doit faire a cors, car li sires l'avoit fait aporter de deus jornees loig, por ce que il voloit que il ne fust anterrez s'an ce chastel non. Et se il ne fust si viauz hom com il estoit, riens ne poïst garantir Hestor que il ne l'oceïst. Mais il ne beoit mais que a s'ame sauver. Si lo reconfortoit mout ce que Hestors avoit fait por Ladomas, son fil, car il s'estoit combatuz por lui a Guinas.

Ensi est Hestors an la chambre, si a qanque mestiers li est. Et la damoiselle por cui il se conbati a Guinas li fait compaignie qant ele i puet eschaper. Et l'andemain metent Mataliz an terre. Si ne porroit nus si grant duel deviser

heurtent aux portes, avec Ladomas qui prend les devants ; arrivé en haut de la tour, il aperçoit Hector et l'angoisse le saisit, car il ne croit pas pouvoir lui assurer toute la protection qu'il voudrait.

« Hélas ! Hector, pourquoi êtes-vous venu ici ? fait-il.
— Seigneur, c'est la faute d'un traître, qui m'a dérobé mon cheval. »

Mais le seigneur court au-devant de son fils Ladomas, tout heureux de le revoir vivant.

« Ah ! seigneur, fait Ladomas, ne tuez pas ce chevalier, car sans lui, il y a un moment que je serais mort. »

La demoiselle, de son côté, se met à pleurer. Le seigneur lui dit encore de se rendre, mais en vain.

« Hector, rendez-vous (*f. 145c*) à mon seigneur », intervient Ladomas.

Alors Hector dit qu'il ne saurait rien lui conseiller qu'il ne fasse et il remet au seigneur son épée, que l'autre prend. Là-dessus, tous les chevaliers et les sergents s'en vont et l'on prépare un lit pour Ladomas ; l'on fait aussi désarmer Hector, que Ladomas enferme dans une chambre ; ni lui ni son père ni ses gens ne peuvent le voir, car il pourrait y avoir un fou, dont lui, Ladomas, ne pourrait le protéger ; il est donc mis dans une chambre, après avoir juré qu'il ne bougera pas sans la permission du seigneur.

Là-dessus, on décharge la bière dans la cour, et le deuil recommance, très fort. Le corps fut apporté au milieu de la salle, on fit venir les clercs et le prêtre pour le service funèbre, comme on doit le faire pour une dépouille mortelle : le seigneur l'avait fait chercher à deux jours de voyage, car il ne voulait que ce château comme lieu de sépulture. S'il n'avait pas été aussi vieux, rien n'aurait pu l'empêcher de tuer Hector ; mais il n'aspirait qu'à sauver son âme ; ce qui le consolait grandement aussi, c'est ce qu'Hector avait fait pour son fils Ladomas, en se battant pour lui contre Guinas. Hector demeure donc dans la chambre, avec tout ce dont il a besoin. La demoiselle pour laquelle il s'était battu contre Guinas lui tient compagnie quand elle peut s'échapper jusque là. Le lendemain on enterre Matralis. Personne ne saurait décrire le grand deuil que menè-

de tant de gent com il ont fait de lui. Et Hestors meesmes en a ploré. Or est Mataliz an terre. Si se taist ci li contes et de lui et d'Estors, que plus n'an parole a ceste foiz, ainz retorne a Galehot et a son compaignon qui mout menoient belle vie se il aüssient avoc aus les riens que il plus amassent. Mais ce ne puet mies estre, car trop sont esloignié li uns des autres. Ne celles n'ont mies mains mal que il ont.

Ci androit dit li contes que Lanceloz est si malades que il ne boit, ne ne menjue se petit non, ne ne dort. Et mout en est Galehoz *(f. 145d)* a malaise de lui, que trop lo voit au desoz. Si li demande que il a. Et il dit que il set de voir qu'il se muert. Et cil li dit :

« Biau dolz compainz, se vos pooiez ma dame veoir, don ne seriez vos plus a aise ? »

« Sire, fait il, ge cuit que oïl. »

« An non Deu, fait Galehoz, ge porchacerai que vos la verroiz. »

« Sire, fait Lanceloz, et comment porroit ce estre ? »

« Jel vos dirai bien, fait Galehoz. Nos manderons a ma dame que ele nos oblie trop, car nos ne la veïmes des l'antree de mai et nos somes ja an yver, et que ele face tel chose par coi nos la puissiens veoir. »

« Ha ! sire, fait Lanceloz, por Deu, merci. Ge cuit

rent pour lui tant de gens. Hector lui-même pleura. Voilà donc Matralis en terre.

Le conte se tait ici sur lui et sur Hector ; il n'en parle plus pour l'instant, mais retourne à Galehaut et à son compagnon, qui avaient une existence très heureuse, si du moins ils avaient eu avec eux les personnes qu'ils aimaient le plus. Mais c'était impossible, car entre eux, la distance était trop longue. De leur côté, ces personnes ne souffraient pas moins qu'eux-mêmes.

CHAPITRE LXI

Lionel messager de Galehaut et de Lancelot auprès de la reine

Ici le conte rapporte que Lancelot est si malade qu'il peut à peine boire ou manger et qu'il ne dort plus. Galehaut en est très *(f. 145d)* affecté, car il le voit bien bas. Il lui demande ce qu'il a, et Lancelot répond qu'il sait bien qu'il est en train de mourir.

« Bien cher compagnon, lui demande Galehaut, si vous pouviez voir ma dame, n'iriez-vous pas mieux ?

— Seigneur, je crois que si.

— Par Dieu, reprend Galehaut, je ferai en sorte que vous la voyiez.

— Seigneur, comment cela se pourrait-il ?

— Je vais bien vous le dire. Nous ferons savoir à ma dame qu'elle nous oublie par trop : nous ne l'avons plus vue depuis le début de mai et nous sommes déjà à la saison froide[1] ; qu'elle s'arrange pour que nous puissions la voir.

— Ah ! seigneur, fait Lancelot, grâce, par Dieu ! Je crois que

---

1. L'ancien français ne distingue souvent que deux saisons, l'*esté* (la saison chaude, comprenant le printemps et l'été), l'*iver* (la saison froide, comprenant l'automne et l'hiver). Nous sommes en septembre, voir f. 149a.

ma dame a si leial et a si vaillant que, se il poïst estre, mout volantiers nos veïst, mais ele ne puet. Ge ai mout grant paor qu'il [l]i annuist, et ge voudroie miauz estre morz. Et assez miauz ameroie soffrir mon mal tant com ge porroie durer, car ge ne dur se par li non, ne ge n'i perdroie mies tant com ele feroit se ge moroie. Et neporqant, ansin comme vos l'atorneroiz, si sera. »

« Or ne vos esmaiez mies, dist Galehoz, car de son corroz vos aseür ge tot. »

« Sire, dist Lanceloz, comment lo savra ele ? »

« Nos i anvoierons Lyonel, vostre cosin, et ge li savrai bien enchargier vostre message. »

Lors apelle Lyonel, si li dit :

« Lyonel, tu t'an iras a madame [la roine et si li diras a conseill, qe il ne l'oie que toi et ele. Et sez tu qe tu feras. Tu enqerras ou li rois Artus est, et si demanderas la dame] de Malohaut [et li diras que cil qui est toz suens, Galehoz des Lointaignes Illes, la salue, et que ge li envoi a enseignes cest anelet qe ele me dona l'endemain qe ele m'ot s'amor donee, et ge a li la moie, et qe ele a cez enseignes te croie de ce que tu li diras de par moi. » Lors li conte Galehoz grant partie de plusors choses qui avoient esté entre Lancelot et la reine, et l'acointement de lor amors. « A cez enseignes diras a la dame de Malohaut] que ele te face parler a tote la flor de dames qui sont, et si fera ele mout volentiers. Or si garde que tu soies mout preuz et mout saiges et mout bien afaitiez, car tu iras devant la rose et devant la valor des dames do monde. Et se ele te demande qui tu ies, tu li diras que tu ies filz lo roi Bohort de Gaunes et coisins Lancelot jermains. Et se ele te demande que fait ses amis, si li di que il ne puet mies bien faire qant il ne la voit. Et li di que ele nos a plus oblié que nos n'avons deservi, et que ele preigne conroi hastif comment nos la puissiens veoir, se ele velt avoir merci des deus plus mesaaisiez qui soient. »

Totes les paroles que Galehoz pot panser de bien

ma dame est si loyale et si excellente que, si cela avait été possible, elle nous aurait vus très volontiers ; mais il y a un empêchement. J'ai grand peur que cette démarche la fâche et je préférerais être mort, ou plus encore supporter mon mal aussi longtemps que possible, car je ne maintiens ma vie que par elle et d'ailleurs je ne perdrais pas autant qu'elle si je mourrais. Toutefois, il en sera ainsi que vous en disposerez.

— Ne vous inquiétez pas, fait Galehaut, car je vous garantis absolument qu'elle ne sera pas irritée contre vous.

— Seigneur, reprend Lancelot, comment saura-t-elle ce que nous avons à lui dire ?

— Nous lui enverrons votre cousin Lionel et je me charge bien de lui confier votre message. »

Il fait donc venir Lionel et lui dit :

« Lionel, tu vas aller trouver madame la reine et tu chercheras à avoir un entretien secret avec elle. Sais-tu comment tu feras ? Tu t'informeras pour savoir où est le roi Arthur ; tu demanderas la dame de Malehaut et tu lui diras que celui qui est tout à elle, Galehaut des Iles Lointaines, la salue ; que je lui envoie à titre de preuve ce petit anneau qu'elle m'accorda le lendemain du jour où elle me donna son amour et où je lui donnai le mien ; que, sur ce gage, elle croie le message que tu lui apportes de ma part. »

Galehaut le met alors au courant d'une grande partie de tout ce qu'avaient vécu Lancelot et la reine, et de leur entente amoureuse.

« Avec cette preuve, tu demanderas à la dame de Malehaut qu'elle te fasse parler à la fleur des dames de ce monde, et elle le fera très volontiers. Prends donc bien garde d'être convaincant, avisé et de bien te tenir, car tu te trouveras devant la rose et l'excellence des dames de ce monde. Si elle te demande qui tu es, tu lui diras que tu es le fils du roi Bohort de Gaunes et le cousin germain de Lancelot. Si elle te demande comment va son ami, dis-lui qu'il ne peut aller bien quand il ne la voit pas ; ajoute qu'elle nous a oubliés plus que nous ne l'avons mérité et qu'elle s'arrange rapidement pour que nous puissions la voir, si du moins elle veut prendre en pitié les deux êtres les plus malheureux qui soient. »

Tous les bons arguments que Galehaut put imaginer, il les

charja Lyonin. Et il dit que il li dira mout *(f. 146a)* bien qanque il li avoit anjoint sanz rien entrelaissier. Lors prist congié.

« Or t'an va, fait Galehoz, et garde sor les iauz que tu no dies a nul home crestien a cui tu ies, ne o tu vas, car tu nos avroies morz, et toi honi. »

Et cil dit que ja mar en avront garde, car il se lairoit ançois les iauz sachier. Atant s'an va Lyoniaus et aquiaut la voie droit a la cort lo roi Artu. Mais or se taist li contes de Galehot et de Lancelot et del vallet et revient a monseignor Gauvain.

Or dit li conte que qant messires Gauvains se fu partiz do chevalier a cui il ot lo braz brisié, et il l'ot laissié an la Lande do Carrefor avoc la damoiselle qui portoit l'escu a la cort lo roi Artu, si esra tote jor tant que il vint an la riviere do chief qui la forest departoit. Et chevauche sor la riviere tant que il avespri mout durement. Et il esgarde sor la riviere un home a destre, vestu de robe blanche, et s'en aloit mout grant aleüre. Et messires Gauvains voit que la nuiz aproche, et il ne manja hui, et la forez est granz et perilleuse et plaine de desleiauté, si fiert aprés l'ome blanc des esperons. Et cil l'ot venir, si l'esgarde et voit que il est chevaliers. Si l'atant et oste lo chaperon blanc de sa teste que il i avoit, si l'ancline et dit : « Bienveigniez. » Et messires Gauvains cuide qu'il soit prestres o hermites, si descent et li demande se il est hermites. Et il dit que nenil, mais il est clers.

confia à Lionel. Celui-ci lui répondit qu'il aurait grand soin (*f. 146a*) de dire tout ce qu'il lui avait prescrit, sans rien omettre, et il prit congé.

« Va donc, lui fait Galehaut, et prends garde, comme s'il s'agissait de tes yeux, à ne pas dire à un seul chrétien à qui tu es ni où tu vas, car tu causerais notre mort et ton déshonneur. »

Lionel répond qu'ils n'auront pas à s'inquiéter, qu'il se laisserait plutôt arracher les yeux. Il se met en route et va directement à la cour du roi Arthur. Mais le conte se tait maintenant sur Galehaut, Lancelot et le jeune homme et revient à monseigneur Gauvain.

CHAPITRE LXII

Aventures de Gauvain.
La fille du roi de Norgales

Selon le conte, quand monseigneur Gauvain eut quitté le chevalier auquel il avait cassé le bras et qu'il avait laissé dans la Lande du Carrefour avec la demoiselle qui portait l'écu à la cour du roi Arthur, il chemina toute la journée et finit par arriver à l'extrémité de la rivière qui partageait la forêt. Il la longe jusqu'à ce qu'il soit très tard. Il remarque alors sur la droite un homme vêtu d'une robe blanche, qui marchait très vite. Comme la nuit approchait, qu'il n'avait pas mangé de la journée, que la forêt était grande, dangereuse et pleine de pièges, il éperonne pour rejoindre l'homme blanc. L'autre l'entend venir, le regarde et voit qu'il est chevalier; il l'attend donc, enlève le chaperon blanc qu'il avait sur la tête, s'incline et lui dit :

« Soyez le bienvenu ! »

Monseigneur Gauvain pense qu'il est prêtre ou ermite; il met donc pied à terre et lui demande s'il est ermite. L'autre répond que non, qu'il est clerc.

« Et ou alez vos ? » fait messires Gauvains.

« Sire, fait il, ge vois a un hermite ci pres, [car je sui clers a l'ermite, si m'envoia ci pres] a un chastel que l'an apelle Leverzerp. Et ge me hast mout, car il ne chantera vespres jusque g'i soie. »

« Comment ? fait messires Gauvains ; ge cuidoie que an ceste forest n'aüst que un hermitage. »

« Sire, fait il, si a trois : l'Ermitage do Carrefor ; et celui que l'an claimme l'Ermitage Repost, por ce que il est ou plus sauvage leu que vos onques veïssiez ; [li tierz ermitage] apelle l'an l'Ermitage de la Croiz, car la o il est, ce dient li encien home, fu asise la premiere croiz qui onques fust (*f. 146b*) an la Grant Bretaigne ne an totes les contrees deça la grant mer. »

« Et li chastiaus, fait messires Gauvains, don vos venez, est il auques pres ? »

« Sire, fait li clers, certes, il i a bien deus liues anglesches. »

« Et quel part est il ? » fait messires Gauvains.

« Sire, fait il, ça. » Si li mostre sor senestre.

« Se ge la, fait messires Gauvains, aloie, ge me tordroie trop. Et ci pres a il nul recest ? »

« Nenil, dist li clers, sire, car ceste terre est tote destruite de la guerre au roi de Norgales et au duc de Cambenic. Ancor atendent il or au chastel do ge vaign la gent au roi de Norgales a lo matin. Mais se vos me volez croire, vos en venrez avoc moi a l'ermitage et vos i serez bien herbergiez annuit. »

« Certes, fait messires Gauvains, donc i erai ge, puis que vos lo me loez. Mais or montez derriés moi, si irons plus tost. »

« Sire, fait il, ge n'i monteroie an nule fin, car ge irai autresi tost com vostre chevaus porra aler onques plus tost l'anbleüre. »

« Et où allez-vous ? fait monseigneur Gauvain.

— Seigneur, je vais tout près d'ici, chez un ermite dont je suis le clerc ; il m'a envoyé à un château voisin qu'on appelle Loverzerp. Je cours, parce qu'il ne chantera pas vêpres avant que j'y sois.

— Comment, dit monseigneur Gauvain, je croyais qu'il n'y avait qu'un ermitage dans cette forêt.

— Seigneur, il y en a trois : l'Ermitage du Carrefour ; celui que l'on appelle l'Ermitage Caché, parce qu'il se trouve dans l'endroit le plus sauvage qu'on ait jamais vu ; et le troisième, qu'on appelle l'Ermitage de la Croix, car les anciens disent que sur son emplacement fut plantée la première croix apparue (*f. 146b*) en Grande-Bretagne et dans l'ensemble des pays qui nous séparent de la vaste mer[1].

— Et le château d'où vous venez, reprend monseigneur Gauvain, est-il proche ?

— Seigneur, il y a bien deux lieues anglaises.

— De quel côté se trouve-t-il ?

— Seigneur par là », et le clerc lui montre la gauche.

« Si j'y allais, fait monseigneur Gauvain, je me retarderais trop. Près d'ici, n'y a-t-il pas quelque manoir ?

— Non, seigneur, répond le clerc, car cette terre se trouve dévastée par la guerre que se livrent le roi de Norgales et le duc de Canbenic. Ceux du château d'où je viens attendent pour demain matin les troupes du roi de Norgales. Mais si vous voulez m'en croire, vous viendrez avec moi à l'ermitage et vous y serez bien accueilli pour la nuit.

— Certes, je m'y rendrai donc, puisque vous me le conseillez. Mais montez donc derrière moi, nous irons plus vite.

— Seigneur, je ne monterais à aucun prix, car j'irai aussi vite que votre cheval lancé à l'amble[2] la plus rapide. »

---

1. La *Grant Bretaigne* (ou *Bretaigne*) est le royaume d'Arthur ; l'homme de religion évoque une christianisation étendue aux pays voisins jusqu'à la mer, la Cornouailles, le pays de Galles, etc.

2. L'*ambleüre* est l'allure du cheval qui avance en même temps les deux jambes du même côté. Au Moyen Âge, elle pouvait être lente ou rapide, alors qu'aujourd'hui l'amble correspond à une allure douce et modérée.

Et lors remonte messires Gauvains, et li clers va avant mout grant aleüre, et messires Gauvains aprés, tant que il vient a l'ermitage. Si apele li clers. Et li ermites li ovre l'uis. Et qant il voit lo chevalier, si li fait mout grant joie et lo moine dedanz sa maison. Et li autres prant lo cheval, si l'estable mout bien. Puis vint arrieres, si desarme monseignor Gauvain. Et qant il est desarmez, si va li hermites chanter vespres, et messires Gauvains les va oïr. Et qant il revindrent de vespres, si fist li hermites atorner a mengier ce que il pot avoir comme chiés hermite a mout grant haste. Et ce fu a un venredi, ce dit li contes. La nuit, aprés soper, demanda li hermites a monseignor Gauvain qui il estoit. Et il li dit que il estoit do reiaume de Logres.

« Sire, fait il, iestes vos de la maisnie lo roi Artu ? »

« Oïl, » fait il.

« Sire, fait il, dont cuit ge bien que li rois vos envoia ça por lo descort qui est entre mon seignor lo duc de Cambenic et lo roi de Norgales. »

« Certes, fait messires Gauvains, onques por ce n'i vin, ainz quier un chevalier que onques n'oï nomer. *(f. 146c)* Ne vos n'en mantiroie ge mies. »

« Sire, fait li hermites, fustes vos onques acointes do duc, mon seignor ? »

« Ge nel vi onques, » fait messires Gauvains.

Et li hermites lo commance a regarder, si li senble estre de mout grant proece, si li dit :

« Sire, puis que vos iestes de la maisnie lo roi Artu, si me dites vostre non, car j'ai oï dire que tozjorz sont li plus prodome do monde an maison lo roi Artu. »

« Et qui lo vos dist ? » fait messires Gauvains.

« Sire, ge ai aü ceianz un mien seignor, un mien compaignon, un chevalier. Et lo vi de mout grant religion, tant que grant angoisse do siegle l'an fist issir ; car il avoit un suen fil que uns suens voisins desheritoit, et li avoit

Monseigneur Gauvain remonte donc en selle et suit le clerc qui prend les devants à toute allure ; il arrivent ainsi à l'ermitage. Le clerc appelle et l'ermite lui ouvre la porte. À la vue du chevalier, il manifeste une grande joie et le fait entrer dans sa maison ; le clerc prend le cheval et l'étable fort bien ; puis il revient et désarme monseigneur Gauvain. Quand il a fini, l'ermite va chanter les vêpres et monseigneur Gauvain va les entendre. Au retour, l'ermite s'empresse de faire préparer ce qu'on peut trouver à manger chez un ermite. C'était un vendredi, selon le conte. La nuit tombée, après souper, l'ermite demande à monseigneur Gauvain qui il est. Il lui répond qu'il est du royaume de Logres.

« Seigneur, dit-il encore, êtes-vous de la maison du roi Arthur ?

— Oui, fait-il.

— Alors, seigneur, je crois bien que le roi vous a envoyé ici pour régler le conflit entre mon seigneur le duc de Canbenic et le roi de Norgales.

— En vérité, je ne suis pas du tout venu pour cela, mais je suis en quête d'un chevalier dont je n'ai jamais entendu le nom. *(f. 146c)* Je ne saurais vous mentir là-dessus[1].

— Seigneur, reprend l'ermite, avez-vous été en relation avec le duc, mon seigneur ?

— Je ne l'ai jamais vu, répond monseigneur Gauvain. »

L'ermite se met alors à le regarder ; il lui semble plein de bravoure et il lui dit :

« Seigneur, puisque vous êtes de la maison du roi Arthur, dites-moi votre nom ; j'ai entendu rapporter en effet que les plus braves du monde sont toujours de la maison du roi Arthur.

— Qui vous a dit cela ? fait monseigneur Gauvain.

— Seigneur, j'ai eu ici comme maître et compagnon un chevalier. Il a été un religieux très dévot jusqu'à ce que la pression du monde lui fasse abandonner cet état ; car il avait un fils, qu'un voisin cherchait à priver de son héritage et qui lui avait

---

[1]. Ceci est en contradiction avec la révélation que lui a faite la reine, sous le sceau du secret et ce que Gauvain dit après. Mais, selon E. Kennedy, cette leçon est attestée par tous les manuscrits.

tote sa terre tolue fors une sole tor que il avoit, mout fort. Illuec se t[en]oit ancor ses genz. Et cil qui lo guerroioit estoit trop fiers chevaliers, qui estoit apelez Segurades, an cele issue de Bretaigne delez Roestoc pres de la riviere de Saverne. Qant li fiz vit que il ot tot perdu, si ne sot que faire se il ne s'an fuioit, car il vit que tuit si ome li estoient failli por la dote de ce merveillox chevalier. Si vint çaianz a son pere, qui avoit non Aliers, si avoit esté, ce dient les genz, de merveilleusse vertu et mout bons chevaliers. Et li filz dit a son pere que il s'an fuiroit. Et il avoit non Marez. Comme li peres lo vit an tel angoisse, si l'an tranbla li cuers, car totevoies iere il hom charnex. Si s'an conseilla a moi que il an feroit. Et ge li dis que ge ne l'an savroie conseillier. Et il me dist : « Maistre, donc n'est cil qui destruit ceste vie sanz forfait pers a Sarazins ? » Et ge dis que nus n'estoit an ceste vie pires que Sarrazins, et se ge aloie outremer sor les destruieors de la crestienté, il me seroit a bien jugié, car puis que ge suis crestiens ge doi estre vangierres a mon pooir de la mort Jhesu Crit. « Donc irai ge mon fil vangier, qui crestiens est, si li aiderai ancontre ces qui sont an leu de mescreanz. » Si me mostra ceste raison. Issi parti de çaianz atote la robe de religion et dit que la robe ne lairoit il pas. Et il parloit mout de la maison lo (f. 146d) roi Artu et disoit que il en avoit esté lonc tans. »

« An non Deu, fait messires Gauvains, il disoit voir. Et qant ce fu, fait il, que il s'an ala ? »

« Sire, fait li hermites, aprés Pasques droit, si an ai puis assez oï novelles, car il a puis sa guerre traite a fin, si doit par tans revenir. Si m'anseigna que ja chevalier n'acointasse, ne çaianz ne aillors, cui ge ne demandasse son non se ge an avoie loissir. Et le leisir an ai ge bien, si vos requier lo vostre non, que vos lo me nomez. »

Et messires Gauvains li dit que ses nons ne fu onques celez.

déjà pris toutes ses possessions, excepté une seule forteresse, très puissante, où se tenaient encore ses gens. Celui qui lui faisait la guerre était un chevalier redoutable, appelé Ségurade, dans cette région frontière avec la Bretagne, près de Roestoc, non loin de la Saverne. Quand le fils vit qu'il avait tout perdu, il ne sut que faire à moins de s'enfuir, car il constatait que tous ses hommes lui faisaient défection, dans la crainte que leur inspirait cet étonnant chevalier. Il vint donc ici trouver son père, qui avait pour nom Alier, et qui avait été, disait-on communément, un très bon chevalier, d'une merveilleuse efficacité. Le fils, qui s'appelait Maret, dit à son père qu'il allait prendre la fuite. Le père le voyant ainsi torturé, fut bouleversé, car il restait un homme de chair. Il prit conseil de moi sur ce qu'il pourrait faire, mais je lui dis que je ne saurais lui donner un avis. Alors il poursuivit :

« Maître, celui qui sème la ruine ici-bas sans qu'on lui ait fait tort n'est-il pas l'équivalent d'un Sarrasin ? »

Je lui répondis qu'il n'y avait pas pis au monde que les Sarrasins, et que si j'allais outremer combattre les destructeurs de la chrétienté, cela me serait compté comme un mérite : en effet, puisque je suis chrétien, il me faut, selon mes possibilités, venger la mort de Jésus-Christ.

« Par conséquent, j'irai venger mon fils, qui est chrétien, et je lui porterai secours contre ceux qui tiennent le rôle des infidèles. »

Tel fut son raisonnement avec moi. Il quitta ces lieux avec ses vêtements religieux, disant qu'il n'y renonçait pas. Et il parlait aussi beaucoup de la maison du *(f. 146d)* roi Arthur, dont il précisait qu'il avait fait longtemps partie.

– Par Dieu, s'écrie monseigneur Gauvain, il disait vrai. Mais quand donc s'en est-il allé ?

– Seigneur, lui répond l'ermite, tout de suite après Pâques ; depuis j'ai eu souvent de ses nouvelles, car il a mené à bien sa guerre et il doit bientôt revenir. Mais il m'a appris à ne jamais me lier avec un chevalier, ici ou ailleurs, sans lui demander son nom si j'en avais la possibilité. C'est bien le cas à présent, aussi vous demandé-je de me dire votre nom. »

Monseigneur Gauvain lui répondit qu'il ne l'avait jamais caché.

« Ne a vos ne lo celerai ge mies, cui que ge lo celasse. Ge ai non Gauvains, li niés au roi Artu. »

« Ha! sire, fait li hermites, sor toz les autres chevaliers soiez vos bienvenuz, car si devez vos bien estre. Et mout me poise qant nos ne vos poons plus faire d'anor. Mais Dex vos an face, car toz li siegles dit bien de vos. An quel terre iroiz vos et par ou ? »

« Ge voudroie estre, fait Gauvains, an la terre Galehot, lo fil a la Jaiande. »

« Et savez vos bien que il i est ? »

« Certes, fait messires Gauvains, nenil. »

« Et, biaus sire, la que feroiz vos ? »

« Gel vos dirai, fait messires Gauvains : ge quier tot lo meillor chevalier do monde que l'an sache, jone bacheler, que l'an cuide que il soit avoc lui. »

« Et coment a il non ? » fait li hermites.

« Sire, fait messires Gauvains, il a non Lanceloz do Lac. »

Et li hermites se taist une piece, et puis si dit :

« Sire, or vos an doint Dex bien esploitier. »

Et lors commance [li clers] a parler de la guerre lo duc de Canbenic et do roi de Norgales, si dit a l'ermite que au chastel de Leverzep devoit lo matin venir les genz lo roi. Et li dus i estoit atot son effort. Mais mout a, ce dient, de la plus chevaliers. Et lors demande messires Gauvains li quex a tort de ceste guerre. Et li hermites dit : « Li rois, car il ferma, ce dit, an la terre lo duc un chastel mout fort, tant con messires li dus fu ou servise lo roi Artu, tant que il l'a perdu. Et messires li dus l'a doné a un mout bon chevalier por ce que il avoit tolue au roi sa fille. » Et lors set bien messires Gauvains que c'est li chastiaus Angrevain. Et lors demande messires Gauvains li qex (*f. 147a*) a lo meillor de la guerre. Et il dit que li dus en a lo plus bel, se ne fust uns suens filz, mout biaus valez, qui an a esté morz, don li diaus a esté mout granz an cest païs. « Onques tel ne veïstes. Et li vallez estoit mout biaus et mout

« Et si je devais le faire, ce n'est pas à vous que je le cacherais. Je m'appelle Gauvain, je suis le neveu du roi Arthur.

— Ah! seigneur, s'écrie l'ermite, plus que tous les autres chevaliers, soyez le bienvenu, vous le méritez bien. Je suis confus que nous ne puissions vous faire plus d'honneur. Mais que Dieu y pourvoie, car le monde entier dit du bien de vous. Vers quelle terre vous dirigez-vous et par où ?

— Je voudrais être, fait Gauvain, dans la terre de Galehaut, le fils de la Géante.

— Êtes-vous sûr qu'il y est ?

— Non, en vérité.

— Alors, cher seigneur, qu'allez-vous faire là ?

— Je vais vous le dire, répond monseigneur Gauvain : je quête le meilleur chevalier que l'on connaisse au monde, un jeune bachelier : on pense qu'il est avec lui.

— Quel est son nom ? demande l'ermite.

— Seigneur, il s'appelle Lancelot du Lac. »

L'ermite reste silencieux un moment et puis il déclare :

« Seigneur, que Dieu vous accorde de réussir ! »

Sur ce, le clerc se met à parler de la guerre entre le duc de Canbenic et le roi de Norgales et il dit à l'ermite que les gens du roi devaient venir au château de Loverzerp le lendemain matin. Le duc s'y trouvait avec toute ses forces ; mais on disait que les chevaliers de l'extérieur étaient beaucoup plus nombreux. Monseigneur Gauvain demanda qui avait tort dans cette guerre et l'ermite lui répondit :

« Le roi, car il a fait fortifier puissamment un château dans la terre du duc pendant que le duc était au service du roi Arthur, mais il l'a perdu ; et mon seigneur le duc l'a donné à un très vaillant chevalier parce qu'il avait enlevé la fille du roi[1]. »

Monseigneur Gauvain comprend alors qu'il s'agit du château d'Agravain. Il demande encore qui (*f. 147a*) a le dessus dans la guerre et on lui dit que c'est le duc, n'était qu'il avait perdu un fils, un très beau jeune homme, ce qui avait provoqué une grande tristesse dans le pays.

« Jamais on n'en avait vu de pareil. Il était fort beau et très

---

1. Voir supra f. 130a et 130c.

vaillanz. Et se ce ne fust, li dus aüst trop belle guerre et trop anorable. Et vos ne veïstes onques nul plus bel chevalier de lui, ne qui plus amast Sainte Eglise. »

Longuement ont parlé entre l'ermite et monseignor Gauvain, tant que il fu tans de aler reposer. Si cochierent monseignor Gauvain mout bien. Et au matin, qant li hermites ot ses matines chantees, si trova monseignor Gauvain levé, si li dit que bon jor li doint hui Dex. Et messires Gauvains li dit que Dex lo beneïe. Et li hermites li dit :

« Sire, ge vos loeroie que vos oïsiez messe, puis que il est jorz. »

« Certes, fait il, ge l'oroie mout volentiers, car ge ne l'oi mies si sovant com ge vousise. »

Lors s'an va li hermites revestir, si chante. Et messires Gauvains l'escote mout de cuer. Et puis s'an va armer et va panre congié a l'ermite ainz qu'il fust montez. Et li hermites lo trait a une part, si li dit :

« Sire, vos iestes mout prodom et mout annorez, et se vos me disiez por coi vos querez ce chevalier que vos apelez Lancelot, par avanture que ge vos anseigneroie tel leu o vos an seriez asenez. »

« Sire, fait messires Gauvains, ge vos creant, sor lo servise que vos avez fait, que ge ne lo quier se por bien non. Et ce est li chevaliers o monde do ge ne fui onques acointes que ge plus ain. » Lors li conte comment estoient meü de la maison lo roi Artu vint chevalier por lui querre.

« Sire, dist li hermites, or vos dirai ge donc commant vos an orroiz novelles. Il jut l'autre jor çaianz une damoiselle qui est ma niece. Si an va a la cort lo roi Artu, si me dit que Lanceloz si estoit avoc Galehot an la terre de Sorelois. »

brave. Si cela n'était pas arrivé, le duc aurait eu une très belle guerre, qui aurait parfaitement servi sa renommée. Non, jamais on ne vit plus beau chevalier et qui aimât autant la Sainte Église[1]. »

L'ermite et monseigneur Gauvain s'entretinrent longtemps, si bien qu'il fut temps d'aller se reposer. On fit à monseigneur Gauvain une belle couche. Le lendemain, quand l'ermite eut achevé de chanter ses matines, il trouva monseigneur Gauvain levé et souhaita que Dieu lui accorde une bonne journée ; monseigneur Gauvain lui répondit en appelant sur lui la bénédiction divine.

« Seigneur, ajoute l'ermite, je vous conseillerais d'entendre la messe, puisqu'il fait jour.

– Certes, bien volontiers, répond-il, car je ne l'ai pas entendue aussi souvent que je l'aurais voulu. »

L'ermite va mettre les vêtements de la messe, puis il la chante. Monseigneur Gauvain l'écoute avec grand recueillement ; puis il va s'armer et prendre congé de l'ermite avant de se remettre en selle. Mais celui-ci le tire à part et lui dit :

« Seigneur, vous êtes plein de valeur et d'honneur, et si vous me disiez pourquoi vous quêtez ce chevalier que vous appelez Lancelot, peut-être pourrais-je vous indiquer un endroit où l'on vous renseignerait sur lui.

– Seigneur, je vous jure sur le service que vous avez célébré que je ne le quête que pour une bonne cause. Il est le chevalier que j'aime le plus au monde, sans que je sois jamais entré en relation avec lui. »

Et il lui raconte comment vingt chevaliers avaient quitté la maison du roi Arthur pour se mettre en quête de lui.

« Seigneur, reprend l'ermite, je vais vous dire comment vous aurez de ses nouvelles. L'autre jour, une demoiselle a passé la nuit ici, qui est ma nièce. Elle allait à la cour du roi Arthur et me dit que Lancelot était avec Galehaut dans la terre de Sorelois. »

---

1. Voir f. 130a, 130c, 148c, 150a. Cette idéalisation de la victime doit rendre plus dramatique la défense du vavasseur injustement accusé, que Gauvain assurera prochainement.

Et messires Gauvains dit qu'il l'ancontra, que ele portoit un escu.

« Voir avez dit, fait li ermites, et sachiez que ele est coisine Lancelot, et ge meïsmes bien pres. »

« Et o est Sorelois ? » fait messires Gauvains.

« Sire, fait li hermites, an la fin de Norgales, devers solau cochant. Mais bien sachiez qu'il i est si pri*(f. 147b)*veement que nus qui voist cele part ne lo puet veoir. Et ge ne lo deïsse mies a un autre, tex poïst il estre. Mais vos ne doit an rien celer, car trop iestes prodom et leiaus. »

« Sire, fait messires Gauvains, ge m'an alasse mout volentiers par lo chastel o li dus de Cambenic est. »

« Ge vos dirai avant, fait li converz, toz les poinz de vostre asenement, puis que ge l'ai ancomencié. Vos en iroiz par la terre de Norgales tot droit a l'aive d'Asurne, et d'iluec an avant si demanderoiz la voie a Sorelois, et vos troveroiz assez qui la vos anseignera. Et comme vos avroiz alé une grant piece de la riviere, si verroiz un mout haut tertre, si l'apellent les genz do païs la Montaigne Reonde, si est sor destre. Et vos iroiz lo droit chemin tant que vos verroiz une aive qui cort vers la montaigne. Et d'illuec vos tornez, si iroiz ou tertre an haut et troveroiz un hermite qui mes sires est et s'est prestres. Et si lo me saluez et si li dites que ge li mant, a icelles anseignes que il m'aprist ce que ge sai, que il vos die novelle, se nules an set, et vos an avoit de ce que il porra. Et si vos pri et lo que vos remenez une nuit o lui, et il vos an amera mout miauz, car totes genz vos dessirrent mout a veoir qui veü ne vos ont, por les biens que l'an an dit. Et por ce que vos m'avez dit que vos iroiz volentiers par lo chastel de Lovezerp, vos sai ge mout bon gré. Mais ge no vos osoie

Monseigneur Gauvain lui dit qu'il l'avait rencontrée, qu'elle portait un écu.

« Vous dites vrai, fait l'ermite ; sachez encore qu'elle est cousine de Lancelot et que je suis moi-même son proche parent.

– Et où se trouve le Sorelois ? demande monseigneur Gauvain ;

– Seigneur, aux confins de Norgales, à l'ouest. Mais sachez bien qu'il y est si secrètement (*f. 147b*) que personne ne peut aller là et le voir. Je ne l'aurais pas dit à un autre, quel qu'il soit, mais à vous on ne doit rien cacher, car vous êtes plein de vaillance et de loyauté.

– Seigneur, reprend monseigneur Gauvain, j'aimerais beaucoup passer par le château où se trouve le duc de Canbenic.

– Je vais vous dire auparavant, reprend le convers[1], tout le détail de votre itinéraire, puisque j'ai commencé. Vous traverserez la terre de Norgales directement jusqu'à l'Assurne, et à partir de là, vous demanderez le chemin pour le Sorelois : vous trouverez bien des gens pour vous l'indiquer. Quand vous aurez longé une grande partie du fleuve, vous verrez une grande hauteur, que les gens du pays appellent la Montagne Ronde, à droite. Vous continuerez tout droit jusqu'à ce que vous arriviez à un ruisseau qui descend de la montagne. Alors vous quitterez votre chemin et vous monterez en haut de la montagne, où vous trouverez un ermite qui est mon supérieur et qui est prêtre. Saluez-le de ma part et dites-lui que je lui demande, avec cette preuve que c'est lui qui m'apprit ce que je sais, de vous donner des nouvelles, s'il en a, et de vous mettre autant que possible sur la voie. Je vous prie et vous conseille encore de rester une nuit avec lui : il vous en aimera bien davantage, car tous ceux qui ne vous ont pas vu désirent fort vous voir, pour le bien qu'on dit de vous. Quant à ce que vous m'avez dit de votre désir de passer par le château de Loverzerp, je vous en suis très reconnaissant ; mais je n'osais vous en

---

1. Un *convers* est un religieux qui ne chante pas au chœur et qui est chargé du service domestique de la communauté. Il y a donc confusion avec le *clerc* qui a conduit Gauvain chez l'ermite.

dire, que vos ne cuidissiez que ge lo deïsse por autre chose. Et ge vos ferai mener a mon clerc tant que vos lo verroiz a voz iauz. »

« Granz merciz, » fait il.

Atant prant congié. Et li hermites envoie son clerc avoc lui tant que il voient Loverzerp. Et li clers se met a la voie, et messires Gauvains aprés, tant que il vienent an la Forest de Brequelande. Et qant il voient lo chastel, et messires Gauvains demande au clerc :

« Quex chastiax ce est la ? »

« Sire, fait il, c'est Laverzerp. »

Et li clers se met a la voie, et messires Gauvains aprés.

« Clers, fait il, est ce la voie ? »

(f. 147c) « Oïl, voir, sire, » fait il.

« Or vos an alez, fait il, car assez m'avez amené. »

« Sire, fait li clers, se vos plaisoit, ancor iroie ge plus. »

« No feroiz, feit messires Gauvains. Alez a Deu. »

Lors s'an torne li clers. Et messires Gauvains li dit que il li salut son seignor.

Atant se met messires Gauvains a la voie, que il crient avoir trop demoré. Et qant il vint au chastel, si fu haute prime, que li jor estoient ja apetisiez com an yver. Et lors esgarde messires Gauvains, si vit [en] une place devant lo chastel, autresi pres comme l'an traissist a trois foiz, mout grant asanblee de chevaliers. Et c'estoient les genz do chastel, qui estoient ja issu hors, si n'an avoient pas lo meillor. Et messires Gauvains esgarde, si voit un chevalier, tot seul anmi les prez, qui ne s'an mesle ne d'une part ne d'autre. Et messires Gauvains s'areste, car il ne set se il sont a tanqan, ne an quel maniere il se combatent. Se ne s'an volt entremetre, car il crient que il ne li fust a mal torné.

Et li clers a l'ermite se fu porpansez que mout seroit anginiez

parler de peur que vous pensiez que j'avais d'autres intentions. Je vous y ferai conduire par mon clerc, jusqu'à ce que vous l'ayez en vue.

– Grand merci », fait-il.

Là-dessus il prend congé ; l'ermite enjoint à son clerc de l'accompagner jusqu'aux abords de Loverzerp. Le clerc se met donc en route, suivi de monseigneur Gauvain, et ils finissent par arriver à la Forêt de Brequelande. À la vue du château, monseigneur Gauvain demande au clerc :

« Quel château est-ce là ?

– Seigneur, c'est Loverzerp. »

Le clerc repart, suivi de monseigneur Gauvain, qui lui demande :

« Clerc, est-ce le chemin ?

(f. 147c) – Oui, seigneur, assurément.

– Eh bien, allez-vous en : vous m'avez guidé suffisamment.

– Seigneur, s'il vous plaisait, j'irais encore plus loin.

– Non pas. Allez à Dieu. »

Le clerc s'en retourne donc et monseigneur Gauvain lui dit de saluer son maître de sa part. Lui-même continue, craignant d'avoir trop tardé. Quand il arrive au château, il est prime passée, car les jours étaient déjà plus courts, comme en hiver. Son regard se dirige vers un emplacement, devant le château, à trois portées d'arc, où il voit un grand rassemblement de chevaliers ; c'étaient les gens du château, qui déjà faisaient une sortie et qui n'avaient pas l'avantage. Son regard est encore attiré par un chevalier, seul au milieu des pâturages, qui ne prenait parti ni pour un camp, ni pour l'autre. Monseigneur Gauvain s'arrête, car il ignore s'il s'agit d'un combat à égalité et ses modalités[1] ; il ne veut pas s'en mêler, craignant qu'on lui reproche son intervention.

Mais le clerc de l'ermite s'était avisé qu'il serait bien déçu

---

1. On sait qu'au moins dans les textes romanesques, bien des guerres et des batailles se traitent au Moyen Âge comme des tournois. Gauvain ne veut pas intervenir n'importe comment, pour ne pas fausser la loyauté de la guerre, en principe ainsi instaurée ; il pense d'abord que les belligérants *« tornoient a tanquanz »* (147d), combattent à nombre égal. Dans les romans arthuriens, le héros chevaleresque prend toujours le parti du camp le plus faible et celui de la cause juste.

se il ne veoit ce bon poigneïz, si s'an fu venuz au chastel par un adrecement et fu montez sor lo mur an haut. Et com il vit que messires Gauvains ne se movoit, si an fu mout dolanz, car mout volentiers lo veïst joster. Si panse que il fera tant, se il puet, que il li fera commencier. Si desvale des murs et vient an la place, si trove un frere lo duc, qui venoit hors de la presse o il avoit esté toz destroiz, si voloit changier hiaume. Et il l'avoit mout bien fait.

« Ha ! sire, fait li clers, mar i alez. Et ge vos enseigneré comment vostre anemi seront ja tuit desconfit.

« Comment ? » fait il.

« Si m'aïst Dex, fait li clers, veez la lo meillor chevalier qui onques fust, ne portast escu. Et se vos lo poiez avoir, vos avriez tot gahaignié. »

« Comment a non ? » fait li chevaliers.

« En non Deu, fait li clers, ce est messires Gauvains, li niés lo roi Artu. »

Et com il l'ot, si en est trop liez.

« Li quex est ce ? fait il, car ge an voi deus. »

« Ce est, dist li clers, cil a ce blanc escu. »

Lors sache li chevaliers son frain et dit au clerc que bien gart que autres *(f. 147d)* ne lo sache. Et cil dit que no fera il. Puis vient a monseignor Gauvain toz les galoz, si le salue de si loign com il lo pot oïr, et messires Gauvains lui.

« Ha ! sire chevaliers, fait il, car nos venez aidier. Si ferez bien et cortoisie. Ja veez vos que nos an avons si grant mestier, et nos deffandons nostre droit ancontre celui de qui nos somes asailli, et lo droit an nostre heritage meïsmes. »

« Certes, fait messires Gauvains, ge ne savoie comment il

de ne pas voir ce bel affrontement[1] : il avait gagné le château par un raccourci et il était monté tout en haut du rempart. Voyant que monseigneur Gauvain ne bougeait pas, il s'en affligea fort, car il aurait bien aimé le voir jouter. Il se dit alors que, s'il le peut, il va faire en sorte qu'il s'y mette. Il descend, arrive sur la place et trouve un frère du duc, qui, pour changer de heaume, avait réussi à quitter la mêlée où il avait été harcelé.

« Ah ! seigneur, fait le clerc, ne vous en allez pas ! Je vais vous apprendre comment vos ennemis seront tous bientôt mis en déroute.

– Que dis-tu ?

– J'en prends Dieu, à témoin, dit le clerc, regardez là-bas le meilleur chevalier qu'on ait jamais vu et qui ait jamais porté écu. Si vous pouviez l'avoir dans votre camp, vous auriez tout gagné.

– Comment s'appelle-t-il, demande le chevalier.

– Par Dieu, c'est monseigneur Gauvain, le neveu du roi Arthur. »

Ces mots comblent de joie le chevalier.

« Lequel est-ce ? fait-il, car j'en vois deux.

– C'est celui qui a l'écu blanc. »

Le chevalier tire sur le frein de son cheval et dit au clerc de prendre bien garde que les autres *(f. 147d)* ne sachent pas ce qu'il vient de lui dire. L'autre l'assure de son silence. Le chevalier rejoint monseigneur Gauvain au grand galop, le salue du plus loin qu'il peut se faire entendre ; celui-ci lui répond et il lui dit alors :

« Ah ! seigneur chevalier, venez donc nous porter aide : vous ferez une action courtoise et juste. Considérez que nous en avons très grand besoin et que nous défendons notre droit contre celui qui nous attaque, le droit qui concerne notre héritage même.

– Certes, fait monseigneur Gauvain, je ne savais pas ce qu'il

---

1. Un *poigneïs*, du verbe *poindre*, est une rencontre, un assaut, une sortie, lancés au galop du cheval, au cours d'une bataille, d'un tournoi, d'un siège. Le clerc voudrait voir Gauvain intervenir dans cette sortie des assiégés de Loverzerp.

estoit, car ge voi la un chevalier qui ne se muet. Por ce si m'estoit avis que vos tornoiez a tanqanz. »

« Certes, sire, fait li chevaliers, no faisons, car nos somes mout mains. »

« Et g'i erai mout volantiers, fait messires Gauvains. Mais alez a ce chevalier, si li priez que il vos aïst, car uns prodom valt mout. »

Et li chevaliers i va, si l'am prie.

« Avez vos, fait li chevaliers, prié celui la ? »

Et il dit que oïl.

« Et avroiz lo vos ? »

« Sire, fait il, oïl. »

« Et savez vos qui il est ? » fait li chevaliers.

« Sire, fait il, ge ne sai de verité, mais se vos ne m'an descovriez, ge vos an diroie ce que ge an ai oï dire. »

« Ge ! fait il ; si m'aïst Dex, n'an parlerai ja. »

« C'est, fait il, messires Gauvains. »

Et li chevaliers commance a rire et cuide bien que ce soit mençonge, car il panse et croit que ce soit aucuns chevaliers qui se face apeler Gauvains. Et li chevaliers li prie que il veigne devers aus. Et il dit que puis que il a Gauvain, il a assez, ne devers lui ne sera il ja.

« Or soit, fait il, Gauvains devers vos, et ge serai de ça. Ce li poez dire que ge li mant. »

Lors s'an torne li freres lo duc. Et li chevaliers estoit Guiflez, li filz Do, mais il n'avoit mies ses armes, car messires Gauvains l'aüst bien coneü, ainz les avoit perdues a un poigneïz o il avoit esté pris, lo jor que messires Gauvains les laissa, la o Hestors les avoit abatuz toz quatre. Et ce fu de la guerre do li hermites avoit parlé a monseignor Gauvain, de Maret, lo fil Alier, et de Helahin d'Athingue, lo neveu Securades. Et ce fu cil Helains que messires Gauvains conquist

en était, car je vois là un chevalier qui ne bouge pas. Aussi croyais-je que vous combattiez à égalité.

— Assurément non, seigneur, répond l'autre, car nous sommes beaucoup moins nombreux.

— Eh bien, je vous aiderai très volontiers, fait monseigneur Gauvain. Mais allez trouver ce chevalier et priez-le de vous aider, car un brave est fort appréciable. »

Le chevalier va adresser à l'autre sa requête.

« Avez-vous demandé à celui-là ? » fait-il.

Il répond que oui.

« Alors, l'aurez-vous avec vous ?

— Oui, seigneur.

— Mais savez-vous qui il est ?

— Seigneur, je n'en suis pas sûr ; mais si vous ne le révéliez pas, je vous rapporterais ce que j'ai entendu dire.

— Moi ! J'en prends Dieu à témoin, je n'en parlerai pas du tout.

— C'est monseigneur Gauvain. »

Alors le chevalier se met à rire et croit bien qu'il s'agit d'un mensonge, estimant que c'est quelque chevalier qui se fait appeler Gauvain. Au chevalier qui le prie de se joindre à eux, il répond que, puisqu'il a Gauvain, il a suffisamment, et que lui-même il ne se mettra pas dans leur camp.

« Que Gauvain soit donc avec vous, et moi je serai contre, conclut-il. Vous pouvez lui dire que je le lui fais savoir. »

Là-dessus le frère du duc s'en retourne. Ce chevalier était Girflet, le fils de Don, mais il ne portait pas ses armes, car monseigneur Gauvain l'aurait bien reconnu ; il les avait perdues dans un combat où il avait été fait prisonnier, le jour où monseigneur Gauvain les avait quittés, quand Hector les avait abattus tous les quatre[1]. C'était au cours de la guerre dont l'ermite avait parlé à monseigneur Gauvain, entre Maret, le fils d'Alier et Hélain d'Athingue, le neveu de Ségurade ; et c'était cet Hélain que monseigneur Gauvain avait contraint à la reddi-

---

1. À la Fontaine du Pin, f. 115d.

a son hiaume meïsmes. Lors vint li freres lo duc a monseignor Gauvain, si li dit que li chevaliers n'i vandroit mies, por ce que il i est. Mais il ne li dist mies qu'il l'aüst nomé au chevalier, ne qu'il *(f. 148a)* saüst son non.

Lors s'an vont antr'aus deus. Et li freres au duc se tient a tel hiaume com il a tant que il voie que messires Gauvains fera. Et Guiflez se torne d'autre part. Et messires Gauvains ne va mies la o il voit la greignor meslee, ainz voit une bataille qui estoit retraite, et ravoient afaitiees lor armes et lor guiges de lor escuz, si voloient venir a la meslee. Et messires Gauvains lor lait corre. Et qant Guiflez lo voit, si dit que il sera mout dolanz se il ne lo fiert premiers, car il ne cuide mies que ce messires Gauvains soit. Et se ce est il, si soit, car totevoies n'i puet il avoir se annor non s'il joste a lui. Et mainte foiz avoit dessirré que il i poïst joster, que il ne fust coneüz. Lors fiert lo cheval des esperons et hurte l'escu do code et broiche contre monseignor Gauvain si tost com chevaus li pot aler. Et messires Gauvains lo voit venir, si voit que ce est li chevaliers que il avoit veü es prez seul, si s'adrece a lui. Et s'antrefierent des granz aleüres des chevaus sor les escuz si durement que il n'i a celui dont les ais ne fandent. Et la lance Guiflet peçoie et vole an pieces. Et messires Gauvains lo point mout bien, si lo porte a terre mout durement. Et lors peçoie la lance monseignor Gauvain. Et il esgarde, si voit que cil a cui il voloit asenbler s'an vont a la meslee. Et il fiert lo cheval des esperons au plus tost que il puet o plus espés que il voit. Et met la main a l'espee, si se plunge antr'aus et commance a faire d'armes tant que tuit cil s'an mervoillent qui lo voient. Et li freres lo duc est tozjorz avoc lui, qui mout se travaille de bien faire, et si l'avoit il mout bien fait avant.

Quant Guiflez fu remontez, si vint a la meslee, la ou messires Gauvains estoit, et voit les mervoilles que il fait. Si s'aparçoit tot maintenant que ce est il voirement,

tion avec son heaume[1]. Le frère du duc revient auprès de monseigneur Gauvain et lui dit que le chevalier ne viendrait pas, parce que lui-même était avec eux ; mais il ne lui dit pas qu'il savait comment il s'appelait (*f. 148a*) et qu'il avait donné son nom à l'autre chevalier. Ils s'en vont ensemble. Le frère du duc décide de garder le heaume qu'il a jusqu'à ce qu'il voie ce que monseigneur Gauvain fera. Girflet, lui, se dirige vers le camp adverse.

Monseigneur Gauvain ne va pas là où il constate que la mêlée est la plus forte ; mais il voit un groupe de chevaliers qui, en retrait, avaient mis en position leurs armes et la guige de leurs écus pour venir dans la mêlée, et il fonce sur eux. Devant cela, Girflet se dit qu'il sera bien triste de ne pas le frapper le premier, car il ne croit pas que c'est monseigneur Gauvain ; et si c'est lui, tant mieux, car de toutes façons il ne peut que retirer de l'honneur à jouter contre lui ; maintes fois il avait désiré pouvoir le faire dans l'incognito. Il pique des deux, du coude met en place son écu et se dirige contre Gauvain de toute la vitesse de son cheval. Monseigneur Gauvain le voit venir ; il reconnaît qu'il s'agit du chevalier qu'il avait vu seul dans les prés et fonce sur lui. Au galop des chevaux, ils se heurtent si violemment que pas une des armatures ne résiste dans les deux écus qui se fendent ; la lance de Girflet se casse et vole en morceaux, tandis que monseigneur Gauvain, qui avait fort bien visé, le renverse à terre brutalement, mais sa lance se casse aussi. Il jette un regard et voit que ceux auxquels il voulait se mesurer partent à la mêlée ; alors, forçant sur ses éperons le plus possible, il se précipite au plus épais du groupe. L'épée au poing, il fonce parmi eux et commence à faire des prouesses, dont s'émerveillent tous ceux qui le volent. Le frère du duc est toujours avec lui et se met en peine de bien faire, quoiqu'il se fût déjà fort bien dépensé.

Quand Girflet s'est remis en selle, il vient à la mêlée où se trouve monseigneur Gauvain et voit les prodiges qu'il accomplit ; il se rend vite compte alors que c'est bien lui et il prend

---

1. Plus haut, le neveu de Ségurade est appelé Tanague ; le nom donné ici est celui du jeune vassal de la dame de Roestoc, adoubé par Gauvain, Hélain de Taningues.

si l'esgarde mout volentiers. Et com il voit que il est un po a meschief, si no puet sofrir, ainz li aide de son pooir. Et messires Gauvains lo voit mout bien, si s'en mervoille mout qui il puet estre.

Et lors vint li freres lo duc a son frere, si li dit :

« Esgardez, sire, fait il, comment il vos esta de la bataille. Ce *(f. 148b)* vos a fait uns seus chevaliers. »

Et li dus l'avoit bien veü, mais il ne savoit qui il estoit, [si lo demande a son frere.] Et il dit que il est de la maison lo roi Artu.

« Et comment a il non ? » fait li dus.

« Certes, fait ses f[re]res, c'est messires Gauvains. »

« Ostez, fait li sires, alons lo veoir de plus pres et seiens plus pres de lui totesvoies. »

Lors vont veoir monseignor Gauvain qui les moine et retorne par totes les places, qu'il ne se puent contretenir an leu ou il vaigne. Si s'esforcent tuit de bien faire les genz lo duc, que il done cuer as plus coarz. Et li freres lo duc se mervoile mout de Guiflet, qui jehui estoit contre lui et or aide a desconbrer monseignor Gauvain.

Mout lo font bien cil devers monseignor Gauvain, ses moinent tant que cil de la se desconfisent, ancores soient il plus, et la chace commance. Et cil de ça les acoillent au ferir des esperons. Et messires Gauvains et Guiflez les sivent de mout pres. Et mout se mervoille messires Gauvains qui il puet estre. Lors vient messires Gauvains a un fossé, et il sant son cheval volenteïf, so lait aler outre. Et aprés si voit un autre, si lo redote et tire si durement que l'une de ses regnes ront. Et Guiflez prant lo cheval as regnes, si l'areste et si renoe les regnes. Et dit a monseignor Gauvain :

plaisir à le regarder ; mais quand il voit qu'il a quelque difficulté, il ne peut le supporter et il fait tout ce qu'il peut pour l'aider. Monseigneur Gauvain s'en aperçoit bien et se demande avec beaucoup d'étonnement qui peut être ce chevalier.

Là-dessus le frère du duc rejoint son frère et lui dit :
« Regardez, seigneur, ce qu'il en est pour vous de la bataille. C'est *(f. 148b)* à un seul chevalier que vous le devez. »

Le duc l'avait bien vu, mais il ne savait qui était ce chevalier et il le demande à son frère. L'autre lui répond qu'il est de la maison du roi Arthur.

« Mais son nom ? fait le duc.
— En vérité, lui répond son frère, c'est monseigneur Gauvain.
— Par exemple ! s'exclame le seigneur, allons le voir de plus près et de toutes façons, rapprochons nous de lui. »

Ils vont donc voir monseigneur Gauvain qui les entraîne et les fait revenir partout : on ne peut lui résister là où il arrive. Les gens du duc s'efforcent de bien faire, car il donne du cœur aux plus couards. Quant au frère du duc, il s'étonne fort de Girflet, qui tout à l'heure était contre monseigneur Gauvain, et qui maintenant l'aide à se dégager. Ceux pour qui monseigneur Gauvain avait pris parti se conduisent fort bien : ils chargent leurs adversaires qui sont mis en déroute, malgré leur supériorité en nombre, et la poursuite commence. Les gens du château[1] les poursuivent au galop, et monseigneur Gauvain et Girflet talonnent les fuyards ; monseigneur Gauvain se demande avec étonnement qui peut être cet allié. Il arrive à un fossé, sent son cheval plein de fougue et le laisse sauter ; après, il voit un autre fossé, mais cette fois il a des craintes et il tire si fort que l'une des rênes se casse ; alors Girflet arrête le cheval par la bride et fait un nœud, puis il dit à monseigneur Gauvain :

---

1. *Cil de ça, cil dedanz* : désignent habituellement dans un tournoi ou une guerre, le parti des résidents qui donnent le tournoi, sont assiégés, etc. ; ici, ce sont les gens du duc de Canbenic et son frère, avec qui s'est mis Gauvain, puis Girflet.

Cil de la, cil defors : désignent habituellement les attaquants, les assiégeants, les adversaires venus de l'extérieur ; ici ce sont les gens du roi de Norgales, avec qui Girflet s'était d'abord mis, mais contre qui se bat Gauvain depuis le début. Il peut y avoir parfois inversion dans les locutions, par ex. *cil de ça* : les adversaires : f. 139b.

« Sire, ge serf et si ne sai cui. Et ge ne suis de ça se por vos non. Or si vos conjur la rien que vos plus amez que vos me dites qui vos iestes. »

Et messires Gauvains se nome. Et Guiflez an est trop liez.

« Haï ! sire, fait il, sor toz homes soiez vos bienvenuz, car ja ne m'aïst Dex se onques puis que vos m'abatites fu oure que ge no sopeçasse bien. »

« Et qui iestes vos donc ? » fait messires Gauvains.

« Sire, ge suis Guiflez. »

Et qant messires Gauvains l'ot, si li met al col ses braz, si armez com il estoit, si fait mout grant joie. Et la ou antr'aus deus s'antracointoient, entretant si avoient ja recovré les genz de Norgales sor les genz lo duc, si revenoient ja amont mout durement. Et Guiflez les vit, si dist a monseignor Gauvain :

« Ostez, sire ! Con as noz esta ja malement, *(f. 148c)* por ce que vos n'i estes ! Mais si tost com vos i venroiz, seront desconfit cil qui ont recovré. Et plaüst a Deu que il n'aüssient recest o il se poïssient fichier, que ja n'en eschaperoit piez, que tuit ne fussient pris. »

Lors revienent a la meslee andui, ferant des esperons, les espees traites, assez plus antalantez de bien faire que il n'avoient hui mais esté. Si poez dire que il n'ataignent chevalier an lor venir que sofrir les puisse. Et chascuns d'aus avoit espee si bone que nule armeüre n'i duroit, si font andui illuec tant d'armes que tuit cil s'an mervoillent qui les voient, si prannent tant li lor cuer et hardement qui orendroit estoient rusé. Si les redotent tant les genz lo roi que il n'i osent plus demorer. Si tornent les dos et laschent les frains, si s'en commancent a aler mout durement. Et cil les savent au ferir des esperons, si chaï uns niés lo roi an la chace. Et li dux vient sor lui, si l'ocit. Et dit li dus ;

« Seigneur, je sers sans savoir qui je sers ; je ne suis avec les gens du château qu'à cause de vous. Je vous conjure donc, par la créature que vous aimez le plus, de me dire qui vous êtes. »

Monseigneur Gauvain se nomme, ce qui met Girflet au comble de la joie.

« Ah ! seigneur, fait-il, plus que tout autre soyez le bienvenu : que Dieu ne m'assiste plus jamais, si, depuis que vous m'avez abattu, j'ai passé un instant sans m'en douter.
– Qui êtes-vous donc ? fait monseigneur Gauvain.
– Seigneur, je suis Girflet. »

À ces mots, monseigneur Gauvain le prend par le cou, malgré ses armes, et lui fait fête. Pendant qu'ils se retrouvaient, les gens de Norgales étaient déjà revenus sur les gens du duc et ils reprenaient férocement l'avantage. Voyant cela, Girflet dit à monseigneur Gauvain :

« Ah ! non, seigneur ! Comme les nôtres sont mal en point (f. 148c) quand vous n'y êtes pas ! Mais dès que vous arriverez, ceux qui ont repris l'avantage seront mis en déroute. Plaise à Dieu qu'ils ne trouvent pas d'abri où se réfugier : aucun n'en réchapperait et nous les ferions tous prisonniers ! »

Tous deux reviennent à la mêlée au galop, brandissant leurs épées, plus avides de bien faire qu'ils ne l'avaient encore été ce jour-là. On peut dire que dans leur charge ils n'atteignent aucun chevalier qui réussisse à leur faire front. Ils avaient chacun une si bonne épée que pas une armure ne leur résistait ; à eux deux ils font tant d'exploits que tous ceux qui les voient s'en émerveillent et que ceux qui étaient contraints de reculer reprennent cœur et courage. Les gens du roi les redoutent tellement qu'ils n'osent rester davantage ; ils font demi-tour, lâchent la bride à leurs montures et se mettent à fuir éperdument. Les autres les suivent au galop. Un neveu du roi tombe dans la poursuite[1] : le duc arrive sur lui et le tue :

---

1. *Meslee, mener, (re)torner, desconfire (desconfit, desconfiture), se recovrer, chacier (chace)*, sont les termes qui correspondent à la conduite des tournois et des guerres et qui reviennent dans les récits de combats collectifs. Le *recet* est un abri où les chevaliers d'un camp peuvent s'arrêter, se replier un moment.

« Ce est por mon fil que il m'avoient mort. »

Lors furent si desconfit que onques n'i ot pris conroi de retorner, si fuit chascuns a garison la o il puet. Et les genz lo duc en ont mout retenuz des navrez et des morz et des prisons. Mais mout an aüssient plus aü se ne fust la nuiz qui les destorna, si s'an revienent.

Et antre monseignor Gauvain et Guiflet s'an vont au plus coiement que il plus puent. Si oirrent ansi com par aventure grant piece de la nuit, tant que il vinrent an l'oroille d'une forest. Et lors encommance la lune a luire mout clerement. Et Guiflez esgarde, si voit a l'antree de la forest, a la clarté de la lune, deus damoiseles [qui trop belles] li sanbloient estre. Lors dit a monseignor Gauvain :

« Sire, veez vos ce que ge voi ? »

« Ge voi, fait messires Gauvains, deus damoiseles soz ces aubres laianz o elles se sient. »

« Sire, dist Guiflez, c'est assez belle avanture comme a ceste oure. »

Lors s'adrecent as damoiseles. Et la plus belle se drece, si vient droit a els et lor dit :

« Seignor, *(f. 148d)* bien soiez vos venu. Et mout vos aviez demoré. »

Et il lor dient que Dex lor doint bone aventure.

« Comment, fait messires Gauvains, saviez vos, belle dolce amie, que nos deüssiens ci venir ? »

« Nos lo seümes bien, font elles, tres gehui. »

Lors descendent andui avoques elles et ostent lor armes. Si prant messires Gauvains la plus belle et l'an moine a une part, et Guiflez la plus laide ; et neporqant il n'an i avoit nulles laides, ainz estoient amedeus de si grant biauté que il disoient andui que il n'avoient onques veües nules plus belles. Quant il se sont alaschié de lor armes, si alaschent lor chevaus. Et puis s'asient a la terre et prie chascuns

« C'est pour mon fils qu'ils ont tué[1] ! » s'écrie-t-il.

La déroute fut telle qu'il ne fut plus question de revenir au combat, et chacun se réfugia là où il put. Les gens du duc avaient fait bien des blessés, des morts, des prisonniers ; mais ils en auraient fait beaucoup plus sans la nuit qui les arrêta et qui les obligea à revenir.

Mais de leur côté, monseigneur Gauvain et Girflet s'éloignent de conserve le plus discrètement possible. Ils cheminent tant bien que mal une grande partie de la nuit et finissent par arriver à l'orée d'une forêt. La lune se met alors à briller de tout son éclat. Le regard de Girflet est attiré à l'entrée de la forêt, dans la clarté de la lune, par deux demoiselles qu'il trouve fort belles et il dit à monseigneur Gauvain :

« Seigneur, voyez-vous ce que je vois ?
— Je vois, répond-il, deux demoiselles assises sous les arbres qui sont là-bas.
— Seigneur, reprend Girflet, c'est une très belle aventure, comme il en arrive à cette heure de la nuit. »

Tandis qu'ils se dirigent vers les demoiselles, la plus belle se lève, vient à leur rencontre et leur dit :

« Seigneurs, *(f. 148d)* soyez les bienvenus ! Comme vous vous faisiez attendre ! »

À leur tour, ils souhaitent que Dieu leur donne bonne aventure et Gauvain continue :

« Comment ? Vous saviez, bien chère amie, que nous devions venir ici ?
— Oui, assurément, depuis ce matin. »

L'un et l'autre mettent pied à terre pour les rejoindre et enlèvent leurs armes. Monseigneur Gauvain prend la plus belle et l'emmène d'un côté, Girflet fait de même avec la plus laide ; mais c'est une façon de parler, car aucune des deux n'était laide ; au contraire, si grande était leur beauté à toutes les deux qu'ils disaient l'un comme l'autre n'en avoir jamais vu de plus belles. Après s'être débarrassés de leurs armes, ils débrident leurs chevaux. Puis ils s'asseoient à même la terre et chacun

---

[1]. Voir f. 147a et 150a.

la soe d'amors. Et la monseignor Gauvain respont :

« Sire, mar seroit vostre amors, se ge l'avoie, car trop seroit perdue ; car trop iestes prodom, et ge suis une pucelle povre et po belle. Mais ge vos donrai anmie la plus belle que vos veïssiez onques de voz iauz, et la plus gentil fame de moi. »

Et messires Gauvains respont que plus belle de li ne puet ele mies estre.

« Si voirement m'aïst Dex, fait ele, si est. Et sachiez, fait ele, que elle a ancor mes cenz biautez. Et qant vos la verroiz, vos ne vouriez por nule rien avoir faite de moi voz volentez. Mais ge ne l'oseroie ja mais veoir, que ele est ma dame, si voudroie miauz estre morte que vos lo m'aüssiez fait. »

« Et qui est ele ? » fait messires Gauvains.

« An non Deu, fait ele, vos ne lo savroiz dessi la que vos la tanroiz antre voz braz, se tenir li ossez, que elle ne dessirre tant rien de trestot lo siegle com elle fait vos. »

« Et savez vos, fait il, qui ge sui ? »

« Oïl, an non Deu, fait elle, vos iestes messires Gauvains et cil chevaliers qui est la est Guiflez. »

Et messire Gauvains commance a rire, si la prant antre ses braz, si l'an commence a baisier au plus doucement qu'il puet, et la met entre lui et la terre, si li volt faire. Et elle dit que ce est por noiant, que ce ne puet avenir.

« Mais ge vos afi que ge vos baillerai plus belle an*(f. 149a)*tre ci et tierz jor, se vos m'osez sivre, ne ja mais plus belle ne verroiz. Si voirement vos pri, comme vos voudriez avoir joie de la rien el mont que vos plus dessirrez, que vos ne me metez a plus, car vos vos an repanteriez. »

Et messires Gauvains li otroie. Et Guiflez a tant fait vers la soe que ele li a s'amor donee a faire de li que que lui an vandra a cuer, et que elle lo sivra la ou il la voudra mener. Et elle li otroie et creante. Lors s'an vont an un leu trop delitable, un po loign de monseignor Gauvain, si fait li uns de l'autre sa volenté. Si l'acoilli Guiflez an tel anmor que il n'amoit nule rien tant.

prie la sienne de lui accorder son amour. Celle de monseigneur Gauvain lui répond :

« Seigneur, à quoi bon perdre votre amour avec moi ? Vous êtes trop important et je ne suis qu'une pauvre jeune fille, bien peu jolie. Mais je vous donnerai comme amie la plus belle que vous ayez jamais vraiment vue, et de beaucoup plus grande noblesse que moi. »

Monseigneur Gauvain lui répond qu'il ne peut y avoir de plus belle qu'elle.

« Si, il y en a une, j'en atteste Dieu, fait-elle. Et sachez qu'elle l'est cent fois plus que moi. Quand vous la verrez, vous ne voudriez pour rien au monde avoir fait de moi ce dont vous avez envie ; mais moi, je n'oserais plus la voir, car elle est ma dame, et j'aimerais mieux être morte plutôt que de vous avoir cédé.

– Qui donc est-ce ? fait monseigneur Gauvain.

– Par Dieu, vous ne le saurez pas avant de la tenir dans vos bras, si vous osez y arriver : elle ne désire personne au monde plus que vous.

– Mais vous, savez-vous qui je suis ?

– Oui, par Dieu, vous êtes monseigneur Gauvain, et ce chevalier-là est Girflet. »

Monseigneur Gauvain éclate de rire, la prend dans ses bras et commence à lui donner les plus doux baisers ; il la couche à terre et veut prendre son plaisir, mais elle lui dit qu'il n'y compte pas, que c'est impossible.

« Cependant je vous promets que si vous osez me suivre, avant trois jours, je vous donnerai une plus belle femme (*f. 149a*), telle que jamais vous n'en verrez de plus belle. Je vous prie vraiment, sur la joie que vous voudriez avoir de la créature que vous désirez le plus au monde, de ne pas m'en faire davantage, car vous auriez à vous en repentir. »

Monseigneur Gauvain y consent. Mais Girflet a si bien réussi avec la sienne qu'elle lui a donné son amour ; il pourra faire d'elle tout ce dont il aura envie et elle le suivra où il voudra ; elle y a consenti et lui a donné sa parole. Ils s'éloignent donc quelque peu de monseigneur Gauvain, jusqu'à un endroit plaisant, et chacun fait de l'autre ce qu'il veut. Girflet tomba passionnément amoureux.

Et la damoiselle monseignor Gauvain lo semont que il la sive. Et il dit que il est toz prez. Puis apele Guiflet, si li demande se il s'en ira.

« Oïl, sire, dist il, la ou ceste damoiselle voudra a cui ge suis. »

« Sire, fait la damoiselle a monseignor Gauvain, alez vos an, car Guiflez ne vos sivra mies. »

Et messires Gauvains demande a Guiflet se il lo fera ansis. Et il dit que oïl et que il la sivra la ou elle lo voudra mener.

« Or vos an consaut Dex, fait messires Gauvains, et alez a Deu, car ge sivrai cesti la ou ele me menra. »

« Si voirement m'aïst Dex, fait ele, vos n'i avez garde. Ge ne vos manrai ja an leu o vos aiez s'anor non, et don ge ne quit que vos i soiez bien et bel receüz si con a dessirrier. »

Atant se partent de Guiflet et de s'amie. Si chevauchent tote nuit la o la damoiselle va, qui bien set la voie, tant que il voient dedanz la forest un mout biau feu. Et la damoiselle va cele part, si trove une damoiselle et deus escuiers toz armez comme serjanz. Et li feus estoit mout granz et mout biaus, car iverz estoit ja antrez, et estoit la fins de setambre, que les nois et les gelees aprochent, et les matinees et les series refroidisent. Et la damoiselle vint tot droit au feu, et messires Gauvains aprés. Et com cil do feu lo voient, si li saillent a l'encontre et dient que bien soit elle venue. Et li demandent qui est cil chevaliers. Et elle dit que ce est li chevaliers o monde que ele plus aimme et prise. Et il corrent tantost tuit, (f. 149b) si li font mout grant joie. Si lo descendent et atornent son cheval mout bien, car il avoient assez de coi. Puis prannent son hiaume et son escu, si lo pendent a une branche d'un haut aubre et puis lo desarment par lo comandement a la damoiselle. Et qant il est desarmez, si li met une autre damoiselle um mantel au col que ele a trait d'un grant cofre qui estoit o paveillon, si sanbloit de l'apareillement qui illuec estoit que il fust faiz por un haut home. Lors fait la damoiselle panre de la brese et porter dedanz lo paveillon, et antre l'autre et monseignor Gauvain vont aprés. Et messires Gauvains esgarde, si voit un des plus biax liz que il onques

Puis la demoiselle de monseigneur Gauvain l'invite à la suivre ; il répond qu'il est tout prêt à le faire ; alors il appelle Girflet et lui demande s'il veut s'en aller.

« Oui, seigneur, lui répond-il, quand cette demoiselle à qui j'appartiens le voudra.

– Seigneur, fait celle-ci à monseigneur Gauvain, allez-vous en, car Girflet ne vous suivra pas. »

Monseigneur Gauvain demande à Girflet s'il agira ainsi ; il répond par l'affirmative et qu'il la suivra là où elle voudra l'emmener.

« Eh bien que Dieu vous assiste, fait monseigneur Gauvain. Adieu : moi je suivrai la mienne là où elle m'emmènera.

– J'en prends Dieu à témoin, fait celle-ci, vous n'avez rien à craindre, je ne vous mènerai que là où vous ne pourrez trouver que de l'honneur et là où je pense que vous serez reçu aussi bien qu'on peut le désirer. »

Ils quittent donc Girflet et son amie, puis chevauchent toute la nuit, suivant les indications de la demoiselle qui sait où elle va, tant et si bien qu'ils aperçoivent un beau feu dans la forêt. La demoiselle s'en rapproche et trouve une autre demoiselle ainsi que deux écuyers, armés comme des sergents. Le feu était grand et vif, car on était déjà à l'entrée de l'hiver, à la fin de septembre, quand approchent les neiges et les gelées, que les matins et les soirs refroidissent. La demoiselle va droit au feu, suivie de monseigneur Gauvain ; en la voyant, ceux qui étaient près du feu se lèvent pour aller à sa rencontre et lui souhaitent la bienvenue ; puis ils lui demandent qui est le chevalier ; elle répond que c'est celui qu'elle aime et estime le plus au monde ; alors tous les trois courent vers lui (*f. 149b*) et lui font grande fête ; puis ils l'aident à mettre pied à terre et prodiguent leurs soins à son cheval, car ils avaient tout ce qu'il fallait ; après, ils prennent son heaume et son écu, le suspendent à la branche d'un grand arbre et sur l'ordre de la demoiselle, achèvent de le désarmer. Une autre demoiselle lui met sur les épaules un manteau qu'elle a tiré d'un vaste coffre qui se trouvait dans le pavillon dont l'installation paraissait convenir à un grand seigneur ; elle fait ensuite porter de la braise dans ce pavillon, où elle entre, suivie de monseigneur Gauvain et de sa compagne. Son regard est attiré par un des plus beaux lits qu'il ait jamais

veïst, si se mervoille mout por coi cil liz a esté faiz si riches et si biaus. Li siege sont apareillié antor le feu et la nape est estandue, si asient au mengier qui mout estoit biaus apareilliez. Et mout se mervoille messires Gauvains de la richece et des vins et des mengiers, et com an tel leu et si a point. Et com il orent mengié tot a lor volenté et par loisir, si leverent antre la damoiselle et monseignor Gauvain et s'alerent esbenoier parmi lo bois. Si ne demorerent mies granment. Au revenir demande messires Gauvains don tex paveillons estoit venuz et por coi si biaus liz avoit esté faiz. Et ele li dit que tot ce est por lui, et li lit et li grant ator. « Et neporqant nus ne set qui vos iestes ne commant vos avez non fors moi. » Et de ce li est mout bel.

« Et cele, fait elle, qui plus vos aimme que tot lo mont m'anvoia ci por ce que ge feïsse de vos si grant feste comme ge porra faire greignor. Mais vos ne savrez ja qui ele est devant que ele lo vos die. Et sachiez que ele vos cuide plus a cointe que vos n'iestes, car ele cuide que il n'ait dame ne damoiselle o monde de cui vos deignisiez faire vostre amie se de trop haute lignee n'estoit et de trop desmesuree biauté. Ne ge ne li voudroie (*f. 149c*) mies avoir descovert ce que vos lo me voliez faire, por rien. Et se vos plus m'an araisniez, ge ne vos ameroie ja mais. Et vos vos gardez bien do faire et por vostre gentilece et por mon grant domage. »

« N'an aiez ja, fait il, garde. Mais or me dites ou va Guiflez et sa damoiselle. »

« Gel vos dirai, fait elle. Il avint chose que ele ama un chevalier grant pieç'a, et il li mout, tant que an la fin la laisa et ama une mains vaillant de li et li dona toz les joiaus cesti et un des plus vaillanz chapiaus que onques damoiselle aüst. Et ele ala demander ses joiaus. Et li chevaliers dist que ele ne les avroit ja mais. Et elle trova que l'amie celui avoit son chapiau en son chief. Et ele li dit que o premier leu ou ele troveroit s'amie, ele li touroit son chapiau et ses autres joiaus. Et li chevaliers li demanda qui

vus : il se demande avec étonnement pour qui ce lit si riche et si beau a été préparé. Les sièges sont disposés autour du feu, la nappe étendue, et ils prennent place pour un repas magnifique. Monseigneur Gauvain s'émerveille de la qualité des vins et des mets, en se demandant comment ils peuvent se trouver dans un tel endroit et si à point. Une fois le repas pris à satiété et sans hâte, la demoiselle se lève ainsi que monseigneur Gauvain et ils vont se détendre dans le bois, mais ils ne s'y attardent pas. Au retour, monseigneur Gauvain demande d'où était venu un pavillon de cette qualité et pour qui avait été fait un si beau lit. Sa compagne lui dit que tout est pour lui, le lit, comme les somptueux apprêts. « Et pourtant, en dehors de moi, personne ne sait qui vous êtes ni comment vous vous appelez. » Cette assurance lui agrée fort.

« Celle qui vous aime plus que tout, continue-t-elle, m'a envoyé ici pour que je vous assure la plus belle réception possible. Mais vous ne saurez pas son nom avant qu'elle vous le dise. Pourtant sachez qu'elle vous croit plus délicat que vous n'êtes, car elle pense qu'il n'y a pas de dame ou de demoiselle au monde dont vous daigniez faire votre amie, à moins qu'elle ne soit de très haute lignée et d'une beauté tout à fait exceptionnelle. Aussi ne voudrais-je (*f. 149c*) pas sans raison lui avoir révélé que vous vouliez me prendre ; et si vous insistiez encore, je ne vous donnerais plus jamais mon amitié. Vous-même, en raison de votre noblesse et du grand dommage que je pourrais encourir, prenez bien garde à votre conduite avec moi.

— Ne craignez rien, fait-il. Mais maintenant dites-moi où va Girflet avec sa demoiselle.

— Eh bien, voilà, reprend-elle. Il y a longtemps, il arriva qu'elle tomba amoureuse d'un chevalier, et lui de son côté, il l'était beaucoup d'elle. Il finit par la délaisser pour l'amour d'une personne qui valait moins qu'elle et il donna à celle-ci tous les bijoux de la première ainsi qu'une des plus précieuses couronnes qu'ait jamais eues une demoiselle. Quand elle alla réclamer ses bijoux, le chevalier lui dit qu'elle ne les aurait jamais, et elle trouva l'amie avec sa couronne sur la tête ; elle déclara alors qu'au premier endroit où elle la trouverait, elle lui enlèverait sa couronne et le reste. Le chevalier lui demanda qui

les li fera avoir. « An non Deu, dist ele, uns chevaliers miaudres de vos et de la maisnie lo roi Artu, qui me conduira, et jo manrai la ou vos seroiz. Et verroiz que ge porrai faire et de vos et de vostre amie, que il fera qanque ge commandera. » « Ha ! pute, fist il, por ce que vos en iestes vantee, ne sera il mais jorz devant un mois que ge soie se ci non. » Ge sai bien, fait ele, que ele lo moine la. Et qant nos veniens ier tote une forest, si encontrasmes une damoiselle, ge ne sai qui ele est. Et ele nos conjura que nos li deïssiens qel avanture nos aliens querant et ele nos an avoieroit se ele savoit. Et nos li deïsmes que nos alions querant, l'une monseignor Gauvain, et l'autre un autre chevalier de la maison lo roi Artu. Et ele nos respondié que onques n'estoit si bien avenu a nules fames. « Car vos troveroiz, fist ele, annuit o chief de la Forest des Combes monseignor Gauvain et Girflet, lo fil Do, se vos i alez cele partie que l'an apele lo Grant Plain et vanroiz tot lo chemin qui vient de Mavesches en Huignessores, et a celles anseignes que messires Gauvains porte un escu blanc, et Girflez porte l'escu de sinople a une fesce d'or mout lee. » Ensi nos dist la damoiselle, et sachiez que mout nos feïsmes liees de ces no(*f. 149d*)velles, tant que onques ne saümes qui ele fu. »

Et messires Gauvains se mervoille mout qui ele puet estre.

Ensi s'an vienent parlant jusque au paveillon et trovent si riches liz aparoilliez comme de cochier. Et la damoiselle fist deschaucier monseignor Gauvain et puis cochier o lit meïsmes. Et ele est devant lui tant que il s'est andormiz. Et puis se recochent entre li et l'a[utre] damoiselle tres as piez de celui lit. Au matin sont mout matin levees. Et qant messires Gauvains se fu esveilliez, si se leva, et an li aporte ses armes. Et qant il est armez, la dame apele les deus escuiers, si lor dit que il atornent tot lor harnois et puis s'an aillent. Et [a]prés trait l'autre damoiselle a consoil :

« Dites ma dame que ge ai mout bien fait ce que ele me conmanda et que ge serai juque a

les lui ferait avoir. "Par Dieu, dit-elle, un chevalier meilleur que vous et qui sera de la maison du roi Arthur; il me prendra sous sa protection et je le conduirai là où vous serez; vous verrez alors ce que je saurai faire de vous et de votre amie, car il sera tout à mes ordres. – Ah! putain, lui répond-il, puisque vous vous êtes ainsi vantée, pendant un mois, je ne bougerai pas d'ici." Je sais bien, continue-t-elle, qu'elle l'emmène là-bas. D'autre part, tandis que nous traversions hier la forêt, nous rencontrâmes une demoiselle que je ne connais pas. Elle nous conjura de lui dire l'aventure que nous cherchions, ajoutant qu'elle nous en indiquerait le chemin, si elle le savait. Nous lui dîmes que nous cherchions, l'une monseigneur Gauvain, l'autre un autre chevalier de la maison du roi Arthur. Elle nous répondit que jamais femmes n'avaient eu plus de chance. «Car vous trouverez ce soir, ajoute-t-elle, au bout de la Forêt des Combes, monseigneur Gauvain et Girflet, le fils de Don, si vous allez du côté que l'on appelle la Grande Plaine; vous continuerez sur le chemin qui vient de Mavesches en Huignessores et vous les reconnaîtrez à ce que monseigneur Gauvain porte un écu blanc et Girflet un écu de sinople, fascé d'une large bande d'or.» Voilà donc ce que nous dit la demoiselle (f. 149d), et sachez que nous nous sommes tant réjouies de ces nouvelles que nous n'avons pas du tout cherché à savoir qui elle était.»

Monseigneur Gauvain se demande avec grand étonnement qui elle pouvait bien être. Tout en bavardant, ils reviennent au pavillon, où ils trouvent les lits prêts pour y dormir. La demoiselle fait enlever les chausses de monseigneur Gauvain et puis lui fait prendre place dans le beau lit. Elle reste devant lui jusqu'à ce qu'il soit endormi; alors elle va s'étendre à son tour avec l'autre demoiselle, au pied même de ce lit. Le lendemain, elles se lèvent de très bonne heure. Monseigneur Gauvain à son tour se réveille, se lève et on lui apporte ses armes; quand il les a revêtues, la dame fait venir les deux écuyers et leur dit de plier tout le matériel et de s'en aller. Ensuite, elle prend à part l'autre demoiselle:

«Dites à ma dame, fait-elle que je me suis très bien acquittée de ce dont elle m'a chargée, et que je serai auprès d'elle dans

tierz jor a li et li amanrai ce que ele set. Mais gardez que vos n'an parlez se a li non. »

Et ele dit que no fera ele ja.

Atant s'an partent antre li et monseignor Gauvain. Et ele li dit :

« Sire, ge vos manrai au plus celeement que ge porrai, car por nul plait ge ne voudroie que vos fussiez aparceüz ne d'ome ne de fame. Et anquenuit si gerrons chiés une moie tante, la meillor dame que ge onques veïsse de sa richece. Et demain a soir si serons la ou ge vos cuit mener, ou plus biau leu o vos fussiez onques jor de vostre vie. »

Issi chevauchent tote jor jusque as granz destroiz que celle set, tant que il vienent de haut vespres chiés la tante a la damoiselle. Et ele les reçoit a mout grant joie, car mout lo savoit bien faire. Et fait apareillier qanque ele set que bon soit, si mengierent ainz qu'il porent, car tote jor avoient geüné. Et an la fin do mengier antrerent laianz dui vallet, dom li uns estoit fiz a la dame, et li autres ses niés. Et qant la dame les voit, si demande quex novelles. Et il li dient, mout mauvaises.

« Commant ? » fait ele.

« Certes, dame, fait ses fiz, tot an plorant, mes peres vos mande que il ne vos verra ja mais et que por Deu vos manbre de l'ame (*f. 150a*) de lui. »

« Qu'est ce donc ? » fait ele.

« Dame, fait il, li dus a commandé que il soit demain destruiz, que autrement ne puet estre. »

Et qant la dame l'ot, si saut fors de la table et fait tel duel que nule fame crestiene ne porroit tel faire. Et messires Gauvains la conforte mout et li demande ce que est.

« Sire, fait la dame, j'avoie un mien seignor vavasor, mout prodome auques d'aage, si a esté mout sires do duc de Canbenic et de sa terre. Or est avenu an ceste guerre que messire li dus [i a perdu] un suen fil, mout biau vallet et mout preu. Et cil de la l'ocistrent ci desus, a l'antree de ceste forest. Et mes sires estoit çaianz qui mout an ot grant duel. Si fist au duc antandre uns suens seneschauz que mes sires l'avoit traï. Et li dux demanda commant il lo savoit. Et il dist que il lo savoit par ces

deux jours, en lui amenant ce qu'elle sait. Mais prenez garde de n'en parler qu'à elle. »

L'autre lui assure qu'elle y veillera.

Elle repart alors avec monseigneur Gauvain, en lui disant :
« Seigneur, je vous conduirai le plus secrètement possible, car en aucun cas je ne voudrais que quelqu'un vous aperçoive, homme ou femme. Cette nuit nous coucherons chez une tante à moi, la dame la plus généreuse de ses biens que je connaisse, et demain soir, nous serons rendus là où je compte vous mener, le plus bel endroit où vous êtes jamais allé dans votre vie. »

Ils chevauchent toute la journée pour arriver jusqu'aux lieux retirés qu'elle connaît et à la fin de vêpres, ils sont chez la tante de la demoiselle. Celle-ci les accueille en leur faisant grande fête, comme elle en avait le talent. Elle donne l'ordre de préparer tout ce qu'elle sait de bon et ils mangèrent dès que possible, car ils avaient jeûné toute la journée. À la fin du repas, entrent deux jeunes gens, dont l'un était le fils de la dame et l'autre son neveu. Dès qu'elle les voit, la dame s'informe des nouvelles ; ils lui répondent qu'elles sont très mauvaises.

« Comment cela ? fait-elle.

— En vérité, dame, lui dit son fils en pleurant, mon père vous fait dire qu'il ne vous verra plus jamais et qu'au nom de Dieu, il vous souvienne de son âme *(f. 150a)*.

— Qu'y a-t-il donc ? s'écrie-t-elle.

— Dame, le duc a donné l'ordre qu'il soit mis à mort demain, sans recours possible. »

À ces mots, la dame quitte précipitamment la table et mène le plus grand deuil qu'une chrétienne puisse faire. Monseigneur Gauvain s'efforce de la réconforter et lui demande de quoi il s'agit.

« Seigneur, fait la dame, mon époux était un vavasseur, un homme de grande vertu, d'âge respectable, qui avait beaucoup d'autorité sur le duc de Canbenic et son territoire. Il est arrivé qu'en cette guerre monseigneur le duc a perdu un fils, un très beau jeune homme, plein de bravoure. Nos adversaires l'ont tué près d'ici, à l'entrée de cette forêt. Mon époux, qui était ici, en ressentit une grande peine. Mais un sénéchal du duc lui a fait croire que mon époux l'avait trahi. Le duc lui demanda comment il le savait ; il répondit que c'était par l'intermédiaire

de la qui s'en estoient vanté an la guerre, et dist que il estoit prez que il lo mostrast. Et li dux an fu mout angoiseus, car il amoit mout mon seignor comme cil qui totjorz l'avoit mout servi tote sa vie. Mais tant ot grant duel de son fil qu'il ne l'osa muer que il ne feïst mon seignor panre, si dist que il covenoit que il an feïst jostise, s'il ne s'an deffandoit. »

Et messires Gauvains dit :

« Si n'et or qui lo deffande ? »

« Sire, il ne trova onques chevalier, fait la dame, tant fust ses amis, qui contre celui en osast armes porter, por ce qu'il est seneschauz lo duc et de mout grant proece et chevaliers mout bons. Or si est tant alee la chose que li seneschauz a porchaciee la mort mon seignor, por ce que li dus l'avoit mout amé et creü. Et si aïst Dex a la moie ame, com il l'a servi leiaument et com il vousist miauz, au mien escient, que ses fiz et li miens, qui la est, fust morz que li fiz monseignor lo duc. »

Lors l'apelle messires Gauvains, si li demande comment ç'a esté que il est jugiez a demain.

« Certes, sire, fait li vallez, ier, qant les genz au roi de Norgales furent desconfites, si vint li seneschauz au duc et dit que se il ne [li] faisoit raison, il ne seroit ja mais an sa maison. Et il dist que si feroit il mout volentiers ; et puis li demanda de coi. Et il dist de son traïtor, qu'il avoit en sa prison por son fil, qu'il avoit deservi que il fust panduz comme traïstres. Or si est ajornez *(f. 150b)* a lo matin. »

« Et se il avoit, fait messires Gauvains, chevalier qui

des adversaires qui s'en étaient vantés pendant la guerre, ajoutant qu'il était prêt à le prouver. Le duc en fut fort troublé : il aimait beaucoup mon époux, qui toute sa vie l'avait toujours très bien servi. Mais il avait tant de peine pour son fils qu'il n'osa empêcher le sénéchal de faire arrêter mon époux, et il déclara qu'il fallait faire justice, si celui-ci ne pouvait se défendre[1].

– Il n'y a donc personne pour assurer cette défense ? dit monseigneur Gauvain.

– Seigneur, il n'a pas trouvé de chevalier, même parmi ses meilleurs amis, pour oser prendre les armes contre cet homme, parce qu'il est de grande bravoure, fort bon chevalier et le sénéchal du duc. Ce sénéchal en est arrivé à vouloir la mort de mon époux à cause de l'affection et de la confiance que le duc lui portait. Sur mon âme, j'en atteste Dieu, il l'a servi loyalement, et à ce que je sais, il aurait préféré que notre fils, celui qui est là, mourût plutôt que le fils de monseigneur le duc. »

Monseigneur Gauvain s'adresse alors au jeune homme et lui demande comment il se fait que l'exécution est fixée au lendemain.

« En vérité, seigneur, hier, une fois que les gens du roi de Norgales furent mis en déroute, le sénéchal vint trouver le duc et lui dit que s'il ne lui rendait justice, il quitterait pour toujours sa maison. Le duc lui répondit qu'il lui donnerait bien volontiers satisfaction, puis il lui demanda de quoi il s'agissait. Il lui parla alors de celui qui l'avait trahi, qu'il tenait prisonnier à cause de son fils, et qui méritait d'être pendu pour trahison. Voilà comment l'exécution est fixée (*f. 150b*) pour demain matin.

– Et s'il y avait, dit monseigneur Gauvain, un chevalier qui

---

1. Par un combat judiciaire, une *bataille*, où le vavasseur trop vieux pour porter les armes devrait être remplacé par un champion ; ses meilleurs amis s'étant dérobés, l'exécution est décidée. L'arrivée inattendue de Gauvain déclenche la procédure du combat, dont le duc, le seigneur-juge, doit assurer le bon déroulement : le lieu nettement circonscrit et fermé pour empêcher toute aide aux combattants, le *jurement* de l'accusateur sur les reliques, avec la formule consacrée, *si m'aïst Dex*, puis le démenti et le serment de l'accusé ou de son champion et enfin le combat, avec ses phases rituelles : *joute, escremie, merci*. Après le combat judiciaire, le vaincu, même grâcié par son adversaire, doit être exécuté et son corps traîné à travers la ville.

por lui se combatist, avroit li il ancor mestier ? »

« M'aïst Dex, fait li vallez, ansi li dist li dus que se il n'avoit antre ci et lo matin un home qui lo deffandist, que il seroit a mort livrez. Et mes sires n'an puet nul avoir, et il ne puet mais porter armes por sa veillece. »

Et messires Gauvains esgarde la pucelle qui laianz l'avoit amené, qui mout durement plore, si l'an poise mout durement, que espoir elle voudroit mout, ce panse, que il anpreïst ceste bataille, mais espoir que prier ne l'an ose ; et crient que elle lo taigne a mauvaitié et a recreance s'i[l] s'en est retraiz. Si vient au vallet et dit que il s'an aile a son pere et li die que toz soit seürs, que il a trové un chevalier qui sa bataille li fera. « Et se Deu plaist, ge ferai tant que il sera delivres. »

Et qant li vallez l'ot, si est si liez que plus ne puet. Si saillent as chevax entre lui et son coisin et montent et vienent au vavasor et li content la greignor joie que il onques aüst. Et messires Gauvains conforte la dame et aseüre, et li dit que autre escu li quiere que lo suen, car les genz lo duc lo conoistroient bien a celui escu. Et la dame ne lo set conseillier fors d'un viez escu qui pant an la maison, laiz et destainz. Et il le manoie, si li est avis que il soit mout forz, et dit que il ne portera ja autre, et si estoit il mout laiz, mais totes ses autres armes portera il. Et si li estoit bien avenu de cheval, selonc ce que il ne voloit mies estre coneüz, car il n'avoit mies celui sor cui il avoit tote jor porté armes devant Leverzerp. Mais ce estoit cil de cui il avoit abatu lo neveu au roi de Norgales que li dus ocist. Si dist a la dame que ja plus ne li quiert, que il a qanque mestiers li est.

Et la dame dist :

« Sire, se vos lo loiez, ge iroie a monseignor lo duc, si li diroie que mes sires est apareilliez vers lui deffandre, Deu merci, par un sol chevalier de ceste chose se nus avant l'ose metre. »

« Dame, fait il, jo lo bien. Et est ce bien loign ? » fait il.

se batte à sa place, est-ce que cela pourrait encore lui être utile ?

— Dieu, nous assiste ! répondit le jeune homme, le duc lui a déclaré que, si d'ici demain matin il n'y avait personne pour le défendre, il serait livré à la mort. Mon père n'a pu trouver personne, et en raison de sa vieillesse, il ne peut plus porter les armes. »

Monseigneur Gauvain regarde la jeune fille qui l'avait amené là : elle pleure à chaudes larmes et il en est tout troublé ; peut-être voudrait-elle, pense-t-il, qu'il se charge de cette bataille, mais peut-être n'ose-t-elle l'en prier ; et il craint que s'il s'en dispense, elle considère cela comme une lâcheté et un abandon. Il s'approche donc du jeune homme et lui dit de retourner auprès de son père pour le rassurer pleinement, en l'informant qu'il a trouvé un chevalier pour mener le combat judiciaire à sa place. « Et s'il plaît à Dieu, je réussirai à le délivrer. »

Ces paroles remplissent le jeune homme d'allégresse. Avec son cousin, ils enfourchent leurs chevaux, reviennent auprès du vavasseur et lui disent ce qui lui cause la plus grande joie qu'il ait jamais eue. De son côté monseigneur Gauvain réconforte la dame et la rassure ; il lui demande de lui chercher un autre écu, car les gens du duc le reconnaîtraient bien à celui qu'il porte. La dame ne peut lui indiquer qu'un vieil écu, suspendu au mur, vilain et passé de couleur. Il le tâte, le trouve très solide et déclare qu'il n'en aura pas d'autre, malgré sa bien pauvre apparence, mais que toutes ses autres armes, il les portera. Pour ce qui était du cheval, comme il ne voulait pas être reconnu, il avait la chance de ne pas avoir celui avec lequel il avait combattu toute la journée devant Loverzerp, mais celui dont il avait abattu le neveu du roi de Norgales, celui que le duc avait tué. Aussi dit-il à la dame de ne plus rien chercher pour lui, qu'il avait tout ce qu'il lui fallait.

« Seigneur, fait-elle, si c'était votre avis, j'irais trouver monseigneur le duc et je lui dirais que mon époux est en mesure de se défendre devant lui pour cette affaire, Dieu merci, grâce à un seul chevalier, si quelqu'un ose l'accuser.

— Dame, je vous approuve tout à fait. Mais est-ce bien loin ?

« Nenil, sire, fait ele, il n'i a mies plus de cinc liues (*f. 150c*) jusque la ou ce est. »

Lors fait la dame um cheval hors traire, si monte es arçons et moigne avoc li de ses serjanz. Et messires Gauvains la chastie bien que ele ne die ja do chevalier novelles a nul home, fors tant que uns chevaliers est. « Et lo matin, si tost com vos savroiz que la bataille devra estre, si me faites venir querre au ferir des esperons, car ge i voudrai aler au plus isnellement que ge porrai. »

Atant la dame s'an part. Et sa niece vient a li et li dit que tote soit ele seüre, que ce est li miaudres chevaliers qui onques portast escu. Et ele se conforte mout, si vient jusque au chastel et fait tant que ele parole a son seignor, si li dit. Et puis dist au partir, oiant lo duc :

« Ha ! biau sire Dex, aidiez nos si voirement com nos n'i avons corpes. »

Au matin sot li dus que Manessés ot trové chevalier qui por lui se combatroit. Et il an fu mout liez. Et lors vient la dame devant lui, la o il se gisoit en son lit, si li dist que li chevaliers son seignor est apareilliez de sa bataille. Et li dus anvoie por lo seneschal, si li dit. Et li seneschauz respont que il ne fu onques si liez et dit que il est toz prez.

« Certes, fait la dame, se Deu plaist, vos en avroiz encor ancui toz les braz chargiez. »

Puis demande au duc o sera la bataille. Et il dit : defors la vile an une grant plaine qui estoit novellement close de fosez por esforcement do chastel. Et li chastiaus avoit non Cincaverne, si estoit mout biaus.

Lors anvoie la dame grant aleüre querre monseignor Gauvain. Et il estoit ja mout bien armez, car il ne savoit l'ore que l'an l'anvoieroit querre. Et li seneschauz avoit fait anquerre o li chevaliers estoit qui a lui se devoit combatre, si li fu dit que il estoit au chastel Manessel, car se il saüst que il fust an la maison a la dame, il aüst anvoié au devant por lui ocirre, car il estoit plains de totes granz traïsons. Ansins est li seneschauz destornez de ce qu'il voloit faire. Et messires Gauvains (*f. 150d*) chevauche tant que il vient an

– Non, seigneur, il n'y a pas plus de cinq lieues *(f. 150c)* jusque-là. »

La dame fait donc chercher un cheval à l'écurie, elle se met en selle, et emmène avec elle quelques-uns de ses sergents. Monseigneur Gauvain lui prescrit bien de ne donner à personne des renseignements sur le chevalier, mais de dire seulement qu'il s'agit d'un chevalier. « Et demain matin, dès que vous saurez que la bataille doit avoir lieu, envoyez-moi chercher à bride abattue, car je désire être là le plus rapidement possible. »

La dame s'en va, mais auparavant sa nièce vient lui dire qu'elle peut être complètement rassurée, que c'est le meilleur chevalier qui ait jamais porté écu. Celle-ci reprend bon espoir, arrive au château, obtient de parler à son époux et le met au courant; puis, au moment de le quitter, elle dit devant le duc :

« Ah ! Seigneur, mon Dieu, secourez-nous, aussi vrai que nous ne sommes pas coupables ! »

Le lendemain matin, le duc apprit que Manessel avait trouvé un chevalier pour combattre à sa place. Il s'en réjouit grandement. Alors qu'il était encore couché, la dame arrive devant lui et lui dit que le chevalier de son époux est prêt pour sa bataille. Le duc envoie chercher le sénéchal, le met au courant, mais celui-ci répond qu'il n'a jamais été aussi content et affirme qu'il est fin prêt.

« Certes, fait la dame, s'il plaît à Dieu, vous porterez aujourd'hui même tout le poids de la faute ! »

Puis elle demande au duc où se tiendra la bataille ; il répond qu'elle sera à l'extérieur du bourg, sur une grande esplanade, récemment entourée de fossés pour consolider la défense du château. Celui-ci avait pour nom Cincaverne, et il était fort beau.

La dame se hâte d'envoyer chercher monseigneur Gauvain. Il était déjà tout en armes, car il ignorait l'heure où il serait requis. Le sénéchal avait fait demander où se trouvait le chevalier qui devait se battre contre lui, et on lui avait répondu au château de Manessel, car s'il avait su qu'il était dans la demeure de la dame, il aurait envoyé quelqu'un à sa rencontre pour le faire tuer, lui qui était capable de toutes les plus grandes trahisons. Ainsi le sénéchal voit-il ses plans déjoués, tandis que monseigneur Gauvain *(f. 150d)* chevauche sans arrêt jusqu'à

Cincaverne. Si ot pris an la maison o il ot geü un glaive viez et anfumé, a une mout grosse hante de fraisne, et li fers si est toz viez et anreulliez, mais il estoit aguz et bien tranchanz. Li seneschauz fu ja devant lo duc, toz apareilliez de sa bataille. Et messires Gauvains dit a la dame que il velt messe oïr, et an li fait apareillier. Et il i va, si prie Nostre Seignor de mout bon cuer que il li doint anor hui an cest jor, si com il se conbat por droit et por pitié. Lors ist hors do mostier, et ses chevaus li fu amenez. Et qant il met lo pié en l'estrier, si lo fiert une saiete o pan do hauberc tot parmi, si que ele s'an vola outre et fiert lo cheval parmi les flans. Et neporqant mout li poisse de son cheval qui navrez est. Totevoies monte et s'an va sor son cheval parmi la vile, si a mis son escu dela ou li cox li estoit venuz. Si vint devant lo duc, et ses chevaus seignoit mout durement. Si demanda li dus a ces qui avoc lui sont qui son cheval avoit ansi navré. Et il li content.

Lors descent messires Gauvains devant lo duc, si le salue et dit :

« Sire, ge cuidoie estre toz seürs, car an mon païs est costume, qant uns chevaliers se doit combatte, que il est aseürs de toz homes fors que de celui a cui il se doit combatre. Et an m'a mon cheval ocis an vostre conduit, car en vostre conduit devoie ge bien estre, puis que ge avoie bataille anprise devant vos. Et bien sachiez que il an sera ci et aillors parlé. Ne ge [ne] me plain se de vos non, des que an vostre conduit m'est maus avenuz. »

Et li dux en est mout hontous et dit que, se il savoit qui ce a fait, il ne lairoit por tote sa terre, tant fust ses amis, que il ne fust panduz parmi la goule. « Et ge vos jurerai, sire chevaliers, que ge rien n'en soi ; et plus m'an poisse que bel ne m'en est, car trop an ai honte ; et ge la prain sor moi. »

Lors fait aporter les sainz et jure tot premierement ansi com il l'avoit devisé. Et aprés lo fist jurer au seneschal et a toz ces qui o lui estoient. Si ot de tex qui conurent que uns freres *(f. 151a)* au seneschal avoit ce fait, qui estoit vallez. Et li dus lo fait panre et

Cincaverne. Il avait pris dans la demeure où il avait dormi une vieille lance, noircie par la fumée, avec un gros bois de frêne et un fer usagé et rouillé, mais pointu et bien coupant. Le sénéchal se trouvait déjà devant le duc, tout prêt à se battre. Monseigneur Gauvain dit à la dame qu'il veut entendre la messe ; on la lui fait préparer et il va prier Notre Seigneur du fond du cœur de lui donner en ce jour l'honneur de la victoire, puisqu'il se bat pour le droit et par compassion. Il sort de l'église et son cheval lui est amené, mais tandis qu'il met le pied à l'étrier, une flèche l'atteint en plein sur le pan de son haubert, d'où elle rebondit pour aller frapper le flanc du cheval ; très contrarié de voir que sa monture est blessée, il l'enfourche tout de même, mais pour traverser le bourg, il a mis son écu du côté où le coup était venu. Son cheval saigne fortement quand il arrive devant le duc ; celui-ci demande à son entourage qui avait blessé ainsi ce cheval, et on lui raconte la chose.

Cependant monseigneur Gauvain met pied à terre devant le duc, le salue et lui dit :

« Seigneur, je croyais être parfaitement en sécurité, car dans mon pays la coutume veut, quand un chevalier doit se battre, qu'il soit assuré contre tous, excepté contre celui qu'il doit affronter ; or sous votre sauvegarde, on a blessé mortellement mon cheval : c'est bien sous votre sauvegarde que je devais être, puisque je m'étais engagé pour un combat qui devait avoir lieu devant vous : soyez certain qu'on en parlera ici et ailleurs. Je n'ai à me plaindre que de vous, du moment qu'en votre sauvegarde un mal m'est arrivé. »

Plein de honte, le duc lui répond que, s'il savait qui avait fait cela, il ne manquerait pas, dût-il engager toute sa terre et quelque amitié qu'il ait pour le coupable, de le faire pendre haut et court.

« Je vais vous jurer, seigneur chevalier, que je n'en savais rien ; j'en tire bien plus de contrariété que de satisfaction, car j'en éprouve trop de honte ; mais je prends cela sur moi. »

Il fait alors apporter les reliques et, le premier, il jure comme il l'avait dit ; après, il fait jurer le sénéchal et tous ceux de son clan. Or certains reconnurent qu'un frère *(f. 151a)* du sénéchal, qui était écuyer, avait fait cela ; le duc fit arrêter cet homme et,

dit que il n'en sera ja parjurs et lo fist maintenant pandre. Puis fist a monseignor Gauvain amener lo plus bel et lo meillor cheval que il aüst, et li dit que il i mont. Et messires Gauvains i monte toz efforciez, si lo trove mout a son talant, puis redescent. Si revienent as sairemenz, [et li vavasors fu amenez] el champ por lo sairement faire. Si jura li seneschauz avant que il savoit bien que li vavasors estoit vers son seignor traïtres. Et il jura aprés que se Dex li aidast et li sainz, que il estoit parjurs de cest sairement.

« Ansi m'aïst Dex, fait messires Gauvains, com il parjurez s'est, et il bien lo semble, et vos lo m'avez dit. »

Lors montent andui sor les chevaus et vont juque an la place ou la bataille devoit estre. Si les met an dedanz par une porte, et puis la ferme l'an mout bien de totes parz, qant il sont dedanz. Et totes les genz sont venues defors sor les fosez qui mout sont parfont, et esgardent de totes parz les deus chevaliers qui laianz sont anclos. Et la fame au vavasor et sa niece sont andeus an une chapelle a genouz devant l'autel et prient Deu que il doint a lor chevalier l'annor de la bataille. Et li dui chevalier laissent corre, si s'antrefierent de si grant aleüre comme li cheval les portent qui vont qanque il puent plus aler. Et si fierent si granz cox que li glaive, qui mout estoient fort, peçoient et esclatent jusque es poinz. Mais ne li uns ne li autres n'est cheoiz, ainz s'an passent outre mout gentement, si gitierent an voie les tronçons des lances. Puis metent les mains as bones espees tranchanz. Si n'i a nes un des chevaliers qui mout grant mervoilles n'ait de la joste, car mout a esté et fiere et dure. Lors vient arrieres messires Gauvains, si prise mout lo chevalier an son cuer et dit a soi meïsmes que mout est granz dolors se il est traïstres, ne il ne cuideroit mies que cuers traïstres aüst tel proece, si dist :

« Requenuis ta desleiauté, et ge metrai poine (*f. 151b*) an toi acorder au duc et au vavasor por cui ge me combat. Et ge ferai tant, o par moi o par autrui, que tu n'i perdras ne vie ne membre ne annor, car

déclarant qu'il ne se parjurerait pas, il le fit pendre aussitôt. Puis après avoir donné l'ordre d'apporter à monseigneur Gauvain le plus beau et le meilleur de ses propres chevaux et lui dit de l'essayer ; monseigneur Gauvain l'enfourche avec empressement, le trouve tout à fait à son goût et remet pied à terre. On reprend la procédure des serments et le vavasseur est amené sur les lieux pour ces serments ; le sénéchal jure d'abord qu'il savait bien que le vavasseur était coupable de trahison envers son seigneur, et après l'autre jure, au nom de Dieu et de ses saints, que le sénéchal vient de prêter un faux serment.

« Aussi vrai que je demande à Dieu de m'aider, fait à son tour Gauvain, ce serment est faux, j'en suis persuadé et vous me l'avez dit. »

Les deux combattants montent alors à cheval et gagnent l'emplacement du combat ; on les y fait pénétrer par une porte, que l'on referme hermétiquement après eux. Tout le peuple est sorti se mettre sur les grosses buttes des fossés et de tous côtés on observe les deux chevaliers qui se trouvent dans l'enclos. La femme du vavasseur et sa nièce sont toutes deux dans une chapelle, à genoux devant l'autel, priant Dieu d'accorder à leur chevalier l'honneur du combat.

Les deux chevaliers lâchent la bride de leurs chevaux, à toute vitesse ils galopent l'un contre l'autre et se portent réciproquement un coup si violent que les lances, malgré leur solidité, se rompent en plusieurs morceaux jusqu'aux mains qui les tenaient empoignées ; mais ni l'un ni l'autre n'est tombé : au contraire, ils se croisent avec brio, puis jettent à terre les tronçons qui leur restent pour prendre leurs bonnes épées tranchantes. Il n'y a pas un seul chevalier qui ne s'émerveille de cette joute, car elle a été pleine de férocité et de violence. Tandis qu'il revient sur ses pas, monseigneur Gauvain en son for intérieur apprécie grandement le chevalier et se dit qu'il est bien navrant qu'il s'agisse d'un traître, qu'il n'aurait pas cru qu'un cœur de traître puisse avoir une telle prouesse ; et il lui adresse ces paroles :

« Reconnais ta déloyauté et je m'efforcerai (*f. 151b*) de ménager ta paix avec le duc et le vavasseur que je représente ; moi-même ou par l'intermédiaire d'un autre, je ferai en sorte que tu ne perdes ni la vie, ni un membre, ni l'honneur, car

anvie fait a maint home maintes mauvaises choses comancier. »

« Mais tu, dit li seneschauz, te claimme vaincu, car il n'a sociel si preu chevalier, se il estoit an ton leu, que ge ne lo randise ancui o mort o vaincu. Et saches que tu te conbaz por la plus desleial rien qui onques nasquist de fame. »

« Certes, fait messires Gauvains, la traïson que tes freres fist jehui la me fait prandre sor toi. Et cil an jure trop que tu an ies parjurs. »

Et li seneschauz l'an desment hardiement et broiche lo cheval et vient vers lui, l'espee traite, et fiert sor son hiaume grant cop et pessant, si que durement s'en sant messires Gauvains. Et voit messires Gauvains que mout est li chevaliers de grant deffanse, si li va sus mout hardiement et fiert de l'espee tel cop que tuit cil qui lo voient s'an esbahissent, si detranchent les hiaumes et decopent les escuz amont et aval et maumetent les hauberz an plussors leus, si que li sans an saut hors après les cox de l'espee. Si trove messires Gauvains o seneschal trop grant deffanse, et mout longuement dura la bataille des deus tot a cheval ; et tant ont perdu del sanc que a poines se puent mais granment forfaire, et mout afebloie la force a l'un et a l'autre.

Et an la place avoit mout gent qui vousisient bien que messires Gauvains vainquist, car mout estoit li vavasors tenuz a prodome. Si an ala tant la novelle que an la chapelle fu oïe. Et la damoiselle qui monseignor Gauvain avoit amené oï que les genz disoient que messires Gauvains n'an avoit mies lo meillor et que mout bien se contenoit li seneschauz. Et ele an fu mout dolante, si saut fors de la chapelle mout angoisouse et monte an un des plus hauz leus que elle trove por veoir comment messires Gauvains se contenoit. Si voit que il a mout perdu de sanc. Et li seneschauz rest mout *(f. 151c)* angoiseus, si voit que

l'envie, pour beaucoup, est à l'origine de bien des actes coupables.

— Et toi, déclare-toi plutôt vaincu, lui répond le sénéchal, car ici-bas il n'y a pas de chevalier si preux que, s'il se trouvait à ta place, je ne réduise aujourd'hui à l'état de mort ou de vaincu. Sache que tu te bats pour la créature la plus déloyale qui jamais soit née d'une femme.

— En vérité, réplique monseigneur Gauvain, la trahison de ton frère aujourd'hui fait que je défends cet homme contre toi[1] ; et d'autre part, il jure avec trop de force que tu as menti. »

Le sénéchal le contredit effrontément, éperonne son cheval, fonce sur lui l'épée à la main et lui assène sur le heaume un coup si fort et si lourd que monseigneur Gauvain s'en ressent durement ; il s'aperçoit que le chevalier sait fort bien se défendre, mais à son tour, intrépidement, il l'attaque et lui porte un tel coup d'épée que tous les spectateurs en sont ébahis. Les combattants fendent les heaumes, mettent en morceaux le bas et le haut des écus, défoncent les hauberts en maints endroits : le sang jaillit sous les coups d'épée. Monseigneur Gauvain trouve dans le sénéchal une bien grande résistance et le combat à cheval, pour l'un comme pour l'autre, dure fort longtemps ; ils ont perdu tant de sang qu'ils ne peuvent plus se faire grand mal et que leur force, à l'un comme à l'autre, se trouve bien affaiblie.

Sur les lieux, il y avait beaucoup de gens qui auraient bien voulu la victoire de monseigneur Gauvain, car on tenait le vavasseur pour un homme de grande vertu. Les rumeurs arrivèrent jusqu'à la chapelle et la demoiselle qui avait amené monseigneur Gauvain entendit les gens dire que monseigneur Gauvain n'avait pas le dessus et que le sénéchal se comportait fort bien. Pleine de douleur et d'angoisse, elle se précipite hors de la chapelle et grimpe le plus haut possible pour voir où en est monseigneur Gauvain ; elle constate qu'il a perdu beaucoup de sang, que le sénéchal pour sa part (*f. 151c*) est épuisé, car il en

---

1. Nous pensons que *la* renvoie à *la plus desleial rien*, plutôt qu'à *traïson* ; sinon, la phrase signifierait « la trahison de ton frère me fait penser que tu en es responsable ».

mout an ravoit perdu. Et qant ele voit lo sanc, si ne se pot an tenir an piez, ainz se pasme et chiet a terre.

Or si se destorne li contes une piece de la bataille por conter une avanture de Lyonel, lo cosin Lancelot, qui a la cort s'an aloit. Si lo porta aventure par la ou messires Gauvains se conbatoit, si voit les genz qui aloient a la bataille. Et qant il ot enquis que ce estoit, si i ala il meïsmes por veoir la bataille et vient la ou la damoiselle estoit relevee de pasmoisons, si la tenoient chevalier do paranté au vavasor. Et li vallez vient tot a cheval por esgarder, car il n'avoit onques veüe bataille de deus chevaliers, si fu si angoisous do veoir que il se mist tot a cheval sor ces qui tenoient la damoiselle. Et li uns d'aus li dist que il se traisist ariés. Et il antandi tant a regarder que il ne sot que cil li dist. Et uns chevaliers prant lo roncin par lo frain, si lo sache arieres si durement qu'il l'abat a po. Et Lyoniaus lo regarde, si li demande que il li voloit.

« Ge voil, fait li chevaliers, tant que par un po ge ne vos doig de cest baston parmi la teste, car trop ies fox garz et mesafaitiez. »

Et Lyoniax sache l'espee qui li pant au flanc, si li cort sus. Et la pucelle li escrie que mar lo face, car c'est uns chevaliers. Et li vallez met l'espee arriés et dit que il ne lo tochera, mais par Sainte Croiz, se il ne fust chevaliers, il lo comparast. « Et maudahaz ait, fait il, chevaliers vilains et maufaisanz, qui que il soit. » Lors s'an torne loign et dit : « Sire chevalier, or soit vostre la bataille a veoir et ge la vos quit. Et certes, mout meillor chevalier que nus d'aus deus n'et voi ge mout sovant et verrai qant ge voudrai. »

Et messires Gauvains oï la tançon, si esgarde

a beaucoup perdu aussi ; à la vue de tout ce sang, elle vacille, se pâme et tombe à terre.

À présent le conte se détourne un instant du combat pour rapporter une aventure de Lionel, le cousin de Lancelot, qui s'en allait à la cour[1]. Le hasard le mena là où monseigneur Gauvain livrait son combat ; voyant les gens s'y rendre, il demanda ce qu'il en était et lui-même voulut rejoindre les spectateurs ; il arriva quand on ranimait la demoiselle, soutenue par des chevaliers de la parenté du vavasseur. Tandis que le jeune homme avançait à cheval pour regarder, car il n'avait jamais vu encore de combat judiciaire entre deux chevaliers, il était si avide de voir qu'il heurta de sa monture ceux qui tenaient la demoiselle ; l'un d'eux lui dit de reculer, mais il était si occupé à regarder qu'il ne comprit pas ce qu'on lui disait. Alors un des chevaliers prend le roncin par le frein et tire si rudement en arrière qu'il manque de faire tomber Lionel ; celui-ci le regarde et lui demande ce qu'il a contre lui :

« J'ai, rétorque le chevalier, que je suis bien prêt de te donner de ce bâton sur la tête, car tu es un vaurien et un grossier écervelé. »

Tirant l'épée pendue à son côté, Lionel se précipite sur lui ; mais la jeune fille lui crie que cela lui portera malheur, car c'est un chevalier[2] ; alors l'écuyer retire son épée et déclare qu'il ne le touchera pas, mais par la Sainte Croix, s'il n'était chevalier, il aurait à le payer. « Et maudit soit, fait-il, le chevalier qui se conduit honteusement et mal, quel qu'il soit ! » Puis il s'éloigne en ajoutant : « Seigneur chevalier, même si votre bataille mérite d'être vue, je vous la laisse : en vérité, un bien meilleur chevalier que l'un ou l'autre de ces deux-là, j'en vois un souvent et je le verrai quand je voudrai[3] ! »

Monseigneur Gauvain entend la querelle, jette un regard de

---

1. Nous n'introduisons pas de nouveau chapitre ici, malgré la formule à peu près complète, car le décor et l'action sont les mêmes ; la formule signale seulement que Lionel, en route pour apporter à la reine et à la dame de Malehaut le message de Galehaut et de Lancelot, arrive par hasard sur les lieux, voir f. 145d.

2. Un écuyer ne peut se battre avec un chevalier sans se mettre dans son tort. Voir infra f. 152d.

3. Lionel est l'écuyer de Lancelot, voir f. 112b.

cele part et vit lo vallet que toz est montez, si se mervoille mout qui il puet estre. Et li chevaliers a cui il tançoit lo tient por fol, si li demande tot an riant :

« Biau frere, si t'aïst Dex, di moi, qui est li bons chevaliers que tu [v]oiz si sovant ? »

« Ne vos chaut, fait li vallez, car, si m'aïst Dex, il vaudroit mout noauz se vos lo saviez. Mais s'il vos tenoit a cest chanp *(f. 151d)* et ces deus qui se combatent, et il fust as testes tranchier, chascuns de vos n'i vodroit estre por la terre Galehot. »

Et ce dist il por ce qu'il cuidoit que nus ne fust si riches comme Galehoz. Et qant [il s'aparsut, si se tint por fol de ce qu'il l'avoit nomé. Et qant] messires Gauvains ot parler de Galehot, si tressaut toz de joie et regarde lo vallet. Ne ne set que faire, car il dote que li vallez s'en aille, et li cuers li dit que il an set aucune chose. Et la pucele qui l'ot amené ne se pot plus tenir, ainz crie an haut, si que toz li pueples l'ot :

« Gauvains, Gauvains, ja vos tient an au meillor chevalier do monde, et vos sosfrez que uns seus chevaliers vos met si au desoz. »

Et li vallez la regarde, si dit :

« Pucele, dites vos que ce est messires Gauvains ? Ja Dex ne m'aïst, que ce fu onques icil Gauvains que l'an tient a si preu, car il ne demorast mies devant si grant pueple comme il a ci, por un sol chevalier conquerre, et il meïsmes est conquis, autant se vaut. »

Et qant la damoiselle l'ot, si rechiet pamee. Et qant li dus ot que ce est messires Gauvains, si s'an mervoille mout. Mais il voit bien que il n'est mies si au desoz comme l'an cuidoit, car il savoit auques de son pooir, qex il estoit, a ce que il li avoit veü faire devant en la bataille de Leverzerp, car ses freres li avoit dit que ce fu messires Gauvains. Mais il voit bien qu'il muse et panse a que que soit, et si ne set a coi. Si l'an poisse mout, car il crient mout que ce li

ce côté et voit le jeune homme encore à cheval ; il se demande avec étonnement qui il peut bien être. Cependant le chevalier qui se disputait avec le jeune homme, le tient pour un fou, éclate de rire et lui dit :

« Cher frère, que Dieu te protège, dis-moi, qui est le vaillant chevalier que tu vois si souvent ?

— Peu vous importe, fait l'autre, car, par Dieu, il vaudrait bien pis si vous le saviez. Mais s'il vous affrontait en ce combat, *(f. 151d)* avec les deux qui se mesurent là, et qu'on en soit au moment où les têtes doivent être tranchées, aucun de vous ne voudrait y être, même pour la terre de Galehaut ! »

Il avait dit cela parce qu'il pensait que personne n'était aussi puissant que Galehaut ; quand il s'en rendit compte, il se tint pour fou de l'avoir nommé. Monseigneur Gauvain, en entendant parler de Galehaut, sursaute de joie et regarde le jeune homme. Il ne sait que faire, car il craint que celui-ci ne s'en aille, alors qu'il a l'intuition qu'il sait quelque chose sur Galehaut. Mais la jeune fille qui l'avait amené, ne pouvant plus se retenir, lui crie si fort que toute la foule l'entend :

« Gauvain, Gauvain, on vous tient pour le meilleur chevalier du monde, et vous laissez ainsi un seul chevalier l'emporter sur vous ! »

Le jeune homme se tourne vers elle et lui dit :

« Jeune fille, vous dites que c'est monseigneur Gauvain ? J'en prends Dieu à témoin, celui-ci n'est pas du tout ce Gauvain que l'on tient pour si preux : il ne mettrait pas si longtemps à vaincre un seul chevalier en présence d'une foule comme celle-ci, et aussi bien, il est lui-même vaincu ! »

À ces mots, la demoiselle retombe évanouie. Le duc est fort étonné d'entendre qu'il s'agit de monseigneur Gauvain ; mais il voit bien qu'il n'a pas autant le dessous qu'on le croit, car il connaissait quelque peu ses possibilités, les ayant vues à l'épreuve auparavant, lors de la bataille de Loverzerp, où son frère lui avait dit qu'il s'agissait de monseigneur Gauvain[1]. Il s'aperçoit bien qu'il est distrait et qu'il pense à quelque chose, il ne sait à quoi ; cela l'inquiète fort, car il a bien peur qu'il n'en

---

1. Voir supra f. 148b.

nuise. Et qant messires Gauvains ot ce que la pucele li ot reprochié, si l'an poise mout. Si cort sus au seneschal et est si prouz et si vistes que tuit cil qui l'esgardent s'en mervoillent. [Si nel resuefre mie li seneschaus, car s'il l'a bien mené la ou il veut,] or lo remoine messires Gauvains deus tanz a sa volenté, mais mout est dolanz de ce que il a oï son non nonmer.

A ces paroles vient une pucelle sor son palefroi, tote tressuanz, par devant lo fossé, et fu si anmuselee que n'an paroient que sol li oil. Et qant elle voit lo vallet qui la bataille esgardoit a cheval, si li demanda a cui il est. Et il li dit que il est a un chevalier. Et ele lo prant par lo frain, si li dit que il li nont.

« Ja certes, fait il, damoiselle, no ferai. »

« Si feras, fait ele, car ge vos praign. »

(f. 152a) « Prenez. De vos serai ge bien delivres qant ge voudrai. »

« Dites le, » fait ele.

« No ferai, » fait il.

« Si ferez, fait ele, par la foi que vos devez a celi qui vos garanti qant vos aviez l'espee sor la teste. »

Et qant il l'ot, si ot tel angoise que il ne sot que faire. Et la damoiselle s'an torne. Et qant ele fu un po loig, si li dit :

« Vallez, vallez, tu ne me diras mies ce de quoi ge te conjur, et sor la rien o mont que tu deüsses plus amer ? »

« Ha ! damoiselle, fait il, jo vos dirai par un covant que si liee soiez vos de l'oïr comme ge serai do

pâtisse. Mais quand monseigneur Gauvain a entendu les reproches de la jeune fille, il en est tout contrarié : il se rue sur le sénéchal, il montre tant de force et de rapidité que tous ceux qui l'observent s'en émerveillent ; quant au sénéchal, il ne peut plus résister, car si lui-même a bien mené monseigneur Gauvain où il voulait, à présent celui-ci y arrive deux fois mieux avec lui, mais il est fort triste d'avoir entendu qu'on disait son nom.

Sur ces entrefaites, par-devant le fossé, arrive une jeune fille montée sur un palefroi[1] tout en sueur ; elle avait la tête si bien cachée dans son voile qu'elle ne montrait que ses yeux ; voyant le jeune homme qui, à cheval, regardait le combat, elle lui demande à qui il appartient ; il lui répond qu'il est à un chevalier ; elle le saisit par le frein[2] et lui intime de lui dire le nom de ce chevalier.

« En vérité, demoiselle, je ne le dirai absolument pas.
— Si, car je vous tiens.
— Tenez-moi ! *(f. 152a)* Je serai bien débarrassé de vous quand je le voudrai.
— Dites-le, insiste-t-elle.
— Non, répète-t-il.
— Si, reprend-elle, par la foi que vous devez à celle qui vous protégea quand vous aviez l'épée sur la tête[3]. »

À ces mots, il est pris d'un tel trouble qu'il ne sait que faire. La demoiselle le laisse, mais à quelque distance, elle reprend :
« Jeune homme, jeune homme, ne me diras-tu pas ce dont je te conjure, et au nom de la personne que tu devrais le plus aimer au monde ?
— Hélas ! demoiselle, je vous le dirai à condition que vous soyez aussi heureuse de l'entendre que moi, je le serai de le

---

1. Le *palefroi* est un cheval de luxe, servant à la parade et aux voyages de la noblesse. La monture, comme souvent dans le roman, indique ici au moins la condition de l'inconnue.

2. *Prendre par le frein* est un geste d'autorité ; c'est notamment celui par lequel un chevalier en fait un autre prisonnier au tournoi.

3. Il s'agit d'un épisode dramatique de l'enfance de Lionel ; voir t. I, p. 210. Cette demoiselle, envoyée de la Dame du Lac, s'appelle ici Célice, alors qu'à la p. 185 du t. I, elle avait été nommée Saraïde.

dire, car vos me feroiz desleiauter. Mais por Deu, clamez m'an quite. »

« Si m'aïst Dex, se tu no diz orandroit, il sera ancor tel ore que tu no me voudroies avoir celé por un de tes membres. »

« Jel vos dirai, fait il, mais ja Deu ne place que gel voie. Ge suis a Lancelot do Lac. »

Et qant il l'a dit, si a tel dolor que par un po qu'il ne se pasme, et fait si grant duel que trop. Et elle li dit :

« Lyonnel, Lyonnel, tu as tant fait que tu lo comparas, car tu m'as maldite et tu me deüsses plus amer que toi meïsmes. »

Et qant il l'ot, si fiert lo roncin des esperons et dit que il savra ja qui elle estoit.

« Desvelopez vos, » fait il.

« No ferai, » fait elle.

« Si feroiz, fait il, par la rien que vos plus amez, ou ge vos desvelopera ja. »

« Ançois, fait ele, me desveloperai ge. »

Et ele se desvelope. Et qant il la voit, si est si esbahiz que il ne puet parler, car ce estoit la riens o monde que il onqes plus avoit amee. Et il li a dit :

« Bele tres douce amie, qant vos maudis ge don ? »

« Qant tu deïs, dist ele, que ausi liee fusse ge de l'oïr com tu seroies do dire. »

Et il est si angoisous que par un po qu'il n'anrage.

« Va t'ant, fait ele, la ou tu ies meüz. »

Et il ne dit mot. Et la damoiselle, por ce que ele volt que il s'en aille, si crie an haut et dit a monseignor Gauvain :

« Gauvain, Gauvain, voi toi ci celui qui te puet asener de ce que tu quierz. Et se il eschape, s'esloigne ta queste. »

Et qant Lyonins ot que ce est messires Gauvains, si a greignor duel, si fiert lo cheval des esperons, si s'an torne fuiant tot contramont lo chemin tant comme li roncins li puet aler. Si a tel duel que greignor *(f. 152b)* ne puet avoir, et maudit l'ore que il onqes fu nez, et que Dex li doint la mort par tens. Et ce estoit la damoiselle qui lo garanti qant

dire, car vous me ferez commettre une déloyauté. Pour l'amour de Dieu, tenez m'en plutôt quitte !

— J'en prends Dieu à témoin, si tu ne le dis pas maintenant, il viendra un moment où tu ne voudrais pas me l'avoir caché, même au prix d'un de tes membres.

— Je vous le dirai, cède-t-il, mais à Dieu ne plaise que je le revoie : je suis à Lancelot du Lac ! »

Après ces paroles, il manque s'évanouir de douleur, et il montre un chagrin incoercible. Elle lui dit alors :

« Lionel, Lionel, tu as tant fait que tu me le paieras, car tu m'as maudite, alors que tu aurais dû m'aimer plus que toi-même. »

À ces mots, il éperonne son roncin et déclare qu'il saura qui elle est.

« Écartez votre voile, lui dit-il.

— Non, répond-elle.

— Si, au nom de la personne que vous aimez le plus, sinon c'est moi qui vais le faire !

— Alors, je préfère que ce soit moi. »

Elle écarte donc son voile et quand il la voit, il reste bouche bée, sans pouvoir parler, car c'était la créature qu'il avait le plus aimée au monde ; il finit par lui dire :

« Ma très chère et douce amie, quand vous ai-je donc maudite ?

— Quand tu as souhaité que je sois aussi heureuse de l'entendre que toi de le dire. »

Son désarroi est si grand qu'il pense en devenir fou.

« Va-t'en, conclut-elle, retourne là d'où tu viens. »

Mais il ne répond rien. Alors la demoiselle, voulant qu'il s'en aille, crie d'une voix forte, dans la direction de monseigneur Gauvain :

« Gauvain, Gauvain, regarde ici celui qui peut te renseigner sur ce que tu cherches. S'il s'échappe, ta quête se prolonge ! »

En entendant qu'il s'agit de monseigneur Gauvain, Lionel est pris d'une détresse encore plus grande : il pique des éperons et, faisant demi-tour, il s'enfuit tout le long du chemin, de toute la vitesse de son roncin. Au comble du désespoir *(f. 152b)*, il maudit l'heure de sa naissance et souhaite que Dieu lui accorde de mourir bientôt. C'était la demoiselle qui le sauva quand l'espee li fu sor la teste por ocirre, si avoit non Celice, et la dame avoit non Ninienne. Et icele Ninienne fu ce qui Lancelot norri au lac. Et qant cele voit qu'il s'an va d'une part, et ele s'an va d'autre. Et messires Gauvains est si angoisous de la damoiselle qui s'an va san plus dire, que do vallet que il repert par cui il cuidoit estre asenez. Si cort sus au seneschal, si lo fiert de l'espee parmi lo hiaume et fiert et refiert tant que il li tranche la coife do hauberc, la ou il l'ataint, et de la teste tant que li sans li covre lo piz et les espaules, si l'estordi, si que par un po que il n'et cheoiz, mais il fiert au col do cheval et l'anbrace. Et messires Gauvains fiert de l'espee que il tenoit ou hiaume et es braz, si pert li seneschauz les arçons et vient a terre, la teste contraval, si que par un po que il n'ot lo col peçoié. Si li saut li sans par la boiche et par lo nes hors et parmi amedeus les oroilles. Lors descent messires Gauvains, si li cope tot maintenant les laz do hiaume et li cope la vantaille tote sanglante. Si li dit que il se claint vaincuz, o il l'ocirra ja et li copera la teste, car il a mout grant bessoing. Et cil ne pot mot dire. Et qant il vit que il ne dit mot, si est mout angoisous, car il ne l'oceïst mie volentiers, et li bessoinz que il a d'autre part lo haste. Totesvoie set il bien que il est livrez a la mort, si lait venir et hauce l'espee, si li a la teste copee. Puis monte en son cheval, si vient au duc, si li baille la teste et li dit qu'il face tel jostise do cors com an doit faire de traïtor. Et li dus li a dit que si fera il. Puis li prie mout de remanor. Et il dit que ce ne puet estre, car ses bessoinz est trop granz. Lors li est li vavasors chaüz an piez, et sa fame et si anfant, et se poroffrent tuit an son servise a lor pooir. Et la pucele qui amené l'avoit est montee por aler o lui, mais il dit que (f. 152c) l'escuier li covient sivre tant que il lo truist.

Or a li dus grant joie et li vavasors, et mout se travaillent totes les genz de lui retenir. Si s'an va, et la damoisele o lui. Et qant ele voit que il s'an va si tost, si li dit :

l'épée allait lui couper la tête ; elle s'appelait Célice, et la dame Ninienne ; cette Ninienne était celle qui avait élevé Lancelot au lac. Quand cette demoiselle voit qu'il s'en va, elle prend la direction opposée. Monseigneur Gauvain n'est pas moins affolé par cette jeune fille qui s'en va sans en dire plus que par le souci de retrouver le jeune homme qui, croyait-il, devait le renseigner. Aussi se précipite-t-il sur le sénéchal : il lui assène en plein heaume un coup d'épée et recommence si bien qu'il lui tranche la coiffe du haubert, quand le coup arrive jusque-là ; il atteint même la tête et le sang lui couvre les épaules et la poitrine ; il l'étourdit et l'autre manque de tomber, mais se raccroche des deux bras à l'encolure de son cheval. Tenant l'épée bien en main, monseigneur Gauvain continue de le frapper sur le heaume et sur les bras : le sénéchal, désarçonné, tombe par terre, la tête la première, et manque de se briser le cou ; le sang lui jaillit par la bouche, par les narines et par les deux oreilles. Alors monseigneur Gauvain met pied à terre, lui tranche aussitôt les lacets de son heaume et ceux de sa ventaille, toute sanglante. Il lui dit que s'il ne se déclare pas vaincu, il lui donnera la mort et lui coupera la tête, car il a une affaire très urgente. Mais l'autre ne peut émettre un seul mot ; devant cela, monseigneur Gauvain est pris d'une grande anxiété, car il ne voudrait pas le tuer, et d'autre part son affaire le presse. Cependant, il sait bien que son adversaire ne peut éviter la mort et, s'y résignant, il hausse l'épée et lui coupe la tête. Puis il remonte à cheval, arrive devant le duc, lui donne la tête et lui dit de rendre justice au corps comme il convient de le faire pour celui d'un traître. Le duc lui répond qu'il le fera bien ainsi, et il le prie vivement de rester. Mais il répond que cela lui est impossible, qu'une trop grande urgence l'attend. Alors le vavasseur tombe à ses pieds, ainsi que sa femme et ses enfants ; tous, ils s'offrent à le servir, autant qu'ils le peuvent. La jeune fille qui l'avait amené monte à cheval pour s'en aller avec lui, mais il lui dit (*f. 152c*) qu'il lui faut poursuivre l'écuyer jusqu'à ce qu'il le retrouve.

Grande à présent est la joie du duc et du vavasseur, et la foule tout entière se met en peine de le retenir ; pourtant il s'éloigne et la demoiselle avec lui. Mais quand elle voit qu'il est si pressé, elle lui dit :

«Comment? fait ele, messires Gauvains, lairoiz me vos ansin?»

«Ha! damoisele, fait il, li bessoinz i est trop granz, car ge ne serai ja mais liez se ge n'ataig cel escuier qe vos avez veü. Mais or le faites bien. Atandez moi an quel que leu que vos voudroiz, et ge vos creant leiaument que ge revanrai por vos.»

«Creantez me vos, fait ele, que vos an vandroiz par moi sanz autre bessoigne anprandre?»

«Oïl, fait il, se ce n'estoit afaires dom ge fusse honiz se ge l'eschivoie.»

«Et ge vos atandrai a ce chastel laianz, ou an ferai mout grant joie de vos. Et vos iestes mout navrez, si avroiz bien mestier anquenuit de herbergier an tel leu o vos soiez a aise por voz plaies remirer.»

«Si com vos lo volez, fait il, si soit. Et faites an cest escu porter au chastel, que ge no lairoie por rien qui soit ou monde.»

Lors s'an vait. Et la damoiselle s'en retorne au chastel, si an porte l'escu. Et lors fait faire mout grant ator, car mout se volt li dus et li vavasors pener de lui annorer et servir. Et li dus a fait pandre lo seneschal delez son frere, car il n'avoit adonques seignor terrien el monde qui miauz tenist jostise que li dux Esçaüz de Canbenic.

Et messires Gauvains chevauche tant que il vient an une haute forest. Et qant il a grant piece alé, si esgarde devant lui et voit un home a pié et tient an sa main destre une espee tote nue et lo fuerre an la senestre, et va disant a soi meïsmes: «Ha! Dex, Dex, por coi ne me fis ge avant ocirre, car autresins n'ain ge gaires ma vie?»

Et qant messires Gauvains l'ot, si va cele part. Et cil se regarde, si l'aparçoit et voit que ce est messires Gauvains, si se fiert el bois et va fuiant qanque pié lo puent (f. 152d) porter, car paor a d'estre coneüz. Et messires Gauvains aparçoit que ce est li vallez qu'il chace, si hurte aprés des esperons et li crie:

«Vallez, mar i fui, que tu n'as garde. Ne nus ne t'avra ja rien forfait, se gel sai, que ge ne li face comparer,

« Comment, monseigneur Gauvain, me laisserez-vous ainsi ?
— Ah ! demoiselle, fait-il, l'urgence est trop grande : je ne serai plus jamais heureux si je ne rejoins pas cet écuyer que vous avez vu. Mais vous, soyez raisonnable ; attendez-moi à l'endroit que vous voudrez et je vous promets sincèrement que je reviendrai pour vous.
— Me promettez-vous que vous reviendrez pour moi, sans entreprendre une autre affaire ?
— Oui, sauf si, à l'esquiver, je me déshonore.
— Eh bien je vous attendrai dans ce château-là, où je vous reverrai avec grande joie. Vous êtes gravement blessé, et vous auriez bien besoin ce soir de loger dans un endroit où vous auriez la possibilité de faire examiner vos plaies.
— Qu'il en soit comme vous le désirez, lui répond-il. Faites aussi porter cet écu au château, car je ne l'abandonnerais pour rien au monde. »

Il s'éloigne alors et la demoiselle retourne au château avec l'écu. On fait là de grands préparatifs, car le duc et le vavasseur ont très à cœur de servir et d'honorer monseigneur Gauvain. Le duc fait pendre le sénéchal à côté de son frère : il n'y avait pas de seigneur au monde qui rendît mieux la justice que le duc Esaü de Canbenic.

Monseigneur Gauvain chevauche et arrive dans une haute forêt. Il continue longtemps, puis remarque devant lui un homme à pied, qui tenait dans la main droite une épée dégainée et dans la gauche le fourreau, et qui avançait en disant pour lui-même :

« Hélas ! mon Dieu, mon Dieu, pourquoi ne me suis-je pas fait tuer plus tôt ? Dans ces conditions, la vie ne me plaît guère ! »

À ces mots, monseigneur Gauvain se dirige sur lui. L'autre se retourne, l'aperçoit et voyant que c'est monseigneur Gauvain, il se jette dans le bois et s'enfuit de toute la vitesse (*f. 152d*) de ses jambes, car il craint d'être reconnu. Monseigneur Gauvain se rend compte que c'est le jeune homme qu'il essaie de rattraper : il éperonne derrière lui et lui crie :

« Jeune homme, ne t'enfuis pas, tu n'as rien à craindre ! Personne ne t'aura fait tort sans que je le lui fasse payer, si je

car tu ies a un des homes o monde que ge plus ain. »

Cil bote l'espee o fuerre. Et el boter li demande :

« Sire, que savez vos a cui ge suis ? »

« Ge sai bien, fait messires Gauvains, que tu ies a Lancelot do Lac. Et gel conois autresi bien com tu meïsmes. [Mais di moi por quoi tu te dementes si]. »

« Ha! sire, dites moi avant sor vostre leiauté qui vos iestes et comment vos avez non. »

« Certes, dit il, ge ai non Gauvains, li niés lo roi Artu. »

« Ha! sire, fait il, donc lo vos dirai ge. Qant ge me parti orainz de la bataille que vos avez vaincue, si com ge antrai an ceste forest et ge venoie tot lo chemin, si ancontrai ça ariés un chevalier a pié, tot armé, si m'a mon roncin tolu. Et ge ne me vos a lui mesler, por ce que chevaliers estoit et armez de totes armes. Et si me venist il miauz que ge fusse ocis, fors por ce que ce fust desleiautez a escuier de metre a chevalier main. »

« Et quel part s'an va il ? » dist messires Gauvains.

« Sire, veez ci les esclos do roncin, car ge les conois bien. »

« Or vien, fait il, aprés moi tot bellement, car se ge lo roncin ne te ran, ge te donrai cest cheval. »

« Ha! sire, fait il, granz merciz. »

Lors hurte messires Gauvains lo cheval des esperons et va les granz galoz grant piece, tant que il s'an antre an un valet et vit desoz lui une mout belle lande. Et il torne cele part, si trove deus chevaliers a pié qui se combatent, et si ont lor chevaus aresnez delez aus. Si conut messires Gauvains lo roncin a l'escuier a ces qui se combatent :

« Estez, seignor chevalier. Ne vos conbatez plus devant ce que vos m'aiez dit li qex de vos amena ci cest roncin. »

« Ge l'i amenai, fait li uns d'aus. Que an volez vos faire ? »

« Ge di, fait messires Gauvains, que vos l'i amenastes comme desleiaus et comme recreanz, car vos lo tossistes a un escuier seul et desarmé, si covient (f. 153a) que vos an veigniez por amander en sa prison. »

« Ancor ne m'avez vos mies mené jusque la, » fait li chevaliers.

le sais, car tu appartiens à un des hommes que j'aime le plus au monde. »

L'autre remet l'épée dans le fourreau, tout en lui demandant :

« Seigneur, comment savez-vous à qui j'appartiens ?

– Je sais bien que tu es à Lancelot du Lac. Je le connais aussi bien que toi. Mais dis-moi pourquoi tu te lamentes ainsi.

– Ah ! seigneur, dites-moi d'abord, sur la loyauté qu'exige votre honneur, qui vous êtes et quel est votre nom.

– En vérité, je m'appelle Gauvain, le neveu du roi Arthur.

– Eh bien, seigneur, je vais vous renseigner. Je venais de quitter le combat que vous avez gagné et j'entrais dans cet forêt où j'avançais rapidement, quand j'ai rencontré, en arrière d'ici, un chevalier à pied, tout en armes, qui m'a enlevé mon roncin. Je n'ai pas voulu me battre avec lui, parce que c'était un chevalier et qu'il était armé de toutes ses armes. Pourtant il aurait mieux valu que je sois tué, en dehors du fait qu'il aurait été déloyal qu'un écuyer porte la main sur un chevalier.

– Par où s'en va-t-il ? lui demande monseigneur Gauvain.

– Seigneur, voici les traces du roncin, je les connais bien.

– Allons, monte derrière moi allègrement : si je ne te fais pas rendre ton roncin, je te donnerai mon cheval !

Ah ! seigneur, fait-il, grand merci ! »

Monseigneur Gauvain éperonne et galope un bon moment jusqu'à l'entrée d'un vallon, prolongé par une belle lande. Il prend cette direction et tombe sur deux chevaliers qui se livrent un combat à pied, après avoir attaché leurs chevaux non loin d'eux ; monseigneur Gauvain reconnaît ainsi le roncin de l'écuyer et dit à ceux qui se battent :

« Arrêtez, seigneurs chevaliers, ne faites plus rien avant de m'avoir dit lequel d'entre vous amena ici ce roncin.

– C'est moi, fait l'un. Qu'en avez-vous à faire ?

– Je dis, lui répond monseigneur Gauvain, qu'en l'amenant ici vous vous êtes comporté comme un homme déloyal et lâche, car vous l'avez enlevé à un écuyer seul et désarmé : il faut donc (*f. 153a*) que vous vous constituiez son prisonnier, en réparation.

– Vous ne m'y avez pas encore contraint, fait le chevalier.

« Si m'aïst Dex, fait messires Gauvains, jusque la n'a gaires. »

« Or sire, fait li autres chevaliers, donc venez combatre a moi. »

Tantost messires Gauvains descent et met la main a l'espee, si li volt corre sus. Et li autres chevaliers li dit :

« Avoi ! sire chevaliers, dist il, ce ne ferez vos mie, que vos me toilliez ma bataille. Mais laisiez moi a lui conbatre tant que il m'ait outré, o ge lui. »

« Voires, fait il, et s'il est otrez, si covanra que il aille en vostre prison. Ce ne ferai ge mies. Mais se il venoit amender a l'escuier ce que il li a forfait, tant que il soit a son gré, si li ament. Ou se ce non, il covient que vos vos combatiez andui a moi. Et se vos me conquerez, vos feroiz de moi vostre plaisir, et se ge vos conquier, il covanra que vos faciez mon plaisir. »

« Et qui iestes vos ? » fait li chevaliers qui se combat a celui qui lo cheval avoit tolu a l'escuier.

« Certes, fait li chevaliers qui a lui se conbat, c'est li miaudres chevaliers que vos veïssiez onques. Il s'est hui conbatuz au seneschal de Canbenic, Gloadain. »

« Et l'a il outré ? » fait li autres.

« Ce poez vos bien savoir, fait il. Sire, fait il lors a monseignor Gauvain, ge ne me combatrai mies a vos, ainz me met outreement an vostre merci et an vostre volenté. Et faites de moi qanque vos voudroiz et li escuiers avoc, car ge pris lo cheval, et ce fu par mon grant bessoin. Et tenez m'espee ; ge la vos ran[t]. »

Et li autres s'en mervoille mout.

« Venez an donc, » fait messires Gauvains.

« Sire, dist li chevaliers, or me dites vostre non, puis que vos ma bataille me tolez. »

« Ne dites mies, fait messires Gauvains, que ge vos toille vostre bataille, mais combatez vos a lui par covant que vos respondez de son forfait et do vostre, se il i est, se vos lo conquerez. »

– J'en prends Dieu à témoin, il n'y a guère jusque-là, lui réplique monseigneur Gauvain.

– Seigneur, s'écrie l'autre chevalier, venez donc combattre contre moi. »

Monseigneur Gauvain met aussitôt pied à terre, empoigne son épée et veut se précipiter sur celui-ci, quand le premier chevalier lui dit :

« Ah ! par exemple, seigneur chevalier, vous ne ferez pas cela, m'enlever ma bataille ! Laissez-moi plutôt me battre contre lui jusqu'à ce qu'il m'ait vaincu, ou que moi, j'aie la victoire.

– Oui, et s'il est vaincu, il faudra qu'il devienne votre prisonnier ! Mais moi je ne veux pas de cela. S'il consentait à réparer le tort fait à l'écuyer et que celui-ci y trouve son compte, soit. Sinon, il convient que vous combattiez tous les deux contre moi. Si vous gagnez, vous ferez de moi ce qu'il vous plaira ; si c'est moi, il faudra que vous fassiez mon bon plaisir.

– Mais qui êtes-vous ? demande le chevalier qui se battait contre celui qui avait enlevé son cheval à l'écuyer.

– En vérité, fait son adversaire, c'est le meilleur chevalier que vous ayez jamais vu. Il s'est battu aujourd'hui contre le sénéchal de Canbenic, Gloadain.

– Et il l'a vaincu ? demande l'autre.

– De cela vous pouvez être sûr. Seigneur, dit-il alors à monseigneur Gauvain, je ne me battrai pas contre vous ; au contraire, je m'abandonne tout à votre merci et à votre volonté : faites de moi tout ce que vous voudrez et cet écuyer aussi : j'ai pris son cheval, mais c'était sous l'effet d'une grande nécessité. Voilà mon épée : je vous la rends. »

L'autre chevalier est fort étonné.

« Venez-vous-en donc, fait monseigneur Gauvain.

– Seigneur, reprend le premier chevalier, dites-moi votre nom, puisque vous m'enlevez ma bataille.

– Ne dites pas que je vous enlève votre bataille, fait monseigneur Gauvain ; mais battez-vous contre lui à condition que si vous gagnez contre lui, vous répondiez de son forfait et du vôtre, si vous en avez commis un.

« No ferai, sire, fait il. Mais totevoies me dites comment vos avez non. »

« Si m'aïst Dex, fait messires Gauvains, ge ne vi onques home por cui ge celasse mon non. No ferai ge por vos. Ge ai non Gauvains, li niés lo roi Artu. »

« Ha ! sire, *(f. 153b)* fait il, merci. Certes, vos iestes si prodom que si grant outrage ne feriez vos mies. Mais ge m'an sofferai mout volantiers, puis que il vos plaist, de la bataille. »

Atant montent tuit troi. Et li chevaliers qui lo roncin avoit pris s'an va devant, si encontre l'escuier venant a pié. Et messires Gauvains li dit :

« Biau frere, voiz ci lo chevalier qui ton roncin te toli. Or si an fai qanque tu voudras por l'amende. »

« Sire, fait il a monseignor Gauvain, granz merciz. Or croi ge bien que vos iestes ce. »

Lors descent li chevaliers et vient au vallet a pié, si li crie merci a genouz. Et li vallez l'an lieve. Et messires Gauvains li dit que il an praigne tel droit comme il voudra.

« Sire, fait li vallez, ge lo clain tot quite, mais que il vos fiancera comme leiaus chevaliers que il ja mais ne metra main sor home desarmé, puis que il soit armez, se sor soi deffandant nel faisoit ; et se autres armez li metoit, il li aideroit a son pooir. »

Et messires Gauvains en prant la foi.

« Or me dites, seignor chevalier, por coi estoit ceste bataille de vos deus. »

« Certes, sire, fait li uns, antre moi et cest chevalier, nos estiens venté ansamble de chevalerie, tant que il dist que il iere miaudres chevaliers de moi. Et ge l'an desdis, tant que il dist que ge no sivroie mies an ceste forest. Et ge dis que si feroie. Tant lo sivié que a l'antree de ceste forest jostames, si l'abati. Aprés ving a son cheval qui s'an fuioit, si lo saisi. Et il ancontra, ce croi, cest escuier et lo mist jus de son cheval, si me s[i]vié et ataint, si nos combatismes ansamble si com vos veïstes. »

— Pas de cela, seigneur, répond-il. Mais enfin dites-moi quel est votre nom.

— Par Dieu, je n'ai jamais vu un homme à qui j'aie dû cacher mon nom. Je ne le ferai pas pour vous. Je m'appelle Gauvain, le neveu du roi Arthur.

— Ah ! seigneur, *(f. 153b)* grâce ! En vérité, vous êtes si noble que vous ne sauriez faire ce grand outrage de refuser de dire votre nom. Mais puisque cela vous agrée, je me dispenserai bien volontiers de la bataille. »

Ils s'en vont donc tous les trois ; le chevalier qui avait pris le roncin allait devant et il rencontre l'écuyer qui s'en venait à pied. Monseigneur Gauvain lui dit :

« Cher frère, voici le chevalier qui t'a enlevé ton roncin. Fais-en ce que tu voudras pour la réparation.

— Seigneur, dit l'autre à monseigneur Gauvain, grand merci. Maintenant je crois bien que c'est vous. »

Le chevalier met pied à terre, s'approche de l'écuyer qui était à pied, et à genoux lui crie merci. Celui-ci le relève, tandis que monseigneur Gauvain lui répète d'exiger son droit comme il le voudra.

« Seigneur, répond l'écuyer, je le déclare quitte, pourvu qu'il vous donne sa parole de loyal chevalier de ne jamais porter la main sur un homme désarmé, s'il est lui-même armé, à moins de le faire à son corps défendant ; et que si un autre en armes portait la main sur le désarmé, qu'il ferait son possible pour porter secours à celui-ci. »

Monseigneur Gauvain reçoit sa parole.

« Maintenant, dites-moi, seigneurs chevaliers, pour quelle raison vous battiez-vous tous les deux ?

— En vérité, seigneur, fait l'un d'eux, notre valeur aux armes à ce chevalier et à moi, était pareillement vantée, jusqu'à ce qu'il prétende qu'il était meilleur chevalier que moi. Je le contredis si bien qu'il me défia de le suivre dans cette forêt ; moi, je relevai le défi et je le suivis jusqu'à l'entrée de cette forêt, où nous joutâmes et où je l'abattis. Après, je rattrapai son cheval qui s'enfuyait, et je m'en emparai. Lui, il rencontra, je crois, cet écuyer qu'il fit descendre de sa monture ; il put ainsi me suivre et me rejoindre pour se battre contre moi, comme vous l'avez vu.

« Comment ? fait messires Gauvains, si vos combatiez sanz autre querele ? Or remaigne dons l'ahastine et soiez bon ami ensanble, car ge lo vos pri. »

Et il l'otroient. Et messires Gauvains prie celui qui est a cheval que il port celui qui est a pié, et il si fait. Atant pranent congié de monseignor Gauvain, et il d'aus, si lo commandent a Deu. Et messires Gauvains convoie *(f. 153c)* l'escuier une grant piece, si li prie que il li die novelles de Galehot.

« Certes, sire, fait il, ge ne sui mies a lui. »

« Ce puet estre, fait messires Gauvains, mais tu an sez bien anseignes veraies. »

« Sire, fait li vallez, se ges sai, ge nes puis dire. Outre ce ne me devez vos mies mener. »

« Certes, fait messires Gauvains, ge ne voudroie que tu aüses faites nules desleiautez por moi. Mais tant me puez tu bien dire se il est an Sorelois o se il n'i est mies. »

« Sire, fait li vallez, se il i estoit, n'i eriez vos mies legierement jusque la, car trop i a de felons pasages, car il i a deus chauciees longues et hautes que nus chevaliers ne puet passer qui ne se combate avant a un chevalier, qui est mout preuz, et a dis serjanz qui o lui sont. Itex trespas a an chascune chauciee, et autrement n'i puet passer nus chevaliers erranz. Et sachiez bien que plus ne vos an puis dire. »

Atant lo commande messires Gauvains a Deu et il lui, car plus n'an puet avoir. Mais totevoies aparçoit il bien qu'en Sorelois est Galehot par les paroles au vallet. Si s'an retorne arieres vers lo chastel o il s'estoit combatuz. Si est bas vespres qant il i est venuz. Et lors li va encontre et li dus et li vavasors et la pucelle qui amené l'avoit. Si ont de lui si grant joie faite com il plus puent, si font ses plaies et ses bleceüres regarder et apareillier. Et mout lo mercie li dus de ce qu'il s'estoit si bien antremis de son afaire qant il vainqui lo poigneïz devant Loverzerp.

Mout font grant joie el chastel, si rest li vavasors an autresi grant hautesce com il avoit onques plus esté, car messires

— Comment ? fait monseigneur Gauvain, vous n'aviez pas d'autre sujet de querelle ? Laissez donc là votre animosité et soyez bons amis l'un et l'autre : je vous en prie. »

Ils y consentent. Monseigneur Gauvain prie encore celui qui est à cheval de faire monter derrière lui celui qui est à pied, et il le fait. Ils prennent alors congé de monseigneur Gauvain et lui d'eux, puis ils le recommandent à Dieu. Monseigneur Gauvain accompagne un long moment (*f. 153c*) l'écuyer et le prie de lui donner des nouvelles de Galehaut.

« En vérité, seigneur, je ne suis pas à lui.

— C'est possible, mais tu as bien des renseignements exacts sur lui.

— Seigneur, fait l'écuyer, si j'en ai, je ne puis les dire. Vous ne devez pas me forcer à le faire.

— Assurément, reprend monseigneur Gauvain, je ne voudrais pas qu'à cause de moi, tu aies commis quelque déloyauté. Mais tu peux bien me dire seulement s'il est en Sorelois ou non.

— Seigneur, s'il y était, vous n'iriez pas facilement jusque-là, car on y accède par de bien difficiles passages : ce sont deux longues chaussées surélevées qu'aucun chevalier ne peut franchir sans s'être battu au préalable contre un chevalier très fort et contre dix sergents qui sont avec lui. Voilà quel obstacle présente chaque chaussée, et aucun chevalier errant ne peut passer autrement. Sachez bien que je ne puis vous en dire davantage. »

Monseigneur Gauvain le recommande à Dieu, et lui fait de même, puisqu'il est impossible d'en obtenir davantage. Néanmoins, grâce aux paroles de l'écuyer, il comprend bien que Galehaut est en Sorelois. Il retourne au château où il avait livré bataille et y arrive en fin de soirée. Le duc, le vavasseur et la jeune fille qui l'y avait amené viennent à sa rencontre ; ils l'accueillent avec toutes les démonstrations possibles de joie et font examiner et soigner ses plaies et ses blessures. Le duc le remercie chaleureusement de s'être si bien entremis dans son affaire quand il remporta la victoire dans l'affrontement devant Loverzerp.

La joie est grande au château, et le vavasseur retrouve toute la considération dont il jouissait auparavant, car monseigneur

Gauvains an prie mout lo duc. Et il dit que il velt que il soit autresin sires de sa terre com il avoit onques miauz esté plus. « Et bien sachiez que vos ne porriez rien demander que ge ne feïsse sanz essoigne. »

Messires Gauvains l'an mercie mout durement. Mout fu la nuit annorez et conjoïz messires Gauvains de totes et toz. Et il mercia mout lo duc de son frere Angrevain que mout se looit de lui.

« Sire, fait li dus, *(f. 153d)* Angrevains a fait mout plus por moi que ge por lui. Et c'est li om crestiens don ge seroie plus liez s'il estoit gariz, car ge ne fusse mies si au desoz com j'ai esté de ma guerre se ne fust sa maladie, car il est uns des bons chevaliers do monde et des plus fiers et des plus seürs. »

Et de toz les bons servises que chevaliers puet avoir an bone ville, las et navrez, fu messires Gauvains [serviz,] si s'ala resposer auques par tans. Mais serviz fu auques noblement cele nuit et furent ses plaies et ses bleceüres mout bien medecinees. Et au matin se leva mout matin et s'arma, que plus ne pot estre retenuz. Et li dux li dist que il an menast avoc lui ses mires por ses plaies garir, mais il dit que no feroit, car il ne cuidoit avoir nulles plaies perilleuses. Si lo demanda as mires, qi li distrent que nenil.

Lors s'an part au matin messires Gauvains antre lui et sa damoisele, se ne set nus o elle lo moine se il non, car dire ne lo volt. Et qant il l'ont une piece convoié, si lo commandent a Deu, et il els, et s'an vont entre lui et la pucelle et errent tote jor ajornee. Mais la pucele no moigne mies droitevoies an la terre de Norgales, ainz l'an destorne por lui aaisier. Si jurent cele nuit sanz avanture trover don li contes parolt. Si herbergent chiés lo pere a la damoisele, qui mout lor fait grant joie. Et au matin, qant il li orent ses plaies atornees, si prant congié et s'an part antre lui et la damoisele, et chevauchent jusque a midi. Lors sont entré en la plus sauvage forest del monde, qui avoit non Bleue, si estoit au roi de Norgales. Si n'avoit en tote la forest que une maison, si estoit la forez mout granz et mout longue. Ne anviron n'avoit vile a mais de cinq liues

Gauvain le demande instamment au duc. Celui-ci déclare que selon sa volonté, le vavasseur doit être le maître sur sa propre terre, plus qu'il ne l'a jamais été. « Et sachez bien que vous ne sauriez rien demander que je ne fasse, sans y mettre d'empêchement. »

Monseigneur Gauvain le remercie très vivement. Ce soir-là, il fut grandement fêté et honoré par tous et toutes. Il remercia encore vivement le duc pour son frère Agravain, qui avait à se louer fort de lui.

« Seigneur, lui répond le duc *(f. 153d)*, Agravain a beaucoup plus fait pour moi que moi pour lui. C'est le chrétien dont la guérison me réjouirait le plus, car je n'aurais pas eu autant le dessous dans ma guerre sans sa maladie : c'est un vaillant chevalier entre tous, un des plus fiers et des plus sûrs. »

De toutes les bons offices que peut avoir dans une ville opulente un chevalier fatigué et blessé, monseigneur Gauvain fut comblé, puis il alla bientôt prendre quelque repos ; de plus ce soir-là, il fut servi avec beaucoup d'honneur et ses plaies et ses blessures furent très bien soignées. Le lendemain matin, il se leva de très bonne heure et s'arma, sans qu'on pût le retenir davantage. Le duc l'incita à emmener avec lui son médecin pour veiller à la guérison de ses plaies, mais il dit qu'il ne le ferait pas, car il pensait n'avoir rien de dangereux ; il questionna là-dessus les médecins, et ceux-ci le lui confirmèrent.

Monseigneur Gauvain les quitte donc au matin, avec sa demoiselle ; personne d'autre que lui ne sait où elle le mène, car elle ne voulait pas le dire. Après l'avoir escorté un moment, ils le recommandent à Dieu et lui fait de même. Il s'éloigne avec la jeune fille et ils cheminent sans arrêt tant qu'il fait jour. La jeune fille ne l'emmène pas directement dans la terre de Norgales, mais elle lui fait faire des détours pour lui faciliter la chevauchée. Ils passent la nuit sans trouver d'aventure que le conte puisse rapporter, logeant chez le père de la demoiselle, qui les accueille chaleureusement. Le matin, on panse ses plaies, il prend congé, repart avec la demoiselle et ils chevauchent jusqu'à midi. Ils pénètrent alors dans la forêt la plus sauvage du monde, qu'on appelait la Forêt Bleue et qui appartenait au roi de Norgales. Dans cette forêt, fort étendue et fort large, il n'y avait qu'une maison ; et à moins de cinq lieues

de toz sanz, car la terre estoit si chaitive, si deserte, que beste n'i pooit vivre.

Qant il orent tote jor chevauchié jusque aprés midi un po, si vinrent en une grant lande et virent an mileu de la lande un chevalier a mout grant meschief, car il se deffandoit si durement contre trois chevaliers que mout lo prise messires Gauvains (*f. 154a*) et si ne set ancor qui il est. Et si i a serjanz, que navrez, que sains, jusque a cinc a cheval, mais il n'i osent tochier, car il les a si estoutoiez que il ne s'osent avant traire. Et la damoiselle dit a monseignor Gauvain :

« Sire, ge croi que cil chevalier la sont de la gent lo roi de Norgale. Et s'il an sont, il me conoistront bien. Tornons an, si les esgardons un petit. »

« Ostez, damoiselle, fait il, si n'aideroie mie a ce chevalier seul et cui il ont si mal mené ? »

« Si m'aïst Dex, fait ele, ge ne sai qui est li chevaliers ; mais il n'est nus ne nulle qui a son pooir ne li deüst aidier, car il l'a trop bien fait, car ge voi qu'il sont ancor huit, et il est toz seus. Et qui que il soit, ge li doign m'amor des ci. Ne onques mais rien ne deïstes don ge vos saüsse si bon gré. »

Lors hurte messires Gauvains lo cheval des esperons. Et qant il l'aproiche, si conoist que ce est Sagremors li Desreez. Et il laisse corre a toz, si volenteïs com il plus puet. Si aloigne lo glaive et fiert un des trois si durement que il porte a terre et lui et lo cheval. Puis giete lo glaive la jus et met la main a l'espee, si cort sus as autres deus. Et qant Sagremors vit qu'il ot secors, si reprant cuer et force, si ne conoist il monseignor Gauvain. Et qant li serjant, qui devant ne s'osoient antremetre d'asaillir, por ce que Sagremors les avoit si estoutoiez, voient que messires Gauvains lo fait si bien, si n'i ossent plus arester, ainz s'an tornent fuiant. Et li autre dui se metent aprés a la voie. Et messires Gauvains et Sagremors les anchaucent mout durement. Si ataint messires Gauvains le dareain, si l'aert par lo col et lo cuide jus porter do cheval. Et la mains s'an vient par lo hiaume, si li arache hors de la teste. Et Sagremors an vient par lui,

dans toutes les directions, il n'y avait pas de bourg, car la terre était si pauvre et si désertique qu'aucune bête ne pouvait y vivre.

Tandis qu'ils continuaient leur chevauchée, ils débouchèrent un peu après midi dans une vaste lande et aperçurent en son milieu un chevalier en grande difficulté : celui-ci se défendait si énergiquement contre trois chevaliers, que monseigneur Gauvain (*f. 154a*), sans savoir encore qui il était, l'admire fort. Il voit aussi des sergents, blessés ou indemnes, et bien cinq d'entre eux à cheval, mais qui n'osent le toucher, car il les avait tant malmenés qu'ils craignent d'avancer. La demoiselle dit à monseigneur Gauvain :

« Seigneur, je crois que ces chevaliers-là appartiennent au roi de Norgales. Si c'est le cas, ils me reconnaîtront bien. Allons de leur côté et regardons-les un peu.

— Ah, par exemple, demoiselle ! Je n'irais pas porter secours à ce chevalier qui est seul et qu'ils malmènent tant ?

— Par Dieu, fait-elle, je ne sais qui est ce chevalier, mais il n'y a personne, homme ou femme, qui ne doive faire son possible pour l'aider, car il s'est trop bien conduit : je vois qu'ils sont encore huit, alors qu'il est tout seul. Qui que ce soit, d'ici je lui donne mon amour et vous n'avez jamais rien dit dont je vous sache si grand gré. »

Monseigneur Gauvain pique des éperons et en approchant, il reconnaît Sagremor le Démesuré. À bride abattue, avec toute la fougue de son cheval, il s'élance, donne de l'élan à sa lance et frappe si violemment l'un des trois qu'il le renverse à terre, lui et son cheval ; puis il jette sa lance, empoigne son épée et se précipite sur les deux autres. Voyant qu'on lui portait secours, Sagremor reprend force et courage, sans reconnaître monseigneur Gauvain. Les sergents auparavant n'osaient tenter une attaque parce que Sagremor les avaient fort malmenés : mais en voyant monseigneur Gauvain si bien se comporter, ils n'osent même plus rester et tournent le dos pour s'enfuir. Les deux autres chevaliers derrière eux, prennent le même chemin. Monseigneur Gauvain et Sagremor s'acharnent à les poursuivre ; monseigneur Gauvain rejoint le dernier, l'agrippe par le cou et pense le faire tomber de cheval ; sa main arrive au heaume et il le lui arrache de la tête ; Sagremor survient, et de

so fiert si durement de l'espee, a [la] force et a la volenté que il ot, qu'il lo fant tot desci que es danz, et cil chiet. Et qant messires Gauvains voit qu'il est morz, si l'an poise, car il l'amast miauz a retenir vif. Si prant Sagremor par lo frain, si dit :

« Sire chevaliers, alons an, que assez en avez fait. Et vos veez bien que cil qui la s'en vont nos sont eschapé. »

(f. 154b) « An non Deu, fait Sagremors, cil qui gist ça a la terre ne nos est mies eschapez, ne il n'i perdront ja mains de cestui. »

« Vos n'an ferez or plus, fait messires Gauvains, par la foi que ge doi Sagremor lo Desreé. »

Et qant il l'ot, si pansa bien que il lo conoissoit.

« Sire, fait il, qui iestes vos donques ? »

« Sire, fait messires Gauvains, ge suis uns chevaliers, ce poez veoir. »

« Ha ! sire, par la rien que vos plus amez, fait Sagremors, dites moi qui vos iestes. »

« Ge suis, fait il, Gauvains. »

« Ha ! sire, vos soiez or li bienvenuz, et si iestes a mon ues. »

Lors lo cort acoler, et il lui, si s'antrefont mout grant joie.

« Sagremor, fait messires Gauvains, comment venistes vos an cest païs ? »

« Certes, sire, par enseignes que j'ai de vos aprises an plusors leus. Jehui si m'ancontrerent cist chevalier an ceste lande, si m'avoient asailli por gaaignier mes armes et mon cheval. Et veïstes vos pieç'a nus de noz compaignons ? » fait Sagremors.

« Oïl, fait il, Guiflet, a un poigneïz o nos fumes devers lo duc de Cambenic. »

« Et conta vos il comment il avoit puis esté am prison ? »

« N'an parla onques, fait messires Gauvains. A il puis esté pris ? »

« Oïl, sire, fait Sagremors, au partir de la

toute sa force et sa passion[1], il lui assène un tel coup d'épée, qu'il lui fend la tête jusqu'aux dents et que l'autre s'écroule. Quand monseigneur Gauvain voit qu'il est mort, il le regrette, car il aurait mieux aimé le prendre vivant; il saisit Sagremor par le frein et lui dit :

« Seigneur chevalier, allons-nous en : vous en avez assez fait. Et vous voyez bien que les autres qui s'en vont là-bas nous ont échappé.

— (f. 154b) Par Dieu, réplique Sagremor, celui qui est couché là par terre ne nous a pas échappé, et ils n'y perdront toujours pas moins que lui.

— Vous n'en ferez pas davantage, déclare monseigneur Gauvain, par la foi que je dois à Sagremor le Démesuré. »

À ces mots, celui-ci comprit bien qu'il le connaissait.

« Seigneur, fait-il, qui êtes-vous donc ?

— Seigneur, je suis un chevalier, vous pouvez le voir.

— Ah ! seigneur, au nom de la créature que vous aimez le plus, dites-moi qui vous êtes.

— Je suis Gauvain.

— Ah ! seigneur, soyez le bienvenu, et vous venez vraiment de l'être pour moi ! »

Il court l'embrasser et ils se témoignent mutuellement une grande joie.

« Sagremor, reprend monseigneur Gauvain, comment êtes-vous venu en ce pays ?

— En vérité, seigneur, avec des renseignements que j'ai eus sur vous en plusieurs endroits. Ces chevaliers m'ont trouvé aujourd'hui dans cette lande et ils m'ont attaqué pour me prendre mes armes et mon cheval. Mais avez-vous vu récemment l'un ou l'autre de nos compagnons ?

— Oui, Girflet, au cours d'un affrontement où nous étions dans le camp du duc de Canbenic.

— Et vous a-t-il raconté comment il avait été emprisonné ?

— Il n'en a rien dit, fait monseigneur Gauvain. Il avait donc été fait prisonnier ?

— Oui, seigneur, après que vous nous avez quittés dans la

---

[1]. Voir infra, f. 155a, le rythme de la force de Sagremor.

lande o nos vos laissastes, qant li nains bati lo chevalier qui faisoit lo duel et la joie sor la Fontaine do Pin. »

« Il ne fu onques, fait messires Gauvains, hom si sovant pris comme Guiflez. Et ce ne li vient mies de mauvaitié, car il est, si m'aïst Dex, et preuz et anprenanz et hardiz durement. »

« Par Deu, fait Sagremors, antre moi et monseignor Yvain avons puis esté an prison an tel leu o nos ne cuidasmes mais a piece issir. »

« Et o fu ce, sire ? » fait messires Gauvains.

« Sire, an la prison au Roi des Cent Chevaliers. »

« Et comment en issistes vos ? » fait messires Gauvains.

« Si m'aïst Dex, fait Sagremors, par un mout preudebacheler qui mout i fist d'armes et mout sagement en ovra, si comme j'ai oï dire, car ge no vi mies. »

Si li conte, tot ansi com il avoit oï conter, que il avoit si durement *(f. 154c)* josté que nus miauz ne josta, et se combatié trop hardiement au seneschal lo roi.

« Et comment a il non ? » fait messires Gauvains.

« Il a non Hestor, fait Sagremors, et si est chevaliers la reine et de sa maisniee. »

Et qant messires Gauvains l'ot, si set bien qui il est.

« Et cui quiert il, sire ? »

« Sire, il quiert un chevalier qui fist une bataille por une soe dame. Et ge cuidai assez que ce fussiez vos. »

« Ho ! fait messires Gauvains, dire lo poez qu'il est bons chevaliers. Savez vos qui il est ? C'est cil qui vos abatié et monseignor Yvain et Kel lo seneschal et Girflet a la Fontaine do Pin, qant li nains lo bati. »

« Comment ? fait Sagremors. Dites vos voir ? »

« De verité lo sachiez, » fait messires Gauvains.

« An non Deu, fait Sagremors, que il dist un mot don ge lo

lande, quand le nain battait le chevalier qui menait douleur et joie près de la Fontaine du Pin.

— Il n'y a jamais eu d'homme si souvent fait prisonnier que Girflet[1], remarque monseigneur Gauvain. Cela ne lui vient pas de sa lâcheté, car, j'en atteste Dieu, il est fort brave, entreprenant et audacieux.

— Par Dieu, continue Sagremor, monseigneur Yvain et moi-même, nous avons été ensuite retenus prisonniers dans un endroit d'où nous ne crûmes jamais sortir.

— Où donc ? seigneur, lui demande monseigneur Gauvain.

— Seigneur, dans la prison du Roi des Cent Chevaliers.

— Et comment en êtes-vous sortis ?

— Par Dieu, grâce à un très valeureux bachelier, qui fit maintes prouesses et se comporta très sagement, d'après ce que j'ai entendu dire, car je ne l'ai pas vu.

Il lui raconte alors, comme on le lui avait dit, qu'il avait plus bravement *(f. 154c)* jouté que personne, et qu'il avait combattu fort vaillamment contre le sénéchal du roi.

« Quel est son nom ? fait monseigneur Gauvain.

— Hector ; il est chevalier de la reine et de sa maison. »

À cette réponse, monseigneur Gauvain voit bien de qui il s'agit.

« Et qui quête-t-il, seigneur ?

— Un chevalier, seigneur, qui se bat pour défendre une dame à lui. J'ai bien cru que c'était vous !

— Oh ! s'exclame monseigneur Gauvain, vous pouvez dire que c'est un bon chevalier. Savez-vous qui c'est ? C'est celui qui vous a renversés à la joute, vous, monseigneur Yvain, le sénéchal Keu et Girflet à la Fontaine du Pin, quand il était battu par le nain.

— Comment ? est-ce vrai ?

— Soyez-en tout à fait sûr, fait monseigneur Gauvain.

— Par Dieu, reprend Sagremor, il a dit un mot qui m'a fort

---

1. Girflet, presque toujours nommé le fils de Don, n'est pas de grande noblesse. C'est pour cela que plus haut, il a « servi » d'écuyer à Gauvain en réparant la rêne de son cheval. Il est souvent retenu prisonnier dans les romans, et Arthur s'inquiète de lui ; c'est un de ses plus fidèles chevaliers, celui qui jettera Escalibour dans le lac, et le dernier qui verra Arthur vivant.

regardai mout et mout i pansai, qu'il dist que miauz valt au chevalier que li nains l'aüst batu que il aüst josté a monseignor Gauvain, que tost i poïst avoir domage. Et iestes vos ce, sire, cui il quiert ? »

« Si m'aïst Dex, oïl, fait il. Et plaüst or a Deu que ge lo trovasse, car trop me lo de sa compaignie. »

Ensin parolent an chevauchant tant que Sagremors et messires Gauvains vinrent a la pucele. Qant Sagremors l'aproche, si li demande qui cele est.

« An non Deu, fait messires Gauvains, une damoiselle qui vos a s'amor donee, por ce que ele vos vit si bien deffandre de trois chevaliers. Et sachiez que cle est belle a grant planté. »

« Et bien soit ele venue, » fait Sagremors.

Lors vient a la damoiselle, qui les atandoit o covert do bois por ce que li chevaliers ne la coneüst. Si la salue Sagremors toz premerains. Et ele dit que bien soit il venuz. Et messires Gauvains li dit :

« Damoiselle, don n'avez vos donee vostre amor a cest chevalier ? »

« Certes, sire, fait ele, oïl. »

« Damoiselle, fait Sagremors, donc vos desvelopez avant. »

« Comment, sire ? fait la damoiselle ; vos ne m'avez pas vostre amor donee ? »

« Ge vos voil avant veoir, car chevaliers (*f. 154d*) ne doit mies s'amor doner se il ne set an quel leu. »

« Sire, fait ele, or sachiez que ge vos taign a miauz vaillant que vos moi, car ge vos donai m'amor si tost com ge vos vi, et vos ne me volez doner la vostre se vos ne me veez do tot avant. Et ge me desveloperai. Et lors, se ge vos plais, si lo direz. Et ge vos revoldrai veoir, et se vos ne me seez, quite quite. »

Et Sagremors commança a rire. Et la pucelle se desvelope, si commance a rire. Et qant Sagremors la voit, si li dit :

« Ha ! dame, si m'aïst Dex, vostres voil ge bien estre et ge me taign a bien paié. »

« En non Deu, fait ele, ausi preudechevalier com vos iestes me

intrigué et auquel je n'ai cessé de penser, à savoir qu'il valait mieux pour le chevalier avoir été battu par le nain qu'avoir à jouter contre monseigneur Gauvain, car ce chevalier aurait pu vite y trouver son dommage. Êtes-vous, seigneur, celui qu'il quête ?

— Oui, fait-il, j'en prends Dieu à témoin. Et plaise à Dieu maintenant que je le trouve, car je me loue fort de sa compagnie. »

Tout en parlant, ils reviennent à cheval vers la jeune fille et en approchant, Sagremor demande qui elle est.

« Par Dieu, dit monseigneur Gauvain, c'est une demoiselle qui vous a donné son amour, parce qu'elle vous a vu si bien vous défendre contre trois chevaliers. Sachez qu'elle est de toute beauté.

— Qu'elle soit donc la bienvenue », fait Sagremor.

Il rejoint la demoiselle, qui les attendait à l'ombre du bois pour n'être pas reconnue par le chevalier. Sagremor s'empresse de la saluer le premier ; elle lui souhaite la bienvenue. Monseigneur Gauvain prend alors la parole :

« Demoiselle, n'avez-vous donc pas donné votre amour à ce chevalier ?

— Certes, oui, seigneur.

— Demoiselle, intervient Sagremor, enlevez d'abord votre voile.

— Comment, seigneur, fait la demoiselle, ne m'avez vous pas donné votre amour ?

— Je veux voir avant, car un chevalier *(f. 154d)* ne doit pas donner son amour sans savoir où il le met.

— Seigneur, sachez que je vous estime plus que vous ne m'estimez, car je vous ai donné mon amour dès que je vous ai vu, et vous, vous ne voulez pas me donner le vôtre avant de bien me voir. J'enlèverai donc mon voile ; si je vous plais alors, vous le direz. Puis moi, à mon tour je voudrai vous voir, et si vous ne me convenez pas, soyons quittes. »

Sagremor sourit. La jeune fille se défait et sourit elle aussi. À sa vue, Sagremor s'écrie :

« Ah ! dame, j'en prends Dieu à témoin, je veux bien être à vous et je me tiens pour bien payé.

— Par Dieu, fait-elle, un chevalier aussi vaillant que vous me

pria d'amors, n'a pas huit jorz. Mais il fera miauz se Deu plaist. »

« Damoiselle, fait il, lait et noir et camoisié me verroiz. »

Et il oste son hiaume. Et ele voit que il a lo vis mout bel et mout seant, et tot l'autre cors mout avenant. Et messires Gauvains li dit :

« Que vos em sanble ? »

« Sire, fait ele, miauz que devant. »

Et Sagremors an est mout liez, si la baisse devant monseignor Gauvain, et ele lui mout volantiers.

« Damoiselle, fait messires Gauvains, par la foi que ge vos doi, vos n'avez mies trop mespris d'amors, car vos avez a ami chevalier de la maison lo roi Artu et compaignon de [la] Table Reonde, et a non Sagremors li Desreez. »

Et de ce est ele mout liee, si s'antresgardent sovant entre li et Sagremor. Et qant il plus s'entresgardent, et il plus s'entraimment. Et vont ansi chevauchant tant qu'il lor anuite. Et Sagremors n'avoit mengié de tot lo jor, ne lo jor devant se petit non. Et il avoit une costume qu'il [en]prenoit mout volantiers totes les armes, mais il ne fust ja bons chevaliers ne bien seürs tant que il fust bien eschaufez. Et qant il estoit bien eschaufez, si ne dotoit rien, ne de lui ne li chaloit. Mais aprés ce que il an estoit partiz, si refredisoit et devenoit vains. Si li montoit une dolors an la teste dom il cuidoit bien morir, car il anragoit (f. 155a) toz vis de fain. Et por la grant proece que il avoit qant il estoit eschaufez, ot il non Sagremors li Desreez. Si li mist non la reine tres devant Estreberes, lo jor que li trente chevalier desconfirent l'ost des Saisnes et des Irois et chacerent juque a l'aive de Varganice, la ou Sagremors trancha la teste Brandnague, lo roi des Saisnes, et Magant, lo roi d'Irlande. Et por la maladie qui si sovant li avenoit, li mist non Kex li seneschauz Sagremor lo Mort Geüm.

pria d'amour, il n'y a pas huit jours. Mais il trouvera mieux, s'il plaît à Dieu[1].

— Demoiselle, fait alors Sagremor, vous allez me voir laid, noir et contusionné.»

Il enlève son heaume et elle voit qu'il a le visage fort beau, fort plaisant, et que tout le reste de sa personne est à l'avenant. Monseigneur Gauvain lui demande :
«Que vous en semble ?
— Seigneur, répond-elle, mieux qu'avant !»

Sagremor en est très heureux, et devant monseigneur Gauvain, il lui donne un baiser, qu'elle lui rend très volontiers.

«Demoiselle, dit encore monseigneur Gauvain, par la foi que je vous dois, vous ne vous êtes pas trop trompée en amour : vous avez pour ami un chevalier de la maison du roi Arthur, compagnon de la Table Ronde, et qui s'appelle Sagremor le Démesuré.»

Ces mots la comblent de joie ; Sagremor et elle échangent maints regards et plus ils se regardent, plus ils s'aiment.

Ils continuent leur chevauchée jusqu'à la tombée du soir. Sagremor n'avait pas mangé de toute la journée, ni la veille, sinon presque rien. Il était dans sa nature d'entreprendre volontiers tous les faits d'armes, mais il n'était jamais un bon chevalier, véritablement efficace, avant d'être bien échauffé ; une fois qu'il l'était, alors il n'avait peur de rien et se moquait des risques ; mais l'affaire terminée, il se refroidissait et devenait faible ; une douleur lui montait à la tête, dont il croyait bien mourir, car il était pris littéralement *(f. 155a)* d'une faim enragée. Cette grande prouesse qui était la sienne quand il était échauffé, lui avait valu le surnom de Sagremor le Démesuré ; c'était la reine qui le lui avait donné, juste devant Estrebères, le jour où les trente chevaliers mirent en déroute l'armée des Saxons et des Irlandais, et les poursuivirent jusqu'à la rivière de Varganice, où Sagremor trancha la tête de Brandnague, le roi des Saxons, et celle de Magant, le roi d'Irlande. Mais en raison de la maladie qui le prenait si souvent, le sénéchal Keu lui avait donné le surnom de Sagremor le Mort à Jeûn. À ce

---

1. Il s'agit de Gauvain, voir supra f. 149a et infra f. 155d.

Cele maladie prist Sagremor si durement que il cuidai bien morir sanz confession avoir. Et qant messires Gauvains lo voit, si an fu mout a malaisse, si li dit :

« Sire, vos iestes mout malades. »

« Sire, fait il, ge me muir. Mais, por Deu, se vos onques m'amastes, si me querez a mengier o le prevoire. »

Et la damoiselle dit que il ne s'esmait mies, que il seront par tens a recet. Et qant il voit qu'il ne se puet mais tenir o cheval, monte messires Gauvains derriés lui, si lo sostient. Et por ce les covient aler mout soef. Si ont tant chevauchié que il [est] ja do premier some, et la lune luisoit mout cler. Lors ont tant alé qu'il sont venu a une riviere estroite, s'a trové sor la riviere une planche mout fort, si avoit bien deus piez de lé, si estoit desor la riviere. La damoiselle monte desor la planche atot son palefroi et trait aprés li lo cheval monseignor Gauvain, que ele menoit an destre, si lo passe outre, et autretel font li dui chevalier. Et qant il sont outre, si est Sagremors si atornez qu'il ne parole mais se mout petit non. Et la damoiselle, qui mout l'amoit, lo conforte mout a son pooir et dit que mout est pres li recez, et que il avra ja a mangier que que il savra deviser de boche.

Lors esgarde messires Gauvains devant lui, si vit une mout riche maison, don li porpris estoit mout granz et mout bien herbergiez. Si demande a la damoiselle cui est cele maisons.

« Jel vos dirai, fait ele, qant nos serons dedanz. »

Tant ont chevauchié que il sont venu a un grant plaiseiz dariés la maison. Et la damoiselle se devalle par une tranchiee *(f. 155b)* jusqu'a une fause posterne, si descent et la desferme. Puis trait

moment-là, sa crise survint si forte qu'il crut bien en mourir sans confession[1]. Devant cette situation, monseigneur Gauvain, fort embarrassé, lui dit :

« Seigneur, vous êtes bien malade.

– Oui, seigneur, je me meurs. Mais, pour l'amour de Dieu, si vous avez jamais eu de l'amitié pour moi, allez me chercher de la nourriture ou le prêtre. »

La demoiselle lui dit de ne pas s'affoler, qu'ils arriveront bientôt à demeure. Quand monseigneur Gauvain voit qu'il ne peut plus se tenir à cheval, il monte derrière lui et le soutient, ce qui les oblige à aller très lentement. Leur chevauchée durait encore à l'heure du premier somme et il faisait un beau clair de lune. Ils finissent par arriver à une rivière resserrée, enjambée par une planche bien solide, large de deux bons pieds. La demoiselle, sur son palefroi, monte sur la planche, tirant derrière elle de la main droite le cheval de monseigneur Gauvain ; elle passe et les deux chevaliers après elle. Mais Sagremor est alors dans un tel état qu'il ne peut presque plus parler ; la demoiselle, avec amour, le réconforte de son mieux, lui disant que la demeure est toute proche, qu'il aura à manger tout ce qu'il pourra demander. Là-dessus, monseigneur Gauvain découvre devant lui une très riche manoir[2], avec de nombreuses pièces d'habitation, sur un vaste emplacement ; il demande à la demoiselle à qui il appartient.

« Je vous le dirai, lui répond-elle, quand nous y serons entrés. »

Ils continuent à cheval et arrivent à un grand enclos derrière la demeure. La demoiselle descend par un fossé *(f. 155b)* jusqu'à une porte secrète, met pied à terre et l'ouvre ; puis elle fait

---

1. C'est-à-dire « immédiatement, sans qu'on ait le temps d'aller chercher un prêtre pour confesser le mourant ».

2. Le *recet* est une demeure isolée dans la campagne ou la forêt. *Herbergiez* a ici le sens de « aux nombreuses pièces ». L'arrivée et le parcours d'une enfilade de pièces, dans une demeure inconnue et secrète, les lumières, le sommeil, etc. sont des signes de l'arrivée dans l'Autre Monde, rationalisé et actualisé dans le roman arthurien, comme dans le conte populaire. La configuration du *recet* du roi de Norgales va être adaptée au développement de l'action et le conditionner.

anz son palefroi et lo cheval que ele menoit, et messires Gauvains et Sagremors antrant laianz tot a cheval.

« Sire, fait la pucelle, descendez. »

Et il descendent et establent lor chevaus mout bien. Aprés les en moine par desoz terre an la grant sale an haut. Et qant il i sont venu, si n'i troverent nule rien. Lors demande messires Gauvains comment Sagremors avra a mengier.

« An [non] Deu, fait la pucelle, il avra assez. »

Lors les en moine en une chanbre devers destre, et la sale iere si clere que la lune i feroit par plus de vint fenestres. Qant il sont an la chanbre a la pucelle, si s'asient. Et la pucelle les laisse un petit, si va hors. Et tantost revient et aporte a mengier a grant planté, et aprés, vin mout bon, si efforce mout Sagremor de mangier. Et il manjue mout mauvaisement de premiers, mais aprés manjue mout bien. Et qant il ont mangié tuit troi, la pucelle va hors et demore mout grant piece. Et puis revient arieres et dit a monseignor Gauvain :

« Sire, laissiez moi Sagremor, car ge am panserai mout bien, se Deu plaist. Et vos venez veoir vostre amie comme la plus belle fame que vos onques veïsiez. Et si vos dirai cui ceste maisons est, car ge le vos ai an covant. Ele est au roi de Norgales, et vostre amie est sa fille. Et sachiez que ele ne desirre rien tant comme vos, mais, par foi, ele est mout bien gardee. »

Lors prant plain son poig de chandoilles ardanz, si lo moine en une estable. Et il voit an cele estable jusque a vint palefroiz des plus biax do monde, toz noirs. Et de ce[le] estable entrent an une chanbre et voient oisiaus et ostors jusque a vint, les plus biax do monde, seanz a perches. Et d'iluec vienent en une autre chanbre et voient bien jusque a vint chevaus les plus biax qu'il covenist a querre. Et messires Gauvains demande *(f. 155c)* a la damoiselle cui sont cil cheval et cil oisiau.

« Certes, fait la damoiselle, il sont a vint chevaliers qui çaianz gisent an une chanbre la devant, et gisent totes les nuiz des ore mais armé, car messires li rois a sa trive prise au duc de Canbenic, si n'a dote de nul home que de vos, si ne velt que ceste maisons soit autrement gardee, que se vos i veniez, que vos troveïssiez la sale tote delivre et sanz gent. Et il a

entrer son palefroi et le cheval qu'elle menait ; monseigneur Gauvain et Sagremor, eux, entrent à cheval, mais elle leur dit :

« Seigneurs, descendez. »

Ils obéissent et vont mettre leurs chevaux dans une bonne écurie. Puis, par un souterrain, elle les conduit dans la grande salle surélevée ; mais là, ils ne trouvent personne. Monseigneur Gauvain demande alors comment Sagremor aura à manger.

« Par Dieu, fait la jeune fille, il va être rassasié. »

Elle les emmène dans une chambre, sur la droite, éclairée par la lumière de la lune, à travers plus de vingt fenêtres. Là, ils s'asseoient ; la jeune fille les laisse un moment, sort et revient très vite avec une grande quantité de nourriture, puis du très bon vin. Elle presse vivement Sagremor de manger : il le fait d'abord avec beaucoup de difficulté, mais après il mange très bien. Quand ils ont fini tous trois, la jeune fille sort de nouveau et reste longtemps absente ; puis elle revient et dit à monseigneur Gauvain :

« Seigneur, laissez-moi Sagremor : je m'en occuperai très bien, s'il plaît à Dieu. Vous, venez voir votre amie, la plus belle femme que vous ayez jamais vue. Je vais vous dire aussi à qui est cette demeure, car je vous l'ai promis : elle appartient au roi de Norgales et votre amie est sa fille. Sachez qu'elle ne désire personne autant que vous, mais, sur ma foi, elle est très bien gardée ! »

Elle prend une pleine poignée de chandelles allumées, et le mène à une écurie, où il voit jusqu'à vingt palefrois, tout noirs, parmi les plus beaux du monde. De là ils gagnent une autre pièce où ils voient jusqu'à vingt oiseaux et autours, les plus beaux du monde, sur leurs perches. De là encore, ils passent dans une troisième pièce et voient jusqu'à vingt chevaux, les plus beaux qu'il faille rechercher. Monseigneur Gauvain demande *(f. 155c)* à la demoiselle à qui sont ces chevaux et ces oiseaux.

« En vérité, répond-elle, ils appartiennent à vingt chevaliers qui couchent ici, dans une chambre là-devant, tout en armes désormais la nuit, car monseigneur le roi a conclu sa trêve avec le duc de Canbenic et il ne craint plus que vous ; il ne veut pas que sa demeure soit autrement gardée, de façon que si vous veniez, vous trouviez la salle ouverte et sans personne. Il a

oï dire que se vos i veniez, vos ne lariez ja por chevalier qui i fust que vos n'aillisiez a ma damoiselle sa fille, o vos i moroiez; que puis que il est anuitié, ne va nule riens la ou elle gist, ne nus n'i puet antrer se par ces vint chevaliers non. Et ma dame set mout bien la parole que vos deïstes chiés Angrevain, que se vos veniez an leu, vos la verriez se il pooit estre. Et ele me fist jurer que se ge vos pooie trover, que ge vos amanroie ça. »

Et ele estaint les chandoilles que ele tient et viennent en une autre chanbre, si voient dedanz mout grant clarté.

« Messires Gauvains, fait la damoiselle, li chevalier sont en ceste chanbre, et si ne font plus de bessoignes totes les nuiz que solement la pucele gaitier, et lo jor s'an vont deduire et joer la o il volent. Et ge quit que il dorment. Et an cele autre chambre aprés gist la plus bele riens do siegle. Ne ge n'oseroie avant aler, que ge ne fusse veüe, mais ge m'an vois a Sagremor en la chambre o nos avons mangié. »

Atant s'an va la pucele. Et messires Gauvains antre an la chanbre, et tint l'espee tote nue et met lo hiaume en la teste, et oroille et escote se il orroit nus des chevaliers movoir ne parler, mais il n'ot nule rien. Puis met la teste dedanz et vit anmi la chanbre un cierge grant et gros. Et la chanbre estoit faite an escarrie, car elle estoit autresi lee comme longue et tote a vote; et an chascune des quatre parties si a cinc coches, et gist an chascune uns chevaliers toz armez de hauberc et de chauces. *(f. 155d)* Et a lor chevez sont lor espees et lor escuz et lor hiaumes. Messires Gauvains estut grant piece a l'uis, et li est avis que nus d'aus toz ne voille. Et voit de la chanbre aprés l'uis tot overt, et voit mout grant clarté. Lors met avant l'un des piez et vit que nus ne se mut. Puis vient avant et fist granz pas jusque au cierge. Et qant il i est venuz, si l'estaint, et vient a l'uis de la chambre et lo clos[t] aprés lui. Et voit an mileu de la chanbre un des plus biax liz que il onques aüst veü, covert d'un covertor d'ermines et

entendu dire que si vous arriviez jusque-là, vous ne laisseriez pas un chevalier vous empêcher de rejoindre ma demoiselle, sa fille, quitte à en mourir ; aussi, après la tombée de la nuit, plus personne ne peut arriver là où elle couche, à moins de passer au travers de ces vingt chevaliers. Et ma dame sait très bien la parole que vous avez dite chez Agravain, à savoir que, si vous arriviez jusqu'ici[1], vous sauriez la voir, si c'était possible. Elle m'a donc fait jurer de vous amener ici, si je réussissais à vous trouver. »

Elle éteint les chandelles qu'elle a en main et ils arrivent à une autre chambre, où ils voient une grande clarté.

« Monseigneur Gauvain, fait la demoiselle, les chevaliers sont dans cette chambre, où ils n'ont rien d'autre à faire qu'à monter la garde toutes les nuits pour la jeune fille ; le jour, ils vont se distraire et s'amuser où ils veulent. Je crois qu'ils dorment. Derrière cette chambre, dans une autre, la plus belle créature du monde repose. Moi, je n'oserais pas aller plus avant, de peur d'être vue, et je retourne auprès de Sagremor, dans la chambre où nous avons mangé. »

La jeune fille s'en va et monseigneur Gauvain se prépare à entrer dans la chambre ; il met son heaume et dégaine son épée ; il tend l'oreille, écoute s'il entend un chevalier bouger ou parler, mais il ne perçoit absolument rien. Il passe la tête et voit au milieu de cette chambre un énorme cierge. Dans cette pièce carrée, aussi longue que large, et toute voûtée, à chacun des quatre coins, se dressent cinq couches, et sur chacune est étendu un chevalier, tout armé de son haubert et de ses chausses (*f. 155d*) ; à leur chevet sont posés leurs écus et leurs heaumes. Monseigneur Gauvain se tient longtemps sur le seuil et juge qu'aucun des gardes n'est éveillé. Il aperçoit grande ouverte la porte de la chambre suivante, pleine de lumière. Il avance alors d'un pas, constate que personne ne bouge, continue et à grandes enjambées rejoint le cierge, qu'il éteint ; puis il gagne la porte de l'autre chambre et la referme derrière lui. Alors, au milieu de la pièce, il distingue un des plus beaux lits qu'il ait jamais vus, avec une couverture d'hermine, et

---

1. Voir supra f. 130c.

voit desoz lo covertoir gesir une des plus belles damoiselles de si tres grant biauté que nule si belle ne covient a querre. Laïs aval estoient qatre cierge espris. Messire Gauvains oste son hiaume, si avale la vantaille et vient au lit o la damoiselle dor[t] mout durement. Et il la commance a baissier mout doucement. Et ele s'esvoille et se plaint comme fame qui se desdort. Et qant ele lo voit, si dist :

« Ha ! Sainte Marie, qui est ce ? »

« Taisiez, fait il, ma douce amie. C'est la riens o monde qui plus vos aimme. »

« Iestes vos des chevaliers mon pere ? »

« Certes, nenil. »

« Et qui iestes vos donc ? fait ele tot an tranblant. Dites moi vostre non, car vos m'avez faite la greignor paor que ge onques aüse, et vos poez estre tex que vos ne feroiz ja mais paor a pucelle. »

« Belle douce amie, ge suis Gauvains, li niés lo roi Artu. »

« Alumez, fait ele. Ce verrai ge bien. »

Et messires Gauvains alume un des cierges. Et ele lo regarde o vis, et puis esgarde un anelet que ele avoit an son doi. Lors si an commance a rire, si saut an son seant, et dit que il soit li bienvenuz. Si l'ambrace tot armé et lo baisse si doucement com ele plus puet.

« Ostez, fait ele, ceste robe, que trop est froide, et ralumez ces cierges, car or ai ge ce que j'ai tozjorz dessirré. »

Et il si fait. Et qant il fu toz desarmez, si vient au lit et se couche avoc la pucele. Et ele fait de lui si grant joie com ele plus puet, et fait li uns de l'autre tot son delit sanz contredit. Et messires Gauvains li conte comment il estoit venuz laianz, que nus ne l'avoit veü. Si parolent (f. 156a) et joent tant que il est pres de la mienuit. Et ne demora gaires que messires Gauvains s'andormi a mout grant paine, que mout i a luitié ançois que dormirs lo vainquist. Et qant il se fu andormiz,

étendue sur le lit, une des plus belles demoiselles : inutile de chercher aussi belle ; au bas du lit, quatre cierges étaient allumés. Monseigneur Gauvain enlève son heaume, baisse sa ventaille et s'approche du lit où la demoiselle dormait très profondément. Il commence par lui donner de très doux baisers ; elle se réveille et gémit, comme une femme qui sort du sommeil ; mais quand elle l'aperçoit, elle s'écrie :

« Ah ! sainte Marie, qui est-ce ?

– Taisez-vous, ma douce amie ! C'est l'être qui vous aime le plus au monde.

– Êtes-vous l'un des chevaliers de mon père ?

– En vérité, non.

– Alors qui êtes-vous donc ? reprend-elle, toute tremblante. Dites-moi votre nom, car vous m'avez fait la plus grande peur que j'aie jamais ressentie, mais vous pouvez être tel que vous ne ferez jamais peur à une jeune fille[1].

– Belle douce amie, je suis Gauvain, le neveu du roi Arthur.

– Allumez, je le verrai bien. »

Monseigneur Gauvain allume l'un des cierges ; elle le dévisage, puis regarde un petit anneau qu'elle avait au doigt. Alors elle se met à rire, se dresse sur son séant et lui souhaite la bienvenue ; elle l'enlace tout armé et l'embrasse le plus tendrement possible.

« Enlevez cette tenue, fait-elle, car elle est trop froide, et rallumez ces cierges, car voici que j'ai ce que j'ai toujours désiré. »

Il obéit et une fois qu'il est tout désarmé, il gagne le lit et se couche près de la jeune fille. Elle l'accueille le plus aimablement possible et, sans rien se refuser, ils font l'un de l'autre tout leur plaisir. Monseigneur Gauvain lui raconte comment il était arrivé jusque-là, sans que personne ne l'ait vu. Ils bavardent et se livrent aux jeux de *(f. 156a)* l'amour jusqu'à près de minuit ; monseigneur Gauvain finit par s'endormir bien malgré lui, ayant fort résisté avant d'être vaincu par le sommeil ; à son

---

1. Ces mots font à la fois référence au prestige, à la courtoisie, aux succès féminins de Gauvain et au vœu de la jeune fille de ne donner sa virginité qu'à lui, voir supra f. 130c.

la damoisele, qui fu jone et grasse, se randormi de la doçor de son ami que ele tient antre ses braz. Et ansi dormirent grant piece, braz a braz et boche a boche.

De l'autre part, an une chanbre, gisoit li peres a la pucele, qui rois estoit de Norgales. Et li rois se leva por aler as chanbres. Et qant il revenoit, si ovri une fenestre qui estoit androit lo lit a la pucele (si antroit an d'une chanbre an autre). Et quant il l'ot overte, si mist sa teste anz et vit sa fille qui tient lo chevalier estroit antre ses braz et il li. Et qant il a ce veü, si dit :

« Ha ! Las ! Que ai ge tozjorz gardé ! »

Si chanberlain, qui o lui furent levé, li demandent :

« Sire, que avez vos ? »

« Ne vos chaut, fait il, alez couchier. »

Et il si font. Et il reclost la fenestre, puis vient a la reine, si li conte. Et ele commance trop grant duel a faire.

« Or vos taisiez, fait li rois. Se vos dites mot, ge vos ocirrai de m'espee, car ge an cuit bien venir a chief. Et esgardez que ge ferai, ne ja ne dites mot. »

Lors apele un sien chanbellain que il avoit de tozjorz norri, et avoc lui un autre, si lor dit que il les fera tozjorz seignors de sa terre et de lui se il font ce que il lor commandera. Et il dient que il n'est riens ou siegle que il ne feïssent por lui. Et il lor conte ce que il a veü.

« Et j'ai pensé, fait il, comment j'ocirrai lo chevalier, que ja ne sera saü fors de vos deus. Li uns de vos portera son espié, et li autres portera un mail grant et pessant, si apoiez tot droit au cuer par desus lo covertoir, que il nel sente. Et quant il sera bien apoiez,

tour, la demoiselle, qui était jeune et potelée, s'endormit au doux contact de son ami qu'elle enlaçait. Longtemps ils dormirent ainsi, dans les bras l'un de l'autre, bouche contre bouche.

Dans une chambre à côté dormait le père de la jeune fille, le roi de Norgales. Il se leva pour aller aux lieux d'aisance. En revenant, il ouvrit une fenêtre qui donnait directement sur le lit de la jeune fille (en effet on entrait d'une chambre dans l'autre). Il passa alors sa tête par l'ouverture et vit sa fille qui tenait le chevalier serré dans ses bras, et le chevalier sa fille. Devant ce spectacle, il s'écrie :

« Hélas ! malheureux ! Qu'est-ce que j'ai toujours gardé[1] ! »

Ses chambriers[2] qui s'étaient levés avec lui, lui demandent :

« Sire, qu'avez-vous ?

— Peu vous importe, répond-il, allez vous recoucher. »

Ils lui obéissent ; il referme la fenêtre, va trouver la reine et lui raconte l'affaire ; elle commence à manifester sa douleur, mais il l'arrête :

« Taisez-vous donc ! Si vous dites un mot, je vous tuerai de mon épée. Je compte bien en venir à bout : regardez ce que je vais faire et ne dites pas un mot. »

Il appelle un de ses chambriers qui lui devait toute son éducation, et un autre avec lui ; il leur dit qu'il les laissera toujours disposer de sa terre et de lui-même s'ils exécutent les ordres qu'il va leur donner. Ils répondent qu'il n'y a rien au monde qu'ils ne feraient pour lui. Alors il leur raconte ce qu'il a vu.

« J'ai réfléchi à la manière dont je tuerai le chevalier, sans que personne ne le sache en dehors de vous deux. L'un de vous portera son épieu, l'autre un maillet grand et lourd ; par-dessus la couverture, sans qu'il s'en rende compte, vous tiendrez l'épieu juste à l'endroit du cœur ; quand il sera bien en place,

---

1. Nous maintenons dans la traduction le mot « *garder* » : il rend le mieux les connotations de soins, précautions, enfermement, surveillance armée, tout ce que le roi de Norgales a fait pour sa fille. *Que* semble devoir être pris comme un neutre, qui exprime la désillusion du père devant la fille qu'il se découvre.
2. Le *chanberlain* est chargé d'éveiller, de lever et d'habiller le roi de Norgales. En général ce serviteur est au seigneur ce qu'est la chambrière à la dame. Aussi traduisons-nous par chambrier, bien que ce mot n'existe plus, pour éviter « chambellan », qui a pris un sens différent.

si ferra li autres. Et il morra lors si delivrement que ja un mot ne dira de la boche. Ensi sera ma honte celee, que ja ne sera saüe se par nos trois non.»

A ce s'acordent li dui felon. Et va li uns saisir un espié, et li autres (*f. 156b*) un mail gros et pessant, et vienent a un huis qui devers la chanbre lo roi ovroit. Si l'ovrirent et vienent devant lo lit et voient que il se dormoient anmedui. Et voient que il sont andui de merveillouse biauté, si les plaignent mout li dui chevalier. Si apoie li uns l'espié au costé par desus lo covertor, et li autre antessa son cop. Et messires Gauvains avoit mis hors son braz, si avint chose que li aciers hurta au braz, qui froiz fu. Et il s'esvoille et giete ses braz par desor l'espié. Et cil qui lo mail ot antessé fiert si durement que li espiez vole autre part et fiert en l'esponde do lit, si que li fuz vole em pieces et est feruz ou mur plus de demi pié. Si fait mout grant escrois au ferir. Et messires Gauvains s'esvoille de la freor et voit celui qui l'espié tient, si se lance fors do lit, toz nuz, et arache l'espié do mur et an fiert parmi les costez celui qui apoié l'avoit sor lui, si lo giete mort. Et puis vient ataignant celui qui tenoit lo mail, qui ja estoit a l'uis, [si lo fiert si durement que tot l'escervele a l'issue de l'uis.] Et la reine se fu ja levee, si ne se pot tenir de crier, ainz a levé lo cri. Et messires Gauvains a gité hors lo premier qu'il avoit ocis et et mout bien l'uis fermé. Puis vient a ses armes, si s'arme. Et la pucele saut do lit et li dit que il ne s'esmait mies, si li aide a lui armer ansi com il li anseigne.

Li criz anforce totevoies, tant que li vint chevalier saillent sus et voient lo cierge estaint. Si vienent a l'uis a la

l'autre frappera : il mourra sans avoir le temps de souffler mot. Ainsi ma honte restera-t-elle cachée, et personne d'autre ne la saura que nous trois. »

Les deux scélérats acquiescent à ces instructions ; l'un d'eux va se munir d'un épieu, l'autre *(f. 156b)* d'un maillet gros et lourd et ils gagnent la porte qui donne dans la chambre. Ils l'ouvrent, s'approchent du lit et voient que les deux amants dormaient profondément. Ils découvrent leur merveilleuse beauté et eux qui étaient deux chevaliers, ils les plaignent profondément. Malgré tout, l'un appuie l'épieu par-dessus la couverture, sur le côté, et l'autre calcule son coup. Mais monseigneur Gauvain avait sorti son bras et il se trouva que l'acier, qui était froid, toucha ce bras : il se réveille et met ses bras sur l'épieu. Celui qui visait avec le maillet frappe alors si fort que l'épieu dévie, saute et heurte le chevet du lit : le bois éclate et plus d'un demi-pied se fiche dans le mur, dans un énorme fracas ; effrayé, monseigneur Gauvain ouvre les yeux, voit celui qui tenait l'épieu, bondit hors du lit, tout nu[1], arrache l'arme[2] du mur, en transperce les côtes de celui qui l'avait appuyé sur lui et le repousse, mort. Puis il rejoint celui qui tenait le maillet et qui était déjà à la porte : il le frappe si brutalement qu'il lui fait voler la cervelle sur le seuil qu'il venait de passer. La reine s'était levée, et ne pouvant plus se retenir, elle lance le cri d'alerte. Monseigneur Gauvain jette hors de la chambre celui qu'il avait tué le premier, ferme soigneusement la porte, revient à son armure et la passe. La jeune fille saute du lit, lui dit de ne pas s'inquiéter et suivant ses indications, elle l'aide à s'armer.

Cependant la clameur grandit : les vingt chevaliers bondissent et voient que le cierge est éteint ; ils gagnent la porte de la

---

1. Au Moyen Âge, l'usage est de dormir nu. Ici la notation indique que Gauvain ne prend pas le temps de s'habiller.
2. Il s'agit bien de l'épieu qui devait le transpercer ; Gauvain va se battre avec ce qu'il en reste et non avec une épée, au moins au début ; à partir du f. 156c, il a son épée, puisque la fille du roi l'a aidé à s'armer ; son combat avec l'épieu, dans la chambre, est plus héroïque ; ce n'est qu'en 157a qu'il met la main à *Escalibour*, quand l'épieu s'est brisé (un peu plus) ; les manuscrits, et même celui de notre édition, ont parfois confondu *espié* et *espee*. Ici, *Escalibour* est attribuée à Gauvain, mais ailleurs elle est l'épée d'Arthur.

pucele, si li dient que ele lor ovre l'uis, Et ele dit que il n'i metront les piez. Et il dient que donc briseront il l'uis. Et la pucele dit que ele n'an a mies grant paor, que trop par est forz li huis et espaus. Si laissent assez hurter et apeler. Et ele lor redit que il n'i anterront tant que ele ait fait tot par loisir. Et la reine crie d'autre part :

« Que faites vos, fil a putain, failli ? Que n'ociez vos ce traïtor qui laianz est ? »

Si crie ansi comme fame desvee qui ne puet sa honte celer. Et il n'i ont pooir de l'antrer tant que messires Gauvains est armez tot par loisir. Et lors *(f. 156c)* prant l'espié et dit a la damoisele que ele ovre l'uis tot seürement.

« An non Deu, fait ele, par les chevaliers ne vos en iroiz vos mies, ainz vos an iroiz par la chambre mon pere ; si ne troveroiz mies si grant deffanse com vos feroiz par deça. »

« Ja ne m'aïst Dex, fait il, com ja me sera reprochié que ge m'an soie issuz par paor se par la non ou ge antrai, car j'ai assez aide, puis que Sagremors est çaianz. »

« Or vos dirai donc que vos feroiz. Ge irai avant outre ces huis dela et s'estaindra ces cierges. Et vos seroiz dela cel a[r]c volu, et il cuideront que vos an ailliez par la chambre mon pere. Et ge overrai l'uis devers aus et il corront tuit a la chanbre dela. Et vos an issiez tantost, car se vos estiez la ou il sont, et il fussient an ceste chanbre, il n'avroient ja mais bailie de vos, car li huis sont estroit, si n'i puet que uns seus hom antrer. »

Ensi lo fait la damoisele. Et qant cil devers lo roi virent l'uis overt, si fuient en l'autre chanbre. Et lieve li criz trop granz. Et la pucele ovre l'uis devers les chevaliers et dit qe or puent avant venir. Et il se flatissent anz tuit a brive, et se fierent an la haute chanbre, Et qant li darreniers vost clore l'uis, que nus ne s'an issist, et messires Gauvains lo fiert parmi lo cors, si lo giete mort. Cil giete un brait, et cil qui devant aloient l'antandent, si corrent arrieres as

jeune fille et lui ordonnent de l'ouvrir ; mais elle leur dit qu'ils ne mettront pas les pieds chez elle. Ils répondent qu'ils briseront donc la porte. Elle rétorque qu'elle ne le craint guère, tant cette porte est épaisse et solide, qu'ils cessent de heurter et d'appeler ; elle leur dit encore qu'ils n'entreront pas avant qu'elle ait le temps de faire tout ce qu'elle veut. La reine leur crie de l'autre côté :

« Que faites-vous, fils de putains, lâches ? Pourquoi ne tuez-vous pas le traître qui est là dedans ? »

Elle crie comme une folle incapable de cacher sa honte. Eux ne peuvent entrer tant que monseigneur Gauvain n'a pas pris tout son temps pour s'armer. Alors *(f. 156c)* il saisit l'épieu et dit à la demoiselle d'ouvrir la porte en toute assurance.

« Au nom de Dieu, s'écrie-t-elle, vous ne vous en irez pas au travers des chevaliers, mais par la porte de la chambre de mon père : vous n'y trouverez pas aussi grande défense que par là.

— J'en prends Dieu à témoin, lui répond-il, jamais on ne me reprochera d'avoir pris, sous l'effet de la peur, une autre porte que celle par où je suis entré : j'ai suffisamment d'aide, puisque Sagremor est ici.

— Eh bien, vous allez faire ce que je vous dirai : je vais m'avancer de ce côté, au-delà de la porte pour éteindre les cierges. Vous vous tiendrez derrière cette colonne de la voûte et ils croiront que vous êtes parti par la chambre de mon père : j'ouvrirai la porte de leur côté et ils se précipiteront dans cette chambre. Sortez aussitôt, car quand vous vous trouverez là où ils sont et eux au contraire dans cette chambre, vous ne pourrez plus tomber en leur pouvoir : les battants sont si étroits qu'ils ne peuvent passer qu'un par un. »

Ainsi fait la demoiselle. Quand les gens du roi voient la porte ouverte, ils s'enfuient au bout de l'autre chambre, et la clameur grandit, énorme. La jeune fille ouvre la porte du côté des chevaliers et leur dit qu'à présent ils peuvent avancer ; ils se rabattent et se ruent jusqu'au bout de la chambre. Mais quand le dernier veut refermer la porte, pour que personne ne sorte, monseigneur Gauvain le frappe de plein fouet et le jette mort. Il avait poussé un cri, qu'ont entendu ceux qui le précédaient ; ceux-là reviennent précipitamment en arrière avec des

chandoilles et a bastons, si voient monseignor Gauvain qui ja avoit passé lo suel. Et il escrient : « Veez lo ci. Veez lo ci. » Si s'escorsent tuit a lui. Et il fu anmi la chambre toz a pié atot l'espié. Si fiert celui qui fors issoit premiers si durement que nulle arme n'i a mestier, ainz lo ruie mort a terre. Et li autre sont si esbahi que nus fors issir n'an ose. Si li lancent espiez poignanz parmi l'uis. Et qant il les voit corre a l'uis ou il estoit anbunchiez, si les refaisoit toz reflatir ariés. Et qant il an pooit *(f. 156d)* un ataindre, il n'aüst ja si fort armé que il ne li bot s'espié anz el cors, si lo redotent mout a ancontrer. Et qant il voit que nus ne s'en osse issir hors de l'uis, si laisse cele chambre et vient an celi o li cheval estoient, [et voit Sagremor et la damoisele qui s'amie estoit] atot un cierge an sa main, si metoit Sagremors la sele o plus biau cheval qui laianz fust et an tot lo meillor par sanblant. Et qant la selle est mise, si fait monseignor Gauvain monter sus.

« Et alez, fait il, jusque an la grant salle. Et ge vois metre mon hiaume. »

Et messires Gauvains est montez et vient an la grant sale. Et si tost com nus d'aus li mostre l'uel, il lor laisse corre, et cil ansellent laianz lor chevaus tot lo plus. Et qant messires Gauvains se regarde, si voit venir Sagremor tot armé sor um grant cheval, si estoit gariz, car il avoit dormi.

« Sire, fait Sagremors, ou sont il ? »

« Veez les ci, fait messires Gauvains, mas il n'ossent fors issir. ».

« An non Deu, fait Sagremors, l'isue lor est trop male. Mais traiez vos ça ou chief de ceste sale, si les laissiez fors issir, car fors de çaianz somes nos qant nos voudrons. Ne ja Deus ne m'aïst qant ge m'an irai devant que ge savrai quel chevalier il sont. »

Et messires Gauvains sosrit desoz son hiaume, puis se retraient andui el chief de la sale. Et Sagremors voit que il ne font nul sanblant de fors issir, si les escrie et messaame :

« Failliz et vaincuz, por coi n'isiez vos fors.

chandelles et des bâtons, et découvrant monseigneur Gauvain qui avait déjà passé le seuil, ils s'écrient :

« Le voilà ! le voilà ! »

Tous se précipitent dans sa direction, tandis qu'il se met en bonne position dans la chambre, debout, avec l'épieu ; le premier qui passe, il lui assène un tel coup que toute autre arme est inutile : il l'envoie rouler à terre, mort. Médusés, les autres n'osent plus sortir, mais ils lui lancent au travers de la porte des pieux acérés. Quand il les voit revenir en courant à la porte derrière laquelle il s'embusque, il les fait tous refouler. Tous ceux qu'il atteint (*f. 156d*), si bien protégés soient-ils, il leur plonge l'épieu dans le corps, de sorte que les autres redoutent fort de l'affronter. Comme plus aucun n'ose passer la porte, il quitte la pièce et gagne celle où se trouvaient les chevaux ; il y voit Sagremor, et son amie qui tenait un cierge pendant que Sagremor mettait une selle au plus beau cheval, celui qui paraissait aussi devoir être le meilleur de tous ceux qui étaient là. Une fois la selle mise, il y fait monter monseigneur Gauvain, en lui disant :

« Allez jusqu'à la grande salle. Moi, je vais mettre mon heaume. »

Monseigneur Gauvain, à cheval, gagne donc la grande salle. À peine un de ses adversaires montre-t-il l'œil qu'il galope sur lui ; les autres s'efforcent de seller le plus possible de chevaux. À un moment, monseigneur Gauvain se retourne et voit Sagremor arriver tout armé sur un grand cheval ; il était bien remis, car il avait dormi.

« Seigneur, s'écrie-t-il, où sont-ils ?
— Ici, mais ils n'osent sortir, fait monseigneur Gauvain.
— Par Dieu, la sortie leur est trop mauvaise. Mais venez là, au bout de cette salle, et laissez-les sortir, car nous-mêmes serons dehors quand nous le voudrons. J'en prends Dieu à témoin, je ne m'en irai pas avant de savoir quels chevaliers ils sont. »

Monseigneur Gauvain sourit sous son heaume, et tous deux se retirent à l'extrémité de la salle. Mais voyant que les autres n'ont pas du tout l'air de vouloir sortir, Sagremor les injurie et leur crie :

« Lâches, vaincus, pourquoi ne sortez-vous pas ? Nous

Don ne veez vos que nos an menons voz chevaus devant voz iauz, et vos n'an faites plus. »

Et quant il a ce dit, si an voit venir par d'une part de la sale jusqu'a dis toz montez.

« An non Deu, fait il, ge criem qu'il ne nos forcloent. Et se nos estiens çaianz anserré, nos en seriens au desoz, car nos ne savons les fuies ne les trespas ne les destorz. Mais traions nos ça an ceste cort. Lors si ne porront les genz issir de nule part que nos nes voions. »

« Volantiers, sire, fait Sagremors, mais que j'aie feru un de cels qui la vienent. »

« Alons donc, fait messires Gauvains, puis que vos lo volez. »

Lors laisent *(f. 157a)* corre as dis qui lor venoient, et cil a aus, si abatent antr'aus deus les deus premiers que il ancontrent. Si ocist messires Gauvains lo suen de l'espié, et la lance Sagremors peçoie que s'amie li avoit donee. Lors met Sagremors la main a l'espee, si li cort sus. Et cil de la chanbre commencent a issir hors. Et messires Gauvains les voit, si s'adrece vers aus atot l'espié et fiert si durement lo premier que il porte a terre et lui et son cheval. Et li espiez brise, et il met la main a Escalibor, si lor laisse corre, ses refait a force flatir an la chanbre arieres, la dom il issirent. Puis cort arieres aidier a Sagremor qui mout durement se deffant. Et messires Gauvains commança a faire d'armes, tant que tuit s'an esbahissent. Si lor ont ja antre lui et Sagremor trois chevaus ocis. Mais il ne demorent gaires a pié, car tost recovrent chevax comme cil qui s'antraident bien et mout sont preu. Et messires Gauvains voit que il puent bien trop demorer, si crient estre sopris. Si les an moinent par grant force arieres jusque anmi la cort do chastel. Et voient bien que la grant porte do porpris estoit overte et oent que la noisse est laianz levee; et sont ja bien armé, que un, que autre, jusque a cent.

Et l'amie Sagremor est montee sor un mur et escrie as deus que il s'en aillent, ou il sont tuit mort, « et sachiez que vos [n'avez] garde se vos iestes fors. »

emmenons vos chevaux sous vos yeux et vous ne réagissez pas ! »

Il avait à peine dit ces mots qu'il voit venir jusqu'à dix hommes à cheval à un autre bout de la salle.

« Par Dieu, fait monseigneur Gauvain, je crains qu'ils ne nous encerclent. Si nous sommes enfermés dans ces lieux, nous aurons le dessous, car nous ne connaissons ni les passages, ni les cachettes, ni les traverses pour nous échapper. Allons plutôt dans cette cour : les gens ne pourront sortir de nulle part sans que nous les voyions. »

– Volontiers, seigneur, mais pourvu que j'en découse avec un de ceux qui arrivent, lui répond Sagremor.

– À l'assaut, puisque vous le voulez ! » lui concède monseigneur Gauvain.

Ils s'élancent *(f. 157a)* à bride abattue sur les dix qui arrivaient contre eux, et ensemble ils abattent les deux premiers qu'ils rencontrent ; monseigneur Gauvain tue le sien avec son épieu, mais Sagremor casse la lance que lui avait donnée son amie ; alors il empoigne son épée et revient sur son adversaire. Les autres, dans la chambre, tentent de sortir : monseigneur Gauvain les voit, il fonce sur eux avec son épieu et au premier qu'il rencontre, il assène un tel coup qu'il le jette à terre, lui et son cheval. L'épieu se brise ; il saisit alors Escalibour et les force à refluer dans la chambre d'où ils étaient sortis. Puis il revient en arrière prêter main forte à Sagremor qui se défend avec acharnement ; lui, il prodigue de beaux coups qui laissent tous ses adversaires pantois ; on leur a déjà tué à lui et à Sagremor trois chevaux ; mais ils ne restent pas longtemps à pied, car avec leur bravoure et l'assistance qu'ils se portent mutuellement, ils ont vite fait de récupérer une monture. Pourtant monseigneur Gauvain comprend que cela peut durer et il craint d'être dépassé. Aussi, avec Sagremor, les contraint-il à reculer jusqu'au milieu de la cour du château. Là, ils se rendent compte que la grande porte de l'enceinte était ouverte et ils entendent s'élever le vacarme : tout bien compté, déjà une centaine d'hommes a pu s'armer.

L'amie de Sagremor est montée sur une muraille et leur crie à tous deux qu'ils s'en aillent, sinon ils sont morts, et « sachez qu'une fois dehors vous n'aurez plus à être sur vos gardes ».

Et il s'an commancent a aler. Et qant il sont hors de la porte, si voient que li rois est aprés aus issuz et escrie a ses genz que mar an iront ; si sont bien antor lui, que un, que autre, plus de cent chevaliers et serjanz et archiers. Et li dui s'en vont tot lo pas, tant que il sont fors de la porte. Et tote la gent lo roi hurtent aprés. Et l'amie Sagremor fu sor la porte montee par un aleor, que nus ne la pooit veoir. Si antroit celle lice jusque an la chanbre o ele gisoit. Et qant ele vit que il furent hors, si cope une corde qui sostenoit une porte coleïce. Et ele chiet, si tua un chevalier et un an forclost an son cheoir avoc les deus qui s'an aloient. Et qant ele a ce fait, si s'en torne arriers an sa chanbre, que onques de nelui *(f. 157b)* ne fu veüe. Et Sagremors lait corre au chevalier qui fors estoit remés, so fiert de l'espee par lo hiaume, si li arache de la teste et vient sor lui por lui coper la teste. Et cil li baille s'espee, et il la prant, por ce que cil li crie merci. Puis fiance li chevaliers a tenir prison la o lui plaira. Et il li dit par sa fiance que il aille laianz a la fille au roi et se mete an sa prison de par monseignor Gauvain.

« Avez vos non, fait il, Gauvains ? »

« Nenil, ainz j'ai non Sagremors li Desreez. Et ce diras au roi, que il n'a fame de son lignage si hautement mariee com est sa fille, si ne li poist mies. »

« Sire, ce dit li chevaliers, ge suis vostre fianciez, si vos sauverai a mon pooir. Venez aprés moi, si vos metrai hors de ces destroiz. »

Lors vient avant li chevaliers, et li dui aprés, tant que il vienent a la planche. Et il passent outre, si les commande li chevaliers a Deu, et il lui. Il s'arestent une grant piece a la planche por savoir se nus d'aus les sivroit. Et dit Sagremors qu'i[l] se mervoille mout de ce que s'amie tant demore. Et qant il a ce dit, si voit que ele vient. Et

Ils se dirigent vers la sortie et quand ils ont passé la porte, ils voient que le roi les poursuit et menace ses gens de malheur s'ils les laissent partir ; tout bien compté, tant en chevaliers, qu'en sergents et archers, il a bien une centaine d'hommes autour de lui. Mais nos deux héros gagnent la porte au pas et sortent, tandis que toute la troupe du roi galope derrière eux. L'amie de Sagremor était montée par un chemin de ronde au-dessus de la porte, sans être vue de personne ; ce chemin[1] allait jusqu'à la chambre où elle dormait. Quand elle vit que les deux compagnons étaient dehors, elle coupa une corde qui retenait une porte coulissante qui, en tombant, tua un chevalier et en isola un autre à l'extérieur, avec les deux partants. Cela fait, elle retourne dans sa chambre, sans être vue de personne (*f. 157b*). Sagremor se dirige au galop sur le chevalier qui était resté dehors, le frappe de son épée en travers du heaume et le lui arrache, puis se prépare à lui couper la tête ; mais l'autre lui livre son épée et il la prend, parce qu'il implore sa merci ; ce chevalier lui jure alors de se constituer prisonnier là où il lui plaira. Sagremor lui enjoint, sur sa parole, d'aller là-bas trouver la fille du roi et de se constituer son prisonnier, au nom de monseigneur Gauvain.

« Votre nom est Gauvain ? fait l'autre.

— Non pas, mais je m'appelle Sagremor le Démesuré. Tu diras aussi au roi qu'il n'y a pas de femme en son lignage aussi noblement mariée que sa fille, et que par conséquent il ne s'en chagrine pas.

— Seigneur, lui répond le chevalier, je suis lié à vous par ma parole : aussi ferai-je mon possible pour vous sauver. Suivez-moi et je vous conduirai hors de ces lieux retranchés. »

Le chevalier les guide jusqu'à la planche ; ils la passent ; le chevalier les recommande à Dieu, et eux le font à leur tour. Un long moment, ils attendent auprès de cette planche pour voir si quelqu'un de là-bas les suivrait ; Sagremor dit qu'il est bien surpris que son amie tarde tant ; à ces mots, il la voit arriver et

---

1. L'*aleor* est le chemin de ronde qui passe sur la *courtine*, le mur de fortification entre deux tours ; ici il est appelé aussi *lice*, alors que généralement la lice est un chemin entre la palissade et les remparts d'un château, ou les barres de bois qui marquent pour les chevaliers d'un tournoi l'espace où ils ne combattent pas.

la damoiselle meïsmes passe outre sor un palefroi tost alant.

« Que est ce ? fait messires Gauvains. Que vos soiez la bienvenue. Ou sera ceste voie ? »

« Ou ? fait ele. Par foi, fait ele, il covient que vos et Sagremors me metez a garison, car ge seroie honnie, se ge çaianz remenoie, et alee a tozjorz. Toz li ors do monde ne me seroit garanz. »

« Si m'aïst Dex, fait messires Gauvains, mauvais servise avroiez fait se vos a nostre conduit failliez. Mais dites moi novelles de m'amie. »

« Si m'aïst Dex, fait ele, vostre amie n'a garde de ce que ele a fait, car messires li rois et la reine l'aimment plus que as meïsmes. Ne il n'ont plus d'anfanz, ce lor est avis, car l'autre tienent il a perdue. Mais ge fusse morte se ge fusse trovee. »

Ensi chevauchent tuit troi ansenble. Et qant il ont un po alé, si voient chevaus venir après aus mout durement.

« Sagremor, dist messires Gauvains, j'espoir que jes oï (*f. 157c*) venir. »

« N'aiez garde, fait la pucele, que ge cuit que ce sont vostre cheval que ge faz amener après nos. »

Et il s'arestent, si les atandent et voient que ce sont il. Et messires Gauvains li demande commant ele s'estoit de ce apansee. Et elle dist que « se l'an oceïst voz chevaus, se poïssiez a ces recovrer. » Et messires Gauvains l'an prise mout.

Tant ont chevauchié que il est toz clers. Et la damoisele dist a Sagremor :

« Vos me conduirez, et messires Gauvains ira a son afaire. »

« Bele douce amie, fait messires Gauvains, ainz vos conduirons andui, car ge ne vouroie an nule maniere que vos aüssiez mal sanz moi. »

« Sire, fait la damoiselle, j'ai assez de

la demoiselle, montée sur un palefroi fringant, passe toute seule la planche.

« Est-ce possible ! fait monseigneur Gauvain. Soyez la bienvenue ! Où voulez-vous aller ?

– Où ? Par ma foi, il faut que vous et Sagremor vous me mettiez en sécurité, car je serais déshonorée si je restais ici, et c'en serait fait de moi ; tout l'or du monde ne me sauverait pas.

– Par Dieu, s'écrie monseigneur Gauvain, le service rendu ne vous vaudrait rien, si vous n'obteniez pas que nous vous escortions. Mais donnez-moi des nouvelles de mon amie.

– Par Dieu, votre amie n'a pas à s'inquiéter de ce qu'elle a fait, car le roi et la reine la chérissent plus qu'eux-mêmes. Et selon eux, ils n'ont plus d'autre enfant, car ils considèrent leur autre fille comme perdue[1]. Mais moi, je serais mise à mort si l'on me trouvait. »

Ils se mettent donc à chevaucher tous trois ensemble. Au bout d'un moment, ils aperçoivent des chevaux qui venaient derrière eux à toute vitesse.

« Sagremor, dit monseigneur Gauvain, j'ai l'impression que je les entends (f. 157c) venir !

– N'ayez garde, fait la jeune fille : je pense que ce sont vos chevaux, que j'ai fait suivre derrière nous. »

Ils s'arrêtent, attendent et constatent que c'est bien cela ; monseigneur Gauvain lui demande comment elle a pu y penser. « Pour que vous puissiez récupérer ceux qui arrivent, au cas où l'on tuerait ceux que vous avez maintenant », répond-elle ; cette initiative lui vaut d'être fort appréciée de monseigneur Gauvain.

Ils ont tant chevauché qu'il fait grand jour. La demoiselle dit alors à Sagremor :

« Vous m'escorterez et monseigneur Gauvain ira à son affaire.

– Non pas, bien chère amie, fait celui-ci, nous vous escorterons tous les deux, car je ne voudrais en aucune façon que mon absence vous fasse du tort.

– Seigneur, lui répond la demoiselle, j'ai assez avec

---

1. C'est l'amie d'Agravain, voir f. 130a.

Sagremor, car ge lo manrai par tel leu o ja ne serons trové par home qui nos quiere. »

« Et o iroiz vos ? » fait il.

« Tot droit chiés mon pere, sire, fait ele, et d'iluec, chiés vostre frere Angrevain, car ge ne porroie aillors garir. »

Et Sagremors dit que Angrevain verroit il mout volantiers. Et messires Gauvains dit que il est trop malades. « Et ceste damoiselle lo vos contera bien. »

« Et ou iroiz vos ? » fait ele.

« Ge voudroie estre en la terre de Sorelois. »

« Cuidiez vos trover, fait Sagremors, ce que nos querons an ceste terre ? »

« Certes, fait messires Gauvains, ge ne sai ancor que ge ferai, mais ge oï dire que ce est une mout avanturos[e] terre. »

« Sire, fait la damoiselle, il n'a gaires jusque an Sorelois, et ge vos baillerai un de ces vallez qui vos i manra si droit comme linne. »

Lors apele celui qui a pié estoit, so fait monter sor lo cheval monseignor Gauvain et li dit que il lo maint au plus droit que il porra an la terre de Sorelois. Et li vallez est montez, si s'an torne entre Sagremor et s'amie si com elle lo moine. Et li vallez et messires Gauvains s'an vont vers Sorelois au plus droit que il li set mener. Mais or se taist li contes ci androit de monseignor Gauvain et de Sagremor, si retorne a Hestor, qui est an la prison au seignor des Marés, au pere Ladomas, celui cui Guinas de Blasquestam avoit navré o paveillon por s'anmie, *(f. 157d)* et peres Matalez que Hestors avoit ocis qant il secorrut Signados de Vindesores.

Sagremor, car je l'emmènerai quelque part où nous ne serons jamais découverts, si l'on nous cherche.

– Et où irez-vous ? fait-il.

– Directement chez mon père, seigneur, et de là, chez votre frère Agravain, car je ne pourrais être en sécurité ailleurs. »

Sagremor dit qu'il aimerait beaucoup voir Agravain, mais monseigneur Gauvain l'informe qu'il est très malade

« Mais cette demoiselle vous expliquera bien son histoire.

– Et vous, où irez-vous ? lui demande-t-elle.

– Je voudrais être en Sorelois.

– Pensez-vous trouver là ce que nous cherchons ? lui demande Sagremor.

– En vérité, fait monseigneur Gauvain, je ne sais encore ce que je ferai, mais j'ai entendu dire que c'était une terre pleine d'aventures.

– Seigneur, lui dit la demoiselle, il n'y a pas loin d'ici le Sorelois et je vais vous donner un de ces écuyers, qui vous y conduira en ligne droite. »

Elle appelle celui qui allait à pied, le fait monter sur le cheval[1] de monseigneur Gauvain et lui dit de le conduire le plus directement possible en Sorelois. L'écuyer une fois monté, Sagremor s'en va avec son amie qui lui montre le chemin. Monseigneur Gauvain s'en va avec l'écuyer en Sorelois, par la voie la plus directe que celui-ci connaisse.

Mais maintenant le conte s'arrête de parler de monseigneur Gauvain, et retourne à Hector, qui est prisonnier du seigneur des Marès, le père de Ladomas, celui que Guinas de Blanquestan avait blessé dans le pavillon, à cause de son amie *(f. 157d)*, le seigneur qui était aussi le père de Matralis qu'Hector avait tué quand il porta secours à Synados de Windessore.

---

1. On aura compris que Gauvain et Sagremor disposent alors chacun de deux chevaux, ceux qu'ils ont mis à l'écurie en arrivant chez le roi de Norgales et que la demoiselle a fait suivre après coup, et ceux qu'ils ont pris dans la troisième chambre (f. 155b) ; l'écuyer monte sur le premier cheval de Gauvain, moins « beau » que le second ; il peut ainsi accompagner Gauvain en Sorelois.

Or dit li contes que qant il fu aresté au Chastel des Marés, si vinrent les novelles au Chastel de l'Estroite Marche. Et qant la fille au seignor l'oï, qui mout l'amoit, si vint a son pere et li dit que il lo secorre. Et il dit que si fera il a qanque il porra avoir de gent. Et la pucelle prant un message, si l'anvoie a Synados de Vindesores. Et li mande que cil est am prison qui lo gita des mains a ses anemis, et que il lo secorre, car ausi lo secorra ses sires de l'Estroite Marche [a tant de gent comme il porra avoir. Et cil maintenant i vient a son pooir, si asanblent lor genz au chastel de l'Estroite Marche.] Et Marganors meïsmes, qui estoit a l'Estroite Marche, manda totes ses genz que il i alassent por lui delivrer. Si furent bien, qant il partirent de l'Estroite Marche, deus mile, que chevalier, que serjant. Et Hestors est an prison, mais cil qui lo tienent n'ont mies talant de lui ocirre ne de faire morir, car mout l'aimme la dame, por ce que il l'avoit vangiee de Guinas de Blasqestant. Et li peres meïsmes dit que no porroit mies faire ocirre des or an avant, que que il li aüst forfait, « car ge lo sauvai qant il antra çaianz. »

A ces consauz que il tenoient, vint une damoiselle qui mout estoit laianz amee, si estoit niece au seignor dcs Marés, cosine Ladomas, son fil. Et qant elle oï parler que Hestors estoit si bons chevaliers et que il avoit toz les maus païs passez, si vint a son oncle et a son cosin, si lor dit :

« Seignor, dist elle, car me donez la prison de cest chevalier, car il m'est avis que sa mort ne volez vos mies, si l'an manrai delivrer ma seror qui est an tel prison com vos savez. »

CHAPITRE LXIII

Aventures d'Hector. Hélène sans Pareille

Le conte rapporte ici que, quand il fut arrêté au Château des Marés, la nouvelle en parvint au Château de l'Étroite Marche. La fille du seigneur, en raison du grand amour qu'elle éprouvait pour Hector, alla trouver son père et lui demanda de lui porter secours. Il lui répond qu'il le fera avec tous ceux dont il pourra disposer. La jeune fille envoie encore un messager dire à Synados de Windessore que celui qui le délivra des mains de ses ennemis est en prison, qu'il lui porte secours, car son seigneur de l'Étroite Marche le fera aussi, avec tous les hommes qu'il pourra trouver. Synados fait son possible pour arriver aussitôt et on réunit les troupes au Château de l'Étroite Marche. Marganor lui-même, qui se trouvait à l'Étroite Marche, fait venir tous ses hommes, afin d'aller délivrer le prisonnier. Ainsi, au départ de l'Étroite Marche, ils étaient bien deux mille, tant en chevaliers qu'en sergents.

Hector est donc en prison, mais ceux qui le retiennent n'ont pas l'intention de le faire mourir, car la dame le chérit fort pour avoir été vengée par lui de Guinas de Blanquestan ; quant au père, il dit qu'il ne saurait le faire mettre à mort désormais, quelque crime qu'il eût commis contre lui, « car j'ai assuré son salut[1] quand il est entré ici. »

Tandis qu'ils en étaient à ces considérations, survint une demoiselle qu'on tenait en grande affection dans ces lieux, car c'était la nièce du seigneur des Marés, la cousine de son fils Ladomas. Quand elle entendit rapporter qu'Hector était si vaillant chevalier et qu'il avait traversé tous les périlleux passages, elle vint trouver son oncle et son parent et leur dit :

« Seigneurs, laissez-moi donc disposer de ce prisonnier, car je crois que vous ne voulez pas sa mort ; je l'emmènerai libérer ma sœur qui est en la prison que vous savez. »

---

1. Voir supra f. 145c.

Et li peres s'i acorde.

« Voire, fait Ladomas, se li chevaliers lo velt otroier, car autrement no donrons nos ja a home ne a fame. »

« Certes, fait li sires, vos dites voir. »

« Sire, fait elle, granz merciz. Et ge irai savoir se il lo voudra. »

Et lors va la damoiselle a Hestor, et avoc li l'amie Ladomas, qui mout amoit Hestor an bone foi. Et la damoiselle li dit :

« Hestor, ge ai porchacié que ge avrai vostre prison. Ne vos an venroiz vos volantiers la ou ge vos voudrai am prison metre ? »

« Qui estes vos, ma damoiselle ? » fait *(f. 158a)* Hestors.

« Ge suis, fait ele, une damoiselle qui de la mort vos ai rescous, se vos volez venir an ma prison. »

« Et quex seroit, fait il, vostre prisons ? »

« Gel vos dirai, fait l'amie Ladomas. Biaus amis, fait ele, ele vos manra combatre au meillor chevalier do monde. Se vos lo poez conquerre, si estes quites. S'il vos plaist, alez i ; mais se vos n'i volez aler, n'avez garde çaianz de mort. Et vos nel feroiz mies, se vos ne volez. »

« Qui est, fait Hestors, li chevaliers ? Est il de la maison lo roi Artu ? »

« Nenil, fait l'amie Ladomas, ainz est de cest païs. »

« Certes, fait Hestors, donc i erai ge mout volentiers. »

« Granz merciz, fait la damoiselle qui demandé l'avoit.

Lors revient arriés et dit que Hestors l'otroie bien.

« Faites lo fors amener, fait Ladomas, se il li plaist aler, et si oromes sa volanté. »

Lors est fors amenez Hestors, si li demande Ladomas se il li plaist aler avoc la damoiselle.

« Sire, fait Hestors, il n'a sociel damoiselle, se elle avoit de moi mestier, que ge n'alasse an son bessoign, se jo savoie. Mais ge vos di bien que ge n'i erai par non de

Le père donne son accord.

« Oui, fait Ladomas, mais si le chevalier veut bien y consentir, sinon nous ne le donnerons à personne, ni à un homme, ni à une femme.

– Vous avez tout à fait raison, fait le seigneur.

– Seigneur, grand merci, dit la demoiselle. Je vais donc voir s'il accepte. »

Elle va trouver Hector, accompagnée de l'amie de Ladomas, qui chérissait Hector en toute loyauté. La demoiselle lui dit donc :

« Hector, j'ai obtenu de disposer de vous comme prisonnier. N'accepterez-vous pas de venir là où je voudrai exercer mes droits ?

– Qui êtes-vous, mademoiselle ? fait-il (*f. 158a*).

– Je suis une demoiselle qui vous a délivré de la mort si vous voulez vous conduire comme mon prisonnier.

– Et que devrait faire votre prisonnier ?

– Je vais vous le dire, fait l'amie de Ladomas. Cher ami, elle veut vous emmener vous battre contre le meilleur chevalier du monde. Si vous pouvez avoir la victoire, vous êtes quitte ; si cela vous agrée, allez-y. Sinon, vous n'avez pas à craindre la mort ici ; et vous ne le ferez pas si vous ne le voulez pas.

– Qui est le chevalier ? demande Hector ; est-il de la maison du roi Arthur ?

– Non, répond l'amie de Ladomas, mais il est de ce pays-ci.

– En vérité, j'irai donc très volontiers.

– Grand merci », dit la demoiselle qui avait fait la demande.

Et elle revient en disant qu'Hector est tout à fait consentant.

« Faites-le venir ici, fait Ladomas, pour voir s'il trouve bon d'y aller, et nous entendrons ainsi ce qu'il veut. »

Hector est donc sorti de sa prison et Ladomas lui demande s'il lui plaît d'aller avec la demoiselle.

– Seigneur, répond-il, il n'y a pas au monde une demoiselle à qui, si elle avait besoin de moi, je n'aille porter secours, si je le savais. Mais je vous dis bien que je n'irai pas par manière de

reançon, car donc sanbleroit il que ge fusse de mauvaitié atainz, car li vasaus lo me metroit sus qui mon cheval m'anbla. Ne an ceste maniere n'an irai ge ja. Mais qant il sera avant venuz qui de ce me voudra esprover, et ge me serai esleiautez a l'aide de Deu, lors an irai ge aprés la pucelle an sa bessoigne et la ferai volentiers. »

« Si m'aïst Dex, fait Ladomas, vos avez dit que prodom, et miauz vos en doit an amer. Sire, fait il a son pere, clamez lo quite. »

Et il si fait.

« Granz merciz, sire, » fait Hestors.

Lors li sont aportees ses armes, et il arme son cors. Et qant il est bien armez, si li chiet la pucele an piez et li prie que il li face sa bessoigne.

« Elle est, fait li sires del Marés, ma niece. Mais por ce n'an faites vos rien, car ja ne m'aïst Dex se ge ne voloie miauz que ele fust morte que vos, car plus pert an en la mort a un prodome que an la mort a totes les puceles d'une terre. »

« Certes, fait Hestors, ainz i erai mout volentiers la ou ele me voudra mener, et por ce que ele est damoiselle, et por vos qui m'avez plus anoré que ge n'avoie deservi. »

Et la pu(f. 158b)celle l'an mercie mout.

Atant vienent hors, si est amenez li chevaus Hestors. Et il i monte, et la pucele monte en son palefroi. Si a Hestor pris congié de son seignor des Marés et Ladomas et la damoisele [qui s'amie estoit, si s'en vont entre lui et la damoisele] qui l'an moine la o il ne set. Et qant il ont esloignié lo chastel bien une liue, si voit sor senestre Hestors et la damoiselle les genz que Synados li amoine, que des suens, que des lo seignor de l'Estroite Marche, et que des Marganors lo seneschal, bien jusque a deus mile. Si s'en mervoille mout quex genz ce sont,

rançon : j'aurais l'air d'être atteint de lâcheté, et le brave[1] qui m'a pris mon cheval saurait bien m'en accuser. Non, je n'irai pas comme cela. Mais si quelqu'un veut que j'en fasse la preuve[2], quand il sera venu et que j'aurai montré ma bonne foi avec l'aide de Dieu, alors je suivrai la jeune fille pour son affaire, et je m'en chargerai volontiers.

— Par Dieu, s'écrie Ladomas, vous avez parlé avec honneur, et l'on doit vous en chérir davantage. Seigneur, dit-il à son père, annoncez qu'il est libre. »

Ainsi fait le seigneur.

« Grand merci, seigneur », lui dit Hector.

Ses armes lui sont apportées et il s'arme lui-même. Quand il a terminé complètement, la jeune fille tombe à ses pieds et le supplie de lui apporter le secours dont elle a tant besoin.

« C'est ma nièce, dit le seigneur des Marés ; mais n'en faites rien pour autant : j'en prends Dieu à témoin, je préférerais la voir morte plutôt que vous, car on perd plus avec la mort d'un brave qu'avec celle de toutes les jeunes filles d'un pays.

— Au contraire, répond Hector, j'irai très volontiers là où elle voudra me conduire, et parce qu'elle est demoiselle, et à cause de vous qui m'avez fait plus d'honneur que je ne l'avais mérité. »

La jeune fille (f. 158b) se répand en remerciements pour ses bonnes paroles. Là dessus, ils sortent du palais et le cheval d'Hector lui est amené. Il l'enfourche, tandis que la jeune fille monte sur son palefroi.

Ainsi Hector a pris congé de son seigneur des Marés, de Ladomas et de la demoiselle, son amie. Il s'en va avec la demoiselle qui l'emmène il ne sait où. Quand ils sont à une bonne lieue du château, Hector et la demoiselle voient sur leur gauche les hommes que Synados amène ; il y en avait bien deux mille, tant avec les siens, qu'avec ceux du seigneur de l'Étroite Marche et de Marganor le sénéchal. Hector se demande avec étonnement qui peuvent bien être ces hommes ;

---

1. *Li vasaus* est ironique ; il s'agit de l'écuyer, envoyé par le nain à la fontaine pour trahir Hector, voir f. 145a.

2. Par un combat judiciaire.

si chevauche totevoies sanz ganchir.

Et Synadox, qui mout fu vaillanz, dist a ses genz qu'i[l] chevauchesient bellement, « car je vois, fait il, veoir qui est ciz chevaliers que je vois la seus cheminer. »

Lors s'an part et vient grant aleüre vers Hestor, toz sanz hiaume. Et qant Hestors lo voit, si lo conoist bien, et il lui. Si dist a Hestor :

« Sire, Dex an soit aorez que vos iestes hors de prison, car maintes genz en estoient dolante »

Hestors l'acole et dit que bien fust il venuz.

« Et que saviez vos, fait il, que ge fusse an prison ? »

« Certes, sire, fait il, li sires de l'Estroite Marche lo me manda. Et ge venoie a tant de gent com ge pooie, si avoie grant paor por Mataliz que vos avoiez mort. »

« En non Deu, fait Hestors, morz i fusse ge se ne fust uns siens freres qui a non Ladomas, qui me sauva a son pooir. Et ge me lo mout de lui et jo serviroie, se ge venoie en leu o il aüst mestier de moi, et s'amie, qui mout est vaillanz et cortoise. Et ces genz la, sont il a vos ? »

« Sire, fait Synadox, ge an i ai une partie, et li autre sont au seignor de l'Estroite Marche et a Marganor. Chascuns i avoit son pooir com an si grant haste. Et sachiez que il aüst ancui lo greignor asaut que vos onques veïssiez a chastel de tant de gent, car vos avez an cest païs plus d'amis que vos ne cuidiez. »

Et Hestors l'an mercie mout.

« Sire, fait Synadox, ou an iroiz vos ? »

« Ge vois, fait Hestors, avoc ceste damoisele en une soe bessoigne ou ele (*f. 158c*) me moine. Mais alez vos an et ne corez plus avant. Si me saluez lo seignor de l'Estroite Marche et sa fille, que ge mout pris, et li dites que ge la verroie plus volentiers que ge ne fis avant ier, se ge an venoie en aise et an loisir, car mout me lo de sa compaignie. Aprés me saluez Marganor lo seneschal, et, sor totes les dames que ge onques veïsse puis que ge parti de la reine Guenievre, me saluez et vostre fame car onques de sa richece ne vi si vaillant. »

Atant s'entrecomandent a Deu, si oste Hestors son hiaume, si lo baisse, et il lui. Et mout li prie Synadox que se

pourtant il continue sa chevauchée sans chercher l'esquive. Synados, avec la vaillance qui était la sienne, dit à ses hommes d'avancer sûrement, « car moi, je vais voir qui est ce chevalier que j'aperçois là-bas, cheminant seul ». Il s'éloigne sans avoir mis son heaume et rejoint Hector à grande allure. En le voyant, Hector le reconnaît bien ; lui de même et il lui dit :

« Seigneur, Dieu soit loué : vous êtes sorti de prison ! Bien des gens s'en affligeaient. »

Hector lui donne l'accolade et lui souhaite la bienvenue.

« Comment saviez-vous que j'étais en prison ?

— En vérité, seigneur, lui répond-il, le seigneur de l'Étroite Marche me l'avait fait dire et je venais avec autant d'hommes que possible, tellement j'avais peur à cause de Matalis que vous avez tué.

— Par Dieu, fait Hector, je serais mort là-bas, sans Ladomas, son frère, qui fit son possible pour me sauver. Je me loue fort de lui : je me mettrais à son service, si l'occasion se présentait qu'il ait besoin de moi, et je servirais son amie, pleine de mérites et de distinction. Et ces hommes-là, sont-ils à vous ?

— Seigneur, j'en ai une partie, les autres sont au seigneur de l'Étroite Marche et à Marganor. Chacun a fait ce qu'il a pu dans cette urgence. Sachez qu'avec tous ces gens, il y aurait eu aujourd'hui le plus fort assaut que vous ayez jamais vu donner à un château, car vous avez en ce pays plus d'amis que vous ne pensez. »

Hector l'en remercie grandement.

« Seigneur, reprend Synados, où voulez-vous aller ?

— Je vais avec cette demoiselle, qui m'emmène *(f. 158c)* résoudre une affaire pressante qui la concerne. Mais vous, laissez-moi et ne vous hâtez plus d'arriver. Saluez de ma part le seigneur de l'Étroite Marche et sa fille, à qui je tiens fort, et dites-lui que je la verrais plus volontiers que naguère, si j'en avais la possibilité et le loisir, car je me loue fort d'être avec elle. Après, saluez pour moi Marganor le sénéchal et, plus que toutes les dames que j'ai pu voir depuis que j'ai quitté la reine Guenièvre, saluez aussi de ma part votre femme, car je n'ai jamais vu tant de mérites chez une dame de son rang. »

Sur ce ils se recommandent à Dieu ; Hector enlève son heaume et l'embrasse ; Synados fait de même, en le priant, s'il

il avenoit que il venist en leu ou il fust arestez, que il li feïst savoir. Et il dist que si feroit il. Atant se departent, si an moine Synadox ses genz ariés. Et Hestors seust totevoies la damoiselle tant que il avesprist durement. Et Hestors li demande quel bessoign ele a a faire et de coi. Et ele li dit :

« Gel vos dirai. Ge ai une moie suer, la plus belle dame que ge onques veïsse, et totes les autres dient que eles ne virent onques si belle. Quant ele estoit pucelle, si l'anma uns chevaliers par amors qui cuidoit estre uns des miaudres chevaliers do monde, et li miaudres cuide il ancor estre. Et si est il assez plus hauz hom et plus jantis hom que ma suer. Il prist ma seror a force, si l'an blasmerent mout si parant et si ami et mout an furent dolant. Et mout longuement dura la rancune d'aus et de ma seror, tant que un jor avint que li chevaliers et ma seror gisoient an un prael delez une fontaine, comme genz qui mout s'antramoient. Et li chevaliers estoit ja mout apereciz et antrelaisoit mout les armes. Si antra laianz uns oncles au chevalier, de grant aage, si comança lo chevalier a ranponer. Et dit que mout estoit honiz qui si estoit sorpris de sa fame qu'i[l] ne pooit estre san li et que totes compaignies an avoit perdues et que toz li mondes s'en escharnisoit. Et ma suer lo tint a despit, si parla un po plus que mestiers ne li fust, car puis *(f. 158d)* l'a mainte foiz comparé. Si dist : « Por coi, sire, est il don si honiz por moi ? S'il est jantis hom, ge ne suis mies de trop bas lignage. Et se il a perdue la compaignie des genz por moi, et ge autresi por lui, car maintes genz me venissent veoir chascun jor. Et certes, plus suis ge belle fame que il n'est biaus chevaliers ne bons, et plus a esté ma biautez looee que sa chevalerie. »

« Quant ses sires l'ot, si lo tint a despit et jura son sairement que ja mais n'istroit de sa grant tor nul jor devant ce que li uns en avroit l'annor, ou que ele seroit plus bele dame, o il seroit miaudres chevaliers. « Et sachiez, fait il, biax oncles,

lui arrivait d'être arrêté quelque part, de le lui faire savoir. Hector l'assure qu'il le fera. Ils se séparent et Synados remmène ses hommes, tandis qu'Hector continue de suivre la demoiselle jusqu'à l'extrême fin de la soirée, et alors il lui demande quelle affaire la presse et de quoi il s'agit.

« Je vais vous le dire, lui répond-elle. J'ai une sœur, la plus belle dame que j'aie jamais vue, et toutes les autres dames disent comme moi. Un chevalier qui pensait être le meilleur chevalier du monde, et qui le pense encore, se prit de passion pour elle, quand elle était jeune fille. Il était de beaucoup plus grande noblesse et de plus grande naissance qu'elle. Il épousa ma sœur malgré ses parents et ses amis, qui le désapprouvèrent et en furent très contrariés. Une longue rancune s'installa entre eux et ma sœur, quand un jour il arriva que celle-ci et le chevalier étaient couchés dans un verger, près d'une fontaine, comme des amants passionnés. Le chevalier était devenu fort paresseux et négligeait passablement les armes. Un oncle du chevalier, fort âgé, entra dans le verger et lui lança des sarcasmes, lui disant qu'il se déshonorait fort à être épris de sa femme au point de ne pouvoir se passer d'elle, d'avoir perdu toutes ses autres relations et d'être la fable de tout le monde. Ma sœur en fut bien dépitée et elle parla un peu plus qu'il n'aurait fallu, car depuis (*f. 158d*) elle l'a payé bien souvent. En effet elle s'écria : "Pourquoi donc, seigneur, est-il si déshonoré avec moi ? S'il est gentilhomme, je ne suis pas de trop bas lignage ; s'il a perdu ses relations à cause de moi, je ne suis pas en reste, car moi aussi tous les jours, bien des gens venaient me voir. En vérité, je suis plus belle femme qu'il n'est beau et vaillant chevalier, et ma beauté a été plus célébrée que sa valeur chevaleresque."

« Quand son époux l'entendit, à son tour il fut fort dépité et il jura solennellement qu'elle ne sortirait pas son donjon[1] avant que l'un d'eux ait la gloire d'être, elle, plus belle dame, ou bien lui, meilleur chevalier. "Sachez, cher oncle, avait-il déclaré,

---

1. *Grant tor* (f. 158d) et plus loin *forterece* (f. 159a) sont dans ce passage synonymes : ils désignent le donjon principal du seigneur et symboliquement la suprématie, la prééminence (*l'annor de la tor*) dans le couple, qui est mise en enjeu par le serment du mari.

se plus belle dame de li vient ci, que ja mais ne gerrai o li a mon pooir. Et se miaudres chevaliers de moi vient, si soit quite de sa prison. » Ensi a bien ma suer esté an prison cinc anz, et si parant i ont amenees totes [les] beles dames que il porent avoir, et onques nulle n'an i vint qui a li s'apareillast. Et des chevaliers i est il assez venuz, et ancor a il esté li miaudres. Or vos an ai dite la verité. Et ge ai esté an la maison lo roi Artu, puis cinc anz an ça, plus de vint foiz, ne onques monseignor Gauvain n'i poi trover, car ge li amenasse mout volentiers, se ge lo poïsse avoir. »

Ensi s'an vont parlant, si est mout tart Hestor que il voie la dame qui est de tel biauté. Tant ont chevauchié que il vienent chiés une suer a la damoiselle, si lor fist ele laianz mout grant joie, car bien savoient que li chevaliers aloit por la dame delivrer. Si fu mout onorez et conjoïz Hestors an la maison quant la damoiselle ot dit quex il estoit, si furent la nuit mout bien herbergié. Et au matin se leverent bien matin, si s'an tornent lor oire et vont tant que il vienent a un mout bel chastiau. Et ce est li chastiaus o la pucele lo menoit por combatre, si avoit non Gazewilté, et li sires avoit non Persides. Et la dame qui de si grant biauté estoit avoit non Helyenne san Per. Li chastiaus fu biaus et *(f. 159a)* bien asis. Et la damoiselle va avant, et Hestors aprés, et chascuns dist :

« Cist se vient combatre por ma dame. Maleoite soit sa biautez que tant a esté chier comparee. »

Et antre Hestor et la damoiselle vienent jusque a la forterece o la dame estoit am prison. Si descent la damoiselle, et il aprés, et puis montent andui les degrez. Et cil qui la dame gardoient vienent avant et demandent a Hestor que il viaut. Et il dit que il verroit volentiers une dame qui laianz est am prison. Et il lo moinent avant. Et la dame s'acesmoit an une chanbre, qui bien avoit oïe la novele qu'ici venoit uns chevaliers.

que si une dame plus belle qu'elle arrive ici, dans la mesure où je le pourrai, je ne coucherai plus jamais avec elle. Et si un chevalier meilleur que moi se présente, alors qu'elle soit quitte de sa prison." Ma sœur a été bien cinq ans ainsi retenue en prison ; ses parents ont amené là toutes les plus belles dames qu'ils ont pu trouver, mais jamais l'une d'elles n'a pu l'égaler. Des chevaliers, il en est venu beaucoup, mais il a, lui aussi, été le meilleur. Voilà toute la vérité. Et depuis cinq ans, plus de vingt fois, je me suis rendue à la cour du roi Arthur, sans avoir jamais trouvé monseigneur Gauvain, que j'aurais bien voulu lui ramener, si j'avais pu réussir à l'avoir[1]. »

Voilà leurs propos et il tarde fort à Hector de voir la dame qui a pareille beauté. Ils finissent par arriver chez une autre sœur de la demoiselle ; celle-ci leur fit un accueil chaleureux, car on savait bien que le chevalier allait pour délivrer la dame. Et quand la demoiselle eut dit ce qu'était Hector, on lui fit encore plus de fête et d'honneur ; ils furent donc très bien hébergés cette nuit-là. Le lendemain, ils se levèrent de bon matin, reprirent leur voyage et finirent par arriver à un fort beau château. C'était celui où la jeune fille l'emmenait se battre ; il se nommait Gazevilté et son seigneur, Persidés ; la dame qui était si belle s'appelait Hélène sans Pareille. Le château était beau et bien situé (*f. 159a*). Tandis que la demoiselle s'avance, suivie d'Hector, chacun s'écrie :

« Cet homme vient se battre pour ma dame ! Maudite soit sa beauté, qui a été si cher payée ! »

Hector et la demoiselle arrivent au donjon où la dame était enfermée. La demoiselle mit pied à terre et lui après, puis ils gravissent tous deux les escaliers. Les gardiens de la dame s'avancent pour demander à Hector ce qu'il veut. Il leur répond qu'il aimerait voir une dame qui était là, retenue prisonnière. Ils le font avancer. La dame se parait dans une chambre[2], car elle avait bien entendu la nouvelle qu'un chevalier arrivait sur

---

1. Leitmotiv qui revient souvent à propos de Gauvain, voir f. 118b.
2. La prison est d'ordinaire dans les bas-fonds du donjon ; ici la chambre de la dame, à l'étage, joue ce rôle, avec sa grille et sa fenêtre ; mais on ne comprend pas bien comment elle peut en *venir fors*, à moins que le dispositif qui l'emprisonne fasse suite à une première chambre.

Et qant ele fu apareillice, si vint fors. Et ele fu de si grant biauté que toz an fu Hestors esbahiz. Et il osta son hiaume por li miauz veoir, car ele estoit anserree an un pronel de fer, si n'i avoit que une fenestre par o an poïst sa teste boter et un autre huis par ou li chevaliers i antroit qant il voloit a li parler, si am portoit il meïsmes la clef. Parmi la fenestre bota Hestors sa teste. Et la dame dit que bien soit il venuz. Et il dit que grant bone avanture ait ele, « comme la plus bele dame que ge onques veïsse, ne qui soit o mont au mien escient. »

« Dame, fait il, ge suis venuz por vostre bessoigne. Mais ge ne la cuidai pas avoir amprise si a droit com ge ai. Mais or sai de verité que il n'est nus chevaliers si preuz que vos ne soiez ancor plus belle. Et se quit que messires Gauvains, qui est li mieldres chevaliers do monde, s'i acorderoit bien, et si feroit Dex. »

A ces paroles vient uns chevaliers qui dist a Hestor s'il lo voroit prover que sa dame est plus belle qe ses sires n'est bons chevaliers.

« Moutrer ? fait Hestor. Si m'aïst Dex, oïl. Ge ne quit qu'il soit hom terriens qui l'aüst veüe qui volantiers et seüremant ne la desraisnast. »

« Or an venez don, fait il, sire chevaliers, car li sires do chastel vos atant la fors por deffandre. »

« Est il armez ? » fait Hestors.

« Oïl, de totes armes, » fait il.

« Certes, fait Hestors, ce poise moi qant il se haste, car mout volentiers esgardasse la biauté de ceste dame, car ge an suis si amandez que ge an vail orran(f. 159b)droit tex deus com ge estoie qant ge vig çaianz. Dame, fait il, por ce que ge soie a tozjorz vostre chevaliers, faites tant por ma proiere que vos atoichiez a moi de vostre main nue. Certes, se ge avoie perdu mon hiaume, si seroie ge plus seürs que atot lo hiaume se vos ne m'aviez atochié. »

Et la dame l'anbrace a deus mains par lo col et dit que Dex, qui de la Virge nasquit, li otroit que il la puisse giter fors de cest leu o ele estoit liee. Lors prant Hestors de li congié et relace son hiaume et vient au pié do degré de la tor aval. Si est montez en son cheval. Puis lo moinent li chevalier la ou la bataille devoit estre.

les lieux. Quand elle fut prête, elle apparut. Sa beauté était si grande qu'Hector en resta ébahi. Il enleva son heaume pour mieux la voir, car elle était enfermée derrière une grille de fer, où il n'y avait qu'une fenêtre pour engager la tête et une porte par où le chevalier entrait quand il voulait lui parler, avec une clé qu'il portait toujours sur lui. Hector engagea donc sa tête dans la fenêtre et la dame lui souhaita la bienvenue ; il lui répondit en lui souhaitant grand bonheur, « comme à la plus belle dame que j'aie jamais vue et qui soit au monde, à ma connaissance.

« Dame, continue-t-il, je suis venu pour vous apporter mon aide ; mais je ne pensais pas le faire à si juste titre. À présent je sais vraiment qu'il n'y a pas de chevalier si preux que vous ne soyez encore plus belle. Je crois que monseigneur Gauvain, qui est le meilleur chevalier du monde, serait bien de cet avis et Dieu aussi. »

Là-dessus, arrive un chevalier qui demande à Hector s'il voulait faire la preuve que sa dame était plus belle que son seigneur n'était bon aux armes.

« Démontrer cela ? fait Hector. Oui, j'en prends Dieu à témoin. Je ne crois pas qu'il y ait un homme ici-bas, qui, l'ayant vue, ne la défende de bon gré et en toute assurance.

— Venez donc, seigneur chevalier, fait l'autre ; le seigneur du château vous attend là-dehors pour défendre sa cause.

— Est-il armé ? demande Hector.

— Oui, complètement.

— En vérité, fait Hector, je regrette bien qu'il soit si pressé, car je contemplerais bien volontiers la beauté de cette dame : j'en sens mes forces si amendées que je vaux maintenant *(f. 159b)* deux fois plus qu'en arrivant ici. Dame, continue-t-il, pour que je sois à jamais votre chevalier, accordez à ma prière de me toucher de votre main nue. En vérité, eussé-je perdu mon heaume, j'aurais alors plus d'assurance que si je l'avais sans que vous m'ayez touché ! »

La dame lui entoure le cou de ses deux mains et prie Dieu, qui de la Vierge naquit, de lui accorder le pouvoir de la délivrer de ce lieu où elle était prisonnière. Hector prend congé d'elle, relace son heaume, descend l'escalier du donjon et enfourche son cheval. Les chevaliers l'emmènent sur les lieux du combat.

Et qant il vient la, si li demande li sires del chastel s'il velt desraisnier que sa fame soit plus belle dame que il n'est bons chevaliers.

« Dex ! fait Hestor, se vos estiez cortois, il n'i avroit ja bataille, car se la dame estoit fame monseignor Gauvain, qui est li miaudres chevaliers do monde, si seroit il voirs que ele est plus bele dame que il n'est bons chevaliers, car il n'est nulle belle chose qui an belle dame doie estre que an vostre fame ne soit des choses qui aperent. Mais il sont deus choses an bon chevalier que vos n'avez mies, car au mains ne puet estre tres bons chevaliers sanz cortoisie. Et la ne fustes vos mies cortois o vos vos correçastes de ce que ele se tint a plus belle. Mais laissiez la bataille et prenez vostre fame comme la plus belle riens qui vive. »

Et il dit que ce ne puet estre.

« En non Deu, fait Hestor, se ge ce ne puis mostrer, ge ne quier ja plus vivre jor. »

Lors s'entresloignent andui et vienent a la joste de si grant aleüre comme chevaus lor porrent corre, et s'antrefierent les greignors cox que il porent. Si peçoie Persides sa lance, et Hestors fiert lui si durement que il lo porte do cheval anmi lo chanp.

« Sire chevaliers, » fait Hestor, « ge ne sai comment vos lo ferez a la meslee, mais au joster en avez aü lo pis. Mais car lo faites *(f. 159c)* bien. Car vos reconoissiez de vostre folie et laissiez issir vostre fame de prison, que hui covendra que ele s'an isse, et s'avrez greignor honte que vos n'avroiez ja. »

Et il dit que ce ne puet estre.

« Non ? fait Hestor. Si sera, qant vos ne porroiz en avant. »

Lors lait corre lo cheval et fait senblant que il lo voille ferir do glaive parmi le cors. Et cil met la main a l'espee, si li cope lo glaive et lo fait voler em pieces. Et lors trait Hestor

Quand il y arrive, le seigneur du château lui demande s'il veut soutenir que sa femme est plus belle qu'il n'est bon chevalier.

« Mon Dieu ! s'écrie Hector, si vous étiez courtois, il n'y aurait pas le moindre combat, car la dame serait-elle la femme de monseigneur Gauvain, qui est le meilleur chevalier du monde, il serait vrai qu'elle est plus belle dame que lui n'est bon chevalier : tout ce qui fait qu'une dame est belle se trouve de toute évidence chez votre femme. Mais il y a une[1] chose chez le bon chevalier que vous n'avez pas, car on ne peut être excellent chevalier sans au moins la courtoisie ; et vous n'avez pas été courtois de vous être fâché de ce qu'elle s'est tenue pour plus belle. Renoncez plutôt au combat et reprenez votre femme comme la plus belle créature du monde. »

L'autre répond que c'est impossible.

« Par Dieu, s'écrie Hector, si je n'arrive pas à le prouver, je ne veux plus vivre un seul jour ! »

Tous deux prennent alors leur élan, reviennent pour jouter de toute la vitesse de leurs chevaux et se portent le coup le plus fort possible. Persidés en brise sa lance et Hector le heurte avec une telle violence qu'il le fait voler par-dessus son cheval, au beau milieu du terrain.

« Seigneur chevalier, lui dit-il, je ne sais comment vous vous comporterez à la mêlée, mais à la joute vous avez eu le dessous. Faites donc plutôt *(f. 159c)* ce qui est juste : reconnaissez votre folie et laissez sortir votre femme de prison, car aujourd'hui il faudra qu'elle en sorte et vous en tirerez plus de honte que vous ne sauriez jamais en avoir. »

Mais il répète que c'est impossible.

« Impossible ? fait Hector. Non pas, quand vous ne pourrez plus rien. »

À bride abattue il fonce sur lui et fait mine de vouloir le frapper en plein corps avec sa lance. L'autre saisit son épée, tranche la lance et en fait voler les morceaux. Hector tire son

---

1. L'édition d'E. Kennedy donne *deus choses* ; celle d'A. Micha, *tex choses*, qui semble meilleur ; *cortoisie*, qui suit, serait un mot collectif, englobant les différentes composantes marquées par le pluriel *tex choses* ; à moins que *tex choses* puisse être considéré comme un cas sujet singulier.

l'espee, si li cort sus a cheval. Et cil se cuevre de son escu et fiert lo cheval parmi la teste, si lo giete mort.

« Dahaz ait, fait Hestors, qui au meillor chevalier do monde vos tint, car ci avez vos fait un po de mauvaistié qant vos mon cheval avez ocis, et ce n'est pas costume de tres bon chevalier. Et vos i avez plus perdu que ge n'ai, car ge m'an irai sor lo vostre qui la est, o sor meillor se vos l'avez. Mais se vos m'en creez, ancor ferez vos ce que ge vos prie, que vos prenoiz vostre fame ançois que greignor honte lo vos covaigne faire. »

Et il dit que ancor n'est pas nez li chevaliers por cui il li covoigne faire. « Et an face ores chascuns au miauz que il porra, car nos somes assez parigal. »

Lors li cort sus Hestors mout vistement, si le haste mout et fiert a destre et a senestre an toz les leus ou il lo cuide domagier, tant que il l'a an plussors leus navré. Et totesvoies se deffant au miauz que il puet cil. Et Hestors lo moine par tot la o il velt, et depiece l'escu et lo decope, si que les pieces an volent anmi lo champ. Et il va rusant et guerpisant place. Et Hestors l'avise si com il va ganchisant, si li giete un cop d'escremie et fiert sor la main destre, si qu'il li fait voler l'espee de la main, et cuide bien estre afolez. Et Hestors li tost place plus et plus, et il met tot o soffrir, que plus ne puet faire. Et Hestors li a tot detranchié son escu et lui blecié en maint leu el cors, et ancor li prie Hestors que il ost sa fame de prison. Et il dit que no fera. Et Hestors dit que il l'ocirra. *(f. 159d)*

« Oi vos, fait li chevaliers, qant vos an avroiz lo pooir. »

Et Hestor li recort sus. Et cil li ganchist et ruse tant que il chiet. Et Hestors li saut sor lo cors tant que il li arache lo hiaume de la teste et dit que il li corpera.

« Copez, » fait il.

Et Hestors li abat la vantaille desus les espaules et hauce l'espee por ferir. Et cil voit venir l'espee, si a peor, si crie merci.

« Ja Dex ne m'aïst, fait Hestors, se vos ja merci i avez, se vos ne me fianciez de vostre main nue, comme

épée, et retourne sur lui à cheval. L'autre se couvre de son écu, frappe le cheval à la tête et l'abat, mort.

« Maudit soit celui qui vous tenait pour le meilleur chevalier du monde, lui lance Hector, car vous venez de vous comporter quelque peu lâchement en tuant mon cheval : ce n'est pas l'usage d'un très bon chevalier. Mais vous y avez plus perdu que moi, car je m'en irai sur le vôtre, qui est là, ou sur un meilleur, si vous l'avez. Toutefois, croyez-moi quand il en est encore temps, faites ce dont je vous prie : reprenez votre femme, avant qu'une plus grande honte vous oblige à le faire. »

Mais l'autre dit qu'il n'est pas encore né le chevalier qui l'y obligera :

« Et que chacun fasse maintenant du mieux qu'il pourra, car nous sommes en position parfaitement égale ! »

Hector se précipite sur lui, le presse sans répit, le frappe à droite, à gauche, partout où il pense le mettre à mal et il lui fait maintes blessures. Cependant l'autre se défend de son mieux ; Hector le mène partout où il veut, découpe et rogne son écu dont les morceaux volent sur le champ de bataille ; il ne cesse de reculer et de céder du terrain. Hector le vise tandis qu'il cherche l'esquive : il lui lance un coup d'escrime qui l'atteint à la main droite et fait voler son épée : l'autre croit bien être mutilé. Hector gagne de plus en plus de terrain et lui ne peut plus qu'encaisser les coups ; il lui a complètement coupé son écu et lui a fait maintes blessures sur le corps ; pourtant Hector le prie encore de libérer sa femme de prison. Mais l'autre répond qu'il ne le fera pas et Hector déclare qu'il va le tuer *(f. 159d)*.

« Oui, si vous pouvez y arriver ! » réplique le chevalier.

Hector repart sur lui : il s'écarte, recule et finit par tomber. Hector saute sur lui, arrache son heaume, lui dit qu'il va lui couper la tête.

« Coupez », fait il.

Hector lui rabat la ventaille sur les épaules, lève l'épée pour frapper ; alors l'autre voyant venir le coup, prend peur et crie grâce.

« J'en atteste Dieu, fait Hector, vous n'obtiendrez pas grâce si vous ne me promettez de votre main nue, sur votre parole de

chevaliers, que vos feroiz tot outreement ce que ge vos dirai. »

Et il li fiance. Et Hestors se lieve, et toz li pueples vient antor. Et Hestors li demande se totes ces genz sont a lui. Et il dit que oïl.

« Ai ge garde donc ? » fait Hestors.

« Nenil, sire, il l'ont tuit juré que ja chevaliers qui a moi se combate n'avra garde fors de moi. Autrement ne poïst durer la costume que j'avoie mise en cest chastel, car li chevalier n'i venisient mies se il ne fussient aseüré. » Et il disoit voir.

« Or vos di ge dons, fait Hestors, par vostre fiance, devant aus, que vostre fame est plus belle dame que vos n'iestes bons chevaliers. »

Et il li otroie.

« Aprés, fait Hestors, si vos comment que vos movez devant tierz jor a aler a la cort lo roi Artu, et dites madame la reine que ge vos anvoi en sa prison. Et si menez vostre fame o vos, et si li contez combien et comment vos l'avez tenue an prison sanz rien celer. Et demandez une damoiselle qui est m'amie, si la me saluez et li dites que ge suis sains et haitiez, mais ge n'ai encor rien esploitié de ma queste. »

« Sire, fait li chevaliers, comment avez vos non ? »

« Ge ai non, fait il, Hestors. Et vos, comment ? »

« Sire, an m'apelle Persides. »

Et Hestors dit que il li maint veoir la belle dame. Et il s'an vont, et toz li pueples aprés. Et qant il sont an haut an la tor, si lieve lo pan do hauberc, si li baille la clef don les prones ou la dame estoit estoient fermees.

« Tenez, fait Persides a Hestor, si la gitiez vos meïsmes de prison. »

Et Hestors lieve son hiaume, si va ovrir l'uiselet, *(f. 160a)* et dit :

chevalier, que vous ferez absolument tout ce que je vais vous dire. »

Le vaincu s'exécute. Hector se relève et toute une foule vient l'entourer; Hector lui demande si tout ce monde est à lui; l'autre répond que oui.

« Dois-je donc être sur mes gardes ? fait Hector.

— Non, seigneur, ils ont tous juré que tout chevalier qui combattrait contre moi n'aurait à se garder que de moi. Sinon, la coutume que j'avais instituée dans ce château n'aurait pu durer : les chevaliers ne seraient pas venus s'ils n'avaient eu cette garantie. »

Il disait la vérité. Hector reprend :

« Je vous déclare donc, sur la parole que vous m'avez donnée et en leur présence, que votre femme est plus belle dame que vous n'êtes bon chevalier. »

Il le reconnaît.

« Après, continue Hector, je vous donne l'ordre de partir d'ici trois jours pour la cour du roi Arthur et de dire à madame la reine que je vous envoie vous constituer prisonnier. Emmenez votre femme avec vous, et racontez à la reine, sans rien cacher, comment et combien de temps vous l'avez tenue prisonnière. Enfin demandez une demoiselle qui est mon amie[1], saluez-la de ma part et dites-lui que je suis sain et sauf, mais que je ne suis encore parvenu à aucun résultat pour ma quête.

— Seigneur, fait le chevalier, quel est votre nom ?

— Je m'appelle Hector. Et vous ?

— Seigneur, on m'appelle Persidés. »

Hector lui demande alors de l'emmener voir la belle dame. Ils s'en vont, suivis de toute la foule. Quand ils sont montés dans le donjon, le chevalier lève le pan de son haubert et lui remet la clé qui fermait les grilles derrière lesquelles se trouvait la dame.

« Tenez, dit-il à Hector, faites-la sortir vous-même de sa prison. »

Hector relève son heaume, va ouvrir l'étroite entrée *(f. 160a)* et dit :

---

1. Il s'agit de la première amie d'Hector, restée à la cour d'Arthur, f. 127a.

«Dame, venez hors, que si m'aïst Dex, vos ne devez mies estre anserree, car vos faites bien a veoir.»

Et qant la dame est hors, si la prant antre ses braz, et ele lui, et dit que bien soit il venuz. Puis la baisse, et ele lui.

«Dame, fait il, or puis ge bien dire que la plus belle dame do mont m'a baissié.»

«Sire, fait ele, ge ne cuit que vos eüsiez pieç'a baisier que vos achetesiez si chier.»

Lors li devise Hestors lo covenant. Et ele an est mout liee. Puis prie ele tant Hestor, et Persides, que il remaint la nuit. Et Hestors li demande son non. Et ele dit que ele est apellee Helienne an son droit non, et por ce que an la tenoit a si belle, li avoit an mis an sornon, qant elle estoit pucele, Helienne sanz Per.

La nuit remest Hestors par la proiere d'Elienne et de son seignor. Et la damoisele qui amené l'avoit est si liee que plus ne puet. Et totes les genz do chastel an avoient joie de ce que Hestors avoit vaincue la bataille et por ce que la dame est desprisonee.

Mout fu la nuit Hestors annorez et serviz do seignor et de la dame et de toz ces do chastel. Et l'andemain, qant li jorz aparut, se leva et ala messe oïr. Puis s'arma. Et Persides li dona un mout bon cheval, celui meïsmes sor coi il seoit qant il fu abatuz. Lors prist d'aus congié, et la pucele monte, si la convoie tant que elle vient a un recet. Si dit la pucele que il li die quel part il velt aler.

«Si m'aïst Dex, fait il, ge ne sai ou, car ge quier un chevalier, si ne sai o il est ne commant il a non. Mais ge irai an avanture tant que Dex m'en doint asenement.»

«Or vos loeroie gié, fait la pucele, que vos aleissiez la o vos oïsiez ançois novelles de chevalier errant, car vos porroiz tost esserrer et desvoier an ces forez.»

Et il s'i acorde bien. Et ele dit que «ci a une voie qui bien vos manra an la terre de Norgale, si la tanrez tozjorz a destre. Et qant vos vanroiz an la terre, si

« Dame, sortez : j'en prends Dieu à témoin, vous ne devez pas être enfermée, car vous méritez bien d'être vue ! »

Quand la dame est sortie, il la prend dans ses bras et elle en fait autant, en lui souhaitant la bienvenue. Puis il lui donne un baiser, qu'elle lui rend.

« Dame, fait-il, maintenant je puis dire que la plus belle dame du monde m'a donné un baiser !

– Seigneur, je ne crois pas que vous ayez eu depuis longtemps un baiser qui vous ait coûté aussi cher ! »

Hector lui détaille alors ce qui avait été convenu et elle en est tout heureuse. Puis à force de prières, auxquelles se joint Persidés, elle obtient qu'il passe la nuit sur place. Hector lui demande son nom ; elle lui dit que de son vrai nom on l'appelait Hélène, mais qu'en raison de sa beauté on lui avait donné en surnom, quand elle était jeune fille, celui d'Hélène sans Pareille.

Hector resta donc cette nuit-là sur la prière d'Hélène et de son époux. La demoiselle qui l'avait amené était on ne peut plus heureuse. Tous les gens du château étaient dans la joie du fait qu'Hector, par sa victoire, avait délivré leur dame de sa prison. Ce soir-là, le seigneur, la dame et tous ceux du château lui prodiguèrent marques d'honneur et bons offices. Le lendemain, dès le point du jour, il se leva et alla entendre la messe ; puis il s'arma. Persidés lui donna un très bon cheval : celui qu'il montait lui-même quand il fut abattu. Hector prit congé d'eux ; la jeune fille monte en selle et il l'escorte jusqu'à ce qu'elle arrive à un petit château ; là, elle lui demande de lui dire de quel côté il veut aller.

« Par Dieu, répond-il, je ne sais, car je suis en quête d'un chevalier, mais je ne sais où il se trouve ni comment il s'appelle. Cependant j'irai au hasard, jusqu'à ce que Dieu me donne une indication.

– Eh bien, je vous conseillerais, dit la jeune fille, d'aller là où vous auriez d'abord des nouvelles de quelque chevalier errant, car vous pourriez vite vous perdre et vous égarer dans ces forêts. »

Il en convient facilement. Elle lui indique « qu'il y a là un chemin qui le mènera bien en terre de Norgales, qu'il devra toujours prendre à droite. Et quand vous serez arrivé, vous

an porroiz aucune novelle miauz oïr que an cez forez. Et si i a guerre trop grant, si i porroit tost estre li *(f. 160b)* chevaliers que vos querez por lo roi aidier. »

Et il li dit que il i era. Lors commande a Deu la pucele, et ele lui. Si s'an torne au chastel ariers, et Hestors antre an sa queste. Mais or ne parole plus ci androit li contes de lui, ainz retorne a Lionnel, lo cosin Lancelot do Lac, qui an vait a la reine.

Ce dit li contes que il trova la reine sejornant a Logres, la maistre cité lo roi Artu, car ce estoit li chiés de son regne. Et il meïsmes i estoit. Si ne fu onques si granz joie que la dame de Malohaut et la reine ne feïssent greignor de lui, et ancor fu la joie plus granz qant eles sorent que il fu coisins Lancelot et niés lo roi Ban de Benoyc. Et il lor dist novelles de monseignor Gauvain que il avoit trové combatant de traïson a un seneschal lo duc de Canbenic, et que il l'avoit vaincu. Et la reine li demande commant il lo faisoit. Et il dit que bien. « Et mon roncin me randi il, fait il, que uns chevaliers m'avoit tolu ; et me suï mout grant piece por savoir o ge aloie, et rien ne l'an dis. »

Quant li vallez ot dit a la reine et a la dame de Malohaut qanque an lor manda, si pranent antre elles consoil commant elles poïssent lor amis veoir, quant une novelle vient a cort que li Saisne et li [I]rois estoient antré en Escoce et destruioient tote la terre et ocioient totes les genz,

pourrez avoir plus facilement des nouvelles qu'en ces forêts. En effet, il y a une guerre très importante, et le chevalier que vous quêtez pourrait s'y trouver bientôt *(f. 160b)*, afin d'assister le roi. »

Il lui dit qu'il s'y rendra, la recommande à Dieu et elle le fait à son tour ; puis elle gagne le château et Hector commence sa quête. Mais à présent le conte ne parle plus de lui, il revient à Lionel, le cousin de Lancelot du Lac, qui se rend auprès de la reine.

CHAPITRE LXIV

À la cour d'Arthur.
Annonce de l'invasion des Saxons et des Irlandais.

Selon le conte, il la trouva lors d'un séjour qu'elle faisait à Logres, la principale cité du roi Arthur, la capitale de son royaume ; lui-même y était. Il n'y eut pas de démonstrations chaleureuses que la reine et la dame de Malehaut ne lui firent pour l'accueillir, surtout quand elles surent qu'il était cousin de Lancelot et neveu du roi Ban de Bénoïc. Il leur donna des nouvelles de monseigneur Gauvain, disant qu'il l'avait trouvé engagé dans un combat judiciaire contre le sénéchal du duc de Canbenic, pour une accusation de trahison, et qu'il avait gagné. La reine lui demande comment il allait ; il lui répondit qu'il se portait bien. « Et il m'a fait rendre mon roncin, qu'un chevalier m'avait pris, continue-t-il ; il m'a suivi longtemps pour savoir où j'allais, mais je ne lui en ai rien dit. »

Le jeune homme avait transmis à la reine et à la dame de Malehaut tout ce qu'on leur faisait dire et elles se consultaient pour savoir comment elles pourraient voir leurs amis, quand la nouvelle vint à la cour que les Saxons et les Irlandais étaient entrés en Écosse, qu'ils ravageaient tout, massacraient les gens

et ja an avoient pris grant partie et seoient a siege devant Arebech.

A ces novelles fu li rois esbahiz, et fait mander tote sa gent, et pres et loing, qe a la quinzaine soient tuit apareillié de lor armes por a mostrer es prez desoz Carduel. Et la reine mande Lancelot que il i soit sanz nul essoigne et Galehoz, que elle i era; et celeement se contaigne tant que elle lor face *(f. 160c)* savoir a volenté; et si port Lanceloz sor son hiaume un penoncel que ele li anvoie a une languete de soie vermoille, et si port l'escu que il porta a la derriene assanblee, mais que il i ait une bande blanche de bellic. Et si li anvoie la reine lo fermail de son col [et un annelet de son doit] et un paigne mout riche, don totes les danz sont plaines de ses chevox, et la çainture que ele avoit çainte et l'aumosniere. Et mande la reine a Lancelot que si chier com il a s'anmor, que il face qanque messires Gauvains voldra, que trop a poine aüe por lui, fors que tant que il n'aillent pas ansemble a l'asemblee.

Atant s'an va li vallez et antre an son chemin. Et li rois prant consoil a la reine se il mandera Galehot que il i vaigne, mais elle ne lo loe mies devant que il sache quel bessoign il avra. «Car il li sanbleroit ja, fait ele, que vos fussiez trop effraez.» Or se taist ci li contes do roi et de la reine, qu'il ont mandees lor oz qu'il soient desoz Carduel a la quinzaine por mostrer lor armes, et

et que, déjà maîtres d'une bonne partie du pays, ils mettaient le siège devant Arebech[1].

Affolé par ces nouvelles, le roi fait savoir à tous ses sujets, proches ou lointains, d'être sous quinzaine dans les prairies au pied de Carduel, prêts à démontrer la qualité de leurs armes. La reine fait dire à Lancelot d'y être avec Galehaut, sans alléguer aucune excuse, et qu'elle-même s'y trouvera ; ils devront cacher leur identité jusqu'à ce qu'elle leur fasse *(f. 160c)* savoir sa volonté ; que Lancelot porte sur son heaume un petit pennon[2] qu'il lui envoie, avec une pointe en soie vermeille, et qu'il ait l'écu qu'il portait à la dernière assemblée, mais avec une seule bande blanche en travers[3]. La reine lui envoie encore la broche qui fermait son encolure, un petit anneau qu'elle avait au doigt, un peigne précieux dont les dents étaient pleines de ses cheveux, la ceinture qu'elle portait sur elle, avec son aumônière. Elle lui fait dire que s'il est vrai qu'il tient à son amour, il consente à tout ce que voudra monseigneur Gauvain, qui s'est tellement mis en peine pour lui, à ceci près qu'ils ne devront pas aller ensemble à l'assemblée.

Le jeune homme la quitte et reprend son chemin. Le roi consulte la reine pour savoir s'il demandera à Galehaut de venir, mais elle lui déconseille de le faire avant de savoir la mesure de ses besoins : « autrement il lui semblerait que vous avez bien peur. » Maintenant le conte se tait au sujet du roi et de la reine, qui ont convoqué leurs armées au pied de Carduel, sous quinzaine, pour une démonstration de leur prouesse, et il

---

1. Arebech, mais au f. 164c les personnages qui viennent assister Arthur dans sa guerre le trouvent à Restel ou Arestel (f. 164d). Il s'agit peut-être du même lieu.

2. Le *penon* est la banderole, terminée en pointe, la *languete*, que le chevalier porte clouée à sa lance ou, comme ici attachée au sommet du heaume ; au XIIe siècle, les dames donnent à porter ainsi leur manche au chevalier qui combat pour l'amour d'elles. Plus loin l'auteur voudra dater cet usage dans le roman, pour donner à celui-ci une apparence historique.

3. Voir t. I, p. 674 ; l'écu est noir, avec une bande de bellic (terme d'héraldique, bande qui traverse l'écu en diagonale de l'angle dextre du chef à l'angle senestre de la pointe) ; voir f. 164d, où Lancelot prend cet écu. La demoiselle rencontrée en f. 164c, leur dira que le roi est en fait à Arestel, où ils le retrouvent, et il ne sera plus question de ce rendez-vous au pied de Carduel ; la guerre contre les Saxons prend place à Arestel directement.

retorne a monseignor Gauvain qui s'est partiz de la pucele et de Sagremor, qui lo mena a la fille lo roi de Norgales issi comme li contes vos a devisé.

Ce dit li contes que messires Gauvains chevauche tant, sanz avanture trover dom a parler face, que il est venuz chiés l'ermite de la Roige Montaigne, qui mout grant honor li fist qant il se fu nomez et l'avoia de qanque il pot por les novelles que il li aporta de son frere. Et dit que Lyenniax estoit ses ostes, et dit que il avoit esté an sa maison qant il parti de Sorlois et que il dit que Galehoz et Lancelot estoient a Sorlois, mais il convanra poine a passer an la terre.

« Sire, fait messires Gauvains, quel ? »

Lor li conte li hermites lo felon trespas de la chauciee qui est sor l'aive de Assurne, ensi comme li contes l'a autre foiz conté.

Au matin s'en parti messires Gauvains qant il ot messe oïe, et ses vallez o lui que son cheval li amenoit. Et esra tant que il vint a la chauciee a ore de tierce. Si la vit haute et espesse de bois et perileuse, et l'apeloit (f. 160d) an lo Pont Norgalois. Issi avoit non li premiers ponz, icil o messires Gauvains vint. Li ponz de l'autre chauciee, don li contes vos avoit dit, avoit non li Ponz Irois. Si voit messires Gauvains

revient à monseigneur Gauvain, au moment où il avait quitté la jeune fille et Sagremor, celle qui l'avait conduit jusqu'à la fille du roi de Norgales, comme le conte vous l'a exposé.

CHAPITRE LXV

Arrivée de Gauvain en Sorelois

Selon le conte, monseigneur Gauvain chevauche sans trouver d'aventure qui mérite d'être relatée et finit par arriver chez l'ermite de la Montagne Rouge, qui lui fit grand honneur quand il se fut nommé et qui lui donna tous les renseignements possibles sur sa route, en raison des nouvelles qu'il lui avait apportées de son frère[1]. Il lui dit encore que Lionel avait été son hôte quand il avait quitté le Sorelois, que celui-ci lui avait dit que Galehaut et Lancelot s'y trouvaient, mais qu'il faudrait peiner pour y arriver.

« Comment cela, seigneur ? » fait monseigneur Gauvain.

L'ermite lui parle alors du passage périlleux de la chaussée qui franchit l'Assurne, comme il en a été question dans le conte[2].

Le matin, monseigneur Gauvain s'en alla après la messe, avec l'écuyer que son cheval transportait. Il chevaucha jusqu'à la chaussée, où il arriva à l'heure de tierce ; il la découvrit, surélevée, faite de grosses poutres, redoutable. On l'appelait *(f. 160d)* le Pont Norgalois ; c'était le nom du premier pont où monseigneur Gauvain arriva ; l'autre chaussée, qui formait l'autre pont, dont le conte vous a parlé, s'appelait le Pont Irlandais. Monseigneur Gauvain aperçoit, à l'extrémité de la

---

1. Inexactitudes : au f. 147b, il est question de la *Montagne Reonde*, où l'ermite était le *sire* de celui qui renseignait Gauvain.

2. Voir f. 112a et 153c.

une tor haute et grant d'un chastel qui siet devers Sorlois o chief de la chauciee. Et qant il a tant chevauchié que il est pres de la chauciee, si descent do cheval sor coi il seoit et monte an celui que li vallez menoit, et li dit que il s'an aille et que li chevaus soit suens, que il a des ore mais assez de celui. Et li vallez l'am mercie mout, si prant de lui congié. Mais il ne s'esloignera mies devant que il voit comment il li panra de la chauciee passer.

Lors s'an va un po ariere et monte an un tertre por veoir, et messires Gauvains vient a la chauciee et voit un chevalier qui ancontre lui venoit toz armez et li demande s'i[l] velt outre passer. Et il dit que oïl.

« Comment ? fait il, sire chevaliers, cuidiez vos outre passer ? Il vos covient combatre a moi. »

« Ançois m'i combatrai ge, fait il, que ge n'i passe. »

« Ancor i a, fait li chevaliers, autre meschief, que il vos covanra ja delivrer de dis serjanz, nes se vos m'aviez conquis. »

« Qant n'an puis mais, fait messires Gauvains, a combatre m'i covanra, car deça ne remanrai ge mies que ge puisse. »

« Par foi, fait li chevaliers, et vos avroiz la bataille. »

« Ge voil estre seürs, fait messires Gauvains, que ge n'i avrai garde fors que de vos et des dis serjanz que vos m'avez nomez. »

Et li chevaliers les apelle. Il vienent tuit apareillié comme vilain et de haches et des espees et de hauberjons, si fiancent que il n'a garde de plus et que il passera si tost com il porra avoir conquis lo chevalier et els, mais que il se nomera avant.

« Et si i a, fait li chevaliers, une autre chose que l'an vos doit bien dire. S'il avenoit chose que vos conqueïssiez moi et aus, nos an seriens en vostre merci, et vos covenroit

chaussée, la haute tour fortifiée d'un château situé en Sorelois. Il se rapproche, descend du cheval qu'il montait et enfourche celui que son écuyer menait ; il lui dit alors de s'en aller, qu'il lui donne le cheval, car désormais, il a assez de celui-là[1]. Après de vifs remerciements, l'écuyer prend congé de lui ; mais il ne veut pas s'éloigner avant d'avoir vu comment il s'en sortira pour passer la chaussée. Il prend donc un peu de recul et monte sur un tertre pour regarder. Monseigneur Gauvain arrive à la chaussée et voit arriver à sa rencontre un chevalier tout armé, qui lui demande s'il a l'intention de passer de l'autre côté. Comme il lui a été répondu oui, celui-ci s'écrie :

« Comment, seigneur chevalier, vous croyez passer ? Il vous faut combattre contre moi.

— C'est ce que je ferai, plutôt que de renoncer au passage.

— Il y a encore un autre obstacle : vous devrez vous débarrasser de dix sergents, même si vous aviez la victoire sur moi.

— Puisque je n'y peux rien, fait monseigneur Gauvain, il faudra que je me batte : autant que possible, je ne resterai pas en deçà du pont.

— Par ma foi, vous aurez donc la bataille, lui répond le chevalier.

— Je veux être sûr, dit encore monseigneur Gauvain, que je n'aurai à me garder que de vous et des dix sergents dont vous venez de me parler. »

Le chevalier les appelle ; ils arrivent, tous équipés comme des vilains, avec des haches, des épées et des haubergeons, et ils jurent qu'il n'en affrontera pas davantage, qu'il passera sitôt qu'il réussira à les vaincre, le chevalier et eux-mêmes, mais qu'il devra se nommer auparavant.

« Il y a encore quelque chose que l'on doit vous dire, reprend le chevalier. S'il arrivait que vous ayez la victoire sur moi-même et sur eux, nous serions vos prisonniers, et il vous fau-

---

1. Gauvain reprend son destrier, alors qu'il montait un des deux magnifiques chevaux qu'ils avaient pris dans le château de Norgales (f. 157c). Cela permet de penser au moins qu'il avait jusqu'ici un cheval de voyage, un palefroi, et qu'avec son destrier il retrouve la condition de chevalier errant, et essentiellement d'un combattant. De toutes façons, le cadeau d'un palefroi est somptueux.

garder cest païs tant que uns messages seroit venuz, et feriez autel garde comme ge i faz. Et ansi le vos covient fiancier. »

Et il li fiance mout dolanz et dit que plus li anuio[i]t li garders que la paors de combatre.

Lors sont tuit li dis *(f. 161a)* anbrunchié an la chauciee, et les jostes commencent do chevalier do pont et de monseignor Gauvain. Si perdi li chevaliers son escu a la premiere joste et ot failli. Et li glaives monseignor Gauvain ne fu mies brisiez, si li relaisse corre si tost comme li chevaus li cort ; et l'avise mout bien, si lo fiert tot droit tres de desoz lo piz androit la forcelle, si que li haubers li fausa et que do fer et do fust li cola parmi lo cors d'otre en outre, si lo porte a terre. Et il se pasme, car mout est bleciez. Et messires Gauvains voit que tote la terre est jonchiee do sanc antor lui, si ne set que faire, car se il descent de son cheval, il crient que il ne l'ait ja mais autel et que li ribaut l'asaillent si tost comme il verront celui conquis. Si met la main a l'espee et va celui requerre tot a cheval, et dit que morz est se il ne se tient a outré. Et il revient de pasmoisons, si voit que li sans li saut do cors a grant ruissel, si crient estre a mort navrez et a paor de morir desconfés. Si crie a monseignor Gauvain merci sanz autre conroi metre. Et messires Gauvains dit que il se taigne por outrez.

« Sire, fait il, ge me met an vostre merci del tot. »

Si li rant s'espee, [et il] la prant, et [cil] li fiance prison.

Et lors laissent corre li dis, si fierent destre et senestre de haches et des espees. Si li ocient son cheval soz lui, mais de lui mehaignier se gardent il a lor pooir. Et li vallez qui o lui estoit venuz hurte lo cheval des esperons de si grant aleüre com il lo puet faire aler, droit a aus, et prant lo glaive au chevalier navré, car encor estoit il toz antiers, et pant l'escu a son col ; si crie as serjanz :

« Fil a putain, vilain larron, n'ociez pas lo meillor chevalier do monde, car ce est messires Gauvains, li niés lo roi Artu, que s'il i muert, vos an seroiz destruit et pandu as forches. »

Lors an fiert un soz la gole si durement qu'il l'abat mort. Et qant li vilain oent que ce est messires

drait garder ce pays jusqu'à ce qu'un messager arrive, en montant la garde comme je le fais. Il vous faut jurer cela aussi. »

Il lui donne sa parole, bien à contrecœur, en disant que la garde l'affecte plus que la peur de combattre.

Les dix individus (*f. 161a*) se tassent sur la chaussée et les joutes commencent entre le chevalier du pont et monseigneur Gauvain. À la première, le chevalier manque son coup et perd son écu ; la lance de monseigneur Gauvain n'étant pas brisée, celui-ci revient à bride abattue sur son adversaire, le vise avec soin et le frappe en pleine poitrine, au-dessous de la clavicule : le haubert cède, le fer et le bois lui traversent le corps et il est projeté à terre, si grièvement blessé qu'il s'évanouit. Monseigneur Gauvain voit que le sol, tout autour de lui, est inondé de sang ; il ne sait que faire, car s'il descend de cheval, il craint de ne plus en retrouver de pareil et que les vilains ne se jettent sur lui dès qu'ils verront la défaite du chevalier. Aussi empoigne-t-il son épée, et à cheval, se précipite-t-il sur son adversaire, en lui disant qu'il est mort s'il ne se reconnaît pas vaincu. L'autre revient de pâmoison, voit le sang ruisseler de son corps : il craint d'être blessé à mort, il a peur de mourir privé de confession et sans plus de façons, il crie merci à monseigneur Gauvain, lequel lui enjoint de se reconnaître vaincu.

« Seigneur, fait le chevalier, je m'en remets absolument à votre discrétion. »

Puis il tend son épée, que saisit son vainqueur, et il jure d'être son prisonnier.

Là-dessus les dix autres se précipitent et de leurs haches, de leurs épées, ils frappent à droite et à gauche, ils tuent son cheval sous lui, mais autant qu'ils le peuvent, ils prennent garde de ne pas le blesser, lui. L'écuyer qui était venu avec lui éperonne alors son cheval, fonce au grand galop sur eux, saisit la lance du chevalier blessé (elle était encore entière), son écu qu'il suspend à son cou, et crie aux sergents :

« Fils de putains, misérables voleurs ! ne tuez pas le meilleur chevalier du monde : c'est monseigneur Gauvain, le neveu du roi Arthur, et s'il meurt, vous serez exécutés et pendus au gibet ! »

Ce disant, il en frappe un si violemment dans le cou qu'il l'abat mort. Quand ils entendent que c'est monseigneur

Gauvains, si se partent, li un vers la tor a garison, et li autre contremont la riviere. [L]ors descent li vallez et baille a monseignor Gauvain lo cheval. Et il i monte. Et li vallez prant (*f. 161b*) lo cheval au chevalier navré, si monte et seust monseignor Gauvain qui les chace et moine mout malement. Et qant li chevaliers navré set que c'est messires Gauvains, si an a mout grant confort. Et uns des serjanz vient ancontre monseignor Gauvain, si li rant les clex do chastel et dit :

« Sire, vos soiez li bienvenuz. Vos n'avez garde de nos des or mais, puis que vos iestes messires Gauvains. »

Et li autre vienent avant, si ostent lor chapiax et lor armes. Si en i avoit trois mout bleciez et un mort, cui li vallez avoit la gole rote. Lors lo moinent laianz et lo chevalier navré avoc. Et li vallez prant congié a lui, et il li baille son cheval, si l'an envoie – celui meïsmes que il li avoit devant doné – et an porte lo glaive et l'escu au chevalier navré. Et messires Gauvains li dit et conjure, se il velt que ja mais biens li vaigne de lui, que ses nons ne soit seüz a nelui qui li anquiere, s'il ne li creante avant qu'il soit de la Table Reonde o chevaliers la reine Guenievre. Et ce dit il, por ce que il volsist bien que Hestors lo trovast.

Ensi remest messires Gauvains an la maison, o an li fait mout grant annor. Et est mis ses nons an escrit an une table de pierre, si disoient les letres : « Ci passa premierement Gauvains, li niés lo roi Artu, par armes aprés la pais Galehot et lo roi Artu. » Et trove messires Gauvains que devant i avoit antré li rois Ydiers. [Et li premiers qui i estoit passez a force, ce fu li rois Artus. Et autresi i estoient en escrit li chevalier qui conquis i estoient et cis qui les avoit conquis. Si avoit non Elinans li chevaliers que messires Gauvains avoit conquis, uns des millors chevaliers que l'en contast en la terre Galehot. Et disoient les lestres que puis

Gauvain, les vilains se dispersent et vont se mettre à l'abri, les uns vers la tour, les autres sur les berges de la rivière. L'écuyer met pied à terre, et donne son cheval à monseigneur Gauvain ; lui-même prend *(f. 161b)* celui du blessé, l'enfourche et suit monseigneur Gauvain qui poursuit les sergents et les malmène durement. Quand le chevalier blessé apprend que c'est monseigneur Gauvain, il en est grandement réconforté. Mais l'un des fugitifs revient vers monseigneur Gauvain pour lui tendre les clés du château en lui disant :

« Seigneur, soyez le bienvenu. Désormais vous n'avez plus à vous garder de nous, puisque vous êtes monseigneur Gauvain. »

Les autres s'avancent et déposent leurs chapeaux et leurs armes. Il y avait un mort, celui auquel l'écuyer avait rompu la gorge, et trois blessés graves. Ils se préparent à emmener monseigneur Gauvain en même temps que le chevalier blessé. L'écuyer prend congé de lui ; il lui redonne son cheval, celui-là même qu'il lui avait donné précédemment et le renvoie, avec aussi la lance et l'écu du blessé. Monseigneur Gauvain le conjure, s'il souhaite jamais recevoir quelque bienfait de sa part, de ne révéler son nom à personne, à moins qu'on ne lui ait juré auparavant être de la Table Ronde ou des chevaliers de la reine Guenièvre. Cela, dit-il, parce qu'il voudrait bien qu'Hector le trouve[1].

Ainsi monseigneur Gauvain doit rester dans ce château, où on l'honore grandement. Son nom est inscrit sur une dalle de pierre, avec ces mots : « Ici, par la force des armes, Gauvain, le neveu du roi Arthur, passa pour la première fois, après la paix conclue entre Galehaut et le roi Arthur. » Monseigneur Gauvain découvre qu'avant lui était passé le roi Yder et que le premier qui avait forcé le passage, ce fut le roi Arthur. Avec les noms des vainqueurs figuraient les noms des vaincus ; le prisonnier de monseigneur Gauvain s'appelait Élinant, et c'était un des meilleurs chevaliers que l'on pouvait compter dans le pays de Galehaut. Les inscriptions disaient encore que depuis

---

1. Voir supra f. 154c, où Gauvain renseigné par Sagremor, souhaitait qu'Hector le trouve.

que la chauciee avoit esté faite, n'i avoit passé qe cinc chevaliers : li rois Artus et li rois Ydiers] et Dodiniaus li sauvages et Melianz de Liz [et messires Gauvains.]

Et messires Gauvains est remés an la tor au chief de la chauciee ensis com vos avez oï. Ci se taist li contes de lui une piece et parole de Hestor, qui est partiz de Gazewilté, o il se combat[i] por la belle dame.

Ce dit li contes que avanture lo mena vers la fin de Norgales, et oï novelles que uns chevaliers erranz an aloit vers Sorlois. Et il antra o chemin et esra tant que il encontre lo vallet qui chevauchoit lo cheval monseignor Gauvain. Si lo salue, et il lui.

« Biax frere, fait (*f. 161c*) Hestors, savriez me vos novelles d'un chevalier errant qui va an Sorelois ? »

« Qui estes vos ? » fait li vallez.

« Ge suis, fait il, uns chevaliers de la maisnie lo roi Artu. »

« Bien soiez vos venuz, fait li vallez. Ge vos dirai novelles d'un chevalier qui a passee la chauciee de Norgales la plus male que vos onques veïssiez, qui se combati, voiant moi, a un chevalier et a dis serjanz. Et jo laisai ancor arsoir a la chauciee un po devant none. »

« Et commant a il non ? » fait Hestors.

« Certes, fait il, c'est messires Gauvains. »

Atant lo commande Hestors a Deu, et il lui, qu'il li tarde mout de venir a la chauciee por estre acointes de monseignor Gauvain que il ne cuide onques avoir veü. La nuit jut Hestors chiés l'ermite o messires Gauvains avoit geü, si li fist mout grant joie et li conta que messires Gauvains avoit laianz geü et an

la construction de la chaussée, il n'était passé que cinq chevaliers : le roi Arthur, le roi Yder, Dodinel le Sauvage, Méliant de Lis et monseigneur Gauvain. Le voici donc posté dans la tour, au bout de la chaussée, comme vous l'avez entendu. Ici le conte se tait un moment à son sujet et parle d'Hector, après son départ de Gazevilté, où il combattit pour la belle dame.

CHAPITRE LXVI

Arrivée d'Hector en Sorelois ; sa rencontre avec Gauvain

Selon le conte, le hasard le mena jusqu'à la frontière de Norgales, où il apprit qu'un chevalier errant allait vers le Sorelois. Il prit cette direction et finit par rencontrer l'écuyer qui montait le cheval de monseigneur Gauvain. Il le salue et l'autre fait de même.

« Cher frère, lui dit *(f. 161c)* Hector, pourriez-vous me donner des nouvelles d'un chevalier errant qui va en Sorelois ?
— Qui êtes-vous ? demande l'écuyer.
— Je suis un chevalier de la maison du roi Arthur.
— Soyez le bienvenu, fait l'autre. Je puis vous donner des nouvelles d'un chevalier qui a franchi la chaussée de Norgales, la plus redoutable que vous ayez jamais vue, en affrontant sous mes yeux un chevalier et dix sergents. Je l'ai laissé à la chaussée, juste hier après-midi, un peu avant none.
— Et comment s'appelle-t-il ? fait Hector.
— En vérité, c'est monseigneur Gauvain. »

Là-dessus Hector le recommande à Dieu, et l'autre fait de même, car il lui tarde fort d'arriver à la chaussée pour entrer en relation avec monseigneur Gauvain, qu'il croit n'avoir jamais vu. Il passa la nuit chez l'ermite qui avait hébergé monseigneur Gauvain ; cet ermite l'accueillit chaleureusement et lui raconta que monseigneur Gauvain avait couché chez lui, qu'il s'en

aloit an la terre de Sorelois, [et avoit oïes novelles] par un vallet qui i ot jeü que il avoit conquis cels de la chauciee. Et Hestors li demande se ce estoit bien loig. Et il li dist que il i seroit devant ore de midi au plus tart.

Au matin se leva Hestors bien matin et mut a aler la voie de la chauciee si comme li hermites li anseigna. Et qant il vint a la chauciee, si li anvoia messires Gauvains un serjant a l'ancontree por savoir se il i voudra passer par lo covenant qui i estoit. [Et il dit que oïl.] Lors i vint messires Gauvains outre la chauciee, toz armez, sor lo cheval au chevalier qui navrez estoit, et tint un glaive gros et fort, que an la tor an avoit assez de bons. Si vient au chevalier, si li demande qui il est. Et il dist que il est uns chevaliers estranges.

« Et iestes vos des compaignons lo roi Artu ? »

Et il dist que nenil.

« Volez passer ansi com ge vos ai mandé par lo serjant ? »

« Oïl, » fait il.

Lors s'entresloignent et hurtent andui les escuz de coudes, si s'antreficrent de grant aleüre des chevaus si durement que tuit li glaive volent em pieces et esmient, que li uns ne li autres, ne chaï, ainz s'an passent outre. Et metent les mains as espees, si s'entredonent tex cols sor les escuz que il les detranchent et decopent. Si s'antrehastent si durement que il n'i a *(f. 161d)* un seul qui ait loisir de reposer, et a chascuns perdu do sanc an plusor leus, et tant que midis aproche. Lors sont lor aleines si acorciees et lor forces si apetisiees que petit valent mais lor cox. Et uns des laz ou hiaume Hestor est roz, si li torne ses hiaumes. Et il saut un po arrieres, si l'adrece. Et messires Gauvains s'areste por repanre s'alaine et voit que midis sera par tens, si s'apoie a un des pilers de la chauciee, tot a cheval, et essuie Escaliborc, s'espee, qui estoit soilliee de sanc. Et Hestors fait ensi la soe. Et messires Gauvains la regarde, si la conut au ponz et a

allait en Sorelois et qu'il avait entendu dire par un écuyer qui fut aussi son hôte, qu'il avait vaincu ceux de la chaussée. Hector lui demanda si la distance jusque-là était grande, mais il lui répondit qu'il y serait avant midi, au plus tard.

Le lendemain, Hector se leva de fort bonne heure et prit la direction de la chaussée, selon les instructions de l'ermite. À son arrivée, monseigneur Gauvain envoya à sa rencontre un sergent pour savoir s'il voudrait passer selon les clauses du lieu. Il répondit que oui. Monseigneur Gauvain traverse alors la chaussée, tout armé, sur le cheval du chevalier qu'il avait blessé, tenant une lance épaisse et solide, car il y en avait à foison dans la tour. Il arrive au chevalier et lui demande qui il est. Hector lui répond qu'il est un chevalier étranger.

« Et faites-vous partie des compagnons du roi Arthur ? »

Il répond par la négative.

« Voulez-vous passer de la manière que je vous ai fait dire par le sergent ?

– Oui », répond Hector.

Ils s'éloignent alors pour prendre leur élan ; du coude ils font passer l'écu sur le bras et de toute la vitesse de leurs chevaux ils vont se frapper avec une telle violence que les lances volent en plusieurs morceaux ; mais ni l'un ni l'autre ne tombe et ils ne font que se croiser. Ils empoignent leurs épées et assènent de tels coups sur leurs écus qu'ils les rognent et les découpent. Ils se pressent avec tant d'acharnement qu'aucun *(f. 161d)* ne trouve la possibilité de se reposer ; chacun perd du sang par maintes blessures, tant et si bien que midi approche. Ils sont alors tellement à bout de souffle, leurs forces se trouvent si diminuées que leurs coups ne valent plus grand chose. Un des lacets du heaume d'Hector se rompt et le heaume tourne, mais celui-ci fait un léger bond en arrière et le redresse. Monseigneur Gauvain s'arrête pour reprendre haleine et voit qu'il sera bientôt midi ; il prend appui sur un pilier de la chaussée, tout en restant à cheval, et essuie son épée Escalibour, qui était souillée de sang. Hector fait de même avec la sienne. Monseigneur Gauvain regarde cette épée, il la reconnaît au pont, à la

l'audeüre et as letres. Et vient avant et demande a Hestor commant il a non.

« Que an avez vos, fait il, a faire ? »

« Ge lo savroie, fait il, mout volantiers. »

« Ge ai non, fait il, Hestors. »

« Hestor, fait messires Gauvains, vos soiez li bienvenuz. »

Lors bote l'espee ou fuerre et oste son hiaume. Et qant Hestors lo voit, si lo conoist bien.

« Ha ! sire, fait il, que est ce que ge fasoie ? Pardonez lo moi. »

« En non Deu, fait messires Gauvains, vos avez mout grant droit, et ge tort, car ge deüsse pieç'a avoir demandé vostre non, car ge savoie bien que vos estiez en ceste terre. Et de ce me taig por outré. »

« Ha ! sire, fait il, merci. Ce n'avanra ja, car nuns si prodom n'est comme vos. »

« Si m'aïst Dex, fait messires Gauvains, vos iestes li chevaliers o monde de vostre aage a cui ge plus a anviz me combatroie jusque a outrance, et por ce que vos m'avez servi, et por ce que il a an vos assez que l'an doit redoter. »

Lors lo prant par la main, si s'an vont andui jusque as serjanz, qui mout se mervoillent qui cil puet estre cui messires Gauvains fait si grant onor, si lor dit que il se tient por outré et que ja plus ne se combatra. Et Hestor lo nie mout durement et dit que ainz est il outrez.

« Sire, font li serjant a monseignor Gauvain, annor l'an avez faite qant vos ostates vostre hiaume avant, et soe en doit estre l'annors. »

Et Hestors an est mout angoisseus, si fait a force metre messires Gauvains an escrit son non. Or est Hestors mout annorez laianz. Et messi*(f. 162a)*res Gauvains fait de lui

garde et à ses inscriptions[1]. Alors il s'avance et demande à Hector son nom.

« Qu'en avez-vous à faire ? lui répond celui-ci.

— J'aimerais beaucoup le savoir, fait-il.

— Mon nom est Hector.

— Hector, soyez le bienvenu ! » s'écrie monseigneur Gauvain.

Et après avoir remis son épée au fourreau, il enlève son heaume. À la vue de son visage, Hector le reconnaît bien.

« Ah ! seigneur, qu'est-ce que je faisais ! Pardonnez-moi !

— Au nom de Dieu, lui dit monseigneur Gauvain, vous êtes tout à fait dans votre droit et moi dans mon tort, car j'aurais dû depuis longtemps vous demander votre nom : je savais bien que vous étiez dans ce pays. Aussi, je me tiens pour vaincu.

— Ah ! seigneur, grâce ! c'est impossible : personne n'a votre valeur.

— J'en prends Dieu à témoin, reprend monseigneur Gauvain, vous êtes le chevalier au monde, parmi ceux de votre âge, qu'il me répugnerait le plus de combattre à outrance, et parce que vous m'avez servi[2] et parce qu'en vous-même vous êtes fort redoutable. »

Il le prend donc par la main, et tous deux vont rejoindre les sergents ; ceux-ci se demandent avec étonnement qui peut être celui à qui monseigneur Gauvain fait tant d'honneur, qui leur dit qu'il se tient pour vaincu et qu'il ne se battra pas davantage, alors qu'Hector proteste vigoureusement, en affirmant que c'est lui le vaincu.

« Seigneur, font les sergents à monseigneur Gauvain, vous lui avez fait l'honneur de la bataille quand vous avez le premier enlevé votre heaume : l'honneur doit donc lui revenir. »

Malgré la grande confusion d'Hector, monseigneur Gauvain fait de force inscrire son nom. Dès lors, en ces lieux, on honore grandement Hector et monseigneur *(f. 162a)* Gauvain lui fait

---

1. C'était l'épée qu'il lui avait envoyée par la demoiselle, cette épée qui devait *s'amander* avec un bachelier, voir supra, f. 130d.

2. Hector a servi d'écuyer à Gauvain avant le combat contre Ségurade, voir f. 121a.

mout grant joie. Et il li conte comment il l'avoit anpris a querre et mout le mercia de l'espee que il li avoit anvoiee.

Or dit li contes que a l'ore que messires Gauvains se combatié au chevalier de la chauciee que il avoit navré, et il se tint por outré, et il avoit les serjanz par sa proece si conquis que plus ne s'oserent movoir, si s'an ala droit uns vallez en Sorhaut, ou Galehoz estoit antre lui et son compaignon defors la vile ou ses maisons estoient. Si lor conta [que] uns chevaliers avoit conquise la Chauciee Norgaloise (mais il nel sot nomer) et toz les serjanz ausi. Et qant Galehoz l'oï, si s'en merveilla mout et dit a son compaignon que ansins a uns chevaliers erranz outré un des meillors chevaliers de sa terre et dis serjanz. Et Lanceloz dit que Dex doint que il vaigne cele part.

« Por coi ? » fait Galehoz.

« Por ce, sire, que nos somes ci an prison, et a mout grant piece, ne ne veïsmes pieç'a joster ne chevaleries, si perdons noz tans et noz aages. Si voirement m'aïst Dex, s'il vient, ge me combatrai a lui. »

Et Galehoz commance a rire, et cil qui l'oent dient que il n'a gaires grant talant de reposer. Lors se panse Galehoz que, se il puet, do combatre lo deffandra il mout bien et mout bel. Si avoit un suen herberjage trop bel et trop boen an une isle dedanz Assurne, si estoit de toz sans dedanz aive bien demie liue, si l'apeloit l'an l'Isle Perdue, por ce que si estoit an aive et fors de gent. Et il s'apense que la manra il Lancelot. La nuit

grande fête. Hector lui raconte comment il était parti en quête de lui et il le remercie vivement de l'épée qu'il lui avait envoyée.

CHAPITRE LXVII

Galehaut et Lancelot à l'Ile Perdue.

Selon le conte, après que monseigneur Gauvain eut combattu contre le chevalier de la chaussée, qu'il l'eut blessé et que celui-ci eut reconnu sa défaite, quand par sa prouesse il fut venu à bout des sergents qui n'osèrent plus bouger, un écuyer gagna tout droit Sorhaut où Galehaut se trouvait avec son compagnon, à l'extérieur de l'agglomération où il avait sa résidence. Il leur raconta qu'un chevalier (mais il ne sut pas dire son nom) avait forcé la Chaussée Norgaloise et réduit tous les sergents. À cette nouvelle, Galehaut fut plein d'admiration et dit à son compagnon qu'ainsi un chevalier errant l'avait emporté sur l'un des meilleurs chevaliers de sa terre et sur dix sergents. Lancelot lui répondit en souhaitant que Dieu permette qu'il vienne en ces lieux.

« Pourquoi cela ? fait Galehaut.

— Seigneur, parce que nous sommes ici en prison, qu'il y a longtemps que nous n'avons vu ni joute ni exploits chevaleresques : nous perdons notre temps et notre jeunesse. J'en prends Dieu à témoin, s'il vient, je combattrai contre lui. »

Galehaut sourit et ceux qui l'entendent disent qu'il n'a pas grande envie de se reposer. Mais Galehaut pense que, s'il le peut, il l'empêchera bel et bien de combattre. Il avait un lieu de séjour très agréable, situé dans une île sur l'Assurne, complètement entourée d'une bonne demi-lieue d'eau ; on l'appelait l'Ile Perdue à cause de cette eau et parce qu'elle était à l'écart du monde. Il s'avise qu'il y emmènera Lancelot. Le soir, un de

demande un suens chevaliers la garde de la chauciee, si avoit non Helies de Ragres et estoit mout bons chevaliers et mout hardiz. Si l'otria Galehoz et la nuit meïsmes an mena son compaignon an l'Ille Perdue. Et Heliens s'en ala a la chauciee garder, si i trova monseignor Gauvain. S'en fist Heliens mout grant feste qant il sot que ce fu messires Gauvains. Et messires Gauvains li demande, Galehoz, o estoit. Et il dit que il n'an savoit nulles novelles.

« Non ? fait il. N'est il mies a Sorhaut ? »

« Certes, fait Helies, il s'an ala *(f. 162b)* arsoir de mienuit, nos ne savons quel part. »

Lors est messires Gauvains mout dolanz, car il crient que sa queste soit esloigniee.

Au matin prist congié messires Gauvains et s'an ala antre lui et Hestor, puis que garde avoit au pont. Et dist au chevalier navré, qui ancor estoit laianz, que par sa fiance alast a la cort lo roi Artu et que il se rande a la reine Guenievre et li die que il a trové Hestor, et Hestors lui, et que au plus tost que il porra, ira a cort, et que Hestors s'an fust alez se il ne l'aüst retenu por aler ansanble. « Et vostre non, fait il, me dites, car le mien savez vos bien. » Et il dit que il a non Elinans des Illes.

Atant s'an va Elynanz a la cort lo roi a grant messaise et conta les novelles. Si an fu li rois mout liez, et la reine li fist garir ses plaies. Et puis fu il de la maisniee lo roi Artu, car mout estoit preuzdechevaliers. Et qant la reine sot que Hestors ot trové monseignor Gauvain, si en est mout liee. Et lors lo conte a s'amie, qui mout en est liée et mout s'an conforte, ne onques puis ne ravoit nus fait rire ne joer. Mais au roi poise sor toz homes que messires Gauvains n'a achevee sa queste, por sa grant bessoigne que il avoit a faire, car il ne savoit rien sanz lui tozjorz.

ses chevaliers lui demanda la garde de la chaussée[1] ; il s'appelait Hélies de Ragres, et c'était un très bon chevalier, plein de courage. Galehaut y consentit et le soir même il emmena son compagnon dans l'Ile Perdue. Hélies s'en alla garder la chaussée ; il y trouva monseigneur Gauvain et lui fit grande fête quand il sut que c'était lui ; monseigneur Gauvain lui demanda où se trouvait Galehaut, mais l'autre répondit qu'il n'en savait rien.

« Vraiment ? N'est-il pas à Sorhaut ?

— En vérité, fait Hélies, il en est parti *(f. 162b)* hier, au milieu de la nuit, et nous ne savons de quel côté. »

Monseigneur Gauvain en est bien peiné et craint que sa quête ne soit prolongée. Le matin, il prend congé d'Hélies et s'en va en compagnie d'Hector, puisque alors le pont a un gardien. Il dit au chevalier blessé, qui se trouvait encore sur place, qu'il devait, sur sa parole, se rendre à la cour du roi Arthur et auprès de la reine Guenièvre, à qui il dirait qu'Hector et lui s'étaient retrouvés, et que le plus tôt possible, lui-même reviendrait à la cour ; qu'Hector serait revenu, s'il ne l'avait retenu pour continuer sa quête avec lui. « Et dites-moi votre nom, conclut-il, car vous savez bien le mien. » Le chevalier dit qu'il s'appelait Élinant des Iles.

Élinant gagna la cour d'Arthur bien péniblement et y apporta son message. Le roi s'en réjouit beaucoup et la reine veilla à ce qu'on guérisse ses blessures. Par la suite il fut de la maison du roi Arthur, car c'était un chevalier de grande vaillance. La reine se réjouit beaucoup d'apprendre qu'Hector avait trouvé monseigneur Gauvain ; elle le dit à son amie[2], qui s'en réjouit aussi et reprend bon espoir : personne n'avait réussi à la distraire ou à la faire rire jusque-là. Mais le roi est très ennuyé que monseigneur Gauvain n'ait pas terminé sa quête, car il avait à mener une grande entreprise[3] et il ne pouvait jamais rien faire sans lui.

---

1. Cette demande, qui n'est pas expliquée, libère Gauvain pour la rencontre de celui qu'il quête.
2. Encore la première amie, la nièce de Grohadain le nain.
3. La guerre contre les Saxons et les Irlandais.

Or revient li contes a Lancelot, qui estoit an la tor de l'Ile Perdue, mout angoiseus et mout pansis, et mout dessirre a oïr novelles de sa dame que ele li voudra mander. Si a tot laissié lo rire et lo joer et lo boivre et lo mangier, ne rien ne lo conforte fors solement a penser. Si est tote jor sor la tor an haut et esgarde amont et aval mout esbahiz.

Et avint, l'andemain que messires Gauvains se fu partiz de la chauciee entre lui et Hestors, qu'il chevauchent par avanture, ne ne puent de Galehot oïr novelles, tant que il ancontre une damoiselle sor un palefroi. Messires Gauvains la salue, et ele lui, si li demande o il vont. Et il dient que il sevent ou trover ce que il quierent.

« Et que est ce ? » fait elle.

(f. 162c) « Nos querons Galehot, damoiselle, font il, lo seignor de cest païs, mais trover ne lo poons. »

« Gel vos anseignerai, fait ele, se vos me donez lo premier don que ge vos demanderai. » Et il lo creantent. « Fianciez lo moi, » fait ele. Et il li fiancent. « Venez an, » fait ele.

Lors s'an vont jusque sor une montaigne mout haute, et d'iluec lor mostre l'Ile Perdue. « Et sachiez que il est laianz au plus priveement que il puet. » Lors s'an part la damoisele et commande les deus chevaliers a Deu, et il li. Si s'am vienent tot droit vers l'ile et

CHAPITRE LXVIII

Rencontre de Gauvain et d'Hector avec Lancelot
Assemblée d'Arthur contre les Saxons
L'infidélité d'Arthur ; l'amour « anterine » de
Lancelot et de la reine

À présent le conte revient à Lancelot, qui se trouvait dans la tour de l'Ile Perdue, tout absorbé par le souci et le désir d'apprendre les nouvelles que sa dame voudra bien lui faire parvenir. Il ne prend plus le temps de rire, de se distraire, de boire ni de manger, et ne trouve de réconfort que dans ses pensées. Il passe toute la journée en haut de la tour, à scruter les abords ou les lointains, en proie à son obsession.

Le lendemain du jour où monseigneur Gauvain et Hector avaient quitté la chaussée, ils chevauchaient au hasard, sans pouvoir trouver de nouvelles de Galehaut, quand ils rencontrèrent une demoiselle, montée sur un palefroi. Monseigneur Gauvain la salue et elle le fait à son tour, puis elle leur demande où ils vont. Ils répondent qu'ils ne savent pas où trouver ce qu'ils cherchent.

« Qu'est-ce donc ?
– *(f. 162c)* Nous cherchons Galehaut, demoiselle, le seigneur de ce pays, mais nous ne pouvons le trouver.
– Je vous renseignerai, si vous m'accordez le premier don que je vous demanderai. »

Ils le lui promettent, mais elle insiste :

« Jurez-le moi. »

Ils jurent.

« Alors, venez », fait-elle.

Ils montent sur une grande colline, et de là, elle leur montre l'Ile Perdue :

« Apprenez qu'il se trouve là, mais le plus discrètement possible. »

La demoiselle les quitte alors, après les avoir recommandés à Dieu et eux aussi. Ils prennent aussitôt la direction de l'île et voient, qant il sont pres, que ele est tote plaine de haute forez espesse et que rien nule n'i pert fors que solement les batailles et la coverture de la tor qui mout est haute.

« Ha ! Dex, fait messires Gauvains, com a ci riche forterece et orgoilleuse qui est laianz anclose an ceste aive roide et lee et bruiant. Ne il n'i a que une antree par ou en i puisse antrer, car ge voi que cist ponz tornoiz est levez. Ne ge ne sai, ne l'art ne l'angin comment nos i puissiens lo pié metre, car cil de laianz se reponent et destornent au plus que il puent. »

Ensi sont au chief do pont remex et atendant en ceste maniere savoir se nus vanroit fors. Et Lanceloz est an la tor en haut, pansis, et voit au chief do pont les deus chevaliers toz armez. Et apele Galehot et les li mostre. Et Galehoz anvoie savoir un suen escuier qui il sont, ne que il quierent. « Mais garde, fait il, que tu ne dies que ge soie çaianz. » Et il va, si lor demande. Et messires Gauvains dit qu'il sont dui chevalier estrange, si parlesient mout volentiers a Galehot.

« Sire, dist li vallez, il n'i est mies. »

« Ge sai bien, fait messires Gauvains, que il i est. Mais itant li di que, se il velt, nos parlerons a lui, et s'il ne velt, nos n'i parlerons mies. Et s'il ne velt parler a nos, nos serons ci assez. Et sachiez bien que il n'i[st]ra ja mais rien nulle [de] laianz que il n'ait perdue. Ei li puez dire que ce est *(f. 162d)* granz vilenie a son ués com il por deus chevaliers s'est anserrez. »

Et li vallez s'an revait et conte a son seignor ce que an li a dit. Et Galehoz lo tient a mout grant orgoil, et dit que ce verra il par tens se il la soe chose panront si a delivre. Lors fait monter deus de ses meillors chevaliers, toz les miaudres que il avoit sanz trois, et si les anvoie as

quand ils s'en rapprochent, ils voient qu'elle est couverte d'une forêt haute et dense, d'où n'émergent que les créneaux et le toit de la tour, elle-même fort haute.

« Ah ! mon Dieu, fait monseigneur Gauvain, quelle puissante et fière forteresse il y a là, quelle eau rapide, large et bouillonnante l'entoure ! Il n'y a qu'une entrée possible : ce pont-levis, que je vois redressé ; et je ne sais pas quelle ruse ou quel artifice nous permettrait de mettre pied là-dedans, car les gens ont tout fait pour se dérober et se cacher. »

Ils sont ainsi arrivés à l'entrée du pont et restent à attendre au cas où quelqu'un sortirait. Lancelot, en haut de la tour, toujours dans ses pensées, aperçoit à l'entrée du pont les deux chevaliers en armes. Il appelle Galehaut et les lui montre. Galehaut envoie un de ses écuyers pour savoir qui ils sont et ce qu'ils cherchent. « Mais garde-toi de dire que je suis ici. » L'autre va poser ses questions. Monseigneur Gauvain répond qu'ils sont deux chevaliers étrangers et qu'ils aimeraient parler à Galehaut.

« Seigneur, fait l'écuyer, il n'est pas ici.
— Je sais bien que si. Dis-lui cela : s'il le veut, nous lui parlerons ; sinon, nous ne le ferons pas. Mais s'il ne veut pas nous parler, nous serons longtemps sur ces lieux. Sachez[1] bien que pas une créature ne sortira de cette tour sans qu'il la perde ; et vous pouvez lui dire que de sa part, c'est (*f. 162d*) grande vilenie[2] de s'être enfermé pour deux chevaliers. »

L'écuyer s'en retourne rapporter à son maître ce qu'on lui a dit. Galehaut y voit beaucoup d'orgueil et déclare qu'il verra bientôt s'ils doivent prendre son affaire avec autant de désinvolture. Il fait mettre en selle ses deux meilleurs chevaliers (il n'en avait pas un troisième de leur valeur) et les envoie aux

---

1. L'ancien français passe souvent du *vous* au *tu* dans le dialogue (surtout avec les inférieurs ou avec le roi) et vice versa ; ce mélange est pourtant rare dans le *Lancelot en prose*.

2. *Vilenie* implique ici la couardise et l'inconvenance ou même la grossièreté. Galehaut se conduit comme un vilain : il a l'air d'avoir peur de deux chevaliers, alors que dans les romans toute la noblesse pratique comme un honneur l'hospitalité aux chevaliers.

deus chevaliers. « Et se il volent, fait il, chevalerie, gardez que ne s'an aillent escondit. »

Et qant messires Gauvains les voit venir, si dist a Hestor :

« Combatre nos estuet, or i parra, car nos somes anbatu et an l'orgoil et an la meillor chevalerie do monde. Et sachiez que li cors do meillor chevalier de Bretaigne est apareillié an ceste ille, et por sa proece ont li chevalier de la maison lo roi Artu et maintes paines et maintes hontes andurees. Et ce est il que ge quier, et ge savoie bien que par mon bel parler n'i anterroie ge mies se ge ne mandoie aucun outrage, que miauz voil ge outrage mander que faire. »

Atant vienent li dui chevalier. Et si tost com li ponz est avallez, et il vienent outre a monseignor Gauvain et a Hestor. Et il lor dient que il se randent pris, o il se combatent a els.

« Ge voudroie miauz estre pris, por coi ge fusse laianz. »

« Laianz, dient li chevalier, ne vanroiz vos ja, ainz vos metrons am prison en autre leu. »

« Par tel covant, fait messires Gauvains, ne me ramdrai ge pas ancores. Et neporqant, se il n'avoit que vos deus au pont garder, ge i anterroie amcui. »

« Or i parra, » font il.

Lors laissent corre li dui as deus de si grant aleüre comme li cheval porrent aler, et s'entrefierent desor les escuz. Si porte messires Gauvains le suen a terre, et lui et son cheval, et Hestors porte le sien par desus la crope do cheval a terre, si que Galehoz et si compaignon dient que mout jostent bel li dui chevalier. Lors descendent et messires Gauvains et Hestors, si corrent sus as chevaliers, l[es] espees traites, mais cil cui messires Gauvains abati ne se puet aidier, car ses chevaus gist sor lui, si que a po ne li a lo cuer crevé ou vantre. Si l'aert messires Gauvains, si li arache (*f. 163a*) lo hiaume de la teste et avale la vantaille et dit que la teste li copera se il ne se tient por outrez. Et cil si fait. Et Hestors recort sus au suen mout vistement, si lo trove mout blecié, [qu'il li avoit parmi l'escu et parmi le hauberc brisié une des costes,] et li estoit antrez do fer et do fust assez. Et totevoies se leva li chevaliers

deux chevaliers. « Et s'ils veulent montrer leur valeur chevaleresque, gardez-vous de les éconduire. »

En les voyant venir, monseigneur Gauvain dit à Hector :

« Il nous faut combattre. On verra bientôt ce que nous valons : nous sommes tombés sur la fierté et la fleur de la chevalerie de ce monde. Sachez que le meilleur chevalier de Bretagne se trouve en personne dans cette île et qu'en raison de sa bravoure, les chevaliers de la maison du roi Arthur ont enduré maintes peines et maintes hontes. C'est lui que je cherche : je savais bien que je n'entrerais pas avec mes belles paroles, si je ne lui faisais pas transmettre quelque chose d'offensant ; et dans ce cas, je préfère envoyer un message outrageant plutôt que faire un outrage. »

Là-dessus les deux chevaliers arrivent. À peine le pont est-il baissé qu'ils le franchissent et rejoignent monseigneur Gauvain et Hector. Ils les mettent en demeure de se constituer prisonniers ou de se battre contre eux.

« J'aimerais mieux la prison, si je devais entrer là !
— Vous n'y entrerez pas, disent les deux chevaliers, mais nous vous retiendrons prisonniers dans un autre endroit.
— Avec cette condition, réplique monseigneur Gauvain, je ne me rendrai pas encore ! Et s'il n'y avait que vous deux pour garder le pont, je saurais tout aussi bien entrer là aujourd'hui !
— On verra », lui répondent-ils.

De toute la vitesse de leurs chevaux, les quatre adversaires prennent leur élan et reviennent se frapper sur leurs écus. Monseigneur Gauvain jette l'un à terre, avec son cheval, et Hector désarçonne le sien, qu'il envoie aussi à terre : Galehaut et ses compagnons déclarent que les deux chevaliers sont de très bons jouteurs. Alors monseigneur Gauvain et Hector mettent pied à terre, se précipitent sur les chevaliers, l'épée levée, mais celui que monseigneur Gauvain a abattu ne peut se tirer d'affaire, car son cheval est couché sur lui, et peu s'en faut qu'il ne rende l'âme. Monseigneur Gauvain l'agrippe, lui arrache *(f. 163a)* son heaume, fait tomber sa ventaille et dit qu'il lui coupera la tête, s'il ne se tient pas pour vaincu. L'autre se rend. Quant à Hector, il bondit sur le sien, le trouve grièvement blessé : il lui avait au travers de l'écu et du haubert brisé une côte et mis dans le corps le fer et une bonne partie du bois. Pourtant, le chevalier

au miauz qu'il pot. Et Hestors li vient au relever, si lo fiert tres parmi la teste, si que tot l'estone, si lo rabat. Si lo conquiert en mout poi d'ore, si crie merci et se tient a outré et a prison fianciee et rant s'espee. Et il demandent as deus sor lor fiances quel compaignie Galehoz a laianz. Et il dient, an quel que leu que Galehoz soit, a laianz des meillors chevaliers do monde, mais Galehoz n'i est mies. Et messires Gauvains ne lor an demande plus. Et Galehoz est mout dolanz de ses compaignons que il voit pris devant lui, si demande ses armes. Et Lanceloz saut avant et dit que ja par aus deus chevaliers ne s'armera. « Ainz i erai ge, » fait il.

« Et qui ira o vos ? » fait Galehoz.

« Nuns, fait il, tant que ge voie comment il ert. »

« Par mon chief, fait Galehoz, si fera li Rois des Cent Chevaliers, que seus n'i eroiz vos mies. »

Lors demandent armes, et an lor aporte. Et qant il sont armé, si met Lanceloz l'escu Galehot a son col et s'an vient fors de l'ile par lo pont. Et messires Gauvains dist as chevaliers outrez que il s'an aillent la o il cuideront estre plus a aise. « Et d'ui an tierz jor revenez ci an ma prison. »

« Nos n'an irons ja, font il, car nos ne seromes mies tant an vostre prison. Par tens serons rescous. »

Lors set bien messires Gauvains que ce est Lanceloz qui vient as armes Galehot, si lo dit a Hestor.

« Ahi ! fait il a Hestor, veez ci lo meillor chevalier do monde. Et vos josteroiz a celui qui porte cel escu d'or a ce leoncel de sinople, et ge a icelui qui porte l'escu d'or a corones d'azur. Et por Deu, tote la proece qe vos aüstes onques soit orandroit ici, que onques mais ne fu si granz mestiers. »

tente de se relever du mieux qu'il peut ; Hector arrive sur lui, le frappe en pleine tête, l'assomme et le refait tomber ; alors il a vite la victoire : l'autre lui crie merci, se tient pour vaincu, jure d'être son prisonnier et lui tend son épée.

Ils demandent aux deux chevaliers de leur dire, en vertu de leur serment[1], la compagnie que Galehaut a dans ces lieux ; ils répondent que partout où est Galehaut, il a les meilleurs chevaliers du monde, mais que lui n'est pas là. Monseigneur Gauvain n'insiste pas. Quant à Galehaut, il déplore vivement que ses compagnons aient été faits prisonniers et cela sous ses yeux. Il demande ses armes. Lancelot bondit et déclare qu'il ne le laissera jamais prendre les armes contre ces deux chevaliers :

« Mais moi, j'irai, ajoute-t-il.

— Et qui ira avec vous ? fait Galehaut.

— Personne, jusqu'à ce que je voie ce qu'il en est.

— Sur ma tête, proteste Galehaut, le Roi des Cent Chevaliers[2] sera avec vous, car vous n'irez pas seul. »

Ils demandent leurs armes, on les leur apporte. Quand ils sont armés, Lancelot passe à son cou l'écu de Galehaut et sort de l'île par le pont. Cependant monseigneur Gauvain dit aux chevaliers vaincus d'aller là où ils penseront être le mieux.

« Et d'ici trois jours, revenez, que je dispose de vous.

— Nous n'aurons pas à le faire, car nous ne serons plus alors vos prisonniers : on va bientôt nous délivrer ! »

Monseigneur Gauvain devine bien alors que c'est Lancelot qui vient avec les armes de Galehaut et il le dit à Hector :

« Ah ! voici le meilleur chevalier du monde. Vous jouterez contre celui qui porte cet écu d'or au lionceau de sinople, et moi contre celui qui porte l'écu d'or aux couronnes d'azur[3]. Par Dieu, que toute cette prouesse qui a jamais été la vôtre se déploie ici maintenant, car elle n'a jamais été aussi nécessaire. »

---

[1]. La *fiance* est la parole solennelle donnée et le serment d'être fidèle à cette parole ; rituellement le vaincu qui *a prison fianciee* a juré de se rendre et de rester dans une prison que lui a fixée son vainqueur, sans chercher à s'échapper.

[2]. Le Roi des Cent Chevaliers est le cousin de Galehaut, qu'il sert comme sénéchal, donc dans les affaires guerrières ; voir infra f. 182a.

[3]. Voir infra f. 174b.

Et Hestors se contient mout viguereusement, si l'am prise messires Gauvains mout. Et li chevalier vienent outre, si laissent corre tantost li dui as deus. Si avint que antre mon(*f. 163b*)seignor Gauvain et Lancelot se porterent a terre, [les chevaus sor lor cors. Et Hestors josta mout durement, si abati le Roi des Cent Chevaliers a terre.] Et il gete la lance an voie. Et qant li rois saili sus, si ne pot mies Hestors retenir son cheval, si a hurté au roi. Et li rois fu mout forz, mais totesvoies lo recovint cheoir derechief a terre. Et li chevaus fu anconbrez de lui, si chiet par desus lui outre. Et Hestors saut en piez, si met la main a l'espee. Et li rois fait autretel, si se depiecent les escuz mout durement. Autresi sont relevé antre monseignor Gauvain et Lancelot, si s'entredonent de mout bons cox. Et dure la bataille mout longuement, tant que messires Gauvains an a mout lo poior, et si estoit il ja antre midi et none. Et Hestors a de la soe bataille lo plus bel et moine lo roi auques a sa volanté. Et por la peor que Galehoz ot de lui, est il venuz hors, car mout volentiers les departist s'il saüst commant. Et qant il i est venuz, si voit que messires Gauvains est mout anpiriez, et il et ses armes, et li rois assez plus. Et messires Gauvains n'i atant se la mort non, car onques mais ne fu il si angoisseus, car an plusors leus de son hauberc poïst an ses poinz boter, ne de son escu n'i a il gaires. Ne Lanceloz ne rest mies toz sains, car mout l'a ampirié la bone espee monseignor Gauvain. Et lors va Hestors a monseignor Gauvain et dit :

« Sire, tenez cestui, si me randez celui ci, car ge me tanrai bien a cestui, mais li miens me grieve. Mais il ne se tanra ja a vos. »

« Mais laisiez lo vostre, fait Lanceloz, et ge me combatrai a vos deus. »

« Mais faites lo bien, fait Hestors. Combatons nos tuit quatre ansanble. »

« Li qarz, fait Lanceloz, n'iert ja, mais andui vos combatez a moi. »

Hector se montre plein de résolution et monseigneur Gauvain apprécie fort cette attitude. Les chevaliers prennent du champ, puis chacun fonce sur son adversaire. Il arriva que mon*(f. 163b)*seigneur Gauvain et Lancelot se renversèrent en même temps, avec les chevaux sur eux. Hector, lui, jouta si violemment qu'il abattit le Roi des Cent Chevaliers. Alors il jette au loin sa lance, mais quand le Roi des Cent Chevaliers s'est relevé, il ne peut retenir son cheval, qui heurte son adversaire ; malgré sa résistance, celui-ci doit retomber à terre ; le cheval d'Hector, gêné par cette chute, culbute par-dessus l'adversaire. Hector saute sur ses pieds et empoigne son épée ; le roi en fait autant et ils entaillent leurs écus avec acharnement. Monseigneur Gauvain et Lancelot se sont relevés eux aussi et échangent des coups puissants. Le combat à l'épée se prolonge longtemps : monseigneur Gauvain finit par avoir fortement le dessous, car on était déjà entre midi et none[1]. Mais Hector, lui, a le dessus dans sa bataille et il mène le Roi à peu près comme il veut. Galehaut craignant pour ce dernier est sorti : il aurait bien voulu les séparer, s'il avait su comment. En arrivant il voit que monseigneur Gauvain est bien mal en point, lui et ses armes, et que le Roi l'est encore plus. Monseigneur Gauvain n'attend que la mort, il n'en a jamais eu autant l'angoisse : on aurait pu passer le poing en maints endroits de son haubert et il ne reste plus grand chose de son écu. Lancelot, de son côté, n'est pas intact, car la solide épée de monseigneur Gauvain lui a fait du mal. Hector rejoint alors monseigneur Gauvain et lui dit :

« Seigneur, prenez celui-là et donnez-moi celui-ci à la place, j'en ferai bien mon affaire : le mien m'accable, mais à vous il ne résistera pas.

— Laissez plutôt le vôtre, fait Lancelot, et je me battrai contre vous deux.

— Tenez-vous bien, et combattons plutôt tous les quatre, réplique Hector.

— Il n'y aura pas de quatrième : tous les deux, vous serez contre moi ! » s'écrie Lancelot.

---

1. Voir supra f. 121c, où le rythme n'est pas le même.

Lors se pansa Hestors que an lo tanroit a mauvaistié s'il ne conqueroit avant le suen chevalier. Si li lait corre et mout lo haste et fiert la o il volt. Et l'espee lo roi est brisiee par lo mileu, si cort sus a Hestor as braz, car il estoit trop forz, si a gité Hestor soz lui. Mais tost se fu relevez, *(f. 163c)* que trop estoit forz et vistes. Et messires Gauvains a soffert mout longuement, que l'ore fu passee ou il soloit ampirier, si a s'aleine reprise un po, et sa force li commance a dobler. Et dit, puis que autrement ne puet estre et que il a ce que il quiert ne se porra acointier se par outrance non de la bataille, si soit ; et des or mais soit au pis faire. Si li remanbre des paroles que il ot oïes, si ot et duel et honte. Et lors cort si aprement sus a Lancelot que toz an est Galehoz espoantez, car or voit il bien que ses compainz an a de trop lo poior. Et set bien que, se il se combatent longuement, il ne puet estre que li uns n'am muire, car messires Gauvains se combat orandroit si durement que tuit s'an mervoillent. Et Hestors en est mout liez, si s'an rit de joie ; et dit que ne puet se a ennor non estre la bataille, que or voit il bien que il an ont lo meillor.

A ces paroles vint, si comme Dex plot, Lieoniax. Et qant [il] vit Lancelot combatre, si no conut mies, mais il conut bien monseignor Gauvain a ses armes, et si estoient elles mout ampiriees. Et il demande a Galehot, que an la place estoit, qui ce est qui se combat an ses armes. Et il dit toz dolanz que ce est ses compainz.

« Mar fu la bataille commanciee, fait il, car il lo comparra. »

Lors vient avant, et Lanceloz lo voit, si an a mout grant honte de ce que il n'a lo chevalier conquis pieç'a. Et li est avis, qant il lo voit, que la reine l'ait veü, si li cort sus mout vistement, et il lui autresin et miauz, cui la force est doblee et croist adés. Et Lyonniaus li escrie, si chier com il a sa vie, que plus n'an face tant que

Hector s'avise alors qu'on le taxerait de lâcheté s'il ne remportait pas d'abord la victoire sur son chevalier. Il retourne sur lui, le presse vivement et frappe là où il veut. L'épée du Roi se casse par le milieu, mais, fort comme il était, il saisit Hector à bras le corps et le jette sous lui ; celui-ci a vite fait de se relever (*f. 163c*), car il était toute vigueur et souplesse. Monseigneur Gauvain, lui, a résisté longtemps, si bien que l'heure de son affaiblissement habituel est passée ; il reprend son souffle et sa force se met à doubler. Puisqu'il ne peut en être autrement et qu'il ne peut entrer en relation avec celui qu'il cherche que par la victoire totale des armes, qu'il en soit ainsi, et tant pis, se dit-il. Plein de douleur et de honte au souvenir des paroles qu'il vient d'entendre, il retourne sur Lancelot avec tant d'acharnement que Galehaut est pris d'épouvante ; il voit que son compagnon a par trop le dessous ; il sait bien que si ce combat se prolonge, l'un doit fatalement mourir, car monseigneur Gauvain se bat à présent avec tant de force qu'il fait l'admiration générale. Hector en est très heureux, il en rit de joie et déclare que la bataille ne peut plus leur apporter que de l'honneur : maintenant il voit bien qu'ils ont le dessus.

Comme il disait ces mots, il plut à Dieu de faire arriver Lionel. À la vue de ce combat, celui-ci ne reconnaît pas Lancelot, mais il identifie monseigneur Gauvain à ses armes, malgré leur détérioration. Il demande à Galehaut qui était sur les lieux, qui donc se battait sous ses armes à lui, Galehaut. Avec désespoir, celui-ci répond que c'est son compagnon et ajoute :

« Quel malheur que cette bataille ait commencé ! Il va le payer ! »

Lionel s'avance et Lancelot l'apercevant, ressent une grande honte de n'avoir pas conquis le chevalier depuis longtemps. Être vu par lui, c'est être vu par la reine, estime-t-il[1] ; et il se précipite avec fougue sur celui qui, sa force redoublant et grandissant toujours, fait autant et mieux contre lui. Lionel lui crie alors de ne pas combattre davantage, s'il tient à sa vie, jusqu'à

---

1. Lancelot sait que Galehaut a envoyé Lionel parler d'eux à la reine, voir *supra* f. 145d.

il ait a lui parlé. Et Lanceloz retint son cop et se traist arrieres. Et Lyeonniaus li dit que ce est messires Gauvains, et la reine li mande que il face qanque il voudra, et que por lui a toz les maus aüz. Et qant il l'ot, si a duel et honte, et giete s'espee jus et dit :

« Ha ! Las ! Que ferai ? »

Si s'an torne sanz plus dire, tot droit a son cheval. Et messires Gauvains *(f. 163d)* ne regarda onques lo suen, ainz met l'espee o fuerre et s'escorse aprés lo chevalier et dit :

« Ha ! sire chevaliers, dites moi vostre non. »

Et il plore si durement que ne li puet respondre. Et qant messires Gauvains voit qu'il ne li respondra, si s'eslaisse et saut derriers lui sor son cheval, toz armez, si l'anbrace parmi les flans et dit :

« Par Sainte Croiz, vos ne m'eschaperoiz tant que ge savrai vostre non, por a morir, o moi o vos. »

Et antre Hestor et lo roi sont departi, et au roi estoit bien mestiers, car il estoit vaincuz. Et Galehoz estoit mout esbahiz de Lancelot, si demande a Lyonnel que ce est. Et il li dit tot. Et qant il l'ot, si ne set que dire ne que faire, si ne set se Lanceloz voudra que cil lo conoisse, ne il ne lo descoverroit por nulle rien, [ne il ne feroit vilenie vers monseignor Gauvain por nulle rien,] que tant a aü mal por lui. Si s'an vient a Hestor, si li demande qui il est. Et il dit que il est de la terre de Logres et chevaliers la reine et si a non Hestors.

« Et cil chevaliers, fait il, qui est. »

Et il dit que ce est messires Gauvains.

« Si m'aïst Dex, fait Galehoz, ce quit ge bien, et mout est prodom. »

Ensi s'an vont parlant antr'aus deus tot lo pont. Et uns vallez amoine aprés aus lo cheval monseignor Gauvain tant qu'il vienent an l'ille. Et lors vient Galehoz a monseignor Gauvain, si l'anbrace et dit :

ce qu'il lui ait parlé. Lancelot retient son coup et recule. Lionel lui dit qu'il se bat contre monseigneur Gauvain et que la reine lui demande d'obéir en tout à celui-ci, parce qu'il a enduré pour lui tous les maux possibles. En entendant cela, Lancelot est pris de douleur et de honte ; il jette bas son épée et s'écrie :

« Hélas ! malheureux ! Que faire ? »

Sans en dire davantage, il revient droit à son cheval. Monseigneur Gauvain *(f. 163d)* ne regarde même pas le sien, rengaine son épée et court derrière le chevalier en s'écriant :

« Ah ! seigneur chevalier, dites-moi votre nom[1]. »

Mais Lancelot pleure si fort qu'il ne peut répondre. Voyant cela, monseigneur Gauvain fonce et, tout armé, saute en croupe derrière lui : de ses bras, il lui enserre les flancs et lui dit :

« Par la Sainte Croix, vous ne m'échapperez pas jusqu'à ce que je sache votre nom, dussions-nous en mourir, vous ou moi ! »

De leur côté, Hector et le Roi s'étaient séparés ; ce dernier en avait bien besoin, car il allait être vaincu. Galehaut, tout déconcerté de ce qui arrivait à Lancelot, interroge Lionel, qui lui dit tout. Devant cela, Galehaut ne sait plus quoi dire ni faire ; il ignore en effet si Lancelot voudra que l'autre sache qui il est, et lui, il ne le révélerait à aucun prix, sans pour autant devoir faire quelque bassesse envers monseigneur Gauvain, qui a tant enduré pour trouver Lancelot. Il s'approche d'Hector pour lui demander qui il est, lui ; il répond qu'il est de la terre de Logres, chevalier de la reine et qu'il s'appelle Hector.

« Et ce chevalier, fait-il, qui est-il ? »

Hector répond que c'est monseigneur Gauvain.

« J'en prends Dieu à témoin, s'exclame Galehaut, je le crois bien : quelle vaillance ! »

Tout en parlant, ils passent ensemble le pont ; un écuyer les suit, avec le cheval de monseigneur Gauvain et tous arrivent sur l'île. Galehaut s'avance vers monseigneur Gauvain, lui donne l'accolade et lui dit :

---

1. Gauvain sait qu'il a affaire à Lancelot, mais obtenir qu'il lui dise lui-même son nom serait une preuve d'amitié que lui donnerait Lancelot, désolé, lui, de découvrir qu'il se bat contre Gauvain ; or Lancelot a juré à la reine de taire son identité...

« Sire, bien soiez vos venuz. Ge ne vos conoissoie mies. Et sauve vostre grace, vos avez trop mespris, que par un po que vos n'avez fait morir deus des plus prodomes do monde, et por noiant, car vos vos deüsiez estre nomez. »

« Sire, fait il, la paors de perdre cest seignor qe j'ai tant quis ne me laissa nomer. Si savoie bien que vostre grant san ne porroie decevoir se par outrage faire non. Et pardonez lo moi, sire. »

« Certes, si fais ge tot, et nos vos avons plus forfait que vos nos. Mais que savez vos qui cil est que vos tenez ? »

« Ge sai bien, fait messires Gauvains, que ce est cil que ge quier. »

Atant vienent jusque an la tor, si [ne] volt Lanceloz descendre. Si descendent ansanble andui, et adés lo tient messires Gauvains.

« Sire, fait Galehoz, *(f. 164a)* or lo me laissiez, et ge vos creant que ge vos en revestirai autresin com vos iestes. »

« Sire, fait il, volantiers. Mais bien sachiez que ce est sor ma vie. »

Lors lo moine Galehoz an une chanbre. Et puis revient hors, si commande que messires Gauvains et Hestors soient si annoré com il plus puent, et les fait desarmer. Lors revient an la chanbre et trove Lancelot grant duel faisant, si li demande que il a. Et il dit que il a perdue l'anmor de la reine par monseignor Gauvain a cui il s'et combatuz. « Ne ja mais fait il, escuz ne me pandra au col des ores an avant. »

« Or n'aiez garde, fait Galehoz, que de tot ce vos deliverai ge bien. »

« Ha ! sire, donc m'avez vos randue la vie. »

Lors lo fait Galehoz desarmer et laver son vis de aive chaude. Lors dit :

« Ge vos ferai venir monseignor Gauvain, et vos li crieroiz merci autresin com a Damedeu meïsmes, et il an sera plus liez que se vos li donoiez une cité. Lors sera la pais de vos deus. Si li dites que vos iestes apareilliez de faire tot son plaisir. »

Lors s'an revient Galehoz a monseignor Gauvain, si li

« Seigneur, soyez le bienvenu. Je ne vous avais pas reconnu. Je vous demande pardon, mais votre faute est grande : vous avez failli faire mourir deux des plus braves chevaliers du monde, et pour rien, car vous auriez dû vous nommer.

— Seigneur, la peur de perdre ce seigneur que j'ai cherché si longtemps ne m'a pas laissé me nommer. Et je savais bien que je ne pouvais tromper votre perspicacité qu'en me conduisant de façon offensante : pardonnez-le moi, seigneur.

— Certes, je vous pardonne tout ! Nous sommes d'ailleurs plus en tort avec vous. Mais que savez-vous de celui que vous tenez ?

— Je sais bien, répond monseigneur Gauvain, que c'est celui que je cherche. »

Quand ils arrivent à la tour, Lancelot ne veut pas mettre pied à terre le premier ; aussi le font-ils ensemble, monseigneur Gauvain le tenant toujours.

« Seigneur, dit Galehaut, *(f. 164a)*, laissez-le moi à présent et je vous promets que je vous le redonnerai en légitime possession.

— Volontiers, seigneur, mais sachez bien qu'il en va de ma vie. »

Galehaut emmène Lancelot dans une chambre, puis revient donner l'ordre de traiter monseigneur Gauvain et Hector avec les plus grands égards et les fait désarmer. Il retourne ensuite à la chambre et trouve Lancelot si désespéré qu'il lui en demande la raison. Celui-ci répond qu'il a perdu l'amour de la reine pour s'être battu contre monseigneur Gauvain. « Et jamais plus, fait-il, un écu ne sera suspendu à mon cou !

— Ne craignez rien, lui dit Galehaut, je vous disculperai bien de tout cela.

— Ah ! seigneur, vous m'avez rendu la vie. »

Galehaut lui fait enlever ses armes et laver le visage avec de l'eau chaude. Puis il lui dit :

« Je vais prier monseigneur Gauvain de venir : vous lui crierez grâce, comme à Dieu lui-même, et il en sera plus heureux que si vous lui donniez une cité : ainsi la paix sera faite entre vous deux. Dites-lui que vous êtes prêt à faire tout ce qui lui plaira. »

Galehaut revient trouver monseigneur Gauvain et lui rap-

dit ; et si lo prant par la main, qu'i[l] vaigne avoques lui, et commande que li autre chevalier facent Hestor compaignie. Lors s'an vont antr'aus deus an la chanbre. Et Galehoz li demande cui il cuide qui ce soit.

« Ge sai, fait il, de voir que ce est Lanceloz do Lac, li filz lo roi Ban de Benoyc, cil qui fist la pais de monseignor lo roi Artu et de vos. »

Et Galehoz commance a rire.

« Certes, fait il, onques nul si grant duel n'ot onques nuns hom com il a eü de vos ne si grant honte. Or verroiz ja ques il a les iauz de plorer, car trop l'avez deservi. »

Lors vienent an la chanbre. Et qant Galehoz a dit : « Veez ci monseignor Gauvain », et il se met a genoz et crie merci. Et messires Gauvains l'an lieve et dit :

« Gel vos pardoin, sire, que certes vos avez çan[t] tanz fait por moi que ge por vos. Mais por Deu, vostre non me dites. »

« C'est, fait Galehoz, cil que vos m'avez dit. »

« Gel voudroie, fait il, mout savoir de sa boche. »

« Dites li, sire, » fait Galehoz.

Et il an a mout grant honte, si rogist. Et totevoies li dit que il est Lanceloz. Lors est la joie mout granz, si parolent mout de maintes choses et d'Estor. Et Galehoz dit que il ne vit onques plus preu chevalier (f. 164b) de son aage ne miaudre chevalier, a son escient. Lors lo vait querre Galehoz meïsmes et l'amoine. Et li Rois des Cent Chevaliers est couchiez an une chanbre, que mout est bleciez. Et Galehoz fait regarder les plaies monseignor Gauvain et les Hestor avoc, si lor baille mires.

Au tierz jor vient laianz une pucelle a monseignor Gauvain, si lo trait a consoil.

« Sire, fait ele, a vos m'anvoie vostre freres Angrevains et vos mande que li rois Artus s'an va en la terre d'Escoce, o l[i] Irois et li Saisne sont antré, et que vos [ne laissiez mie que vos] n'i ailliez. Et mandez li commant vos avez esploitié de vostre queste. »

« Bien, fait il, la Deu merci. Or vos remenez. »

Et la nuit prie messires Gauvains Lancelot de

porte leur conversation ; il le prend par la main pour l'emmener et donne l'ordre aux autres chevaliers de tenir compagnie à Hector. Ils gagnent ensemble la chambre, tandis que Galehaut lui demande qui est le chevalier, selon lui.

« Vraiment, je sais que c'est Lancelot du Lac, le fils du roi Ban de Bénoïc, celui qui fit la paix entre monseigneur le roi Arthur et vous-même. »

Galehaut sourit et lui répond :

« Assurément, jamais personne n'a éprouvé autant de douleur et de honte que lui à votre sujet. Vous allez voir quels yeux il a à force de pleurer : vous l'avez bien mérité ! »

Ils arrivent dans la chambre et Galehaut dit : « Voici monseigneur Gauvain ! » Lancelot tombe alors à genoux et crie grâce ; monseigneur Gauvain le relève avec ces mots :

« Je vous pardonne, seigneur, car, en vérité, vous avez fait cent fois plus pour moi que moi pour vous. Mais pour l'amour de Dieu, dites-moi votre nom.

— C'est, répond Galehaut, celui que vous m'avez dit.

— J'aimerais beaucoup l'entendre de sa bouche.

— Dites-le lui, seigneur. »

Lancelot tout honteux, rougit ; néanmoins, il avoue qu'il est Lancelot du Lac. Alors la joie est grande, et les propos vont bon train, notamment sur Hector. Galehaut dit qu'à son avis, il n'a jamais vu un chevalier (f. 164b) de son âge, plus brave et plus parfait. Il va le chercher lui-même et le ramène. Quant au Roi des Cent Chevaliers, grièvement blessé, il est couché dans une chambre. Galehaut fait examiner les blessures de monseigneur Gauvain ainsi que celles d'Hector et leur donne des médecins.

Trois jours après, une jeune fille arrive sur les lieux et tire à l'écart monseigneur Gauvain :

« Seigneur, votre frère Agravain m'envoie à vous pour vous faire savoir que le roi Arthur s'en va en Écosse ; les Irlandais et les Saxons l'ont envahie : vous ne devez pas manquer d'y aller. Il vous demande aussi comment vous avez mené votre quête.

— Bien, fait-il, par la grâce de Dieu. Mais vous, pour l'instant, restez. »

Le soir, monseigneur Gauvain prie Lancelot de lui accorder

sa compaignie avoir. Et il li otroie volantiers et qanque il voudra a devise. Et Hestors meïsmes est devenuz de cele conpaignie, par foi fianciee tuit troi, por ce que il estoit uns chevalier la reine et preuz assez. Aprés dit messires Gauvains que il velt demorer tote la semaine. « Et nos nos ferons lo matin seignier chascuns do destre braz. » Et Lanceloz dit que il ne fu onques seigniez, mais por amor de lui lo sera il.

L'andemain se seignerent, si anvoia messires Gauvains lo sanc Lancelot a Engrevain, son frere, par la damoiselle. Et fu toz gariz si tost com il an fu oinz. Et Galehoz fait faire Lancelot tel escu comme la reine li manda. Et il porta l'escu a un de ses chevaliers. Et messires Gauvains lor dit de l'ost qui va sor les Saisnes, qu'il quida que rien n'an saüissent; et dit a Galehot et a Lancelot qu'il i vaignent. Et il l'otroient.

« Mais alons, fait Galehoz, an tel maniere que nos ne soiens coneü, si prenons tuit estranges armes. »

Et il l'otroient.

Laianz demorent tote la semaigne antiere. Et lors s'esmuevent por venir a l'asenblee, si alerent tant anquerant novelles que il ancontrerent la pucelle que messires Gauvains et Hestors avoient encontree qant ele lor enseigna l'Ille Perdue. Si la saluent antr'aus. Et ele dit que Dex les beneïe.

« Demoiselle, fait Galehoz, savez (f. 164c) vos novelles do roi Artu ? »

« Oïl, fait ele, totes veraies. Et sachiez que vos n'an orroiz hui ne demain novelles se par moi non. Mais ge nes dirai mies por noiant. »

son compagnonnage ; il y consent volontiers, comme à tout ce qu'il voudra, à discrétion. Hector lui-même fait partie de ce compagnonnage (juré par tous les trois), parce qu'il était un chevalier de la reine, et plein de bravoure. Monseigneur Gauvain dit ensuite qu'il voulait séjourner toute la semaine.

« Et demain matin, nous nous ferons saigner chacun au bras droit. »

Lancelot lui répond qu'il n'a jamais été saigné, mais que par amitié pour lui, il le sera. Le lendemain, ils furent donc saignés, et monseigneur Gauvain envoya le sang de Lancelot à son frère Agravain, par l'intermédiaire de la demoiselle ; à peine celui-ci en fut-il frotté qu'il guérit[1].

Galehaut fit faire à Lancelot un écu selon les instructions de la reine ; lui prit l'écu d'un de ses chevaliers. Monseigneur Gauvain leur parla alors de l'armée qui allait à la rencontre des Saxons, car il pensait qu'ils n'en savaient rien[2] ; il demanda à Galehaut et à Lancelot de venir, et ils acceptèrent.

« Mais, ajoute Galehaut, allons-y de façon à ne pas être reconnus et prenons tous des armes qui ne soient pas les nôtres. »

Ils acceptent cela aussi. Ils restent là toute la semaine, puis se mettent en route pour rejoindre le lieu de l'assemblée.

Comme ils étaient soucieux de s'informer, ils rencontrèrent la jeune fille que monseigneur Gauvain et Hector avaient trouvée sur leur chemin et qui leur avait indiqué l'Ile Perdue[3]. Tous ensemble la saluent, et elle leur souhaite la bénédiction divine.

« Demoiselle, commence Galehaut, avez-vous (f. 164c) des nouvelles du roi Arthur ?

— Oui, toutes sûres. Sachez que vous n'en aurez que par moi, aujourd'hui et demain ; mais je ne vous les donnerai pas pour rien.

---

1. Voir f. 129c. Le roman adapte le rite antique de l'échange des sangs dans certaines sociétés de compagnonnage.
2. Voir supra f. 160b.
3. Voir supra f. 162c et infra 166d. La demoiselle redouble ici le motif du don contraignant.

« Certes, fait Lanceloz, nos vos an donrons ce que vos voudroiz. »

« Se vos me fianciez, fait ele, de quel que ore que ge vos semondrai, me randrez ce que ge vos demanderai jusque a une liue de terre a voz pooirs. »

« De ce, fait il, ne vos faudrons nos ja. »

Se li fiancerent tuit quatre.

« Li rois, fait la damoiselle, est a Resteil an Escoce. Et si tost com vos i vanroiz, vos lo troveroiz seant a la Roiche as Saisnes, si com ge cuit. »

Atant s'an part, si la commandent tuit a Deu, et ele aus. Si esrerent tant par lor jornees qu'il vinrent a Restel et trovent lo roi seant a la roiche, si com la damoiselle lor avoit dit. Et ele estoit si forz que nule rien ne dotoit fors estre afamee. Celeement avoit esté fermee au tans que Vortigier prist la fille Hanguist lo Saisne. Et d'iluec a Restel avoit bien doze liues escotoisses, si estoit destruit qanque il avoit antredeus fors un chastel ou avoit une damoiselle qui avoit non Gartissiee. Si savoit plus d'anchantement que damoiselle do païs et mout estoit belle et estoit do linage as Saisnes. Et ele amoit tant lo roi Artu com ele pooit plus rien amer, et li rois n'em savoit rien.

Quant li quatre chevalier furent venu an l'ost, si dist messires Gauvains a Lancelot que il feroient, qu'il n'oseroient antrer an la cort lo roi Artu devant qu'il aüst aportees veraies anseignes de lui, et juré l'avoit.

« Sire, fait Galehoz, s'il vos plaist, si laisons jusque

— En vérité, fait Lancelot, nous vous en donnerons ce que vous voudrez.

— Vous me donnerez votre parole de me faire rendre ce que je vous demanderai, à toute heure où je l'exigerai, à une lieue à la ronde, autant que vous le pourrez.

— Nous n'y manquerons pas », assure Lancelot.

Et tous quatre donnent leur parole.

« Le roi, dit-elle, est à Arestel en Écosse. Dès votre arrivée, vous le trouverez assiégeant la Roche des Saxons, je crois bien. »

Avant qu'elle s'éloigne, ils la recommandent tous à Dieu et elle fait de même. Après de longues étapes, ils arrivèrent à Arestel et trouvèrent le roi assiégeant la Roche, comme le leur avait dit la demoiselle. Ce lieu était si bien fortifié qu'il ne craignait que la famine ; cet aménagement avait été fait secrètement au temps où Vortigier épousa la fille d'Hengist le Saxon[1] ; il se trouvait à douze bonnes lieues écossaises d'Arestel ; tout l'espace intermédiaire était ravagé, à l'exception d'un château, celui d'une demoiselle, appelée Gartissiée[2] ; elle se connaissait en enchantements plus que toute autre du pays ; elle était fort belle et d'ascendance saxonne ; elle aimait passionnément le roi Arthur, mais le roi n'en savait rien[3].

À leur arrivée devant le camp, monseigneur Gauvain dit à Lancelot ce qu'ils feraient ; en effet ils n'auraient pas osé paraître à la cour du roi Arthur avant que monseigneur Gauvain puisse apporter des preuves certaines de Lancelot, comme il l'avait juré.

« Seigneur, fait Galehaut, s'il vous plaît, attendons jusqu'à la

---

1. Renvoi à un passé pseudo-historique et lointain, avec le nom de Vortigier, traître et usurpateur de la couronne de Logres, ayant fait alliance avec les Saxons et tué par Pandragon, l'oncle d'Arthur.

2. Gartissiée sera appelée Canile au f. 172c ; mais on a vu maintes variantes dans l'emploi des noms, qu'il s'agisse de l'auteur d'un manuscrit ou de l'ensemble de la tradition manuscrite ; E. Kennedy les a explicitement soulignées dans son édition.

3. Les manuscrits divergent sur la passion initiale éprouvée par Arthur ou par la demoiselle. Ici cette phrase est en contradiction avec ce qui suit au f. 164d.

aprés l'ost, et vos vos poez biem soffrir d'antrer an la maison lo roi Artu jusque lors. Et lors s'an ira Lanceloz la o vos plaira. »

Et messires Gauvains l'otroie. Et il dit que il a ancor vint chevaliers en ceste queste.

« Et creanterent, fait messires Gauvains, que an la premiere asanblee lo roi Artu seriens tuit, se nos estiens en nostre pooir, et meïmes enseignes comment nos nos antreconoistriens. Et ge *(f. 164d)* i erai savoir se nulles an troveroie. Et puis revenrai a vos. »

« Et nos vos atandrons, fait Lanceloz. Et alez, Hestor, avoques lui. »

« Voire, fait Galehoz, et nos ferons tandre nostre tante ça defors, antre l'ost et Arestel, que nos ne soiens coneü. Et tozjorz, qant nos irons de l'ost, nos an istrons par nuit, que ja nuns rien n'an savra qui nos soions. »

Ensi lo loent tuit.

Lors s'an vient antre monseignor Gauvain et Hestor an l'ost. Si les esgardent a mervoilles les genz, car il portent lor escuz ce defors dedanz. Et trove messires Gauvains ses compaignons, fors solement Sagremor cui s'amie avoit retenu, qui tant l'amoit que ele ne s'an pooit consirrer. Et neporqant il vint ançois que l'asa[m]blee faussist. Lors li demandent si compaignon s'il a rien esploitié. Et il dit que il a qanque il queroit. « Mais ge ne me ferai, fait il, conoistre devant que l'asemblee depart. »

Lors dist a monseignor Yvain que il s'aillent herbergier dui et dui, o troi et troi, que il ne soient aparceü. « Et ge ferai autresin antre moi et cest chevalier cui ge ne puis faillir. »

Lors li demande Kex qui il est.

« Certes, fait il, c'est uns chevaliers qui vos abati toz quatre a la Fontaigne do Pin. »

Et il s'an mervoillent trop, si dit messires Yvains

fin du siège[1] : vous pouvez bien accepter de n'entrer dans la demeure d'Arthur qu'à ce moment-là. Et alors Lancelot s'en ira où il vous plaira. »

Monseigneur Gauvain y consent et dit qu'il y avait encore vingt chevaliers partis en quête de Lancelot.

« Et ceux-là jurèrent, ajoute monseigneur Gauvain, que dans la mesure de nos possibilités, nous serions tous à la première assemblée du roi Arthur ; nous avons fixé des signes pour nous reconnaître. Je *(f. 164d)* vais voir si je puis les trouver et je vous rejoindrai.

— Nous vous attendrons, répond Lancelot. Mais vous, Hector, allez avec lui.

— Oui, ajoute Galehaut, et nous ferons monter notre tente ici, à l'extérieur, entre l'armée d'Arthur et Arestel, pour n'être pas reconnus. De plus, chaque fois que nous irons aider les assiégeants, nous les quitterons la nuit, de manière que personne ne sache qui nous sommes. »

Tous approuvent cette mesure. Monseigneur Gauvain va avec Hector dans le camp ; on les regarde avec grand étonnement, car ils portent leur écu à l'envers[2]. Monseigneur Gauvain trouve ses compagnons, à la seule exception de Sagremor, retenu par son amie : elle l'aimait tant qu'elle ne pouvait se séparer de lui ; néanmoins, il arriva avant la fin de l'assemblée. Les compagnons de monseigneur Gauvain lui demandèrent s'il avait eu quelque résultat ; il répondit qu'il avait tout ce qu'il cherchait : « Mais je ne me ferai pas connaître avant la fin de l'assemblée », ajoute-t-il. Puis il dit à monseigneur Yvain qu'ils aillent se loger par groupes de deux ou trois, afin de n'être pas reconnus. « C'est ce que je ferai avec ce chevalier, auquel je ne puis faire défaut. »

Keu lui demande qui est ce compagnon et il lui répond :

« En vérité, c'est le chevalier qui vous a abattus tous les quatre à la Fontaine du Pin ! »

Ils sont pleins d'admiration et monseigneur Yvain déclare

---

1. *Ost* désigne le plus souvent une armée assiégeante ; d'où dans tout ce passage, tantôt le sens de siège proprement dit, tantôt celui de camp, tantôt celui d'armée, et toujours en référence aux troupes d'Arthur.

2. C'est le signe convenu de reconnaissance, voir supra f. 114c.

que bons chevaliers sera s'il vit. Atant se departent, et messires Gauvains lor dit que demain a l'asemblee soient tuit ansanble. Puis s'an va messires Gauvains la ou Galehoz avoit dit que sa tente seroit. Et estoit an l'oroille d'um bois en un mout biau leu qui estoit clox de haut paliz de totes parz, si antroit an par un potiz, car c'estoit li cortis a un borjois de Restel. Laianz fu tandue la tente com a tel home, si i furent bien dis escuier, don li uns estoit Lyonniaus, qui mout fu preuz et sages.

Et li rois Artus toz les jorz parloit a la damoiselle do chastel et la prioit d'amors. Et ele n'an avoit cure, et si l'avoit tel conreé que il l'amoit outre mesure.

L'andemain que messires Gauvains fu venuz, fu l'asenblee. Si porta Lanceloz l'escu noir a la bande blanche de bellic; et Galehoz porta l'escu au Roi des Cent Chevaliers, et messires Gauvains porta l'escu parti de blanc et d'azur, c'estoit *(f. 165a)* li escuz au meillor chevalier de la maison Galehot, si avoit non Galains, li dus de Ronnes; et Hestors porta l'escu blanc a la fesce de sinople, c'estoit li escuz a Guinier, un compaignon monseignor Galehot. Li rois meïsmes porta armes, si assemblerent as Saisnes et as Yrois; mais li rois n'avoit mies granment gent, si covenoit que il lo feïst bien. Et si fist il miauz que onques n'avoit fait, et plus lo fist il por la pucelle qui lo veïst qui estoit a la roche.

Quant li cors lo roi fu assenblez, si s'an ala messires Gauvains et si vint compaignon asenbler. Si furent remex antre Galehot et Lancelot arrieres que l'an nes aparceüst. Et lors vinrent andui par devant la maison o la reine estoit. Et ele fu montee entre li et cele de Malohaut as creniaus de la tor an haut. Et qant la reine vit Lancelot, si dist a cele de Malohaut : « Conoissiez vos ces chevaliers ? »

Et cele commança a rire, qui bien les conoist et a l'escu Lancelot et au penoncel que ele avoit mis sor son hiaume. Et ce fu la premiere conoissance que onques fust portee au tans lo roi Artu sor hiaume. Lors esgardent andui an haut et

que, s'il vit, ce sera un bon chevalier. Sur ce, avant de se séparer, monseigneur Gauvain leur dit qu'ils se regrouperont tous le lendemain, à l'assemblée ; puis il se rend à l'endroit où Galehaut avait dit qu'il monterait sa tente. C'était, à l'orée d'un bois, un très bel emplacement, entouré complètement d'une haute palissade, avec une petite grille d'entrée : un bourgeois d'Arestel y avait fait son jardin. Là fut montée une tente digne de Galehaut, où l'on mit bien dix écuyers, dont l'un était Lionel, en raison de sa bravoure et de son jugement.

Chaque jour le roi Arthur allait parler à la demoiselle du château pour la prier d'amour ; elle n'en avait cure et elle avait fait si bien qu'il l'aimait démesurément.

Le lendemain de l'arrivée de monseigneur Gauvain, l'assemblée eut lieu. Lancelot y porta l'écu noir à la bande blanche en travers, Galehaut celui du Roi des Cent Chevaliers et monseigneur Gauvain l'écu mi-parti de blanc et d'azur, *(f. 165a)* qui appartenait au meilleur chevalier de la maison de Galehaut, lequel s'appelait Galain, duc de Ronnes ; Hector porta l'écu blanc à fasce de sinople, qui était celui de Guinier, un compagnon de monseigneur Galehaut. Le roi lui-même prit les armes pour affronter les Saxons et les Irlandais ; mais il n'avait pas beaucoup d'hommes, il fallait donc qu'il combatte bien ; il se surpassa comme jamais, surtout pour être vu par la jeune fille de la Roche.

Quand le roi en personne fut entré dans l'assemblée, monseigneur Gauvain et ses compagnons y vinrent à leur tour. Galehaut et Lancelot étaient restés ensemble à l'arrière, pour n'être pas vus ; ils se rendirent tous deux devant la demeure[1] où se trouvait la reine Guenièvre. Elle était montée avec la dame de Malehaut aux derniers créneaux de la tour. En voyant arriver Lancelot, elle dit à la dame de Malehaut :

« Reconnaissez-vous ces chevaliers ? »

Celle-ci sourit, car elle les reconnaissait par l'écu de Lancelot et par la banderole que la reine lui avait fait mettre à son heaume. Ce fut la première fois, au temps du roi Arthur, qu'on porta sur le heaume un emblème. Tous deux lèvent les yeux et

---

1. La reine sera toujours située dans des lieux « construits ».

voient ce que tant amoient. Si est Lanceloz si esbahiz que par un po qu'il n'est chaüz a terre et se tient au col de son cheval. Et Lyonniaus chevauche delez lui, armez de chapel et de hauberjon comme serjanz, si se tenoit anbruns, que nuns nel coneüst. Et qant il regarde an haut, si conut la reine, et la reine lui, si lo fist apeler par un damoisel. Et cil descent, si apoie a la tor ses lances que il portoit, et monte contramont. Si ancontre la reine el degré, qui li dist :

« Gardez que li tornoiemenz soit ci devant. »

Lors s'an reva an haut. Et il remonte an son cheval et fiert des esperons aprés son seignor atotes les lances, si li dit ce que la reine li avoit dit. Mais il est si pensis que il ne puet plus, et respont itant : « Si soit comme ma dame plaira. » Lors vienent a l'asemblee, si virent la place coverte de mellee. Et il se fierent anz. Et lors lo commance a faire Lanceloz si durement que tuit s'en esbahissent. Et ne (f. 165b) demora gaires que messires Gauvains lo sot, qui se combatoit mout loign. Et li dist l'an que uns chevaliers faisoit marevoilles ça devant. Et il i vient antre lui et ses compaignons, si anchacent tot maintenant toz ces de la juque a lor lices, si an sont assez perdu. Et qant Lyonniaus voit ce, si dist a Lancelot que il s'atorne bien a faire ce que an li avoit dit.

[Et il saiche lo frain, si dit :]

« Va, si di ma dame que ce ne puet estre, se ge ne me met de la. Mais se ele lo velt issi, ge les i manrai toz ci devant la tor. »

Et cil li va dire. Et si tost com ele lo voit, si descent. Et qant il li a [ce] dit, ele remonte et dit que ele lo velt.

« Mais bien gart il, fait ele, si tost com il verra mon mantel pandu a ces creniaus, la penne defors, si

voient celles qu'ils aimaient tant. Lancelot est si surpris qu'il manque de tomber et se retient au cou de son cheval. Lionel chevauchait à ses côtés, avec un chapeau de fer et un haubergeon de sergent, baissant la tête pour n'être pas reconnu. Levant les yeux, il distingue la reine ; elle le reconnaît aussi et le fait appeler par un jeune noble. Lionel met pied à terre, appuie à la tour les lances[1] qu'il portait et monte les escaliers, où il rencontre la reine, qui lui dit :

« Veillez à ce que l'assemblée ait lieu ici, devant nous. »

Elle remonte, et lui revient à son cheval et, avec toutes les lances, pique des éperons pour retrouver son seigneur auquel il transmet le message de la reine. Mais Lancelot est si pris par sa réflexion intérieure qu'il lui fait seulement cette réponse :

« Qu'il en soit comme il plaira à ma dame[2]. »

Ils gagnent l'assemblée, où la mêlée battait son plein et ils s'y jettent. Lancelot se bat avec tant d'acharnement que tout le monde en est stupéfait. Monseigneur *(f. 165b)* Gauvain ne tarde pas à l'apprendre, alors qu'il combattait à grande distance. On lui dit qu'un chevalier faisait merveille par-devant ; il arrive avec ses compagnons et ils refoulent tous ceux du camp adverse jusqu'à leurs lices, non sans leur infliger de lourdes pertes. Voyant cela, Lionel rappelle à Lancelot de bien penser à ce qu'on lui avait dit. Alors celui-ci tire sur son frein et lui répond :

« Va dire à ma dame que c'est impossible si je ne me mets pas dans le camp adverse. Mais si c'est sa volonté, je les mènerai tous jusqu'au pied de la tour, devant elle. »

Lionel s'en va vers la reine et dès que celle-ci l'aperçoit, elle descend. Quand il a transmis son message, elle dit qu'elle veut bien ce qu'a dit Lancelot et elle remonte en haut de la tour.

« Mais qu'il veille bien, ajoute-t-elle, dès qu'il verra pendre aux créneaux mon manteau avec la fourrure en dehors, à

---

1. Les lances qu'il portait pour les joutes de Lancelot, en qualité d'écuyer.

2. Adaptation de la soumission fameuse de Lancelot à la volonté de la reine dans le tournoi de Noauz de *La Charrette*, où Chrétien de Troyes faisait dire à Lancelot : « *molt volantiers* » (v. 5655), « *Des qu'ele le comande...la soe merci* » (v. 5856-5857), « *quanque li plest m'atalante* » (v. 5893).

revaigne de ça. Et se li rois a domache an la chace, si gart que bien li soit amandé. »

Et cil s'an va, si li dit. Et Galehoz apele monseignor Gauvain, si li dit :

« Messire Gauvains, ge sai bien, fait il, comment li rois avroit des plus riches homes de la en sa prison. Se nos nos torniens de la et menisiens les genz lo roi desi sor l'aive, que n'i aresterions ja, et lors si nos retornerions, si ne porrions faillir que il ne fussient tuit pris o mort. »

Et messires Gauvains dit que il fera qanque il voudra.

« Mais commant, fait il, porrai ge aler contre mon oncle et mon seignor lige ? »

« An non Deu, fait Galehoz, por son preu. »

« Por ce, fait messires Gauvains, lo feroie ge. »

Lors s'an tornent devers les Saisnes, si furent vint troi chevalier, et tuit mout preu, et Galehoz. Et tantost convint les genz lo roi place a guerpir, puis que li autre chevalier sont ancontr'aus. Si ne s'areste[nt] onques jusque sor l'aive – la seoit la torz ; mais belement s'an venoient, ne n'i ont gaires perdu, car cil de la n'antandoient que au chacier, car tot cuidoient avoir gahaignié. Si ne prenoient rien, mais an l'aive les firent a force flatir. Si an a li rois si grant duel que par un po que il n'anrage, si regrate durement *(f. 165c)* monseignor Gauvain et ses compaignons.

Lors esgarde Lanceloz vers la tor et voit lo mantel la reine pandeillier, la penne defors, et dit qe or ont il assez soffert. « Or a aus, » fait il. Lors se retornent tuit et laissent corre

revenir dans l'autre camp. Et si le roi a souffert quelque dommage pendant la poursuite, qu'il prenne garde de le réparer. »

Lionel retourne donc rendre la réponse. De son côté Galehaut interpelle monseigneur Gauvain et lui dit :

« Monseigneur Gauvain, je sais bien comment le roi pourrait faire prisonniers les plus puissants de nos adversaires[1]. Si, nous nous tournions de leur côté et entraînions les gens du roi jusqu'à la rivière, sans nous arrêter, et si alors nous revenions aux côtés du roi, nous ne pourrions manquer de les prendre ou de les tuer tous. »

Monseigneur Gauvain consent à tout ce qu'il veut, toutefois il lui objecte :

« Mais comment pourrai-je aller contre mon oncle, qui est mon seigneur lige ?

— Au nom de Dieu, c'est dans son intérêt.

— Dans ce cas, je saurais bien le faire. »

Ils se tournent du côté des Saxons, à vingt-trois chevaliers qu'ils étaient alors, tous fort vaillants, avec Galehaut. Aussitôt qu'ils furent contre eux, les gens du roi durent abandonner la place, sans pouvoir s'arrêter jusqu'à la rivière, là où se dressait la tour ; ils arrivaient sans avoir eu beaucoup de pertes, car leurs adversaires ne s'appliquaient qu'à les chasser, croyant avoir la victoire finale ; ils n'avaient fait aucun prisonnier, mais ils les forcèrent à se jeter à l'eau. Le roi en est presque fou de rage, et il regrette intensément *(f. 165c)* monseigneur Gauvain et ses compagnons[2].

Lancelot jette alors les yeux en haut de la tour et voyant flotter le manteau de la reine, la fourrure en dehors, il se dit que les gens du roi en ont assez supporté : « Maintenant, à eux », s'écrie-t-il. Tous font volte-face et reviennent par un

---

1. *Cil de la* désigne en général dans le passage les adversaires, les Saxons. Toute cette bataille est traitée comme un tournoi, avec une stratégie d'équipes, aux alliances alternantes.

2. Qui combattent incognito et qui viennent justement de les pousser dans cette position humiliante et difficile. Variation plaisante du motif sur le regret de Gauvain, en sa présence, comme ici, ou en son absence.

as Saisnes par derriers a la forclose, si les estoutoient mout durement et les escrient. Et cil s'estormisent, si cuident estre tuit forclos, si revienent les genz lo roi et les acoillent. Mais Lanceloz et sa conpaignie est o chief derriere qui mervoilles fait, si que la reine en est tote esbahie, car trop soffre por aus tenir pres de la tor. Et Lanceloz et li suen sont o pas de la voie ou li guez estoit, car toz les covenoit par illuec revenir, si an ont tant, que ocis, que abatuz, ou gué que l'aive an est tote esclusee. Et dit la reine que tote la paine que il ot a l'autre asenblee fu neianz anvers que il a ci sofferte. Mais mout se mervoille qui cil chevalier avoc lui sont qui si bien lo font. Mais messires Gauvains fait mervoilles et Hestors et tuit li autre autresin, ne nuns ne se puet metre antre aus que il ne soit ou morz o abatuz, car il se poinent tuit li uns por l'autre de bien faire, si que ce n'est a esgarder se mervoille non. Et por ce que il ont tant chevaliers morz o gué, fu il puis apelez et sera totjorz li Guez dou Sanc.

Tant sofri Lanceloz ou gué il et sa compaignie que ses hiaumes fu toz fanduz et anbarrez, et li cercles an pandoit aval. Et la reine apele une damoiselle, si li anvoie un hiaume trop riche qui fu lo roi : « Si li dites que ge ne puis mais veoir ceste ocision ; qu'i[l] face la chace commancier, car ge lo voil. » Et cele i va et li baille lo hiaume et li dit ansi comme la reine li mande. Et il dit que granz merciz. Lors a lo hiaume lacié et lo suen osté. Puis se trait un po arriers et li suen, et li Saisne passent au gué et s'an tornent fuiant, que mout ont grant paor et trop i ont perdu, si s'an fuient. Et Lanceloz et li sien les anchaucent ; si prannent les genz lou roi en la chace un chevalier qui avoit non Atramont, si estoit freres Agleot, lo roi des Saisnes, et uns des *(f. 165d)* meillors chevaliers estoit il.

mouvement tournant[1], à toute allure, par-derrière les Saxons, qu'ils malmènent durement en poussant des clameurs ; dans la confusion, les Saxons croient être tous encerclés ; les gens du roi peuvent alors revenir les attaquer. Mais Lancelot, avec ses compagnons, se tient tout à fait en arrière et fait merveille ; la reine le voit avec stupéfaction résister démesurément pour retenir les adversaires près de la tour : avec ses compagnons, il est posté en travers du chemin du gué, car il leur fallait à tous revenir par là ; ils en ont tant renversé, ils ont fait tant de morts que les corps forment un barrage dans l'eau. La reine se dit que tout l'effort qu'il a fourni à l'autre assemblée n'était rien en comparaison de celui qu'il déploie ici ; mais elle se demande avec étonnement qui peuvent être les chevaliers qui font si bien avec lui. Cependant monseigneur Gauvain fait merveille de son côté, ainsi qu'Hector et tous ses autres compagnons : personne ne tente de les séparer sans être abattu ou tué, car chacun s'évertue à défendre l'autre : c'est un merveilleux spectacle. En mémoire de tant de chevaliers tués à ce gué, ce lieu fut à jamais appelé le Gué du Sang[2].

À ce gué, avec ses compagnons, Lancelot en endura tant que son heaume fut tout faussé et fendu et que le cercle[3] pendait. Alors la reine appelle une demoiselle pour lui en porter un magnifique, qui avait appartenu au roi :

« Et dites-lui que je ne puis voir cette tuerie ; qu'il fasse commencer la poursuite, car je le veux. »

La demoiselle va lui donner le heaume et lui transmettre l'ordre de la reine ; il répond qu'elle en soit grandement remerciée, enlève son heaume et lace l'autre. Puis il prend un peu de recul avec les siens : les Saxons peuvent passer le gué : dans la peur, avec d'énormes pertes, ils tournent et prennent la fuite. Lancelot et ses compagnons les pourchassent tandis que les gens du roi capturent le frère d'Agleot, le roi des Saxons, Atramont, un des *(f. 165d)* meilleurs chevaliers qui soient ;

---

1. *a la forclose :* « c'est assez souvent en ancien français la manœuvre par laquelle on coupe la retraite à son adversaire en le prenant à revers » (F. Lecoy).

2. Toponymie romanesque, qui est prétexte à un récit étiologique.

3. *Cercle* de métal qui contourne le bord du heaume et qui est plus ou moins décoratif.

Et si orent pris des autres Saisnes et des Yrois bien deus cenz qui tuit estoient puissant home, et des morz i avoit mervoilles. Et an la chace monta Lanceloz lo roi Artu trois foiz, il ses cors, car dui des chevaus li furent ocis soz lui et li tierz chaï, si que il se brisa lo col. Et fu li rois mout malmenez se il ne fust, car il estoit seus, si antandoient si home a la chace, qui trop estoit bone.

Cel jor furent mout malmené li anemi lo roi et furent chacié jusque a lor lices. Et fu a jornee la meslee si granz que trop, tant que il commança a avesprir. Lors vient Galehoz a monseignor Gauvain, si li consoille que il soit illuec tant que les genz se departent. «Et nos nos an irons.» Et messires Gauvains l'otroie. Lors s'an vienent andui tres par devant la tor. Et la reine est jus avalee, si la saluent andui, et ele els; et voit que Lanceloz a tot lo braz sanglant jusque an l'espaule, si crient que il soit morz. Si lor demande comment il lo font. Et il dient bien. «Et cil braz a il point de mal?»

«Dame, nenil.»

«Gel voil, fait ele, veoir.»

Et ele anbrace Lancelot tot armé, et cele de Malohaut Galehot. Et dit la reine a Lancelot an l'oroille que ele lo garra tot, ainz demain, se il n'a plaie mortel. Et il dit que il n'a dote de morir tant com ele voille. Atant les fait monter, que plus nes ose la reine retenir, et dit a Lyonniau que ele velt a lui parler. Et cil s'an vont a lor tantes, si se desarment. Et ja conmançoit a anuitier.

Au departir de la meslee s'an venoit li rois par desoz la roiche. Et la damoiselle dit que ele velt a lui parler. Et il an est mout liez, si l'atant. Et ele descent, si vient a lui et li dit:

«Sires, vos iestes li plus prodom qui vive. Et vos me feïstes antandant que vos m'amez sor totes fames, et ge voil esprover se vos l'osiez faire d'une chose.»

«Il n'est, fait il, nule chose que ge ne feïsse por vos.»

parmi les Saxons et les Irlandais, ils firent bien encore deux cents prisonniers, tous des hommes puissants, et il y eut une quantité incroyable de morts. Pendant la poursuite, par trois fois, Lancelot lui-même remit en selle le roi Arthur, car deux chevaux furent tués sous lui, et le troisième se renversa et se brisa le cou. Sans Lancelot, le roi était bien malmené, car il se trouvait seul, tous ses hommes s'attachant à la poursuite, qui était fort rentable.

Ce jour-là, les ennemis du roi furent donc grandement mis à mal et repoussés jusqu'à leurs lices. Toute la journée la mêlée fut acharnée jusqu'à la tombée du soir. Galehaut vient alors trouver monseigneur Gauvain et il lui dit à la dérobée de rester là jusqu'au départ des combattants. « Alors nous nous en irons. » Monseigneur Gauvain y consent et Galehaut s'en va avec Lancelot devant la tour. La reine était descendue : tous deux la saluent et elle leur répond. Elle voit que Lancelot a le bras tout en sang jusqu'à l'épaule et tout en redoutant qu'il soit blessé à mort, elle leur demande comment ils se sentent ; ils lui répondent qu'ils vont bien.

« Mais ce bras, n'a-t-il point de mal ?
— Non, dame.
— Je veux le voir. »

Et elle prend Lancelot tout armé dans ses bras, tandis que la dame de Malehaut prend Galehaut. La reine dit à l'oreille de Lancelot qu'elle le guérira complètement, avant le lendemain, s'il n'a pas de plaie mortelle. Il lui répond qu'il ne craint pas la mort, aussi longtemps qu'elle le voudra. Alors la reine, n'osant les retenir davantage, leur fait signe de se remettre en selle ; mais elle dit à Lionel qu'il revienne lui parler. Ils retournent à leurs tentes et enlèvent leurs armes. La nuit commençait déjà à tomber.

Après avoir quitté la mêlée, le roi s'en revenait, au pied de la Roche. La demoiselle lui fit dire qu'elle voulait lui parler. Plein de joie, il l'attendit ; elle descendit le rejoindre :

« Sire, lui dit-elle, vous êtes le plus valeureux de ce temps. Vous m'avez fait comprendre que vous m'aimez entre toutes les femmes : je veux vous mettre à l'épreuve et savoir si vous oserez faire quelque chose.
— Il n'est rien que je ne fasse pour vous.

« Or i parra, fait ele. Ge voil que vos vaigniez anquenuit gesir o moi an celle tor. »

« Ce n'est mies, *(f. 166a)* fait il, essoignes, se vos me creantez que ge face de vos ce que chevaliers doit faire de s'amie. »

Et ele li creante. Et il dit que il vanra si tost com il avra ses chevaliers veüz et mangié avoc els.

« Et vos troveroiz, fait ele, mon message a la porte qui vos ira querre. »

Lors s'an part li rois mout joianz et vient a ses chevaliers. Si lo virent plus bel et plus lié que il n'avoient onques mais fait. Et mande a la reine que ele ne l'avra mais annuit, et soit tote liee, que il li esta mout bien de sa bataille. Et ele n'an est mies dolante. La nuit vint Lyonniaus en la maison la reine, si li dit la reine que antre Galehot et Lancelot veignent anquenuit a li par iqui, si li mostre par ou.

« Dame, fait il, messires Gauvains et Hestors sont avoc aus. Comment s'an partiront il ? »

Et qant lo reine l'ot, si en est liee de ce qu'il se sont antre-trové.

« Mais ja por aus, ce dit ele, ne remanra que il n'i vaignent. Et si te dirai, fait ele, commant. Il se coucheront voiant monseignor Gauvain. Et qant il savront que il sera andormiz, si se leveront. Et lors vanroiz antre vos trois par illuec. » Si li mostre un jardin qui tenoit au baille de la tor. « Et nos serons issues do baille, mais vaignent tuit armé et a cheval. »

Atant s'an va Lyonniaus et conte que il a trové, et cil an sont mout lié. La nuit, qant o tref lo roi furent couchié, si se lieve li rois au plus soef que il puet. Et s'arment antre lui et Guerrehés, son neveu, cui il avoit dit son pensé, et s'an vont a la porte do chastel, si trovent lo mesage s'amie. Et il s'an vont tant que il vienent a la grant forterece, si trovent la pucele, qui les atant et mout biau sanblant lor fait et fait lo roi desarmer et Guerrehés. Si se couche li rois an un mout biau lit avoc li. Et Guerrehés jut avoc une damoisele mout bele an une autre chanbre. Et qant li rois ot geü avoc s'amie une grant piece et faite sa volenté, si vienent laianz chevalier plus de quarante, tuit ar*(f. 166b)*mé, et tienent tuit les espees nues, si ovrent l'uis de la chanbre tot a force. Et li rois saut sus si com il puet,

– On verra bien. Je veux que vous veniez cette nuit coucher avec moi, dans cette tour.

– Il n'y a pas de difficulté, *(f. 166a)* si vous me promettez que je ferai de vous ce qu'un chevalier doit faire de son amie. »

Elle le lui promet. Il dit qu'il viendra dès qu'il aura vu ses chevaliers et mangé avec eux.

« Vous trouverez mon messager, ajoute-t-elle, qui viendra vous chercher à la porte. »

Le roi la quitte tout joyeux et rejoint ses chevaliers. Ils ne l'ont jamais vu plus gaillard ni plus heureux. Il fait dire à la reine qu'elle ne l'aura pas cette nuit, mais qu'elle se réjouisse pleinement, car il s'est très bien trouvé de sa bataille. Elle ne s'afflige pas de ce message. Le soir, Lionel vient la voir dans sa demeure et elle lui dit de faire venir Galehaut et Lancelot ce même soir, en lui montrant par où ils passeront.

« Dame, monseigneur Gauvain et Hector sont avec eux. Comment pourront-ils s'en séparer ? »

À ces noms, la reine est tout heureuse d'apprendre qu'ils se sont retrouvés et elle lui répond :

« Ce ne sont pas eux qui doivent les empêcher de venir. Je vais te dire comment ils s'y prendront. Ils se coucheront sous les yeux de monseigneur Gauvain, et quand ils sauront qu'il est endormi, ils se lèveront. Alors vous viendrez tous les trois par là. » Et elle lui montre un jardin attenant au baile de la tour. « Nous, nous serons sorties du baile, mais qu'ils viennent tout armés et à cheval. »

Lionel retourne et rapporte ce qu'il a trouvé ; les autres en sont tout heureux. La nuit, quand on fut couché dans la tente du roi, celui-ci se lève le plus discrètement possible. Il s'arme avec son neveu Guerrehet, à qui il s'était confié, et ils s'en vont à la porte du château où ils trouvent le messager de son amie. Ils continuent jusqu'à la grande forteresse, où la jeune fille les attend, l'air fort avenant. Elle les fait désarmer et le roi se couche avec elle dans un lit magnifique, tandis que Guerrehet partage celui d'une très belle demoiselle, dans une autre chambre. Au bout d'un long moment, quand le roi dans le lit de son amie avait eu ce qu'il désirait, plus de quarante chevaliers, tous *(f. 166b)* armés, arrivent sur les lieux et, l'épée dégainée, ils forcent la porte. Le roi bondit comme il peut,

que il n'avoit que les braies, et cort a l'espee, qu'il se voloit deffandre. Et il aportent planté de chandoilles ardanz, si voit an mout cler. Et il dient qu'il ne se deffande mies. Et il nel fait, car il est desarmez, si voit bien que deffanse n'i avroit mestier, si se lait panre. Et il corrent an l'autre chanbre, si pranent Guerrehés. Lors les vestent amedeus et les metent an prison en une chanbre mout fort ou il n'avoit antree ne issue que un seul huis et cil estoit de fer.

Ensi est an prison li rois et Guerrehés. Et Galehoz et Lanceloz se sont levé de lor lit et avoient devant aus deus escuiers, cui il deffandent que il ne se muevent, que se cil s'esveillassent, que il cuidassent que ce fussient il, des escuiers. Lors s'en vienent tuit armé jusque au jardin, et li escuier se coucherent an lor lit. Et cil troverent la porte do jardin deffermee, si antrent anz. Ne l'an ne gardoit l'ost se par devant non, car par derrieres, [devers] lo jardin, batoit l'aive qui estoit si parfonde que nuns ne s'i meïst por lo fanc ne por lo maresc. Quant il sont ou jardin, si ont fermee la porte et vienent au baille, si descendent et trovent [les] deus dames qui les atandent et moinent lor chevaus an un apantiz qui tenoit au baille. Ne an tot lo baille n'avoit que la reine et les pucelles. Mais delez, an une grant maison, estoient les autres genz, car ele l'avoit delivré tot a escient.

Quant li dui furent desarmé, si furent mené en deus chambres et jut chascuns avoc s'amie, que mout s'antramoient, et orent totes les joies que amant puent avoir. Et androit la mienuit se lieve la reine et vient a l'escu que la damoiselle do lac li avoit aporté, si taste sanz alumer, si lo trove sanz fandeüre, tot antier, si en est mout liee, car or set ele bien que ele (f. 166c) est miauz amee d'une autre.

Au matin, un po devant lo jor, se lievent et arment li dui chevalier an la chambre la reine. Et la dame de Malohaut, qui mout fu sage, esgarde a l'escu et voit a la clarté des

n'ayant que ses braies[1], et court saisir son épée, car il veut se défendre. On apporte une grande quantité de chandelles allumées et l'on voit alors bien clair. On dit au roi de ne pas se défendre ; sans armes, voyant que la résistance est inutile, il se laisse prendre. Puis ils se précipitent dans l'autre chambre et se saisissent de Guerrehet ; tous deux sont rhabillés et mis en prison dans une chambre solidement fortifiée, d'où l'on ne pouvait entrer et sortir que par une seule porte, en fer.

Le roi est donc en prison avec Guerrehet. De leur côté, Galehaut et Lancelot ont quitté leur lit ; aux deux écuyers qui couchent devant leur lit, ils interdisent de s'en aller, afin que, si les autres se réveillent, ils prennent ces écuyers pour eux. Tout armés, ils arrivent au jardin tandis que les écuyers sont allés se coucher à leur place. Ils trouvent la porte du jardin ouverte et entrent. Le camp n'était gardé que par-devant, car par-derrière, du côté du jardin, une eau fangeuse et vaseuse clapotait, si épaisse que personne n'aurait pu s'y mettre. Ils referment la porte du jardin, arrivent au baile, mettent pied à terre et trouvent les deux dames qui les attendent et mènent leurs chevaux sous un appentis contre le baile ; là il n'y avait que la reine et ses jeunes filles, mais à côté, dans une grande maison, se trouvait le reste de ses gens, car elle avait fait dégager le baile bien intentionnellement.

Une fois désarmés, ils furent emmenés dans deux chambres séparées et chacun se coucha avec son amie ; ils partageaient le même amour intense et ils eurent toutes les joies que les amants peuvent avoir. Vers minuit, la reine se lève, va à l'écu que la demoiselle venue du lac lui avait apporté, le tâte sans allumer et découvre qu'il n'a plus de fente, qu'il est tout d'un bloc : une joie immense l'envahit, car à présent elle est sûre *(f. 166c)* d'être mieux aimée que toute autre.

Le lendemain, un peu avant le jour, les deux chevaliers se lèvent et s'arment dans la chambre de la reine. La dame de Malehaut, toujours avisée, regarde l'écu et voit à la clarté des

---

1. Les *braies* sont une large culotte serrée aux jambes. L'usage étant de dormir nu, cette notation est destinée à garder une certaine dignité au roi.

chandoilles que li escuz est toz rejoinz, et dit a la reine :
« Dame, or veons nos bien que l'amors est anterine. »
Puis vient a Lancelot et lo prant par lo menton, [et li dit :
« Sire chevaliers, or n'i faut que la corone que vos ne soiez rois.]

Et il a grant honte de li, car maint jor avoit esté an son dongier et tozjorz estoit vers li celez. Et la reine dit por li rescoure :
« Dame, se ge suis fille de roi, et il autresi ; que se ge suis vaillanz et belle, et il plus. »

Et Galehoz demande que ce est. Et ele li conte de l'escu commant il li fu aportez, et que cele do lac li anvoia, et que il avoit tozjorz esté fanduz jusque a ores. Si l'ont a mervoilles esgardé longuement. Et la dame de Malohaut dit que il ne faut que une chose que li escuz ne soit tex com l'an dit : ce que Lancelot n'est mies [de] la maisniee, ce que cil doit estre. Et la reine li commande que se messires Gauvains li prie, que il remaigne, que ele est si sorprise de s'amor que ele ne voit mies comment ele s'an puisse consirrer de lui veoir. Mais ce dit ele si bas que Galehoz ne l'ot mies, car trop an fust dolanz. Atant s'an partent et prennent terme de revenir a l'autre nuit.

Au matin, qant il fu ajorné, si pendirent cil de la roiche l'escu lo roi et lo Guerrehés as creniaus et menoient laianz si grant joie com il puent faire greignor. Et lors commancent par l'ost si grant dolor. Et qant la reine lo sot, qui ancor se dormoit – et qant ele s'esveilla, si li fu dit an son lit – si an fu mout esbahie, et trop grant duel an fist. Et mout li tardoit que ele poïst parler a Lancelot que il i meïst consoil.

chandelles que la fente a complètement disparu ; elle dit à la reine :

« Dame, maintenant nous voyons bien que l'amour est total[1]. »

Puis elle vient à Lancelot, le prend par le menton et lui dit :

« Seigneur chevalier, il ne manque que la couronne pour que vous soyez roi ! »

Lui en éprouve une grande confusion, car il avait été en son pouvoir pendant bien des jours et toujours il s'était caché d'elle[2]. La reine vint à son secours :

« Dame, si je suis née d'un roi, il l'est aussi ; si j'ai quelque valeur et de la beauté, il en a plus encore. »

Galehaut demande de quoi il s'agit. Elle lui raconte comment l'écu lui fut envoyé par la Dame du Lac, et que jusqu'à ce moment, il avait toujours été fendu. Ils le contemplent longuement, avec admiration. La dame de Malehaut dit encore qu'il ne manque plus qu'une chose pour que l'écu soit tel qu'on l'a dit : que Lancelot n'est pas de la maison du roi Arthur, qu'il doit en être. La reine lui enjoint de rester à la cour si monseigneur Gauvain l'en prie : elle est si éprise de lui qu'elle ne voit pas comment elle pourrait se passer de le voir. Mais elle prononce si bas ces paroles que Galehaut ne peut les entendre : il en aurait eu trop de peine. Puis ils fixent un rendez-vous pour la nuit suivante et se quittent.

Le lendemain, quand il fit jour, ceux de la Roche suspendirent aux créneaux l'écu du roi et celui de Guerrehet en manifestant la plus grande joie possible. Mais chez les assiégeants, c'est une grande douleur. Quand la reine apprit la nouvelle — on la lui avait dite quand elle s'était réveillée, car elle dormait encore — elle en fut stupéfaite et consternée. Il lui tardait fort de pouvoir parler à Lancelot, pour qu'il avise à la situation.

---

1. Voir f. 125d ; il sera question de la deuxième partie de la prédiction quelques lignes plus loin.

2. Ce geste signifie probablement que la dame de Malehaut taquine Lancelot sur les raisons du secret qu'il a voulu garder avec elle quand il était son prisonnier et qu'elle était amoureuse de lui. Sur ce geste de la main prenant le menton d'autrui, voir F. Garnier, *Le Langage de l'image au Moyen Âge*, Le Léopard d'or, 1989, Paris, t. II, p. 120-126.

Mais messires Gauvains an par est trop angoisseus, et Lanceloz lo conforte et dit qu'il ne s'esmait mies, « car nos serons, fait il, tuit prison, ou nos lo ravrons. »

La nuit vint Lyonniaus a la reine. Et ele li dit que il amenast Lancelot et Galehot, car mout a *(f. 166d)* d'aus grant besoing. Et il s'an vient por faire son mesage. Et tandis com il estoit a la reine, si vint une damoiselle a lor tante et dit as quatre chevaliers que ele les semonoit de lor fiances. Et ce estoit cele qui lor avoit anseignié lo roi a Restel.

« Damoiselle, fait Galehoz, o volez vos que nos vos conduisiens ? Por Deu, ne nos travailliez mies, car trop avons nos anui. »

« De cestui annui serez vos par tens fors, se vos me volez sivre, car en velt lo roi Artu gitier de laianz et mener an Illande priveement. Et se vos me volez sivre, vos lo porroiz ja rescoure priveemant, car il n'an set mot que cil [qui] l'an doivent ja mener. »

Et qant il l'oent, si saillent sus les chevaus, toz armez, et sivent la damoisele qui les maine tant que ele vient a une cave. Si antre anz, et il aprés. Si estoit ja nuiz qant il vinrent et n'i veoient mais gaires. Et ele lor dit que par illuec an sera li rois menez. Et vient a Hestor tot avant.

« Gardez moi, fait ele, ceste issue, car çaianz an a encor trois. Et s'il vienent par ci, si escriez les autres. »

Et il remaint. Et ele va un po avant, si dit a monseignor Gauvain que il remaigne, et il remaint. Puis vient a un autre, si l'a passé et i lait Galehot. Et qant ele est venue a un autre, si i laisse Lancelot, et dit :

« Atandez moi ci, que ge vos quit [j]a randre lo roi et Guerrehés. »

Lors demore grant piece et vient criant « Aïe ! Aïe ! » Et Lanceloz saut, et ele dit : « Veez lo ci. » Et il saut, si voit deus chevaliers armez, li uns des armes lo roi, et li autres des armes Guerrehés. Si

Mais monseigneur Gauvain, lui, est plein d'angoisse ; Lancelot le réconforte et lui dit de ne pas s'affoler, « car ou bien nous serons tous faits prisonniers, ou nous le reprendrons. »

Le soir, Lionel vint trouver la reine ; elle lui dit d'amener Lancelot et Galehaut, car elle avait *(f. 166d)* grand besoin d'eux, et il retourna transmettre le message. Mais tandis qu'il était auprès de la reine, une demoiselle se présenta à leur tente et dit aux quatre chevaliers qu'elle les sommait de tenir parole ; c'était celle qui leur avait indiqué que le roi se trouvait à Arestel[1].

« Demoiselle, fait Galehaut, où voulez-vous que nous vous escortions ? Pour l'amour de Dieu, ne nous accablez pas : nous avons déjà par trop de souci.

– Vous serez bientôt soulagés, si vous acceptez de me suivre : on veut en effet débarrasser ces lieux du roi Arthur et l'emmener secrètement en Irlande. Si vous acceptez de me suivre, vous pourrez lui porter secours sans qu'on le sache, car personne ne connaît ce projet, sauf ceux qui doivent l'emmener. »

À ces mots, ils bondissent sur leurs chevaux, avec toutes leurs armes, et ils suivent la demoiselle qui les conduit jusqu'à un souterrain où ils entrent derrière elle. Il faisait déjà sombre quand ils étaient arrivés et ils n'y voient plus grand-chose. Elle leur dit que le roi sera emmené par là ; puis elle s'adresse en premier à Hector :

« Gardez-moi cette sortie, car il y en a trois autres. Si l'on arrive par ici, criez pour faire venir vos compagnons. »

Il se met en faction ; elle avance un peu et elle fait la même chose avec Gauvain, puis avec Galehaut et enfin avec Lancelot, à qui elle dit :

« Attendez-moi ici : je pense bien vous faire rendre le roi et Guerrehet. »

Au bout d'un long moment, elle arrive en criant : « Au secours ! Au secours ! » Lancelot bondit, tandis qu'elle dit encore : « Le voilà ! » Il se précipite et aperçoit deux chevaliers, l'un revêtu des armes du roi, l'autre de celles de Guerrehet ; il

---

1. Voir supra f. 164c.

cuide que ce soient il, mais no sont, ainz les a cele traïz. Et voit que cil dui se combatent a autres et deffandent, que il sont plus de vint. Et il lor cort aidier mout vistement. Et li dui cui il aidoit l'anbracent par les flans, si ruient a terre et lui et aus. Et li autre saillent, si li tolent l'espee a force et li aragent lo hiaume de la teste et dient que lo chief li coperont. Et il dit que se Dex li aïst, que ce li est bel, ne ne lor velt fiancier prison. Et il lo prannent, si lo moinent an prison a une part. Et vont a Galehot (*f. 167a*) et font un chevalier armer des armes Lancelot. Et Galehot lo voit combatre, si escrie les autres. Et il acorent, mais il trovent les portes mout bien fermees, si ne puent chascuns passer la soe. Et il ont pris Galehot, et puis redesferment la poterne, si pranent monseignor Gauvain. Mais mout i ot grant bataille ançois, car il ne faisoit se mervoilles non. Et puis repristrent Hestor, si les an moinent toz quatre en prison. Si ne volt Lanceloz por nelui fiancier la prison. Et il dient, donc lo giteront il an une chartre dom il n'istra ja mais. Et s'il velt, il sera desliez par sa foi. Et il dit que il ne dessirre que la mort, mais li autre li dient que fiant ; si sont ansi remex an une chanbre, tuit deslié.

Cele nuit fu mout la reine a malaise d'atandre. Et quant Lyonniaus voit que il ne vanront, si va dire la reine que ansi les an a menez une damoiselle. Et li conte ansi com il l'avoit oï conter. Et qant ele l'ot, si sopire et dit : « Il sont traï. » Si commance mout grant duel a faire. Au matin pandirent cil [del chastel] les quatre escuz as creniaus avoc les autres deus. Et qant la reine les vit, sachiez que ele ot assez dolor et miauz amast sa mort que sa vie. Et il estoit jorz d'asenbler.

Qant la novelle vint as compaignons monseignor Gauvain, si n'i ot que correcier. Lors dit messires Yvains que il covenoit la reine conseillier, car or a ele trop grant duel,

croit que ce sont eux, mais il se trompe, car elle les a trahis. Comme il voit ces deux chevaliers se défendre et se battre contre d'autres, qui sont plus de vingt, il court leur porter secours. Mais les deux à qui il voulait prêter main-forte le saisissent à bras le corps et le plaquent à terre, sous eux. Les autres s'élancent, lui enlèvent de force son épée, lui arrachent son heaume et lui disent qu'ils vont lui couper la tête. Mais il leur répond que «Dieu en est témoin, cela lui plaît», car il refuse de se constituer leur prisonnier sur parole; alors ils se saisissent de lui et vont l'enfermer quelque part. Puis ils rejoignent Galehaut, *(f. 167a)* après avoir fait prendre à un chevalier les armes de Lancelot; en voyant celui-ci se battre, Galehaut donne l'alarme aux autres, qui accourent; mais les portes ayant été soigneusement fermées, chacun est arrêté. Ils se saisissent de Galehaut, puis ils rouvrent la poterne et prennent monseigneur Gauvain, non sans qu'il se soit superbement défendu; enfin ils s'emparent d'Hector et ainsi tous les quatre sont emmenés prisonniers. Mais Lancelot, pour rien au monde, ne veut donner sa parole; ils le menacent de le jeter dans une geôle dont il ne sortira jamais, tandis que s'il cède, on le laissera sans entraves, sur sa parole; il affirme qu'il ne désire que la mort; pourtant ses compagnons finissent par le persuader de jurer et c'est ainsi qu'ils sont tous mis dans une même pièce, sans aucune entrave.

Cette nuit-là, la reine se tortura à attendre. Voyant qu'ils ne viendraient pas, Lionel s'en va lui dire qu'une demoiselle les avait emmenés et il lui raconte ce qu'il avait entendu cette demoiselle leur dire. Devant ces informations, elle gémit : « Ils sont trahis ! » et elle se laisse aller à une grande douleur. Le matin, ceux du château suspendirent aux créneaux les quatre écus avec les deux autres. Quant la reine les vit, soyez sûrs qu'elle fut désespérée et qu'elle aurait préféré mourir. En effet le moment de la bataille était arrivé.

Quand la nouvelle parvint aux compagnons de monseigneur Gauvain, ce fut une indignation générale. Monseigneur Yvain dit qu'il convenait d'assister la reine dans son immense peine;

si va a li par lo congié des dis set et la fait apeler au degré. Et ele vient mout liee qant ele set que ce est il.

« Dame, fait il, ge vos alasse veoir laianz, mais ge ne puis antrer an nulles des maisons lo roi Artu devant que nostre queste soit achevée do tot. Mais ge vos vaign conforter, Et ne soiez trop esmaiee, que, se Deu plaist, vos avroiz consoil. Mais savez vos novelles de monseignor Gauvain ? »

« Nenil, » fait ele.

« Il est, fait il, an ce chastel, et troi des meillors chevaliers do monde, si ne sait qui il sont. »

Lors chiet la reine a monseignor Yvain as piez et li prie que il ait pitié de l'annor lo roi et de li. Et il l'an lieve contramont et plore il meïsmes, por ce que *(f. 167b)* il la vit plorer, car nulle dame ne fu onques si amee des genz son seignor comme la reine Guenievre fu.

Ce jor fu messires Yvains an leu do roi Artu, car ce que il commande est fait. Et Quex li seneschauz porta la grant anseigne, si comme ses droiz estoit. Et furent ordonees les batailles. Et lors asanblerent li Yrois et li Saisne as genz lo roi de Bretaine, comme cil qui tot cuidoient avoir gahaignié por lo roi et por ses conpaignons qui estoient an prison. Ce jor sist li rois Ydiers sor un cheval, qu'i[l] ne cuidoit meillor o monde, et por ce que il l'amoit tant, lo fist il tot avant covrir de fer. Et après fist une chose don an parla avant an mal, mais puis li fu do tot a bien tenu ; ne onques mais n'avoit esté avant veü, ne ja mais ne remanra ; car il fist une baniere de ses armes et dit qu'il la baoit a porter la o baniere ne porroit aler ; et savoit

avec l'accord des dix-sept quêteurs[1], il se rend auprès d'elle et la fait appeler à l'escalier ; elle arrive, bien aise d'apprendre que c'est lui, et il lui dit :

« Dame, je serais bien allé jusqu'à vous, mais je ne puis entrer dans aucune demeure du roi Arthur avant que notre quête soit complètement achevée. Néanmoins je viens vous réconforter : ne vous affolez pas ; s'il plaît à Dieu, vous serez secourue. Avez-vous des nouvelles de monseigneur Gauvain ?

– Non, fait-elle.

– Il est dans ce château, ainsi que trois des meilleurs chevaliers du monde, mais j'ignore qui ils sont. »

À ces mots, la reine tombe aux pieds de monseigneur Yvain et le supplie d'avoir pitié de l'honneur du roi et du sien. Il la relève, avec des larmes (f. 167b) de compassion, car il la voit pleurer et jamais dame ne fut aimée des gens de son époux comme le fut la reine Guenièvre.

Ce jour-là, monseigneur Yvain prit la place du roi Arthur : on obéit à ses ordres. Le sénéchal Keu porta la grande bannière, comme cela lui revenait. On disposa les troupes de combattants. Les Irlandais et les Saxons engagèrent la lutte contre les troupes du roi de Bretagne, s'imaginant déjà avoir la victoire parce qu'ils détenaient prisonniers le roi et ses compagnons.

Ce jour-là le roi Yder montait le meilleur cheval qu'il pensait devoir être au monde ; il y tenait tant qu'il lui avait fait couvrir de fer le poitrail et la tête. Puis il fit une chose qui d'abord attira les critiques, mais ensuite les éloges ; on n'avait jamais encore rien vu de pareil et on ne le verra plus ; il fit faire une bannière[2] portant ses armes et déclara qu'il aspirait à la porter là où une bannière ne pourrait aller, et qu'il était si sûr

---

1. Guerrehet ne faisait pas partie des vingt quêteurs de Lancelot (voir f. 114b) ; ici il est compté parmi eux ; avec Gauvain prisonnier, et Yvain qui prend l'affaire en main, il reste bien dix-sept interlocuteurs.

2. La *baniere*, symbole du *ban* (pouvoir), ne peut être portée que par un roi, un seigneur ou un chevalier possédant assez de terre pour entretenir des hommes d'armes (le chevalier *banneret*) ; les simples chevaliers se contentent du *pennon*.

La *coverture* se mettait d'abord sous la selle du cheval. Avec le temps, elle s'agrandit et se prête de plus en plus au luxe. *Ces covertures*, démonstratif et pluriel de référence et de notoriété.

son cheval tant a bon que il voloit que tuit recovrassent a lui li desconfit. Et la baniere estoit mout bele, car li chans estoit blans a grandimes roes vermeilles, si fu li chans de cordoan, et les roes d'escarlate d'un drap vermoil d'Angleterre. Ne tant com an porta a ce tans ces covertures n'estoient eles se de cuir non ou de drap, ce tesmoignent li droit conte, por ce que plus anduroient.

Cel jor lo firent bien li compaignon lo roi par l'amonestement monseignor Yvain, c'onques si bien la bataille ne fu faite sanz lo cors lo roi Artu, ne onques n'i ot un sol qui assez n'i feïst d'armes. Mais que que il firent ne fu riens aprés les proeces lo roi Ydier. Cil vainqui tot, et d'une part et d'autre. Et por ce que il avoit dit que tuit recovrassent a son conroi, sofri il tant lo jor que il ne vesquié onques puis jor que il n'an fust mehaigniez, car onques puis que il antra an la bataille, n'ot lo hiaume fors de la teste, ne ne rusa de la o il tenoit ses piez, ne ne foï. Et li chevax estoit si bons que miaudres ne pooit estre. Si sofri *(f. 167c)* tant li bons chevaus soz lui que il ot trois plaies o cors et que tote la coverture fu depeciee, si fu si coverz, que de son sanc, que de l'autrui, que toz estoit vermoil et chevalier et cheval. Et crioient et amont et aval li Yrois que tot avoit vaincu Ydiers. Et il disoit, desor lo cheval o il seoit, que Dex lo tenist an ce que il avoit ampris sanz fauser et sanz ruser, et au partir li donast Dex la mort, car ja mais n'avra si bone jornee ne si belle.

Tant sofri lo jor li rois Ydiers et tant i fist d'armes et il et li compaignon lo roi Artu que li Saisne se desconfirent et tornerent les dos. Et la chace commance trop granz, si ont assez perdu. Et les genz lo roi Artu les anchaucerent mout durement. Et toz li mondes regardoit lo cheval Ydier a mervoilles, car nule beste qui a jornee aüst a corre ne corut onques si tost ne si delivrement com il

de la qualité de son cheval qu'il voulait que tous ceux qui seraient mis en déroute se rallient à lui. La bannière était fort belle avec son champ blanc semé d'énormes roues vermeilles ; ce champ était fait en cuir de Cordoue et les roues en un drap d'écarlate vermeille d'Angleterre. Et autant qu'on en porta en ce temps-là, les couvertures de cheval n'étaient qu'en cuir ou en drap, pour leur plus grande solidité, comme en témoignent les relations véridiques.

Ce jour-là, encouragés par monseigneur Yvain, les compagnons du roi se conduisirent si bien que jamais si belle bataille ne fut livrée sans la personne du roi Arthur, et tous multiplièrent les faits d'armes. Mais quoi qu'on fît, ce ne fut rien en comparaison des exploits du roi Yder. Il remporta le prix, d'un côté comme de l'autre. Comme il avait déclaré que tous devaient se rallier à son équipement[1], il essuya tant de coups ce jour-là que toute sa vie il en resta infirme ; depuis son entrée dans la bataille en effet, il ne quitta pas son heaume, il ne recula pas de ses positions, il ne prit pas la fuite. Son cheval était extraordinaire : cette vaillante bête *(f. 167c)* endura tant sous son maître qu'elle reçut trois blessures en plein corps et que toute sa couverture fut mise en pièces : il n'était plus couvert que de son sang et de celui de son maître : le cavalier et le cheval faisaient une masse vermeille. Les Irlandais criaient de partout qu'Yder avait toute la victoire. Lui, sur son cheval, demandait à Dieu de le maintenir dans ce qu'il avait entrepris, sans devoir reculer ni manquer à son engagement, et à la fin, de lui donner la mort, car jamais il ne retrouverait une journée si belle et si féconde.

Ce jour-là donc, le roi Yder, résista si bien et montra tant de prouesse, imité par les compagnons du roi Arthur, que les Saxons furent mis en déroute et tournèrent le dos. La poursuite commença, énorme, et leurs pertes furent grandes. Les hommes du roi Arthur les talonnèrent avec acharnement. Tout le monde regardait le cheval d'Yder avec émerveillement : pas une bête qui avait dû galoper ce jour-là ne se livra comme elle à une

---

1. Ici, le *conroi* est l'équipement distinctif d'Yder, c'est-à-dire sa bannière et la housse de son cheval (*couverture*).

corroit an la chace. Et elle dura mout, et mout i chaï et des uns et des autres. Si avint chose que li rois Ydiers s'an vint par desus un Saisne qui chaüz estoit, et cil tenoit l'espee tote nue, si feri lo cheval au roi Ydier parmi lo vantre, si que toz fu fanduz jusque anz es annes. Et puis corut il mout, et totevoies chaï desoz lo roi Ydier. Et il avoit mout perdu de sanc, et tote la chace li ala par desus lo cors, si remest pasmez a la terre. Et la reine Guenievre i corut antre li et les dames et an aporterent a lor [cous lo] cors lo roi. Et cuidoit toz li mondes que il fust alez sanz recovre. Si [fu] portez an la chambre la reine, si lo plaignent et regratent les plus hautes dames do monde. Et les genz lo roi orent chacié jusque a Malaguiene, un mout fort chastel qui ert as Saisnes. Et si an retornerent a mout grant planté de prisons, et mout en ont ocis. Et lors s'areste li hoz plus pres de la roiche. Mais durement n'an pooient il mies estre pres, car la roiche estoit haute, si ne pooi[en]t pas sosfrir les carriaus ne les saietes qui d'amont venoient, ne de totes parz ne la pooient il mies *(f. 167d)* aseoir, car de l'autre part estoit li maraus si granz que riens nulle n'i antrast.

Ensi fu l'oz devant la roiche mout longuement, ne onques puis n'oserent asaillir li Saisne as genz lo roi de mout grant piece, ainz se penerent d'anvoier querre genz par tot lor pooir. Et les genz lo roi revenoient de totes parz, car l'an savoit par tot ja que li rois estoit pris. Ansin est l'oz logiee devant la roiche, et eschargaitent nuit et jor, et sont chascun jor et chascune nuit deus cenz chevaliers armez desoz la porte devers l'aigue por gaitier que l'an n'an maint lo roi ne ses compaignons.

poursuite aussi rapide ; celle-ci dura longtemps et beaucoup tombèrent de part et d'autre. Il arriva que le roi Yder dut passer par-dessus un Saxon qui avait été renversé et qui tenait brandie son épée dégainée : il en pourfendit le ventre de son cheval jusqu'aux aines ; celui-ci galopa longtemps encore, mais il finit par s'écrouler sous le roi Yder, qui, ayant perdu beaucoup de sang, le corps foulé par tous les poursuivants, resta à terre, évanoui. La reine Guenièvre et les dames coururent à lui et le rapportèrent en tenant son corps suspendu à leurs cous. Tout le monde pensait que c'en était fait de lui, irrémédiablement. On le transporta dans la chambre de la reine, où les plus nobles dames le plaignirent et le regrettèrent[1].

Les gens du roi avaient mené la chasse jusqu'à Malaguiène, une puissante forteresse qui appartenait aux Saxons ; de là ils revinrent avec une foule de prisonniers, après avoir fait aussi bien des morts. L'armée prend alors position plus près de la Roche, mais sans pouvoir s'installer au pied, car elle était haute et l'on ne pouvait endurer les flèches et les traits qui en pleuvaient ; on ne pouvait pas non plus l'encercler *(f. 167d)* car, derrière, il y avait le marais, si vaste que personne n'aurait voulu y entrer.

L'armée se tint ainsi fort longtemps devant la Roche ; les Saxons n'osèrent plus pendant tout ce temps opérer une sortie contre les troupes du roi, mais ils s'efforcèrent par tous les moyens de faire venir du secours. De leur côté, les vassaux du roi affluaient de partout, car la nouvelle s'était répandue partout que le roi était prisonnier. Ainsi l'armée campe devant la Roche ; il y a des sentinelles nuit et jour, de plus, deux cents chevaliers, nuit et jour, montent la garde en armes au pied de la porte qui regarde vers l'eau, afin d'empêcher que l'on emmène le roi et ses compagnons.

---

1. Yder avait déjà eu son nom inscrit pour avoir été un des quatre preux à avoir passé le Pont Norgalois, voir f. 161b.

Or si dit li contes que Lanceloz est laianz tex conreez que il ne boit ne ne manjue por nul confort que l'an li face, et fait tel duel a jornee que nuns ne lo puet conforter. Et il a la teste voide, si li est montee une folie et une raige o chief si durement que riens ne puet a lui durer. Ne n'i a nuns de ses compaignons cui il n'ait faites deus plaies ou trois. Si lo prant li jaoliers, si lo met an une chanbre par soi et voit bien que il est enragiez sanz guille, si an a il meïsmes mout grant pitié. Et Galehoz si prie au jaollier que il lo mete avoc; et cil ne velt, car il dit que cil lo tueroit.

«Ne vos chaut, biaus amis, fait il, car miauz voudroie ge que il me tuast que il se departist de moi.»

Et cil est fel, si n'an vost rien faire. Et tant vait la parole que la dame de la roiche l'ot dire, se lo vait ele meïsmes veoir et demande au jaolier qui il est. Et il dit que li autre dient que il n'a danree de terre.

«Ostez, fait ele, ce seroit don pechiez mortex se l'an [ne] lo laisoit aler. Mais ovrez li la porte desoz.»

Et c'estoit la porte qui estoit devers les genz lo roi Artu,

CHAPITRE LXIX

Folie et guérison de Lancelot.
Exploits contre les Saxons. Lancelot, Galehaut,
Hector, compagnons de la Table Ronde.
Deuxième voyage en Sorelois.
Les malheurs et le songe de Galehaut.

Selon le conte, à présent, Lancelot se trouve en ces lieux dans un tel état qu'il ne boit ni ne mange, malgré tous les encouragements qu'on peut lui prodiguer, et toute la journée il mène une telle douleur que personne n'arrive à le calmer. Son crâne se vide et il lui monte à la tête une telle folie furieuse que rien ne lui résiste. Il n'y a pas un de ses compagnons à qui il n'ait fait deux ou trois blessures. Le geôlier finit par l'isoler dans une chambre : il voit bien que sa folie furieuse n'est pas feinte, et il en a lui-même grand pitié. Galehaut le prie alors de le mettre avec Lancelot ; mais l'autre refuse, disant que celui-ci le tuerait.

« Peu vous importe, mon ami, fait Galehaut : je préférerais qu'il me tue plutôt que d'être séparé de lui. »

Mais l'autre, avec dureté, n'en veut rien faire. Le bruit s'en répand et parvient jusqu'à la dame de la Roche ; elle décide d'aller en personne le voir et demande au geôlier qui il est ; il répond que les autres disent qu'il n'a pas un denier de terre[1].

« Par exemple ! fait-elle, ce serait donc un péché mortel de ne pas le laisser aller[2]. Ouvrez-lui plutôt la porte d'en bas. »

C'était la porte qui faisait face aux hommes du roi Arthur,

---

1. La pauvreté de Lancelot n'est ni ancienne, ni naturelle : il a été déshérité par Claudas ; cette condition transpose la pauvreté des héros de conte populaire.

2. L'enchanteresse veut dire qu'il serait alors inhumain de le garder pour une rançon. La référence à un péché mortel est une phrase d'auteur, difficilement compatible avec la nature de l'enchanteresse. Par ailleurs, au Moyen Âge, les fous sans famille ni protecteur étaient laissés en liberté, ce qui en faisait souvent les souffre-douleur des foules.

si estoit o pandant de la roiche et tres desus l'aive. Si an i avoit une qui marveillosement estoit close, que il n'i avoit fermeüre fors de l'air, et fu avis a toz cels qui la veoient que l'an i poïst antrer tot sanz arest, mais nule *(f. 168a)* riens n'i pooit antrer que cil dedanz solement. Et sil s'an isoient et antroient totes les foiz que il voloient par la force qui estoit faite des anchantemenz. Par cele posterne issoient les genz de laianz por asaillir sovant et menu, et si tost com il pooient metre lor piez dedanz, si n'avoient garde de l'ost.

Quant Lanceloz fu hors mis et Galehoz sot la novelle, si en ot si grant duel que par un po il n'anrajoit vis, et est a ce atornez que il ne boit ne ne menjue. Et Lanceloz est an l'ost, si lo dotent tuit et fuient por les mervoilles que il fait. Et vient tant que il est venuz devant l'ostel la reine, qui estoit as fenestres. Et qant ele lo voit, si se pasme, car toz li mondes lo seüst comme celui qui est hors do san. Et qant ele revient de pasmoison, si dist a la dame de Malohaut, qui antre ses braz la tient, que ele morra ja.

« Dame, fait ele, que avez vos aü ? »

Et ele li conte.

« Ha ! dame, fait ele, por Deu merci, or n'i a que do celer, car se devient il se fait fox por vos veoir, et se il [est] hors de son sen, nos lo tanrons tant que il sera gariz. »

Et la reine l'i anvoie. Et puis s'est ferue an une chanbre, car ele se cremoit pasmer por lui. Et qant ele i est, si n'i puet durer, ainz revient hors por lui veoir. Et la dame de Malohaut vient a lui, si lo volt panre par la main ; et il cort as pierres por li tuer. Et ele commance a crier comme fame, et la reine l'escrie. Et si tost com il l'ot, si s'asiet et met ses deus mains devant ses iauz com hom hontous, ne ne s'an volt lever por rien nule. Ne cele de Malohaut n'ose aler avant. Et la reine Guenievre vient hors, si lo prant par la main et li commande que il se liet. Et il se lieve maintenant, et ele l'an moine an haut an une chanbre. Et ces dames demandent qui il est, si i a de tex qui dient que ce est uns des meillors chevaliers

sur la pente de la Roche et juste au-dessus de l'eau. Il y en avait une autre, qui était fermée magiquement, car rien d'autre ne la fermait que l'air, et tous ceux qui la voyaient croyaient qu'on pouvait y entrer sans aucun obstacle, mais personne (*f. 168a*) ne pouvait le faire, en dehors des assiégés ; ils sortaient ou entraient autant qu'ils le voulaient, et cela par la vertu des enchantements. Ainsi, par cette poterne, les assiégés faisaient de fréquentes et rapides sorties, et dès qu'ils pouvaient remettre les pieds à l'intérieur, ils ne craignaient plus rien des assiégeants.

Quand Lancelot fut mis dehors, et que Galehaut le sut, ce dernier en éprouva une si grande douleur qu'il en devint presque fou de rage et en perdit le boire et le manger. Lancelot, lui, se retrouve dans le camp des assiégeants, mais tous le redoutent et s'enfuient devant ses extravagances. Il finit par arriver devant le logement de la reine qui regardait à l'une des fenêtres. À sa vue, elle s'évanouit, car la foule le poursuivait comme on fait avec ceux qui ont perdu la raison. Quand elle revient à elle, elle se retrouve entre les bras de la dame de Malehaut et elle lui dit qu'elle se sent mourir.

« Dame, fait celle-ci, qu'est-ce qui vous a pris ? »

La reine s'explique et l'autre s'écrie :

« Ah ! dame, Dieu merci, il n'y a qu'à entrer dans son jeu, car peut-être feint-il la folie pour vous voir ; ou bien, s'il a vraiment perdu la raison, nous le garderons jusqu'à ce qu'il soit guéri. »

La reine l'envoie auprès de Lancelot ; elle-même s'est d'abord précipitée dans une chambre, craignant de s'évanouir à sa vue ; mais une fois là, elle ne peut tenir et ressort pour le voir. La dame de Malehaut le rejoint et veut le prendre par la main ; mais il court saisir des pierres pour la tuer et elle pousse des cris, comme une femme qu'elle est, et la reine crie aussi pour l'arrêter ; à peine l'a-t-il entendue, qu'il s'assied, se met les deux mains devant les yeux, comme pris de honte, sans plus du tout vouloir se lever. La dame de Malehaut n'ose plus approcher ; mais la reine Guenièvre sort, le prend par la main et lui commande de se lever ; aussitôt il obéit et elle l'emmène dans une chambre à l'étage. Les dames de sa suite demandent qui il est ; au dire de certaines, c'est un des meilleurs chevaliers

do monde. Ne nuns no puet faire ester am païs que la reine solement. Et si tost com ele li commande a ester am païs, ja puis ne se movra. Si an *(f. 168b)* fait la reine tant que toz li siegles s'an mervoille. Et ele anvoie querre Lyonnel, et il vient; mais il ne puet rien faire, car qant il toche a lui, et Lanceloz li cort sus. Si ne se muet la reine de delez lui.

Ensins est Lancelot laianz et gist devant la reine. Et ele fait totes les nuiz estaindre cierges et tortiz, que la clartez, ce dit, l'ocit. Puis lo couche aveques li et fait tote nuit tel duel que mervoilles est comment ele dure. Mais chascuns cuide que ce soit proprement por lo roi.

Ensi dure longuement li diaus la reine et la forsenerie Lancelot, tant que un jor avint que li Saisne furent venu sor l'ost et i ot ja de granz meslees assez et d'une part et d'autre. Et Lanceloz dormait, si n'avoit mais dormi de onze jorz, et la reine an ot grant joie mout. Et qant ele oï lo cri, si se lieve sus plus coiement que ele puet, si voit tot lo monde qui asaut d'une part et d'autre, et ele se pasme maintenant. Et la dame de Malohaut la reprant antre ses braz. Et qant ele est revenue de pasmoisons, si l'an blasme mout et dit :

« Dame, por coi vos ociez vos ? »

« M'aï[t] Dex, fait ele, que ge ai droit, car ge voi tot lo monde mort, si doi bien morir aprés. »

Lors fait tel duel que nuns ne la puet conforter ne chastier. Puis revient a Lancelot. Et si tost com ele lo voit, si se pasme ; et qant ele est revenue, si dit :

« Ha ! la flors des chevaliers do monde, com est granz domages que vos n'iestes autresin sains com vos estiez, n'a gaires ! Com fust ores a chief menee ceste mortex bataille ! »

Et qant il antant que ele regrate ses faiz et son joster et son ferir, si saut sus et voit au chief de la chanbre pandre l'escu que la Pucelle do Lac avoit anvoié la reine. Et il giete les poinz, si l'aert et met la guige a son col et les anarmes an son poign. Et il voit un glaive an un hantier, qui estoit viez et anfumez, et il cort, si lo prant. Puis s'adrece a un piler de pierre reont et fiert do glaive si durement *(f. 168c)* que trestoz li fers an vole en pieces. Et qant il a ce fait, si est si vains que il ne

du monde. Seule, la reine peut le faire tenir en paix : lui donne-t-elle l'ordre de rester tranquille, il ne bougera plus. Ces résultats (*f. 168b*) qu'obtient la reine soulèvent l'étonnement général. Ensuite, elle envoie chercher Lionel, qui arrive ; mais celui-ci ne peut rien faire, car dès qu'il le touche, Lancelot se précipite sur lui ; la reine ne le quitte donc pas. C'est ainsi que Lancelot se trouve dans ces lieux et couche devant la reine ; toutes les nuits, elle fait éteindre les cierges et les torches, dont la lumière, dit-elle, lui fait le plus grand mal. Alors elle le prend à côté d'elle et toute la nuit, elle éprouve un tel chagrin qu'il est étonnant qu'elle tienne. Mais chacun croit que c'est précisément à cause du roi.

Le désespoir de la reine et la folie de Lancelot duraient depuis longtemps, quand il arriva qu'un jour les Saxons firent une sortie sur les assiégeants ; déjà de part et d'autre, il y avait eu maintes dures mêlées. Lancelot dormait, ce qui ne lui était pas arrivé depuis onze jours, et la reine en était très heureuse. En entendant les clameurs, elle se lève le plus doucement possible, et à la vue de tous les assauts, elle tombe évanouie. La dame de Malehaut la prend à nouveau dans ses bras et quand celle-ci a retrouvé ses esprits, elle lui reproche :

« Dame, pourquoi vous tuer ainsi ?

— Par Dieu, répond-elle, c'est bien juste : je vois tant de morts que je dois bien mourir aussi ! »

Elle a tant de peine que personne ne peut lui faire des reproches ou la réconforter. Elle revient à Lancelot, mais à peine le voit-elle qu'elle tombe encore évanouie ; revenue à elle, elle gémit :

« Ah ! le plus beau des chevaliers du monde, quel dommage que vous ne soyez pas aussi sain d'esprit que naguère ! Comme on viendrait à bout de cette mortelle bataille ! »

En entendant qu'elle regrette ses exploits à la joute et à l'épée, Lancelot bondit et voit suspendu à l'extrémité de la chambre l'écu que la Pucelle du Lac avait envoyé à la reine. Il l'empoigne, le décroche et passe la guige autour de son cou, les énarmes à son poignet. Il voit ensuite dans un porte-lances une vieille lance, noircie par la fumée : il court la saisir. Puis il va droit sur une colonne ronde, en pierre, et frappe si fort (*f. 168c*) que le fer vole en morceaux. Après cela, il est si faible qu'il ne

se puet sostenir, ainz chiet jus, si se pasme. Et qant il revient de pasmoisons, si demande ou il est. Et il li dient que il est an l'ostel a la reine Guenievre. Et qant il l'ot, si se repame ; et qant il revient de pameisons, si demande la reine comment il li a hui esté. Et il li redemande tantost o est ses sires et messires Gauvains. Et eles li dient que il sont an la roiche an prison.

« Hé ! Dex, fait il, que n'i suis ge donc ! Mout fust or miauz que ge morise avoques els que ci, puis que ma dame n'est ci. »

Et lors s'aparçoit la reine que il est an son san, si lo prant antre ses braz et dit :

« Biaus dolz amis, veez me ci. »

Et tantost ovre cil les iauz, si la conoist et dit :

« Dame, or vaigne qant ele voldra, puis que vos iestes ci. »

Et totes les dames se mervoillent de coi il dit, et il dit de la mort. Et lors li demande la reine :

« Biaus dolz amis, conoissiez me vos ? »

« Oïl, dame, fait il, mout miauz de moi. »

« Et savez vos, fait ele, comment vos fustes an la roche am prison ? »

« Dame, fait il, la prisons de la roche m'a mort, car ge n'i manja onques, ne n'i bui, tant comme ge i fui. »

Et les dames commancent totes a plorer.

« Biaus dolz amis, fait la dame de Malohaut, conoissiez me vos ? »

« Dame, fait il, mout vos conois ge bien, car vos m'avez fait mainz maus et maintes honors. »

Lors sevent totes de voir que il est gariz, si li demandent comment il li estoit et quel mal il a aü. Et il dit que il ne set qel mal il a aü, mais il ne se sostanroit sor ses piez por tot lo monde. Et lors esgarde, si voit l'escu a son col, et dit.

« Ha ! Dex, cest escu qui me mist a mon col ? Ostez lo moi, car il m'ocit. »

peut tenir debout et il s'écroule, sans connaissance. Quand il revient à lui, il demande où il se trouve ; on lui dit qu'il est dans la demeure de la reine ; à ces mots il retombe évanoui, et quand il retrouve ses esprits, la reine lui demande comment il s'est senti ce jour-là ; mais lui, il demande aussitôt où est son seigneur et monseigneur Gauvain ; les dames lui disent qu'ils sont en prison sur la Roche.

« Hélas ! mon Dieu, que n'y suis-je donc ! Puisque ma dame n'y est pas, il vaudrait mieux que je meure avec eux plutôt qu'ici ! »

À ce moment-là la reine comprend qu'il retrouve la raison : elle le prend dans ses bras et lui dit :

« Mon tendre ami, me voici ! »

Il ouvre grands les yeux, la reconnaît et dit :

« Dame, elle peut donc venir quand elle voudra, puisque vous êtes ici. »

Toutes les dames s'étonnent de ce qu'il dit, et il leur explique qu'il parle de la mort. La reine lui demande alors :

« Mon tendre ami, me reconnaissez-vous ?

— Oui, dame, beaucoup mieux que moi-même.

— Vous rappelez-vous comment vous avez été dans la prison, sur la Roche ?

— Dame, cette prison m'a tué : je n'ai ni mangé, ni bu tout le temps que j'y ai passé. »

Les dames se mettent toutes à pleurer et la dame de Malehaut lui dit :

« Mon tendre ami, me reconnaissez-vous ?

— Dame, lui répond-il, fort bien : vous m'avez apporté maints tracas et maints honneurs[1]. »

Toutes sont désormais certaines qu'il est guéri et lui demandent quel mal il avait eu, comment il se sentait ; il leur répond qu'il ne sait pas ce qui l'avait pris et qu'il n'arriverait absolument pas à tenir sur ses pieds. Mais ses yeux tombent sur l'écu suspendu à son cou et il se met à crier :

« Ah ! mon Dieu, qui a mis cet écu à mon cou ? Otez-le-moi, il me tue ! »

---

1. Voir t. I, p. 728 et 793.

Et elles li ostent. Et si tost com elles li ont osté, si saut sus et est autresin forsenez comme devant, si s'an torne fuiant aval la sale. Et com la reine lo voit, si se pasme.

En ce que la reine gist pasmee, antra laianz une damoiselle mout granz et mout belle et mout gente, vestue d'un drap de soie, blanc comme nois. Et aprés li vinrent damoisclles jusque (*f. 168d*) a trois et trois chevaliers et valez jusque a dis. Si monta la damoiselle et les trois pucelles es chanbres la reine amont. Et ele fu revenue de pasmoisons, si oï la noise que l'an dit : « Bienvaignant, dame. » Si tert ses iauz et li vait a l'ancontre et la prant antre ses braz et dit que bien soit ele venue. Si s'asient an une couche et commancent a parler ansenble. Et li huis de la maistre chanbre furent fermé sor Lancelot, et il commance a forsener et a peçoier les huis. Or n'estoit nus si hardiz qui l'osast ovrir. Et la damoiselle li demande qui ce est. Et la reine li dist an sopirant, ne ne puet muer que les lermes ne li vienent as iauz ; et dit que ce est uns chevaliers dom il est trop granz dolors, car ce estoit uns des meillors do monde. Or si est chaüz an une forsenerie si grant que riens n'i puet a lui durer.

« Ha ! dame, ovrez l'uis et faites lo moi veoir. »

« Ha ! dame, fait la reine, il est oramdroit plus crueus que il ne fu onques mais. »

Si li conte coment il ere orandroit gariz, et comment il refu forsenez si tost comme li escuz li fu ostez do col.

« Dame, fait ele, si feroiz. Ovrez l'uis, car ge lo verroie volantiers. »

Lors fait la reine l'uis ovrir, et Lanceloz velt saillir fors. Et la damoiselle lo prant par lo poig et lo nome par un non que ele lo soloit nomer qant ele lo norrisoit ou lac, car c'estoit cele qui au lac l'avoit norri et si li avoit mis non li Biaus Trovez. Et si tost com ele lo noma, si s'areste et mout est hontous. Et ele dit que l'an li aport l'escu, et l'an li aporte.

« Ha ! fait ele, biaus dolz amis, tant m'avez travailliee que por vostre delivrance suis venue de mout lointaignes terres. »

Puis li met l'escu au col. Et il soffre qanque ele li velt faire.

Elles le lui enlèvent, mais dès qu'il ne l'a plus, il bondit, recommence à courir comme un forcené, et descend de la salle en fuyant. Devant ce spectacle, la reine s'évanouit.

Tandis qu'elle était encore inconsciente, une demoiselle arriva, grande, belle, distinguée, vêtue d'une étoffe de soie blanche comme la neige ; derrière elle venaient jusqu'à trois demoiselles (*f. 168d*), trois chevaliers et dix écuyers. Cette demoiselle et les trois jeunes filles montèrent dans les appartements de la reine. Elle était revenue à elle et avait entendu le bruit et l'agitation que faisaient les souhaits de bienvenue. Elle essuie ses yeux, va à la rencontre de la demoiselle, la prend dans ses bras et lui souhaite la bienvenue ; elles s'asseoient sur un lit et engagent la conversation. Les portes de la chambre principale avaient été refermées sur Lancelot, mais pris d'un accès de folie, il tentait de les briser. Personne n'avait le courage de lui ouvrir. La demoiselle demande à la reine qui c'est ; elle répond par des soupirs, sans pouvoir empêcher les larmes de lui monter aux yeux, puis lui dit que c'est un chevalier dont le sort est lamentable, car c'était un des meilleurs au monde et il est devenu fou au point que personne ne peut lui résister.

« Ah ! dame, ouvrez la porte et laissez-moi le voir.
– Hélas ! il est en ce moment plus déchaîné que jamais. »

Et la reine lui raconte comment il était guéri quelques instants auparavant et comment il était retombé dans sa folie dès que l'écu lui avait été enlevé du cou.

« Dame, j'insiste, ouvrez la porte, je voudrais le voir. »

La reine fait alors ouvrir la porte et Lancelot allait s'élancer, quand la demoiselle le prend par le poing et l'appelle d'un nom qu'elle lui donnait habituellement quand elle l'élevait au lac (car c'était celle qui l'avait élevé au lac) : celui de Beau Trouvé[1] dont elle l'avait surnommé. À peine a-t-elle dit ce nom, qu'il s'arrête, tout honteux. La demoiselle se fait apporter l'écu.

« Hélas ! mon doux ami, je me suis fait tant de tourment pour vous que je suis venue de bien loin pour votre délivrance ! »

Elle lui suspend l'écu au cou sans qu'il lui oppose quelque

---

1. Voir t. I, p. 98.

Et si tost com ele li a mis, si rest an son san; et ele lo prant, so met an une couche gesir. Et il la conoist, si commance a plorer mout durement. Et la reine se mervoille mout qui ele puet estre. Et qant il est revenuz an son san, si voit l'escu a son col, si dit :

« Ha ! dame, ostez moi cest escu, car il m'ocit. »

« No ferai, fait ele. Il ne vos sera ostez devant que ge voudrai. »

Puis apelle une soe pucele, *(f. 169a)* si li fait traire d'un escrin un oignement mout riche. Et ele lo prant, si l'an oint les deus pous des braz et les tamples anmedeus et lo front et la fontenelle. Et si tost com ele a ce fait, si s'andort. Et la damoiselle revient a la reine, si li dit :

« Dame, ge m'an irai, se vos commandera a Deu. Mais gardez que cist chevaliers ne soit esveilliez tant com il voudra dormir ; et qant il s'esveillera de son gré, si soit si bainz apareilliez et lo faites antrer dedanz. Et lors sera toz gariz. Et gardez que il ne port se cet escu non tant com il porra durer an bataille. »

« Ha ! dame, fait la reine, dites moi qui vos iestes, car il m'est avis que lo chevalier conoissiez vos bien, puis que vos dites que vos iestes venue de lointiegnes terres por sa garison, a granz jornees. »

« Certes, dame, fait ele, jo doi bien conoistre, car jo norri an ses granz povretez, la o il perdi son pere et sa mere ; et fis tant a l'aide de Deu que il fu biaus vallez et granz. Et puis l'amenai a cort et fis tant vers lo roi Artu que il lo fist chevalier. »

Et qant la reine l'ot, si li cort au col et dit :

« Ha ! dame, vos soiez la bienvenue. Or cuit ge bien savoir qui vos iestes. Vos iestes la Damoiselle do Lac. »

Et cele dit que ce est voirs.

« Bele douce dame, fait ele, or vos pri ge por Deu que vos remanez çaianz une piece, por ma proiere et por la garison a vostre chevalier, car ge vos doi mout anmer, et vos iestes la dame o monde que ge devroie plus annorrer. Et bien sachiez que je vos ain tant que ge ne

résistance ; aussitôt, il retrouve la raison. Elle le fait allonger sur une couche ; alors il la reconnaît et se met à pleurer très fort. La reine se demande bien qui est la demoiselle. Quand il a retrouvé ses esprits, Lancelot découvre l'écu suspendu à son cou et s'écrie :

« Ah ! dame, enlevez-moi cet écu, il me tue !
— Non, lui dit-elle. On ne vous l'enlèvera que lorsque je le voudrai. »

Ensuite elle appelle une de ses suivantes (*f. 169a*) et lui fait sortir d'un écrin un très précieux onguent, dont elle lui frotte les deux poignets, les tempes, le front et le sommet du crâne ; à peine a-t-elle terminé qu'il s'endort. La demoiselle revient à la reine et lui dit :

« Dame, je vais vous recommander à Dieu et m'en aller. Mais veillez à ce que ce chevalier ne soit pas réveillé aussi longtemps qu'il voudra dormir ; quand il s'éveillera de lui-même, faites préparer un bain et qu'on l'y mette : alors il sera complètement guéri. Veillez aussi à ce qu'il ne porte que cet écu, aussi longtemps que l'arme pourra être bonne pour la bataille.

— Ah ! dame, fait la reine, dites-moi qui vous êtes : il me semble que vous connaissez bien le chevalier, puisque vous dites que vous êtes venue de loin, à grandes étapes, pour le guérir.

— En vérité, dame, je dois bien le connaître : je l'ai élevé alors que, dans la plus grande détresse, il avait perdu son père et sa mère ; avec l'aide de Dieu j'ai réussi à en faire un beau et grand jeune homme, et puis je l'ai conduit à la cour et j'ai obtenu du roi Arthur qu'il le fasse chevalier. »

À ces mots, la reine court la prendre par le cou, en lui disant :

« Ah ! dame, soyez la bienvenue. Maintenant je crois bien savoir qui vous êtes : vous êtes la Demoiselle du Lac. »

Celle-ci reconnaît que c'est la vérité.

« Ma tendre dame, reprend la reine, au nom de Dieu, je vous prie de rester quelque temps ici, parce que je vous le demande et pour avoir guéri votre chevalier ; je vous en dois beaucoup de reconnaissance et vous êtes la dame que je devrais honorer le plus au monde. Sachez bien que je vous aime plus que je ne

porroie rien plus amer, car vos m'avez fait des greignors servises qui onques fussient fait, que vos m'anvoiastes cel escu la, que j'ai si bien esprové, que onques ne m'an mandastes rien de l'escu que ge n'aie trové. »

« Dame, dame, fait cele do lac, bien sachiez que vos verroiz ancor greignors mervoilles de l'escu que n'en avez veües. Que que il an est avenu savoie ge bien, et por ce lo vos anvoié ge; car ge veoie bien que ge no porroie en nul leu anvoier o il fust tant amez. Et sachiez bien que, por la grant proece que an lui devoit estre, lo norri ge tant que il fust *(f. 169b)* si granz et si biaus comme vos lo veïstes a cort. Ne onques ne sot qui il estoit, ainz lo celoie ge por un chevalier que ge amoie par amors plus que nul home qui vive, car ge dotoie que se il lo saüst, que il i pansast autre chose. Si faisoie dire que il fust mes niés. Et ancor dirai ge, qant ge serai arrieres, que ge suis venue do roi Artu giter de prison. Et il an sera gitiez hors dedanz nuef jorz, et sachiez que cist lo gitera. Mais gardez bien que il ne port se cest escu non, car vos i troveroiz qanque ma pucelle vos dist qant ele lo vos porta a Qanpercoranti. Et si vos mandai par li une chose don ge fui mout dolante aprés, et si dotai que vos fussiez a malaisse; car ge vos mandai que ge estoie la dame o monde qui plus savoit de voz pensee[s] et qui miauz s'i acordoit, car ge amoie ce que vos amez. Et sachiez que ge ne l'ain fors por pitié de norreture, et por lui vos ain ge. Mais au partir vos enseignerai ge une chose, que ge vos ain, et m'an vois. Et ge vos pri que vos lo retenez et gardez, et amez sor totes riens celui qui sor tote rien vos aimme, et metez jus tot orgoil anvers lui, que rien ne valt : nulle rien ne prise anvers vos. Ne li pechié do siegle ne puent estre mené sanz folie, mais mout a grant raison de sa folie qui raison i trove et annor. Et se vos poez folie trover an voz amors, ceste folie est desor totes les autres annoree, car vos amez la seignorie et la flor de tot cest monde. Se vos poez de ce vanter que onques mais dame no pot faire, car vos

saurais aimer personne, car vous m'avez rendu l'un des plus grands services possibles en m'envoyant cet écu ; j'ai bien vérifié ce service : vous ne m'avez rien annoncé avec cet écu que je n'aie trouvé.

— Dame, dame, lui répond la Demoiselle du Lac, sachez bien que vous verrez avec lui de plus grandes merveilles encore. Tout ce qui est arrivé, je le savais bien et c'est la raison pour laquelle je vous l'avais envoyé ; je voyais bien que nulle part on ne l'aimerait autant. C'est pour la grande bravoure qui devait être la sienne que je l'ai élevé jusqu'au (*f. 169b*) jour où vous l'avez vu à la cour si beau et si grand. Personne ne savait qui il était, et je le cachais à cause d'un chevalier que j'aimais d'amour plus qu'aucun mortel, redoutant qu'en l'apprenant, il pense à autre chose[1]. Je faisais donc dire que c'était mon neveu. Quand je serai revenue, je dirai de même que je reviens de délivrer le roi Arthur de prison. Cela arrivera d'ici neuf jours et sachez que c'est lui qui le délivrera. Mais veillez bien à ce qu'il ne porte pas d'autre écu, car vous y trouverez tout ce que ma jeune fille vous a dit quand elle vous l'a apporté à Quimpercorantin. Pourtant je vous faisais savoir quelque chose qui m'inquiéta fort par la suite, parce que je craignais que cela vous gêne : je vous faisais savoir que j'étais la dame qui connaissait vos pensées et s'y accordait le mieux du monde, parce que j'aimais celui que vous aimez. Mais sachez ceci : je ne l'aime que de la tendresse que l'on a pour celui que l'on a élevé, et que je vous aime à cause de lui. En partant, je vous apprendrai encore quelque chose, par amitié pour vous et parce que je m'en vais : je vous prie de retenir, de garder et d'aimer par-dessus tout celui qui vous aime par-dessus tout ; bannissez tout orgueil envers lui, car cela ne sert à rien : il n'estime que vous. Les péchés du monde ne peuvent être faits sans folie, mais il a bien raison d'être fou celui qui trouve dans sa folie sa justification et son honneur. Et si vous pouvez trouver folle votre passion, cette folie est honorable entre toutes, car vous aimez le seigneur et la fleur de tous les mortels. Vous pouvez donc vous vanter de ce que jamais une dame n'a pu dire, puisque vous

---

1. Il est question de ce mystérieux ami à deux reprises, au t. I, p. 310.

iestes compaigne au plus preud[ome] do monde et dame au meillor chevalier do monde. Et an la seignorie novelle que vos avez n'avez vos mies po gahaignié, car vos i avez gahaignié lui avant, qui est la flors de toz les chevaliers, et moi aprés, qanque ge porroie faire. Mais atant m'an covient aler, car ge ne puis plus demorer. *(f. 169c)* Et sachiez que la greignor force qui soit m'an maine, c'est la force d'amors, car j'ain un chevalier qui ne set orandroit o ge suis. Mais uns suens freres est ci venuz aveques moi. Et neporqant ge n'ai mie garde qu'il se correçast a moi tant comme ge voldrai. Mais an doit autresin bien garder de correcier ce que l'an aimme comme soi meïsmes, car il n'est mies amez veraiement qui sor totes riens terrienes n'est amez. Et qui aimme par amor, il ne puet mies avoir joie se de ce non que il aimme ; don doit an amer la rien dont totes joies vien[en]t.

Mout ont parlé longuement jusque au vespre antre aus deus et mout se sont antracointiees et s'entrofrirent lor servises l'une a l'autre, tant que a ce est amenee la chose que la reine ne puet an nulle maniere retenir la damoiselle. Et qant la reine voit que ansins est, si ne l'an ose plus proier. Si s'antrecommandent a Deu, si monte la Demoiselle do Lac et s'an va entre li et sa compaignie. Et la reine remaint assez plus liee que ele ne fu mais pieç'a, si est venue devant Lancelot et ne se remue de la place devant que il s'esvoille. Et qant il est esveilliez, si se plaint mout. Et ele dit comment il li esta. Et il dit que bien, « mais trop suis foibles et si ne sai de coi. » Et ele ne li volt dire comment il a esté malades devant que il sera bien a garison tornez. Et li bainz est apareilliez, si lo moinent anz et an font tant com nulles dames puent faire d'un chevalier malade, tant que il respasse durement, que que il revient an sa biauté et an sa force. Et lors li content comment il a esté hors do san, et que nulle riens ne pooit a lui durer fors la reine solement.

« Et vostre Dame, qui vos norri, del Lac, fait la reine, fu çaianz. Et se ele ne fust, vos ne fussiez ja mais gariz. »

Et il dit que ce sopeçoit il bien qu'il l'avoit veüe, « mais jo cuidoie avoir songié. » Et ele commança a rire mout durement. Et il an est mout estahis et avileniz de ce que or set il bien que or ont veü son mauvais contenement, si crient que la riens o monde que il plus aimme

êtes la compagne du plus valeureux des mortels et la dame du meilleur chevalier du monde. Dans cette seigneurie récente qui est la vôtre vous n'avez pas peu gagné, puisque vous l'avez d'abord gagné lui, qui est la fleur de la chevalerie, et moi après, pour tout ce que je pourrais faire. Mais à présent il me faut m'en aller, je ne puis rester davantage. (*f. 169c*) Sachez que m'entraîne la plus grande force qui soit, c'est-à-dire la force de l'amour, car j'aime un chevalier qui ne sait pas en ce moment où je suis. Mais son frère est venu ici avec moi ; ce n'est pas que je craigne de le fâcher, aussi longtemps que je le voudrai ; mais l'on doit bien prendre garde à ne pas fâcher ce qu'on aime comme soi-même ; en effet il n'est pas vraiment aimé, celui qui n'est pas aimé par-dessus toutes les créatures ; et celui qui aime d'amour, il ne peut avoir de joie que de celui qu'il aime ; on doit donc aimer celui qui est la source de toute joie. »

Cette longue conversation les mena jusqu'à vêpres ; elles se faisaient beaucoup d'amitiés et s'offraient leurs services, tant et si bien qu'on en vint à ce que la reine ne put plus d'aucune façon retenir la demoiselle. Quand elle s'en rend compte, la reine n'ose plus insister et elles se recommandent à Dieu. La Demoiselle du Lac monte à cheval et s'en va avec sa suite. La reine, plus heureuse qu'elle ne l'a jamais été, va retrouver Lancelot et ne le quitte plus jusqu'à ce qu'il se réveille. Il finit par ouvrir les yeux et pousse de grands gémissements ; elle lui demande comment il se sent et il répond « bien, mais je suis très faible, sans savoir pourquoi. » Elle ne veut pas lui dire sa maladie avant qu'il soit en bonne voie de guérison. Le bain est préparé, on l'y mène, et les dames lui prodiguent tous les soins qu'on peut donner à un chevalier malade, si bien qu'il guérit pleinement et retrouve sa beauté et sa force. On lui raconte alors comment il a perdu la raison et comment personne ne pouvait lui résister, à la seule exception de la reine.

« Et votre Dame, celle qui vous a élevé, celle du Lac, est venue ici, continue la reine. Sans elle, vous n'auriez jamais guéri. »

Il dit qu'il lui semblait bien l'avoir vue, « mais je croyais avoir rêvé ». La reine éclate de rire, ce qui le déconcerte et lui fait honte, car il est sûr alors qu'on avait vu son triste comportement et il craint que celle qu'il aimait le plus au monde ne l'an ait moins chier. Mais il ne *(f. 169d)* li estoit mies mestiers que il an aüst paor, car ele n'an avoit ne pooir ne volanté. Et qant il se demante a li, ele lo conforte et aseüre et dit :

« N'an aiez ja garde, biaus dolz amis, que si voirement m'aïst Dex, vos iestes plus sires et plus seürs de moi que ge ne suis de vos. Et si ne l'ai pas ampris a or solement, mais a toz les jorz que l'ame me sera el cors. »

Or est Lanceloz tornez a garison, si a qanque il devise de boiche. Ne il n'et nulle granz joie que nuns amanz puisse avoir dont il n'ait sa part. Ne plus ne vos an descovre li contes, mais que tel vie mena juque au novoime jor. Et lors fu si biaus que c'estoit mervoille a veoir. Et la reine an ce sejor l'anama tant que ele ne voit mies comment ele se poïst consirrer de lui veoir. Et li poise de ce qu'ele lo set et lo voit a si volenteïf et a si corageus, car ele ne voit mies comment sa vie poïst durer sanz la soe, s'il s'an aloit ja mais de cort. Si voudroit bien que il aüst un po mains de hardement et de proece.

Au novoime jor avint que li Yrois et li Saisne vinrent sor ces de l'ost, si leva li criz par tot. Et les genz lo roi avoient fait la semaine mout d'armes et mout se contenoient bien comme gent qui n'avoient point de chief de seignor. Et celui jor se deffandirent mout durement. Et les meslees refurent ja espandues, si an oï l'an par tot lo cri, car li Saisne baoient tant a venir sor tote l'ost et que il les firent resortir tant arieres que il poïssent lo roi et ses compaignons giter hors de laianz, tant que il l'an aüsent mené plus an parfont an lor pooir.

Qant tuit furent assemblé d'une part et d'autre, si an oï Lanceloz lo cri, qui estoit avoc la reine an sa chanbre, si saillent tuit as fenestres et as creniaus. Et qant Lanceloz les vit, si ne fu pas a aise de ce qu'il n'i estoit, si vient a la reine, si li crie merci que ele soffre que il aille a cele asenblee. Et ele ne s'an sot autrement covrir, si li dit que ancores n'est il mies bien gariz. « Ne li nostre, *(f. 170a)* fait ele, n'an ont il mies ancor lo poior. »

« Dame, otroiez moi que se il ont lo peior, que ge i aille. »

l'en chérisse moins. Mais il (*f. 169d*) n'avait pas besoin d'avoir peur, car elle n'avait ni le pouvoir ni le désir de cela. Quand il se plaint à elle, elle le réconforte et le rassure en lui disant :

« N'ayez garde, mon tendre ami, j'en prends Dieu à témoin, vous avez plus d'autorité et de garantie sur moi que moi sur vous. Et cela n'est pas seulement pour le présent, mais pour tous les jours où mon âme habitera mon corps. »

À présent Lancelot est guéri et il a tout ce dont sa voix exprime le désir. Il n'y a pas de grande joie qu'un amant puisse avoir dont il n'ait sa part. Le conte ne vous en révèle pas davantage, sinon que cette vie dura jusqu'au neuvième jour. Il était alors merveilleusement beau. La reine, pendant cette pause, se met à l'aimer tant qu'elle n'imagine pas comment il lui serait possible de se passer de lui ; elle s'affecte de le savoir et de le voir si fringant et si vaillant, car elle ne voit pas comment elle pourrait continuer à vivre sans lui, s'il quittait un jour la cour ; elle voudrait bien qu'il ait un peu moins de témérité et de bravoure.

Le neuvième jour, il arriva que les Irlandais et les Saxons attaquèrent le camp : le cri s'éleva de partout. Les hommes du roi s'étaient beaucoup battus durant la semaine, en se comportant fort bien pour des gens qui n'avaient pas de seigneur à leur tête. Ce jour-là ils se défendirent avec acharnement. Les mêlées s'étaient déjà répandues et l'on en entendait partout le cri, car les Saxons aspiraient à affronter l'armée tout entière et à la faire reculer suffisamment, de manière à se débarrasser du roi et de ses compagnons, qu'ils voulaient emmener plus loin pour les tenir plus sûrement en leur pouvoir.

Quand tout le monde fut entré de part et d'autre dans la bataille, Lancelot entendit le cri ; il se trouvait avec la reine, dans sa chambre ; tout le monde se précipita aux créneaux et aux fenêtres. Devant le spectacle qui s'offrit à sa vue, Lancelot ne se trouva pas bien de ne pas y être : il rejoint la reine, implore d'elle la grâce qu'elle le laisse aller à cette assemblée. Elle ne sait pas se défendre autrement qu'en lui disant qu'il n'était pas encore bien guéri et que « les nôtres (*f. 170a*) n'avaient pas encore le dessous ».

– Dame, accordez-moi que, s'ils ont le dessous, je puisse y aller. »

Et ele li otroie a mout grant paine. Et il est mout liez, si prie Deu mout docement que cil de ça en aient lo peior, et ne demort mies.

« Dame, dist il a la reine, nos ne savons que est a avenir, mais faites moi aporter armes. »

Et l'an li aporte mout belles et mout bones qui estoient au cors lo roi Artu meïsmes. Et qant il fu armez, si par fu trop biaus ; ne nuns chevaliers n'estoit cui miauz armes seïssent de Lancelot. La o Lanceloz estoit armez fors do chief et des mains, vient laianz uns chevaliers qui venoit de la bataille, s'avoit perdu son hiaume et estoit durement navrez o chief. Et qant il est descenduz, si vient amont devant la reine. Et qant la reine voit que il est toz sanglanz, les espaules et lo piz, si en esfroie mout. Et il s'agenoille devant li, si li dist :

« Dame, messires Yvains vos salue et si vos mande que l'an li a fait antandant que tuit li chevalier ne sont mies an la bataille. Si sachiez bien que il an ont grant mestier de secors, car nos somes mout decreü des chevaliers qui hui matin furent anvoié a Arestel. » (Et messires Yvains i avoit anvoié au matin deus cenz chevaliers, car les novelles estoient venues an l'ost la nuit devant que li Saisne devoient corre a Arestel.) « Dame, fait il, si vos mande que vos i anvoiez ce que vos i porroiz anvoier. »

« Comment ? fait ele ; an ont il si lo poior ? »

« Dame, fait cil, il perdent tot. Et li dui cent chevalier qui gardent la porte de l'aive, que li rois n'an soit menez, ont tot lo fais de la bataille. Si sachiez que il ont grant mestier de secors, car il se desfandent par de derrieres et se gardent par devant. Et sont ja li plusor a pié, car lor cheval sont ocis. »

« Ha ! dame, fait Lanceloz, sofrez moi que ge i aille, car or est venuz li bessoinz. »

Et la reine l'apelle an une chanbre, si li demande que il cuide faire a tant de gent.

« Dame, fait il, demandez au chevalier de combien il sont descreü des chevaliers qui furent anvoié a Arestel. »

Et ele li demande. Et il dient que de deus cenz. Puis lo redit (*f. 170b*) a Lancelot.

Elle y consent bien difficilement. Lui s'en réjouit et, tout bas, il prie Dieu que les assiégeants aient le dessous et qu'il n'ait pas à attendre.

« Dame, dit-il encore à la reine, nous ne savons pas ce qui peut arriver : faites-moi apporter des armes. »

On lui en apporte de très belles et de très solides, qui étaient au roi Arthur en personne. Une fois armé, il était magnifique : à aucun chevalier les armes n'allaient mieux qu'à Lancelot. Tandis qu'il n'avait plus qu'à s'armer la tête et les mains, un chevalier arriva de la bataille : il avait perdu son heaume et était grièvement blessé au crâne. Ayant mis pied à terre, il monta trouver la reine. En lui voyant les épaules et la poitrine couvertes de sang, elle s'effraie pour lui, mais il s'agenouille devant elle et lui dit :

« Dame, monseigneur Yvain vous salue et m'envoie vous dire qu'on lui a fait comprendre que tous les chevaliers ne sont pas dans la bataille. Et pourtant sachez bien que nous avons grand besoin de secours, car nous sommes grandement diminués, sans les chevaliers qui furent envoyés ce matin à Arestel. (Monseigneur Yvain y avait en effet envoyé le matin deux cents chevaliers, les assiégeants ayant appris la veille au soir que les Saxons devaient y lancer une attaque.) Dame, il vous demande d'envoyer ce que vous pourrez.

— Comment ? s'écrie-t-elle, sont-ils donc en difficulté ?

— Dame, ils sont en train de tout perdre. Et les deux cents chevaliers qui montent la garde à la porte donnant sur l'eau pour empêcher qu'on emmène le roi supportent tout le poids de la bataille. Sachez qu'ils ont grand besoin de secours, car il leur faut se défendre de ceux qui viennent derrière et se garder de ceux qui les assaillent par-devant. La plupart d'entre eux est déjà mise à pied : leurs chevaux ont été tués.

— Ah ! dame, fait Lancelot, laissez-moi y aller, maintenant c'est urgent. »

La reine le fait venir dans une autre pièce et lui demande ce qu'il pense faire devant tant d'adversaires ; il lui répond :

« Dame, demandez au chevalier combien il leur en manque sans ceux qui ont été envoyés à Arestel. »

Elle va poser la question ; le chevalier répond : deux cents ; elle vient le redire à (*f. 170b*) Lancelot, qui reprend :

« Dame, fait il, or li demandez, se li dui cent estoient venu, avroient an il lo meillor. »

Et ele li demande. Et il li dit que il se deffandroient assez.

« Dame, fait il, or mandez monseignor Yvain que vos lor anvoieroiz tant de chevaliers que bien tanront lo leu a ces dom. il sont descreü. Et puis que vostres penons i sera venuz d'iluec an avant, lor restoreriez vos tot lo domage qu'il feront. »

Et la reine lo dit au chevalier. Et puis fait aporter un hiaume, si li done por lo suen que il avoit perdu. Et cil s'an va a mout grant joie et dit a monseignor Yvain les novelles que ele li mande. Et messires Yvains en est mout dolanz de ses chevaliers, qui si sont angoisos, et voit bien que il sont desconforté et rusé de bien faire. Si dit :

« Ha ! Dex, qant vanra li penons ma dame ? »

Ensin parole messires Yvains et amoneste ses chevaliers, comme cil qui mout soffre et qui bien lo set faire ; car trop soffroit messires Yvains, la o il estoit durement angoisseus, ne ja autrement ne fust bons chevaliers.

Et Lanceloz ot anvoié querre Lyonel, si lo fist armer comme serjant au miauz que il puet. Puis furent amené dui cheval lo roi, si fu et li uns et li autres coverz de fer. Si monta Lanceloz sor celui que l'an li anseigna a meillor et a plus hardi et de greignor paine, et Lyonniax sor l'autre. Et qant Lanceloz doit lacier son hiaume, la reine lo prant antre ses braz, si lo baisse au plus doucement que ele puet. Et puis li lace ele meïsmes son hiaume, si lo commande a celui qui an la Croiz fu mis, que il de mort et de prison lo deffande. Et ele ot fait an un glaive fermer un de ses penons, si l'avoit baillié a Lyonel. Et li

« Dame, demandez-lui maintenant s'ils auraient le dessus avec ces deux cents. »

Elle va poser encore cette question et l'autre répond qu'ils pourraient se défendre convenablement.

« Dame, reprend Lancelot, faites savoir à monseigneur Yvain que vous leur enverrez un nombre de chevaliers qui remplacera bien ceux qui leur manquent. Et quand votre pennon aura quitté ces lieux pour arriver là-bas, il se pourrait que vous répariez pour eux tout le dommage qu'ils auront alors[1]. »

La reine transmet cette parole au chevalier, puis elle fait apporter un heaume et le lui donne pour remplacer le sien qu'il avait perdu. Tout heureux, il s'en va transmettre à monseigneur Yvain les nouvelles que la reine lui annonce. Celui-ci se désolait pour ses chevaliers en si grande difficulté ; il les voyait découragés et épuisés de bien faire et il s'écrie :

« Ah ! mon Dieu, quand donc le pennon de ma dame arrivera-t-il ? »

Telles sont les paroles de monseigneur Yvain, et il exhorte ses chevaliers avec la constance qui le caractérisait ; car monseigneur Yvain montrait beaucoup de fermeté d'âme dans la situation la plus angoissante, sinon il n'aurait pas été un bon chevalier[2].

Lancelot envoya chercher Lionel et lui fit prendre l'équipement d'un sergent, le meilleur possible ; puis on leur amena deux chevaux du roi, l'un et l'autre couverts de fer. Lancelot choisit celui qu'on lui indiqua comme le meilleur, le plus brave et le plus résistant, et Lionel prit l'autre. Quand il allait lacer son heaume, la reine le prit dans ses bras et lui donna le plus tendre baiser ; puis elle lui laça elle-même son heaume, et le recommanda à Celui qui fut mis sur la Croix, afin qu'il fût préservé de la prison et de la mort. Elle avait fait fixer un de ses pennons sur une lance, qu'elle avait remise à Lionel. Le

---

1. D'autres manuscrits donnent *aront* au lieu de *feront* : nous comprenons mieux cette leçon. Sinon, la phrase signifie : « que vous leur redonniez la possibilité de faire tout le dommage dont ils sont capables. »

2. Allusion au personnage de Chrétien de Troyes, tel que l'épreuve l'a mûri dans le *Chevalier au Lion*.

chans do penon estoit d'azur a trois corones d'or et a une seule langue, [et en toz les penons lo roi avoit trois langues] et des corones tant con l'an i poïst plus metre. Et par ce conoissoit l'an l'un de l'autre.

Atant sont monté antre Lancelot et Lyonnel, si porte Lyonniax lo penon, et Lanceloz porte un glaive gros et cort, don li fers est tranchanz et clers, et la hante roide *(f. 170c)* et fort. Si s'an partent atant et vienent ferant des esperons a l'asenblee. Et messires Yvains voit venir lo penon, si reconforte sa gent et dit :

« Seignor, or soiez tuit seür. Veez ci lo penon ma dame. Or i parra qui chevaliers est, que venuz est li secors. »

Et li dui se fierent la o il voient la greignor presse des Saines, si commancent a crier hautement « Clarance », l'anseigne lo roi Artu qui isi estoit apellee. Clarance iert une citez mout bone qui marchist au roiame de Sowales, qui fu au roi Tahalais qui fu aiax Uter Pandragon. Cil fu chiés do lignage lo roi Artu, et de cele cité cria il et tuit si oir « Clarance » a toz besoinz o il puis vindrent ; n'onques por hautece qu'il aüsent, lor premiere anseigne [ne] vostrent laissier.

Mout fu bien escriee l'anseigne lo roi Artu a l'asaillir que Lanceloz fist des Saisnes et des Yrois, si feri o plus espés del glaive. Et qant la lance li brisa, si sot bien metre la main a la bone espee tranchant qui avoit non Secace. C'estoit une espee que li rois ne porroit s'en bataille mortel non. Lors furent esprovees les proeces Lancelot, que il copoit Saisnes et Yrois et chevaus et testes et escuz et hanches et braz. Il vole destre et senestre sor lo cheval que il a tel com il lo devisast meillor. Il ne s'areste an nul leu, il se lance amont et aval, que riens ne li eschape ne derriers ne devant. Il sanble lo lion correcié qui se fiert antre les biches, qui ocist destre et senestre, ne mie por fain que il est, mais por mener sa grant fierté et sa justece. Ansin fait Lanceloz qui estoit estandarz : ses escuz est a toz abandonez, ses hiaumes est pareüz a chascun leu, s'espee est

champ de ce pennon était d'azur à trois couronnes d'or et il n'avait qu'une seule langue ; sur tous les pennons du roi il y avait trois langues et le plus de couronnes possible. C'est ainsi qu'on pouvait les distinguer.

Lancelot et Lionel ont enfourché leurs chevaux ; celui-ci porte le pennon, et Lancelot une lance épaisse et courte, dont le fer affilé brille au bout d'une hampe rigide (*f. 170c*) et résistante. Ils s'éloignent et rejoignent l'assemblée au galop. En voyant venir le pennon, monseigneur Yvain s'écrie pour réconforter ses hommes :

« Seigneurs, soyez tous rassurés : voici le pennon de ma dame ! On va voir qui est chevalier, car le secours est arrivé ! »

Les deux arrivants se jettent là où ils voient le plus de Saxons et se mettent à clamer « Clarance » : c'était le cri de guerre du roi Arthur. Clarance était une cité fort riche, à la frontière du royaume des Galles du Sud, qui avait appartenu au roi Tahalais, l'aïeul d'Uterpendragon, chef du lignage du roi Arthur ; lui et tous ses héritiers empruntèrent à cette cité leur cri de « Clarance », qu'ils poussèrent depuis dans toutes leurs interventions ; jamais, quelle que soit leur grandeur, ils ne voulurent abandonner leur premier cri de guerre.

Il fut souvent lancé, le cri du roi Arthur, dans l'assaut à la lance que Lancelot donna contre les Saxons et les Irlandais, au plus épais des ennemis ; et quand sa lance se brisa, il sut bien empoigner la bonne épée tranchante, qui avait pour nom Secace ; c'était une épée que le roi ne portait qu'en bataille mortelle[1]. C'est alors que se déploie la capacité d'exploit qui distingue Lancelot ! Il pourfend les Saxons et les Irlandais, les chevaux, les écus, les crânes, les cuisses et les bras. Il vole dans toutes les directions, sur le cheval dont il avait choisi l'excellence à bon escient. Il ne s'arrête nulle part, il se lance partout, et rien à l'avant comme à l'arrière ne lui échappe. Il ressemble au lion furieux au milieu des biches, qui tue de part et d'autre, non par voracité, mais pour manifester sa noble férocité et sa légitimité. Ainsi se comporte Lancelot, leur étendard : son écu est livré à tous, son heaume apparaît partout, son épée traite

---

1. Donc distincte des tournois, où l'objectif n'est pas la mort de l'adversaire.

a chascun privee. Si est avis a toz ses anemis que autretel soient tuit li autre qui lo sivent, car il lor semble que il ne voient se lui non, que orandroit lo voient ci, et or est la, or est destre, or est senestre. Si lo dotent tant que il ne l'osent atandre, ja si grant planté des Saisnes ne seront, ainz li font voie li plus prisié qui orandroit cuidoient estre au desus de la guerre lo roi Artu.

Et *(f. 170d)* messires Yvains lo siust a esperons, qui est si liez des mervoilles que il fait qu'il li est avis que il soit rois coronez de tot lo monde. Et dit que or ne doit nus armes porter se cist non qui an set venir a chief. Et aprés lui si esperonerent li autre tuit, qui orandroit estoient desconfit, autan se valoit. Si ne se tienent mais li Saisne ne ly Irois qui lor metent gaires an la place chalonge, et voient bien que petit a mais an aus desfanse. Si an prenoient tuit cuer et hardement, nes li plus coart sont tel chevalier que il font plus d'armes que devant ne faisoient li plus prisié. Et Lanceloz va avant qui fait les mervoilles, si adrece il lo cheval vers lo plus haut home et vers lo plus puissant d'aus toz et au plus preu. Si avoit non Hargadabranz, si estoit graindres d'autre chevalier demi pié et plaine paume, et paroit autresin par desor tote la bataille li coinz de son hiaume com feïst une anseigne. Si recovroient tuit a lui. Si estoit freres a la damoiselle de la roiche et par lui avoit ele faite la traïson do roi Artu et de ses compaignons, car il baoit a panre tote Bretaigne, puis que il avoit lo cors lo roi et lo cors monseignor Gauvain. Et Lanceloz s'an vient par lui, l'espee an la main, et li Saisnes qui ot veües les mervoilles que il faisoit ne l'ose atandre, ainz s'an fuit au plus que il puet. Mais li chevaus Lancelot iert plus isniaus do suen, si l'a ataint a la montee d'un larriz et hauce l'espee por ferir parmi la teste. Et li Saisnes s'anbrunche sor lo col de son cheval et giete l'escu ancontre. Et Lanceloz fiert sor l'escu, si an prant la moitié par desoz, so fait voler anmi lo champ. Et li cox descent sor la destre cuisse, si li cope d'outre en outre et tote l'anfautreüre do cheval jusque es flans, si abat et lo Saisne et lo cheval tot an un mont. Et il s'eslance outre, que plus no regarde,

avec chacun. Tous ses adversaires s'imaginent que ceux qui le suivent sont comme lui, car le voyant tantôt ici, tantôt là, tantôt à droite, tantôt à gauche, ils ont l'impression de ne voir que lui. Les Saxons, si nombreux soient-ils, le redoutent tant qu'ils n'osent l'attendre ; bien mieux, les plus glorieux, qui juste avant croyaient l'emporter dans la guerre contre le roi Arthur, lui ouvrent la voie.

(*f. 170d*) Monseigneur Yvain le suit au galop ; transporté par les prodiges qu'il lui voit réaliser, il pense que Lancelot est bien un roi portant couronne sur tous ; il se dit que personne n'est digne de porter les armes comme lui, qui sait leur donner leur accomplissement. Derrière lui tous les autres éperonnent, alors qu'ils étaient justement en déroute, ou tout comme. Les Saxons et les Irlandais ne leur disputent plus guère le terrain, ils voient bien que désormais ils ont peu de défense. Le courage et l'audace viennent à tous : même les plus couards montrent tant de bravoure chevaleresque qu'ils accomplissent plus d'exploits que n'en faisaient auparavant les plus renommés. Lancelot se détache en avant, faisant merveille ; il dirige son cheval vers le plus noble, le plus puissant et le plus brave d'entre les ennemis, un nommé Hargadabrant ; celui-ci était plus grand d'un demi-pied et d'une pleine paume que n'importe quel autre chevalier, si bien que le sommet de son heaume apparaissait au-dessus de la bataille, comme aurait fait une bannière, et que tous se ralliaient à lui. C'était le frère de la demoiselle de la Roche, et il était à l'origine de la traîtrise contre le roi Arthur et ses compagnons : il aspirait à s'emparer de toute la Bretagne depuis qu'il détenait la personne du roi et celle de monseigneur Gauvain. Lancelot arrive près de lui, l'épée à la main, mais le Saxon qui avait vu les prodiges qu'il accomplissait n'ose l'attendre et s'enfuit à toute vitesse. Le cheval de Lancelot était plus rapide que le sien : il le rattrape alors qu'il remontait une pente et brandit l'épée pour le frapper à la tête ; le Saxon se baisse sur l'encolure de son cheval et brandit son écu par-dessus lui ; Lancelot frappe sur l'écu, et en fait voler la moitié sur le champ de bataille ; le coup descend sur la cuisse droite, la pourfend avec tout le feutre de la selle jusqu'aux flancs du cheval et d'une masse, abat le Saxon et sa monture. Sans plus le regarder, Lancelot le dépasse et s'élance

si laisse corre la o il cuide trover meslee. Mais il n'en trove point, car tuit se sont mis a la voie et Saisne et Yrois, si tost com il ont veü cheoir *(f. 171a)* Hargadabraz, car ce estoit toz lor secors. Et messires Yvains fu venuz sor lui, la ou il l'ot veü cheoir, si conut bien que ce estoit il, mais il ne cuida mies que il fust si anpiriez, si s'areste sor lui et lo prist a po de deffanse, car il ne se pooit mais deffandre. Et tuit l'avoient guerpi si home, si s'an fuioient. Et qant il l'ot levé an haut, si vit que il ere mout mahaigniez comme de la cuisse copee et voit bien do cheval copé la moitié, si s'ancommance a seignier et dit que il n'est mies sage qui atant tel home qui tels cox done ; car il n'est mies hom, ainz est une jostise et une vanjance de Damedeu.

Ensi fu pris Hargadabraz, si l'an anvoie messires Yvains as tantes ; mais il ne vesqui gaires, car il s'ocist a un coutel, si grant duel avoit de ce que il estoit afolez. Et Lancelot ot chacié les Saisnes a po de gent, car tuit se remanoient antor monseignor Yvain. Et qant li Saisne orent foï jusque as destroiz de Godelonte, si ne fu onques si granz mervoilles comme Lancelot fist, car il an decopa tant que li ruisiaus qui corroit par desoz la chauciee an perdi sa color. Ne gaires ne trova qui a cop l'atandist, si s'an foïrent es marés plus de deus mile qui i furent peri. Et cil qui furent avant entasé se mistrent outre parmi la chauciee. Mais trop an i ot de morz a l'antasser. Et tant en ocist Lanceloz que toz est coverz de sanc, que do suen, que de l'autrui, et li escuz et li hauberz et li chevaus. Et qant li Saisne et ly Irois furent outre, si s'abocherent an la chauciee por garder lo pas, si virent que il n'i avoit de toz les chevaliers lo roi Artu ne de sa gent qui chaçast que solement Lanceloz, car il n'an virent plus devant la chauciee. Si an furent tuit si hontous que il n'osoient parler li uns a l'autre. Et Lanceloz fu o chief de la chauciee, l'espee nue en sa main, dom li branz estoit toz vermauz si comme de sanc. Et qant il les vit toz abochiez an la chauciee, si lor volt laissier corre. Et Lyonniaus lo prant au frain et dit :

« Par Sainte Croiz, vos n'i eroiz. Vole[z] vos vos

à bride abattue là où il pense trouver une mêlée ; mais il n'en voit pas, car les Saxons comme les Irlandais se sont tous enfuis dès qu'ils ont vu tomber (*f. 171a*) Hargadabrant, qui était tout leur recours. Monseigneur Yvain était arrivé sur lui quand il l'avait vu tomber, et il l'avait bien reconnu ; mais comme il n'imaginait pas qu'il était si mal en point, il s'arrêta et le fit prisonnier sans qu'il puisse beaucoup se défendre et parce que tous ses hommes l'avaient abandonné pour s'enfuir. Il le fit lever ; en découvrant comme il était mutilé, avec sa cuisse emportée, et comment le coup avait bien pénétré jusqu'à la moitié du cheval, il se met se signer et à dire qu'il n'est pas prudent d'attendre un homme qui donne de tels coups, car ce n'est pas un homme, mais une manière de vengeance et de justice divines.

Ainsi fut fait prisonnier Hargadabrant. Monseigneur Yvain l'envoya au camp ; mais il ne vécut pas longtemps, car il se tua d'un coup de couteau, dans son désespoir d'être estropié. Lancelot avait pourchassé les Saxons avec bien peu d'hommes, car tous restaient groupés autour de monseigneur Yvain. Quand les Saxons eurent fui jusqu'aux défilés de Godelonte, Lancelot mit le comble à ses merveilleuses performances : il en pourfendit un si grand nombre que le ruisseau, au pied de la chaussée, en perdit sa couleur. Pourtant il n'en avait pas trouvé beaucoup pour attendre ses coups : plus de deux mille s'étaient enfuis dans les marécages et y périrent. Les premiers s'étaient entassés pour passer la chaussée, mais à cet entassement il y eut énormément de morts. Lancelot en tua un si grand nombre qu'il fut tout couvert de sang, tant du sien que de celui d'autrui, ainsi que son écu, son haubert et son cheval. Quand les Saxons et les Irlandais furent passés, ils se massèrent à l'extrémité de la chaussée pour garder le passage, mais découvrant que de tous les chevaliers du roi Arthur et des poursuivants il n'y avait que Lancelot et personne d'autre à les pourchasser, tout honteux, ils n'osaient plus rien se dire. Lancelot arriva au bout de la chaussée, tenant dans la main son épée dont la lame était vermeille de sang ; en les voyant massés à cette extrémité de la chaussée, il voulut foncer sur eux : mais Lionel le saisit par le frein et s'écria :

« Par la Sainte Croix, vous n'irez pas ! Voulez-vous vous

faire ocirre an leu o ne poez faire nulle proece. Et se vos la faisiez, *(f. 171b)* ne seroit ele ja saüe. Dom n'an avez vos assez fait qant vos avez ce mené a chief que tote[s] les genz lo roi Artu ne porroien[t] faire?»

Et Lanceloz dit que totesvoies i era il. Et cil lo tient.

«Fui, fait Lanceloz. Laisse moi aler.»

«No ferai,» fait cil.

Et il jure qanque il puet jurer que ja mais ne l'amera. «Et se te blecerai, se tu ne me laisses.»

«Et ge vos lairai,» fait Lyonniaus.

Lors lo laisse. Et Lanceloz s'eslaisse desus la chauciee, et Lyonniaus hurte aprés, si li dist:

«Ge vos di de par ma dame que vos n'alez avant, ne par la foi que vos li devez.»

Et qant il l'ot, si sache son frain et commance mout durement a sopirer. Et li Saisne li faisoient ja voie, que il ne l'osoient a cop atandre.

«Ha! fait Lanceloz a Lyonnel, por coi as si tost parlé? Ja voiz tu que il sont si desconfit que il ne m'atandesient ja.»

Lors s'an retorne. Et qant il se regarde, si voit venir monseignor Yvain. Messires Yvains si dist:

«Sire, bien puissoiz vos venir.»

«Certes, sire, fait il, ainz vaign mout mauvaisement, car ge retor a ma grant honte.»

«Comment a vostre honte?» fait messires Yvains.

«N'est ce bien, fait il, a ma grant honte qant ge n'os avant aler, et si i alasse volantiers se ge osase.»

«Si m'aïst Dex, fait messires Yvains, li alers ne fust mie hardemenz, ainz fust folie. Et neporqant, tant vos conois ge bien que por coardise n'an laissesiez vos rien a faire.»

Et Lanceloz ne s'areste mies an ces paroles, ainz se corroce si sovant que par un po que il ne desve, ne ne dit nul mot de sa boche.

Issi s'an revient jusque a l'ost. Et messires Yvains no met plus an paroles, car il voit bien que il ne li plaist mies. Et qant li Saisne orent veü monseignor Yvain, si s'an furent arrieres mis an

faire tuer là où l'exploit est impossible ? Et même si exploit il y avait, (*f. 171b*) on ne le saurait jamais. N'en avez-vous donc pas assez fait quand vous avez mené à bien ce que tous les hommes du roi Arthur ne pourraient réaliser ? »

Lancelot lui répond qu'il ira quand même. L'autre le retient, mais il lui fait :

« Fuis ! Laisse-moi aller.
— Non », répond l'autre.

Lancelot jure au nom de tout ce qu'il peut qu'il a perdu son amitié à jamais, et ajoute :

« Je vais te blesser, si tu ne me laisses pas.
— Eh bien, je vous laisse », fait Lionel.

Alors Lancelot s'élance sur la chaussée, tandis que Lionel galope derrière lui pour lui dire encore :

« Au nom de ma dame et de la foi que vous lui devez, je vous adjure de ne pas aller plus avant ! »

À ces paroles, Lancelot tire sur son frein et lance de profonds soupirs ; les Saxons lui laissaient déjà le chemin, n'osant lui tenir tête.

« Hélas ! fait Lancelot à Lionel, pourquoi as-tu parlé si vite ? Tu vois bien que leur déroute est telle qu'ils ne sauraient m'attendre. »

Malgré tout, il tourne bride et, ce faisant, il voit arriver monseigneur Yvain, qui lui dit :

« Seigneur, vous pouvez être le bienvenu !
— Au contraire, lui répond-il, j'arrive bien piteusement, car à ma grande honte, je reviens.
— Comment à votre honte ?
— N'est-ce pas une grande honte pour moi que de n'oser aller plus avant, alors que je le ferais volontiers, si je l'osais ?
— J'en prends Dieu à témoin, lui fait monseigneur Yvain, continuer n'aurait pas été bravoure, mais folie. Quoi qu'il en soit, je vous connais assez pour savoir que vous ne laisseriez rien à faire derrière vous par lâcheté. »

Mais loin de s'arrêter à ces dires, Lancelot est si furieux qu'il en perd presque la raison et qu'il ne dit plus un mot. Il revient ainsi jusqu'au camp. Monseigneur Yvain ne lui adresse plus la parole, voyant bien que cela ne lui plaît pas. Les Saxons, quand ils avaient vu monseigneur Yvain, s'étaient postés en arrière de

la chauciee que il n'osoient or tenir qant Lanceloz i poignoit sus, si li faisoient tuit voie. Or ne se muevent por monseignor Yvain ne por sa gent, por ce que Lanceloz s'an vait. Et messires Yvains vit que li pasers outre la chauciee ne seroit mies savoirs, si s'en retorne *(f. 171c)* il et les soes genz. Et qant li Saisne les an voient aler, si corrent après. Et cil lor corrent sus, et il se retraient an lor chauciee. Et qant messires Yvains s'an retorne, et il se relaissent corre. Et issi dura li chaplemenz des deus genz jusque a l'avesprir, que d'ambedeus parz se retraient por la nuit. Et Lanceloz s'an fu venuz par la porte desus l'aive ou li enchantemenz estoit, qui estoit close de l'air. Et ses escuz avoit tel force que nuns anchantemenz no pooit tenir. Et il esgarde devant la porte, si voit les deus cenz chevaliers qui gardoient nuit et jor que li rois n'an fust menez. Et qant cil lo voient venir, so conoissent et dit chascuns : « Vez ci lo bon chevalier. » Et li saillent et li vienent a l'ancontre de loig com il lo conoissent, so saluent, et il els. Puis s'an revont a la porte si pres com il an pooient estre, car il covenoit que il an fussient loig por les carriaus et por les saietes qui volaient espausement. Et lors issi uns chevaliers armez de totes armes de laianz, si avoit a son col un escu noir a une bande de bellic, et c'estoit li escuz que Lanceloz avoit porté o chastel qant il fu pris. Et li chevaliers demande joste. Et Lanceloz li dist :

« Sire chevaliers, se vos me doniez trives tant q'aüsse a vos parlé, ge m'an trairoie plus pres, car ge parleroie volentiers a vos. »

Et cil l'aseüre tant que il ait a lui parlé. Lors se traist Lanceloz pres de lui, si li demande o il prist cel escu. Et il dit que il fu au meillor chevalier de la maison lo roi Artu, qui lasus est en prison.

« Et comment a il non ? » fait Lanceloz.

« C'est, fait il, Gauvains, li niés lo roi Artu. »

« Certes, fait Lanceloz, vos i mantez. Il ne pandié onques monseignor Gauvain au col. Ne celui cui il fu

la chaussée, qu'ils n'avaient osé tenir quand Lancelot y galopait et qu'ils lui laissaient le passage. Maintenant que Lancelot s'en va, ils ne bougent pas pour autant contre monseigneur Yvain et ses hommes ; mais monseigneur Yvain, comprenant qu'il ne serait pas raisonnable de franchir la chaussée, revient (*f. 171c*) avec ses hommes ; voyant cela, les Saxons s'élancent derrière eux, qui font volte-face pour les attaquer ; alors les autres se retirent sur leur chaussée et chaque fois que monseigneur Yvain repart, ils se précipitent à nouveau.

Les engagements de part et d'autre durèrent ainsi jusqu'à la tombée du jour, et la nuit obligea les deux camps à se retirer.

Lancelot s'en revenait dans la direction de la porte au-dessus de l'eau, fermée magiquement par une muraille d'air ; son écu avait la vertu de faire tomber tous les enchantements. Il regarde devant cette porte et voit les deux cents chevaliers qui veillaient nuit et jour à empêcher que le roi fût emmené. À son approche, ils le reconnaissent et chacun s'exclame : « Voici le bon chevalier ! » Se précipitant à sa rencontre, ils le saluent et il leur répond. Puis ils retournent aussi près que possible de la porte, car il leur fallait éviter les traits et les flèches qui pleuvaient. À ce moment-là un chevalier ennemi franchit la porte, armé de toutes armes, ayant au cou un écu noir avec une bande en diagonale, celui que Lancelot portait quand il avait été fait prisonnier dans le château[1]. Le chevalier demande la joute et Lancelot lui répond :

« Seigneur chevalier, si vous me donniez trêve le temps que je puisse vous parler, je me rapprocherais : je voudrais m'entretenir avec vous. »

L'autre lui en accorde la garantie. Lancelot s'approche et lui demande où il a pris l'écu qu'il porte ; l'autre répond qu'il appartenait au meilleur chevalier de la maison du roi Arthur, un chevalier qui se trouvait là-haut en prison.

« Comment s'appelle-t-il ? fait Lancelot.

— C'est Gauvain, le neveu du roi Arthur.

— Assurément, vous mentez ! Jamais cet écu n'a été suspendu au cou de monseigneur Gauvain, et celui qui l'avait,

---

1. Voir supra f. 160c et 164d.

n'avez vos mies an prison. Mar lo laisastes eschaper. »

« Commant ? fait li chevaliers, si m'as desmanti ? Or te garde, que ge ne t'aseür plus. »

Et Lanceloz esgarde Lyonnel, si prant an sa main lo glaive o li penons ere fermez, si lo met soz l'aisselle et hurte lo cheval des esperons contre lo chevalier do chastel. Et cil regarde an haut et dit as archiers et as arbelestiers don li murs ere coverz que il traient, et il si font. Si *(f. 171d)* ont lo cheval Lancelot navré et lui meïsmes an mainz leus, mais il n'a plaie don a gaires li soit. Si avise il lo chevalier et fiert tres desoz la gole si durement que parmi la gole li passe li fers outre, si lo porte a tere. Si li laise lo glaive atot lo penon dedanz la gole et fiert des esperons parmi la porte, si s'an vait outre sanz arest et chevauche tot contramont lo chastel et trove totes les portes et totes les poternes aovertes. Si ne fine tant que il vient an la grant sale et trove chevaliers a grant planté qui s'armoient por lo cri que cil defors les murs avoient levé por lo chevalier qui abatuz estoit. Et Lanceloz lor laisse corre, si lor tranche braz et eschines et costez, si les fant an deus pieces et escervelle que que il ataint. Et li autre s'an fuient a garant an la maistre forterece, Et Lanceloz met lo pié a terre, si va la ou il sot que la dame converse, si l'a trovee an une couche et son ami lez li, qui avoit non Gadraselains, si estoit chevaliers et jones et mout biax et de mout grant proece. Si estoit illuec toz desarmez, car il ne cuidoit rien doter, et avoc lui chevalier tuit desarmé, et si estoient assez. Et Lanceloz hauce l'espee, si fiert Gadrasalain parmi la teste, si que tot lo fant jusque [es] espaules. Puis laisse corre as autres, si les decope toz, la o il les ataint. Et il s'adrecent a l'uis por foïr, mais il lor est alez au devant, si lor clost l'uis anmi les iauz et ferme mout bien a la barre.

vous ne le tenez pas en prison. C'est pour votre malheur que vous l'avez laissé échapper !

– Comment ? fait le chevalier, tu m'as contredit ? En garde, la garantie est terminée ! »

Lancelot jette un regard à Lionel, lui prend la lance où le pennon était fixé, la place sous son aisselle et éperonne contre le chevalier du château. L'autre lève les yeux, enjoint de tirer aux archers et aux arbalétriers qui couvraient la muraille, et ils le font. *(f. 171d)* Lancelot et son cheval sont touchés en maints endroits, mais sans aucune blessure grave ; il vise le chevalier et le frappe si violemment dans le cou qu'il lui traverse la gorge avec le fer et le jette à terre ; il lui laisse la lance avec le pennon plantés dans le cou et se lance au galop à travers la porte qu'il passe sans être arrêté ; il remonte à cheval tout le long du château et trouve toutes les portes et les poternes ouvertes. Il continue jusqu'à la grande salle du palais et tombe sur une masse de chevaliers qui s'armaient, alertés par le cri qu'avaient lancé ceux qui étaient à l'extérieur du château quand le chevalier avait été renversé. Lancelot se précipite sur eux à cheval, tranche des bras, des cuisses, des échines, il fait sauter la cervelle à tous ceux qu'il rejoint et les pourfend ; les autres fuient se mettre à l'abri dans le donjon principal. Lancelot descend alors de cheval, se dirige là où il savait que la dame se tenait[1], la trouve allongée sur une couche auprès de son ami, nommé Gadraselain, un jeune et beau chevalier plein de bravoure. Celui-ci était absolument désarmé[2], car il pensait n'avoir rien à craindre, et c'était le cas aussi des nombreux chevaliers qui étaient avec lui. Lancelot lève son épée, frappe Gadraselain sur le crâne et le pourfend jusqu'aux épaules ; puis il fonce sur les autres, et taille aussi dans tous ceux qu'il atteint. Les autres veulent atteindre la porte pour s'enfuir, mais il les devance, leur ferme les battants à la figure et fixe solidement la barre ;

---

1. *Converser*, c'est se tenir habituellement. La dame et son ami doivent se trouver dans une chambre du *palais* d'agrément et non dans la *maistre forterece*, synonyme de *maistre tor*, de donjon défensif principal.

2. Frapper un ennemi *desarmé* est antichevaleresque, mais Lancelot se trouve seul contre nombre d'adversaires déloyaux. Dans tout ce passage, *armeüre*, *armer*, *desarmé*, concernent les deux armes défensives principales, le *haubert* et le *heaume*.

Et puis lor laisse corre. Et il fuient es chanbres et amont et aval. Et il les chace, et li plusor se lancent a terre parmi les fenestres. Et qant il n'an trove nuns, si revient an la cort, l'espee traite, et va vers lo jaolier qu'il vit, qui monseignor Gauvain gardoit et les autres ; et dit que morz est se il ne li anseigne les armeüres de laianz et les prisons. Et cil dit que il li manra. Lors lo moine an une tornelle sus la chambre o li rois Artus estoit et Guerrehés an prison. Et il li fait deffermer et puis fait traire Guerrehés hors de prison et lo roi Artu. Et li rois ne lo conut mies, si se mervoille *(f. 172a)* qui il puet estre. Lors les an moine Lanceloz et li chartriers as armeüres, et il s'arment isnellement. Et Lanceloz voit une hache grant et clere et bien tranchant qui pant a une cheville, si la prant et bote l'espee o fuerre. Puis revient antre lui et lo jaoillier la o Galehoz et si compaignon estoient an prison, si les giete hors. Si les moine Lanceloz la o li rois et Guerrehés s'armoient, si font mout grant joie li uns des autres. Et qant Galehoz s'est ancommanciez a armer, si dist :

« Ha ! las ! por coi m'arme gié, puis que nos avons perdu la flor des chevaliers de tot lo monde et la rien que ge plus amoie ? Ja ne m'aïst Dex qant ge sanz lui quier vivre, ne qant ge ja mais avrai hiaume an teste, puis que ge l'ai perdu. »

Lors commance duel trop grant. Et Lanceloz oste son hiaume, si li dit :

« Biaus dolz sire, ne soiez mies esbahiz, car ce suis ge. »

Et cil saut, si lo cort baissier. Lors relace Lanceloz son hiaume. Et qant messires Gauvains l'a veü, si saut et dist au roi :

« Sire, veez ci celui que nos avons tant quis. Ge l'ai trové, si m'an aquit. »

« Et Dex ! fait li rois, qui est il ? »

« C'est, fait messires Gauvains, Lanceloz do Lac, cil qui vainqui les deus asanblees de vos et de Galehot qui ci est. »

Et li rois an fait mout grant joie. Et qant il furent tuit armé, si chiet li rois Lancelot as piez et dit :

« Biau sire, ge me met an vostre merci, et moi

puis se retournant sur eux, tandis qu'ils se réfugient partout dans les chambres, il les pourchasse ; la plupart se jettent par les fenêtres. Quand il ne trouve plus personne, il revient dans la cour, l'épée en main, et apercevant le geôlier qui gardait monseigneur Gauvain et les autres, il lui dit qu'il est mort s'il ne lui montre pas les armures qui sont dans le château et les prisonniers. L'autre lui dit qu'il va l'y emmener et il le conduit à une petite tour au-dessus de la pièce où le roi Arthur était retenu prisonnier ainsi que Guerrehet. Lancelot la lui fait ouvrir et lui fait libérer les deux prisonniers ; mais le roi ne le reconnaissait pas et se demandait avec stupeur *(f. 172a)* qui il pouvait être. Lancelot les emmène avec le geôlier qui les conduit aux armures et ils s'empressent de s'équiper. Apercevant une grande hache étincelante et affilée suspendue à une cheville, Lancelot remet son épée au fourreau et la prend. Puis il retourne avec le geôlier là où étaient détenus Galehaut et ses compagnons ; il les délivre, les ramène là où le roi et Guerrehet s'armaient et tous se font fête. Mais comme il commençait à s'armer, Galehaut s'écria :

« Hélas ! malheureux, pourquoi m'armer, puisque nous avons perdu la fleur de tous les chevaliers du monde et la personne que j'aimais le plus ? J'en prends Dieu à témoin, sans lui je ne tiens plus à la vie ni à porter jamais un heaume sur la tête, puisque je l'ai perdu ! »

Il s'abandonne à sa douleur immense, mais Lancelot enlève son heaume et lui dit :

« Mon doux seigneur, ne soyez pas surpris : me voici ! »

Galehaut bondit et court l'embrasser ; Lancelot relace alors son heaume. Mais monseigneur Gauvain, qui l'a vu aussi, se précipite pour dire au roi :

« Sire, voici celui que nous avons tant cherché. Je l'ai trouvé et je suis quitte de mon engagement !

— Mon Dieu, fait le roi, qui est-ce ?

— C'est Lancelot du Lac, déclare monseigneur Gauvain, celui qui a remporté la victoire dans les deux assemblées où vous vous êtes affronté à Galehaut qui est ici. »

Le roi est saisi d'une joie intense et, quand ils sont tous armés, il se jette aux pieds de Lancelot en lui disant :

« Cher seigneur, je me remets à votre discrétion, moi-même,

et m'anor et ma terre, car vos m'avez randu et l'un et l'autre. »

Et cil l'an lieve maintenant et plore il meïsmes des iauz mout durement de ce que li rois s'umelie si vers lui.

Ensi sont armé tuit. Et li jaoliers, qui mout a grant paor, lor aide tant que tuit sont apareillié, et les garnist de lor espees la ou il savoit que l'an les avoit mises qant il furent pris. Lors sont venu a la grant tor qui siet an la grant roiche, mais il n'i puent antrer, car il a chevaliers dedanz qui bien ont les huis fermez. Et ele est de vitaille mout bien garnie, ne lo baille ne poïst nuns tenir sanz tenir la tor. Et qant Lanceloz voit que il n'i anterront an ceste maniere, *(f. 172b)* si prant lo jaolier et li dit que il l'aseüre, mais que il li mostre la dame de laianz. Et cil l'i moine la o il avoit trové Gradezelain, son ami, si lo moigne outre an une chanbre [et la li mostre.] Et Lanceloz l'aert par les treces et dit que il li fera la teste voler.

« Ha! fait ele, jantils chevaliers, merci. Ja m'avez vos mon ami mort. »

« Si m'aïst Dex, fait il, vos iestes morte se vos ne me faites delivrer cele grant tor. »

Et ele dit que ele viaut miauz que il li cop la teste, si avra ce fait que onques mais chevaliers ne fist. Et il hauce l'espee et fait sanblant que il li voille tranchier. Et ele crie merci et dit que ele fera la tor delivrer. Lors s'an vient devant la tor et dit as chevaliers qui sont laïsus que il ovrent la tor. Et cil dient que no feront. Et Lanceloz jure que il li copera la teste se il ne li ovrent tost. Et qant cil voient l'angoisse, si sont mout a malaisse et dient que il l'overront, mais que li rois les an laist aler. Et il lor creante. Puis les fait atant toz desarmer, et il vienent hors. Et li rois commande monseignor Gauvain que il se mete anz. Et cil dit :

« Sire, commant ? Vos laisserai ge ? »

« Si feroiz, » fait il.

Si li commande a antrer, ne il n'estoit nulle riens que ele criensist.

Atant s'an vienent an la tor arieres, et

mon honneur et ma terre, car vous m'avez rendu l'un et l'autre.»

Mais Lancelot le relève aussitôt, en versant lui-même d'abondantes larmes de ce que le roi s'humilie ainsi devant lui. Les voilà donc tous armés et le geôlier, terrorisé, les aide à s'équiper jusqu'au dernier et à retrouver leurs épées là où il savait qu'on les avait mises quand ils furent faits prisonniers. Ils gagnent ensuite le donjon principal, situé en haut de la Roche, mais ils ne peuvent y entrer, parce qu'il y a à l'intérieur des chevaliers qui ont bien fermé les portes. Il était abondamment pourvu de vivres, si bien que le baile ne pouvait être tenu sans la conquête de ce donjon. Lancelot comprend qu'ils n'entreront pas avec des armes ; *(f. 172b)* il retient le geôlier et lui dit qu'il le prend sous sa protection, à condition qu'il lui montre la dame des lieux ; celui-ci le conduit là où il avait trouvé Gadraselain, son ami, puis plus loin, dans une chambre où il la lui montre. Lancelot la saisit par les tresses et lui déclare qu'il va lui faire voler la tête.

«Ah ! noble chevalier, lui crie-t-elle, pitié ! Vous avez déjà tué mon ami !

— J'en prends Dieu à témoin, vous êtes morte si vous ne me faites vider ce donjon principal.»

Mais elle lui répond qu'elle préfère qu'il lui coupe la tête : ainsi, il aura accompli ce qu'un chevalier n'a jamais fait. Il brandit son épée et fait mine de vouloir lui couper la tête ; alors elle crie merci et déclare qu'elle va faire vider le donjon. En effet, elle sort et s'avance pour dire aux chevaliers qui se trouvaient en haut d'ouvrir ; mais ils refusent. Lancelot jure qu'il va lui couper la tête s'ils ne lui ouvrent pas immédiatement. Réalisant le drame, pleins d'angoisse pour eux, les chevaliers déclarent qu'ils ouvriront pourvu que le roi les laisse partir. Celui-ci le leur promet, puis les fait tous se désarmer et ils sortent. Le roi donne l'ordre à monseigneur Gauvain d'y prendre position, mais celui-ci proteste :

«Comment ? sire, vais-je vous laisser ?

— Vous devez le faire,» répond le roi, et il lui redonne l'ordre de se tenir dans le donjon : ainsi ce lieu ne devait plus craindre personne.

Ils reviennent ensuite en arrière dans la première tour, mais

archier et arbelestier commancent a traire des creniaus et des fenestres. Et Lanceloz vient a la porte desus, si se mostre. Et cil commancent tuit a rire et crient l'anseigne lo roi Artu, « Clarance ! Clarance ! » Et cil de l'ost, estoient mout a malaise, car il cremoient Lancelot avoir perdu. Si an avoit la reine oïes les novelles que Lyonniaus li avoit aportees qant il ne pot antrer aprés lui ou chastel ; si an fist la reine si grant duel que par un po que ele ne s'ocioit. Et qant ele oï dire que li chastiaus estoit pris, si ot tant de joie con nulle dame an puet plus avoir. Et li chastiaus fu tantost si plains que l'an n'i pooit son pié torner. Et qant vint au cerchier les chanbres et les sosterrins, si fu Kex li seneschauz *(f. 172c)* antrez an une chambre, si trova une damoiselle an aniaus. Et ele avoit esté amie Gadresalain, si l'avoit Canile tenue em prison trois anz, por ce que il l'avoit anmee. Et disoit que iqi alueques l'estovroit morir. Et qant Kex li seneschauz l'ot gitiee hors de prison et hors des aniaus, si li demande o estoient tuit li prison. Et ele li demande que ce estoit an cele ville. Et il dit que li rois Artus avoit pris lo chastel. Et celle an tant ses mains vers Deu.

« Sire, fait ele, est vos eschapee la dame de çaianz ? »

« Nenil, fait il, ele i est ancorres. »

« Sire, fait ele, se ele amporte ses livres et ses boites, tot avez perdu, car, par les livres que ele a, feroit ele corre un[e] aive ci contramont. »

« O sont il ? » fait Kex.

Et ele li mostre un grant tronc mout fort. Et Kex i mist tantost lo feu, si l'ardié et mist an poudre.

les archers et les arbalétriers se mettent à tirer depuis les créneaux et les fenêtres. Lancelot arrive à la porte supérieure et se montre. Tous alors éclatent de rire et lancent le cri du roi Arthur : « Clarance ! Clarance ! »[1]

Cependant ceux du camp étaient bien inquiets, parce qu'ils craignaient d'avoir perdu Lancelot. La reine avait eu les nouvelles que lui avait apportées Lionel, quand il n'avait pu entrer derrière lui au château ; elle faillit en mourir de douleur ; mais quand elle apprit que le château était conquis, elle éprouva la plus grande joie qu'une dame puisse ressentir.

Le château fut si vite rempli qu'on ne pouvait plus faire un pas. Quand on en vint à fouiller les chambres et les souterrains, le sénéchal Keu (*f. 172c*) entra dans une chambre et y trouva une demoiselle enchaînée ; elle avait été l'amie de Gadraselain et Canile l'y avait tenue en prison trois ans, parce que celui-ci l'avait aimée ; la malheureuse disait qu'il lui faudrait mourir là. Quand le sénéchal Keu l'eut libérée de ses chaînes, elle lui demanda où étaient tous les prisonniers et ce qui arrivait dans la ville ; il répondit que le roi Arthur avait conquis le château ; elle leva les mains pour rendre grâce à Dieu et lui demanda :

« Seigneur, la dame de ces lieux vous a-t-elle échappé ?

— Non, lui répond-il, elle est encore là.

— Seigneur, si elle réussit à emporter ses boîtes et ses livres, vous avez tout perdu, parce qu'avec ses livres, elle pourrait faire arriver l'eau jusqu'en haut de ces lieux.

— Où sont-ils ? lui demande Keu.

Elle lui montre alors un énorme coffre et Keu y met le feu sur-le-champ ; le coffre est ainsi brûlé et réduit en cendres.

---

1. L'imprécision des sujets au pluriel, le raccourci particulièrement bref des dernières opérations, ne rendent pas ce passage clair. Nous comprenons que, tandis que Gauvain reste dans le donjon principal de l'enchanteresse, Lancelot, le roi, etc. reviennent dans *la* tour (celle où le roi avait été emprisonné ?) ; que les archers et arbalétriers (partisans du roi) qui entretemps avaient pris position, continuent de tirer, sans savoir que la forteresse est prise (ou bien ceux de l'enchanteresse ?) ; mais qu'il suffit à Lancelot de se montrer en haut de cette seconde tour pour que tous ceux qui sans doute l'avaient suivi dans l'investissement de la *Roche aus Saisnes*, en le voyant, comprennent que le « cœur » du *chastel* est pris ; d'où leur cri de victoire, *« l'anseigne lo roi Artu,* « *Clarance ! Clarance ! »* L'édition d'A. Micha (t. VIII, 39, 1) donne non pas *an la tor arrieres*, mais *vers la porte arriere*.

Et qant Canile lo sot, si an ot tel duel que ele s'eslança de la roche laïs aval, si fu mout durement bleciee. Si an fu li rois mout dolanz, car mout l'amoit. Et ele vousist miauz avoir perduz tex quatre chastiaus, se ele les aüst, que ele ne vousist ses bons livres ne ses boites.

Ensi est prise la roche, si est li rois dedanz et de sa gent grant partie. Si vient messires Gauvains hors de la tor et dit au roi :

« Sire, vos avez perdu Lancelot, se vos ne vos en prenez garde. »

« Comant ? » fait li rois.

« Certes, fait il, Galehoz l'an menra ja au plus tost que il porra, car il an est plus jalous que n'est uns chevaliers de belle dame jone, qant il l'a. Mais ge vos dirai que vos feroiz. Vos commanderoiz que la porte soit fermee, [que riens n'i entre, n'en isse se par moi non, et le me feroiz fiancier, et a Keu le seneschal autresi, et a monseignor Yvain et a Guerrehés mon frere.] Et vos i avroiz tel compaignie que [nus] n'i anterra se par vos non, ne n'an istra. »

Atant vient li rois an la grant sale, si prant Galehot par la main et Lancelot par l'autre, si les an moigne an la grant tor, si s'asient au unc couche et se font desarmer. Lors apelle li rois monseignor Gauvain, si li fait faire la fiance, et puis a monseignor Yvain qui estoit ja venuz, (*f. 172d*) et a Keu et a Guerrehés. Et quant Galehoz l'ot, si set bien et voit que ce est, si an sopire mout durement et mout angoisosement an parfont, car li cuers li dit une partie de ce qui avanra. Et il l'a dit a Lancelot.

« Biaus compainz, fait il, nos somes venu la o ge vos perdra. »

« Comment, sire ? » fait il.

« Ge sai por voir, fait Galehoz, que li rois vos proiera de remanoir de sa maisniee. Et que ferai ge qui tot ai mis an vos et cuer et cors ? »

« Certes, sire, fait Lanceloz, ge vos doi plus amer que toz les homes do monde, et si fais gié. Ne ja de la maisniee lo roi Artu ne remanrai se force ne m'i fait remanoir. Mais comment veerai ge rien que ma dame me commande ? »

Quand Canile le sut, elle en éprouva une telle douleur qu'elle se jeta du haut de la Roche sur le bas de l'esplanade, se blessant très grièvement. Le roi en fut fort affecté, car il l'aimait beaucoup. Elle, elle aurait préféré avoir perdu quatre châteaux équivalents plutôt que ses précieux livres et ses boîtes.

Ainsi la Roche est-elle prise ; le roi et une grande partie de ses hommes se trouvent dans les lieux. Mais monseigneur Gauvain sort du donjon pour dire au roi :

« Sire, vous avez perdu Lancelot si vous n'y veillez pas.

— Comment cela ? fait le roi.

— En vérité, Galehaut l'emmènera dès qu'il pourra, car il en est plus jaloux que ne l'est un chevalier d'une belle jeune dame, quand elle est à lui. Je vais vous dire ce que vous ferez : vous commanderez que la porte soit fermée et que personne ne sorte ou n'entre sans votre ordre ; vous me le ferez jurer, ainsi qu'au sénéchal Keu, à monseigneur Yvain et à mon frère Guerrehet ; vous aurez ainsi la compagnie que vous voudrez, puisque personne n'entrera ou ne sortira sans votre consentement. »

Le roi gagne donc la grande salle, prend d'une main Galehaut et de l'autre Lancelot, puis les emmène dans le donjon, où ils se font désarmer et s'asseoient sur une couche. Le roi appelle ensuite monseigneur Gauvain et le fait jurer, puis il fait de même avec monseigneur Yvain, qui venait d'arriver (*f. 172d*), et avec Keu et Guerrehet. Quand Galehaut les entend, il comprend bien ce que cela signifie, et, plein d'angoisse, il laisse échapper de profonds soupirs ; il a en partie l'intuition de ce qui arrivera et il le dit à Lancelot :

« Cher compagnon, nous sommes arrivés au moment où je vais vous perdre.

— Comment cela, seigneur ?

— Je sais bien que le roi va vous prier de rester parmi ceux de sa maison. Que ferai-je, moi qui me suis donné à vous corps et âme ?

— Assurément, seigneur, lui répond Lancelot, je dois vous être plus attaché qu'à n'importe qui au monde, et telles sont bien mes dispositions : je ne ferai donc pas partie de la maison du roi Arthur, à moins d'y être forcé. Mais comment pourrai-je refuser rien que me commande ma dame ?

« Jusque la, fait Galehoz, ne vos esforceroie ge mies. Certes, se ele lo velt, il lo covanra a estre. »

Issi parolent antr'aus deus. Et li rois les reprant, si refont plus grant joie que li cuers ne conporte a tel i a. Et lors anvoie li rois querre la reine. Et ele vient, si li saut chascuns a l'ancontre an la tor. Et ele laisse toz les autres, si giete les braz a Lancelot au col, si lo baise voiant toz cels qui laianz estoient, por ce que toz les an voloit decevoir et que nuns n'i pansast ce qu'i est. Ne nuns ne la voit qui miauz ne l'an ait prisiee, mais il an est trop hontous. Et ele li dit :

« Sire chevaliers, ge ne sai qui vos iestes, ce poise moi ; ne ge ne vos sai que offrir por l'annor mon seignor avant et por la moie aprés, que vos avez hui maintenue. Mais por lui avant et por moi aprés vos otroi ge moi et m'amor, si comme leiaus dame doit doner a leial chevalier. »

Et qant li rois l'ot, si l'am prise mout de ce que ele l'a fait sanz estre anseigniee.

Mout fu la joie granz de Lancelot laianz. Et puis refist la reine joie a monseignor Gauvain et a Galehot et as autres compaignons lo roi qui avoc lui avoient esté an ceste queste, car tuit estoient venu fors Saigremor. Si fu mout demandez que il fu devenuz. Et messires Gauvains conta comment il l'avoit laissié avoc une damoiselle *(f. 173a)* que il amoit. Aprés conta la reine de Lancelot comment il avoit esté gariz an ses chanbres de la grant forsenerie que il avoit prise el chastel, et comment une damoiselle l'avoit gari qui se nomoit la Dame do Lac.

« Dame, fait li rois, savez vos qui il est, li chevaliers ? »

Et ele dit que nenil.

« Or sachiez donc que ce est Lanceloz do Lac, cil qui vainqui les deus assenblees de moi et de Galehot. »

Et qant ele l'ot, si fait sanblant que a grant merveilles li viegne, et se seigne trop sovant. Et aprés conte messires Yvains la mervoille d'armes que il avoit faite hui tote jor.

« Sire, sire, fait messires Yvains, nos envoiasmes a ma dame, car nos cuidiens

– Là s'arrêteront mes exigences, lui répond Galehaut. En vérité, si elle le veut, il faudra que cela soit. »

Telle fut la conversation qu'ils eurent tous les deux. Le roi les retrouve et ils lui montrent une plus grande joie que l'un d'eux n'en a dans le cœur. Le roi envoie chercher la reine ; à son arrivée dans le donjon, chacun se précipite à sa rencontre ; mais négligeant tous les autres, elle jette les bras autour du cou de Lancelot et lui donne un baiser devant toute l'assistance : elle voulait qu'ils soient tous dupes et que personne ne devine la vérité ; tous ceux qui la voient faire ainsi l'en estiment effectivement davantage, mais Lancelot en éprouve beaucoup de confusion. Elle lui dit alors :

« Seigneur chevalier, je ne sais qui vous êtes et je le regrette ; je ne sais que vous offrir pour avoir défendu aujourd'hui l'honneur de mon époux d'abord et le mien ensuite ; mais en son nom d'abord et au mien ensuite, je vous accorde ma personne et mon amour, comme une dame loyale doit le faire à un chevalier loyal. »

Le roi l'admira fort d'avoir tenu ces propos sans qu'on les lui ait appris. Grande fut la joie que Lancelot suscita en ces lieux. La reine fit fête à leur tour à monseigneur Gauvain, à Galehaut et aux autres compagnons de la quête, car tous en étaient revenus, sauf Sagremor ; on demanda à plusieurs reprises ce qu'il était devenu ; monseigneur Gauvain raconta comment il l'avait laissé avec une demoiselle *(f. 173a)* dont il était amoureux. Après, la reine raconta comment Lancelot avait été guéri dans ses appartements de la grande folie qui l'avait prise dans le château, et comment l'avait guéri une demoiselle qui s'appelait la Dame du Lac.

« Dame, lui demanda alors le roi, savez-vous qui il est, ce chevalier ?

Elle répondit que non.

« Eh bien apprenez que c'est Lancelot du Lac, le vainqueur des deux assemblées où nous nous affrontâmes, Galehaut et moi. »

À ces mots, elle fit semblant d'être frappée d'étonnement et multiplia les signes de croix. Ensuite monseigneur Yvain raconta les merveilleux exploits de Lancelot tout ce jour-là.

« Sire, sire, nous nous étions adressés à ma dame, croyant

que tuit si chevalier n'i fussient mies a la bataille. Et ele lo nos anvoia tot sol, si nos manda que ele nos an anvoieroit tant que bien tanroient lo leu a deus cenz chevaliers qui estoient alé a Arestel, que ge i avoie deus cenz anvoiez. Et de ce dist ma dame voir, que, si m'aïst Dex, se li dui cent i fussient et il n'i fust, nos n'an venissiens ja nul jor a ce que nos an somes venu orandroit. Ne ja li Saisne ne fussient pris por les deus cenz si com il furent por lui. »

« Par foi, fait li rois, plus a il fait d'armes a moi rescorre que an totes les autres proeces, car il a pris un tel chastel com cist est, que il me faisoit plus mal que tuit li chastel do monde. Et jo doi bien amer sor toz homes. »

Aprés vint Hestors devant la reine et dist :

« Dame, vez ci ma queste. »

Si li mostre monseignor Gauvain. Et la reine li fait mout grant joie. Et messires Yvains li fait mout grant annor, car il conte comment il l'avoit delivré, et lui et Sagremor, de la prison au Roi des Cent Chevaliers et comment il avoit lo seneschal conquis. Et messires Gauvains conta comment il abatié Sagremor et Keu et Girflet et monseignor Yvain a la Fontainne del Pin. Et lors fu assez qui lo regarda, car mout estoit loez. Et s'amie en ot sor toz autres et sor totes joie.

Atant fu li mengiers apareilliez, si asistrent. Et qant il orent mengié, li rois apela la reine et li dist a consoil :

« Dame, ge voil prier Lancelot de remanor a moi et d'estre compainz de la Table Reonde, *(f. 173b)* car bien sont ses granz proeces esprovees. Et s'il ne voloit por moi remanir, si l'an cheïssiez tantost as piez. »

« Sire, fait la reine, il est a Galehot et ses compainz, si est biens que vos an priez Galehot qu'il lo sueffre. »

Lors vient li rois a Galehot, si li prie en toz servises qu'il voille que Lanceloz soit de sa maisniee et qu'il remaigne a lui come ses maistres et ses compainz.

que tous ses chevaliers n'étaient pas à la bataille. Elle ne nous envoya que lui, en nous faisant dire que ce secours remplacerait bien les deux cents chevaliers qui, sur mon ordre, étaient allés à Arestel. Et ce fut vérité, par Dieu, car les deux cents eussent-ils été là, mais pas lui, nous n'aurions jamais eu ce résultat : deux cents hommes n'auraient pas capturé les Saxons comme il l'a fait.

— Par ma foi, fit le roi, en me portant secours il a accompli le plus beau de tous les exploits, car il s'est emparé de ce château qui me faisait plus de tort que tous les châteaux du monde. Il est juste que je le chérisse entre tous les hommes. »

Hector s'avança ensuite devant la reine et lui dit en lui montrant monseigneur Gauvain :

« Dame, voici l'objet de ma quête. »

Elle fit fête à Hector ; puis monseigneur Yvain honora celui-ci grandement en racontant comment il les avait délivrés, lui-même et Sagremor, de la prison du Roi des Cent Chevaliers et comment il avait vaincu le sénéchal. Monseigneur Gauvain, à son tour, raconta comment il avait abattu Sagremor, Keu, Girflet et monseigneur Yvain à la Fontaine du Pin. Ces nombreux éloges lui valurent bien des regards et son amie[1] en fut plus heureuse que tous les autres, hommes ou femmes.

Le repas se trouva prêt et ils prirent place. Quand ils eurent mangé, le roi prit la reine à part pour lui dire :

« Dame, je veux prier Lancelot de rester avec moi et de devenir compagnon de la Table Ronde (f. 173b) car ses exploits ont prouvé sa grande prouesse ; mais si je n'arrivais pas à le convaincre, laissez-vous tomber aussitôt à ses pieds.

— Sire, lui répond la reine, il appartient à Galehaut dont il est le compagnon ; il est donc juste de prier Galehaut d'accepter. »

Le roi rejoint Galehaut et le prie – en échange de tous les services qu'il voudra – de consentir à ce que Lancelot fasse partie de sa maison et qu'il reste avec lui comme son compagnon et son seigneur[2].

---

1. La première, encore, la nièce du nain, et pas la fille du seigneur de l'Estroite Marche.
2. « Le compagnon et le seigneur du roi » (en raison des services rendus), expression formulaire qui revient plusieurs fois dans le roman.

« Ha ! sire, fait Galehoz, ge sui venuz en vostre besoigne atot mon pooir, car c'est qancque ge puis. Ne ja ne m'aïst Dex, se ge savoie vivre sanz lui. Et comment me toudriez vos ma vie ? »

Et ce disoit il, por ce que il ne cuidoit mies que la reine lo vousist. Et li rois regarde la reine maintenant, si li dist :

« Priez l'an, dame. »

Et ele se laisse tantost cheoir a genolz devant Lancelot. Et qant Lanceloz la voit a genolz, si li fait trop grant mal au cuer ; si n'atant mie tant que Galehoz lo regart, ainz saut sus et dist a la reine :

« Ha ! dame, ge remaign a mon seignor a son plaisir et au vostre. »

Et lors s'an lieve.

« Sire, fait ele, granz merciz. »

« Sire, fait Galehoz, issi ne l'avroiz vos mie, car miauz ain ge estre povres [a] aise que riches a malaise. Retenez moi avoc lui, se ge onques fis chose qui vos plaüst. Et bien lo devez faire, et por lui et por moi, car bien sachiez que tote l'amor que j'ai a vos, i ai ge par lui. »

Et li rois saut sus, si l'an mercie et dist qu'il nes retient mie com a ses chevaliers, ainz les retient a compaignons et a seignors de lui. »

Issi retient li rois Lancelot et Galehot, et puis aprés, Hestor por compaignie et por onor des deus. Si fu la joie si granz an la maison lo roi que greignor ne la vos porroit an mie deviser. Et l'andemain dist li rois qu'il tandroit cort mout efforciee an la roche meïsme por la joie de Lancelot, si l'a mout haute et riche. Et ce fu lou seïme jor devant la Toz Sainz, ne onques ne fu jorz qu'il ne portast querone de toz les set jorz et qu'il n'aüst chascun jor cort efforciee de miauz en miauz. Celui jor furent assis li troi (*f. 173c*) chevalier an la Table Reonde. Et furent mandé li clerc qui metoient an escrit les proeces as conpaignons de la maison lo roi. Si estoient quatre, si avoit non li uns Arodiens de Coloigne, et li secons Tontamidez de Vernax, et li tierz Thomas de Tolete, et li quarz Sapiens de Baudas. Cil quatre mestoient en escrit qanque li compaignon lo roi faisoient d'armes, si mistrent en escrit les avantures

« Hélas ! sire, s'écrie Galehaut, je suis intervenu de tout mon pouvoir quand vous en avez eu besoin : c'est tout ce que je puis faire. Mais j'en prends Dieu à témoin, je ne saurais vivre sans lui : comment dès lors, oseriez-vous m'enlever la vie ? »

Il tentait de protester parce qu'il n'imaginait pas que la reine manifesterait sa volonté ; mais le roi lui jette un regard et lui dit :

« Priez-le pour cela, dame. »

Aussitôt elle se laisse tomber à genoux devant Lancelot, qui en est bouleversé : il n'attend pas que Galehaut lui donne son accord des yeux, mais il se précipite vers elle pour lui dire :

« Ah ! dame, je reste auprès de mon seigneur, selon son bon plaisir et le vôtre.

— Seigneur, grand merci, lui dit-elle en se relevant.

— Sire, intervint Galehaut, vous ne l'aurez pas ainsi : je préfère être pauvre et heureux plutôt que riche et malheureux. Retenez-moi aussi comme compagnon, si j'ai jamais fait quelque chose qui vous a été agréable. Pour lui et pour moi vous devez bien le faire, car soyez bien sûr que toute l'amitié que j'ai pour vous, c'est à cause de lui. »

Le roi les remercie avec effusion et lui dit qu'il ne les retient pas comme ses chevaliers, mais comme « ses compagnons et ses propres maîtres. »

C'est ainsi que le roi retient Lancelot et Galehaut, et après eux, pour grandir sa compagnie et en leur honneur, il retient Hector. On ne pourrait vous décrire l'allégresse qui régna dans la maison du roi. Le lendemain celui-ci déclara qu'il tiendrait une cour plénière sur la Roche même pour fêter Lancelot. Elle fut en effet solennelle et superbe, sept jours avant la Toussaint ; pas un jour jusque-là ne se passa sans qu'il portât couronne et chaque jour sa cour était de plus en plus grandiose. Le jour de la Toussaint, les trois *(f. 173c)* chevaliers eurent leur place à la Table Ronde et l'on fit venir les clercs qui consignaient par écrit les prouesses des compagnons de la Table Ronde. On en comptait quatre, dont le premier s'appelait Arodien de Cologne, le second Tontamidés de Vernaux, le troisième Thomas de Tolède, et le quatrième Sapiens de Bagdad. Ces quatre clercs enregistraient par écrit tous les exploits guerriers des compagnons du roi ; ils commencèrent par les aventures de

monseignor Gauvain tot avant, por ce que c'estoit li commancemenz de la queste, et puis les Estor, por ce que do conte meïsmes estoient branche, et puis les avantures a toz les dis huit compaignons. Et tot ce fu del conte Lancelot, et tuit cist autre furent branches de cestuit. Et li contes Lancelot fu meïsmes branche del Greal, si qu'il i fu ajostez.

En tel joie sejorna li rois et si compaignon a la roche toz les jorz jusq'au tierz jor de la Toz Sainz, [et lors s'en parti] et laisa an la roche ses gardes. Et puis s'en revint an Bretaigne a petites jornees. Et qant il est venuz a Camaheu, si prant Galehoz de lui congié et li prie qu'il li laist Lancelot avoc lui mener en son païs. Mais li rois l'otroie a mout grant poine. Et la reine lo velt issi et dit au roi que li Avant anterront par tens. Si fait tant que li rois l'otroie par covant qu'i[l] li coventent leiaument par covant qu'il seront a cel jor de Noel a lui. Et si lor dist qu'il sera en la cité ou il fist Lancelot chevalier. Et il li creantent. Si s'an partent atant antre Galehot et Lancelot, [si] s'an vont an lor païs, et li rois et sa compaignie s'en vont en Bretaigne.

Or s'en vont entre Galehot et Lancelot qui mout amast miauz lo remanoir, mais sanblant n'en osse faire por Galehot, qu'il lo crient et dote sor toz homes. Et d'autre part rest Galehoz mout angoiseus de la dame de Malohaut qu'il avoit tant aamee qu'il ne li estoit pas avis que nuns autretant poïst amer. Si est mout a malaise de ce qu'il l'a laissiee si hastivement aprés la premiere joie qu'il en a eüe. Et il s'an conforte au plus qu'il puet, por ce que mout av[r]oit grant honte se nus son covigne *(f. 173d)* aparceüst. Et se panse, se Deu plaist, qu'il la reverra par tens, et ele lui, car li termes n'est mie lons qu'il a mis au roi

monseigneur Gauvain, parce qu'il était à l'origine de la quête, puis ils continuèrent par celles d'Hector, qui constituaient une branche du conte lui-même, et par celles des dix-huit compagnons. Tout cela constituait le conte de Lancelot, et tout le reste représentait des branches de ce conte ; mais le conte de Lancelot était lui-même une branche du Graal, de sorte qu'il y fut ajouté[1].

Le roi et ses compagnons, pleins d'allégresse, séjournèrent sur la Roche jusqu'au troisième jour après la Toussaint ; le roi y laissa alors une garnison et la quitta pour revenir en Bretagne par petites étapes. Après leur arrivée à Camaheu, Galehaut prit congé de lui et le pria de lui laisser emmener Lancelot dans son pays ; le roi y consentit bien difficilement, mais la reine le voulut ainsi et dit au roi que l'Avent n'était pas loin ; elle arriva à le persuader d'accepter, à condition qu'ils fissent le serment loyal d'être avec lui le jour de Noël ; le roi leur dit qu'il serait dans la cité où il avait armé Lancelot chevalier[2]. Lui et Galehaut firent ce serment, et puis s'en allèrent ensemble dans leur pays tandis que le roi et sa compagnie continuaient jusqu'en Bretagne.

Lancelot s'en va donc avec Galehaut, alors qu'il aurait de beaucoup préféré rester ; mais il n'ose le lui laisser voir, parce qu'il le craint et le redoute entre tous. De son côté, Galehaut est très soucieux à cause de la dame de Malehaut qu'il avait aimée au point de penser qu'il ne pouvait y avoir d'amour aussi grand. Il est bien malheureux de l'avoir laissée si vite après la première jouissance d'amour. Il fait tout son possible pour s'en consoler, car il aurait grand honte qu'on s'aperçût de son état d'âme (f. *173d*). Il pense aussi que, s'il plaît à Dieu, ils se reverront bientôt, puisque la date dont il est convenu avec le roi

---

1. Les *aventures* d'un personnage constituent un *conte* ; rattaché à celles d'un personnage plus important, ce *conte* devient une *branche* d'un *conte* plus important, qui développe plusieurs *branches*. Ce passage a fait l'objet de maints commentaires. E. Kennedy le considère comme une interpolation, de sorte qu'il n'infirme pas sa thèse que le manuscrit BN 768 donne un *Lancelot* primitif, indépendant du cycle du Graal.

2. Camahalot. Voir t. I, p. 432.

de sa revenue. Et ancor, ce dist, l'acorcera il a son pooir.

Atant vient a Lancelot, si lo met an parole de la reine, por ce qu'il velt qu'il li ramentoive les soes amors. Si chevalchent an ceste maniere et parolent totesvoies de ce dont lor cuer sont a ase, tant que bien pot estre none de jor. Et lors chaï Galehoz en un pensé dont ses cuers fu mout a malaise, si chevauche plus soef, et commança a penser a Lancelot, son conpaignon, qui remés est de la maisnie lo roi Artu. Si en a mout grant angoisse et dist a soi meïsmes que or a il perdu tote anor et tote joie par celui de cui il la cuidoit avoir recovree a toz les jorz de son vivant.

« Si sai, fait il, veraiement que a la premiere foiz q'entre moi et lui vanrons a cort qu'il covandra que nostre compaignie departe, car la reine voudra que il remaigne, n'il n'oseroit contredire chose que ele vousist. S'ai ansi perdue l'amor que j'avoie en lui mise, et lo grant meschief que ge fis por sa compaignie avoir, la ou g'estoie au desus de conquerre tot lo pris et tote l'anor del monde. »

Totes ces choses met Galehoz devant ses iauz, et si l'an toiche au cuer si grant angoisse que a force lo covint pasmer et chaoir a terre si durement comme cil qui n'avoit pooir ne de son cors ne de son cuer. Et Lanceloz, qui chevauchoit devant, si se regarde. Et qant il lo vit gesir a terre en tel maniere, si ot grant paor qu'il ne fust morz. Si feri cheval des esperons et vient arrieres grant aleüre, si descent et prant Galehot antre ses braz. Et qant il revint de pasmoisons, si li demande :

« Sire, por Deu, que avez vos ? »

« Si m'aïst Dex, fait Galehoz, ge ai assez duel et angoisse, car il m'est mescheoit plus que a nul home mais ne meschaï, et bien sai qu'il me mescharra assez des ores mais. »

Et qant Lanceloz antant ces moz, si cuide bien que Galehoz ne l'ait dit se por lui non. Et pense qu'il li demandera si tost com il sera montez. Atant vait querre son palefroi, si li amain(f. 174a)gne. Et il monte a mout grant poine, car mout s'est bleciez au chaoir. Et lors se remetent a la voie aprés les escuiers qui devant s'an vont. Et Lanceloz li demande et conjure la rien que il plus aimme qu'il li die de quoi il li est si durement meschaoit.

pour son retour n'est pas très éloignée ; enfin il se dit que cette date, il l'abrégera autant qu'il le pourra.

Il se rapproche de Lancelot et se met à lui parler de la reine, parce qu'il désire retrouver par lui le souvenir de ses propres amours. Ainsi chevauchent-ils jusque vers none, tout en parlant de ce qui remplit d'aise leur cœur. Mais une pensée vient tourmenter le cœur de Galehaut ; il ralentit et se met à songer à Lancelot, son compagnon, qui fait toujours partie de la maison du roi Arthur. Étreint par le chagrin et l'angoisse, il se dit qu'il a perdu tout honneur et toute joie par celui qui, croyait-il, les lui avait fait retrouver pour toujours.

« Je sais bien que la première fois où lui et moi nous irons à la cour, il faudra que nous laissions notre compagnonnage : la reine voudra qu'il reste et il n'oserait rien opposer à toutes ses volontés. J'ai donc perdu l'amitié que j'avais mise en lui et les grands sacrifices que j'ai faits pour avoir son compagnonnage, alors que j'étais maître de conquérir toute la gloire et tout l'honneur du monde.

Galehaut se représente tout cela et son cœur en éprouve une si grande souffrance qu'il ne peut éviter de tomber lourdement à terre, évanoui, incapable de maîtriser son corps et son cœur. Lancelot chevauchait devant lui ; il se retourne et le voyant ainsi étendu de tout son long par terre, il a grand peur qu'il soit mort. Il éperonne pour revenir rapidement en arrière, met pied à terre, le prend dans ses bras et quand il le voit revenir à lui, il lui demande :

« Pour l'amour de Dieu, seigneur, qu'avez-vous ?

— J'en prends Dieu à témoin, la peine et l'angoisse m'envahissent : j'ai eu plus de malchance que jamais personne et je sais bien que j'en aurai encore beaucoup. »

Ces propos font penser à Lancelot que Galehaut ne les a dits que pour lui ; il décide de l'interroger dès qu'il sera remis en selle. Il va chercher son palefroi, le lui ramène *(f. 174a)* et Galehaut se hisse péniblement, car il s'est fait bien mal en tombant. Ils reprennent leur chemin, derrière leurs écuyers qui les précèdent. Lancelot lui demande en le conjurant par la créature qu'il aime le plus de lui dire en quoi il a eu tant de malchance.

« Car il m'est avis, fait il, que vos n'avez ce dit se por moi non. Et ge sai bien que puis que ge vos acointai premierement, ne vos avint chose que vos deüssiez tenir a mescheance qui par moi ne vos avenist. Or si sai bien que vos n'amez pas ma compaignie autant com vos soliez et que vos vos repantez de ce que vos avez fait por moi ça en arrieres. »

« Ha ! fait Galehoz, biaus dolz amis, por Deu merci, ne pansez pas tel vilenie que, si voirement m'aïst Dex, onques ne me repanti de chose que ge feïsse por vos. Mais ge pensoie a ce que la compaignie de moi et de vos ne puet mie longuement durer. »

« Por quoi, sire ? » fait Lanceloz.

« Por ce, fait Galehoz, que la reine ne se porroit de vos consirrer. Si sai bien que ele voudra que del tot remanoiz en la maison lo roi, ne vos n'oserez mie veer chose que ele vos commandast. Se ge poïse demorer avoc vos, ge le feïsse volentiers ; mais ne puet estre, car il covandra que ge m'an aille en mon païs, por ce que maintes genz lo me tandroient a mauvaitié se ge demoroie tot adés en la maison lo roi Artu. Si sachiez certainnement que mout me fera grant mal au cuer qant il me covandra consirrer de la rien que ge plus amoie. »

« Certes, sire, fait Lanceloz, vos avez plus fait por moi que onques hom ne fist por autre. Ne ja ne m'aïst Dex qant ge ferai ja chose a mon pooir dont ge cuit que vos seiez a malaise. Mais se ma dame me commande que ge remaigne, il covandra que il soit, car escondire ne l'an oseroie. »

Atant laissent ceste parole, mais onques puis Galehoz bele chiere ne pot faire. Et la nuit jurent en une maison de religion qui estoit en l'oroille d'une forest, ou l'an lor fist mout grant anor. Et au matin se leverent bien main et oïrent messe. Et qant il orent messe oïe, si se remistrent au chemin. Et dist Galehoz a Lancelot qu'il (*f. 174b*) iront an sa terre dont il est sires d'ancesserie. Et Lanceloz respont que ce li plaist mout. Lors prant Galehoz un escuier et mande a toz ses barons de Sorelois qu'il s'an vait en la Terre des Loigtaignes Isles. Et cil s'an vait au ferir des esperons.

« Car je crois bien que vous n'avez dit cela que pour moi. Au début de notre amitié, vous ne comptiez pour malheur rien de ce qui vous arrivait par moi ; je sais donc bien que vous n'aimez pas autant ma compagnie qu'avant et que vous vous repentez de ce que vous avez fait pour moi dans le passé récent.

— Hélas ! mon doux ami, pour l'amour de Dieu, n'ayez pas cette basse pensée, car, j'en prends Dieu à témoin, je ne me suis jamais repenti de ce que j'ai pu faire pour vous. Mais je pensais que notre compagnonnage ne peut pas durer longtemps.

— Pour quelle raison, seigneur ?

— Parce que, reprend Galehaut, la reine ne saurait se priver de vous ; je sais bien qu'elle voudra que vous restiez complètement dans la maison du roi Arthur et vous n'oserez pas refuser ce qu'elle pourrait vous commander. Si je pouvais rester avec vous, je le ferais volontiers, mais c'est impossible : il me faudra m'en aller en mon pays, sinon maintes gens m'accuseraient de mal me conduire, à demeurer toujours dans la maison du roi Arthur. Soyez bien sûr que mon cœur me fera grand mal quand il me faudra être privé de la personne que j'aimais le plus.

— Assurément, seigneur, lui répond Lancelot, vous avez plus fait pour moi que jamais homme ne fit pour un autre. J'en prends Dieu à témoin, de mon propre chef je ne ferai rien dont je pense que cela vous rendrait malheureux. Mais si ma dame me donne l'ordre de rester, il faudra qu'il en soit ainsi, je n'oserais pas dire non. »

Ils arrêtent là cette conversation, mais Galehaut ne put plus avoir le visage riant. Ils passèrent la nuit dans une maison de religion qui se trouvait en bordure d'une forêt, où on leur fit grand honneur. Le lendemain, de très bon matin ils se levèrent et entendirent la messe, puis ils reprirent leur route. Galehaut dit à Lancelot qu'ils *(f. 174b)* se rendront dans la terre dont ses aïeux lui ont légué la seigneurie. Lancelot lui répond qu'il ira très volontiers ; Galehaut envoie un de ses écuyers faire savoir à tous ses barons[1] du Sorelois qu'il s'en va dans la Terre des Iles Lointaines, et le messager part au galop.

---

1. *Barons*, ici terme général, indiquant les grands seigneurs du Sorelois, qui (par le possessif *ses*) ont fait hommage à Galehaut.

Et antre Galehot et Lancelot s'an vont d'autre part, parlant d'amors et de chevalerie, si chevauchent tant par lor jornees qu'il vienent en l'antree de la terre Galehot. Et lors esgarde Lanceloz del Lac devant lui a droiture, si voit un chastel de merveilleuse biauté. Cil chastiaus seoit en un mout haut tertre dont l'an pooit sorveoir tot lo païs. Si estoit tote la forterece assisse sor roche naïve, tranchiee a cisel; et par desoz, a mains que l'an ne traissist d'un arc, corroit une riviere qui assez est granz et parfonde et planteüreuse d'oisiaus et d'autres deduiz, si i avoit praerie grant et bele. Et d'autre part estoit la forez granz et haute, dont li chastiaus estoit plus atalantables et plaissanz.

« Ahi ! Dex, fait Lanceloz, com a ci riche forteresce et orgoillose, et com fu fermee de grant cuer. »

« Certes, dist Galehoz, voirement diriez vos qu'ele fu fermee de haut cuer, se vos saviez que ge pensoie au jor que ge la fis faire, car j'avoie trente reiaumes conquis et mis en ma seignorie, si dis a moi meïsmes que g'estoie li plus viguerex hom del siegle et li plus redotez et que ge n'oseroie nulle chose anprandre dont ge ne venisse bien a chief, por ce que toz avoie mes anemis mis au desoz. Si me pansai que ge feroie tant que j'avroie lo reiaume de Logres. Alors si seroie coronez et porteroie corone en cest chastel si richement c'onques nuns rois si richement ne l'i porta, car ge avoie fait trente et une corone, si avoie enpensé que tuit mi roi seroient a ceste feste et que por l'anor de mon coronement porteroit chascuns d'aus corone. Et sor chascun[e] des torneles avroit un soztenal d'argent del grant a un home, si avroit sor chascun un cierge. Et desus cele grant tor qui siet en mileu de cest chastel se(f. 174c)roit uns soztenaus d'or assez greignor qe nuns des autres, et desus reseroit uns cierges, [si seroient] tuit li [ci]erge si grant que il ardroient tote nuit, que ja por tens que il poïst faire ne porroient estaindre. En ceste maniere, fait Galehoz, avoie an talant que ge seroie coronez qant j'avroie lo roi Artus conquis. Et ge gerroie anuit el chastel

Galehaut et Lancelot s'en vont de leur côté, parlant d'amour et de chevalerie, et par longues étapes ils arrivent à l'entrée de la terre de Galehaut. À un moment donné, Lancelot aperçoit droit devant lui un château d'une merveilleuse beauté, situé sur un tertre très haut, d'où on pouvait contempler tout le pays ; toute la partie fortifiée était construite sur une roche naturelle qui avait été entaillée ; au pied, à moins d'une portée d'arc, courait une rivière fort large et profonde, giboyeuse et pleine d'agréments, avec une vaste et belle prairie. De l'autre côté la forêt, haute et vaste, rendait le château plus plaisant et plus attrayant.

« Ah ! mon Dieu, fait Lancelot, que voilà une puissante et fière forteresse, quel grand cœur l'a fait édifier !

– En vérité, lui répond Galehaut, vous auriez raison de dire qu'elle vient d'un cœur fier, si vous saviez ce que je pensais le jour où je la fis faire : j'avais conquis trente royaumes dont j'étais devenu le seigneur[1], et je m'étais dit qu'étant l'homme le plus fort et le plus craint du monde, je n'entreprendrais rien dont je ne vienne à bout, puisque j'avais réduit tous mes ennemis. J'eus alors l'idée de conquérir le royaume de Logres et ensuite de me faire couronner et de porter couronne dans ce château avec plus de faste que jamais aucun roi : j'avais fait faire trente et une couronnes, car je pensais que tous mes rois seraient à cette fête et qu'en l'honneur de mon couronnement, chacun d'eux porterait couronne. Sur chacune des tourelles il y aurait un candélabre d'argent de la taille d'un homme, avec un cierge, et sur cette grande tour[2] centrale (f. 174c) il y aurait un candélabre d'or, plus haut que les autres, avec encore un cierge ; ces cierges seraient tous si énormes qu'ils brûleraient toute la nuit et qu'aucune intempérie ne pourrait les éteindre. Voilà comment je désirais être couronné quand j'aurais vaincu le roi Arthur[3]. Et cette nuit-là je l'aurais passée dans le château

---

1. *Seigneur* au sens féodal, Galehaut fait des rois qu'il a vaincus ses vassaux.
2. Il s'agit du donjon seigneurial ; nous gardons ici le terme « tour », pour la symétrie avec *tornelles* (les petites tours découpant les remparts), et pour la valeur symbolique de l'ensemble.
3. Voir t. I, p. 700.

com el plus bel et el plus delitable que vos onques veïssiez de voz iauz. »

Atant s'an vont droit au chastel grant aleüre. Et qant il l'aprochent a mains que l'an ne traissist d'une arbeleste, si esgardent et voient que bien la moitié des murs del chastel versent contre terre de cele part o Galehoz venoit. Et qant il voit ce, si est mout esbahiz et dist a Lancelot que c'est une des granz mervoilles que il onques mais veïst :

« Car ge ne cuidoie en tot lo monde nul si fort chastel. Et por la grant force que ge savoie que il avoit, li avoie ge non mis l'Orgueilleusse Angarde. Et neporqant ge sai bien qu'il n'est mie chaüz par foiblece qui an lui fust, mais c'est aucune senefiance. »

De ceste aventure est Galehoz mout espoantez et dist que an nule maniere il n'anterroit dedanz lo chastel, « Ainz nos logerons, fait il, la desouz en cele praerie. » Lors s'an vont desor la riviere, si font tandre un tref. Et manda Galehoz des chevaliers do païs que il venissient a lui. Et il vindrent volantiers et a grant joie ; et mout se merveillerent de ce que il estoit venuz si priveement, car il n'avoient pas a costume qu'il venist si seus. Mout fu granz la joie cele nuit en la tente Galehot et mout fu Lanceloz ennorez et conjoïz, car Galehoz lor commande que il ne facent feste se de lui non. Et il an font tant com il plus puent, si que Lanceloz en est mout honteus et esbahiz.

La nuit demenerent grant joie entre Galehot et ses genz ; et qant il fu tans de couchier, si se couchierent. Et l'andemain se leverent si tost com il porent lo jor aparcevoir. Et qant il furent (f. 174d) atorné, si monterent et se mistrent a la voie a aler a un chastel qui estoit a dis liues galesches pres de celui ou il avoient eü geü. Mais ançois qu'il i venissient, fu mout granz la presse antor Galehot, car tost fu la novelle espandue parmi lo païs que venuz estoit. Si li vindrent a l'ancontre chevalier et vallet, et dames et damoiselles, et clerc et borjois, si li prese[n]terent maint biau joel et donerent maint riche don. Ensin errerent tant que il vindrent au chastel et troverent que tuit li mur restoient chaoit, si an furent mout esbahi. Et lors conterent a Galehot que maint autre de ses chastiaus estoient ansin fondu. Et qant il l'ot, si an est mout espoentez et dist que c'est une des greignors mervoilles et des plus estranges que il onques mais veïst.

le plus beau et le plus plaisant que vos yeux pourront jamais voir. »

Là-dessus ils prennent la direction du château à grande allure. Arrivés à moins d'une portée d'arbalète, ils voient une bonne moitié des remparts s'écrouler du côté par où venait Galehaut ; devant ce spectacle, stupéfait, il dit à Lancelot que c'était un des plus grands prodiges qu'il ait jamais vus :

« Je croyais qu'il n'y avait pas au monde de plus puissant château-fort, et en raison de cette puissance que je lui connaissais, je l'avais appelé l'Orgueilleuse Garde. Néanmoins je sais bien qu'il n'est pas tombé en raison de quelque vice caché ; il y a là un signe. »

Plein de frayeur devant cet événement, il décide qu'ils n'entreraient absolument pas dans le château, « mais nous nous installerons là-bas dans la prairie », continue-t-il. Ils longent donc la rivière et font dresser une tente. Galehaut convoqua les chevaliers du pays ; ils vinrent avec plaisir et grand bonheur, mais beaucoup s'étonnaient de ce qu'il était venu si discrètement, car il ne les avait pas habitués à le voir venir si seul. La liesse régna ce soir-là dans la tente de Galehaut ; Lancelot fut célébré et honoré grandement, car Galehaut donna l'ordre de ne fêter que lui et l'on fit le maximum, ce qui remplit Lancelot de confusion et d'étonnement.

Galehaut et ses hommes passèrent donc la soirée dans la fête, jusqu'à l'heure du coucher, où ils se mirent au lit. Le lendemain, ils se levèrent dès le point du jour. Une fois (*f. 174d*) prêts, ils montèrent sur leurs chevaux et prirent le chemin d'un château qui se trouvait à dix lieues galloises de l'endroit où ils avaient couché. Avant qu'ils l'aient atteint, il y eut grande presse autour de Galehaut, car la nouvelle de son arrivée s'était vite répandue dans le pays : chevaliers et écuyers, dames et demoiselles, clercs et bourgeois, vinrent à sa rencontre, et on lui offrit nombre de beaux joyaux et de riches présents. Ils continuèrent et arrivèrent au château où, avec stupeur, ils découvrirent que là tous les remparts à leur tour s'étaient écroulées. On informa alors Galehaut que nombre de ses autres châteaux s'étaient écrasés de la même manière. Effrayé par ces nouvelles, il dit qu'il s'agissait là d'un des plus grands et des plus étranges prodiges qu'il ait jamais vus.

« Certes, sire, fait Lanceloz, il n'est nuns qui a mervoille nel tenist. Mais por avanture qui aveigne ne se doit nus desconforter ne esmaier, car tot est an aventure de Nostre Seignor, et nos poons bien aparcevoir que c'est aucune demostrance que Dex fait. »

« Si voirement m'aïst Dex, biaus dolz amis, fait Galehoz, ge ne m'an desconforterai ja, que plus ai ge perdu que tant. Mais mout savroie volentiers que ce senefie, se ge puis trover nul home qui verité m'en saiche dire. »

Atant remest la parole, que plus ne volt Galehoz que parole en fust plus tenue ; ainz commande a toz ses homes, si com il l'aimment, qu'il n'i ait celui qui face mauvais sanblant, car ja mais jor ne l'ameroit. Et il sont mout lié de ce q'il lor commande ce affaire, car mout avoient grant paor de son corroz. Et il lor dist qu'il ne s'antremetent ja se de Lancelot non, « Car bien sachiez, fait il, que ja mais plus preudome ne troveroiz. » Et il demandent qui il est. Et il dist qe c'est li miaudres chevaliers do monde et si a non Lancelot del Lac.

La nuit fu mout granz la joie el chastel et mout se penerent tuit et totes de Lancelot servir et honorer. Si antandent a conjoïr li um l'autre tant que li mengiers est prelz, si assient. *(f. 175a)* Et qant il ont mengié, si recommencent a parler de maintes choses. Et demandent a Galehot cil qui la verité n'an savoient comment il avoient esploitié de sa guerre et an quel maniere la pais avoit esté faite de lui et del roi Artu. Et il conte tot ansi com Lanceloz l'avoit porchacié et la mervoille d'armes qu'il avoit faites es asanblees. Et lors fu mout esgardez de dames et de chevaliers et de toz cels qui laianz estoient, et li presenta mainte dame s'amor par ses ielz et de volenté qui pas ne l'an escondeïst se il fust an leu et an point que il l'an vousist requerre sinplement l'un a l'autre. Et dient entr'eles que mout porroit estre liee la dame qui tel chevalier avroit acointié, ne il n'est meschiés qu'ele ne deüst faire por avoir an son dongier lo pris et la flor de tot lo monde.

Ensi antandent a parler tant qu'il fu grant piece de nuit. Et lors furent li lit fait, si se couchierent. Mais Lanceloz ne dormi gaires, car

« Certes, seigneur, fait Lancelot, personne ne constesterait que c'est un prodige. Mais personne ne doit s'effrayer ni se désespérer, quoi qu'il arrive, car tout est entre les mains de Notre Seigneur, et nous pouvons bien nous rendre compte que Dieu donne là une leçon.

— Mon tendre ami, lui répond Galehaut, j'en prends Dieu à témoin : je ne me laisserai pas abattre pour autant, car j'ai perdu beaucoup plus que cela. Cependant j'aimerais beaucoup savoir ce que cela signifie, si je puis trouver un homme qui sache m'en dire la vérité. »

On en resta là, car Galehaut ne voulut plus qu'on en parlât ; au contraire, il prescrit à tous ses hommes, sur l'amour qu'ils lui portent, que pas un ne fasse triste mine, sous peine de perdre à tout jamais son affection, et eux sont très heureux de ce commandement, car ils redoutaient fort son courroux. Il leur dit de ne s'intéresser qu'à Lancelot, « car, fait-il, sachez bien que vous ne trouverez jamais plus grande valeur. » Ils lui demandent qui il est ; il répond que c'est le meilleur chevalier du monde et qu'il s'appelle Lancelot du Lac.

Le soir, grande fut la joie au château, et tous et toutes se mirent en peine de servir et d'honorer Lancelot ; ils s'appliquent à se faire fête mutuellement, jusqu'au moment où ils se mettent à table *(f. 175a)*. Après, ils se remettent à parler de sujets divers ; ils demandent à Galehaut, car ils ne savaient pas ce qui s'était vraiment passé, le résultat de sa guerre et comment la paix avait été faite entre lui et le roi Arthur. Il leur raconte exactement la manière dont Lancelot l'avait réalisée et les exploits qu'il avait accomplis dans les assemblées. Alors bien des dames, des chevaliers et nombre d'assistants le regardèrent avec une grande considération ; maintes dames lui offrirent des yeux et spontanément leur amour, qui ne l'auraient pas éconduit s'il s'était trouvé qu'il ait eu envie de leur adresser une simple requête ; elles se disent entre elles qu'elle aurait raison de se réjouir la dame qui aurait fait son ami d'un pareil chevalier, et qu'il n'y aurait pas de sacrifice auquel elle ne devrait consentir pour tenir en son pouvoir le prix et la fleur du monde entier.

La conversation les retint jusqu'à une heure avancée, où l'on fit les lits pour se coucher. Mais Lancelot ne dormit guère, car

mout estoit a malaise de ce que si avoit esloignié la rien el monde qu'il plus amoit, si li est mout tart que il la revoie. Et qant vint a l'endemain, si se leverent et alerent oïr messe. Et qant il l'orent oïe, si monterent et se mistrent au chemin. Et dist Galehoz qu'il iroit a une soe cité mout riche, qui estoit chiés de son regne et avoit non Caellus. Si envoia Galehoz avant et fist savoir a[n] la vile com il vandroit. Mais ançois qu'il venist li vint a l'ancontre uns suens oncles qui de grant aage estoit, si li avoit Galehoz tote sa terre commandee quant il s'an parti. Et si tost com il lo voit, si li demande qex novelles. Et cil respont que mout malvaisses.

« Comment ? » fait Galehoz.

« Certes, sire, fait cil, totes voz forterences sont abatues, que vos n'avez chastel en tot lo monde qui fonduz ne soit. »

« M'aï[t] Dex, fait Galehoz, de ce ne me chaut, car nuns cuers ne se doit esmaier de chose qui puist estre restoree si legierement. Et bien gardez que vos ne faciez chiere ne sanblant par la foi que vos me devez, car dont avriez vos m'amor perdue. Mais confortez vos et faites joie, car autrement me seroit il avis que vos seriez correciez de ma venue. »

Et cil respont que mout volantiers.

En ceste maniere che(f. 175b)vauchent tant qu'il sont pres venu de la cité. Et lors li vindrent a l'ancontre si roi et si baron qui estoient venu de par tot son pooir. Si fu si granz la joie qu'il firent de lui que greignor ne la vos porroit nuls deviser, et de Lancelot refirent grant feste, que il conoisoient. Atant s'an vint jusq'au palais, si descendent. Et qant il sont descendu, si prant Galehoz Lancelot par la main, si l'an maine veoir son herbergement. Et qant il li a mostré tot, si li demande que lui en senble.

« Certes, sire, fait Lanceloz, mout est li herbergemenz biax et riches, et la corz delitable et aaisiee.

Lors s'an revienent el palais arriere, qui mout estoit plains de joie et de deduiz, car laianz estoient tuit li esbatement que l'an savroit deviser de boiche. Et qant il fu tans de mangier, si asistrent. Et qant il fu aprés mengier, si recommence la joie et li deduiz par lo palais ensi grant com il avoit devant esté, car mout avoient lor cuer lié de la venue lor seignor ; mais an la fin se departirent. Et lors se couchierent li chevalier

il était fort malheureux de se trouver si loin de celle qu'il aimait le plus au monde, et il lui tardait fort de la revoir. Le lendemain, ils se levèrent et allèrent entendre la messe. Après, ils enfourchèrent leurs chevaux et se mirent en route. Galehaut dit qu'il irait dans une de ses cités, fort riche, la capitale de son royaume, nommée Caellus. Il fit annoncer dans la ville le jour de son arrivée ; mais prévenant celle-ci, un de ses oncles vint à sa rencontre ; il était fort âgé et Galehaut lui avait confié toute sa terre, quand il l'avait quittée. À peine le voit-il que Galehaut lui demande des nouvelles et il répond qu'elles sont très mauvaises.

« Comment cela ?
— En vérité, sire, toutes vos forteresses se sont écroulées : vous n'avez pas un château au monde qui ne soit anéanti.
— Par Dieu, s'écrie Galehaut, je m'en moque : jamais un cœur ne doit s'effrayer de ce qui peut être si facilement rétabli. Gardez-vous bien, par la foi que vous me devez, d'en laisser rien paraître ou deviner : vous auriez perdu mon amitié. Mais reprenez-vous et soyez dans la joie, sinon je penserais que mon arrivée vous contrarie. »

Son oncle s'empresse d'acquiescer à son désir. Ils chevauchent *(f. 175b)* donc ainsi jusqu'aux abords de la cité. Les rois et les barons qui, de par son autorité suprême, s'étaient rassemblés là, vinrent à sa rencontre. Ils lui firent le plus bel accueil qu'on pourrait jamais vous raconter, et à Lancelot aussi ils firent grande fête, car ils le connaissaient. On alla ainsi jusqu'au palais, où l'on mit pied à terre. Galehaut prend Lancelot par la main et l'emmène voir sa demeure ; une fois la visite terminée, il lui demande son impression.

« En vérité, seigneur, lui répond Lancelot, cette demeure est fort riche et belle, et la cour donne une impression de grande aisance et d'agrément. »

Ils regagnèrent le palais, où la joie et le plaisir battaient leur plein, car on avait pourvu là à toutes les réjouissances souhaitables. À l'heure du repas, on prit place à table, puis la joie et les divertissements recommencèrent à travers le palais, aussi forts qu'auparavant, tant ils étaient heureux de la visite de leur seigneur ; mais ils finirent par se séparer. Les chevaliers

parmi lo palais. Et antre Galehot et Lancelot jurent par aus an une couche por avoir loisir de parler.

La nuit sonja Galehoz un songe, dont il fu mout effreez, car il li fu avis qu'il estoit en une praerie entre un bois et une riviere. Et veoit devant lui grant bataille de deus lieons, la plus fiere et la plus orgueilleuse dont il onques oïst parler do cors a deus lieons. Li uns estoit coronez, et li autres sanz corone. Si s'an mervoille mout Galehoz, por ce que lieon coroné n'avoit il onques mais veü. Et lors esgarde d'autre part sor senestre, si voit venir un liepart, plain de si grant fierté que onques mais si fierete beste n'avoit veüe. Et qant il estoit pres des deus lieons qui se conbatoient, si les esgardoit mout durement, ne ne se movoit de son estal. Et li dui lieon se combatent mout durement. Mais an la fin n'i puet durer li coronez, car trop est li autres de grant force et de grant *(f. 175c)* pooir, si lo moinne a sa volenté. Et qant li lieparz voit que cil est si au desouz, si nel puet soffrir, ainz li vait aidier et cort a l'autre si fierement que cil ne l'ose atandre, ainz li fait voie. Et qant cil cui li lieparz secorroit voit que li autres s'en vait, si li recort sus. Et li lieparz se trait arrieres, si recommance la meslee des deus lieons et dure mout longuement, tant que mout se blecent et ampirent. Mais totesvoies se redesconfist li coronez. Et lors revient li lieparz, si se met entredeus. Et si tost com li autres lo voit, si se tient toz coiz, qu'il ne se muet. Et li lieparz s'en vait vers lui grant aleüre. Et qant cil lo voit venir, si li vient a l'ancontre et li fait joie. Et li lieparz lo prant, si l'an mainne au lieon coroné et fait tant qu'il s'agenoille devant lui autresin com por crier merci. Si est ansin faite la paiz des deus bestes, qui or se haoient mortelment, si refont or grant joie li un a l'autre et s'an vont ansanble en une compaignie. Si en est Galehoz mout esbahiz de ce que par lo liepart se sont ensin acordé li dui lieon.

Et atant s'est esveilliez, mout espoantez de ce qu'il ot veü, n'onques puis la nuit ne pot estre a eise, si soffri ensin jusqu'au jor. Et quant il furent levé, si vient a Lancelot, si li conte la mervoille qu'il ot veüe, si dit que ja mais ne sera a eise devant qu'il sache la senefiance de son songe, et por quoi si chastel erent cheoit.

couchèrent dans le palais ; Lancelot et Galehaut partagèrent le même lit pour avoir le loisir de parler ensemble.

Pendant la nuit, Galehaut eut un songe qui lui causa un grand effroi : il lui sembla qu'il se trouvait dans une prairie située entre un bois et une rivière. Il voyait devant lui deux lions se battre, du plus féroce et du plus fier corps à corps dont il eut jamais entendu parler entre deux lions. L'un était couronné et l'autre sans couronne. Galehaut était fort surpris de voir un lion couronné : il n'en avait jamais vu. Mais en regardant sur la gauche, il voit arriver un léopard, plus fier qu'il n'avait jamais vu aucune bête. Arrivé près des deux lions qui se battaient, celui-ci les observait intensément, sans plus bouger de sa position ; les deux lions continuent de se battre avec acharnement, mais à la fin, le lion couronné ne peut plus tenir, car l'autre, le dominant par sa résistance et sa force *(f. 175c)*, en fait ce qu'il veut. Quand le léopard voit que l'autre a le dessous, il ne peut le supporter et fonce lui porter secours si férocement que son adversaire, sans oser l'attendre, lui cède le terrain. Mais voyant que l'autre lion s'en va, le lion secouru par le léopard le poursuit ; le léopard se retire en arrière et la mêlée recommence entre les deux lions, si longue qu'ils se font de multiples blessures et se mettent dans un triste état. Cependant le couronné perd de nouveau ses moyens ; le léopard revient et veut s'interposer . à peine l'autre lion le voit-il qu'il ne bouge plus, parfaitement tranquille. Le léopard le rejoint à grande allure, et le voyant arriver, le lion s'avance à sa rencontre et lui fait fête. Le léopard le prend, le ramène au lion couronné et fait en sorte qu'il s'agenouille devant celui-ci, comme pour crier merci. Ainsi la paix est-elle faite entre les deux bêtes, qui tout à l'heure se détestaient mortellement ; maintenant elles se font grande fête et elles s'en vont ensemble, de conserve. Galehaut est frappé de stupeur devant la concorde que le léopard a réalisée entre les deux lions.

Il se réveille alors, rempli de frayeur par ce qu'il a vu, et le reste de la nuit, il ne peut retrouver son calme, jusqu'au jour. Une fois qu'ils sont levés, il revient vers Lancelot et lui raconte le prodige qu'il avait vu, disant qu'il ne serait plus tranquille tant qu'il ne connaîtrait pas la signification de ce songe et la raison pour laquelle ses châteaux s'étaient écroulés.

« Et savez vos, fait il a Lancelot, que ge en ai ampensé a faire, se vos lo me loez ? J'ai an talant que ge envoierai au roi Artu et li manderai, par la foi que il me doit, que il m'anvoit cels qui son songe li espeillurent, car mout an ai grant mestier. Et si orrons ensin novelles de madame la reine et de cele de Malohaut. »

Et Lanceloz lo loe que issi lo face, por ce que mout li est tart que il oie novelles de la reine.

« Sire, fait Galehoz, et nos i envoierons Lyonel, vostre coisin, car ma dame li dira ançois sa volenté qu'ele ne feroit a un autre. »

Lors apele Lyonel et dist :

« Lyonel, tu t'an iras a la cort lo roi Artu, si *(f. 175d)* lo salueras de par moi et li diras que, par icele foi que il me doit, se il ja mais velt que ge face rien que il voille, qu'il m'anvoit les clers qui li distrent la senefiance de son songe. Et si diras a madame la reine et la dame de Malohaut que mout somes a malaise de ce que tant les avons esloigniees, et que eles nos mandent comment il lor estait. »

« Sor moi, fait Lyoniaus, an laissiez lo sorplus, car ge ferai miauz vostre bessoigne que vos meïsmes ne me savriez enchargier. »

Atant prant congié de Galehot, maintenant vient a son roncin, si monte et se met au chemin. Si vait tant par ses jornees qu'il vient an Bretaigne et trueve lo roi a Camahalot, ou il sejornoit volantiers por ce que c'estoit la plus aeisiee vile de son regne. Et avoques lui ert la reine et la dame de Malohaut, car tant s'entramoient entr'eles deus que l'une ne savoit estre sanz l'autre. Et qant eles sorent que Lyoniaus estoit venuz, si en furent mout liees por oïr novelles de lor amis. Et il vint tot premierement devant lo roi, si lo salue de par Galehot et fait son message tot issi com il li avoit estez enjoinz. Et li rois respont qu'il les i anvoiera mout volantiers. Et puis demande a Lyonel comment il lo font antre lui et Lancelot.

« Sire, fait li vallez, il sont sain et haitié, et

« Et savez-vous à quoi j'ai pensé, fait-il à Lancelot, si du moins vous m'approuvez ? J'ai envie de faire demander au roi Arthur, sur la foi qu'il me doit, de m'envoyer ceux qui lui ont expliqué son propre songe[1], car j'en ai bien besoin. De plus, nous aurons ainsi des nouvelles de madame la reine et de la dame de Malehaut. »

Lancelot l'approuve en effet, mais parce qu'il lui tarde fort d'avoir des nouvelles de la reine.

« Seigneur, reprend Galehaut, nous enverrons Lionel, votre cousin, car madame lui dira plus facilement qu'à un autre ce qu'elle veut. »

Il fait donc venir Lionel et lui dit :

« Lionel, tu vas aller à la cour du roi Arthur ; tu (f. 175d) le salueras de ma part et tu lui diras que, sur la foi qu'il me doit et s'il désire que j'accomplisse jamais sa volonté, il m'envoie les clercs qui lui ont révélé la signification du songe qu'il a eu. Tu diras aussi à madame la reine et à la dame de Malehaut que nous sommes malheureux d'être si loin d'elles et qu'elles nous fassent savoir comment elles vont.

— Comptez sur moi pour le reste : je me chargerai de vos intérêts mieux que vous ne sauriez me dire de le faire », lui répond Lionel.

Il prend congé de Galehaut, rejoint aussitôt son roncin, l'enfourche et se met en route. Forçant les étapes, il arrive en Bretagne et trouve le roi à Camahalot, son séjour préféré, car c'était la ville la mieux pourvue de son royaume. Avec lui se trouvaient la reine et la dame de Malehaut : elles se portaient une si grande affection qu'elles ne pouvaient être l'une sans l'autre. En apprenant l'arrivée de Lionel, elles se réjouirent beaucoup d'avoir des nouvelles de leurs amis. Celui-ci se présente tout d'abord devant le roi, le salue au nom de Galehaut, puis délivre son message, tout comme on le lui a prescrit. Le roi lui répond qu'il enverra très volontiers les clercs, puis il lui demande comment vont Galehaut et Lancelot.

« Sire, fait le jeune homme, ils sont en parfaite santé ; ils

---

1. Voir t. I, p. 692-696.

vos mandent qu'il vos verront au plus tost que il porront, et mout ainment vostre compaignie. »

« Certes, fait li rois, il m'ont assez mostré combien il m'aimment, car il ont fait por moi plus que ge ne porroie deservir, n'il n'est nule riens qu'il me voussissent comander que ge ne feïsse outreement, quel honte que j'en deüsse avoir. Et ge sai bien que ma honte ne voudroient il mie. »

Atant s'an part Lyoniaus devant lo roi et demande la reine. Et il fu assez qui li enseigna, que mout l'amoient tuit et totes por l'amor de Lancelot. Et il s'an vient grant aleüre an la chanbre. Et si tost com la reine lo voit, si li saut *(f. 176a)* a l'ancontre, si l'acole et baise mout doucement. Si li demande comment lo fait ses amis, et cele de Malohaut autresi. Et il dit qu'il lo font mout mauvaisement, que trop sont a malaise, por ce qu'il ne les voient.

« Ne onques puis, fait il, qu'il partirent de cest païs, ne porent bele chiere faire. Mais il se cuevrent au plus qu'il puent, por ce que trop a gent en lor compaignie, et font sovant plus bele chiere que li cuer ne lor aportent. »

Mout fu cele nuit Lyoniaus anorez del roi et de la reine et de monseignor Gauvain et de toz les autres. Et l'andemain anvia li rois querre les clers. Et qant furent venu, si lor dist comment Galehoz les avoit envié querre.

« Et ge voil, fait il, que vos i ailliez et lo conseilliez a voz pooirs de ce dont il vos demandera consoil, car ge voil que vos faciez autretant por lui com vos fariez por mon cors. »

« Sire, font il, vostre plaisir. »

Atant prant Lyoniaus congié del roi et de la reine et de la dame de Malohaut et de monseignor Gauvain, si s'an part de la cort entre lui et sa conpaignie et errerent a granz jornees, tant qu'il vindrent en la terre de Galehot. Et qant il oï dire qu'il venoient, si monterent antre lui et Lancelot et alerent encontre a grant compaignie de chevaliers. Si les reçurent a mout grant joie, et dist Galehoz qu'il velt qu'il soient tuit seignor de lui et de sa terre tant com il voudront demorer en sa conpaignie, « car vos iestes, fait il, a l'ome del monde que ge plus voudroie servir. »

« Sire, font il, grant merci. »

vous font dire qu'ils viendront vous voir le plus tôt possible et qu'ils aiment beaucoup être en votre compagnie.

— En vérité, dit le roi, ils m'ont bien montré l'affection qu'ils me portent, car ils ont fait pour moi plus que je ne saurais le mériter ; il n'est rien qu'ils voudraient me commander que je n'accomplisse jusqu'au bout, quelque honte que j'en dusse avoir ; mais je sais bien qu'ils ne voudraient pas ma honte. »

Lionel quitte alors le roi et demande la reine ; il furent nombreux à le renseigner, car il était bien vu de tous et de toutes, par amour de Lancelot. Il a vite fait d'arriver jusqu'à sa chambre. Dès que la reine le voit, elle se précipite *(f. 176a)* à sa rencontre, le prend par le cou et l'embrasse bien tendrement ; puis elle lui demande comment va son ami, et la dame de Malehaut fait de même. Il répond qu'ils vont très mal, parce qu'ils sont bien malheureux de ne pas les voir.

« Jamais, depuis leur départ d'ici, ils n'ont pu être joyeux ; mais ils cachent le plus possible leur état d'âme, parce qu'ils sont très entourés, et ils montrent souvent plus de joie qu'ils n'en éprouvent au fond du cœur. »

Ce soir-là, Lionel fut fort honoré par le roi, la reine, monseigneur Gauvain et tous les autres. Le lendemain, le roi envoya chercher les clercs ; à leur arrivée, il les informa de la demande de Galehaut ;

« Je veux donc que vous vous rendiez auprès de lui et que vous répondiez le mieux possible à sa consultation ; je veux en effet que vous fassiez pour lui exactement comme pour moi-même.

— Sire, font-ils, à votre bon plaisir. »

Lionel prend congé du roi, de la reine, de la dame de Malehaut et de monseigneur Gauvain ; il quitte la cour avec les clercs et, à grandes étapes, ils arrivent dans la terre de Galehaut. À la nouvelle de leur arrivée, celui-ci alla à cheval à leur rencontre, avec Lancelot et une grande compagnie de chevaliers ; on les accueillit avec grande joie, et Galehaut leur dit que, de par sa volonté, ils seront tous maîtres de lui-même et de sa terre aussi longtemps qu'ils voudront rester en sa compagnie, « car vous appartenez, fait-il, à l'homme que je voudrais servir entre tous.

— Seigneur, répondent-ils, grand merci. »

Lors vienent entre Galehot et Lancelot a Lyonel, si li demandent qex novelles de lor deus dames. Et il dit qu'eles les saluent. « Et si dient qu'eles vos verroient mout volentiers, si vos mandent que par tans vanra li termes. » Et il s'an rient durement entr'aus deus. Puis revienent as clers porter compaignie, si chevauchent tant qu'il vienent a Kaelluz et descendent a la cort, car Galehoz ne velt soffrir qu'il voissent a ostel s'en sa maison non por aus plus servir et anorer.

La nuiz fu mout granz la feste que l'an fist des clers lo roi Artu, si est Galehoz plus liez qu'il ne fu mais puis qu'il *(f. 176b)* antra an sa terre, car or set il bien qu'il a tex genz avoc lui qui bien li savront dire la verité de ce dont il estoit a malaise. Mais il nes en velt encor metre a raison, por ce que trop est tost, et crient que il l'an tenissent por vilain. Si suefre ansi tant que vint aprés mengier. Et qant les tables furent ostees, Galehoz se lieve et prant Lancelot par la main. Puis apele les clers toz, si les en maine an sa chambre et dit :

« Seignor, ge vos ai mandez, por ce que ge vos savoie esprovez de grant sen. Si vos pri et requier, sor la foi que vos devez lo roi Artu, que vos me conseilliez d'une chose que ge vos dirai. »

Et il dient que si feront il mout volentiers s'il savent comment.

Lors lor conte Galehoz comment tuit li chastel estoient cheoit si tost com il mist lo pié dedanz sa terre. Et aprés lor devise son songe tot ansi com il l'avoit songié.

« Et sachiez, fait il, une chose que ge ne doi mie celer, car qant la pais fu faite des deus lions, si m'en parti de la place et m'en venoie vers une genz qui gaires n'estoient loign d'iluec. Si ne demora gaires que ge trovai en ma voie lo lion sanz corone, qui [m]or[z] estoit, et si l'avoit li lieparz ocis.

Qant li clerc oïrent ceste avision, si an furent mout esbahi et la tinrent a mout grant mervoille. Et dient que mout i covenroit grant sen qui la verité en voudroit dire, car trop est diverse la senefiance. Et Galehoz dist que por ce les enveia il querre qu'il savoit bien qu'il an diroient la verité se nuns la li devoit dire.

« Et sachiez, fait il, que ja mais ne serai liez devant

Galehaut et Lancelot se rapprochent ensuite de Lionel et lui demandent les nouvelles de leurs deux dames. Il leur répond qu'elles les saluent ; « elles disent aussi qu'elles aimeraient beaucoup vous voir et vous informent que l'occasion viendra bientôt. » Alors un grand sourire illumine leur deux visages. Puis ils reviennent faire cortège aux clercs, et d'une traite ils arrivent à Caellus, jusqu'à la cour, car Galehaut, dans son désir de mieux les servir et de les honorer, n'accepte pas qu'ils aient d'autre logement que dans sa propre demeure.

Le soir, on fait grande fête aux clercs du roi Arthur, et Galehaut est plus heureux qu'il l'a jamais été *(f. 176b)* depuis son retour sur sa terre, car il sait bien à présent qu'il a avec lui des gens qui pourront lui dire la vérité sur ce qui le tourmente. Mais il ne veut pas encore leur en parler, parce qu'il est trop tôt et qu'il redoute de passer pour grossier. Il patiente donc jusqu'après le repas ; quand les tables sont enlevées, il se dresse, prend Lancelot par la main, puis il appelle tous les clercs et les emmène dans sa chambre, où il leur dit :

« Seigneurs, je vous ai fait venir, parce que je savais que vous avez fait les preuves de votre grande perspicacité. Je vous demande et vous prie, sur la foi que vous devez au roi Arthur, de m'éclairer sur quelque chose que je vais vous dire. »

Ils lui répondent qu'ils le feront très volontiers s'ils en voient le moyen.

Galehaut leur raconte alors comment tous ses châteaux s'étaient écroulés dès qu'il avait mis le pied dans sa terre, et après il leur décrit exactement le songe qu'il avait eu.

« Sachez encore quelque chose que je ne dois pas cacher : quand la paix fut faite entre les deux lions, je quittai les lieux et je me dirigeai vers des gens qui n'étaient pas loin ; mais bientôt je trouvai sur mon chemin le lion sans couronne, mort, et c'était le léopard qui l'avait tué. »

Le récit de cette vision déconcerta fort les clercs et ils la tinrent pour un grand prodige ; ils déclarèrent qu'il faudrait beaucoup de perspicacité pour en dire la vérité, car la signification en était fort ambiguë. Mais Galehaut leur dit qu'il les avait envoyé chercher parce qu'il savait bien qu'ils en diraient la vérité, si du moins on devait la lui dire.

« Sachez, conclut-il, que je ne serai jamais heureux avant

que ge an sache aucune chose. Si vos pri por Deu que vos i metez hastif consoil. »

Et il dient que si feront il a lor pooir. Mais il dient qu'il lor doint respit. Et il dit que mout volantiers, et les metra en tel leu o il ne troveront ja qui lor nuisse.

Ensin remest cest affaires, que plus n'en parolent cele nuit. Et lors furent li lit apareillié, si se couchierent, et jurent li clerc tuit par els en une chanbre por estre plus a eise. Et *(f. 176c)* qant il furent couchié, si commencierent a parler de cest songe ; et dient que mout seront honni s'il s'an vont arrieres sanz plus dire, qar ja mais n'avroient honor. Quant vint a l'andemain, si se leverent et alerent oïr messe. Et lors commande Galehoz que les seles soient mises et dit qu'il velt aler jusq'a un suen herbergement qui pres d'iluec estoit dedanz une forest en trop biau leu. Si dit a Lancelot qu'il i metra ses clers. « Et il i seront, fait il, plus priveement qu'il ne seroient en leu de ma terre. » Atant est montez, si s'en vait a grant compaignie jusque la. Et qant il est venuz, si commande a atorner a mengier, car il mengera ainz qu'il s'an mueve. Puis apele ses clers a une part, si lor dit qu'il remaindront laianz.

« Et vos avroiz, fait il, quancque vos savroiz deviser de boche, ne ja n'i enterra ne huem ne fame se par vos non. »

Et il dient que ce lor plaist mout.

Lors sont assis au disner. Et qant il orent mengié, si s'an parti Galehoz de laianz et tuit cil qui a lui estoient, qu'il n'i remest que les clers seulement. Et il s'asemblerent en une chambre et commencierent a parler de ce dont Galehoz lor avoit consoil demandé. Mais mout se descordent li un des autres, si demorerent ensins deus jorz c'onques li uns ne s'acorda a chose que li autres deïst, tant que li plus sages d'els toz dist qu'il lor en feroit bien conoistre la verité. Lors vient en la chanbre Galehot et fist figures del songe selonc ce que il entendoit. Et qant il ot ce fait, si lor mostra et dist que par ce lor feroit il savoir totes les senefiances del songe. Si lor devise ce qu'il l'an samble, tant qu'il sevent an la fin qu'il dit bien et raison.

Au tierz jor enveia Galehoz savoir comment il avoient esploitié,

d'en savoir quelque chose. Je vous prie donc, au nom de Dieu, d'y réfléchir sans tarder. »

Ils lui répondent qu'ils feront leur possible, mais lui demandent un répit. Il accepte très volontiers et leur dit qu'il les mettra là où personne ne pourra les gêner.

L'affaire en resta là et ils n'en parlèrent plus ce soir-là. Quand les lits furent prêts, on alla se coucher et les clercs dormirent tous ensemble dans une chambre pour être plus libres. Quand (f. 176c) ils furent couchés, ils se mirent à parler du songe, disant qu'ils auront bien honte de revenir sans pouvoir en dire davantage, car ils en seraient déconsidérés à jamais. Le lendemain ils se levèrent et allèrent entendre la messe. Galehaut donne alors l'ordre de faire seller les chevaux, parce qu'il veut se rendre à l'une de ses demeures, qui se trouvait non loin de là, dans un endroit très agréable de la forêt ; il explique à Lancelot qu'il y mettra ses clercs. « Ils y seront plus tranquilles qu'ils ne le seraient n'importe où dans ma terre. » Il enfourche sa monture et s'en va là avec une grande escorte. Une fois arrivé, il donne l'ordre de préparer le repas, car il mangera avant de s'en aller. Puis il prend les clercs à part et leur dit qu'ils devront rester là.

« Vous aurez tout ce que vous pourrez demander, et personne, ni homme ni femme, ne pourra entrer sans votre consentement. »

Ils lui répondent que cela leur convient tout à fait et prennent place pour le déjeuner. Après le repas, Galehaut quitta les lieux ainsi que tous ceux qui l'accompagnaient et il ne resta que les clercs. Ils se réunirent dans une chambre et commencèrent à discuter sur les éclaircissements que Galehaut leur avait demandés. Mais leurs avis étaient très différents et il se passa deux jours sans qu'ils aient pu se mettre d'accord sur l'une ou l'autre interprétation, jusqu'à ce que le plus sage d'entre eux déclarât qu'il leur ferait bien connaître la vérité. Il se rendit dans la chambre de Galehaut, dessina des représentations du songe, selon ce qu'il comprenait ; puis il les leur montra, leur disant qu'ainsi il voulait leur faire connaître tout ce que pouvait signifier ce songe ; ses explications finirent par les convaincre qu'il voyait juste et bien.

Le troisième jour, Galehaut fit demander où ils en étaient ;

et il respondirent qu'il estoient prest del dire ce qu'il avoient trové. Et qant Galehoz l'oï, si fu mout liez et monta, si vint au plus priveement qu'il pot et s'an antra la ou li clerc estoient, et avoques lui fu Lanceloz. Et lors vindrent cil avant, si par*(f. 176d)*la li maistres d'els avant qui avoit non Bademaguz, [et] dist :

« Sire, vos nos avez demandé consoil de ceste chose, et nos vos en dirons volentiers ce que nos en savons. Mais vos nos creanteroiz leiaument que vos ne nos en savroiz mauvais gré. »

« Si voirement m'aïst Dex, fait il, nel ferai gié, ainz vos pri et requier, par la rien que vos plus amez, que vos m'en dites lo voir outreement, car se vos m'en celiez rien, et gel pooie savoir, bien sachiez que ja mais ne vos ameroie. »

« Sire, fait cil, il nos est avis que des deus lieons que vos veïstes combatre estiez vos li uns et li rois Artus li autres, et li lieparz qui aidoit au lion coroné et qui an la fin fist la pais d'els, ce fu Lanceloz, vostres compainz, car nos savons bien qe, s'il ne fust, vos eüssiez mis lo roi au desoz, et que par lui fu la pais faite par que la guerre remest de vos et del roi. Et si voil bien, fait il, que vos sachiez que ce que vos veïstes que li lieparz avoit lo lieon sanz corone ocis, ce seroiz vos qui an la fin morroiz par Lancelot. Et ce que voz fortereces fondirent si tost com vos meïstes lo pié dedanz vostre terre, fu por ce que Dex voloit que vos aparceüssiez que force estoit et ancontre sa volenté, et qu'il avoit l'orgoil abatu par quoi vos aviez anpris a guerroier lo plus prodome do monde. »

« Certes, fait Galehoz, ge m'acort bien a ce que vos dites, mais mout regart a grant merveille ce que vos m'avez dit que ge morrai par Lancelot, car ge ne cuideroie pas qu'il feïst a son pooir chose dont max m'avenist. Si vos conjur la foi que vos devez lo roi Artu que vos me dites s'il m'ocirra, o en quel maniere ge morrai, et se nule riens m'en porroit estre garanz. »

Et il dit que nenil : « Car vos amez, fait il, Lancelot plus que nul home, et vos en verroiz tel chose avenir dont vos avroiz si grant duel qu'il covandra que vos

ils répondirent qu'ils étaient prêts à dire ce qu'ils avaient trouvé. Cette nouvelle le réjouit et il vint les retrouver à cheval le plus discrètement possible, accompagné de Lancelot. Les clercs s'avancèrent derrière leur maître, nommé Bademagu, qui prit la parole *(f. 176d)* :

« Seigneur, vous nous avez consultés là-dessus : nous vous dirons volontiers ce que nous en savons ; mais vous nous promettrez loyalement que vous ne nous en voudrez pas.

— Certes non, j'en atteste Dieu ; au contraire je vous demande instamment, par la personne que vous aimez le plus, de me dire absolument toute la vérité ; si vous me cachiez quelque chose et que j'arrivais à le savoir, soyez sûrs que vous perdriez à jamais mon amitié.

— Seigneur, dit alors le maître, notre avis est que vous êtes l'un des deux lions que vous avez vu combattre, et que le roi Arthur est l'autre ; le léopard qui prêtait son concours au lion couronné et qui à la fin fit la paix entre les deux, c'était Lancelot, votre compagnon ; nous savons bien en effet que, sans lui, vous l'auriez emporté sur le roi, et qu'il réussit à faire cette paix qui mit fin à la guerre entre vous et le roi. Je veux encore que vous sachiez que votre vision du léopard qui avait tué le lion sans couronne signifie que vous-même, à la fin, mourrez par Lancelot. Si enfin vos places fortes se sont écroulées dès que vous avez mis le pied sur votre terre, c'est parce que Dieu voulait vous faire comprendre que vous aviez établi une situation de force, contraire à sa volonté, et qu'il avait fait tomber l'orgueil qui vous avait poussé à faire la guerre au roi le plus valeureux du monde.

— En vérité, répond Galehaut, j'admets bien ce que vous me dites ; cependant je suis très étonné de vous entendre m'annoncer que je mourrai par Lancelot ; je ne saurais croire qu'il ferait de lui-même quelque chose qui me porterait malheur ; aussi je vous conjure, sur la foi que vous devez au roi Arthur, de me dire s'il doit me tuer ou de quelle manière je mourrai, et si quelque chose pourrait m'en préserver. »

Il dit que non : « Car vous aimez Lancelot plus que n'importe quel homme, et vous verrez arriver quelque chose le concernant qui vous causera tant de douleur qu'il vous faudra

en perdoiz la vie. Et lors morroiz par lui, que garantiz n'an poez estre. »

Et qant Lanceloz entandi ceste parole, si s'an issi hors de la chambre et commença a faire trop grant duel. Et Galehoz vint aprés lui, si lo conforte a son pooir et dit que ne s'esmait il mie. « Que bien sachiez, fait il, *(f. 177a)* que ge ne vos an sai nul mal gré, ne ja mains ne vos en amerai, car vos ne l'avez pas deservi que ge vos doie haïr. »

« Certes, sire, fait Lanceloz, j'ai deservi que totes genz me devroient haïr qant par moi recevra [mort] li hom qui onques plus me porchaça joie et honor. »

« Voire, fait Galehoz, se ce fust a voz corpes, mais, par avanture, il avandra en tel maniere que vos nel porroiz destorner. Si vos doit estre mout granz conforz ce que nus nel vos puet a mal jugier. Et ge vos pri, par la foi que vos me devez, que vos n'an façoiz nul sanblant, car ge ne voil pas que les genz lo saichent. »

« Sire, fait Lanceloz, ge ferai quancqu'il vos plaira, que vos avez fait por moi mainz granz servises qui mauvaisement vos seront guerredoné. »

Atant s'en revient Galehoz arrieres an la chambre et demande a Bademagu qu'il li die lo terme de sa mort se il lo set.

« Certes, sire, fait,cil, nos avons trové que dedanz trois anz vos covient morir, que vos n'an poez estre resqueus. »

Et il respont que de par Deu. Lors s'en est issuz de la chanbre, et aprés lui s'an issent li clerc, si vienent jusqu'en la sale. Et lor cheval sont amené, si montent tuit et s'an partent de la maison. Si s'an vont contramont une riviere qui parmi la forest corroit, si chevauchent tant qu'il vienent a un chastel qui pres d'iluec estoit en l'isue de la forest, si i herbergierent cele nuit. Et mout fait Galohoz plus bele chiere que li cuers ne li aporte. Et la nuit vindrent li clerc a lui, si demanderent congié d'aler arrieres an Bretaigne. Mais il dit qu'il ne lor donra pas encores, ainz iront avoc lui joer et deduire parmi sa terre, car il n'on[t] gaires esté a eise puis qu'il vindrent.

en perdre la vie[1]. C'est ainsi que vous mourrez par lui : vous ne pouvez l'éviter. »

À ces mots Lancelot sortit de la chambre pour s'abandonner à une grande douleur. Galehaut vint le rejoindre, le réconforta de son mieux et lui dit de ne pas s'effrayer :

« Car, sachez bien, lui dit-il (*f. 177a*), que je ne vous en veux pas du tout et que je ne vous en aimerai pas moins : vous n'avez pas mérité que je doive vous haïr.

– Certes, seigneur, lui répond Lancelot, j'ai mérité que toutes les créatures devraient me haïr, quand l'homme qui m'a apporté le plus de joie et d'honneur recevra la mort par moi.

– Oui, si c'était de votre faute, mais peut-être adviendra-t-il que vous ne pourrez l'empêcher, et vous devez trouver un grand réconfort dans le fait que personne ne puisse vous l'imputer à mal. Je vous prie donc, par la foi que vous me devez, de ne rien laisser paraître, car je ne veux pas que les gens le sachent.

– Seigneur, promet Lancelot, je ferai tout ce qu'il vous plaira : pour moi vous avez accompli maints grands services dont vous serez mal récompensé ! »

Galehaut revient dans la chambre et demande à Bademagu qu'il lui dise l'échéance de sa mort, s'il la savait.

« En vérité, seigneur, nous avons trouvé que vous devrez mourir d'ici trois ans, sans recours possible. »

Il répond qu'il en soit à la grâce de Dieu, sort de la chambre, suivi des clercs, et ils regagnent la salle. On leur amène leurs chevaux, ils les enfourchent et quittent la demeure. Ils remontent une rivière qui traversait la forêt, chevauchent jusqu'à un château situé assez près au sortir de la forêt et s'y logent pour la nuit. Galehaut montre un air heureux qui ne correspond guère à ce qu'il éprouve au fond du cœur. Le soir les clercs vinrent le trouver pour lui demander la permission de retourner en Bretagne. Mais il leur dit qu'il ne la leur donnerait pas encore, qu'ils devaient au contraire venir avec lui prendre du bon temps et se distraire sur sa terre, car ils n'avaient guère connu de détente depuis leur arrivée.

---

[1]. Ce sera la fausse nouvelle de la mort de Lancelot, voir infra f. 185d.

« Et lors, fait il, si nos en irons tuit ansanble, car ausin nos covient il estre entre moi et Lancelot au Noel la ou li rois (f. 177b) sera. »

Et cil dient qu'il remaindront, puis qu'il lou velt. Ansi sont remés li clerc avoc Galehot, qui mout les fait honorer par tot la ou il vient. Mais or se taist atant li contes de Galehot et de sa compaignie, que plus n'an parole et retorne a parler del roi Artu.

Li contes dit que li rois Artus s'an fu venuz a Cardueil an Gales et avoques lui grant partie des barons de par son regne. Et si i fu messires Gauvains et si autre compaignon, car li rois ne voloit que nus ne se departist de lui por lo Noel qui pres estoit, car il i baoit a tenir cort mout esforciee et mout riche.

Un jor fu li rois assis au disner. Et qant vint an la fin del mengier, si antra laianz une damoiselle de mout grant biauté, et avoc li vint uns chevaliers de grant aage, viauz et chenuz. Si vienent andui devant lo roi. Et parole li chevaliers si haut que par tote la sale l'ont oï, et dist au roi :

« Sire, ça nos envoie la riens del monde que vos deüssiez plus amer, ce est Ganievre, la fille lo roi Leodagan de Camelide, qui reine coronee deüst estre de Bretaigne se Dex li vousist avoir s'anor gardee ; car vos l'esposates bien et leiaument et

« Ensuite, leur dit-il, nous nous en irons tous ensemble : il nous faut, Lancelot et moi, être en effet à Noël là où sera le roi Arthur *(f. 177b).* »

Ils lui disent qu'ils resteront puisqu'il le désire. Ainsi les clercs sont-ils restés avec Galehaut, qui les fait grandement honorer partout où il arrive. À présent le conte ne parle plus de Galehaut ni de ceux qui l'entourent, et revient au roi Arthur.

CHAPITRE LXX

*La fausse Guenièvre. Lancelot sauve la reine.
Lionel chevalier et compagnon de la Table Ronde*

Selon le conte, le roi Arthur était venu à Carduel en Galles, avec une grande partie des barons de son royaume. Il y avait monseigneur Gauvain et ses autres compagnons ; en effet le roi ne laissait aucun d'eux s'en aller, parce que la Noël était proche et qu'il visait à tenir une cour pleine de monde et de faste.

Un jour qu'il était assis à table, à la fin du déjeuner, survint une demoiselle très belle, accompagnée d'un chevalier fort âgé, un vieillard aux cheveux blancs. Tous deux arrivent devant le roi et le chevalier prend la parole, si fort qu'à travers la salle, tout le monde l'a entendu :

« Sire, nous sommes envoyés par la personne que vous auriez dû aimer entre toutes, par Guenièvre, la fille du roi Léodagan de Camélide, qui aurait dû être reine couronnée de Bretagne[1], si Dieu avait voulu lui garder son honneur[2] ; car vous l'avez épousée légalement et vraiment, vous lui avez

---

1. On verra plus loin que la prétendue substitution de l'épouse a eu lieu avant son couronnement.

2. *Onor,* en parlant d'une femme renvoie d'abord à ce qui lui appartient en propre, sa personne, sa terre, son rang acquis par la naissance et par le mariage.

creantates a Deu, come rois sacrez et anoinz, que vos la tandriez si honoreement comme rois doit tenir reine. Si vos en iestes mout mesfaiz et vers Deu et vers lo siegle, tant que se totes genz lo savoient autresin bien comme ge lo sai, ja mais ne troveriez prodome qui de cuer vos amast, car il n'est pas prozdom qui honore et tient chier celui qui vers son Criator est desleiautez. Et tex iestes vos qant vos avez guerpie et laissiee la loi qui donee vos fu en Sainte Eglise, par quoi nos devons conquerre la grant joie de paradis. Et neporqant ge vos ai oï tesmoignier a si preudome que ge cuit veraiement que, se vos seüssiez la verité de ceste chose, vos n'eüssiez pas tant demoré a l'amander. »

« Certes, fait li rois, se ge me savoie a tel com vos m'avez ci mis devant, ge meïsmes *(f. 177c)* me harroie de tot mon cuer. »

« Sire, fait li chevaliers, et ge vos ferai savoir que vos iestes antechiez de totes ces choses, et si vos dirai comment. Il est voirs que qant vos esposates la fille lo roi de Camelide, qu'ele ert juesne damoiselle, si con vos meïsmes lo savez. N'il n'est nus ne nulle, tant soit hauz hom ne haute fame, qu'il n'ait mout de gent el siegle qui ne l'aimment pas de cuer et qui mout voldroient son anui et son domage. Et issi avint a ma dame, car qant vos fustes couchiez avoc li la premiere nuit que vos i geüstes, si avint chose que vos relevastes. Et lors vindrent li anemi ma dame, si la pristrent et l'osterent hors del lit ou ele s'estoit couchiee avoques vos. Et ele cuida que ce fust par vostre commandement, si ne l'osa contredire. Et lors fu prise cele damoiselle la, fait il de la reine, qui se fait apeler Guenievre, si la couchierent el leu ma dame cil qui la traïson orent porparlee. Et puis vindrent arrieres a Guenievre, si l'an porterent hors de la terre et la mistrent em prison en une abaïe ou ele a esté jusque ci mout a malaise, car si l'avoient enserree li traïtor que de li n'estoit nulle seüe. Mais, Deu merci, or est desprisonee, si velt

promis devant Dieu, sur l'onction royale qui vous a consacré, que vous la garderiez avec toute la considération qu'un roi doit à une reine. Malgré cela, vous vous êtes rendu coupable envers Dieu et les hommes, et si tout le monde savait la vérité aussi bien que moi, vous ne trouveriez plus aucun juste pour vous aimer sincèrement, car il n'a pas de droiture l'être qui chérit et honore celui qui a agi déloyalement envers son Créateur. Vous êtes ce déloyal, puisque vous avez délaissé et abandonné la loi qui vous fut donnée dans la Sainte Église, et qui doit nous permettre de gagner la béatitude du Paradis. Et pourtant, j'ai entendu tant de témoignages de votre mérite que si vous aviez su la vérité sur cela, vous n'auriez pas tardé à y remédier, je le crois vraiment.

– Certes, fait le roi, si je me savais tel que vous venez de m'incriminer, moi-même *(f. 177c)* je me détesterais du fond du cœur.

– Sire, reprend le chevalier, je vais vous faire voir que vous êtes coupable de tout ce que je viens de dire et vous l'expliquer. Il est vrai que, lorsque vous avez épousé la fille du roi de Camélide, c'était une jeune demoiselle, et vous le savez bien vous-même. Mais tout homme et toute femme, quelle que soit leur grandeur, trouvent en ce monde bien des gens qui ne leur portent pas une affection sincère et qui voudraient leur peine et leur perte. Ce fut le cas pour ma dame, car quand vous fûtes couché avec elle, la première nuit de votre union, il vous arriva de vous lever. Les ennemis de ma dame survinrent, la saisirent et l'enlevèrent du lit qu'elle partageait avec vous. Elle crut que c'était sur votre ordre et elle n'osa pas s'y opposer. Et alors cette demoiselle-là, dit-il en montrant la reine, qui se fait appeler Guenlèvre, fut couchée à la place de ma dame par ceux qui avaient machiné la trahison. Ils revinrent ensuite à Guenièvre, la firent sortir du royaume et la mirent en prison dans une abbaye où elle s'est trouvée bien malheureuse jusqu'à présent, car les traîtres l'avaient si bien enfermée que personne ne savait rien d'elle. Mais Dieu merci, la voici libérée[1], et elle veut

---

1. Le vieillard veut dire qu'elle est sortie de l'abbaye où elle était retenue *em prison*, voir infra f. 184c.

que vos sachiez que cele Guenievre qui ci est n'a droit en tenir corone, ainz a deservi a morir honteusement. Et s'il a çaianz chevalier qui voille contredire que ce veritez ne soit que j'ai dit, ge sui prelz que ge lo mostre contre son cors, ou orandroit o a tel jor con vos plaira. »

Et qant la reine oï ceste parole, si fu mout angoisseuse et regarda entor li. Et lors saut avant messires Gauvains et dit que il deffandra sa dame la reine de ceste traïson que li chevaliers li met sus.

« M'aïst Dex, fait Dodyniaus li Sauvages, messires Gauvains, se Deu plaist, vos ne vos avilleroiz ja tant que vos vos conbatoiz a lui. Mais messires li rois envoiera querre Do de Cardueil, qui est autresin viauz comme cist, si se combatront entr'aus deus, car il ne seroit pas vostre honors de combatre a tel veilart. »

(*f. 177d*) Et Berthelais respont que il n'a el monde si preudechevalier vers cui il ne se conbatist hardiement, que ja por leiauté maintenir ne sera preuzdom honiz. Lors reparole la damoiselle qui avec lui estoit venue, si baille au roi unes letres et dit que sa dame les li anvoie. Et li rois les prant, si les baille a un suen clerc et li comande qu'il les lise. Et il commance a lire et dit :

« Sire, saluz vos mande Guenievre la reine, fille lo roi de Camelide, et velt que vos sachiez que [par vos] premierement fu ele gitee de son regne, et aprés, par les traïteurs que vos tenez en vostre ostel

que vous sachiez que cette Guenièvre-là n'a pas le droit de porter couronne, qu'au contraire elle a mérité de mourir honteusement. S'il y a dans ces lieux un chevalier qui veuille contester la vérité de ce que j'ai dit, je suis prêt à la prouver dans un duel judiciaire[1], maintenant ou le jour qui vous plaira. »

Ces derniers mots remplirent la reine d'angoisse et elle regarda autour d'elle. Mais monseigneur Gauvain s'avance précipitamment et déclare qu'il prendra la défense de sa dame la reine dans cette trahison dont l'accuse le chevalier[2].

« Par Dieu, monseigneur Gauvain, fait Dodinel le Sauvage, s'il plaît à Dieu, vous ne vous abaisserez pas à combattre contre lui. Monseigneur le roi enverra plutôt chercher Don de Carduel, qui est aussi vieux que ce chevalier, et le duel sera entre eux deux, car vous vous déshonoreriez à vous battre contre un vieillard comme lui ! »

(f. 177d) Mais Berthelai répond qu'il n'y a pas de brave au monde qu'il n'oserait affronter, car un homme de bien ne sera jamais confondu pour avoir voulu maintenir la loyauté. La demoiselle qui était venue avec lui prend la parole à son tour pour dire au roi que sa dame lui envoie une lettre, et elle la lui tend. Le roi la prend et la donne à l'un de ses clercs avec ordre de la lire.

« Sire, lit le clerc, Guenièvre, la fille du roi de Camélide vous salue, et elle veut que vous sachiez qu'à cause de vous elle a d'abord été écartée de son royaume ; qu'après, par la faute des traîtres que vous maintenez[3] dans votre maison, elle

---

1. Le duel judiciaire, au XIII° siècle est une procédure de haute justice, c'est-à-dire réservée aux crimes ; en fait la justice royale s'efforçait de le supprimer, mais la noblesse y tenait comme à un privilège de classe. Guenièvre est essentiellement accusée de *desleiauté*, de *trahison* ; considérée comme un crime, la trahison est punie de mort.

2. *Mostrer contre son cors*, expression formulaire, prononcée rituellement par l'accusateur, à qui il revient de revendiquer le duel judiciaire. Une femme ne peut combattre ; elle doit donc trouver un *avoué* ou *champion*.

3. *Tenir* a un sens féodal, actif ou passif : c'est donner une fonction ou un fief en retour d'un service, le plus souvent un service armé ; ou bien c'est occuper, posséder une fonction ou un fief, en retour d'un service. L'accusation vise les chevaliers ou les grands les plus proches du roi, ceux qui ont le privilège de faire partie de sa *maison*, de son *ostel*.

a esté longuement deseritee de son droit. Mais or vos prie et requiert que vos amandez ce que vos avez forfait ça en arrieres. Por ce qu'ele ne pot pas tot escrire qanqu'ele vos voloit mander, si velt que vos creoiz ceste damoiselle de ce qu'ele vos dira de boche. »

Et lors reprant la damoiselle sa parole et dist :

« Sire, ma dame vos mande, com a celui qu'ele tient a seignor par assenblement de mariage, que vos la repreigniez si com vos devez faire. Et se vos prendre ne la volez, que vos li anveoiz la Table Reonde ausin garnie de bons chevaliers com vos la preïtes an li an mariage, car au jor que vos receüstes ma dame de la main lo roi Leodegan, qui ses peres fu, il n'avoit an tot lo monde Table Reonde que cele seulement, ne plus n'en i doit avoir. Si est ma dame mout angoisseusse qant ele est deseritee de la flor de chevalerie qui deüst estre en son dongier par raison. Por ce si vos requiert ma dame que vos li randoiz son heritage, o vos la reprenez. Et se vos ne volez faire ne l'un ne l'autre, ma dame est apareilliee qu'ele face mostrer par cest chevalier qui ci est qu'il est ensin com ele mande. Et bien sachiez que, se ele n'eüst droit, ele n'i eüst pas envoié home de tel aage, car assez trovast juesnes chevaliers qui volentiers empreïssent ceste bessoigne, s'ele lor vousist commander. Et si vos envoie, fait ele, a enseignes l'anel dont vos l'esposates. »

Lors traist de s'aumosniere un anel mout riche, si lo baille lo roi. Et il lo prant, si l'esgarde mout longuement. Et puis lo mostre a la reine et dit qu'il li est bien avis que ce soit icil *(f. 178a)* aniaus dont il l'avoit esposee. Mais ele set bien que ce n'est il mie, si se lieve et vait

a été longuement dépossédée de son droit légitime. Maintenant elle vous prie instamment de réparer le tort que vous lui avez causé dans le passé. En raison de l'impossibilité qu'il y avait d'écrire tout ce qu'elle voulait vous faire savoir, elle veut que vous ajoutiez foi à ce que cette demoiselle vous dira elle-même. »

Alors la demoiselle reprend la parole à son compte et déclare :

« Sire, ma dame vous demande, à vous qui êtes l'époux qu'elle détient par l'union du mariage, de la reprendre, ainsi que vous devez le faire ; si vous ne le voulez pas, que vous lui renvoyiez la Table Ronde[1], garnie de vaillants chevaliers tout comme vous l'avez trouvée avec elle, par l'effet de ce mariage ; en effet, le jour où vous avez reçu ma dame de la main du roi Léodagan, qui était son père, il n'y avait au monde que cette Table Ronde, et il ne doit pas y en avoir davantage. Ma dame est désespérée d'avoir perdu l'élite de la chevalerie qui devait être légitimement sous sa dépendance. Ma dame vous requiert donc de lui rendre son héritage ou de la reprendre. Et si vous ne voulez faire ni l'un ni l'autre, ma dame est disposée à démontrer par l'intermédiaire de ce chevalier-ci qu'il en est bien ainsi qu'elle vous le fait dire. Sachez encore que si elle n'avait pas été dans son droit, elle n'aurait pas envoyé un homme de cet âge, car elle aurait trouvé bien des jeunes chevaliers qui se seraient volontiers chargés de cette affaire, si elle avait voulu la leur déléguer. À titre de preuve, elle vous envoie l'anneau que vous lui avez donné en l'épousant. »

Là-dessus, elle tire un très riche anneau de son aumônière et le tend au roi ; il le prend, l'examine longuement, puis le montre à la reine en lui disant que, selon lui, il s'agit bien de l'anneau qu'il lui avait donné en l'épousant (*f. 178a*). Mais elle sait bien que ce n'est pas celui-là et elle se lève pour aller

---

1. Les origines, la nature, l'institution et le symbolisme de la *Table Ronde* sont différents ailleurs. Ici nous avons une version unique, qui fait de la Table Ronde le « bien propre » de Guenièvre, et qui permet à la fausse Guenièvre de revendiquer ses supporters, alors que les *prodomes*, les compagnons de la Table Ronde, nommés par Arthur, sont les partisans et les défenseurs de la vraie Guenièvre, épouse légitime et reine consacrée. Voir F. Lot, *Étude sur le Lancelot en prose*, p. 91, 247-248.

querre lo suen anel. Et qant ele l'a aporté, si l'esgardent tuit li chevalier a grant mervoille, car endui sont d'une oevre et d'une sanblance. Et la damoiselle reprant son anel et dist au roi qu'ele s'en velt aler, et qu'assez s'est li chevaliers sa dame offerz par devant lui de sa droiture desraisnier.

« Et encor, fait ele, vos di ge de par ma dame que vos gardez qu'ele ne soit forsjugiee en vostre cort, que vos li donez un jor en vostre cort d'avoir sa bataille ou tant com jugemenz l'an donra. »

Et li rois dit que si fera il mout volentiers, et qu'il ne velt pas que ceste chose remaigne atant. Si lor done jor a Camahalot a l'andemain de Noel, « car la seront, fait il, tuit li baron de ma terre, si voil que par devant aus soit cist afaires traiz a fin. »

« Sire, fait Berthelais, et ge vos di veraiement que ge vandrai au jor por conquerre l'onor ma dame. Et voil bien que vos sachiez que se lors n'est apareilliez qui contre moi la voille desfandre, que nos volons que ma dame ait sa querelle gaaigniee. »

Et li rois dit que c'est raisons, si li creante en ceste maniere. Et lors pranent congié entre lo chevalier et la damoiselle, si se partent de la cort et laissent lo roi mout esbahi des novelles qu'il li ont portees. Mais la reine en est dolante sor toz les autres, et messires Gauvains et li autre chevalier la confortent a lor pooirs et dient que ne s'esmait ele pas, car assez avra qui la desfandra de la desleiauté q'en li a sus mise.

Ensin parolent de ceste chose an la maison lo roi Artu. Et antre Berthelai et la damoiselle oirrent tant par lor jornees qu'il vienent en Camelide. Et qant la [da]me les voit, si lor demande quex novelles et comment il ont esploitié de sa besoigne. Et il respondent que bien, si li content comment il ont pris jor d'esprover ce qu'il demandoient.

« Et bien sachiez, fait Berthelais, que, se vos volez errer a mon consoil, ge ferai tant que vos avroiz lo roi en vostre baillie. Mais il covandra, ançois que ge plus m'en entremete, que

chercher le sien. Quand elle l'a rapporté, tous les chevaliers l'examinent avec stupéfaction, car les deux anneaux se ressemblent exactement par la matière et le travail. La demoiselle reprend son anneau, disant au roi qu'elle veut s'en aller et que le chevalier de sa dame s'est proposé clairement en sa présence pour soutenir son droit.

« J'ajoute au nom de ma dame, dit-elle encore, que vous devez prendre garde à ne pas lui refuser un jugement en votre cour, et que pour cela vous devez lui fixer un jour dans votre cour pour qu'elle ait son combat judiciaire ou bien ce qu'un jugement fixera. »

Le roi lui répond qu'il donnera cette date de bonne grâce et qu'il ne veut pas que la chose en reste là. Il leur fixe donc le lendemain de Noël, à Camahalot, « car tous les barons de ma terre seront là, dit-il, et je veux que cette affaire soit réglée devant eux. »

« Sire, fait Berthelai, je vous certifie que je viendrai au jour dit pour faire triompher l'honneur de ma dame. Mais je veux que vous soyez bien convaincu que si alors personne n'est prêt à la défendre contre moi, nous voulons que ma dame ait gagné sa cause. »

Le roi déclare que c'est justice et lui donne assurance sur cette clause. Le chevalier et la demoiselle prennent congé et quittent la cour, laissant le roi tout désemparé par les nouvelles qu'ils lui ont apportées. Mais la reine s'en afflige plus que personne, tandis que monseigneur Gauvain et les autres chevaliers font tout pour la réconforter et qu'ils lui disent de ne pas s'effrayer, car bon nombre sauront la défendre de l'imposture dont elle a été accusée.

Telles étaient les réactions sur cette affaire dans la maison du roi Arthur. La demoiselle et Berthelai retournent en Camélide en forçant les étapes. Dès qu'elle les voit, la dame leur demande comment ils se sont acquittés de leur mission et quelles nouvelles ils rapportent. Ils la rassurent et lui racontent comment ils ont pris jour pour faire la preuve de ce qu'ils avançaient.

« Sachez bien, fait Berthelai, que si vous voulez agir suivant mes conseils, je m'arrangerai pour que vous ayez le roi en votre pouvoir. Mais il faudra, avant que j'intervienne davantage, que

vos me juroiz sor sainz que vos feroiz ce que ge loerai et que vos ne m'en descoverroiz. »

Et ele dit que ele est preste *(f. 178b)* del jurer.

« Et sachiez, fait ele, que se vos tant poez faire que li rois Artus me voille prandre, ge vos ferai haut home et honoré a toz les jorz de vostre vie. »

Lors li fait son sairement issi com il li devise. Et qant ele a ce fait, il prant congié a li et s'an part de laianz. Si s'an vient as barons del païs, si lor conte ceste avanture et fait tant qu'il les assanble au parlement. Et qant il furent tuit assenblé, si parla Berthelais et dist que mout les avoit li rois Artus avilliez et que tant s'estoit vers els mesfaiz que ja mais amer nel devroient. Car s'il fust preuzdom, il n'eüst pas enprisonee sa fame, qui assez est gentis dame et de haut parage, ainz la tenist honoreement come reine. « Et il l'a, fait il, enserree en tel leu ou ele a assez eü duel et messaise. » Qant il lor ot ceste raison mostree, si lor demanda qu'il en feroient. Si ot de tex qui distrent qu'il s'an conseilleroient, ançois que plus an feïssent, et anquerroient la verité, car il ne cuideroient pas que li rois Artus, qui est li plus prozdom qui vive, eüst faite tel felenie. Mais s'il pooient aprandre qu'il eüst tant vers aus mespris, lors metroient il an abandon et cuer et cors por vanchier la honte qu'il lor avroit faite.

« Par foi, fait il, qant vos plus n'an volez faire, ge m'en irai arrieres et dirai a ma dame que des ores mais face lo miauz qu'ele porra, car ele a failli a vostre secors. »

Lors s'an part de lainz. Et aprés lui s'en issent chevalier jusqu'a vint et dient qu'il s'en iront avoques lui la o lui plaira et feront outreement son commandement. Et il les en mercie et dit que bien se mostrent li preudome la ou il sont. « Mais se Dex, fait il, velt consantir que ja mais ma dame vaigne au desus de ceste dolor ou ele est, il en avront lor guerredon mout asprement de ce qu'il li sont failli a cest bessoig. »

Ensi chevauchent entre lui et sa compaignie tant qu'il vienent a la damoiselle [la ou ele estoit, si li conte conment si home li sont failli a ceste foiz. « Mais ja por ce, fet il, mar vos esmaieroiz,

vous me juriez sur les reliques de faire ce que je vous indiquerai et de ne pas me dénoncer. »

Elle lui répond qu'elle est prête *(f. 178b)* à le jurer.

« Sachez encore, ajoute-t-elle, que si vous arrivez à ce que le roi Arthur veuille de moi, je vous donnerai un haut rang et des honneurs pour tout le restant de votre vie. »

Elle en fait le serment, comme il le lui prescrit ; après cela, il prend congé d'elle et la quitte ; puis il va trouver les barons du pays, leur raconte les événements et les convoque pour un conseil. Quand ils furent tous réunis, Berthelai prit la parole et déclara que le roi Arthur leur avait fait un grave affront et qu'il avait si mal agi avec eux qu'ils ne devraient jamais plus l'aimer. Car s'il avait été honnête, il n'aurait pas emprisonné sa femme, qui est de très grande noblesse et hautement apparentée, mais il l'aurait traitée honorablement, en reine qu'elle était « alors qu'il l'a fait enfermer dans un endroit où elle a été passablement malheureuse et maltraitée ». Après ces révélations, il leur demanda ce qu'ils allaient faire. Certains répondirent qu'ils réfléchiraient avant d'en faire plus et chercheraient où était la vérité, car ils ne pouvaient imaginer que le roi Arthur, l'être le plus valeureux du monde, eût agi avec une telle félonie ; mais s'ils venaient à apprendre qu'il s'était ainsi rendu coupable vis à vis d'eux, alors ils risqueraient corps et âme pour venger la honte qu'il leur avait infligée.

« Par ma foi, leur déclare-t-il, puisque vous ne voulez pas en faire plus, je retournerai dire à ma dame que désormais elle fasse du mieux qu'elle pourra, car elle ne doit plus compter sur votre secours. »

Là-dessus, il se retire ; mais derrière lui sortent une vingtaine de chevaliers, qui déclarent vouloir le suivre où il lui plaira et accomplir ses ordres sans réserve. Il les en remercie, en ajoutant que les fidèles se montrent bien là où ils sont. « Mais si Dieu daigne consentir à ce que ma dame surmonte cette épreuve douloureuse, ceux qui lui ont manqué dans cette nécessité seront sévèrement récompensés ! »

Escorté de sa compagnie, il chevauche pour rejoindre la demoiselle et il lui raconte comment ses hommes lui ont manqué en cette occasion. « Mais n'allez pas vous effrayer

car, se Deu plest, vos seroiz encores en autresi grant honor com ont esté vostre antecessor. »

La nuit remestrent li chevalier avoc la damoisele.] Et qant vint aprés soper, si les apela Berthelais et lor demanda s'il se porroit en els fier de dire son consoil. Et il respondent que segurement lor puet dire sa volenté, car ja par aus ne sera descoverz en leu (*f. 178c*) ou il cuident que maus li vaigne.

« Or vos dirai donc, fait il, que j'ai enpensé a faire de ceste chose. Il est voirs que nos n'avons pas la force ne lo pooir de guerroier lo roi Artu, si nos covandroit errer en tel maniere que plus i vausist engins que force. Et ge cuit, fait il, que ge metrai bien lo roi an tel point que nos lo prandrons sanz grant meslee. Et puis l'an amanrons en ceste terre, que ja ne sera seüz par nul home de son ostel. Et lors, qant nos lo tanrons en nostre prison, il n[e] sera ja tex qu'il contredie la pais de ma dame ne de lui. Or si me dites, fait il, que vos en senble, car ge [n'en] voldroie des ores mais rien faire sanz voz consauz, puis que vos amez l'anor ma dame autretant comme ge faz. »

Et il dient qu'il loent bien que il ensin lo face.

« Et anprenez, font il, tot segurement qancque vos plaira, car nos ne vos faudrons ja jusqu'a la mort. »

Atant remest ceste parole jusqu'a l'amdemain. Et lors dist Berthelais a la damoiselle qu'ele s'aparest : « Car vos vandroiz, fait il, avocques nos. »

« Volantiers, » fait ele.

Lors a fait amener un palefroi, si est montee avocques lui la damoiselle qui les letres porta a la cort. Et autresin sont monté li chevalier, si s'an partent de laianz et se metent a la voie aprés Berthelais la ou il les velt conduire. Si oirrent tant par lor jornees qu'il sont venu pres de Cardueil, et anquierent novelles del roi Artu. Si lor fu dit qu'il estoit ancor en la vile. Et qant Berthelai l'oï, si an fu mout liez

pour autant, car, s'il plaît à Dieu, vous retrouverez toute la considération dont jouissaient vos ancêtres[1]. »

Les chevaliers passèrent la soirée avec la demoiselle ; après le souper, Berthelai les appela et leur demanda s'il pouvait se fier à eux et leur révéler son plan. Ils lui répondirent qu'il pouvait leur dire ce qu'il voulait en toute sécurité, car jamais ils ne le révéleront là où ils penseront (*f. 178c*) que cela lui serait dommageable.

« Je vais donc vous dire, fait-il, ce que j'ai pensé faire dans cette conjoncture. Il est vrai que nous n'avons ni la force ni les moyens de faire la guerre au roi Arthur et qu'il nous faudrait agir de façon que la ruse aurait plus d'efficacité que la force. Je pense donc que je mettrai le roi dans une situation qui nous permettra de le prendre sans grande bataille. Puis nous l'amènerons sur cette terre et pas un membre de sa maison ne le saura. Une fois que nous le tiendrons prisonnier, il n'osera pas s'opposer à la paix entre ma dame et lui-même. Dites-moi donc ce qu'il vous en semble, car je ne voudrais rien faire sans votre accord, puisque vous tenez à l'honneur de ma dame autant que moi. »

Ils lui répondent qu'ils approuvent son plan.

« Entreprenez tout ce qui vous plaira sans aucune appréhension, ajoutent-ils, car dussions-nous en mourir, nous ne vous ferons pas défaut. »

Leur conversation en resta là jusqu'au lendemain, où Berthelai dit à la demoiselle de se préparer : « Car, lui dit-il, vous viendrez avec nous.

— Volontiers », lui répond-elle.

Il fait amener un palefroi et la demoiselle qui avait porté la lettre à la cour monte avec lui. De même les chevaliers prennent leurs montures et suivent Berthelai pour aller où il veut les conduire. Ils cheminent par étapes et arrivent près de Carduel, où ils demandent des nouvelles du roi Arthur. On leur répondit qu'il était encore dans la ville. Cette nouvelle réjouit fort

---

[1]. Devant les partisans de la fausse Guenièvre, Berthelai parle comme s'il la croyait la vraie fille du roi Léodagan, alors qu'il avouera que sa beauté lui avait fait croire que l'inconnue trouvée dans la maison de religion *mout sanbloit estre de hautes genz*, infra f. 184a.

et dist qu'il ne poïssient lo roi trover en leu ou il poïssient faire lor bessoigne plus aiesieement.

Cele nuit jurent en une maison de religion qui an l'oroille de la forest estoit. Mout se cuevrent a lor pooir que nus lor covine n'aparçoive. Et au matin se leverent si tost com il porent lo jor veoir et s'an vont droit en la forest si com Berthelais lor commende. Si ont tant erré qu'il sont venu en un des plus sauvages leus qui fust encores en la terre. Et lors les fait illuec descendre et dit qu'il envoiera (*f. 178d*) a Cardueil un message. « Et li anchargerai tex paroles par coi il lor amanra lo roi tot seul, sanz point de compaignie. Et vos seiez, fait il as chevaliers, garniz de voz armeüres, si lo prenez si tost com il s'anbatra sor vos. »

Et cil dient que il n'ont paor se de ce non qu'il ne vaigne pas.

« Certes, fait il, ge sai veraiement qu'il vandra si tost com il orra ce que ge li voil mander. »

Lors apele un escuier, si li dist qu'il s'an aille a grant aleüre a la cort lo roi Artu. « Et si li di, fait il, que an ceste forest est uns pors li graindres del monde, et que tant est fiers et redotez que nuns cele part n'ose aler, car assez a ja homes afolez et ocis. Et s'il i demore longuement, toz sera destruiz cist ramages. Por ce si anvoient a lui tuit cist de cest païs et li crient merci qu'il les vaigne delivrer de cele beste, o il s'an fuiront hors de la terre. Et ge sai bien, fait il, qu'il i vandra si tost com il orra ceste novele. Et tu l'amanras tot droit a nos et li diras, qant vos seroiz pres, que li pors gist en ceste valee et que tu li mosterras. Mais il covandra, s'il lo velt veoir, qu'il i vaigne toz seus, car li pors n'atandroit mie plus de deus homes ansanble. »

« Sire, fait li vallez, volantiers. »

Atant vient a son roncin, si monte et s'an vait au ferir des esperons tant qu'il est venuz a Cardueil ; et trueve lo roi, qui avoit messe oïe, si lo salue et dist :

Berthelai : selon lui, nul autre endroit ne pouvait être plus favorable à l'exécution de leur entreprise. Ils passèrent la nuit dans un établissement religieux qui se trouvait au bord de la forêt. Ils font tout pour qu'on ne découvre pas leur situation. Le lendemain, dès le lever du jour, suivant les indications de Berthelai, ils vont directement dans la forêt et gagnent un des endroits les plus sauvages qu'on puisse encore trouver sur terre. Là il les fait descendre et déclare qu'il enverra (*f. 178d*) un messager à Carduel. « Je vais le charger d'une information grâce à laquelle il vous ramènera le roi tout seul, sans aucune compagnie. Vous, fait-il aux chevaliers, postez-vous en armes et saisissez-le dès qu'il tombera sur vous. »

Ils lui répondent qu'ils n'ont d'autre peur que celle de ne pas voir le roi venir.

« En vérité, leur assure-t-il, je suis certain qu'il viendra dès qu'il saura ce que je veux lui faire dire. »

Il appelle un écuyer et lui enjoint d'aller rapidement à la cour du roi Arthur et de lui dire ceci :

« Il y a dans cette forêt un sanglier, le plus énorme qui soit ; personne n'ose s'y rendre tant il est féroce : il a déjà blessé et tué beaucoup d'hommes, et s'il reste là longtemps, c'est la ruine totale de notre végétation. Tous les gens du pays lui font donc dire qu'ils le supplient de venir les délivrer de ce monstre, sinon ils fuiront la terre. Et je sais bien, continue-t-il, qu'il viendra aussitôt qu'il entendra cette nouvelle[1]. Alors tu le conduiras tout droit vers nous et, quand vous approcherez, tu lui diras que le sanglier a sa bauge dans ce retranchement, que tu veux le lui montrer ; mais qu'il lui faut venir tout seul, s'il veut le voir, car le sanglier ne ferait pas face à plus de deux hommes en même temps.

— Seigneur, fait l'écuyer, avec plaisir. »

Il enfourche son roncin, éperonne et arrive rapidement à Carduel, où il trouve le roi qui venait d'entendre la messe ; il le salue et lui dit :

---

1. Dans la tradition folklorique et littéraire, le roi Arthur est un grand chasseur, et il est souvent mis en rapport avec un sanglier.

« Rois Artus, ge vaig a toi a mout grant bessoig et por querre secors d'une chose dont tu ne me doiz pas escondire. »

« Quex est ? » fait li rois.

« Ja est, fait li vallez, en cele forest uns pors sauvages, li graindres qui onques mais fust veüz. Si a la terre si destruite par le antor o il repaire que nus n'i ose converser. Et por ce, fait cil, m'anvoient a vos cil do païs, si vos crient por Deu merci, que vos i metez consoil, car nos avons tant fait que nos savons le leu o li pors gist. Et se vos i volez venir aveques moi, ge vos manrai jusque la o nos l'avons laissié gisant. »

« Certes, fait li rois, g'irai mout volantiers. »

(f. 179a) Lors apele monseignor Gauvain et monseignor Yvain et Kel lo seneschal et Bedui[e]r lo conestable et des autres tant com lui plot, si lor dist qu'il velt aler am bois et qu'il iront aveques lui. Et il respondent que ce lor est bel.

Atant sont assis au disner. Et qant il ont mengié, si se met li rois a la voie et avoques lui chevaliers assez. Et devant aus vait li vallez qui les conduist la ou il cuident lo porc trover. Si ont tant alé qu'il sont venu a mains de trois archiees pres de cels qui an la forest les atandoient. Et lors dist li vallez au roi :

« Sire, il n'a mais gaires jusque la o li pors est. Et sachiez certainement que c'est li plus merveilleux que vos veïssiez onques de voz iauz. Et se vos lo volez veoir, il covient que vos laissiez vostre compaignie, car il n'atandroit pas tant de gent ansemble. »

Et li rois dist que bien puet estre. Lors prant son arc et ses saietes si s'an vet avoc lo vallet et commande a ses chevaliers que nus ne se mueve d'iluec devant qu'il lo revoient. Et il dient que nel feront il. Mais mout i seront longuement, s'il vuelent atandre sa revenue, car li escuiers l'an moine tant qu'il vienent en la valee o Berthelais et si compaignon sont anbuschié. Et qant il les voient venir en tel maniere, s'en ont grant joie, car or sevent il bien qu'il ne puet eschaper que pris ne soit. Et il totesvoies siust l'escuier come cil qui mot ne set de l'aventure tant qu'il s'est antr'aus enbatuz. Et lors li saillent de totes parz, si l'ont ançois pris qu'il se puisse estre regardez. Et qant il voit ce, si est mout esbahiz et lor prie, por Deu, qu'il ne l'ocient pas. Et il

« Roi Arthur, une grande urgence m'amène devant toi, pour solliciter un secours que tu ne dois pas me refuser.

– Lequel ? fait le roi.

– Voici qu'il y a dans cette forêt un sanglier sauvage, le plus gros qu'on ait jamais vu. La terre est tellement ravagée dans les alentours de son repaire que personne n'ose y vivre. Ceux du pays m'envoient vous implorer au nom de Dieu et vous demander secours : en effet nous avons réussi à connaître le repaire du sanglier. Si vous acceptez de venir avec moi, je vous conduirai à son gîte, où nous l'avons laissé endormi.

– Certes, dit le roi, j'irai bien volontiers. »

(f. 179a) Il fait venir monseigneur Gauvain, monseigneur Yvain, le sénéchal Keu, le connétable Béduier et d'autres de son choix ; il leur dit qu'il veut aller chasser et qu'ils iront avec lui ; ils lui répondent que cela les remplit d'aise.

Ils prennent place pour le déjeuner, et une fois qu'ils ont mangé, le roi se met en route avec bon nombre de chevaliers ; en tête, l'écuyer les emmène là où ils s'imaginent trouver le sanglier. Ils finissent par arriver à moins de trois portées d'arc de ceux qui les attendaient dans la forêt. L'écuyer dit alors au roi :

« Sire, il n'y a plus très loin jusqu'au sanglier. Soyez bien sûr que c'est le plus extraordinaire que vous ayez jamais vu de vos propres yeux. Mais si vous voulez le voir, il faut que vous laissiez ceux qui vous accompagnent, car il n'attendrait pas un si grand rassemblement de gens. »

Le roi dit que c'est bien possible, prend son arc et ses flèches et s'en va avec l'écuyer, après avoir recommandé à ses chevaliers de ne pas bouger jusqu'à ce qu'ils le revoient. Ils lui répondent qu'ils feront ainsi. Mais il leur faudra être longtemps s'ils veulent attendre qu'il revienne, car l'écuyer l'emmène jusqu'au vallon où Berthelai et ses compagnons se sont embusqués. En les voyant arriver comme ils le souhaitaient, ceux-ci se réjouissent grandement : ils savent bien à présent qu'ils ne peuvent manquer de prendre le roi ; cependant celui-ci, ignorant tout de ce qui devait arriver, suit l'écuyer et tombe au milieu d'eux ; ils bondissent de partout et le saisissent avant qu'il ait pu se mettre en garde. Stupéfait de cette agression, il les supplie, pour l'amour de Dieu, de ne pas le tuer. Ils dient que dont lor fiancera il prison. Et il lor fiance. Et cil montent tantost en lor chevaus et se metent a la voie arierres por aler en lor païs, car bien ont achevé ce por quoi il furent venu. Et li chevalier lo roi l'atandirent tant que il fu bas vespres. Et lors se mervoillent mout qu'il est devenuz et dotent que cil l'ait traï qui l'an mena. Lors s'an vont por lui querre cele part o il l'orent veü aler, et cerchent par tot amont et aval. Et qant il voient que il nel troverent, *(f. 179b)* si s'an retornent mout angoisseux. Et la nuit fu li diaus mout granz en l'ostel lo roi Artus de dames et de chevaliers. Mais la damoiselle qui lo roi en maine n'est mie dolante, ainz est liee sor totes cels qui onques eüssient joie, car or cuide ele bien tant porchacier que ele soit reine coronee de Bretaigne, puis que ele a lo roi an baillie.

En ceste maniere chevauchent tant qu'il sont venu an l'abaïe dont la damoiselle ert issue. Si ne fait pas a demander se li rois fu honorez cele nuit, car tuit firent outreement qancqu'il cuiderent que bon li fust. Et qant il fu tans de mengier, si asistrent. Mais li rois menja mout mauvaisement, car trop ert desconfortez de ce q'ansin li est avenu. Et antre la damoiselle et Berthelai orent faite une poison dont li rois but au mengier. Et si tost com il en ot beü, si li refroidi toz li cors de l'ire dont il ert devant eschaufez, et devint ausin anvoisiez con toz li plus liez de laianz. Si en ot la damoiselle mout grant joie et dist a soi meïsme qu'assez avra conquis s'ele puet tant faire que li rois l'acoille en amor. Et qant il orent mengié et il fu tans de couchier, si menerent lo roi en une chanbre ou il orent fait son lit si riche com a tel home covenoit. Et lors vint la damoiselle devant lui, qui mout fu de grant biauté, si li dist que en cel lit gerront il entr'es deus. Et li rois, qui ja l'avoit amee par lo bevrage qu'ele li avoit doné, respont que ce li plaist mout.

« Certes, sire, fait ele, se vos estiez prozdom, il vos devroit bien plaire. Et mout avriez grant joie en vostre cuer de ce que Dex nos a mis ensenble qui si longuement avez esté en avoutire. Mais, se Deu plaist, encor en avra cele son guerredon qui porchaça par quoi nos fumes departi. Et s'ele ne lo compere en cest siegle, si lo comparra ele en l'autre, se Dex rant les desertes si com l'Escripture nos promet, car puis que

lui disent que pour cela il doit jurer d'être leur prisonnier. Il jure ; aussitôt les autres remontent en selle et reprennent le chemin de leur pays, puisqu'ils ont mené à bonne fin ce pour quoi ils étaient venus. De leur côté, les chevaliers du roi l'attendirent jusqu'à la tombée de la nuit, très inquiets de ce qu'il était devenu et redoutant qu'il n'ait été trahi par celui qui l'avait emmené. Ils partirent le chercher dans la direction où ils l'avaient vu s'en aller et fouillèrent par monts et par vaux. Comme ils ne le trouvaient pas *(f. 179b)*, ils revinrent, mais pleins d'angoisse. Cette nuit-là, grande fut la douleur des dames et des chevaliers dans la demeure du roi Arthur. La demoiselle qui emmène le roi, elle, ne s'afflige pas ; au contraire, elle est plus heureuse que toutes celles qui ont jamais éprouvé de la joie, car elle croit bien, ayant le roi en sa possession, arriver à être reine couronnée de Bretagne.

Ils gagnent ainsi l'abbaye d'où était sortie la demoiselle. Ce n'est pas la peine de demander si le roi fut honoré ce soir-là, car tout le monde lui prodigua tout ce qu'on imagina de bon. À l'heure du repas, ils prirent place ; mais le roi mangea bien mal, désespéré de ce qui lui était arrivé. La demoiselle et Berthelai lui avaient fabriqué un breuvage dont il but au repas. À peine l'eut-il absorbé, que l'irritation qui l'enfiévrait tomba complètement et qu'il devint aussi gai que le plus joyeux des assistants. La demoiselle en fut ravie et se disait qu'elle aurait toute sa victoire si elle réussissait à ce que le roi s'éprît d'elle. Après le repas, quand il fut temps d'aller se coucher, on emmena le roi dans une chambre où on avait dressé le lit somptueux qui convenait à sa personne. La demoiselle, qui était d'une grande beauté, se présenta devant lui et lui dit qu'ils allaient coucher ensemble dans ce lit. Le roi déjà amoureux par l'effet du breuvage qu'elle lui avait donné, lui répondit que cela le réjouissait fort.

« Certes, sire, fait-elle, si vous étiez vertueux, votre joie serait justifiée. Vous devriez en effet être profondément heureux que Dieu nous ait réunis, vous qui avez si longtemps vécu dans l'adultère. Mais si Dieu le veut, elle aura sa récompense celle qui a machiné notre séparation ; et si elle ne le paye pas en ce monde, cela se fera en l'autre : Dieu donne selon les mérites, comme nous le garantit l'Écriture ; ainsi, quand li hom depiece a son pooir ce que Dex a establi en Sainte Eglise, il est anemis Jhesu Crist et doit avoir perdu tant *(f. 179c)* d'anor con nos atandons a avoir en la grant joie. »

Et li rois dit que s'il en puet aprandre la verité, il an prandra si grant vanjance qu'il en sera parlé a tozjorz mais.

Atant sont couchié entr'aus deus, si menerent mout boene vie cele nuit. Et ançois que il fust jorz, ot la damoiselle lo roi tel atorné qu'il l'aimme plus que rien qui vive. Mais il ne li velt encores descovrir son corage, que trop est tost; si çoille ensin son pensé tant que vint a l'andemain. Et lors se leverent, si alerent messe oïr. Et qant ele fu chantee, si s'an revindrent arrieres an la chanbre a la damoiselle et s'asistrent entre li et lo roi en la couche ou il orent la nuit geü. Si l'esgarda li rois mout volantiers. Et qant plus l'esgarde, et miauz li siet, car mout estoit de grant biauté. Mais totevoies li remembre de celi qui longuement a esté en sa compaignie et qui tant est cortoise et vaillanz, et de monseignor Gauvain et des autres chevaliers de son ostel que ja mais ne cuide veoir, si en a mout lo cuer dolant et ne puet muer que aucune foiz n'an face plus laide chiere. Mais la damoiselle lo reconforte et dit que n'ait il mie paor d'estre deshonorez ne abaissiez, « car, se Deu plest, fait ele, vos seroiz encorres plus honorez et vers Deu et vers lo siegle que vos ne fustes onques. »

Ensi demora li rois laianz quinze jorz avoc la damoiselle, et mout fu serviz et honorez de toz et de totes. Et toz les jorz li donoit la damoisele a boivre de la poison que antre li et Berthelai avoient faite, si l'an conrea tel que, ançois que li quinze jor fussient passé, l'ama il plus que rien vivant. Et dist que par la grant amor qu'il avoit an li, que voirement l'avoit il esposee et que des ores mais voloit il que ele fust clamee reine de Bretaigne, « car trop a esté, fait il, la corone en grant desleiauté lon tans, qant cele l'a portee qui par murtre et par traïson en conquist la seignorie. »

« Certes, sire, fait la damoiselle, ce poez vos bien savoir, que mout ai esté longuement en grant dolor qant ge savoie de voir que g'estoie desheritee de la greignor *(f. 179d)* hautesce del siegle, et autre i mostroit sa seignorie

l'homme sépare volontairement ce que Dieu a consacré en la Sainte Église, il devient l'ennemi de Jésus-Christ et il doit avoir perdu tout *(f. 179c)* l'honneur que nous attendons de la félicité éternelle. »

Le roi affirme que s'il peut savoir la vérité, il prendra une vengeance si terrible qu'on en parlera à tout jamais. Les voilà couchés ensemble et ils se donnèrent beaucoup de bon temps cette nuit-là. Avant le lever du jour, la demoiselle avait rendu le roi plus amoureux d'elle que de personne au monde. Mais elle ne voulait pas encore lui révéler ses intentions, car il était trop tôt ; elle cacha donc ce qu'elle avait en tête jusqu'au lendemain. Ils se levèrent et allèrent entendre la messe. Les chants terminés, ils revinrent dans la chambre de la demoiselle. Le roi et elle s'assirent sur la couche où ils avaient passé la nuit. Le roi la regardait avec beaucoup de plaisir, et plus il la regardait, plus elle lui était agréable, car elle était fort belle. Toutefois le souvenir lui vient de celle qui a été sa compagne si longtemps, si pleine de mérites, si courtoise, ainsi que de monseigneur Gauvain et des autres chevaliers de sa maison ; il croit ne jamais les revoir et il en a le cœur si triste qu'il ne peut s'empêcher de laisser voir par moments un air plus soucieux. Mais la demoiselle le réconforte et lui dit de ne pas craindre d'être déshonoré ni abaissé, « car s'il plaît à Dieu, vous serez encore plus honoré en ce monde et devant Dieu que vous ne l'avez jamais été », conclut-elle.

Le roi passa ainsi quinze jours avec la demoiselle, bien servi et honoré par tous et par toutes. Chaque jour la demoiselle lui donnait à boire du breuvage qu'elle avait préparé avec l'aide de Berthelai, et elle l'amena à de telles dispositions qu'avant la quinzaine, il l'aimait plus que personne au monde. Alors il déclara qu'en raison du grand amour qu'il éprouvait pour elle, il était vrai qu'il l'avait épousée et que désormais il voulait qu'elle fût proclamée reine de Bretagne, « car la couronne a été trop longtemps l'objet d'une grave imposture, puisque celle qui l'a portée l'a accaparée par une trahison criminelle.

— Certes, sire, reprend la demoiselle, vous pouvez être sûr que profonde et longue fut ma douleur quand je sus vraiment que j'étais dépouillée de la plus grande *(f. 179d)* dignité du monde et qu'une autre faisait valoir ses prérogatives, alors

qui n'i avoit droit ne raison. Mais onques jusqu'a ceste hore d'ores ne trovai qui tant vousist faire por Deu ne por pitié qu'il en alast faire clamor devant vos, car ge savoie bien que vos estiez si prozdom que volentiers l'amendissiez se vos en seüssiez la verité. »

Et li rois respont qu'il n'eüst pas esté si longuement en si vil pechié s'il en seüst autretant com il en set orandroit.

« Mais bien sachiez, fait il, que ge ne cuidoie mie que nule dame del monde poïst valoir cele qui si m'a honi en terre par son engin et fait desleiauter vers mon Criator, dont j'ai au cuer grant angoisse. Car nule dame, fait il, ne fu onques de si grant sen com ele est, ne de si grant cortoisie, ne si douce, ne si deboennaire. Et a sa largesce estoient totes celes [noienz] qui onques fussient, si ert si entechiee de boenes teches qe par sa grant valor a si gaaigniez les cuers des riches et des povres de par tot le reiaume de Bretaigne qu'il dient que c'est l'esmeraude de totes les dames qui soient. Mais ge cuit, fait il, que tot ce a ele fait por decevoir moi et les autres, si que nus n'aparceüst sa felenie ne sa desleiauté. »

« Sire, fait la damoisele, il est tozjorz costume que cil qui beent a mauvaitié sont plus decevant que autres genz. »

« Certes, fait li rois, il puet bien estre. Mais mout me mervoil qant cuers desleiaus puet estre si entechiez de totes boenes valors com li suens est. Et neporqant, fait il, ge nel di mie por amor que j'aie a li, ainz la hé orandroit de si grant haïne que ja mais ne serai liez tant com ele ait el cors la vie, car il n'est pas remés en li que ge n'aie perdu et cors et ame. »

Ensi parole li rois de la reine et la loe de sa bonté devant cele qui a son pooir li porchace anui et honte. Si demora en tel maniere avoques li tant que bien s'aparçoit la damoisele que il l'aimme de boene amor, si en est ses cuers mout liez, et tuit cil

qu'elle n'y avait ni droit ni justification. Mais jusqu'à l'heure d'aujourd'hui, je n'ai trouvé personne qui ait accepté pour l'amour de son prochain et celui de Dieu d'aller réclamer justice devant vous. Je vous savais si juste[1] que vous deviez vouloir remédier à cela, pourvu que vous sachiez la vérité. »

Le roi lui répond qu'il ne se serait pas tenu si longtemps dans un péché aussi vil s'il en avait su autant qu'alors ; et il continue :

« Mais je croyais, soyez-en convaincue, qu'il n'y avait pas de femme au monde pour valoir celle qui, par sa perfidie, m'a déconsidéré sur la terre et fait trahir mon Créateur, ce qui me remplit le cœur d'angoisse. En effet pas une dame n'avait son intelligence, sa courtoisie, aucune n'était aussi douce, aussi généreuse ; oui, pour la largesse, toutes les autres n'étaient rien en face d'elle ; elle avait naturellement tant de qualités que, par sa haute valeur, elle a gagné les cœurs des riches et des pauvres à travers tout le royaume de Bretagne et qu'elle est dite l'émeraude de toutes les dames qui existent. Mais je pense qu'elle a fait tout cela pour me tromper, moi et les autres, en s'arrangeant pour que personne ne découvre sa perversité et son imposture.

— Sire, lui répond la demoiselle, ce sont bien toujours ceux qui aspirent au mal qui trompent plus que les autres.

— Certes, c'est bien possible. Mais je m'étonne fort qu'un cœur déloyal réussisse à être, comme le sien, si bien doué dans toutes les vertus ! Toutefois, ce n'est pas l'amour qui me le fait dire ; au contraire, je la hais maintenant d'une haine si grande que jamais plus je ne serai heureux tant qu'elle sera vivante : ce n'est pas sa faute si je n'ai pas perdu mon corps et mon âme ! »

Tels sont les propos du roi sur la reine, qu'il loue pourtant de son excellence devant celle qui cherche à lui nuire et à la déshonorer autant qu'elle le peut. Le roi resta ainsi auprès de la demoiselle, et elle comprit bien qu'il l'aimait passionnément : elle en éprouva une profonde joie, ainsi que tous ceux

---

1. Une des premières qualités du roi, qui relève de sa fonction de juge suprême, est la justice ; par conséquent, nous pensons devoir traduire ici *prozdom* par « juste ».

qui a li se tienent en ont joie. Et lors vint Berthelais devant lo roi, si li dist :

« Sire, fait il, mout est granz joie qant il plaist *(f. 180a)* a Nostre Seignor qu'i[l] vos met en corage a vos repantir de vostre pechié et a laissier la mauvaise vie que vos avez menee. Et se vostre volantez est, ma dame manderoit ses chevaliers de par sa terre et lor feroit a savoir la paiz et l'amor qui est antre vos et li, car trop li tarde qu'il sachent l'anor qui li est avenue. »

Et li rois dist que ce li plaist mout et que des ores en avant velt il qu'ele soit dame et honoree en toz les leus o il avra point de pooir. Atant prant Berthelai congié del roi et de sa damoiselle, si s'an vait as plus hauz barons del reiaume de Camelide et lor conte comment li rois s'est a lor dame acordez, si fait tant qu'il an amaine une partie avoque lui la o li rois et la damoiselle estoient. Et qant il lo virent, si li firent mout grant joie et mout se penerent de lui servir et honorer, car onques mais ne l'avoient veü an la terre puis que il esposa la reine Guenievre. Si li dient qu'il ne se deüst pas estre tant celez, mais il dit qu'il a eü tant a faire qu'il ne l'an blasmeroient ja s'il savoient lo grant anui qu'il a eü puis qu'il parti de Bretaigne.

Granz fu la joie que li baron de Camelide orent del roi Artu. Et il se parti de la ou il avoit sejorné. Et il s'an ala parmi la terre chevalchant a grant compaignie de chevaliers, et avoc lui fu la damoiselle, car consirrer ne s'en pooit. Si li vienent encontre totes les dames do païs et cuident savoir veraiement que ce soit lor dame, qant li rois Artus meïsmes s'i acorde. Si fu assez honoree

qui étaient de son parti. Sur ce Berthelai vint trouver le roi et lui dit :

« Sire, c'est un grand bonheur qu'il plaise *(f. 180a)* à Notre Seigneur de vous inspirer le repentir de votre péché et l'abandon de la mauvaise vie que vous avez menée. Si telle est votre volonté, ma dame convoquerait les chevaliers de toute sa terre et elle leur ferait connaître la paix et l'amour qui règnent entre vous et elle, car il lui tarde par trop qu'ils connaissent l'honneur qui lui est advenu. »

Le roi lui répond que cela lui agrée parfaitement et qu'il veut désormais qu'elle reçoive les honneurs de la dame partout où il aura quelque pouvoir. Berthelai prend donc congé du roi et de sa demoiselle, va trouver les plus grands barons du royaume de Camélide, leur raconte comment le roi a accordé ses sentiments avec ceux de leur dame et il fait tant qu'il en ramène une partie avec lui là où le roi et la demoiselle se trouvaient[1]. En arrivant, ils firent fête au roi et s'évertuèrent à le servir et à l'honorer, car ils ne l'avaient plus revu dans leur pays depuis son mariage avec la reine Guenièvre. Ils lui disent qu'il n'aurait pas dû rester ainsi caché, mais il leur répond qu'il a eu tant à faire qu'ils ne lui adresseraient pas de reproches s'ils savaient les grandes difficultés[2] qu'il avait affrontées quand il avait dû quitter la Bretagne.

Les barons de Camélide furent très heureux de leur rencontre avec le roi Arthur. Il quitta les lieux où il était resté à demeure et s'en alla à cheval visiter le territoire avec une grande compagnie de chevaliers et la demoiselle dont il ne pouvait se séparer ; aussi toutes les dames du pays vinrent-elles à sa rencontre, persuadées que c'était leur dame, puisque le roi Arthur en convenait personnellement ; elle fut grandement honorée

---

1. Cette version du *Lancelot* ne dit pas comment les barons de Camélide peuvent confondre la vraie et la fausse Guenièvre. La version longue explique que la fausse Guenièvre était une fille bâtarde du roi Léodagan, élevée avec la vraie Guenièvre et lui ressemblant étrangement. Plus loin ici, les dames du pays, qui paraissent n'avoir jamais vu Guenièvre, s'en remettent à l'attitude du roi.

2. Cette allusion aux guerres qui ont marqué le début du règne d'Arthur se retrouve fréquemment.

en totes les boenes viles ou ele vint, et li donerent maint riche don cil qui la vuelent honorer.

Quant li rois ot esté parmi lo reiaume en mainz leus, si s'en revint sejorner la ou la damoiselle l'ot premierement mené, car mout estoit la maisons aeisiee et delitable. Et dit as chevaliers qui avoques lui sont qu'il velt envoier querre monseignor Gauvain, son neveu, et les autres compaignons de sa maison. « Car ge sai bien, fait il, que mout sont a malaise de ce qu'il me cuident avoir *(f. 180b)* perdu. » Lors apele Berthelais, si li demande cui il porra anvoier en son païs. Et cil li amaine un escuier. Et li rois li ancharge son message et fait escrire tex enseignes par quoi il sera bien creüz de ce que il d[i]ra. Et qant il li ot dite sa volanté, si s'an parti li escuiers et se mist a la voie. Et li rois remest en grant joie et an grant solaz de dames et de chevaliers.

Mais la reine qu'il ot laissiee an Bretaigne n'a nul talant de joie faire, ainz fait si grant duel toz les jorz que mervoille est comment ele dure. Et tuit li chevalier de l'ostel lo roi sont trop desconforté et dient que ja mais n'avront joie devant qu'il en oient aucunes novelles. Si lo quierent en maintes parties et sovant revienent a cort por savoir se la reine en avoit encores rien oï.

Et li vallez qui del roi s'est partiz oire tant par ses jornees qu'il est venuz en Bretaigne et anquiert novelles de la reine. Si li fu enseigniee a Camahalot, car ele s'en estoit la alee por lo Noel qui pres estoit. Si voloit randre as chevaliers de par les estranges contrees les promesses que li rois lor avoit faites, car il devoit sa cort tenir et avoit commendé que la venissient a lui de par totes les terres. Si dist la reine que totesvoies honorera ele les prodomes a son pooir et tandra cort en leu de son seignor, dont ele a au cuer mout grant pesance, et por maintenir l'anor de Bretaigne, car mout avra grant duel se ele la voit a son tans decheoir.

Et qant li escuiers qui les novelles portoit del roi sot que ele estoit en la ville, si vint la au plus tost qu'il pot et trova monseignor Gauvain avoques li, qui celui jor meïsmes ert repairiez de sa

dans toutes les bonnes villes où elle alla et ceux qui voulurent la flatter lui firent maints riches dons.

Après avoir bien parcouru le royaume, le roi revint séjourner là où la demoiselle l'avait d'abord amené, car la demeure était agréable et confortable. Il dit aux chevaliers de son entourage qu'il désirait faire venir son neveu, monseigneur Gauvain, et le reste des compagnons de sa maison. « Je sais bien, fait-il, qu'ils sont très malheureux de ce qu'ils croient m'avoir *(f. 180b)* perdu. » Il fait appeler Berthelai et lui demande qui il peut envoyer dans son pays ; l'autre lui amène un écuyer, que le roi charge de son message et auquel il donne les preuves écrites de sa mission. Une fois qu'il eut pris connaissance de la volonté royale, l'écuyer le quitta et se mit en route. Le roi resta sur place, dans la joie et les plaisirs qu'entretenaient les dames et les chevaliers.

Mais la reine qu'il avait laissée en Bretagne n'a aucune envie de se réjouir ; au contraire, tous les jours elle montre une telle douleur qu'on s'étonne de la voir survivre. Tous les chevaliers de la maison du roi sont complètement désespérés : ils disent qu'ils ne se réjouiront plus avant d'avoir quelque nouvelle de lui ; ils le cherchent en maints endroits et reviennent souvent à la cour, pour savoir si la reine aurait appris quelque chose entre-temps.

L'écuyer, après avoir quitté le roi, force les étapes pour arriver en Bretagne ; il s'enquiert de la reine et on lui indique qu'elle se trouve à Camahalot, pour la Noël qui approchait. Elle voulait tenir auprès des chevaliers des contrées étrangères les promesses que le roi leur avait faites, car il devait alors tenir sa cour et avait signifié qu'on vienne à lui de partout. La reine avait déclaré que, malgré tout, elle ferait son possible pour honorer les preux et qu'elle tiendrait cour à la place de son époux, dont le sort la peinait profondément ; cela afin de maintenir l'honneur de la Bretagne, dont la déchéance, sous son règne, la désolerait.

L'écuyer qui apportait des nouvelles du roi, apprenant qu'elle se trouvait dans la ville, y arriva au plus vite et trouva à ses côtés monseigneur Gauvain, revenu le jour même de sa

queste. Et si i fu Kex li seneschax et des autres chevaliers assez. Et qant messires Gauvains voit lo vallet venir, si dit a la reine que par tans orront novelles. Et cil vient devant aus, mais il ne salue pas la reine, ainz la regarde mout felonessement et dit a monseignor Gauvain :

« Sire, saluz vos mande li rois, vostre oncles. »

Et si tost com il a ce dit, si saut sus messires Gauvains et lo baise et acole mout durement, et puis li demande o est ses oncles.

« Certes, fait il, il est en Camelide entre lui et madame la reine, et si vos mande, par la foi que vos li devez qui ses hom liges iestes et ses *(f. 180c)* niés, que vos veigniez a lui et que vos li menez toz les barons del reiaume de Logres, car il portera corone a cest Noel en la terre ma dame et tandra cort mout efforciee. Si velt que par devant toz ses barons soit ma dame enointe et sacree et reçoive l'anor de la corone de Bretaigne. »

« Comment ? fait messires Gauvains. Est ce la damoiselle qui l'autre jor envoia ça lo viel chevalier a monseignor lo roi por lui requerre qu'il la preïst ? »

« Sire, fait cil, c'est ele, sanz faille, si a tant quis et porchacié que par la volenté de Deu l'a li rois reconeü et set veraiement que c'est cele que il esposa et par cui il doit tenir la Table Reonde et l'anor de tote la terre qui fu au roi Leodegan. Et si menez avocques vos, fait li vallez, que li rois vostre oncles lo vos mande, cele dame qui la est, qui tant a maus quis et porchaciez. Si li sera sa deserte randue de la traïson qu'ele fist de ma dame, par quoi ele a esté jusque ci en grant anor. »

Quant messires Gauvains vit les enseignes que li rois li envoie et qu'il est sains et haitiez, il ne fait pas a demander s'il ot grant joie, car onques mais ne fu si liez de chose qui li avenist. Et tuit li autre en orent joie si grant com il porroient greignor avoir. Mais se la reine en a duel, or enforce, car mout a grant pa[or] que por aucun

quête[1]. Il y avait aussi le sénéchal Keu et bon nombre des autres chevaliers. En le voyant venir, monseigneur Gauvain dit à la reine qu'ils allaient avoir des nouvelles. L'autre arrive devant eux, mais au lieu de saluer la reine, il la regarde fort méchamment et dit à monseigneur Gauvain :

« Seigneur, le roi, votre oncle, vous envoie son salut. »

À peine a-t-il dit ces mots, que monseigneur Gauvain se précipite, le prend dans ses bras et l'embrasse avec effusion, en lui demandant où est son oncle.

« En vérité, fait l'autre, il est en Camélide, avec madame la reine, et il vous demande, par la foi que vous lui devez, vous qui êtes son homme lige et son *(f. 180c)* neveu, de le rejoindre et de lui amener tous les barons du royaume de Logres, car il portera couronne à cette fête de Noël, sur la terre de ma dame, et il tiendra une cour au grand complet. Il veut en effet que, devant tous ses barons, ma dame soit ointe et sacrée, afin de recevoir l'honneur de la couronne de Bretagne.

– Comment ? fait monseigneur Gauvain, s'agit-il de la demoiselle qui l'autre jour, ici, a envoyé le vieux chevalier à mon seigneur le roi pour réclamer qu'il la prenne ?

– Seigneur, c'est elle, à coup sûr : elle a tant persévéré que, par la volonté divine, le roi l'a reconnue et qu'il est certain que c'est elle qu'il a épousée ; par elle il a pouvoir sur la Table Ronde et il lui doit la considération attachée à toute la terre qui a appartenu au roi Léodagan. Amenez aussi avec vous, car votre oncle vous l'ordonne, cette dame que voilà, qui a tant intrigué. Il lui rendra ce que mérite l'imposture à l'égard de ma dame, qui lui a permis d'être tenue jusqu'ici en grand honneur. »

Quand monseigneur Gauvain vit les preuves envoyées par le roi et qu'il apprit que celui-ci était sain et sauf, ce n'est pas la peine de demander s'il se réjouit beaucoup : jamais rien de ce qui pouvait arriver au roi ne le rendit si heureux ; tous les autres en éprouvèrent aussi la plus grande joie possible. Mais s'il est vrai que pour la reine c'était la douleur, à présent cette douleur s'aggrave ; elle a grand peur en effet qu'en raison de quelque

---

1. De quelle quête s'agit-il ?

pechié que ele ait fait ça en arrieres voille Nostres Sires que soit honie et deshonoree en terre. Si fait si grant duel que nus ne la puet conforter ne chastier. Et li vallez prant congié de monseignor Gauvain et dit qu'il s'en velt aler. Et messires Gauvains dit qu'il ne s'an ira pas encore, « ainz, fait il, remanroiz avoques moi tant que li baron de cest païs soient ci venu. Et lors nos conduiras toz ansenble jusque la ou tu sez que messires li rois est. »

« Sire, fait cil, ge remandrai tant com vos plaira, car ge sai bien que ge ne serai ja blasmez de chose que ge face por vos. »

Ensin remest li messages avoc monseignor Gauvain. Et il enveia par toz les barons del reiaume *(f. 180d)* et lor manda que tuit venissient a lui au plus esforcieement que il porroient, et qu'il avoit del roi veraies novelles oïes. Si en furent liees maintes genz qui grant duel en orent eü. Et la reine, qui grant duel a a son cuer, se pense que ele envoiera querre Galehot et Lancelot, car bien set veraiement qu'il la conseilleront de son anui se nus hom consoil i doit metre. Lors prant une soe damoiselle, si lor envoie et mout la proie de tost aler. Et ele s'an vait au plus isnellement que ele puet, et oirre tant par ses jornees que ele, vient la ou Galehoz et Lanceloz estoient, si lor conte son message de chief an chief.

« Et sachiez, fait ele, que se vos atandez a venir jusqu'au Noel, que ja mais ma dame ne verroiz. Or si vos prie et requiert que vos la secorrez a cest bessoig, se ele fist onques chose qui vos plaüst, car mout a grant mestier que or li soient tuit si servise

péché commis dans le passé, Notre Seigneur veuille qu'elle perde son rang et soit vouée à la honte ici-bas[1]. Elle mène un tel deuil que personne ne peut la réconforter ou arriver à ce qu'elle se reprenne. L'écuyer prend congé de monseigneur Gauvain et dit qu'il veut s'en aller ; monseigneur Gauvain lui déclare qu'il ne le fera pas encore, « mais, fait-il, tu resteras avec moi jusqu'à ce que les barons de ce pays soient arrivés ici. À ce moment-là, tu nous conduiras tous ensemble jusqu'aux lieux où tu sais que se tient mon seigneur le roi. »

– Seigneur, je resterai autant qu'il vous plaira, car je sais bien que je ne serai jamais blâmé de ce que je peux faire sur votre ordre. »

Le messager demeura donc auprès de monseigneur Gauvain, qui en envoya d'autres dans les fiefs de tous les barons du royaume, *(f. 180d)* en leur faisant dire qu'il avait eu des nouvelles certaines du roi et qu'ils devaient venir le rejoindre avec le plus de monde possible. Beaucoup en furent heureux, qui avaient été très affectés par le sort du roi. La reine, au plus profond de sa peine, s'avise qu'elle enverra chercher Galehaut et Lancelot, persuadée qu'ils lui porteront assistance dans le drame qu'elle vit, si du moins quelqu'un peut le faire. Elle choisit une de ses demoiselles, et la leur envoie, après l'avoir priée de faire grande diligence. La jeune fille s'efforce de lui obéir et par des étapes forcées, elle arrive à l'endroit où se trouvaient Galehaut et Lancelot, à qui elle délivre intégralement son message.

« Sachez, conclut-elle, que si vous attendez la Noël pour venir, vous ne verrez jamais plus ma dame. Elle vous demande instamment, elle vous supplie de la secourir dans sa détresse, si jamais elle a fait pour vous quelque chose qui vous a plu, car il lui est bien nécessaire à présent que tous ses services lui

---

1. Cette phrase est la seule allusion, dans cette version, à remords de la reine pour un adultère courtois qui a au contraire été exalté par l'auteur avec les mérites de Lancelot et les torts d'Arthur ; A. Micha tire argument de cela notamment pour appuyer sa thèse que la version non cyclique est un remaniement de la version cyclique, où l'amour coupable de Lancelot l'empêchera d'être le héros du Graal (A. Micha, *De la chanson de geste au roman*, Genève, Droz, 1976, p. 249 ; *Essais sur le cycle du Lancelot-Graal*, Genève, Droz, 1987, p. 77-78).

guerredoné. Et vos, sire chevaliers, fait ele a Lancelot, i devriez metre poine et travail sor toz homes en l'anor madame la reine garantir ; car se ele est deshonoree devant vos, por que vos l'en puissiez deffandre, dont avez vos par droit honor perdue. »

« Certes, fait il, ele ne sera ja deshonoree a mon vivant, que ge n'i perde ançois la vie, se ge puis venir en leu ou ele doie estre delivree par lo cors d'un seul chevalier. Ne ja mais ne gerrai en une vile que une nuit devant que ge soie la ou ele est. »

« Sire, fait la damoiselle, ele a en vos mout grant fiance, car se toz li mondes li failloit, si set ele bien que vos li aideriez jusqu'a la mort. »

« M'aïst Dex, fait il, ce ferai mon, et gel doi bien faire, car ge n'oi onques joie que de li ne me venist. »

Mout sont entre Galehot et Lancelot dolant de cels novelles et mout lor tarde qu'il soient avoques la reine por miauz savoir la verité. Si s'esmurent au matin, *(f. 181a)* si tost com il porent lo jor aparcevoir, et s'an vont a granz jornees tant qu'il sont venu a Camahalot. Et qant la reine les vit, si fu plus a eise que devant, et messires Gauvains et tuit li autre lor font grant joie. Et la reine les an moigne an sa chanbre, por ce que ele se velt a els conplaindre de son anui, si lor conte tot premierement comment la damoiselle avoit envoié Bertelai a la cort et comment il s'en estoit partiz et par quel traïson li rois avoit esté pris.

« Or si a, fait ele, la damoisele aamee, et a mandé a monseignor Gauvain, son neveu, et a toz les barons de son regne qu'il s'an aille[nt] a lui, car il velt a cest Noel tenir cort en Camelide et coroner la damoiselle qui ensin l'a deceü par son savoir. Et a commandé que ge soie prise et amenee a cele grant feste por estre destruite devant totes les genz par lo jugement as traïtors qui ceste chose ont porchaciee. Por ce, fait ele, si vos ai mandez, et cri merci que vos me conseilliez que ge porrai faire, car mout sui espoentee. »

« Dame, fait Galehoz, or ne vos desconfortez pas, mais segurement vos contenez, car dons sanbleroit il que vos fussiez corpable de

soient rendus. Et vous, seigneur chevalier, fait-elle à Lancelot, vous devriez plus que tous mettre vos efforts et votre peine à sauvegarder l'honneur de ma dame ; car si elle est déshonorée devant vous alors que vous pourriez la défendre, c'est à juste titre que vous aurez perdu votre propre honneur.

— En vérité, lui répond-il, moi vivant, elle ne sera jamais déshonorée si je puis me présenter là où elle doive être défendue par un seul champion, ou bien je serai mort avant. Jamais je ne passerai plus d'une nuit dans une ville avant d'être arrivé là où elle se trouve.

— Seigneur, ajoute la demoiselle, elle a en vous grande confiance : même si tous les hommes venaient à lui manquer, elle sait bien que vous l'assisteriez jusqu'à la mort.

— J'en prends Dieu à témoin, certes oui, et je dois bien le faire, puisque je n'ai jamais eu de joie qui ne me soit pas venue d'elle. »

Galehaut et Lancelot sont très affectés par ces nouvelles et il leur tarde fort d'être auprès de la reine pour mieux savoir la vérité. Ils se mettent en route le lendemain, *(f. 181a)* dès qu'ils peuvent voir le jour, et par de longues étapes ils arrivent à Camahalot. En les voyant, la reine se sent soulagée ; monseigneur Gauvain et tous les autres les accueillent avec grande joie. La reine les emmène dans sa chambre parce qu'elle veut se plaindre de ses malheurs ; elle leur raconte d'abord comment la demoiselle avait envoyé Berthelai à la cour, dans quelles conditions il s'en était éloigné, et par quelle trahison le roi s'était laissé prendre.

« Ainsi, maintenant, fait-elle, il est amoureux de la demoiselle et il a fait savoir à monseigneur Gauvain, son neveu, et à tous les barons de son royaume de le rejoindre, car il veut tenir une cour ce Noël en Camélide et couronner la demoiselle qui par son habileté est arrivée à le duper de la sorte. L'ordre a été donné que je sois saisie et amenée à cette grande fête pour être mise à mort publiquement, selon le jugement des traîtres qui ont machiné cette affaire. C'est pour cela que je vous ai fait venir ; je vous supplie de me donner votre avis sur ce que je pourrai faire, car je suis dans le plus grand effroi.

— Dame, lui répond Galehaut, ne vous désolez pas, mais gardez votre assurance, sinon vous paraîtriez coupable de

la desleiauté dont cele vos apele. Mais ge vos dirai, fait il, que vos feroiz. Vos en iroiz avoques monseignor Gauvain, vostre neveu, et avoques les autres preudomes qui mout vos aimment et qui a enviz sofferront que vos soiez a tort menee. Et nos en irons avoques vos entre moi et Lancelot, et sachiez que ge i manrai tot mon pooir. Et se il lors esgardent que bataille i doie avoir, il est toz apareilliez qui por vos se conbatra. Et s'il autrement vos vuelent faire morir, nos i avrons tel compaignie qui bien vos i porrons rescorre et tolir a force, ja ne seront tel qu'il l'osent contredire. Et puis, fait Galehoz, si vos en menrai en mon païs et donrai a vos et a mon compaignon lo reiaume de Sorelois qui assez est riches et biaus, *(f. 181b)* si sera rois, et vos reine, et manroiz boenne vie ansanble comme genz qui mout s'antraimment.

« Sire, fait ele, granz merciz de vostre promesse. Ne ge ne la refus pas, car vos iestes li hom del monde en cui j'ai greignor fiance de sauver m'anor et ma vie aprés Lancelot qui ci est. »

« Dame, fait Galehot, bien sachiez que ge vos garderai a mon pooir et serai devers vos contre toz homes, neïs se ge m'en devoie bien meffaire vers lo roi Artus cui hom ge sui. »

Atant s'an issent hors de la chanbre antr'aus trois, et avoc aus s'an issi la dame de Malohaut. Si vindrent en la sale ou messires Gauvains et maint autre chevalier les atandoient. Et Galehoz lor demande qu'il lor est avis de ce que li rois a demandee la reine. Et il dient que il ne sevent encores quoi, mais n'ait ele mie paor, car il li aideront a lor pooir contre toz cels qui a tort la voudront mener ne grever. Ensi

l'imposture dont elle vous accuse. Mais je vais vous dire ce que vous ferez. Vous vous en irez avec monseigneur Gauvain, votre neveu, et avec les autres braves[1] qui vous aiment beaucoup et qui supporteront mal que vous soyez traitée injustement. Nous irons aussi avec vous, Lancelot et moi, et sachez que j'emmènerai tout ce dont je dispose. S'ils considèrent qu'il doit y avoir un combat judiciaire, il est tout prêt celui qui se battra pour vous ; s'ils veulent vous faire mourir autrement, nous aurons sur place une compagnie qui saura bien vous porter secours et vous enlever de force à des gens qui ne sont pas de taille à s'y opposer. Ensuite, je vous emmènerai dans mon pays et je vous donnerai ainsi qu'à mon compagnon le royaume de Sorelois, un beau pays plein de richesses ; *(f. 181b)* ainsi il sera roi et vous reine[2] ; vous pourrez mener ensemble une vie heureuse, comme des êtres qui se portent un grand amour.

— Seigneur, grand merci de ce que vous venez de me promettre ; je ne le refuse pas, car vous êtes l'homme au monde en qui je me fie le plus pour sauver mon honneur et ma vie, après Lancelot que voici.

— Dame, reprend Galehaut, sachez que je vous protégerai autant que je le pourrai et que je prendrai votre parti contre tous, même au prix d'une mauvaise action à l'égard du roi Arthur, dont je suis l'homme. »

Ils quittent alors la chambre tous les trois, ainsi que la dame de Malehaut, et regagnent la salle où monseigneur Gauvain les attendait, avec nombre d'autres chevaliers. Galehaut leur demande leur avis sur l'ordre du roi concernant la reine ; ils disent qu'ils n'en ont pas encore, mais qu'elle n'a pas à avoir peur, car ils feront leur possible pour l'aider contre tous ceux qui voudront la traiter injustement et la faire souffrir. Ainsi tous

---

1. *Preudomes* doit englober ici, les chevaliers de la « Table Ronde », donnée en dot à Guenièvre, et ceux qui ayant été nommés par Arthur, vivent aussi à la cour et apprécient la reine courtoise. Il est dit plus loin que la reine a avec elle *la flor de la chevalerie du monde*.

2. Ce plan est en contradiction avec celui que Galehaut avait fait pour son neveu et l'héritière légitime du Sorelois ; voir supra f. 111d.

se hastisent tuit de li secorre et garantir.

Si demorerent a Camahalot tant que tuit furent venu li baron que messires Gauvains avoit mandez, et lors se mistrent a la voie por aler en Camelide. Si i ot assez dames et damoiseles qui font conpaignie la reine, et mout font grant duel celes qui remainnent, por ce que ja mais ne la cuident veoir. Et Galehoz ot envoié en sa terre et mandé a toz ses chevaliers qu'il vaignent a lui si efforcieement com il porront plus et soient au Noel la ou li rois Artus tandra sa cort, car mout a d'els grant besoing.

Et d'autre part s'an vont avoc la reine entre lui et Lancelot, si menassent mout boenne vie se ne fust li diaus que la reine a. Tant ont erré a petites jornees qu'il vienent en la terre de Camelide. Et qant li rois lo sot, si an fu mout liez et lor vint a l'ancontre a grant compaignie de chevaliers et mout fist grant joie a monseignor Gauvain et a monseignor Yvain et a toz les autres. Mais il ne regarda onques la reine. Et qant toz les ot conjoïz, si s'an revint a Galehot et a Lancelot, cui il mout aimme, si met a Lancelot lo braz au col et dist :

« Sire chevaliers, sor toz les autres chevaliers soiez vos li bien(f. 181c)venuz. »

Mais Lanceloz ne l'acole mies de bon cuer, car il lo het orandroit plus que nul home et volantiers li eüst son homage randu sanz plus atandre. Mais il crient que a vilenie li fust tenu, si çoille ensin son pensé, por ce qu'il ne velt que nus son covine aparçoive. Si fait assez plus bele chierre que li cuers ne li aporte, mais totesvoies se tienent pres de la reine entre lui et Galehot. Si chevauchent en tel maniere tant qu'il vienent au giste, la ou li rois avoit sejorné puis que il vint en la terre. Si i troverent grant planté de chevaliers et de dames et de damoiseles et de borjois et d'autres genz, car tuit estoient venu de par le païs por veoir que l'an feroit de la reine. Si furent mout honorees totes les genz lo roi Artu fors la reine seulement ; mais ele ne trova onques de toz cels qui laianz estoient qui bele chiere li feïst, car tuit la heent de si grant haïne qu'il n'i a celui qui la mort ne li porchaçast a son pooir. N'onques li rois ne vost

affirment publiquement leur volonté de la protéger et de lui porter assistance.

Ils attendirent à Camahalot que tous les barons mandés par monseigneur Gauvain fussent arrivés, et ensuite ils se mirent en route pour la Camélide. Il y avait un grand nombre de dames et de demoiselles pour accompagner la reine, et celles qui restaient étaient en pleurs, croyant ne jamais la revoir. De son côté, Galehaut avait envoyé des messagers dans sa terre pour demander à ses chevaliers d'être les plus nombreux possible à le rejoindre et de se trouver à Noël, sur les lieux où le roi Arthur devait tenir sa cour, cela parce que leur présence lui était tout à fait nécessaire.

Quant à lui-même, il s'en va avec la reine et Lancelot ; ils auraient passé d'agréables moments sans la peine de la reine. Par petites étapes, ils arrivent en terre de Camélide. Cette nouvelle réjouit grandement le roi ; il vient à leur rencontre avec une grande compagnie de chevaliers, fait fête à monseigneur Gauvain, à monseigneur Yvain et à tous les autres, mais il ne jette pas un regard à la reine. Quand il les a tous bien accueillis, il revient auprès de Galehaut et de Lancelot ; dans son affection pour ce dernier, il le prend par le cou et lui dit :

« Seigneur chevalier, entre tous les autres chevaliers, soyez le bienvenu (*f. 181c*) ! »

Lancelot ne répond pas de bon cœur à son accolade ; il le déteste à présent plus que n'importe qui et il aurait volontiers dénoncé son hommage sans plus attendre. Mais il craint qu'on ne prenne cela pour une vilenie et il cache ce qu'il pense, ne voulant absolument pas qu'on découvre ses sentiments. Il prend donc l'air beaucoup plus joyeux qu'il ne l'est au fond du cœur, tout en se tenant, avec Galehaut, près de la reine. Ils chevauchent ainsi jusqu'à la résidence où le roi était resté depuis son arrivée sur cette terre. Ils y trouvent un grand nombre de chevaliers, de dames, de demoiselles, de bourgeois et d'autres gens, car à travers le pays, tous étaient venus voir ce que l'on ferait de la reine. Les gens du roi Arthur furent l'objet de grands honneurs, à la seule exception de la reine ; bien plus, parmi les assistants, elle n'en trouva pas un seul qui la regardât avec aménité ; tous lui vouaient une haine telle que chacun aurait tout fait pour qu'elle mourût. Le roi ne voulut

soffrir qu'ele descendist a son ostel. Et ele en fu mout dolante, si herberja en une sale qui pres de l'ostel lo roi estoit. Et sachiez que avoc li se herbergierent tuit li plus haut home del reiaume de Logres. N'onques por proiere que li rois lor seüst faire sa compaignie ne vostrent laissier, ainz dient que mout lor a fait grant honte qant il an lor conduit l'a refusee, et si n'est encores esprovee de nul forfait.

« Certes, fait li rois, ge l'an ai si ataint que se vos la verité en saviez autresin bien com ge la sai, vos la harriez de toz voz cuers, car c'est la plus desleiaus riens qui vive. »

Et il dient que tex li porra desleiauté sus metre qui an la fin s'an repantira mout chierement. Et qant li rois antandi ceste parole, si an fu mout correciez, car bien voit que par lor esgart covandra que la reine soit jugiee. Et il set de voir qu'ele a tex genz en sa compaignie qui bien oseront contredire, o soit veritez ou mençonge, ce dont il la velt esprover. Mais s'il puet, il lo fera en tel maniere que ja n'i avra si prodome que toz ne s'an ran(f. 181d)de anconbrez de l'anchargier.

Atant se departent del roi cil qui a la reine se tenoient. Mais il prie mout Galehot et Lancelot de remenoir avocques lui, mais il n'ont talant de sa conpaignie, car il cuident estre en un autre leu mout plus a eise. Si dient qu'il ne remaindront pas, que tuit li autre s'an vont. Et lors s'an partent de laianz. Et li rois remaint mout esbahiz, por ce que ansin l'avoient laissié tuit li preudome. Mout fu granz la joie en l'ostel la reine Guenievre et mout menerent boenne vie entre Galehot et Lancelot, car tant furent avoc lor deus dames que bien pot estre mienuit. Et lors s'alerent les dames couchier en une chanbre, et li chevalier jurent en la sale.

Et qant vint a l'andemain, si se leva li rois si matin com il pot lo jor veoir. Et lors manda Galehot et Lancelot et des autres preudomes une partie, si lor dist qu'il voloit que cist afaires fust porseüz hastivement, « car

absolument pas accepter qu'elle descendît dans sa demeure ; très affligée, elle alla se loger dans un édifice qui se trouvait près de celle-ci ; mais sachez qu'avec elle se logèrent tous les plus grands seigneurs du royaume de Logres ; toutes les prières du roi ne réussirent pas à les faire renoncer à tenir compagnie à la reine ; au contraire, ils dirent qu'il leur avait infligé une grande honte en la repoussant, alors qu'elle se trouvait sous leur escorte[1] et qu'elle n'était encore convaincue d'aucun crime.

« En vérité, fait le roi, j'ai trouvé tant de preuves contre elle que, si vous saviez aussi bien que moi la vérité, vous la haïriez de tout votre cœur : c'est la créature la plus fausse du monde. »

Mais ils lui répondent que tel pourra l'accuser d'imposture, qui devra finalement s'en repentir chèrement. Cette parole irrite fort le roi, car il voit bien qu'il faudra que la reine soit jugée avec leur arbitrage ; et il est convaincu qu'elle a auprès d'elle des gens qui oseront bien contredire, à tort ou à raison, ce dont il veut la convaincre. Mais s'il le peut, il s'arrangera pour que pas un ne soit si preux que cette charge[2] ne le mette en état de (*f. 181d*) complète infériorité.

Ceux qui étaient du parti de la reine quittent le roi. Mais celui-ci insiste fortement pour garder avec lui Galehaut et Lancelot, qui pourtant n'ont guère envie d'être en sa compagnie, eux qui pensent trouver beaucoup plus d'agrément ailleurs ; ils lui disent donc qu'ils ne resteront pas, puisque tous les autres s'en vont et ils quittent les lieux, laissant le roi interdit de ce que tous les braves l'avaient ainsi délaissé. Au contraire, dans le logis de la reine on festoya, et Galehaut ainsi que Lancelot eurent des moments fort agréables, car ils furent avec leurs dames jusqu'à minuit environ. Alors les dames allèrent dormir dans une chambre et les chevaliers couchèrent dans la salle.

Le lendemain, le roi se leva dès qu'il vit le jour. Il fit venir Galehaut, Lancelot et une partie des autres braves, et leur dit qu'il voulait que cette affaire soit réglée rapidement, « car

---

1. Le *conduit*, c'est la protection assurée à la personne que l'on escorte.
2. La charge de défendre la reine en assumant le combat judiciaire. Ceci annonce le combat de Lancelot contre trois adversaires à la fois.

mout i avroie grant honte se por ce remanoit ma corz que j'ai en talant a tenir si riche. » Et il respondent que tote est apareilliee la reine de soi contenir au jugement des barons de son ostel.

« Et ge voil, fait li rois, que li jugemenz soit faiz d'ui en tierz jor en la cité de Camelide, qui est li chiés de cest regne. Et si i porterai, fait il, corone au jor de Noel et tandrai cort mout efforciee, et an la vile sera coronee cele qui par heritage d'anor doit avoir la terre et l'anor. »

Et il dient que dont n'ont il mie paor que cele en soit desheritee qui dusque ci l'a tenue a grant hautesce, car au jor qu'ele sera deseritee devra bien tote joie remanoir. « Et ce seroit, font il, granz dolors a tot lo monde. »

Atant remest ceste parole, si ala li rois messe oïr. Et cil alerent querre la reine, si la menerent au mostier. Et qant la messe fu dite, si s'an revindrent as ostex et mengierent a disner, car li jor estoient cort con en yver. Et lors furent les seles mises, si mon(f. 182a)terent et se mistrent au chemin tuit et errerent tant que l'andemain vindrent en Camelide. Si firent cil de la vile mout grant feste et ancortinerent totes les rues mout richement et por amor del roi et de la reine. Et neporqant il ne savoient encores la quex estoit reine, mais li plus s'acorde a cele que li rois a en sa compaignie. Si fu assez plus honoree des genz de la terre que la reine Guenievre ne fu, mais li n'an chaut, car ele a avoqes li la flor de tote la chevalerie do monde.

La nuit fu la joie mout granz en l'ostel lou roi Artu, car tuit i furent li baron del reiaume de Camelide, qui mout se penerent de lui honorer et de la damoiselle autresi, dont il cuident veraiement que ce soit lor dame. Et ce n'est mie mervoilles qant li rois meïsmes s'i acorde. Mais la damoiselle n'est mie a eise, ainz est mout a malaise dedanz son cuer, car mout a grant paor que il ne li

j'aurais honte que cela retarde la cour que je désire tenir de façon si somptueuse ». Ils lui répondent que la reine est toute prête à se soumettre au jugement des barons de sa maison[1].

« Je veux, fait le roi, que le jugement ait lieu d'ici trois jours, dans la cité de Camélide, la capitale de ce royaume. Ainsi je porterai couronne le jour de Noël, et je tiendrai une cour très importante dans cette ville où sera couronnée celle à qui la terre et la dignité de reine reviennent par héritage naturel. »

Ils lui répondent qu'ils ne craignent pas qu'en soit déshéritée celle qui jusqu'ici les a détenues avec grandeur, que le jour où elle en sera dépossédée, il faudra bien que toute joie cesse. « Et ce serait pour tout le monde une grande tristesse », concluent-ils.

On en resta là et le roi alla entendre la messe. Les autres allèrent chercher la reine et la menèrent à l'église. Une fois la messe terminée, on revint à demeure et on prit le déjeuner, car les jours étaient courts, comme ils le sont en hiver. Après on sella les chevaux et *(f. 182a)* tous se mirent en route pour arriver le lendemain à Camélide. Les habitants de la ville avaient mis des tentures dans les rues par amour du roi et de la reine, comme pour une grande fête ; ils ne savaient pas encore laquelle était la reine, mais la plupart tenaient pour celle que le roi avait avec lui ; celle-ci était plus considérée par les gens du pays que la reine Guenièvre, mais cette dernière ne s'en affectait pas, car elle avait avec elle la fleur de toute la chevalerie qui pouvait se trouver dans le monde.

Le soir, la fête fut grande dans la demeure du roi Arthur : tous les barons du royaume de Camélide étaient là et se mettaient en grands frais pour l'honorer ainsi que la demoiselle, dont ils croyaient vraiment qu'elle était leur dame. À cela rien d'étonnant, puisque le roi lui-même était de cet avis. Mais la demoiselle, loin d'être à son aise, se tourmente bien dans le tréfonds de son cœur : elle a grand peur qu'il ne lui arrive

---

1. Les interlocuteurs du roi pensent à ceux qui appartiennent depuis toujours à l'*ostel* du roi ; Arthur décide alors que le jugement aura lieu dans la cité de Camélide, où la fausse Guenièvre a ses partisans ; et au moment de tenir le jugement, d'autorité, il choisit un étranger et une partie des barons du royaume de Camélide, pour arriver aux décisions injustes qu'il projette.

meschiee, por ce qu'ele s'est antremise de porchacier si grant traïson. Si fait assez plus bele chiere que li cuers ne li aporte. Et qant ele se demante a Berthelai, il la conforte et asseüre et dit que ne s'esmait ele pas, car il fera tant qu'ele sera coronee voiant toz cels qui or lo vuelent contredire. Ensi conforte Bertelais la damoiselle.

Et d'autre part est la reine a son ostel, qui mout a grant joie de ce que ensi se tienent a li tuit li prodome. Et qant il furent la nuit assis au mengier, si entra laianz uns vallez et dist a Galehot que li Rois des Cent Chevaliers lo salue. Et il demande tantost o il est.

« Certes, sire, fait li vallez, il vos mande qu'il sera lo matin en ceste vile ainz qu'il soit prime de jor, car jusque la ou gel laissai n'a mie plus de deus liues. Et avoques lui vienent vostre chevalier ensin com vos lo mandastes. »

Et qant Galehoz l'ot, si en est mout liez et dit a la reine que des ores en avant n'a ele garde, puis que si chevalier sont venu ; car bien la cuide garantir vers toz ses anemis, s'il estoient encor plus que il ne sont. Et ele l'an mercie mout et dit que plus (*f. 182b*) a fait por li a cest besoign qu'ele ne porroit ja mais deservir.

« Dame, fait il, vos avez tant fait por moi ça en arrieres que por l'amor que j'ai en vos, metroie mon cors en aventure jusqu'a la mort, et moi et toz cels que ge porroie justisier. »

« Sire, fait ele, vos mostrez bien que assez feriez vos por moi, qant vos avez vostre pooir semons et amené en ceste terre por moi rescorre et delivrer des mains a mes anemis. »

Atant sont les tables ostees. Et lors vindrent avant tuit li chevalier et s'asistrent antor la reine et commancierent a parler de maintes choses. Et dient tuit que or li seront guerredoné li servise que ele lor a tozjorz faiz, car il n'i a celui d'aus toz qui miauz ne voille perdre la vie qu'ele soit par lor defaut honie ne deshonoree. Et ele les en mercie toz et dit que ensi la face Dex liee com ele onques n'ot corpes en ce dont ele est mescreüe.

Ensi parolent longuement, tant qu'il fu tans de couchier,

malheur, parce qu'elle a entrepris de réaliser une si grande trahison. Pourtant elle tente de montrer un visage plus gai que ses sentiments ; et quand elle se lamente auprès de Berthelai, il la réconforte, la rassure et lui dit de ne pas s'effrayer, qu'il s'arrangera pour qu'elle soit couronnée devant tous ceux qui maintenant veulent s'y opposer. C'est ainsi que Berthelai réconforte la demoiselle.

De son côté, la reine est dans son logis, très heureuse de ce que tous les braves se rangent ainsi de son côté. Le soir, tandis qu'ils étaient à table, un écuyer entra et dit à Galehaut que le Roi des Cent Chevaliers le saluait ; il s'empressa de lui demander où il était.

« En vérité, fit le jeune homme, il vous envoie dire qu'il sera demain matin dans cette ville, avant l'heure de prime, car il n'y a pas plus de deux lieues d'ici jusque là où je l'ai laissé. Avec lui viennent vos chevaliers, comme vous l'avez prescrit. »

Cette nouvelle réjouit fort Galehaut, qui dit à la reine de ne plus s'alarmer, puisque ses chevaliers étaient arrivés ; car il pense bien la protéger contre tous ses ennemis, dussent-ils être encore plus nombreux qu'alors. Elle lui prodigue ses remerciements et lui dit qu'il a plus (*f. 182b*) fait pour elle dans sa détresse qu'elle ne pourrait jamais le mériter.

« Dame, lui répond-il, vous avez tant fait en ma faveur naguère que, pour l'amour de vous, j'accepterais le risque de la mort pour moi-même et pour tous ceux sur lesquels je pourrais avoir autorité.

— Seigneur, vous montrez bien tout ce que vous feriez pour moi, en ayant convoqué et fait venir dans ce pays pour me porter secours et me délivrer des mains de mes ennemis ceux qui relèvent de votre pouvoir. »

Les tables sont alors enlevées et tous les chevaliers s'avancent pour s'asseoir autour de la reine ; ils se mettent à parler abondamment, tous disant qu'ils lui rendront les bons offices qu'elle a toujours eus pour eux, qu'ils préfèrent tous perdre la vie plutôt qu'elle soit, par leur défaillance, vouée à la perte de ses droits et à la honte. Elle les remercie tous et jure, sur la félicité qu'elle demande à Dieu, qu'elle n'est absolument pas coupable de ce dont on la soupçonne.

Après de longs propos de ce genre, il fut temps de se coucher

si se coucha la reine, et li chevalier se couchent en la sale une partie, et li autre s'en alerent a lor ostex. Et l'andemain se leverent bien matin, si ala la reine oïr messe en la chapelle meïsmes ou li rois Artus l'avoit esposee. Si preia Nostre Seignor mout de bon cuer que il la desfande de honte hui en cest jor, issi veraiement con li rois la reçut a fame en cele chapele meesmes ou ele est. Et qant la messe fu chantee, si apela lo chapelain a une part et se fist a lui confesse de toz les pechiez dont ele cuidoit estre maumise. Et puis s'an issi hors de la chapele, si an ala a grant conpaignie de prodomes es maisons qui furent son pere, ou li rois Artus ert a ostel; mais n'i vint pas trop povrement, ne come fame qui a mort doie estre jugiee, car avoques li vindrent tuit li plus preudome do monde.

Et li rois fu ja venuz del mostier entre lui et sa damoisele et estoient en la sale amont, qui mout ert plaine de chevaliers et d'autres genz. Et qant la reine entra laianz, si fu assez regardee de maintes genz qui mout la heent voirement. Et sachiez que mout li angroissa li cuers quant ele vit *(f. 182c)* lez son seignor cele seoir qui par sa felonie li a cest anui porchacié. Et la damoiselle ne fu pas a eise qant ele la vit si honoreement venir, car mout a grant paor de comparer la traïson que ele a faite, si se repentist volentiers, s'ele poïst, de ce que onques crut lo consoil Bertelai. Et la reine vient avant, si salue lo roi. Mais il ne li randi mie son salu, ainz la regarde mout felonessement comme cil qui pas ne l'aimme de bon cuer. Et ele s'asist a une part entre li et Galehot, et avoc aus fu Lanceloz et messires Gauvains et autre chevalier assez. Et a cele hore meïsmes entrerent en la cité les genz Galehot, si leva si granz li bruiz que mout an furent esbahi les genz de la vile. Et li rois meïsmes an fu mout effreez, si demanda quex genz c'estoient. Et Galehoz dist qu'il sont a lui, « car j'avoie, fait il, oï dire que vos estiez en ceste terre em prison, si avoie mes genz mendees por vos secorre et aidier. » Et li rois l'an mercie et commande que l'an lor face mout grant honor et que tot lor soit abandoné et ostex et autres choses. Et il descendirent la ou il vostrent. Et qant il furent descendu, si s'an vindrent a cort au plus

et la reine alla dormir, tandis que les chevaliers s'allongeaient en partie dans la salle et que les autres regagnaient leurs logements. Le lendemain ils se levèrent de très bonne heure ; la reine alla entendre la messe dans la chapelle même où le roi Arthur l'avait épousée. Elle pria Notre Seigneur de tout son cœur qu'il la préserve de la honte en ce jour, aussi vrai que le roi l'avait reçue pour épouse dans cette même chapelle où elle se trouvait. Après les chants, elle fit venir à part le chapelain et se confessa à lui de tous les péchés dont elle pensait être compromise. Puis elle sortit de la chapelle, et, entourée d'une grande escorte de braves, elle se rendit dans une demeure qui avait appartenu à son père, où logeait le roi Arthur ; mais elle n'y alla pas comme une pauvresse ni comme une femme qui encourait une condamnation à mort, car avec elle venaient tous les plus braves du monde.

Le roi était déjà revenu de l'église, avec sa demoiselle, et il se trouvait dans la grande salle du haut, remplie de chevaliers et d'autres personnes. Quand la reine y entra, bon nombre de gens qui la détestaient franchement firent peser sur elle leurs regards. Sachez qu'une grande émotion la saisit quand elle vit (*f. 182c*) siéger à côté de son époux celle dont la perfidie lui avait ménagé cette souffrance. La demoiselle ne se sentait pas à son aise en la voyant venir avec tant d'honneurs, car elle avait grand peur de payer son imposture, et elle se serait volontiers repentie, si elle l'avait pu, d'avoir suivi le conseil de Berthelai. La reine s'avance donc et salue le roi ; il ne lui rend pas son salut, mais lui lance des regards méchants, pleins de l'animosité qu'il ressent pour elle. Elle s'assoit à part, avec Galehaut à son côté ; près d'eux il y avait Lancelot, monseigneur Gauvain et bon nombre d'autres chevaliers. À ce moment même, les gens de Galehaut entrèrent dans la cité, et un tel vacarme s'éleva que toute l'agglomération fut en émoi. Le roi lui-même, très inquiet, demanda qui étaient ces gens. Galehaut lui répondit qu'ils étaient à lui, « car j'avais entendu dire que vous étiez retenu prisonnier dans ce pays, et j'avais fait savoir à mes gens de venir vous aider et vous porter secours ». Le roi le remercie et donne l'ordre qu'on leur fasse grand honneur et qu'on leur donne tout à profusion, les logements et le reste. Ils descendirent où ils voulurent. Cela fait, ils vinrent le plus

isnellement qu'il porent. Et mout furent les sales plaines qant tuit li chevalier i furent venu.

Lors vint Galehoz devant lo roi et parla por la reine si haut que bien l'oent une partie des chevaliers de laianz, et dist :

« Sire, ma dame vos requiert, oiant toz voz barons, que vos la teigniez a droit par devant aus toz en tel maniere que vostre honors i soit sauvee, car de cort reial ne doit jugemenz nus issir o l'an puisse nule desleiauté aparcevoir. Por ce si vos requiert ma dame que vos li façoiz droiture en vostre cort, car ele est tote preste de soi esleiauter de la traïson que cele damoiselle qui la est li a sus mise, issi com vos et vostre baron oseroiz par droit jugier. »

Et li rois respont qu'ele en avra jugement mout volantiers.

Lors prant Bertelai par la main et apele une partie des barons del reiaume de Camelide et dit que par aus velt que la reine soit jugiee. Si les (*f. 182d*) an moigne loig des autres en une chambre, et demorent illueques longuement. [Et quant il orent tant esté que tuit s'acorderent ensamble, si s'en issirent et vindrent enmi la sale ou maint boen chevalier les atendoient. Si fu mout grant la presse entor ax, car chascuns voloit oïr ce qu'il avoient jugié. Et li rois meemes recorde lo jugement] et dist :

« Seignors, vos avez bien oï comment ceste damoiselle me manda que ge la repreïsse comme cele que j'avoie esposee. Et ge voil que vos sachiez que ge l'ai reconeüe et sai veraiement que ce est cele qui par la main Leodagan me fu donee. Or si avons, fait il, jugié que cele Guanievre qui

rapidement possible à la cour. Les pièces étaient bondées quand tous les chevaliers furent arrivés.

Galehaut s'avança alors devant le roi et, au nom de la reine, il prit la parole, si fort qu'une partie des chevaliers présents l'entendirent clairement :

« Sire, déclara-t-il, ma dame vous requiert, en présence de tous vos barons, que vous lui accordiez justice publiquement de telle façon que votre honneur soit sauf, car d'une cour royale aucun jugement où l'on puisse déceler quelque déloyauté ne doit sortir. Par conséquent ma dame vous requiert de lui accorder justice en votre cour, car elle est toute prête à se justifier de l'imposture dont l'accuse cette demoiselle qui est là, de la manière que vous-même et vos barons en déciderez selon le droit. »

Le roi répond qu'il consent très volontiers à ce qu'elle ait un jugement[1].

Il saisit alors Berthelai par la main et appela une partie des barons du royaume de Camélide en déclarant vouloir que la reine soit jugée par eux. Il les *(f. 182d)* emmena ainsi loin des autres, dans une pièce où ils restèrent longtemps. Après avoir fini par se mettre d'accord, ils en sortirent et gagnèrent le centre de la salle, où nombre de vaillants chevaliers les attendaient. On se pressait autour d'eux, car chacun voulait entendre ce qui avait été décidé. Le roi lui-même rapporta le résultat de la délibération :

« Seigneurs, vous avez bien entendu comment cette demoiselle m'a demandé de la reprendre, comme étant celle que j'avais épousée. Je veux que vous sachiez que je l'ai reconnue et que je suis sûr qu'elle est celle qui me fut donnée de la main de Léodagan. Nous avons donc décidé que cette Guenièvre qui

---

1. Le roi dans son rôle de juge doit s'entourer du conseil de ses vassaux. Il faut distinguer dans le *jugement* assuré par le roi et les barons de Camélide, la délibération qui décide de la culpabilité de la reine et ensuite, dans le cas positif, une autre délibération pour fixer le mode de châtiment ; d'autre part au cas où l'accusée aurait un champion qui contesterait la première décision, qui ferait *apel* pour *faux jugement* et demanderait la *bataille*, il y a un autre *jugement* qui fixe les modalités de ce combat judiciaire, lui-même rituellement mis en place. La longue procédure et le formalisme de la réalité sont ici très accélérés pour marquer la mauvaise foi d'Arthur.

la est doit avoir les treces colpees atot lo cuir, por ce qu'ele se fist reine et porta corone desus son chief qu'ele n'i deüst pas porter. Et aprés, fait il, si avra les mains escorchiees par dedanz, por ce que eles furent sacrees et enointes, que nules mains de fames ne doivent estre se rois ne l'a espose̋e bien et leiaument en Sainte Eglise. Et puis, fait il, si sera trainee parmi ceste vile, qui est li chiés del reiaume, por ce que par murtre et par traïson a esté en si grant honor. Et aprés tot ce, sera arse et la poudre vantee, si que la novelle corre par totes terres de la justise qui faite en sera, et que nule ja mais ne soit si hardie qui de si grant chose s'entremete. Et por ce, fait il, que nos savons de voir que ele en est corpable et que nus ne l'an devroit estre garanz, si avons esgardé et jugié qu'il covandra que cil qui deffandre la voudra de ceste desleiauté s'an conbatra toz seus a trois chevaliers, les meillors que ceste dame ci porra trover en tote sa terre. »

Et lors saut avant messires Gauvains et dit qu'il est toz apareilliez de deffandre sa dame qu'ele n'a deservi a morir an tel maniere, et provera a desleiaus cels qui furent a ce jugier. Et autresin fait Quex li seneschaus et se poroffre de la bataille mout durement. Mais Lancelloz, qui an la place estoit, qui ot oï lo jugier celi a mort que il amoit de tot son cuer, sofferroit mout a enviz que autres s'armast por li delivrer. Et tant l'esprant ire et amors que bien li est avis orrandroit que bien porroit ses cors achever qancque ses (*f. 183a*) cuers oseroit anprandre. Si vient avant et dit a Keu qu'il se traie arrieres, « car ceste bataille, fait il, ne feroiz vos pas. Autre vos covient porchacier. »

« Comment ? fait Keus ; si avez en talant a combatre por ma dame encontre trois chevaliers ? »

« Certes, fait il, voires. Ge m'i combatrai segurement. Et sagiez que ge voudroie avoir fait mout grant meschief par

est là doit avoir les tresses coupées avec le cuir chevelu, parce qu'elle s'est faite reine et qu'elle a porté couronne sur la tête sans y avoir droit. Après, elle aura l'intérieur des mains écorché, parce qu'elle y a reçu le sacre et l'onction, alors qu'aucune femme n'y a droit si un roi ne l'a pas épousée vraiment et selon la loi de la Sainte Église. Ensuite, elle sera traînée à travers cette ville, la capitale du royaume, pour avoir occupé une si grande dignité par une trahison criminelle. Ensuite, elle sera brûlée et ses cendres jetées au vent : ainsi le bruit de cette justice qui aura été rendue se répandra partout et plus jamais une femme n'aura l'audace de perpétrer un tel forfait. Enfin, comme nous savons véritablement qu'elle est coupable et que personne ne devrait être son garant, nous avons décidé après délibération que celui qui voudra la défendre de cette imposture devra combattre tout seul contre trois chevaliers[1], les meilleurs que cette dame ici présente pourra trouver sur toute sa terre. »

Monseigneur Gauvain bondit alors et déclare qu'il est tout prêt à défendre sa dame, qui n'a pas mérité de mourir de cette façon, et qu'il prouvera la déloyauté de ceux qui ont participé à cette décision. Le sénéchal Keu fait de même et se propose vigoureusement pour la bataille. Mais Lancelot, qui se trouvait là, après avoir entendu la condamnation à mort de celle qu'il aimait de tout son cœur, supporterait bien malgré lui qu'un autre s'armât pour la délivrer. Il brûle d'une telle colère et d'un tel amour qu'il pense bien alors que son bras pourrait accomplir tout ce que son (f. 183a) cœur oserait entreprendre. Il s'avance donc et enjoint à Keu de se reculer, « car cette bataille, lui dit-il, vous ne la ferez pas. Il vous faut en chercher une autre ».

– Comment ? fait Keu, vous avez donc envie de combattre pour ma dame contre trois chevaliers ?

– Certes oui ! Je ferai ce combat en toute assurance. Et sachez que je voudrais encore un plus grand désavantage, à

---

1. Dans la réalité, l'accusateur qui veut accuser plusieurs criminels doit s'assurer le concours de quelques amis, autrement l'accusateur unique devait vaincre successivement tous ses adversaires (Ph. de Beaumanoir, *Les Coutumes de Beauvaisis*, § 1748 sq.).

covant que tel roi a il en ceste place fust li quarz. Et issi voirement m'aïst Dex, il ne porteroit ja mais corone. »

Et ce dist il por lo roi Artu, que il n'aimme pas orandroit de grant amor.

Ensin est li afaires remés sor Lancelot, que onques puis n'i ot nul si hardi qui sor lui l'osast amprandre. Et d'autre part vienent avant troi chevalier et dient qu'il sont apareillié de mostrer que la reine fist la traïson dont lor dame l'a apelee et que ele doit estre destruite ensin com ele est jugiee par lo roi et par les barons. Si donent lor gaiges en la main lo roi de ce prover. Et Lanceloz done lo suem au roi del contredire. Et lors commande li rois qu'il s'aillent orandroit armer sanz plus atandre, et velt que ceste bataille soit traite a fin. Et Lanceloz se part de devant lui et s'an vait a son ostel por lui armer. Si fait lacier ses chauces et vest son hauberc mout tost et mout isnellement, car mout li est tart qu'il soit a la meslee. Et qant il est toz armez fors de son chief et de ses mains, si monte sor un palefroi et s'en vait a la cort grant aleüre. Et avoques lui fu Galehoz et li Rois des Cent Chevaliers et messires Gauvains et autres chevaliers a grant planté. Si fu Lyonyaus ses coisins delez lui, qui li porte son escu et son hiaume, et uns autres escuiers li porte son glaive et maine son cheval en destre. Et qant il est en la cort, si descent et monte en la sale en haut. Mais encor n'estoient pas venu li autre, car il ne se furent pas si hasté com il estoit. Et il s'an vait la ou il voit la reine, si li dit que ele soit tote seüre. Et ele

condition qu'un roi comme celui qui se trouve là soit mon quatrième adversaire. J'en prends Dieu à témoin, il ne porterait plus jamais couronne ! »

Il disait cela pour le roi Arthur, à qui en ce moment il ne vouait pas un grand amour. L'affaire reposa donc ainsi sur Lancelot, car après lui, personne n'eut la témérité de s'en charger. De l'autre côté, trois chevaliers s'avancent et déclarent qu'ils sont prêts à démontrer que la reine est coupable de la trahison dont leur dame l'a accusée et qu'elle doit être exécutée comme en ont décidé le roi et les barons. Ils déposent leurs gages[1] dans la main du roi pour le prouver et Lancelot donne le sien au roi pour leur opposer son démenti. Le roi leur ordonne d'aller s'armer sans plus attendre : il veut que ce combat judiciaire soit réglé. Lancelot s'éloigne et va s'armer dans son logis. Il fait lacer ses chausses rapidement, il revêt son haubert promptement : il lui tarde fort d'en être à ce combat contre plusieurs. Quand il s'est armé complètement, excepté la tête et les mains, il enfourche un palefroi et gagne la cour à grande allure. Il y avait avec lui Galehaut, le Roi des Cent Chevaliers, monseigneur Gauvain et quantité d'autres chevaliers ; son cousin Lionel allait à ses côtés, portant son écu et son heaume, tandis qu'un second écuyer portait sa lance et menait son destrier ; arrivé dans la cour, il met pied à terre et monte dans la salle. Mais les autres ne s'étaient pas autant hâtés que lui et ils n'étaient pas encore arrivés. Il regarde où est la reine et va la rejoindre pour lui dire de garder toute sa confiance ; elle

---

1. Après l'accusation, clairement formulée, qui se confond ici avec la provocation a lieu la remise au juge des « gages de bataille » (un objet, le plus souvent un gant) par les deux parties ; puis un double serment sur reliques de chaque côté (le second dans lequel on jurait de ne recourir à aucune tromperie ou sorcellerie) ; enfin la fixation du jour où les adversaires devront se présenter pour combattre en champ clos. Il y a dans ce combat une accélération romanesque : la proclamation du juge à la parenté et aux assistants d'avoir à quitter le champ et de ne pas intervenir n'apparaît pas ici, elle fait place à la curiosité des spectateurs. Cependant le récit souligne la présence des amis de Lancelot, qui se sentent tous impliqués, comme l'est le lignage ou le groupe dans la réalité ; et surtout la relation amoureuse prend une nouvelle dimension dans le dialogue et le baiser publics, qui n'ont pas le même sens pour les amants et pour les assistants. Même dans cette version écourtée, l'auteur assure le relief de l'essentiel.

respont *(f. 183b)* que si est ele, et dit qu'ele n'a paor que ele ne soit delivree hui en cest jor, au droit que ele a et a la grant proesce que ele set qui en lui est.

Que que il parloient ensi entr'aus deus, vindrent li troi chevalier devant lo roi. Et furent armé fors de lor chiés et de lor mains, si estoient tuit mout biau chevalier et mout grant. Et qant Lanceloz les vit, si vint avant et se contint mout seüremant comme cil cui force d'amors done cuer et seürté. Et li rois fait aporter les sainz, si jurerent li chevalier tot premieremant que il savoient que la reine avoit faite cele traïson. Et Lanceloz jura aprés que issi li aïst Dex et li saint com il sont parjuré de ce sairemant. Et lors vait prandre congié a la reine. Et ele lo prant entre ses braz, sel baise voiant toz cels qui veoir lo vuelent, et lo comande a celui qui de la Virge nasqui, qu'il de mort lo desfande et li doint force et pooir que il la puisse delivrer de ce peril ou ele est. Et lors commance a plorer mout tanremant. Et il se part de li mout angoisseus et vient en la cort aval, si atire son chief et ses mains et lace son hiaume. Puis prant son escu a son col et monte en son cheval, qui coverz fu mout richemant, et prant son glaive de l'escuier qui lo portoit. Et lors fu a mervoilles biaus et plaisanz.

Et qant li autre chevalier furent armé, si fu la corz delivree, et monterent tuit as fenestres, et as creniaus et sus les maisons an haut cil qui es sales ne porrent antrer. Et tantost est montez li uns des chevaliers. Et qant Lanceloz lo voit, si met l'espié desoz l'esseille et s'esloigne et joint l'escu devant lo piz; et autretel fait li autres. Puis hurte lo cheval des esperons, et s'antrevienent de si granz aleüres com il lor puent corre et se fierent sor les escuz si granz cox com il pueent greignors. Et li chevaliers qui por la damoiselle se combatoit brise son glaive. Et Lanceloz fiert lui si duremant qu'il lo porte par desus la crope del cheval a terre. Si s'an passe outre, et puis vient arrieres grant aleüre. Si descent et met la main a l'espee, si li cort sus. Et li

lui répond (*f. 183b*) qu'il en est bien ainsi, qu'elle n'a pas peur de ne pas être innocentée en ce jour, vu son droit à elle et la grande prouesse qu'elle lui connaît.

Tandis qu'ils parlaient tous les deux, les trois chevaliers arrivèrent devant le roi ; ils étaient armés, sauf la tête et les mains : c'étaient de beaux chevaliers, très grands. En les voyant, Lancelot s'avance et affiche une grande assurance, en homme qui puise son courage et sa sûreté dans la force de l'amour. Le roi fait apporter les reliques ; les chevaliers jurent d'abord qu'ils savent que la reine a commis cette trahison ; Lancelot jure après eux que, sur Dieu et ses saints, il viennent de faire un faux serment ; puis il va demander congé à la reine ; elle le prend dans ses bras et lui donne un baiser aux yeux de tous ceux qui veulent le voir ; enfin elle le recommande à Celui qui naquit de la Vierge pour qu'Il le préserve de la mort et lui donne la force et les moyens de la délivrer du péril où elle se trouve ; à ce moment-là, elle se met à pleurer avec beaucoup d'émotion. Lui la quitte, bouleversé, redescend dans la cour[1], arme sa tête, ses mains et lace son heaume ; puis il suspend son écu à son cou, enfourche son cheval somptueusement recouvert et prend sa lance des mains de l'écuyer qui la portait. Il était alors merveilleusement beau et attirait les suffrages.

Quand les autres chevaliers furent armés, la cour se vida : tous montèrent aux fenêtres, aux créneaux, et ceux qui ne pouvaient entrer dans les salles allèrent tout en haut des maisons. Rapidement l'un des chevaliers monte à cheval ; dès qu'il le voit, Lancelot met sa lance sous l'aisselle, prend du champ et fait passer son écu devant son torse ; l'autre fait de même. Ils foncent l'un contre l'autre de toute la vitesse de leurs montures qu'ils éperonnent et se frappent sur les écus de toutes leurs forces. Le chevalier qui était un des champions de la demoiselle brise sa lance ; Lancelot, lui, le frappe si brutalement qu'il le fait voler à terre, par-dessus la croupe de son cheval. Dans son élan il le dépasse, puis revient sur lui à vive allure, descend de cheval, empoigne son épée et se précipite sur lui. Mais le

---

1. Il s'agit de la *basse cour*, celle qui est ménagée dans l'espace du bourg, de la ville, à l'intérieur d'un *chastel* ; au Moyen Âge, la foule doit assister aux ordalies.

chevaliers qui relevez fu ra la soe espee traite *(f. 183c)*, si se deffant mout durement et rant a La[n]celot mout grant meslee. Mais longuement nel pot mie soffrir, si commance a guerpir place qant il voit que li pires en est suens. Et cil lo tient si cort qu'il n'a pooir d'alainne recovrer ne terre reprandre, si reüse tant que il chiet. Et Lanceloz li saut sor lo cors, si li ront sanz demorer les laz del hiaume et li abat la vantaille sor les espaules. Et cil li crie merci, que il ne l'ocie pas. Mais il dit que ja Dex ne li aït qant il merci avra ne de lui ne des autres, se il les puet conquerre, « Car l'an ne doit pas, fait il, merci avoir de traïtor. » Lors hauce l'espee et fiert parmi la teste, si que tot lo fant jusq'anz es danz. Et qant il voit qu'il est morz, si remet l'espee el fuerre et prant son glaive, qui encor estoit toz antiers, et vient a son cheval, si remonte et s'apareille de la joste.

Et lors li relaisse corre li autres chevaliers, et il a lui, si tost com il puent esperoner. Et s'entrefierent des glaives, qui mout furent fort, si durement qu'il volent em pieces. Mais li compaignz a celui qui morz estoit voide les arçons et chiet a terre, toz estordiz de la dure encontre qu'il ot eüe. Et neporqant il n'i jut gaires, ainz sailli sus ainz qu'il pot et met la main a l'espee et fait grant sanblant de soi desfandre. Et Lanceloz redescent de son cheval et trait son escu avant, si li cort mout hardiement sus, l'espee en la main, et s'antredonent granz cox par tot la o il se cuident empirier. Si se fierent parmi les hiaumes et parmi les escuz et sor les braz et sor les espaules et la o il se pueent ataindre. Et dure la meslee d'aus deus mout longuement, tant que Lanceloz en a grant honte. Et lors li cort sus, iriez et chauz, et lo fiert grant cop amont desus lo hiaume, et fiert et refiert. Si lo charge si de ses cox que li chevaliers nel puet soffrir, si guerpist place plus et plus. Et cil prant terre sor lui. Et li chevaliers ganchist tant com il puet, mais ganchirs n'i vaut neiant, car cil lo haste mout. Et bien voient tuit que mout en a lo peior et que trop est au desouz. Et il se desfandist volantiers, se il poïst, mais sa deffense n'i vaut preu, car tant lo haste *(f. 183d)* Lanceloz qu'il fiert

chevalier s'était relevé et avait lui aussi tiré son épée : *(f. 183c)* il se défend avec acharnement et rend à Lancelot ses grands coups ; cependant il ne peut résister longtemps et voyant qu'il a le dessous, il commence à céder du terrain. Mais Lancelot le tient si court qu'il ne lui laisse pas retrouver son souffle ni reprendre pied, et à force de reculer, l'autre finit par tomber. Lancelot en profite pour sauter sur lui : sans tarder, il rompt les lacets de son heaume et lui rabat la ventaille sur les épaules. L'autre crie merci et le supplie de ne pas le tuer ; mais Lancelot lui répond que lui-même renonce à l'aide de Dieu s'il a jamais merci de lui et, s'il peut les vaincre, des autres : « Car il n'y a pas de merci pour les traîtres », fait-il ; il lève son épée, le frappe en plein sur la tête et le pourfend jusqu'aux dents ; voyant qu'il est mort, il remet son épée au fourreau, saisit sa lance qui était encore entière, rejoint son cheval, l'enfourche et se prépare à la joute suivante.

Alors le second chevalier s'élance à son tour à bride abattue, éperonnant de toutes ses forces contre Lancelot qui en fait autant, et ils se donnent un tel coup avec les lances, pourtant solides, qu'elles volent en morceaux. Mais le compagnon de celui qui était mort vide les arçons et tombe à terre, tout étourdi par le choc de la rencontre ; toutefois il ne reste pas longtemps étendu, se dépêche de se remettre sur pieds, empoigne son épée et montre bien qu'il veut se défendre. Lancelot à son tour descend de cheval, tire son écu devant lui et l'épée en main, il se précipite intrépidement sur son adversaire ; ils échangent alors de grands coups partout où ils pensent pouvoir se faire du mal ; ils se frappent sur les heaumes, les écus, les bras, les épaules et là où ils peuvent s'atteindre. Leur bataille à l'épée dure si longtemps que Lancelot en a grande honte et, pris d'une ardeur furieuse, il repart sur son adversaire, il lui assène un grand coup sur le heaume, puis frappe encore et encore. La charge de ses coups est telle que l'autre ne peut lui résister : il cède de plus en plus de terrain, tandis que Lancelot en gagne sur lui. Le chevalier s'évertue à l'éviter, mais en vain, car les coups de Lancelot sont trop rapides. Tous voient bien que l'autre a le dessous et qu'il n'est plus en mesure de reprendre l'avantage. Il se serait bien défendu, s'il l'avait pu, mais ses efforts ne lui valent rien, car *(f. 183d)* Lancelot le presse tant qu'il trébuche a terre d'une des paumes. Et qant il se velt relever, cil li cort sus el relever que il faisoit et se hurte a lui si durement que il lo fait a terre cheoir de tot lo cors. Et il se lait cheoir sor lui, si li arache hors lo hiaume de sa teste et fiert el vis et el front et an la teste granz cox del pon de l'espee, si que maintes des mailles li sont entrees a force dedanz la char. Et il a les iauz si plains de sanc que il ne voit gote, et bien voit que sa desfanse ne li a mestier. Si crie a Lancelot merci. Et il dit que il en avra autretele merci com il ot de son compaignon, si lo fiert de l'espee parmi les iauz, si que toz les li colpe jusq'en la cervelle. Et puis revient a son cheval, si est montez.

Et lors esgarde an haut as fenestres et dit a Keu lo seneschal, qui as fenestres do palais estoit apoiez :

« Messire Kex, fait il, encores cuit ge que vos ne voudriez pas estre li quarz por lo reiaume de Logres gaaignier. »

Et atant se resmuet li tierz chevaliers, qui mout a grant dotance lo vait requerre. Et s'il saüst l'art ne l'angin comment il se poïst garir, il lo feïst mout volentiers. Mais il set tot de voir que il n'an puet eschaper sanz mort, si velt miauz morir par la main d'un prodome que soi tenir por recreant sanz estre empiriez ne maumis, et aprés seroit laidement destruiz par devant lo commun del pueple. Si fiert lo cheval des esperons et s'an vait vers lui si tost com il puet corre. Et Lanceloz li vient encontre, l'espee en la main. Et cil peçoie son glaive sor lui et s'an passe outre. Et puis revient arrieres grant aleüre, si a traite s'espee. Et lors commence la meslee d'aus deus tot a cheval. Et mout s'abandone li chevaliers comme cil cui il ne chaut de sa vie, car bien voit que il ne la puet sauver ne garantir. Et an la fin l'ocist Lanceloz autresin com il avoit fait les deus autres.

Et lors descendirent en la cort li chevalier qui amont estoient, et la reine vient a Lancelot comme cele qui tant (*f. 184a*) est liee que plus ne puet, si li deslace ele meïsmes son hiaume et lo baise mout doucement. Et dit :

« Sire, l'ore soit beneoite que vos fustes nez, comme li plus

à terre sur une main. Comme il cherche à se relever, Lancelot bondit sur lui et le heurte si violemment qu'il le fait tomber cette fois de tout son long. Alors se jetant à plat sur lui, il lui arrache le heaume de la tête et frappe avec le pommeau de son épée de grands coups sur le visage, le front, la tête, au point qu'il lui fait entrer de force bien des mailles dans la chair ; il a les yeux si pleins de sang qu'il ne voit plus rien et qu'il comprend que sa résistance est inutile : il crie merci à Lancelot ; mais celui-ci lui répond qu'il aura la même merci que son compagnon et il le frappe entre les deux yeux, jusqu'à la cervelle. Il revient ensuite à son cheval, l'enfourche, lève les yeux vers les fenêtres de la salle et lance au sénéchal Keu qui était appuyé à l'une d'elles :

« Monseigneur Keu, je crois encore que vous ne voudriez pas être le quatrième, même au prix du royaume de Logres ! »

Le troisième chevalier à son tour s'ébranle et passe à l'attaque malgré sa peur. S'il avait su un expédient ou une manœuvre pour se mettre à l'abri, il y aurait eu volontiers recours. Mais il sait en toute certitude qu'il ne peut échapper à la mort et il préfère mourir de la main d'un brave plutôt que de se tenir pour vaincu, alors qu'il n'est ni en état d'infériorité ni blessé, pour être après honteusement mis à mort devant le peuple[1]. Il pique donc des éperons et fonce de toute la vitesse de son cheval. Lancelot arrive contre lui, l'épée à la main. Le chevalier brise sa lance sur lui, termine son élan et rebrousse chemin à toute allure, l'épée dégainée. Une mêlée à cheval commence alors entre les deux adversaires. Le chevalier risque le tout pour le tout ; il se moque de sa vie : il voit bien qu'il ne peut ni la protéger ni la sauver. À la fin, Lancelot le tua comme il avait tué les deux autres.

Les chevaliers qui regardaient d'en haut descendent alors dans la cour ; la reine vient à Lancelot, radieuse (*f. 184a*) comme jamais, lui délace elle-même son heaume, l'embrasse avec effusion et lui dit :

« Seigneur, bénie soit l'heure où vous êtes né, vous, le plus

---

1. Le vaincu en combat judiciaire, même s'il a obtenu sa grâce de son adversaire, doit être exécuté publiquement après le combat.

prodom do monde. Et vos iestes li chevaliers el siegle que ge devroie plus amer, car vos m'avez randue honor et joie. »

Ensin a Lanceloz sa dame delivree. Si en ont mout grant joie tuit li preudome. Et lors vienent devant lo roi, si li quierent qu'il li face droit de la damoiselle comme cele qui est encheoite et provee de son forfait. Et li rois, qui plus n'en ose faire, respont que si fera il volentiers. Maintenant mande que l'an la preigne entre li et Bertelai et soient amené avant, car il velt orandroit sanz plus atandre que il soient jugié entr'aus deus et reçoivent lor deserte tele com il l'ont deservie. Lors furent endui amené devant lo roi, si plore la damoiselle mout tandrement, car bien voit que plus ne puet sa mauvaitiez estre celee. Si vient devant la reine, jointes mains, et li conoist sa desleiauté, oiant toz. Et qant li rois l'ot, si est mout esbahiz et regarde Berthelay, si li demande comment il s'osa entremetre de porchacier tel felonie. Et Berthelais respont que il l'an conoistra la verité de chief en chief.

« Il est voirs, fait il, que ge trovai ceste damoiselle en une maison de religion. Et por la grant biauté dont ge la vi, si enquis et demandai qui ele estoit, car mout sanbloit estre de hautes genz. Mais onques ne trovai qui verité m'en seüst dire. Ne ele meïsmes n'en savoit rien fors tant que an la maison avoit esté mout longuement. Et ge en oi mout grant pitié, por ce que de si grant biauté estoit. Et li dis sanz faille que, se ele voloit errer a mon consoil et faire ce que ge li conseilleroie, ge feroie tant que ele seroit la plus haute fame del monde. Et ele me demanda comment. Et ge dis que porchaceroie tant que vos la prendriez a fame et departeriez de la reine qui ci est. Et qant ele oï ce, si dist que, se gel pooie faire, ele feroit ma volenté outreement. Et me jura sor sainz que a toz *(f. 184b)* les jorz de ma vie seroie sires de son pooir. »

Ensin conoist Berthelais tote la traïson devant lo roi, et comment il porta lo mesage et fist l'anel contrefaire que la damoiselle porta a cort, et comment il fist lo roi prandre et li dona la poison boivre par quoi il anama la damoiselle. Tot li conoist son errement de chief en chief sanz rien celer. Et li rois est mout honteus et iriez de ce que issi a esté

brave du monde. Vous êtes ici-bas le chevalier que je devrais aimer le plus, car vous m'avez rendu l'honneur et la joie. »

Ainsi Lancelot a délivré sa dame. Tous les braves en éprouvent une joie intense ; ils s'avancent devant le roi et réclament qu'il exerce sa justice à l'égard de la demoiselle, puisque sa culpabilité dans ce crime est avérée. Le roi, n'osant s'entêter, répond qu'il agira volontiers dans ce sens. Il ordonne qu'on la saisisse ainsi que Berthelai et qu'ils comparaissent, car il veut que sur le moment et sans plus attendre, ils soient jugés tous les deux et qu'ils aient le sort qu'ils ont mérité. Tous deux sont amenés devant le roi. La demoiselle, qui comprend que sa perfidie ne peut plus être cachée, pleure pitoyablement ; elle s'avance devant la reine, les mains jointes, et reconnaît devant tous son imposture. Ses aveux confondent le roi, qui regarde Berthelai et lui demande comment il a osé entreprendre la réalisation d'une pareille félonie. Berthelai répond qu'il va lui faire connaître la vérité de bout en bout.

« Il est vrai, fait il, que j'avais découvert cette demoiselle dans une maison religieuse. Sa grande beauté m'avait frappé et je cherchai à savoir qui elle était, car elle paraissait de grande famille. Mais je ne trouvai personne qui pût me renseigner ; elle-même n'en savait rien, sinon que cela faisait très longtemps qu'elle était dans cette maison. Je fus très attendri par son sort, à cause de cette grande beauté, et je lui dis sans chercher à la tromper que si elle voulait suivre mon avis et agir selon mes conseils, je ferais en sorte qu'elle soit la plus grande dame du monde. Elle me demanda comment. Je lui dis que je m'arrangerais pour que vous la preniez pour femme et que vous vous sépariez de la reine que voici. Devant cela, elle déclara que si j'y arrivais, elle ferait absolument tout ce que je voudrais. Et elle me jura sur les reliques que *(f. 184b)* pour le restant de mes jours, je serais le maître de ce qui serait en son pouvoir. »

Berthelai reconnaît donc devant le roi toute la trahison, comment il fit porter le message, fabriquer l'anneau contrefait que la demoiselle apporta à la cour, comment il fit prendre le roi et lui fit boire le breuvage qui le fit tomber amoureux de la demoiselle. Il reconnaît ses agissements dans leur intégralité, sans rien en cacher. Le roi éprouve honte et fureur de s'être

deceüz par tel barat. Si dit a Berthelay que il an avra son guerredon comme traïtres et desleiaus, car hom de son aage ne se deüst pas estre entremis de porchacier si grant desleiauté com il a par devant lui coneüe et regeïe. Maintenant fu Berthelais pris par lo commandement lo roi et trainez par tote la cité. Et la damoisele est encores devant la reine, si li crie merci, que ele li pardoint lo pechié de son forfait, et non pas por sa vie sauver, car, se Dex li aït, ele ne velt pas c'on la laist vivre des ores en avant ; car ja mais a nul jor joie n'avroit, ainz velt qu'ele soit destruite honteusement comme cele qui bien l'a deservi. Et li rois en a si grant pitié qu'il ne la puet esgarder, ainz se fiert an une chambre. Et li baron vont aprés, si li demandent que il feront de la damoiselle. Et il dit que il an facent a lor volenté selonc ce que il esgarderont que l'an en doie faire. Et il dient que donc l'ocirront il par lo jugement meïsmes qui de la reine fu faiz, car il lor est avis que ele doit d'autretel mort morir, puis que de ce forfait est atainte, si com Bertelais et ele l'ont de lor boiche reconneü. Et li rois dit que ce li sembleroit estre droiz et raisons.

Ensin est la damoiselle jugiee par l'esgart des barons lo roi, si fu tantost menee hors de la vile. Et li feus est apareilliez por li ardoir. Et ele estoit de si tres grant biauté qu'il dient tuit c'onques mais si bele fame n'avoient veüe. Si poez savoir que maintes lermes i ot plorees et assez i ot de tex genz qui mout a enviz soffrisient *(f. 184c)* sa mort s'il eüssient pooir del contredire. Mais ne puet estre, si fu mise dedanz lo feu si tost com ele fu confesse. Et avoques li fu Bertelais qui la traïson ot porchaciee. Si dient tuit que mout est granz dolors qant par lo consoil d'un tel veillart est si bele fame honie. Et mout i ot de cels qui s'an partirent de la place ançois que li feus fust alumez, car il ne pooient avoir cuer de li esgarder a morir. Mout fu la damoiselle plainte et regretee de maintes genz.

laissé tromper par de telles manœuvres. Il déclare à Berthelai qu'il aura la récompense que mérite le traître et le déloyal qu'il est : un homme de son âge n'aurait pas dû se mêler de réaliser une trahison comme celle qu'il a reconnue et confessée.

Sur l'ordre du roi, Berthelai fut aussitôt saisi et traîné à travers toute la cité. La demoiselle était alors encore devant la reine, implorant d'elle le pardon de son péché criminel, et cela non pas afin de sauver sa vie, car, elle en prend Dieu à témoin, elle ne veut plus vivre ; jamais plus un seul jour elle n'aura de joie, au contraire elle veut être mise à mort dans la honte, comme une femme qui l'a bien mérité. Le roi éprouve pour elle tant de pitié qu'il ne peut la regarder et qu'il va se réfugier dans une chambre. Les barons le suivent et lui demandent quoi faire de la demoiselle. Il leur répond qu'ils en fassent ce qu'ils veulent, selon ce qu'ils jugeront légitime. Ils disent qu'ils la mettront à mort, suivant le jugement même qui a été fait pour la reine, car, selon eux, elle doit mourir de la même mort, puisqu'elle est convaincue de ce crime, comme Berthelai et elle l'ont reconnu expressément. Le roi dit que cela lui paraîtrait logique et juste.

Ainsi la demoiselle est condamnée avec l'arbitrage des barons du roi[1] et aussitôt elle est emmenée hors de la ville. Le bûcher est préparé pour la brûler[2]. Mais sa beauté était si grande que tous disaient n'avoir jamais vu une si belle femme : vous pouvez être sûrs que maintes larmes furent versées et qu'il y eut des gens qui n'auraient accepté *(f. 184c)* que bien malgré eux qu'elle meure s'ils avaient pu s'y opposer. Mais ce fut impossible et elle fut mise sur le bûcher dès qu'elle se fut confessée. Berthelai partagea son sort, lui qui avait fomenté la trahison. Tous disent qu'il est bien déplorable qu'une si belle femme soit déshonorée par la machination d'un tel vieillard ; mais beaucoup quittèrent la place avant que le feu ne fût allumé, n'ayant pas le courage de la regarder mourir. La demoiselle fut plainte et regrettée de bien des gens.

---

1. Cette fois-ci, ce ne sont pas les barons de Camélide, mais sans doute ceux de Logres, partisans de la vraie Guenièvre.

2. Les *Coutumes de Beauvaisis* ne mentionnent le châtiment par le feu que pour les femmes coupables de crimes contre nature, d'hérésie et de meurtre.

Et qant la justise fu faite de li et de Bertelai, si s'an revindrent li chevalier an la cort arrieres. Et fu la joie mout granz en l'ostel lo roi de totes et de toz, car trop avoient premierement eü grant duel del roi que il cuidoient avoir perdu, et aprés del cors la reine, car nul[e] dame ne fu onques tant amee des genz son seignor com ele estoit. Si ne vos porroit l'an dire nule greignor joie com il orent cele nuit. Et ce fu tierz jor devant Noel ; si desfandié li rois que nus des chevaliers ne se meüst, car il sejornera, ce dit, en la vile jusq'au jor, et il tandra sa cort mout efforciee, si velt que tuit soient a sa grant feste. Et la reine est tant liee que de nul anui qu'ele ait eü ça en arrieres ne li sovient. Et dit a Lancelot, oiant lo roi, que des ores en avant la puet il tenir por soe.

« Certes, fait li rois, il est li chevaliers del monde que ge devroie plus amer et qui plus m'a servi, car il fist la paiz de moi et de Galehot qui ci est et me gita de la prison de la roche, dont ge ja mais ne fusse delivrez se il ses cors ne fust. Et or me ra delivré d'une des greignors hontes qui onques mais m'avenist. Ne des ore mais n'ai ge cure qu'il se departe de ma compaignie, ainz voil qu'il soit del tot en tot de mon ostel et toz sires de moi et de ma terre, car ge ne puis neier que il ne la m'ait randue et garantie. »

Ensi est la paiz faite del roi et de la reine, si sejornerent en la vile toz les trois jorz a grant joie et a grant deduit. Et fist la reine mander totes les dames et les damoiseles de par la terre por venir a cele *(f. 184d)* grant cort. Et eles i vindrent volentiers et esforcieement car mout la dessirrent a veoir celes qui veües ne l'ont por les biens que l'an an dit. Mout fu granz la feste que li rois tint au jor de Noel en Camelide, car onques mais ne la tint si riche puis que il fu coronez premierement. Et mout i fist chevaliers noviaus et dona robes et autres dons tant que toz li siegles s'en mervoille. Et autresin fist la reine et as dames et as damoiseles ; si porterent andui corone et la voille de la feste et lo jor, et tint chascuns sa cort grant et merveilleuse. Et qant vint l'andemain, si pristrent les genz Galehot congié et

Quand justice fut faite d'elle et de Berthelai, les chevaliers retournèrent à la cour. Tous et toutes menèrent grande liesse dans la maison du roi : ils avaient d'abord été désespérés pour le roi, qu'ils croyaient avoir perdu, puis pour la personne de la reine, aucune dame n'ayant jamais été autant aimée qu'elle par les sujets de son époux. On ne saurait décrire plus grande joie que celle qu'ils montrèrent ce soir-là. Comme on en était à trois jours de Noël, le roi interdit à tout chevalier de bouger : il avait l'intention de séjourner dans la ville jusque-là pour tenir une cour très importante, et il voulait que tous soient à sa grande fête. Quant à la reine, elle éprouve un tel bonheur qu'elle ne se rappelle plus aucun des tourments qu'elle a pu avoir dans le passé. Devant le roi, elle dit à Lancelot que désormais il peut considérer qu'elle lui appartient.

« Certes, approuve le roi, c'est le chevalier que je devrais le plus aimer au monde et qui m'a le mieux servi, car il a ménagé la paix entre Galehaut, ici présent, et moi, il m'a fait sortir de la prison de la Roche, dont il n'aurais jamais été délivré sans lui ; et il vient encore de me dégager d'une des plus grandes hontes que j'aie jamais encourues. Désormais je ne me soucie pas qu'il quitte ma compagnie ; je veux au contraire qu'il partage tout dans ma demeure, qu'il ait tout pouvoir sur moi-même et sur ma terre, qu'il m'a sauvée et rendue, je ne puis le nier. »

Ainsi la paix fut-elle faite entre le roi et la reine, qui passèrent ces trois jours entiers dans la ville, au milieu des fêtes et des réjouissances. La reine fit convoquer toutes les dames et toutes les demoiselles du pays pour assister à cette *(f. 184d)* grande cour. Elles prirent plaisir à venir nombreuses : beaucoup qui ne la connaissaient pas désiraient la voir pour tout le bien qu'on en disait. Grande fut la fête que le roi célébra le jour de Noël en Camélide ; jamais depuis qu'il fut couronné pour la première fois, il n'en avait tenu d'aussi somptueuse. Il y fit beaucoup de nouveaux chevaliers, il donna des vêtements et fit d'autres libéralités qui émerveillèrent tout le monde ; la reine agit de même avec les dames et les demoiselles ; tous deux portèrent couronne la veille et le jour de la fête, et chacun des monarques tint sa cour avec grandeur et faste.

Le lendemain les vassaux de Galehaut prirent congé et

s'an alerent an son païs.

Si departi atant la corz, et li rois se remist a la voie a aler en Bretaigne, si en maigne Galehot et Lancelot avoques lui et s'an vont a petites jornees. Si mainnent mout boenne vie entre la reine et la dame de Malohaut qant aise les met en leu de parler a lor chevaliers.

Tant ont erré qu'il sont venu a Campercorantin. Et lors demande Galehoz congié au roi, mais li rois dit que il ne s'en ira pas encorres : « ainz sejorneroiz avoques moi tot cest yver, car ge sai bien que vos n'avez or pas granment a faire en vostre païs. » Et la reine meïsmes li prie que il remaigne, si fait tant que il otroie au roi sa volenté.

Ensin sont remex a cort entre Galehot et Lancelot, si furent servi et honoré de toz et de totes, car mout an ont grant joie li conpaignon lo roi. Mais sor toz les autres en est liee la reine et la dame de Malohaut, por ce que de lor compaignie ne se savroient consirrer des ores en avant. Et se la reine aanma Lancelot ça an arrieres, or l'aimme plus que onques mais ne l'ama. Et dit que ele ne porra ja avoir honte des ores mais en chose que ele feïst por lui, car se toz li mondes savoit l'amor entr'aus deus, si li *(f. 185a)* devroit l'an a bien jugier, tant l'a deservi en pluseurs leus.

En tel maniere sejornerent avoques lo roi entre Galehot et Lancelot des lo Noel jusqu'a la Pasque, si orent totes les joies qui d'amors puent venir, car maintes foiz parlerent a lor dames sanz compaignies d'autres genz. Mais la dame de Malohaut n'est pas a eise de ce que Galeholz s'em ira aprés la Pasque, et dit que mout est la dame fole qui si riche home aimme par amors, car ja ne fera sa volenté. Si tient mout la reine a sage qant ele a son cuer asis en celui dont ele puet faire son plaisir sanz contredit.

Au jor de la Pasque s'an vint li rois a Camahalot por sa cort tenir, car mout ert la vile aeisiee et delitable. Et quant il furent venu la voille devant, si vient Lyoniaus a Lancelot et li requiert qu'il die au roi que il lo face chevalier.

« Car bien est, fait il, des ores mais tans et raisons que ge soie chevaliers, et bien lo requiert mes aages. Et sachiez que ge n'eüsse pas si longuement estez escuiers, se ne fust por vostre amor,

retournèrent chez lui. La cour se sépara et le roi reprit la route pour aller par petites étapes en Bretagne, en emmenant avec lui Galehaut et Lancelot. La reine et la dame de Malehaut avaient beaucoup de plaisir quand l'occasion leur était donnée de parler à leurs chevaliers.

Le voyage prit fin avec l'arrivée à Quimpercorantin. Galehaut demanda congé au roi, mais celui-ci lui répondit qu'il ne s'en irait pas encore : « Au contraire, vous resterez avec moi tout cet hiver, car je sais bien que vous n'avez pas grand chose à faire en ce moment dans votre pays. » La reine le pria aussi de rester et réussit à lui faire accepter la volonté du roi.

Ainsi Galehaut et Lancelot sont-ils restés à la cour, honorés et servis par tous et par toutes, car l'entourage du roi a grande joie de leur présence. Mais la reine et la dame de Malehaut sont radieuses entre tous, parce que désormais elles ne sauraient se passer de leur compagnie. Si la reine aimait Lancelot dans le passé, alors elle l'aime plus qu'elle ne l'a jamais aimé. Elle se dit que désormais elle ne pourra avoir honte de tout ce qu'elle fera pour lui, car tout le monde saurait-il l'amour qu'ils se portent, l'on devrait juger qu'elle a raison *(f. 185a)*, tant il a mérité cet amour à bien des titres.

C'est ainsi que Galehaut et Lancelot séjournèrent avec le roi depuis Noël jusqu'à Pâques, en ayant toutes les joies qui peuvent venir de l'amour, car il leur arriva maintes fois de parler à leur dame, sans autre compagnie. Mais la dame de Malehaut n'est pas heureuse de ce que Galehaut doive s'en aller après Pâques ; elle se dit qu'elle est bien folle la dame qui aime d'amour un homme aussi puissant, car il ne se rendra jamais à sa volonté ; et elle est persuadée de la sagesse de la reine, qui a remis son cœur à un homme dont elle peut faire ce qu'elle veut, sans discussion.

Le jour de Pâques, le roi alla à Camahalot pour tenir sa cour, car la ville était bien pourvue et agréable. La veille, à leur arrivée, Lionel vint trouver Lancelot et lui demanda de prier le roi qu'il le fasse chevalier :

« Car, continue-t-il, maintenant il est opportun et raisonnable que je sois chevalier : mon âge l'exige. Sachez que je ne serais pas resté si longtemps écuyer, sans l'affection que je vous

car onques n'oi si grant talant de nule chose comme ge ai eü de recevoir la haute hordre de chevalerie. »

Et Lanceloz, qui mout en est liez, respont qu'il em priera lo roi mout volentiers. Atant ala li rois vespres oïr. Et qant eles furent chantees, si s'an revint an haut es sales. Et lors prant Lanceloz Lyonel par la main, si lo mainne devant lo roi et li requiert que il lo face chevalier. Et li rois, qui mout lo voit apert et viste, respont que si fera il volentiers. Et mout en a grant joie, car bien set qu'il ne puet faillir a estre preuzdom s'il retrait au boen lignage dont il issi. Ensin a li rois otroié a Lyonel que il sera chevaliers. Et il en a si grant joie que greignor ne porroit avoir, et dit que or n'a il nule paor que il prozdom ne soit qant il a si haut jor iert chevaliers et de la main a celui dont tuit li prodome do m[ond]e ont chevalerie receüe. Atant furent les tables mises, si asistrent au mengier; et orent lor table tot par els cil qui noviau chevalier devoient *(f. 185b)* estre, et tot ce fu por l'onor de Lyonel.

Et qant il orent lo tierz mes eü, si antra laianz une damoiselle de mout grant biauté et tint en sa main destre un lieon qui mout estoit de grant fierté, lié par lo col en une chaainne, mais tant cremoit la damoisele que ja ne fust si hardiz qu'il se meüst tant com ele fust an sa compaignie. Cil lieons fu esgardez a grant mervoille par laianz, car il avoit une corone desus son chief qui de meïsmes la teste li est creüe. Si s'an merveillierent mout tuit li chevalier qui en la sale estoient, por ce que onques mais lyeon coroné n'avoient veü. Et la damoisele qui lo maigne s'an vient devant lo roi, si lo salue et dist :

« Rois Artus, a toi m'anvoie la plus vaillant pucelle qui soit, au mien escient, et si est la nonpers de biauté de totes celes del monde. Et por la grant valor qui en li est l'ont requise d'amors maint preudechevalier de son païs et de maintes autres terres. Mais ele dit que ja a nul jor ne s[er]a s'amors donee a chevalier se il n'est de ta maison. Et si covandra que cil qui l'amor ma dame voldra avoir se conbate a cest lyeon qui ci est tant qu'il l'ocie par

porte, car je n'ai jamais rien tant désiré que recevoir le noble ordre de chevalerie[1]. »

Lancelot s'en réjouit fort et lui répond qu'il aura plaisir à en prier le roi. Celui-ci alla entendre les vêpres ; quand elles furent chantées, il remonta dans ses appartements. Alors Lancelot prend Lionel par la main, le conduit devant le roi et lui demande de le faire chevalier. Le roi voit son air ouvert, sa vivacité, et répond que ce sera avec plaisir ; il s'en réjouit fort en effet, car il sait bien qu'il ne peut manquer d'être brave s'il ressemble au bon lignage dont il est issu[2]. Ainsi le roi a accordé à Lionel d'être chevalier, lequel en éprouve la plus grande joie possible et déclare que désormais il ne redoute plus de ne pas être un brave, puisque dans un jour aussi auguste il aura été fait chevalier, et de la main dont tous les braves du monde ont reçu la chevalerie. Les tables furent dressées et l'on prit place pour le repas ; tous ceux qui devaient *(f. 185b)* être nouveaux chevaliers étaient réunis à une même table, en l'honneur de Lionel.

Au troisième service, une demoiselle de grande beauté fit son entrée, tenant de la main droite un lion féroce, enchaîné par le cou, mais qui craignait tant cette demoiselle qu'il n'aurait jamais osé bouger tant qu'elle aurait été près de lui. À travers la salle, on regarda le lion avec stupeur car il portait une couronne sur la tête, poussée à même le crâne. Tous les chevaliers qui étaient là n'avaient jamais vu de lion couronné et trouvaient cela fort étrange. Suivie du lion, la demoiselle s'avance jusqu'au roi, le salue et lui dit :

« Roi Arthur, à toi m'envoie la demoiselle la plus précieuse qui soit, à ce que je sache : entre toutes les beautés du monde, elle n'a pas sa pareille. Pour cette excellence, maints preux chevaliers de son pays et de bien d'autres terres l'ont priée d'amour. Mais elle a déclaré qu'elle ne donnerait jamais son amour à un chevalier qui n'appartiendrait pas à ta maison. Il faudra donc que celui qui voudra avoir l'amour de ma dame se batte contre le lion que voici, et qu'il le mette à mort par l'effet

---

1. Il s'agit de la chevalerie idéalisée des romans. Chrétien de Troyes, dans le *Conte du Graal* avait écrit : *la plus haute ordene... que Dieu ait faite et comandee / c'est l'ordre de chevalerie / qui doit estre sanz vilonnie.* (v. 1635-1638).

2. C'est celui de Lancelot, puisque Lionel est son cousin germain.

proesce de cors et de cuer, car ma dame a voé que ja s'amor ne donra se a celui non qui par la mort del lyeon la conquerra. Ne ja ne savras, fait ele, qui ma dame est devant que cil meïsmes t'en die la verité qui lo lyeon ocirra. »

Et li rois respont que de ceste requeste ne s'en ira ele pas escondite de son ostel, car assez i a chevaliers qui volentiers enprandront lo lyeon a ocirre por gaaignier l'amor de la plus bele rien qui vive.

Atant remest ceste parole jusqu'a l'andemain. Atant furent les tables ostees, si s'an alerent li chevalier a lor ostel. Et quant il dut anuitier, si menerent entre Galehot et Lancelot Lyonel en un mostier ou il veilla tote nuit jusqu'au jor. N'onques de tote la nuit nel laissierent, et au matin l'an menerent a son ostel, sel firent dormir jusqu'a la grant messe. Et lors lo menerent au mostier avoc lo roi. Et la reine li ot au matin envoié cote et mantel [d'un sa]mit porpre. Si fu li mantiax forrez [d'un hermine] *(f. 185c)* qui mout li sist bien. Et il estoit si biaus et si bien tailliez de totes choses que mout seoit a veoir a toz cels qui l'esgardoient. Mais ançois qu'il antrassent el mostier, furent aportees les armes a toz cels qui chevalier devoient estre, et s'armerent si con a cel tans lo faisoient. Et lor chauça li rois lo destre esperon si com il estoit costume, mais les espees ne lor ceint pas devant qu'il revenissent del mostier. Quant il orent les colees receües, si alerent oïr messe et tuit armé, car issi lo devoient faire. Et si tost com la messe fu dite, si lor ceint li rois les espees. Et aprés s'an vindrent an la sale. Et si tost com il i furent venu, si s'an vint Lyoniaus devant lo roi, toz armez, et li requiert que la premiere avanture qui est aprés sa chevalerie a cort venue li otroit a achever : ce est la bataille del lyeon. Et li rois dit que il li donra mout volentiers, « mais il est, fait il, si hauz jorz que ge ne vos lo mie hui a combatre, ançois metrai la bataille en respit jusqu'a demain se vos m'en volez croire. »

Et Lyoniax dit que ja mais n'en sera arirez, puis que Dex li a amenee si prestement. Lors fist li rois avant venir la damoiselle qui lo lyeon avoit amené et li commanda que ele lo menast an la cort aval. Et ele si fist, et puis li osta la chainne del col et s'an monta arrieres an la sale. Et li rois monta an haut as fenestres, et chevalier et

de son courage et de sa force ; en effet ma dame a fait le vœu de ne donner son amour qu'à celui qui arrivera à la conquérir par la mort du lion. Et tu ne sauras pas qui est ma dame avant que celui-là même qui tuera le lion ne te le dise. »

Le roi lui répond qu'elle ne quittera pas sa demeure sans voir sa requête satisfaite, car il y a bon nombre de chevaliers qui entreprendront volontiers de tuer le lion pour gagner l'amour de la plus belle des créatures.

On en resta là jusqu'au lendemain. Quand les tables eurent été enlevées, les chevaliers regagnèrent leurs logements. À l'approche de la nuit, Galehaut et Lancelot emmenèrent Lionel dans une église où il veilla toute la nuit jusqu'au jour ; ils ne le quittèrent pas un instant et au petit matin, ils le reconduisirent à son logement et le firent dormir jusqu'à la grand messe. Alors ils le ramenèrent à l'église, avec le roi. La reine lui avait envoyé ce matin-là une tunique et un manteau de soie pourpre ; le manteau, qui lui allait très bien, était fourré d'hermine *(f. 185c)*. Lionel était si beau et si bien proportionné en tout que tous ceux qui le regardaient se plaisaient à ce spectacle. Avant qu'ils entrent dans l'église, on apporta leurs armes à tous ceux qui devaient être chevaliers, et ils s'armèrent, comme on le faisait en ce temps-là. Le roi leur chaussa l'éperon droit, selon la coutume, mais il ne leur ceignit pas l'épée avant le retour de l'église. Ils reçurent la colée et allèrent entendre la messe, tout armés, ainsi qu'ils devaient le faire. Aussitôt la messe dite, le roi leur ceignit l'épée. Puis ils revinrent dans la salle. Dès leur entrée, Lionel s'avance devant le roi, tout armé et lui demande de lui accorder d'accomplir la première aventure qui est arrivée à la cour après sa chevalerie, c'est-à-dire la bataille du lion. Le roi répond qu'il la lui donnera très volontiers, « cependant, continue-t-il, nous sommes en un jour si auguste que je ne vous conseille pas de vous battre contre lui aujourd'hui ; je retarderai plutôt cette bataille à demain, si vous voulez m'en croire ».

Mais Lionel dit qu'elle ne sera pas retardée le moins du monde, puisque Dieu la lui a envoyée si promptement. Le roi fit donc venir la demoiselle qui avait amené le lion et lui donna l'ordre de le faire descendre en bas dans la cour. Elle s'exécuta, puis lui enleva la chaîne qu'il portait à son cou et remonta dans la salle. Le roi gagna les fenêtres ainsi que les chevaliers, les dames et damoiselles, por veoir la bataille del lieon et de Lyonel. Et Lyoniaus s'an vint aval, lo hiaume en la teste, l'espee en la main, si s'adrece droit au lieon, comme cil qui assez a cuer, et l'asailli mout viguereusement. Et li lyeons se desfandié mout durement et mout li ampira ses armes et li trancha la char parmi lo hauberc en pleusors leus, ançois que la meslee remansist. Mais an la fin lo prist Lioniax parmi la gorge as poinz que il avoit et durs et forz, si l'estrangla veiant toz cels qui l'esgardoient. Et [de] celui lyeon porta messires Yvains, li filz au [roi U]rien, la pel en son escu, et por ce fu il ape[lez li Chevalier]s au Lyeon.

(*f. 185d*) Quant Lyoniaus ot lo lyeon ocis si com vos avez oï, si s'en monta en la sale en haut et se fist desarmer. Et lors furent mandé li clerc qui les proesces as chevaliers de la maison lo roi Artu metoient en escrit, si com li contes l'a autrefoiz conté. Et fu Lyoniaus aconpaigniez as conpaignons de la Table Reonde por la proesce qui en lui estoit et por l'amor de Lancelot, son coisin. Aprés furent les tables mises, si asistrent au mengier. Et quant il orent mengié et les tables furent ostees, si vint la damoiselle devant lo roi, cele qui lo lyeon amena a cort, et prist congié de lui et de la reine et de toz les autres. Et s'an partirent celui jor meesmes de cort entre li et Lyonel, et errerent tant par lor jornees que il vindrent la ou la dame ert qui s'amor li avoit donee. Si fist mout grant joie del chevalier qant ele sot qu'il estoit de la Table Reonde.

Ensi remest Lyoniaus avoc sa dame, ne plus ne parole cist contes de lui ne d'aventure qui li avenist, car il a son conte tot entier.

dames et les demoiselles, pour voir la bataille du lion et de Lionel. Celui-ci descendit, le heaume sur la tête, l'épée à la main ; il se dirigea droit sur le lion, en homme plein de courage, et l'attaqua vigoureusement. Le lion se défend avec acharnement ; il met ses armes bien à mal ; à travers son haubert, en maints endroits, il lui entaille la chair avant que la mêlée cesse. Mais finalement, avec ses poings durs et forts, Lionel le saisit à la gorge et l'étrangle, à la vue de tous les spectateurs[1]. De ce lion, monseigneur Yvain, le fils du roi Urien, porta la peau sur son écu, et c'est ce qui lui valut le surnom de Chevalier au Lion[2].

(f. 185d) Ayant tué le lion, comme vous l'avez entendu, Lionel, remonta dans la salle du haut et se fit désarmer. On fit venir les clercs qui mettaient par écrit les exploits des chevaliers de la maison du roi Arthur, comme le conte l'a mentionné ailleurs. Lionel entra dans cette compagnie de la Table Ronde en raison de sa propre prouesse et de l'amour qu'on avait pour Lancelot, son cousin. Après on mit les tables et on prit place pour le repas. Cela fait, on enleva les tables et la demoiselle qui avait amené le lion à la cour s'avança devant le roi ; elle prit congé de lui, de la reine et de tous les autres et s'en alla le jour même avec Lionel. Par étapes, ils finirent par arriver là où se trouvait la dame qui lui avait réservé son amour. Celle-ci montra une grande joie de ce chevalier quand elle sut qu'il était de la Table Ronde. Ainsi Lionel resta avec sa dame ; le conte ne parle plus de lui ni d'aucune aventure qui ait pu lui arriver, car il a son conte tout entier.

---

1. Ce dernier épisode avait été annoncé au f. 112c.

2. Cette explication d'un anthroponyme, procédé narratif fréquent dans le roman, n'est pas celle qui a inspiré Chrétien de Troyes dans le roman d'*Yvain*.

Ençois retorne a parler del roi et de sa compaignie, et dit que qant vint l'amdemain de la feste, si prist Galehoz del roi congié et de la reine et de Lancelot, son compaignon, et de la dame de Malohaut et de totes les autres. Et erre tant que il vint en la terre des Lointaignes Illes. Mais ne demora gaires aprés ce qu'il s'en fu alez, que une damoiselle vint a lui et li aporta unes novelles dont granz dolors avint en la terre dont il ert sires et en maintes autres contrees por la renommee de sa valor. Car ele li dist que Lancelloz del Lac, cui il avoit tote s'amor donee, estoit ocis en la Forest des Aventures, et que ele avoit veü a ses iauz que l'an li avoit la teste colpee. Et qant Galehoz l'oï, si en ot si grant duel que nus hom ne porroit greignor avoir. Et il avoit esté seigniez lo jor devant, si sanmesla por l'angoise [(*At, f. 189a*) de ces novelles si durement que il ne vesquit qu'a tierz jor aprés. Issi fu Galehoz morz por Lancelot, issi com li clercs lo distrent qui li expelerent son so[n]je si [com li] contez l'a autre foiz devisé. Et quant la novelle de sa mort vint en l'ostel lo roi Artu, si [fu] li diax si granz de toz et de totes qe l'en ne vos poroit greignor deviser. Et la dame de Malehaut en par fist duel trop angoiseus, car ele l'amoit de si grant amor, com nus cuers pot plus amer autre. Mais quant Lanceloz sot que por lui avoit mort receüe cil par cui il avoit toz les biens et totes les joies, si fist si grant duel qe totes genz qui lo veoient en on[t] grant pitié. Et se ne fust li cors la reine, ja mes par autre

CHAPITRE LXXI

Mort de Galehaut

Il revient au roi et à sa compagnie, et il raconte que le lendemain de la fête, Galehaut prit congé du roi, de la reine, de son compagnon Lancelot, de la dame de Malehaut et de toutes les autres dames. Son voyage dura jusqu'aux Iles Lointaines. Mais peu de temps après son départ de la cour, une demoiselle vint le trouver et lui annonça une nouvelle qui fut la cause d'une grande douleur dans la terre dont il était le seigneur, ainsi que dans maintes autres contrées, en raison de la notoriété de sa valeur. Elle lui dit en effet que Lancelot du Lac, auquel il avait donné tout son amour, avait été tué dans la Forêt des Aventures, et qu'elle avait vu de ses propres yeux qu'on lui avait coupé la tête. Quand Galehaut entendit cela, il éprouva la plus grande douleur dont un homme puisse être atteint. La veille, il avait été saigné et, sous l'effet de l'angoisse[1] *(At, f. 189a)* que suscita cette nouvelle, son sang se troubla si violemment qu'il ne survécut que deux jours. Ainsi Galehaut mourut à cause de Lancelot, comme l'avaient dit les clercs qui lui avaient expliqué son rêve et comme le conte l'a naguère exposé. Quand la nouvelle de sa mort parvint dans la demeure du roi Arthur, la douleur de tous et de toutes éclata, plus grande qu'on ne saurait vous le dire. La dame de Malehaut montra un désespoir immense, car elle l'aimait d'un amour si grand que jamais un cœur n'a pu aimer autant. Mais quand Lancelot apprit que celui par qui il avait eu toutes les joies et tous les biens avait trouvé la mort à cause de lui, il montra lui-même une si grande douleur que tous ceux qui le voyaient en avaient grande pitié. N'était la reine en personne, jamais quelqu'un

---

1. Là s'interrompt le premier fragment du manuscrit BN 768 (f. 1-186), d'une main et d'une date différentes du second fragment du manuscrit ; la numérotation en continu du second fragment montre qu'il manque un folio. Le texte donné est celui du manuscrit Rouen BM 06.

ne fust confortez; mes ce l'asoaje molt et done granz confort de totes ires et de totes angoisses oblier qu'il est en la compai*(At, f. 189b)*gnie de la plus vaillant dame dou monde et de la rien que il plus aime.

Ensi est remés avoc lo roi. Si tast atant li contes de lui, que plus n'en parole, car bien [a] a chief menees totes les avantures qi l[i] avindrent puis qe la reine Helaine, qui sa mere fu, lo perdié par l'aventure que cist livres conta el comencement. Ne li contes ne viaut amentevoir dont il corronpist la matire. Por ce si a racontees totes les avantures q'il mena a fin jusq'a ceste ore ensi com eles furent contees en l'ostel lo roi Artu et l'estoire de ses faiz lo nos tesmoigne.]

n'aurait pu le réconforter : ce qui le calmait et qui l'aidait à surmonter toutes sa peine et son angoisse, c'était qu'il se trouvait dans la compagnie *(At, f. 189b)* de la dame qui avait le plus de mérite au monde, de celle qu'il aimait le plus.

Ainsi resta-t-il avec le roi. Le conte se tait maintenant sur lui et n'en parle pas davantage, car il a mené à terme toutes les aventures qui lui sont arrivées depuis que la reine Hélène, sa mère, le perdit dans les circonstances que ce livre a relatées au début. D'autre part le conte ne veut pas relater ce qui gâterait son sujet : c'est pour cela qu'il a raconté toutes les aventures qu'il a accomplies jusqu'à ce moment, comme elles furent contées à la cour du roi Arthur et comme en témoigne la relation de ses hauts faits.

LISTE DES MOTS EXPLIQUÉS

(Les chiffres et les lettres renvoient aux folios)

aide, 117c
aleor, 157a
amander, 141a
anbleüre, 146b
apel, 140d ; 182c
arestuel, 133b
asanblee, 112b
asseurement, 139d
bachelier, Introduction, 117b
baile, 128a
barbacane, 139a
ban, baniere, 167b
baron, 174b
barre, 116b, 139b
bataille, 140d ; 150a ; 177c ; 183a ; mortel, 170c
bocle, 125d
braies, 166b
branche, 173c
braz, 125d
breteche, 134d
cercle, 165c
cerveliere, 121b
cil de ça, de la, dedens, dehors, 148d ; 165d
chacier, 148c
chanberlain, 156a

chastel, 134d
chausses, 129c
chemin ferré, 144d
chevalier errant, estrange, 112a
chevalier (faire), 123d
clerc, 135a
coiffe, 133d
complies, 116c
colee, 123d
conduit, 181c
conestable, 141a
conroi, 167b
conte, 173c
convers, 147b
converser, 171d
cors, 140d
cort (basse), 183b
cortine, 157a
costume, 121c ; 123c ; 123d ; 137d
cote, 117a ; 129c
coverture, 167b
covine, 112b
cri, 136c
dame, 135b
defi, 132d
demoiselle, 135b ; 136d

deraisnier, 120a
desarmé, 119c ; 171d
desconfiture, 148c
desjeuner, 119b
disner, 119b
don, 113c ; 123d
druerie, 120c
enarmes, 115b
enfant, 123b
enseigne, 113b
escuier, Introduction
espee, 156b
esté, 145d
fiance, 163a
foi, 125a
forclose, 165c
forteresse, 159a ; 171d
frein, 157d
gain, 139a
gages, 183a
garder, 156a
guige, 115b
guimpe, 143b
haubert, 119c ; 171d
herbergiez, 155a
homage, 125a
home, 117c
investiture, 117a
iver, 145d
jugement, 182c
lac, 133c
languete, 160c
legier, Introduction
lieue, 114d ; 135b
lice, 157a
lige, 113b
loi, 133c
maison, 177d
mantel, 129c ; 143b
mes, 112d
mostrer son cors, 177c
nasal, 116b
none, 116c

onor, 141a ; 177b
ost, 164c
ostel, 177d ; 181d
palais, 136d ; 171d
palefroi, 151d
panne, 125d
peage, 129a
penon, 160c
per, 126d
plaisseïs, 118d
poigneïs, 147c
porte coleïce, 137c
posterne, 137b ; 167a
preudome, Introduction ; 179d ; 181a
prime, 116c
recet, 148c ; 155a
(re)torner, 148c
roncin, 144a
sains, 114a
saisir, 117a
salle, 136d
seigneur, 174b
seneschal, 119b ; 141a
sergent, 112a
sinople, 127b
sope, 144d
souper, 119b
surcot, 129c
tenir, 117a ; 177d
tierce, 116c
toise, 112a
tor, 134d ; 136d ; 158d ; 171d
tornelle, 174b
trives, 139d
tornoier, 112b, 147d ; 165b
vallet, Introduction
vavasseur, 126a
vassal, 117c ; 158a
ventaille, 133d
vile, 134d
vilenie, 162d
vespres, 116c

INDEX DES NOMS PROPRES

(Les chiffres et les lettres renvoient aux folios)

Adain le Beau : chevalier d'Arthur, un des vingt quêteurs de Lancelot, 114b.

Agleot : roi des Saxons, 165c.

Agravain : frère de Gauvain, 130a, 146d, 153c, 155c, 164b.

Alier : ermite, ancien chevalier, père de Maret : 146c, 147d.

Angleterre : Angleterre, 167b.

Arebech : ville d'Écosse, 160b ; Arestel, 164d, 170a ; Resteil, 164c, 164d, 166d.

Arodien de Cologne : un des clercs du roi Arthur, 173c.

Arthur (le roi) : fils d'Uterpendragon, roi de Grande Bretagne, roi de Logres, 111d, 112c *et passim*.

Assurne : rivière salée qui sépare le royaume de Logres du Sorelois, 111d, 147b, 160c, 162a.

Atramont : chevalier saxon, frère d'Agleot, 165c.

Bademagu : maître des clercs d'Arthur, 176d.

Ban (le roi) : roi de Bénoïc, père de Lancelot, 112b, 130d, 160b, 164a.

Beduier : connétable d'Arthur, 179a.

Beau Trouvé (le) : surnom donné à Lancelot par la Dame du Lac, 168d.

Béniant (le roi) : roi de Norgales, 138a.

Bénoïc : royaume de Ban, voir Ban.

Berthelai : vieux chevalier de Camélide, 177d-180b, 181a, 182a-182c, 184a-184c.

Bienfait (le) : couvent de moines sur la terre de Canbenic, 127c, 127d.

Bohort (le roi) : roi de Gaunes, frère de Ban, père de Lionel, 112b, 145d.

Brandelis (messire), chevalier d'Arthur, un des quêteurs de Lancelot, 114b.

Brandnague : roi des Saxons, 155a.

Bretagne : Grande-Bretagne, royaume d'Uter et d'Arthur,

132a, 162d *et passim* ; Grande-Bretagne : 144d, 146d *et passim*.
Caellus : capitale de Galehaut, 175a, 176a.
Camahalot : une des villes préférées d'Arthur, 112c, 175d, 178a, 180b, 181a, 185a.
Camaheu : ville de Grande Bretagne, 173c.
Camélide : terre du roi Leodagan, père de Gueniènvre, 177b, 178a, 180a, 180b, 181a, 181b, 184d ; cité de Camélide, 181d.
Canbenic : duché de Canbenic, à la frontière de Norgales, 126d, 127d ; ville, 127d ; duc de (Esaü) 127c, 130c, 132d, 134c, 146d, 155c, 160b ; le sénéchal du duc (voir Gloadain).
Canile : enchanteresse de la Roche aux Saxons, 172c ; appelée Gartissiée : 164c.
Canus de Caée : chevalier d'Arthur, quêteur de Lancelot, 114b.
Caradigas : chevalier d'Arthur, quêteur de Lancelot, 114b.
Caradoc aux Courts Bras : chevalier d'Arthur, quêteur de Lancelot, 114b.
Carduel : cité de Galles, un des séjours favoris d'Arthur, 112c, 112d, 130a, 160b, 177b, 178c, 178d.
Carlion : cité, séjour d'Arthur, 112c.
Carrefour des Sept Voies, 132a ; lande du Carrefour, 131a, 134a, 134c, 135a, 146b ;

voir Lande des Sept Voies, Ermitage du Carrefour.
Célice : envoyée de la Dame du Lac, blessée en sauvant Lionel, 152b.
Chevalier au Lion : surnom d'Yvain, 185c.
Cincaverne : château du duc de Canbenic, 150c, 150d.
Clarance : cri de guerre d'Arthur, 170c, 172b ; cité du royaume de Sowales, 170c.
Croix (Sainte) : croix du Christ, 151c, 163d, 171a.
Dame du Lac : fée nourricière de Lancelot, donatrice de l'écu magique : 169c, 173a ; Demoiselle du Lac, 112b, 169a, 169c ; Pucele du Lac, 125c, 168c ; Niniènne, 152b.
Dieu, 121a *et passim*.
Don de Carduel, vieux chevalier, père de Girflet, chevalier d'Arthur : 112d, 114b, 114c, 147d, 149c, 177c.
Dodinel le Sauvage : chevalier d'Arthur, quêteur de Lancelot, 161b, 177c.
Élinant des Iles : chevalier de Galehaut, gardien du Pont Norgalois, vaincu par Gauvain, 161b, 162b.
Ermitage Caché, 146a.
Ermitage de la Croix, 146a.
Ermitage du Carrefour, 146a.
Esaü : duc de Canbenic, 127c, 138a.
Escalibour : épée de Gauvain, 157a, 161d.
Écosse : terre d'Aguissant, 160b, 164b.
Étranges Iles : terre de Galehaut, 111d ; Galehaut est aussi

appelé le seigneur des Lointaines Iles, 145d, 174b.

Estreberes : lieu de défaite des Saxons, où Sagremor acquit son surnom de Démesuré, 155a.

Étroite Marche : château d'un vassal d'Arthur, 140d, 141a, 142d, 144a ; appelé aussi de l'Étroite Voie, 138b.

Évaine, reine, épouse du roi Bohort et mère de Lionel, 112b.

Falerne (seigneur de) : vassal lige du duc de Canbenic, seigneur d'un château frontière entre le Norgales et Canbenic, 134c, 134d.

Fontaine de l'Ermite : fontaine près du château des Marés, 144d.

Fontaine du Pin : fontaine où Gauvain rencontre Hector, 115b, 117d, 154b, 173c.

Forêt Bleue, 153d.

Forêt de Brequeham, Brequelande : forêt ou lande entre le duché de Canbenic et le royaume de Norgales, 126d, 127d, 131b, 132c, 147b.

Forêt de la Lande Belle, 131a.

Forêt des Aventures, 185d.

Forêt des Combes, 149c.

Gadraselain : amant de l'enchanteresse de la Roche, Canile ou Gartissiee, 171d, 172c.

Galain, duc de Ronnes : chevalier de la maison de Galehaut, 165a.

Galegantin le Gallois : chevalier d'Arthur, quêteur de Lancelot, 114b.

Galehaut : fils de la Belle Géante, seigneur des Étranges Iles et des Lointaines Iles, conquérant du Sorelois, adversaire puis allié d'Arthur, ami de Lancelot, 111d-112c, 113b, 114a, 123d, 130a, 130c, 138a, 144c-146a, 146d, 151d, 153c, 160b, 161b, 162a-167a, 167d, 168a, 172a, 172c-177b, 180d-182c, 183a, 184d-At. 189a.

Galles : nouveau nom du royaume de Hosselice, 111d, 177d.

Gales le Chauve : chevalier d'Arthur, quêteur de Lancelot, 114b.

Gartissiée, voir Canile.

Gasoain d'Estrangot : chevalier d'Arthur, quêteur de Lancelot, 114b.

Gaunes : royaume du roi Bohort, père de Lionel, 112b.

Gauvain, (toujours appelé messire par l'auteur), neveu du roi Arthur, fils de Lot, frère de Gaheriet, Guerrehet, Agravain et Mordred, 112c-117a, 118a-122b, 123b-124a, 127b-132a, 138c, 138d, 146a-157c, 160c-167c, 168c, 171c-173a, 176a, 177b, 180b-183a.

Géante, voir Belle Géante.

Gazevilté : château d'Hélène sans Pareille et de Persidés, 158d, 161b.

Girflet : fils de Don, chevalier d'Arthur, quêteur de Lancelot, 112d, 115a, 116b, 147d, 148b, 154b, 173a.

Gladoain de Caermurzin : che-

valier d'Arthur, quêteur de Lancelot, 153a.
Gloier (le roi) : roi du Sorelois, tué dans une guerre contre Galehaut, 111d.
Godelonte : défilé, 171a.
Graal : conte du G., dont le Lancelot est une branche, 173c.
Grande Plaine : après la forêt des Combes, 149c.
Grohadain le nain : oncle de l'amie d'Hector, vassal de la dame de Roestoc, 116b, 116d, 119b, 122d, 123a, 124a, 124b.
Guenièvre (souvent dite seulement **la reine**) : épouse d'Arthur, fille du roi Léodagan de Camélide, 132a, 134c, 136b, 142d, 158c, 161b, 162a, 167c-168a, 180a, 181d, 182a, 182d.
Guenièvre (la fausse), demoiselle inconnue : 177b, 177c.
Guerrehet : frère de Gauvain, quêteur de Lancelot, 166a, 166d, 171d, 172c.
Gué du Sang : gué près de Resteil, où sont défaits les Saxons, 165c.
Guinas de Blanquestan : chevalier jaloux, vaincu par Hector, cousin de Ladomas, 134a, 144c, 157c, 157d.
Guinier : chevalier compagnon de Galehaut, 165a.
Hanguist le Saxon : envahisseur saxon de la grande Bretagne, 164c.
Hargadabrant : chevalier saxon, frère de la demoiselle de la Roche, 170d, 171a.
Hector : chevalier, ami de la nièce de Grohadain et de la demoiselle de l'Étroite Marche, quêteur de Gauvain, 117a, 117c-121a, 122a-122d, 124c-127a, 131d-145c, 147d, 157d-160b, 161b-165a, 165c, 166a, 166d, 167a, 173a, 173c.
Hélain d'Athingue, (appelé aussi **Tanague**, 122b) : neveu de Ségurade, 122c, 147d.
Hélain de Taningues : écuyer, vassal de la dame de Roestoc, adoubé par Gauvain, 122c, 123c, 127b.
Hélène : reine de Bénoïc, mère de Lancelot, 189b.
Hélène sans Pareille : épouse de Persidés, jaloux de sa beauté, 158d, 160a.
Hélies de Ragres : chevalier de Galehaut, remplaçant Gauvain au Pont Norgalois, 162a.
Huignessores : lieu près de Mavesches, 149c.
Ile Perdue : île au milieu de l'Assurne, séjour caché de Galehaut, 162a-162c, 164b.
Irlande : l'Irlande ou l'Islande, 166d.
Irlande (le roi d'), Magant : 155a.
Irlandais : alliés des Saxons, envahisseurs de l'Écosse, 155a, 160b, 164b, 167b, 169d, 170c, 171a.
Jésus-Christ, 146c, 179c *et passim*.
Keu (parfois appelé messire) : sénéchal d'Arthur, quêteur de Lancelot, 112d, 114b-116c, 142c, 154c, 155a, 164d, 167b, 172b-172d, 173a, 179a, 180b, 182d.
Ladomas : frère de Matraliz, fils

du seigneur des Marés, cousin de Guinas, vengé par Hector, 144d, 145b, 157c-158b.

Lancelot du Lac : fils du roi Ban de Bénoïc et de la reine Hélène, cousin de Lyonel, son nom de baptême est Galaad (t. I, 1a), son surnom d'enfance le Beau Trouvé, 112b, 112c, 114b, 130d, 145c, 146d, 147a, 151c, 152a-152b, 152d, 160b, 160c, 162a, 162b, 163a-167a, 167d-177a, 180d-184a, 184c-At. 189a.

Lande des Sept Voies, 131d, 132a ; appelée aussi Lande du Carrefour ou Carrefour des Sept Voies.

Laure de Carduel : fille du roi de Norvège, demoiselle de Guenièvre, nièce et bouteillère d'Arthur, 112d.

Léodagan, roi de Camélide, père de Guenièvre : 177b, 177d, 180c, 182d.

Libye, terre du lion couronné : 112c.

Lionel : fils du roi Bohort de Gaunes et de la reine Évaine, cousin et écuyer de Lancelot : 112b, 112c, 145d, 146a, 151c-152a, 160b, 160c, 163c, 165a-167a, 170a, 171a, 171c, 172b, 175c, 183a-185c ; a pour diminutif Lionin : 145d, 152a.

Logres : royaume d'Arthur, 111d, 112a, 113a, 114c, 126c, 134c, 136b, 137d, 174b, 180c, 181c ; principale cité d'Arthur : 112c, 160b.

Lohot (le roi) : père du roi Gloier, roi de Sorelois, 112a.

Lointaines Iles (voir Étranges Iles) : terre de Galehaut, 145d, 174b, 185d.

Lot (le roi) : frère d'Urien, père de Gauvain, 120d.

Loverzerp : château dans la forêt de Brequelande, 146a, 146d, 147b, 150b, 151d, 153c.

Lucan le Bouteiller : chevalier d'Arthur, bouteiller, quêteur de Lancelot, 112d, 114b.

Magant : roi d'Irlande, 155a.

Malaguiène : château saxon, 167c.

Malaguin : cousin, vassal et sénéchal de Galehaut, 138a ; voir Roi des Cent Chevaliers.

Malehaut, dame de : vassale lige d'Arthur, amie de Guenièvre, amante de Galehaut, 112c, 112d, 125b, 126c-127a, 145d, 160b, 165a, 165d-166c, 168a-168c, 173c, 175c-176c, 181b, 184d, 185d, At. 189a.

Manessel : vavasseur du duc de Canbenic, 150c.

Marés, seigneur des : père de Ladomas et de Matralis, 157c-158b ; château : 144d, 145a, 157d.

Maret : chevalier, fils d'Alier : 146c, 147d.

Marganor : sénéchal du Roi des Cent Chevaliers, 138a, 138c, 139a-142d, 157d.

Marie, sainte, 142a, 155d ; Vierge, 159b, 183b.

Matralis : frère de Ladomas, fils du seigneur des Marés, tué par Hector, 144d, 145b, 145c, 157d.

Mavesches : lieu près de Huignessores, 149c.

Méliant de Lis : chevalier d'Arthur, 161b.

Merlin : l'enchanteur, prophète des aventures de Logres, 112a, 114c.

Montagne Ronde, près de l'Assurne, 147b ; appelée aussi Montagne Rouge, 160c.

Mordred : jeune demi-frère de Gauvain et d'Agravain, 130a, 130b.

Ninienne : la Dame du Lac, 152b.

Norgales : royaume des Galles du Nord (North Wales), 123d, 126d, 127d, 132a, 135b, 137a, 143d, 144d, 147b, 148b, 153d, 160a, 161c ; le roi de N. : 127d, 130a, 130c, 132d, 134b, 138a, 146b, 146d, 150b, 153d, 155b, 156a, 160b ; appelé Tradelinant, 130a ; ou Béniant, 138a ; la fille du roi, amie de Gauvain, 155d-157b ; autre fille, amie d'Agravain, 130a.

Northunberlande (le roi de) : 111d.

Norvège (le roi de) : père de Laure de Carduel, 112d.

Notre Seigneur, 119d, 174d, 180a, 180c, 182b.

Orgueilleuse Garde : un château de Galehaut, 174c.

Perron Merlin, 114c.

Persidés : mari d'Hélène sans Pareille et seigneur de Gazevilté, 158d, 159d, 160a.

Plaines (les) : maison forte de la nièce du nain, amie d'Hector, 118c.

Pont Norgalois, Chaussée N. : pont ou chaussée sur l'Assurne, pour entrer en Sorelois, 160d, 162a.

Pont Irois : pont ou chaussée pour entrer en Sorelois, 160d.

Quimpercorantin : ville d'Arthur, 124a, 131d, 169b, 184d.

Resteil, Arestel : autre nom d'Arebech : ville d'Écosse, 164c, 164d, 166d.

Roche aux Saxons : forteresse en Écosse, 164c, 168c.

Roestoc : ville, château, 118c, 119b, 119d, 122b, 123d, 146c ; dame de, 121d, 122b, 123b, 124a, 124c, 125a, 126a, 127a, 127b, 131d ; le sénéchal, 131d.

Roi des Cent Chevaliers, voir Malaguin, 138a, 142d, 154b, 163b, 164b, 164d, 173a, 182a, 183a.

Roux Chevalier de Genez : chevalier d'Arthur, quêteur de Lancelot, 114b.

Sagremor le Démesuré : chevalier d'Arthur, un des quêteurs de Lancelot, 112d, 114b-114d, 115c-116a, 126d, 138c-139a, 143c-143d, 154a-155c, 156c-157c, 160c, 164d, 172d, 173a ; surnommé le **Mort à Jeûn**, 155a.

Saxons : envahisseurs de l'Écosse, alliés aux Irlandais, 155a *et passim*.

Sapiens de Bagdad : un des clercs d'Arthur, 173c.

Sarrasins : les païens, 146c.

Saverne : fleuve de Grande Bretagne, 122d, 123d, 126d, 132a, 146c.

Secace : épée d'Arthur, utilisée par Lancelot, 170c.

Ségurade : chevalier, prétendant éconduit de la dame de Roestoc, oncle de Tanague, 117b, 118d, 119c, 120d-122b, 123a, 124a, 124d, 125b, 126b, 127b, 131d, 146c, 147d.

Sorelois : pays conquis par Galehaut sur le roi Gloier, 111d-112b, 147a, 153c, 157c, 160c, 161b, 174b, 181a.

Sorhaut : cité du Sorelois, 162a.

Sowales : royaume des Galles du Sud (South Walles), 170c.

Synados : seigneur du château de Windessore, secouru par Hector, 136d, 137a, 142d, 144b, 157d.

Table Ronde : table donnée en dot à Guenièvre; compagnie des meilleurs chevaliers d'Arthur, 154d, 161b, 173a, 173c, 177d, 180c, 185d.

Tahalais (le roi) : ancêtre d'Uterpendragon, 170c.

Tanague : neveu de Ségurade, appelé aussi Hélain d'Athingue, 122b, 122c.

Taningues : château d'Hélain des Taningues, 122c, 122d, 124a.

Taulas (le duc) : chevalier d'Arthur, quêteur de Lancelot, 114b.

Thomas de Tolède : un des clercs d'Arthur, 173c.

Tontamidés de Vernaux : un des clercs d'Arthur, 173c.

Tradelinant : roi de Norgales, appelé aussi Béniant, 130a.

Urien (le roi) : père d'Yvain, 185c.

Uterpendragon (le roi), roi de Grande Bretagne, père d'Arthur, 170c.

Vallet de Nort : chevalier d'Arthur, quêteur de Lancelot, 114b.

Varganice : rivière près d'Estrebères, 155a.

Vortiger : allié des Saxons, époux de la fille d'Hanguist, 164c.

Windessore : château de Synados, 136d.

Yder (le roi) : chevalier d'Arthur, un des quêteurs de Lancelot, 114b, 161c, 167b, 167c.

Yvain de Lionnel : chevalier d'Arthur, quêteur de Lancelot, 114b.

Yvain le Grand (souvent appelé monseigneur par l'auteur) : fils du roi Urien, cousin de Gauvain, quêteur de Lancelot, surnommé le Chevalier au Lion, 112c, 114b-115b, 116a-116c, 138c-139a, 142c, 143c, 143d, 154b, 164d, 167a, 167b, 170a-171c, 172c, 173a, 179a, 181b, 185c.

TABLE DES MATIÈRES

Introduction, par Marie-Luce Chênerie .... I à XI

LE ROMAN DE LANCELOT DU LAC
(Tome II)

LII.	Galehaut et Lancelot en Sorelois. Lionel écuyer de Lancelot	29
LIII.	À la cour d'Arthur. Reprise de la quête de Lancelot par Gauvain	37
LIV.	Rencontre de Gauvain et d'Hector à la Fontaine du Pin	57
LV.	Gauvain, Hector et la dame de Roestoc	71
LVI.	Gauvain arme Hélain chevalier	127
LVII.	À la cour d'Arthur. Quête de Gauvain par Hector. Arrivée de l'écu fendu	137
LVIII.	À la cour d'Arthur. Nouvelles de Gauvain	165
LIX.	Aventures de Gauvain. La maladie d'Agravain	171
LX.	Aventures d'Hector jusqu'à son emprisonnement chez le père de Ladomas	211
LXI.	À la cour d'Arthur. Lionel messager de Galehaut et de Lancelot auprès de la reine ...	331
LXII.	Aventures de Gauvain. La fille du roi de Norgales	335
LXIII.	Aventures d'Hector. Hélène sans Pareille	441

LXIV.	À la cour d'Arthur. Annonce de l'invasion des Saxons et des Irlandais	463
LXV.	Arrivée de Gauvain en Sorelois	467
LXVI.	Arrivée d'Hector en Sorelois ; sa rencontre avec Gauvain	475
LXVII.	Galehaut et Lancelot à l'Ile Perdue	481
LXVIII.	Rencontre de Gauvain et d'Hector avec Lancelot. Assemblée contre les Saxons. Infidélité d'Arthur ; l'amour « anterine » de Lancelot et de la reine	485
LXIX.	Folie et guérison de Lancelot. Exploits contre les Saxons. Lancelot, Galehaut, Hector, compagnons de la Table Ronde. Deuxième voyage en Sorelois. Les malheurs et le songe de Galehaut	535
LXX.	La fausse Guenièvre. La reine sauvée par Lancelot. Lionel chevalier et compagnon de la Table Ronde	611
LXXI.	Mort de Galehaut	683

Liste des mots expliqués 687
Index des noms propres 689

Dans Le Livre de Poche

Extraits du catalogue

Lettres gothiques

Collection dirigée par Michel Zink

La collection Lettres gothiques *se propose d'ouvrir au public le plus large un accès à la fois direct, aisé et sûr à la littérature du Moyen Âge.*
Un accès direct en mettant chaque fois sous les yeux du lecteur le texte original. Un accès aisé grâce à la traduction en français moderne proposée en regard, à l'introduction et aux notes qui l'accompagnent. Un accès sûr grâce aux soins dont font l'objet traductions et commentaires. La collection Lettres gothiques *offre ainsi un panorama représentatif de l'ensemble de la littérature médiévale.*

La Chanson de la croisade albigeoise

Cette chronique de la croisade contre les Albigeois sous la forme d'une chanson de geste en langue d'oc a été composée à chaud dans le premier quart du XIIIe siècle. Commencée par un poète favorable aux croisés – Guillaume de Tudèle –, elle a été poursuivie par un autre – anonyme – qui leur est hostile. La traduction qu'on lira en regard du texte original est l'œuvre d'un poète. Elle restitue le rythme, la passion, la couleur de la *Chanson*. « Écrite... dans la langue dont on usait dans les cours et les cités méridionales, ce langage admirable, sonore, ferme, dru, qui procure jouissance à seulement en prononcer les mots rutilants, à en épouser les rythmes, *La Chanson de la croisa*... est l'un des monuments de la littérature occitane » (Georges Duby).

La Chanson de Roland

La Chanson de Roland est le premier grand texte littéraire français, celui qui a fixé pour toujours dans les mémoires la mort de Roland à Roncevaux. Composée, telle que nous la connaissons, à la fin du XIe siècle, c'est la plus ancienne, la plus illustre et la plus belle des chansons de geste, ces poèmes épiques chantés qui situent tous leur action trois siècles en arrière, à l'époque carolingienne, sous le règle de Charlemagne ou de son fils. *La Chanson de Roland* est un poème d'une âpre grandeur, dense et profond, jouant avec une sobre puissance de ses résonances et de ses échos. L'édition et la traduction qu'en donne ici Ian Short sont l'une et l'autre nouvelles.

Tristan et Iseut

Les poèmes français - La saga norroise

Peu de légendes ont marqué l'imaginaire amoureux de notre civilisation aussi fortement que celle de Tristan et Iseut. Ce volume réunit les romans et les récits en vers français qui en constituent, au XIIe siècle, les monuments les plus anciens : les romans de Béroul et de Thomas, la *Folie Tristan*, le lai de *Chèvrefeuille* et celui du *Donnei des Amants* (ou « Tristan rossignol »). On y a joint, traduite pour la première fois en français, la saga norroise du XIIIe siècle, version intégrale d'une histoire dont les poèmes français ne livrent que des fragments.

Journal d'un bourgeois de Paris

Ce journal a été tenu entre 1405 et 1449 par un Parisien, sans doute un chanoine de Notre-Dame et un membre de l'Université. Vivant, alerte, souvent saisissant, il offre un précieux témoignage sur la vie quotidienne et les mouvements d'opinion à Paris à la fin de la guerre de Cent Ans, au temps des affrontements entre Armagnacs et Bourguignons, au temps de Jeanne d'Arc. Publié intégralement pour la première fois depuis plus d'un siècle, ce texte, écrit dans une langue facile, n'est pas traduit, mais la graphie en est modernisée et il est accompagné de notes très nombreuses dues à l'une des meilleures historiennes de cette période.

MARIE DE FRANCE

Lais

Contes d'aventure et d'amour, les *Lais*, composés à la fin du XIIe siècle par une mystérieuse Marie, sont d'abord, comme le revendique leur auteur, des contes populaires situés dans une Bretagne ancienne et mythique. Les fées y viennent à la rencontre du mortel dont elles sont éprises ; un chevalier peut se révéler loup-garou ou revêtir l'apparence d'un oiseau pour voler jusqu'à la fenêtre de sa bien-aimée. Mais la thématique universelle du folklore est ici intégrée à un univers poétique à nul autre pareil, qui intériorise le merveilleux des contes de fées pour en faire l'émanation de l'amour.

Lancelot du Lac

Lancelot enlevé par la fée du lac, élevé dans son château au fond des eaux. Lancelot épris, Lancelot amant de la reine Guenièvre. Lancelot exalté par son amour jusqu'à devenir le meilleur chevalier du monde. Lancelot dépossédé par son amour de tout et de lui-même. Quelle autre figure unit aussi violemment l'énigme de la naissance, le voile de la féerie, l'éclat de la chevalerie, le déchirement de l'amour ?

L'immense roman en prose de *Lancelot*, composé auteur de 1225, n'était jusqu'ici accessible que dans des éditions très coûteuses et dépourvues de traduction, des extraits traduits sans accompagnement du texte original, ou à travers des adaptations lointaines. Le présent volume offre au lecteur à la fois le texte original, complet et continu jusqu'au baiser qui scelle l'amour de Lancelot et de la reine, et une traduction de François Mosès qui joint l'exactitude à l'élégance.

Le Livre de l'Échelle de Mahomet

Le Livre de l'Échelle de Mahomet appartient à la littérature du *miraj*, ensemble de récits en arabe relatant l'ascension jusqu'à Dieu du prophète Mahomet durant un voyage nocturne. L'original en est perdu, mais on en connaît une traduction latine du XIIIe siècle. C'est elle qui est éditée et traduite en français dans le présent volume.

Ce beau texte étrange et envoûtant est d'un intérêt exceptionnel. Il illustre une traduction islamique à la fois importante et marginale. Il est riche d'un imaginaire foisonnant. Il témoigne des efforts de l'Occident médiéval pour connaître l'Islam et mérite particulièrement à ce titre l'attention du lecteur d'aujourd'hui.

CHRÉTIEN DE TROYES

Le Conte du Graal
ou le roman de Perceval

Voici l'œuvre dernière, restée inachevée (c. 1181), du grand romancier d'aventure et d'amour qu'est Chrétien de Troyes. Paradoxe d'une mort féconde. Énigme demeurée intacte. Œuvre riche de toutes les traditions : biblique et augustinienne, antique et rhétorique, celtique et féerique. Est-ce un roman d'éducation ou le mystère d'une initiation ? Brille-t-il par le cristal de sa langue ou par la merveille d'une femme ?

Une édition nouvelle, une traduction critique, la découverte d'un copiste méconnu du manuscrit de Berne, autant d'efforts pour restituer au lecteur moderne les puissances d'abîme et d'extase du grand œuvre du maître champenois.

CHRÉTIEN DE TROYES

Le Chevalier de la Charrette

Le roman du *Chevalier de la Charrette,* rédigé entre 1177 et 1179 par notre premier grand romancier, draine la légende de Tristan pour opérer la transmutation qui ouvrira bientôt aux grands secrets du Graal.

La tour où Lancelot entre en adoration du Précieux Corps de sa Reine enclôt le mystère à partir duquel le roman médiéval prend désormais un nouveau tour.

C'est aussi la mise en œuvre sublime de ce qu'il faut reconnaître comme la plénitude d'un discours amoureux. Lequel s'autorise d'Aliénor d'Aquitaine et de sa fille, Marie de Champagne, ainsi que des Dames du Midi.

Une « haute parole » empruntée au roman de *Lancelot du Lac* en prose du XIIIe siècle en résume l'éthique avec des accents dignes de Freud : *« Les hommes d'honneur partent en quête de la vérité des merveilles qui les épouvantent. »*

Composition réalisée par COMPOFAC - PARIS

IMPRIMÉ EN FRANCE PAR BRODARD ET TAUPIN
Usine de La Flèche (Sarthe).
LIBRAIRIE GÉNÉRALE FRANÇAISE - 6, rue Pierre-Sarrazin - 75006 Paris.
ISBN : 2 - 253 - 06302 - 9

30/4535/8